大电网最优潮流计算

刘明波　谢　敏　赵维兴　著

科学出版社

北　京

内 容 简 介

本书共分十七章，从内容划分上可归为三部分。前七章以线性规划和非线性规划理论为起点，将内点法及其扩展算法应用到静态无功优化、动态无功优化及其并行计算中；第八至十二章介绍了扩展的最优潮流问题，包括暂态稳定约束最优潮流和静态电压稳定约束最优潮流计算；第十三至十七章介绍了几种典型的大电网最优潮流分解协调算法。本书对所提出的每种算法从模型建立、算法实现等方面进行了详细推导，在算例分析中，不仅采用了国际通用的标准试验系统作为算例，且采用了小至538节点、大至2212节点等省级和区域电网的实际运行数据作为算例。

本书可供各级从事电网调度运行的工程技术人员、高等院校和科研院所的研究生和科研人员参考。

图书在版编目(CIP)数据

大电网最优潮流计算/刘明波，谢敏，赵维兴著. —北京：科学出版社，2010
ISBN 978-7-03-027705-3

Ⅰ.①大… Ⅱ.①刘…②谢…③赵… Ⅲ.①电力系统计算 Ⅳ.①TM744

中国版本图书馆CIP数据核字(2010)第094420号

责任编辑：余 丁 / 责任校对：刘亚琦
责任印制：赵 博 / 封面设计：耕 者

科学出版社 出版
北京东黄城根北街16号
邮政编码：100717
http://www.sciencep.com

丽源印刷厂 印刷

科学出版社发行 各地新华书店经销

*

2010年5月第 一 版 开本：B5(720×1000)
2010年5月第一次印刷 印张：26 1/4
印数：1—3 000 字数：510 000

定价：60.00元

（如有印装质量问题，我社负责调换）

前　言

日益扩大的电网规模、复杂的运行方式和调控难度为电力系统运行和控制带来巨大挑战。传统的经济调度及以经济性作为主要目标的无功优化和电压调控等手段已难以适应当前大电网在经济性的基础上同时考虑安全性的要求，迫切需要发展新的电网优化运行、调度以及调控分析方法。起源于20世纪60年代的最优潮流作为电力系统最为基本，且最为重要的分析计算工具之一，已在电网经济调度、无功优化、电压调控等领域逐步获得推广应用。但目前应用于大电网的最优潮流计算不可避免地存在计算维数过高，计算量过大且求解效率偏低的问题，因此，在实际应用中，通常会对一些约束条件以及电网运行的实际情况进行相应简化后再开展最优潮流计算，以加快运算速度，提高优化求解的效率。如何在最优潮流计算中考虑更为复杂的实际运行情况，如考虑电网安全稳定运行的要求、考虑动态无功约束等，已成为最优潮流计算在大电网全局最优调控领域深入推广和应用的难点。

自1994年起，我和我的研究生们开始涉足电力系统最优潮流计算领域，致力于将最优潮流计算推广应用于大规模电网的研究。近年来，我们发表的一些学术论文引起了同行学者以及电力行业专业技术人员的关注，再加上多年在指导研究生和讲授研究生专业课的过程中，深切体会到电力系统飞速发展对电力专业人才培养提出了新需求，我深感有必要将15年来在大电网最优潮流计算领域的研究成果汇总出版，希望能够为初次踏入电力系统优化领域的研究人员起到抛砖引玉的作用，同时也能够为广大同行和相关专业技术人员提供学习参考和探讨平台。

全书共分十七章，从内容划分上可归为三部分。前七章以线性规划和非线性规划理论为起点，将内点法及其扩展算法应用到静态无功优化、动态无功优化及其并行计算中。第八至十二章介绍了扩展的最优潮流问题，包括暂态稳定约束最优潮流和静态电压稳定约束最优潮流计算。第十三至十七章介绍了我们在大电网最优潮流分解协调计算领域的研究成果。本书对所提出的每种算法从模型建立、算法实现等方面进行了详细推导；在算例分析中，不仅采用了国际通用的标准试验系统作为算例，且采用了小至538节点，大至2212节点等省级和区域电网的实际运行数据作为算例。

在内容的具体安排上，第一章介绍了非线性规划和线性规划的概念及算法，通过引出一阶最优性条件(KKT条件)对非线性原-对偶内点法以及线性规划单纯形法和线性规划内点法的实现原理进行介绍；第二章介绍了无功优化问题模型和灵敏度计算方法，进而介绍无功优化问题及其逐次线性规划解法；第三章为无功优化问题的非线性混合整数规划方法，着重介绍了考虑离散变量的非线性原对偶内点法；第四章为动态无功优化问题模型及其求解方法；第五章介绍了动态无功优化问题的几种解耦算法；第六章介绍了动态无功优化并行算法及其在并行计算环境下的实现；第七章为无功优化应用背景的实践，介绍了分布式电压无功全局实时优化控制系统及在实际电网中的应用；第八章为基于故障模式法的暂态能量裕度约束最优潮流计算；第九章为基于 BCU 法的暂态能量裕度约束最优潮流计算；第十章介绍了基于轨迹灵敏度法的暂态稳定约束发电再调度；第十一章为基于轨迹灵敏度法的暂态稳定约束最优潮流计算；第十二章介绍了静态电压稳定裕度约束无功优化计算；第十三章开始进入了大电网最优潮流的计算，并对几种典型的分解协调算法进行阐述；第十四章应用基于近似牛顿方向的多区域无功优化分解算法进行大电网的最优潮流计算；第十五章和第十六章则分别应用基于对角加边模型的多区域无功优化分解算法和基于诺顿等值的多区域无功优化分解算法进行大电网最优潮流计算；第十七章对前述几种分解算法的收敛特性和计算速度进行了比较，并归纳出影响最优潮流分解协调算法收敛性和计算速度的因素。

本书成果得到国家自然科学基金（编号：50277013、50777021 和 50907023）和广东省自然科学基金（编号：011648）的资助，凝聚了我们 70 余篇学术论文成果，也是对我们这 15 年来从事大电网最优潮流计算领域研究历程的一个小结。在此感谢研究生陈学军、王晓村、程莹、李健、朱春明、夏岩、黄伟、杨勇、付钢、阳曾、赖永生、李妍红、蒋健、缪楠林、曲绍杰、李贻凯、王奇、马冠雄为本书研究成果所作的贡献。目前，他们均已走上了工作岗位，大部分从事电力系统生产、设计、调度运行与管理方面的工作，本书留下了他们在华南理工大学电力系统优化与控制科研团队的成长足迹。在研究过程中，还得到华南理工大学电力学院吴捷教授，广东电网电力调度通信中心原总工程师马志强、现任总工程师温柏坚，广东电网公司生产技术部程启诚高级工程师，南方电网调度通信中心曾勇刚副总工程师，广州供电局电力调度中心钱康龄高级工程师和李芳红高级工程师的指导和帮助，在此一并表示感谢。此外，还要感谢我的家人对我的鼓励和支持。

本书不妥之处在所难免，欢迎读者批评指正。

作　者

2010 年 2 月 15 日

目　　录

前言
第一章　非线性规划和线性规划的求解方法 …… 1
1.1　基础知识 …… 1
1.1.1　最优化问题的数学描述 …… 1
1.1.2　相关数学基础 …… 2
1.2　非线性规划 …… 5
1.2.1　一阶最优性条件 …… 6
1.2.2　二阶最优性条件 …… 7
1.2.3　非线性原对偶内点方法 …… 8
1.3　线性规划 …… 12
1.3.1　单纯形法 …… 12
1.3.2　内点法 …… 15
1.4　小结 …… 17
参考文献 …… 17
第二章　连续无功优化计算 …… 18
2.1　线性规划建模 …… 18
2.2　灵敏度系数计算 …… 19
2.3　灵敏度系数计算中应注意的问题 …… 20
2.4　原对偶内点法 …… 23
2.4.1　基本原理 …… 23
2.4.2　线性方程组的求解 …… 26
2.4.3　迭代步长的确定及壁垒参数的修正 …… 28
2.4.4　初始点的选择 …… 28
2.5　计算步骤 …… 28
2.6　算例分析 …… 29
2.6.1　Ward & Hale 6 节点系统 …… 30
2.6.2　IEEE 118 节点系统 …… 32
2.6.3　某 538 节点系统 …… 34

2.6.4 计算时间比较 …… 35
2.7 小结 …… 36
参考文献 …… 37
第三章 离散无功优化计算 …… 38
3.1 非线性混合整数规划建模 …… 38
3.2 内嵌离散惩罚的非线性原对偶内点法 …… 38
3.3 离散变量的处理 …… 42
3.4 应注意的问题 …… 44
3.4.1 迭代步长的确定和壁垒参数的修正 …… 44
3.4.2 初始点的选择 …… 45
3.5 计算步骤 …… 45
3.6 修正方程的求解 …… 46
3.7 算例分析 …… 50
3.7.1 Ward & Hale 6 节点系统 …… 50
3.7.2 某 538 节点系统 …… 52
3.7.3 不同数据结构的比较 …… 55
3.7.4 计算时间比较 …… 56
3.8 混合整数规划问题的连续化方法 …… 57
3.8.1 离散变量的连续化处理 …… 57
3.8.2 二进制编码的逐位优化 …… 58
3.8.3 算例分析 …… 59
3.9 小结 …… 61
参考文献 …… 62
第四章 动态无功优化计算 …… 63
4.1 数学模型 …… 63
4.2 优化算法 …… 64
4.2.1 基本原理 …… 64
4.2.2 迭代步长的确定 …… 69
4.2.3 罚函数的引入 …… 70
4.2.4 收敛精度的给定 …… 70
4.2.5 计算步骤 …… 71
4.2.6 修正方程的求解 …… 72

4.3　结果分析 …… 75
4.3.1　变压器变比 …… 76
4.3.2　电容器组无功出力 …… 79
4.3.3　部分连续控制变量 …… 82
4.3.4　最大潮流偏差和补偿间隙 …… 89
4.4　动态和静态无功优化算法比较 …… 93
4.5　与其他三种算法的比较 …… 96
4.5.1　GAMS …… 96
4.5.2　GA …… 97
4.5.3　BARON …… 99
4.5.4　DICOPT …… 99
4.6　小结 …… 100
参考文献 …… 101
第五章　动态无功优化解耦算法 …… 103
5.1　快速解耦算法一 …… 103
5.2　快速解耦算法二 …… 105
5.2.1　基本思想 …… 105
5.2.2　修正方程的快速求解 …… 106
5.3　算例分析 …… 106
5.3.1　鹿鸣电网 14 节点系统 …… 106
5.3.2　修改后的 IEEE 118 节点系统 …… 110
5.4　小结 …… 113
参考文献 …… 114
第六章　动态无功优化并行计算 …… 115
6.1　MPI 并行实现技术 …… 115
6.2　并行算法及其实现 …… 121
6.2.1　并行求解思路 …… 121
6.2.2　MPI 并行环境下的算法实现 …… 121
6.2.3　MPICH 的配置 …… 122
6.2.4　并行算法实现中的几个问题 …… 123
6.3　算例分析 …… 124
6.4　小结 …… 127

参考文献 …… 128
第七章 地区电网电压无功控制 …… 129
7.1 电压控制的基本方式 …… 129
7.1.1 分散控制 …… 129
7.1.2 集中控制 …… 130
7.1.3 关联分散控制 …… 130
7.2 分布式电压无功控制 …… 131
7.3 变电站电压无功控制范围的整定计算 …… 133
7.3.1 调节范围定义 …… 133
7.3.2 整定计算原理 …… 134
7.3.3 电压控制范围给定 …… 135
7.3.4 无功控制范围给定 …… 136
7.3.5 算例分析 …… 136
7.4 小结 …… 141
参考文献 …… 142
第八章 基于故障模式法的暂态能量裕度约束最优潮流计算 …… 143
8.1 常规最优潮流模型 …… 144
8.2 TSCOPF 模型 …… 144
8.2.1 暂态稳定计算模型 …… 144
8.2.2 多故障 TSCOPF 模型 …… 147
8.3 暂态能量函数和临界能量表达式 …… 150
8.3.1 同步坐标 …… 150
8.3.2 惯量中心坐标 …… 151
8.4 暂态稳定裕度计算 …… 153
8.4.1 故障切除时刻的能量 …… 153
8.4.2 临界能量 …… 154
8.5 灵敏度分析 …… 160
8.6 暂态稳定裕度灵敏度的解析方法 …… 161
8.7 计算步骤 …… 163
8.8 算例分析 …… 165
8.8.1 WSCC 3 机 9 节点系统 …… 165
8.8.2 New England 10 机 39 节点系统 …… 170

8.9　小结 …… 175

参考文献 …… 175

第九章　基于 BCU 法的暂态能量裕度约束最优潮流计算 …… 177

9.1　暂态稳定裕度灵敏度分析 …… 177

9.1.1　暂态能量裕度计算 …… 178

9.1.2　暂态能量裕度灵敏度计算 …… 181

9.2　BCU 法与 MOD 法对比 …… 183

9.3　多故障 TSCOPF 计算 …… 185

9.4　算例分析 …… 186

9.4.1　单故障 TSCOPF 扫描结果 …… 186

9.4.2　考虑暂态稳定约束前后 OPF 结果对比 …… 190

9.4.3　单故障 TSCOPF 结果比较 …… 192

9.4.4　多故障 TSCOPF 结果比较 …… 194

9.4.5　故障分组结果 …… 194

9.5　小结 …… 196

参考文献 …… 196

第十章　基于轨迹灵敏度法的暂态稳定约束发电再调度 …… 198

10.1　电力系统机电暂态模型 …… 198

10.1.1　发电机模型 …… 199

10.1.2　励磁系统模型 …… 201

10.1.3　机网接口及网络方程 …… 204

10.2　基于改进欧拉法的暂态稳定计算 …… 206

10.3　轨迹灵敏度分析 …… 209

10.3.1　经典模型下的轨迹灵敏度分析 …… 210

10.3.2　复杂模型下的轨迹灵敏度分析 …… 213

10.4　发电机临界程度排序和原始有功转移功率计算 …… 214

10.5　单一故障 TSCOPF 模型及最优转移功率的求解 …… 216

10.5.1　单一故障 TSCOPF 模型 …… 216

10.5.2　原始有功转移功率的求解 …… 218

10.5.3　搜索最优转移功率的迭代算法 …… 219

10.6　多故障 TSCOPF 模型及最优转移功率的求解 …… 222

10.7　算例分析 …… 224

10.7.1 发电机采用经典二阶模型 …… 224
10.7.2 发电机采用四阶模型 …… 228
10.8 小结 …… 238
参考文献 …… 238
第十一章 基于轨迹灵敏度法的暂态稳定约束最优潮流 …… 240
11.1 轨迹灵敏度分析 …… 240
11.1.1 初值计算 …… 240
11.1.2 时域计算 …… 243
11.2 基于轨迹灵敏度法的 TSCOPF …… 246
11.2.1 TSCOPF 二次规划模型及求解 …… 247
11.2.2 多故障 TSCOPF 二次规划模型及求解 …… 250
11.3 算例分析 …… 253
11.3.1 单故障 TSCOPF 算例 …… 253
11.3.2 多故障 TSCOPF 算例 …… 264
11.3.3 与其他方法的比较 …… 268
11.4 小结 …… 269
参考文献 …… 269
第十二章 静态电压稳定裕度约束无功优化计算 …… 271
12.1 *PV* 曲线和电压崩溃点类型 …… 271
12.2 用连续潮流法计算静态电压稳定极限 …… 274
12.2.1 基本原理 …… 274
12.2.2 修正方程式 …… 275
12.2.3 修正方程式的预解 …… 277
12.2.4 扩展状态变量修正值的计算 …… 278
12.2.5 连续参数的选择 …… 279
12.3 静态电压稳定裕度对变量的灵敏度计算 …… 280
12.3.1 鞍结型分岔情形下的计算 …… 280
12.3.2 极限诱导型分岔情形下的计算 …… 281
12.4 考虑电压稳定裕度约束的无功优化计算 …… 282
12.4.1 计算原理 …… 282
12.4.2 算例与结果分析 …… 284
12.5 基于 FVSI 指标的无功优化计算 …… 291

12.5.1　快速电压稳定指标 FVSI …… 291

12.5.2　计算原理 …… 293

12.5.3　算例与结果分析 …… 293

12.6　小结 …… 301

参考文献 …… 301

第十三章　几种典型的分解协调算法 …… 304

13.1　基于 PQ 分解技术的分解算法 …… 305

13.2　基于 Benders 分解技术的分解算法 …… 305

13.3　基于拉格朗日松弛技术的分解算法 …… 306

13.4　基于辅助问题原理的分解算法 …… 308

13.5　基于智能型优化的并行算法 …… 308

13.6　基于协同进化法的分解算法 …… 309

13.7　小结 …… 310

参考文献 …… 310

第十四章　基于近似牛顿方向的多区域无功优化分解算法 …… 314

14.1　多区域系统无功优化模型 …… 314

14.1.1　电力系统离散无功优化模型 …… 314

14.1.2　区域分解及边界节点定义 …… 315

14.1.3　多区域系统无功优化模型 …… 315

14.1.4　最优化模型分解 …… 315

14.2　引入离散处理机制的非线性原对偶内点法 …… 316

14.3　近似牛顿方向和纯牛顿方向的定义 …… 319

14.4　解耦的充分条件 …… 319

14.4.1　解耦理论判据 …… 319

14.4.2　解耦实用判据 …… 320

14.5　不满足解耦条件时的计算方法 …… 320

14.5.1　GMRES 算法 …… 320

14.5.2　预处理技术 …… 321

14.6　计算步骤 …… 321

14.7　应注意的几个问题 …… 322

14.7.1　GMRES(m)算法中 m 取值 …… 322

14.7.2　罚函数的引入机制 …… 322

14.7.3　收敛精度的确定 …… 323
14.8　算例分析 …… 323
14.8.1　1062 节点系统 …… 324
14.8.2　538 节点系统 …… 327
14.8.3　结果分析 …… 330
14.9　小结 …… 332
参考文献 …… 333
第十五章　基于对角加边模型的多区域无功优化分解算法 …… 334
15.1　区域分解 …… 335
15.2　多区域系统离散无功优化模型 …… 335
15.3　多区域分解算法 …… 336
15.3.1　对角加边结构修正矩阵的形成 …… 336
15.3.2　几种分解方案 …… 340
15.4　算例系统 …… 344
15.4.1　IEEE 118 节点系统 …… 344
15.4.2　538 节点系统 …… 345
15.4.3　1133 节点系统 …… 345
15.5　计算结果分析 …… 347
15.5.1　计算结果 …… 347
15.5.2　分析与讨论 …… 350
15.6　小结 …… 352
参考文献 …… 353
第十六章　基于诺顿等值的多区域无功优化分解算法 …… 354
16.1　外部网络的静态等值 …… 354
16.1.1　网络的划分 …… 354
16.1.2　外部网络的等值方法 …… 355
16.2　诺顿等值及分解算法的形成 …… 356
16.2.1　系统的分解及诺顿等值模型 …… 356
16.2.2　分解算法中的几个关键问题 …… 357
16.3　计算误差分析 …… 361
16.3.1　无功优化最优解的几种状态 …… 361
16.3.2　误差分析 …… 362

16.4 计算步骤 …… 362
16.5 算例分析 …… 363
16.5.1 236节点系统 …… 363
16.5.2 2212节点系统 …… 363
16.5.3 计算结果分析 …… 365
16.6 小结 …… 368
参考文献 …… 369
第十七章 几种无功优化分解算法比较 …… 371
17.1 算例系统 …… 371
17.1.1 538节点系统 …… 371
17.1.2 708节点系统 …… 371
17.2 计算结果 …… 373
17.3 各种分解算法的比较分析 …… 374
17.4 影响计算效益的因素分析 …… 374
17.4.1 子区域数目对计算速度的影响 …… 375
17.4.2 最大子区域规模对计算速度的影响 …… 376
17.5 小结 …… 377
参考文献 …… 377
附录 …… 378
附录Ⅰ Ward & Hale 6节点标准试验系统数据 …… 378
附录Ⅱ IEEE 14节点标准试验系统数据 …… 379
附录Ⅲ IEEE 30节点标准试验系统数据 …… 381
附录Ⅳ IEEE 118节点标准试验系统数据 …… 384
附录Ⅴ 某538节点实际系统概况 …… 393
附录Ⅵ 广州鹿鸣电网14节点系统数据 …… 394
附录Ⅶ WSCC 3机9节点标准试验系统数据 …… 397
附录Ⅷ New England 10机39节点标准试验系统数据 …… 400
附录Ⅸ UK 20机100节点试验系统接线图 …… 405

第一章　非线性规划和线性规划的求解方法

最优化(optimization)指对于给定的实际问题，如何从众多的方案中选出最优方案。最优化问题可以追溯到古老的极值问题，但成为一门独立的学科是在20世纪40年代末，即在1947年，Dantzig提出求解一般线性规划问题的单纯形法之后。作为最优化理论与方法重要分支的非线性规划与线性规划是揭示各类最优化问题的常用数学工具[1~4]。本章将对非线性规划和线性规划问题的模型和求解方法进行阐述，为后续章节提供数学基础知识。对于上述两类最优化问题所涉及的相关定理，在论述过程中将不做详细数学论证，而以结论性和求解方法的可操作性作为本章重点。

1.1　基础知识

1.1.1　最优化问题的数学描述

最优化问题用数学方法进行描述时，包含了目标函数、决策变量和约束条件这三个要素。其中，目标函数度量解的优劣程度，如成本、收益、利润等；而决策变量为可以调节、影响优化过程的变量；约束条件指决策变量及其相互关系的约束。最优化问题的一般形式为：

$$\begin{cases}\min\ f(\boldsymbol{x}) \\ \text{s. t. } g_i(\boldsymbol{x})=0, \quad i=1,2,\cdots,m \\ \qquad h_i(\boldsymbol{x})\geqslant 0, \quad i=1,2,\cdots,r\end{cases} \tag{1-1}$$

式中，$\boldsymbol{x}\in\mathbf{R}^n$为决策变量；$f(\boldsymbol{x})$为目标函数；$g_i(\boldsymbol{x})=0$为等式约束；$h_i(\boldsymbol{x})\geqslant 0$为不等式约束。

例1-1　最优化数学模型为：

$$\begin{cases}\min\ (x_1-2)^2+(x_2-1)^2 \\ \text{s. t. } x_1^2-x_2\leqslant 0 \\ \qquad x_1+x_2\leqslant 2\end{cases} \tag{1-2}$$

可见，目标函数为$f(\boldsymbol{x})=(x_1-2)^2+(x_2-1)^2$，决策变量为$\boldsymbol{x}=\begin{bmatrix}x_1\\x_2\end{bmatrix}$，不等式约束函数写成向量形式为$\boldsymbol{h}(\boldsymbol{x})=\begin{bmatrix}h_1(\boldsymbol{x})\\h_2(\boldsymbol{x})\end{bmatrix}=\begin{bmatrix}-x_1^2+x_2\\-x_1-x_2+2\end{bmatrix}$，式(1-2)中的等式约

束函数 $g_i(\boldsymbol{x})$ 为空，即不存在等式约束。

式(1-2)中的目标函数和部分约束函数是非线性函数，故它所描述的是一个非线性规划(nonlinear programming，NLP) 问题。

例 1-2 生产计划问题

某化工厂在计划期内拟安排生产Ⅰ和Ⅱ两种产品，已知其市场需求量和单位利润及原材料的消耗量如表 1-1 所示。应如何安排生产计划才能使该工厂的获利最多？

表 1-1 生产计划综合信息

	原材料消耗/t			产品利润/(千元/t)	产品需求量/t
	A	B	C		
产品Ⅰ	10	6	8	5	不大于 1500
产品Ⅱ	5	20	15	7	
原材料最大供应量/t	600	500	800		

设 x_1 和 x_2 分别表示产品Ⅰ和Ⅱ的产量，则该问题的数学模型可写为：

$$\begin{cases} \max 5x_1 + 7x_2 \\ \text{s. t. } 10x_1 + 5x_2 \leqslant 600 \\ \qquad 6x_1 + 20x_2 \leqslant 500 \\ \qquad 8x_1 + 15x_2 \leqslant 800 \\ \qquad x_1 \leqslant 1500 \\ \qquad x_1, x_2 \geqslant 0 \end{cases} \tag{1-3}$$

与例 1-1 所描述的非线性问题不同，例 1-2 所描述的是一个线性规划(linear programming，LP) 问题，即目标函数和约束函数均是线性函数。

1.1.2 相关数学基础

① 假设 $f(\boldsymbol{x})$ 为标量函数，$\boldsymbol{x} \in \mathbf{R}^n$，则其梯度 $\nabla f(\boldsymbol{x})$ 定义为：

$$\nabla f(\boldsymbol{x}) = \begin{bmatrix} \dfrac{\partial f}{\partial x_1} \\ \dfrac{\partial f}{\partial x_2} \\ \vdots \\ \dfrac{\partial f}{\partial x_n} \end{bmatrix} \tag{1-4}$$

② 假设 $f(\boldsymbol{x})$ 为标量函数，$\boldsymbol{x} \in \mathbf{R}^n$，则其海森矩阵 $\nabla^2 f(\boldsymbol{x})$ 定义为：

$$\nabla^2 f(\boldsymbol{x}) = \begin{bmatrix} \frac{\partial^2 f}{\partial x_1^2} & \frac{\partial^2 f}{\partial x_1 \partial x_2} & \cdots & \frac{\partial^2 f}{\partial x_1 \partial x_n} \\ \frac{\partial^2 f}{\partial x_2 \partial x_1} & \frac{\partial^2 f}{\partial x_2^2} & \cdots & \frac{\partial^2 f}{\partial x_2 \partial x_n} \\ \vdots & \vdots & & \vdots \\ \frac{\partial^2 f}{\partial x_n \partial x_1} & \frac{\partial^2 f}{\partial x_n \partial x_2} & \cdots & \frac{\partial^2 f}{\partial x_n^2} \end{bmatrix} \tag{1-5}$$

可见，海森矩阵是对称矩阵。

③ 假设 $\boldsymbol{g}(\boldsymbol{x})=\begin{bmatrix} g_1(\boldsymbol{x}) \\ g_2(\boldsymbol{x}) \\ \vdots \\ g_m(\boldsymbol{x}) \end{bmatrix}$ 为函数向量，则其雅可比矩阵 $\nabla \boldsymbol{g}(\boldsymbol{x})$ 定义为：

$$\nabla \boldsymbol{g}(\boldsymbol{x}) = \begin{bmatrix} \frac{\partial g_1}{\partial x_1} & \frac{\partial g_1}{\partial x_2} & \cdots & \frac{\partial g_1}{\partial x_n} \\ \frac{\partial g_2}{\partial x_1} & \frac{\partial g_2}{\partial x_2} & \cdots & \frac{\partial g_2}{\partial x_n} \\ \vdots & \vdots & & \vdots \\ \frac{\partial g_m}{\partial x_1} & \frac{\partial g_m}{\partial x_2} & \cdots & \frac{\partial g_m}{\partial x_n} \end{bmatrix} \tag{1-6}$$

④ 如果矩阵 $\mathbf{A}(\mathbf{A}\in \mathbf{R}^{n\times n})$ 满足 $(\mathbf{A}\boldsymbol{x},\boldsymbol{x})>0$，则该矩阵为正定矩阵；如果矩阵 $\mathbf{A}(\mathbf{A}\in \mathbf{R}^{n\times n})$ 满足 $(\mathbf{A}\boldsymbol{x},\boldsymbol{x})\geqslant 0$，则该矩阵为正半定矩阵。

⑤ 矩阵 $\mathbf{A}(\mathbf{A}\in \mathbf{R}^{n\times n})$ 的特征值 λ_i 定义为：

$$\det(\mathbf{A}-\lambda_i \boldsymbol{I}) = 0, \quad \mathbf{A} \in \mathbf{R}^{n\times n} \tag{1-7}$$

如果 $\mathbf{A}$ 是对称的，则所有特征值 λ_i 为实数。当 $\lambda_i>0, i=1,2,\cdots,n$ 时，$\mathbf{A}$ 是对称正定的；当 $\lambda_i<0, i=1,2,\cdots,n$ 时，$\mathbf{A}$ 是对称负定的；对于某些 i，当 $\lambda_i=0$ 时，$\mathbf{A}$ 是奇异的。

⑥ 收敛速度是衡量一个最优化计算方法有效性的指标[1]，下面对其进行讨论。

设一个优化算法产生的迭代点列 $\{\boldsymbol{x}_k\}$ 在某种范数意义下收敛到最优点 $\boldsymbol{x}^*$，即：

$$\lim_{k\to\infty} \| \boldsymbol{x}_k - \boldsymbol{x}^* \| = 0 \tag{1-8}$$

可根据连续两次迭代误差的商来定义该优化算法的收敛速度。如果满足如下条件，则称该优化算法具有 Q 线性收敛速度（Q-linear rate），Q 代表商（quotient）。对于所有充分大的 k，存在一个常数 $r\in(0,1)$，满足：

$$\frac{\| \boldsymbol{x}_{k+1} - \boldsymbol{x}^* \|}{\| \boldsymbol{x}_k - \boldsymbol{x}^* \|} \leqslant r \tag{1-9}$$

式(1-9)表示在每次迭代中,迭代点到最优点 $\boldsymbol{x}^*$ 的距离至少按照某一个恒定的因子减小,如序列$\{1+(0.5)^k\}$线性地收敛到 1,此处 $r=0.5$。

如果满足如下条件,则称该优化算法具有 Q 超线性收敛速度(Q-superlinear rate):

$$\lim_{k\to\infty}\frac{\|\boldsymbol{x}_{k+1}-\boldsymbol{x}^*\|}{\|\boldsymbol{x}_k-\boldsymbol{x}^*\|}=0 \tag{1-10}$$

如序列$\{1+k^{-k}\}$超线性地收敛到 1,此处 $r=0$。

如果满足如下条件,则称该优化算法具有 Q 二次收敛速度(Q-quadratic rate)。对于所有充分大的 k,存在一个正常数 M,满足:

$$\frac{\|\boldsymbol{x}_{k+1}-\boldsymbol{x}^*\|}{\|\boldsymbol{x}_k-\boldsymbol{x}^*\|^2}\leqslant M \tag{1-11}$$

如序列$\{1+(0.5)^{2^k}\}$二次收敛到 1,此处 $M=1$。

从式(1-9)和式(1-11)可见,收敛速度取决于 r 和 M。r 和 M 值的大小不仅取决于所采用的优化算法,而且也取决于优化问题本身的性质。如果不考虑这两个值的大小,二次收敛序列最终总是快于线性收敛序列。

显然,任何二次收敛的序列也会超线性地收敛;任何超线性收敛的序列也会线性地收敛。我们也可以定义更高一次的收敛速度,如三次和四次收敛速度,但在实际应用中并不常用。一般情况下,我们可以定义 $Q-p$ 次收敛速度,对于所有充分大的 k,存在一个正常数 M 和一个正常数 $p(p>1)$,满足:

$$\frac{\|\boldsymbol{x}_{k+1}-\boldsymbol{x}^*\|}{\|\boldsymbol{x}_k-\boldsymbol{x}^*\|^p}\leqslant M \tag{1-12}$$

一般认为,具有超线性收敛速度和二次收敛速度的方法是比较快的。但应该注意,对任何一个算法,收敛速度的理论结果不能保证算法在实际执行时就一定有好的实际计算效果。

⑦ 设 $\boldsymbol{S}\in\mathbf{R}^n$,如果任意两点之间的连接线段仍然在该集合内,则 $\boldsymbol{S}$ 为凸集(convex set)[1,2],如图 1-1 所示,即,对于任意 $x_1,x_2\in\boldsymbol{S}$,有:

$$\alpha x_1+(1-\alpha)x_2\in\boldsymbol{S},\quad \alpha\in[0,1] \tag{1-13}$$

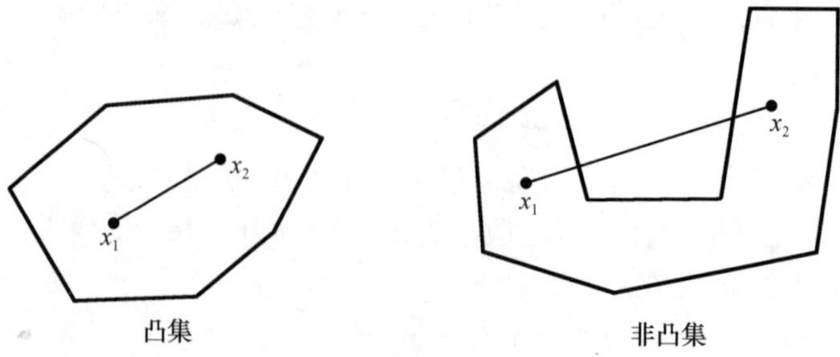

图 1-1 凸集和非凸集的定义

⑧ 设$\boldsymbol{S}\in\mathbf{R}^n$为非空凸集，$f$是定义在$\boldsymbol{S}$上的函数。如果对任意两点$x_1,x_2\in\boldsymbol{S}$，$f(x)$，$x=\alpha f(x_1)+(1-\alpha)f(x_2)$总是位于连接点$(x_1,f(x_1))$和点$(x_2,f(x_2))$之间的弦的下方(在空间$\mathrm{R}^{n+1}$中)，则$f$为凸函数(convex function)[2]，即：

$$f(\alpha x_1+(1-\alpha)x_2)\leqslant\alpha f(x_1)+(1-\alpha)f(x_2),\quad\alpha\in[0,1]\tag{1-14}$$

如果$-f$是$\boldsymbol{S}$上的凸函数，则称f是$\boldsymbol{S}$上的凹函数(concave function)，如图1-2所示。

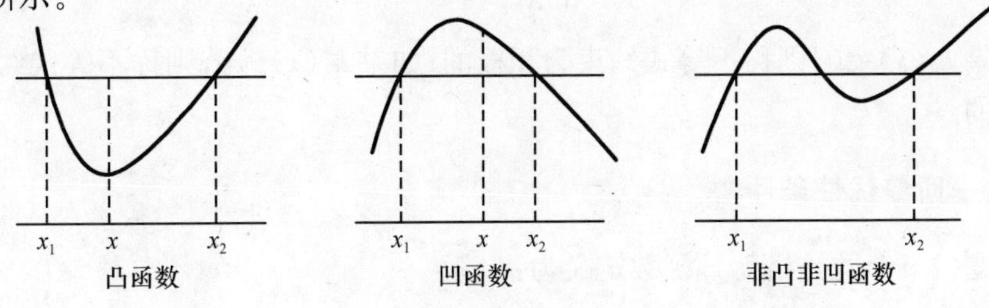

图1-2　凸函数和非凸函数的定义($x=\alpha x_1+(1-\alpha)x_2$)

可以验证，$f(x)=(x_1-6)^2+\frac{1}{25}(x_2-4.5)^4$，是一个凸函数。如果凸函数是可微的，我们可以用其特征来描述[2]。

定理 1-1　设$\boldsymbol{S}\in\mathbf{R}^n$为非空开凸集，$f$是定义在$\boldsymbol{S}$上的可微函数，则$f$为凸函数的充分必要条件是：

$$f(x_2)\geqslant f(x_1)+\nabla f(x_1)^{\mathrm{T}}(x_2-x_1),\quad x_1,x_2\in\boldsymbol{S}\tag{1-15}$$

上式表明凸函数位于图形上任一点切线的上方，如图1-3所示。

定理 1-2　设$S\in\mathbf{R}^n$为非空开凸集，f是定义在$\boldsymbol{S}$上的二阶可微函数，则f为凸函数的充分必要条件是在$\boldsymbol{S}$上的每一点海森矩阵正半定。

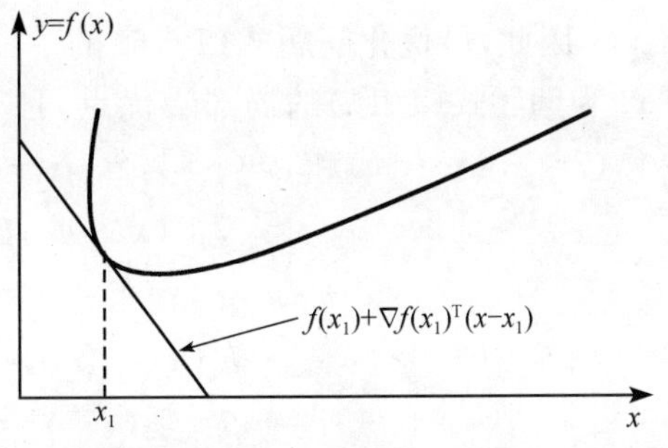

图1-3　凸函数的一阶特征

凸规划问题可以用于描述有约束优化问题(1-1)的一种特殊情况：

① 目标函数是凸函数。

② 等式约束函数$g_i(\boldsymbol{x})(i=1,2,\cdots,m)$是线性函数。

③ 不等式约束函数$h_i(\boldsymbol{x})(i=1,2,\cdots,r)$是凹函数。

1.2　非线性规划

一般非线性规划问题可描述如下：

$$\min f(\boldsymbol{x})\tag{1-16a}$$

$$\text{s. t.} \begin{cases} g_i(\boldsymbol{x}) = 0, & i = 1,2,\cdots,m \\ h_i(\boldsymbol{x}) \geqslant 0, & i = 1,2,\cdots,r \end{cases} \tag{1-16b}$$

可行域(可行点的集合)定义为:

$$\Omega = \{\boldsymbol{x} \mid g_i(\boldsymbol{x}) = 0, i = 1,2,\cdots,m; h_i(\boldsymbol{x}) \geqslant 0, i = 1,2,\cdots,r\} \tag{1-17}$$

将式(1-16)重写为:

$$\min_{x\in\Omega} f(\boldsymbol{x}) \tag{1-18}$$

如果 $h_i(\boldsymbol{x})=0$,则称不等式约束为积极的;如果 $h_i(\boldsymbol{x})>0$,则称不等式约束为非积极的。

1.2.1 一阶最优性条件

问题(1-16)的拉格朗日函数定义为:

$$L(\boldsymbol{x},\boldsymbol{\lambda},\boldsymbol{\beta}) = f(\boldsymbol{x}) - \sum_{i=1}^{m} \lambda_i g_i(\boldsymbol{x}) - \sum_{i=1}^{r} \beta_i h_i(\boldsymbol{x}) \tag{1-19}$$

在点 $\boldsymbol{x}$ 的积极不等式约束集 $A(\boldsymbol{x})$ 定义为:

$$A(\boldsymbol{x}) = \{i \in 1,2,\cdots,r \mid h_i(\boldsymbol{x}) = 0\} \tag{1-20}$$

对于点 $\boldsymbol{x}^*$ 及由式(1-20)定义的积极不等式约束集 $A(\boldsymbol{x}^*)$,如果等式约束函数和积极不等式约束函数的梯度$\{\nabla g_i(\boldsymbol{x}^*), i=1,2,\cdots,m; \nabla h_i(\boldsymbol{x}^*), i\in A(\boldsymbol{x})\}$是线性独立的,则线性独立约束限制(linear independence constraint qualification, LICQ)成立。如果这个条件满足,则等式约束函数和积极不等式约束函数的梯度就不会为零。

因此,最优化问题式(1-16)的一阶最优性必要条件可以完整表述为:假设 $\boldsymbol{x}^*$ 为问题式(1-16)的局部最优点,且 LICQ 在点 $\boldsymbol{x}^*$ 成立,则存在拉格朗日乘子 λ_i^* $(i=1,2,\cdots,m)$和 β_i^* $(i=1,2,\cdots,r)$,满足下列条件[1]:

$$\nabla_x L(\boldsymbol{x}^*, \boldsymbol{\lambda}^*, \boldsymbol{\beta}^*) = \boldsymbol{0} \tag{1-21a}$$

$$g_i(\boldsymbol{x}^*) = 0, \quad i = 1,2,\cdots,m \tag{1-21b}$$

$$h_i(\boldsymbol{x}^*) \geqslant 0, \quad i = 1,2,\cdots,r \tag{1-21c}$$

$$\beta_i^* \geqslant 0, \quad i = 1,2,\cdots,r \tag{1-21d}$$

$$\lambda_i^* g_i(\boldsymbol{x}^*) = 0, \quad i = 1,2,\cdots,m \tag{1-21e}$$

$$\beta_i^* h_i(\boldsymbol{x}^*) = 0, \quad i = 1,2,\cdots,r \tag{1-21f}$$

上述方程通常又称之为 Karush-Kuhn-Tucker(KKT)条件,Karush 于 1939,Kuhn 和 Tucker 于 1951 分别提出了这个条件。

式(1-21e)和式(1-21f)称之为互补条件(complementary condition),式(1-21f)意味着与非积极不等式约束相对应的拉格朗日乘子为零,故忽略式(1-21a)中的 $i\notin A(\boldsymbol{x}^*)$项,重写式(1-21a)为:

$$\nabla_x L(\boldsymbol{x}^*,\boldsymbol{\lambda}^*,\beta^*) = \nabla f(\boldsymbol{x}^*) - \sum_{i=1}^{m}\lambda_i g_i(\boldsymbol{x}) - \sum_{i\in A(\boldsymbol{x}^*)}\beta_i h_i(\boldsymbol{x}) = \boldsymbol{0} \quad (1\text{-}22)$$

1.2.2　二阶最优性条件

对于给定的可行点 $\boldsymbol{x}^*$，如果序列$\{\boldsymbol{z}_k\}_{k=0}^{\infty}$，$\boldsymbol{z}_k\in\mathbf{R}^n$ 具有下列性质，则称该序列是可行的[1]：

① 对于所有 k，$\boldsymbol{z}_k\neq\boldsymbol{x}^*$。

② $\lim\limits_{k\to\infty}\boldsymbol{z}_k=\boldsymbol{x}^*$。

③ 对于所有充分大的 k 值，$\boldsymbol{z}_k$ 是可行的。

假设最优化问题式(1-16)的局部解为 $\boldsymbol{x}$，可行序列的限制方向 $\boldsymbol{d}$ 定义如下：

$$\lim_{\boldsymbol{z}_k\in S_d}\frac{\boldsymbol{z}_k-\boldsymbol{x}}{\|\boldsymbol{z}_k-\boldsymbol{x}\|}\to\boldsymbol{d} \quad (1\text{-}23)$$

其中，S_d 为$\{\boldsymbol{z}_k\}_{k=0}^{\infty}$的子序列。

对于点 $\boldsymbol{x}^*$，定义集合 F_1 如下：

$$F_1=\left\{\alpha\boldsymbol{d}\ \middle|\ \alpha>0,\begin{matrix}\boldsymbol{d}^{\mathrm{T}}\nabla g_i=0,i=1,2,\cdots,m\\ \boldsymbol{d}^{\mathrm{T}}\nabla h_i\geqslant 0,i\in A(\boldsymbol{x}^*)\end{matrix}\right\} \quad (1\text{-}24)$$

对于满足 KKT 条件的拉格朗日乘子 $\boldsymbol{\beta}^*$，我们定义 F_1 中的子集 $F_2(\boldsymbol{\beta}^*)$如下：

$$F_2(\boldsymbol{\beta}^*)=\{\boldsymbol{\omega}\in F_1\mid(\nabla h_i(\boldsymbol{x}^*))^{\mathrm{T}}\boldsymbol{\omega}=0,i\in A(x^*),\beta_i^*>0\} \quad (1\text{-}25)$$

式(1-25)又可以等价地写成：

$$\boldsymbol{\omega}\in F_2(\boldsymbol{\beta}^*)\Leftrightarrow\left\{\begin{matrix}(\nabla g_i(\boldsymbol{x}^*))^{\mathrm{T}}\boldsymbol{\omega}=0,i=1,2,\cdots,m\\ (\nabla h_i(\boldsymbol{x}^*))^{\mathrm{T}}\boldsymbol{\omega}=0,i\in A(x^*),\beta_i^*>0\\ (\nabla h_i(\boldsymbol{x}^*))^{\mathrm{T}}\boldsymbol{\omega}\geqslant 0,i\in A(\boldsymbol{x}^*),\beta_i^*=0\end{matrix}\right\} \quad (1\text{-}26)$$

因此，最优化问题式(1-16)的二阶最优性必要条件可以完整表述为[1]：假设 $\boldsymbol{x}^*$ 为问题式(1-16)的局部最优点，且 LICQ 在 $\boldsymbol{x}^*$ 点成立，$\boldsymbol{\lambda}^*$ 和 $\boldsymbol{\beta}^*$ 为满足 KKT 条件的拉格朗日乘子，$F_2(\boldsymbol{\beta}^*)$由式(1-25)定义，则：

$$\boldsymbol{\omega}^{\mathrm{T}}\nabla_{xx}L(\boldsymbol{x}^*,\boldsymbol{\lambda}^*,\boldsymbol{\beta}^*)\boldsymbol{\omega}\geqslant 0,\quad \boldsymbol{\omega}\in F_2(\boldsymbol{\beta}^*) \quad (1\text{-}27)$$

二阶最优性充分条件可以表述为[1]：假设对于 $\boldsymbol{x}^*$，存在满足 KKT 条件的拉格朗日乘子 $\boldsymbol{\lambda}^*$ 和 $\boldsymbol{\beta}^*$，而且：

$$\boldsymbol{\omega}^{\mathrm{T}}\nabla_{xx}L(\boldsymbol{x}^*,\boldsymbol{\lambda}^*,\boldsymbol{\beta}^*)\boldsymbol{\omega}>0,\quad \boldsymbol{\omega}\in F_2(\boldsymbol{\beta}^*),\boldsymbol{\omega}\neq\boldsymbol{0} \quad (1\text{-}28)$$

则 $\boldsymbol{x}^*$ 为问题式(1-16)的严格局部最优解。

例 1-3　根据一阶和二阶最优性条件求下列非线性规划问题的解。

$$\begin{cases}\min\ f(\boldsymbol{x})=x_1+x_2\\ \text{s.t.}\ h(\boldsymbol{x})=2-x_1^2-x_2^2\geqslant 0\end{cases} \quad (1\text{-}29)$$

拉格朗日函数定义为：

$$L(\boldsymbol{x},\beta) = (x_1 + x_2) - \beta(2 - x_1^2 - x_2^2)$$

根据 KKT 条件，建立如下方程：

$$\nabla_x L(\boldsymbol{x},\beta) = \begin{bmatrix} \nabla_{x_1} L(\boldsymbol{x},\beta) \\ \nabla_{x_2} L(\boldsymbol{x},\beta) \end{bmatrix} = \begin{bmatrix} 1 + 2\beta x_1 \\ 1 + 2\beta x_2 \end{bmatrix} = \begin{bmatrix} 0 \\ 0 \end{bmatrix}$$

$$h(\boldsymbol{x}) = 2 - x_1^2 - x_2^2 \geqslant 0$$

$$\beta \geqslant 0$$

$$\beta h(\boldsymbol{x}) = \beta(2 - x_1^2 - x_2^2) = 0$$

可以解出，$\boldsymbol{x}^* = [-1 \quad -1]^{\mathrm{T}}, \beta^* = 1/2$。

$$\nabla_{xx} L(\boldsymbol{x}^*, \beta^*) = \begin{bmatrix} \dfrac{\partial L^2}{\partial x_1^2} & \dfrac{\partial L^2}{\partial x_1 \partial x_2} \\ \dfrac{\partial L^2}{\partial x_2 \partial x_1} & \dfrac{\partial L^2}{\partial x_2^2} \end{bmatrix} = \begin{bmatrix} 2\beta^* & 0 \\ 0 & 2\beta^* \end{bmatrix} = \begin{bmatrix} 1 & 0 \\ 0 & 1 \end{bmatrix}$$

显然，$\nabla_{xx} L(x^*, \beta^*)$是正定的，即 $\boldsymbol{\omega}^{\mathrm{T}} \nabla_{xx} L(\boldsymbol{x}^*, \beta^*) \boldsymbol{\omega} > 0, \boldsymbol{\omega} \neq \boldsymbol{0}$，故 $\boldsymbol{x}^* = [-1 \quad -1]^{\mathrm{T}}$ 为严格局部最优解。

1.2.3 非线性原对偶内点方法

电力系统最优潮流问题一般可以写成如下形式：

$$\begin{cases} \min \ f(\boldsymbol{x}) \\ \text{s. t. } \ \boldsymbol{g}(\boldsymbol{x}) = \boldsymbol{0} \\ \qquad \underline{\boldsymbol{h}} \leqslant \boldsymbol{h}(\boldsymbol{x}) \leqslant \overline{\boldsymbol{h}} \end{cases} \tag{1-30}$$

式中，

$$\boldsymbol{x} \in [x_1 \quad \cdots \quad x_n]^{\mathrm{T}}$$

$$\boldsymbol{g}(\boldsymbol{x}) = [g_1(\boldsymbol{x}) \quad \cdots \quad g_m(\boldsymbol{x})]^{\mathrm{T}}$$

$$\boldsymbol{h}(\boldsymbol{x}) = [h_1(\boldsymbol{x}) \quad \cdots \quad h_r(\boldsymbol{x})]^{\mathrm{T}}$$

引入松弛变量 $\boldsymbol{l}$ 和 $\boldsymbol{u}$，将式(1-30)转化为：

$$\begin{cases} \min \ f(\boldsymbol{x}) \\ \text{s. t. } \ \boldsymbol{g}(\boldsymbol{x}) = \boldsymbol{0} \\ \qquad \boldsymbol{h}(\boldsymbol{x}) - \boldsymbol{l} - \underline{\boldsymbol{h}} = \boldsymbol{0} \\ \qquad \boldsymbol{h}(\boldsymbol{x}) + \boldsymbol{u} - \overline{\boldsymbol{h}} = \boldsymbol{0} \\ \qquad (\boldsymbol{l}, \boldsymbol{u}) \geqslant \boldsymbol{0} \end{cases} \tag{1-31}$$

1. 由 KKT 条件、摄动因子和牛顿法生成[5]

引入拉格朗日乘子 $\boldsymbol{y}$、$\boldsymbol{z}$、$\boldsymbol{w}$、$\tilde{\boldsymbol{z}}$ 和 $\tilde{\boldsymbol{w}}$，构造拉格朗日函数如下：

$$L(\boldsymbol{x},\boldsymbol{l},\boldsymbol{u};\boldsymbol{y},\boldsymbol{z},\boldsymbol{w},\tilde{\boldsymbol{z}},\tilde{\boldsymbol{w}}) = f(\boldsymbol{x}) - \boldsymbol{y}^{\mathrm{T}}\boldsymbol{g}(\boldsymbol{x}) - \boldsymbol{z}^{\mathrm{T}}(\boldsymbol{h}(\boldsymbol{x}) - \boldsymbol{l} - \underline{\boldsymbol{h}}) - \boldsymbol{w}^{\mathrm{T}}(\boldsymbol{h}(\boldsymbol{x}) + \boldsymbol{u} - \bar{\boldsymbol{h}}) - \tilde{\boldsymbol{z}}^{\mathrm{T}}\boldsymbol{l} - \tilde{\boldsymbol{w}}^{\mathrm{T}}\boldsymbol{u} \tag{1-32}$$

根据 KKT 条件,建立如下非线性方程:

$$\begin{cases} \boldsymbol{L}_x = \nabla_x f(\boldsymbol{x}) - \nabla_x \boldsymbol{g}(\boldsymbol{x})^{\mathrm{T}}\boldsymbol{y} - \nabla_x \boldsymbol{h}(\boldsymbol{x})^{\mathrm{T}}(\boldsymbol{z}+\boldsymbol{w}) = \boldsymbol{0} \\ \nabla_l L = \boldsymbol{z} - \tilde{\boldsymbol{z}} = \boldsymbol{0} \\ \nabla_u L = -\boldsymbol{w} - \tilde{\boldsymbol{w}} = \boldsymbol{0} \\ \boldsymbol{L}_y = -\boldsymbol{g}(\boldsymbol{x}) = \boldsymbol{0} \\ \boldsymbol{L}_z = \boldsymbol{h}(\boldsymbol{x}) - \boldsymbol{l} - \underline{\boldsymbol{h}} = \boldsymbol{0} \\ \boldsymbol{L}_w = \boldsymbol{h}(\boldsymbol{x}) + \boldsymbol{u} - \bar{\boldsymbol{h}} = \boldsymbol{0} \\ \boldsymbol{L}\tilde{\boldsymbol{Z}}\boldsymbol{e} = \boldsymbol{0} \\ \boldsymbol{U}\tilde{\boldsymbol{W}}\boldsymbol{e} = \boldsymbol{0} \\ (\boldsymbol{l},\boldsymbol{u};\tilde{\boldsymbol{z}},\tilde{\boldsymbol{w}}) \geqslant 0; \quad \boldsymbol{y} \neq \boldsymbol{0} \end{cases} \tag{1-33}$$

式中,$\boldsymbol{y}\in\mathbf{R}^m$ 为拉格朗日乘子;$(\boldsymbol{l},\boldsymbol{u})\in\mathbf{R}^r$ 为松弛变量;$(\boldsymbol{z},\tilde{\boldsymbol{z}},\boldsymbol{w},\tilde{\boldsymbol{w}})\in\mathbf{R}^r$ 为拉格朗日乘子;$\boldsymbol{e}=[1 \quad \cdots \quad 1]^{\mathrm{T}}\in\mathbf{R}^r$;$(\boldsymbol{L},\boldsymbol{U},\tilde{\boldsymbol{Z}},\tilde{\boldsymbol{W}})\in\mathbf{R}^{r\times r}$ 为对角度矩阵,定义为:

$$\begin{aligned} \boldsymbol{L} &= \mathrm{diag}(l_1,\cdots,l_r) \\ \boldsymbol{U} &= \mathrm{diag}(u_1,\cdots,u_r) \\ \tilde{\boldsymbol{Z}} &= \mathrm{diag}(\tilde{z}_1,\cdots,\tilde{z}_r) \\ \tilde{\boldsymbol{W}} &= \mathrm{diag}(\tilde{w}_1,\cdots,\tilde{w}_r) \end{aligned}$$

消去式(1-33)中的 $\tilde{\boldsymbol{z}}$ 和 $\tilde{\boldsymbol{w}}$,简化为:

$$\begin{cases} \boldsymbol{L}_x = \nabla_x f(\boldsymbol{x}) - \nabla_x \boldsymbol{g}(\boldsymbol{x})^{\mathrm{T}}\boldsymbol{y} - \nabla_x \boldsymbol{h}(\boldsymbol{x})^{\mathrm{T}}(\boldsymbol{z}+\boldsymbol{w}) = \boldsymbol{0} \\ \boldsymbol{L}_y = -\boldsymbol{g}(\boldsymbol{x}) = \boldsymbol{0} \\ \boldsymbol{L}_z = \boldsymbol{h}(\boldsymbol{x}) - \boldsymbol{l} - \underline{\boldsymbol{h}} = \boldsymbol{0} \\ \boldsymbol{L}_w = \boldsymbol{h}(\boldsymbol{x}) + \boldsymbol{u} - \bar{\boldsymbol{h}} = \boldsymbol{0} \\ \boldsymbol{L}_l = \boldsymbol{L}\boldsymbol{Z}\boldsymbol{e} = \boldsymbol{0} \\ \boldsymbol{L}_u = \boldsymbol{U}\boldsymbol{W}\boldsymbol{e} = \boldsymbol{0} \\ (\boldsymbol{l},\boldsymbol{u};\boldsymbol{z}) \geqslant 0; \boldsymbol{w} \leqslant \boldsymbol{0}; \boldsymbol{y} \neq \boldsymbol{0} \end{cases} \tag{1-34}$$

将第一个互补条件(式(1-34)中的第五个方程)线性化,得到:

$$\boldsymbol{Z}\Delta\boldsymbol{l} + \boldsymbol{L}\Delta\boldsymbol{z} = -\boldsymbol{L}\boldsymbol{Z}\boldsymbol{e} \quad \text{或者} \quad z_i\Delta l_i + l_i\Delta z_i = -l_i z_i, \quad i=1,2,\cdots,r$$

如果在第 k 次迭代中 $l_i^k=0$,即 $h_i(\boldsymbol{x})=\underline{h}_i$,达到其可行域的边界,则 $\Delta l_i^k=0$,$l_i^{k+1}=l_i^k+\Delta l_i^k=0$;类似地,$z_i$ 同样会碰到这个问题。因此,不能直接用牛顿-拉夫逊方法解非线性方程组(1-34)。为克服这个问题,对互补条件引入摄动因子 μ(perturbed factor,$\mu>0$),得到:

$$\begin{cases} \boldsymbol{L}_l^{\mu} = \boldsymbol{L}\boldsymbol{Z}\boldsymbol{e} - \mu\boldsymbol{e} = \boldsymbol{0} \\ \boldsymbol{L}_u^{\mu} = \boldsymbol{U}\boldsymbol{W}\boldsymbol{e} + \mu\boldsymbol{e} = \boldsymbol{0} \end{cases} \tag{1-35}$$

故可将(1-34)重新写成：

$$\begin{cases} \boldsymbol{L}_x = \nabla_x f(\boldsymbol{x}) - \nabla_x \boldsymbol{g}(\boldsymbol{x})^{\mathrm{T}} \boldsymbol{y} - \nabla_x \boldsymbol{h}(\boldsymbol{x})^{\mathrm{T}} (\boldsymbol{z} + \boldsymbol{w}) = \boldsymbol{0} \\ \boldsymbol{L}_y = - \boldsymbol{g}(\boldsymbol{x}) = \boldsymbol{0} \\ \boldsymbol{L}_z = \boldsymbol{h}(\boldsymbol{x}) - \boldsymbol{l} - \underline{\boldsymbol{h}} = \boldsymbol{0} \\ \boldsymbol{L}_w = \boldsymbol{h}(\boldsymbol{x}) + \boldsymbol{u} - \bar{\boldsymbol{h}} = \boldsymbol{0} \\ \boldsymbol{L}_l^{\mu} = \boldsymbol{LZe} - \mu \boldsymbol{e} = \boldsymbol{0} \\ \boldsymbol{L}_u^{\mu} = \boldsymbol{UWe} + \mu \boldsymbol{e} = \boldsymbol{0} \\ (\boldsymbol{l}, \boldsymbol{u}; \boldsymbol{z}) \geqslant 0; \boldsymbol{w} \leqslant \boldsymbol{0}; \boldsymbol{y} \neq \boldsymbol{0} \end{cases} \tag{1-36}$$

由松弛后的互补条件(1-35)，可求得 μ：

$$\mu = \frac{\boldsymbol{l}^{\mathrm{T}} \boldsymbol{z} - \boldsymbol{u}^{\mathrm{T}} \boldsymbol{w}}{2r} \tag{1-37}$$

定义补偿间隙(complementary gap)为：

$$C_{\mathrm{gap}} = \boldsymbol{l}^{\mathrm{T}} \boldsymbol{z} - \boldsymbol{u}^{\mathrm{T}} \boldsymbol{w} \tag{1-38}$$

在实际应用中，引入阻尼因子 σ(damping factor)，会影响收敛速度，式(1-37)修改为：

$$\mu = \sigma \frac{C_{\mathrm{gap}}}{2r}, \quad \sigma \in (0,1) \tag{1-39}$$

应用牛顿-拉夫逊法解非线性方程组(1-36)，将其线性化为：

$$\begin{cases} \left[\nabla_{xx}^2 f(\boldsymbol{x}) - \sum_{i=1}^{m} y_i \nabla_{xx}^2 g_i(\boldsymbol{x}) - \sum_{i=1}^{r} (z_i + w_i) \nabla_{xx}^2 h_i(\boldsymbol{x}) \right] \Delta \boldsymbol{x} \\ \quad - \nabla_x \boldsymbol{g}(\boldsymbol{x})^{\mathrm{T}} \Delta \boldsymbol{y} - \nabla_x \boldsymbol{h}(\boldsymbol{x})^{\mathrm{T}} (\Delta \boldsymbol{z} + \Delta \boldsymbol{w}) = - \boldsymbol{L}_{x0} \\ - \nabla_x \boldsymbol{g}(\boldsymbol{x})^{\mathrm{T}} \Delta \boldsymbol{x} = - \boldsymbol{L}_{y0} \\ \nabla_x \boldsymbol{h}(\boldsymbol{x}) \Delta \boldsymbol{x} - \Delta \boldsymbol{l} = - \boldsymbol{L}_{z0} \\ \nabla_x \boldsymbol{h}(\boldsymbol{x}) \Delta \boldsymbol{x} + \Delta \boldsymbol{u} = - \boldsymbol{L}_{w0} \\ \boldsymbol{Z} \Delta \boldsymbol{l} + \boldsymbol{L} \Delta \boldsymbol{z} = - \boldsymbol{L}_{l0}^{\mu} \\ \boldsymbol{W} \Delta \boldsymbol{u} + \boldsymbol{U} \Delta \boldsymbol{w} = - \boldsymbol{L}_{u0}^{\mu} \end{cases} \tag{1-40}$$

这是一个$(4r+m+n)$维线性方程组。

从式(1-40)中的后四个方程可解出 $\Delta \boldsymbol{l}, \Delta \boldsymbol{u}, \Delta \boldsymbol{z}, \Delta \boldsymbol{w}$：

$$\begin{cases} \Delta \boldsymbol{l} = \nabla_x \boldsymbol{h}(\boldsymbol{x}) \Delta \boldsymbol{x} + \boldsymbol{L}_{z0} \\ \Delta \boldsymbol{u} = - [\nabla_x \boldsymbol{h}(\boldsymbol{x}) \Delta \boldsymbol{x} + \boldsymbol{L}_{w0}] \\ \Delta \boldsymbol{z} = - \boldsymbol{L}^{-1} \boldsymbol{Z} \nabla_x \boldsymbol{h}(\boldsymbol{x}) \Delta \boldsymbol{x} - \boldsymbol{L}^{-1} (\boldsymbol{Z} \boldsymbol{L}_{z0} + \boldsymbol{L}_{l0}^{\mu}) \\ \Delta \boldsymbol{w} = \boldsymbol{U}^{-1} \boldsymbol{W} \nabla_x \boldsymbol{h}(\boldsymbol{x}) \Delta \boldsymbol{x} + \boldsymbol{U}^{-1} (\boldsymbol{W} \boldsymbol{L}_{w0} - \boldsymbol{L}_{u0}^{\mu}) \end{cases} \tag{1-41}$$

将式(1-41)的后两个表达式代入式(1-40)中的前两个方程，得到：

$$\begin{bmatrix} \boldsymbol{H}(\cdot) & -\nabla_x \boldsymbol{g}(\boldsymbol{x})^{\mathrm{T}} \\ -\nabla_x \boldsymbol{g}(\boldsymbol{x}) & \boldsymbol{0} \end{bmatrix} \begin{bmatrix} \Delta \boldsymbol{x} \\ \Delta \boldsymbol{y} \end{bmatrix} = \begin{bmatrix} \boldsymbol{\psi}(\cdot,\mu) \\ -\boldsymbol{L}_{y0} \end{bmatrix} \tag{1-42}$$

式中，

$$\begin{cases} \boldsymbol{H}(\cdot) = [\nabla_{xx}^2 f(\boldsymbol{x}) - \sum\limits_{i=1}^{m} y_i \nabla_{xx}^2 g_i(\boldsymbol{x}) - \sum\limits_{i=1}^{r} (z_i + w_i) \nabla_{xx}^2 h_i(\boldsymbol{x})] \\ \qquad + \nabla_x \boldsymbol{h}(\boldsymbol{x})^{\mathrm{T}} (\boldsymbol{L}^{-1}\boldsymbol{Z} - \boldsymbol{U}^{-1}\boldsymbol{W}) \nabla_x \boldsymbol{h}(\boldsymbol{x}) \\ \boldsymbol{\psi}(\cdot,\mu) = -\boldsymbol{L}_{x0} + \nabla_x \boldsymbol{h}(\boldsymbol{x})^{\mathrm{T}} [\boldsymbol{U}^{-1}(\boldsymbol{W}\boldsymbol{L}_{w0} - \boldsymbol{L}_{u0}^{\mu}) \\ \qquad - \boldsymbol{L}^{-1}(\boldsymbol{Z}\boldsymbol{L}_{z0} + L_{l0}^{\mu})] \end{cases} \tag{1-43}$$

讨论：

① 在每步迭代中，需要先后求解式(1-42)和式(1-41)。在求得原变量的修正量($\Delta\boldsymbol{x}, \Delta\boldsymbol{l}, \Delta\boldsymbol{u}$)和对偶变量的修正量($\Delta\boldsymbol{y}, \Delta\boldsymbol{z}, \Delta\boldsymbol{w}$)后，要求根据下列条件计算原变量的修正步长和对偶变量的修正步长：

$$\begin{cases} \boldsymbol{l}^{(k)} + \mathrm{step}_P \Delta \boldsymbol{l}^k > \boldsymbol{0}, \quad \boldsymbol{u}^{(k)} + \mathrm{step}_P \Delta \boldsymbol{u}^k > \boldsymbol{0}, \quad \mathrm{step}_P \leqslant 1 \\ \boldsymbol{z}^{(k)} + \mathrm{step}_D \Delta \boldsymbol{z}^k > \boldsymbol{0}, \quad \boldsymbol{w}^{(k)} + \mathrm{step}_D \Delta \boldsymbol{w}^k < \boldsymbol{0}, \quad \mathrm{step}_D \leqslant 1 \end{cases} \tag{1-44}$$

故：

$$\begin{cases} \mathrm{step}_P = 0.9995 \min\left\{ \min\limits_i \left(\dfrac{-l_i}{\Delta l_i}, \Delta l_i < 0 \right); \min\limits_i \left(\dfrac{-u_i}{\Delta u_i}, \Delta u_i < 0 \right); 1 \right\} \\ \mathrm{step}_D = 0.9995 \min\left\{ \min\limits_i \left(\dfrac{-z_i}{\Delta z_i}, \Delta z_i < 0 \right); \min\limits_i \left(\dfrac{-w_i}{\Delta w_i}, \Delta w_i > 0 \right); 1 \right\} \end{cases} \tag{1-45}$$

$$\begin{cases} \boldsymbol{l}^{(k+1)} = \boldsymbol{l}^{(k)} + \mathrm{step}_P \Delta \boldsymbol{l}^k, \quad \boldsymbol{u}^{(k+1)} = \boldsymbol{u}^{(k)} + \mathrm{step}_P \Delta \boldsymbol{u}^k \\ \boldsymbol{z}^{(k+1)} = \boldsymbol{z}^{(k)} + \mathrm{step}_D \Delta \boldsymbol{z}^k, \quad \boldsymbol{w}^{(k+1)} = \boldsymbol{w}^{(k)} + \mathrm{step}_D \Delta \boldsymbol{w}^k \end{cases} \tag{1-46}$$

② 初始值给定，$\boldsymbol{x}_0$ 一般可按照普通潮流计算的方式给定，即平直启动方式；$\boldsymbol{y}_0$ 取某一个值，如 0.5；$(\boldsymbol{l}_0, \boldsymbol{u}_0) > \boldsymbol{0}$，可从式(1-31)中求出；$\boldsymbol{z}_0 > \boldsymbol{0}, \boldsymbol{w}_0 < \boldsymbol{0}$。

③ 收敛判据：满足式(1-34)所描述的 KKT 条件。一般可简化为同时判断：

$$\begin{cases} C_{\mathrm{gap}} \leqslant \xi_1 (10^{-6}) \\ \| \boldsymbol{g}(\boldsymbol{x}) \|_\infty \leqslant \xi_2 (10^{-4}) \end{cases} \tag{1-47}$$

在最优潮流计算中，$\| \boldsymbol{g}(\boldsymbol{x}) \|_\infty$ 一般为最大潮流偏差(maximum power flow mismatch)，衡量等式约束的满足程度；补偿间隙 C_{gap} 衡量不等式约束的满足程度。

2. 由对数壁垒罚函数、KKT 条件和牛顿法生成[6]

对于式(1-31)，对等式约束引入拉格朗日乘子，并构造对数壁垒罚函数(logarithmic barrier penalty)，消去松弛变量的非负性约束，从而建立增广拉格朗日函数：

$$L(\boldsymbol{x},\boldsymbol{l},\boldsymbol{u};\boldsymbol{y},\boldsymbol{z},\boldsymbol{w})=f(\boldsymbol{x})-\boldsymbol{y}^{\mathrm{T}}\boldsymbol{g}(\boldsymbol{x})-\boldsymbol{z}^{\mathrm{T}}(\boldsymbol{h}(\boldsymbol{x})-\boldsymbol{l}-\underline{\boldsymbol{h}})$$
$$-\boldsymbol{w}^{\mathrm{T}}(\boldsymbol{h}(\boldsymbol{x})+\boldsymbol{u}-\bar{\boldsymbol{h}})-\mu\sum_{j=1}^{r}\ln l_j-\mu\sum_{j=1}^{r}\ln u_j \quad (1\text{-}48)$$

式中，μ 为壁垒参数(barrier factor)。

根据 KKT 条件，生成非线性方程：

$$\begin{cases}\boldsymbol{L}_x=\dfrac{\partial L}{\partial \boldsymbol{x}}=\nabla_x f(\boldsymbol{x})-\nabla_x\boldsymbol{g}(\boldsymbol{x})^{\mathrm{T}}\boldsymbol{y}-\nabla_x\boldsymbol{h}(\boldsymbol{x})^{\mathrm{T}}(\boldsymbol{z}+\boldsymbol{w})=\boldsymbol{0}\\ \boldsymbol{L}_y=\dfrac{\partial L}{\partial \boldsymbol{y}}=-\boldsymbol{g}(\boldsymbol{x})=\boldsymbol{0}\\ \nabla_z\boldsymbol{L}=\dfrac{\partial L}{\partial \boldsymbol{z}}=-(\boldsymbol{h}(\boldsymbol{x})-\boldsymbol{l}-\underline{\boldsymbol{h}})=\boldsymbol{0}\Rightarrow \boldsymbol{L}_z=\boldsymbol{h}(\boldsymbol{x})-\boldsymbol{l}-\underline{\boldsymbol{h}}=\boldsymbol{0}\\ \nabla_w\boldsymbol{L}=\dfrac{\partial L}{\partial \boldsymbol{w}}=-(\boldsymbol{h}(\boldsymbol{x})+\boldsymbol{u}-\bar{\boldsymbol{h}})=\boldsymbol{0}\Rightarrow \boldsymbol{L}_w=\boldsymbol{h}(\boldsymbol{x})+\boldsymbol{u}-\bar{\boldsymbol{h}}=\boldsymbol{0}\\ \boldsymbol{L}_l=\dfrac{\partial L}{\partial \boldsymbol{l}}=\boldsymbol{z}-\mu\boldsymbol{L}^{-1}\boldsymbol{e}=\boldsymbol{0}\Rightarrow \boldsymbol{L}_l^{\mu}=\boldsymbol{LZe}-\mu\boldsymbol{e}=\boldsymbol{0}\\ \boldsymbol{L}_u=\dfrac{\partial L}{\partial \boldsymbol{u}}=-\boldsymbol{w}-\mu\boldsymbol{U}^{-1}\boldsymbol{e}=\boldsymbol{0}\Rightarrow \boldsymbol{L}_u^{\mu}=\boldsymbol{UWe}+\mu\boldsymbol{e}=\boldsymbol{0}\\ (\boldsymbol{l},\boldsymbol{u};\boldsymbol{z})\geqslant 0;\boldsymbol{w}\leqslant\boldsymbol{0};\boldsymbol{y}\neq\boldsymbol{0}\end{cases} \quad (1\text{-}49)$$

式(1-49)与式(1-36)完全相同，可直接用牛顿-拉夫逊方法求解。

1.3 线性规划

1.3.1 单纯形法

假定线性规划问题中含 n 个变量，分别用 $x_i(i=1,\cdots,n)$ 表示，则线性规划问题的代数表达式可写成：

$$\begin{cases}\max(\text{或}\min)z=c_1x_1+c_2x_2+\cdots+c_nx_n\\ \text{s.t. } a_{11}x_1+a_{12}x_2+\cdots+a_{1n}x_n\leqslant(\text{或}=,\geqslant)b_1\\ \qquad a_{21}x_1+a_{22}x_2+\cdots+a_{2n}x_n\leqslant(\text{或}=,\geqslant)b_2\\ \qquad\vdots\\ \qquad a_{m1}x_1+a_{m2}x_2+\cdots+a_{mn}x_n\leqslant(\text{或}=,\geqslant)b_n\\ \qquad x_1,x_2,\cdots,x_n\geqslant 0\end{cases} \quad (1\text{-}50)$$

用矩阵和向量形式来表示可写为：

$$\begin{cases}\max(\text{或}\min)\boldsymbol{c}^{\mathrm{T}}\boldsymbol{x}\\ \text{s.t. } \boldsymbol{Ax}\leqslant(\text{或}=,\geqslant)\boldsymbol{b}\\ \qquad \boldsymbol{x}\geqslant\boldsymbol{0}\end{cases} \quad (1\text{-}51)$$

式中，$\boldsymbol{c}$ 和 $\boldsymbol{x}$ 均为 n 维列向量；$\boldsymbol{b}$ 为 m 维列向量；$\boldsymbol{A}$ 为 $m\times n$ 矩阵，称为约束方程组（约束条件）的系数矩阵。

由于目标函数和约束条件在内容和形式上的差别，线性规划问题可以有多种表达形式。为了便于讨论，规定线性规划问题的标准形式如下：

$$\min \boldsymbol{c}^{\mathrm{T}}\boldsymbol{x} \tag{1-52a}$$

$$\text{s. t. } \boldsymbol{Ax}=\boldsymbol{b} \tag{1-52b}$$

$$\boldsymbol{x}\geqslant \boldsymbol{0} \tag{1-52c}$$

对不符合上述标准形式（或称为非标准形式）的线性规划问题，可分别通过下列方法转化为标准形式：

① 最优化目标为求最大值，即 $\max \boldsymbol{c}^{\mathrm{T}}\boldsymbol{x}$，可以等价表示为 $\min(-\boldsymbol{c}^{\mathrm{T}}\boldsymbol{x})$。

② 约束条件为不等式。当 $\boldsymbol{Ax}\geqslant\boldsymbol{b}$ 时，引入剩余变量 $\boldsymbol{z}\geqslant\boldsymbol{0}$，且有 $\boldsymbol{Ax}-\boldsymbol{z}=\boldsymbol{b}$，即 $\boldsymbol{Ax}\geqslant\boldsymbol{b}\Leftrightarrow\boldsymbol{Ax}-\boldsymbol{z}=\boldsymbol{b},\boldsymbol{z}\geqslant\boldsymbol{0}$；若约束条件为 $\boldsymbol{Ax}\leqslant\boldsymbol{b}$，则引入松弛变量 $\boldsymbol{y}\geqslant\boldsymbol{0}$，且有 $\boldsymbol{Ax}+\boldsymbol{y}=\boldsymbol{b}$，即 $\boldsymbol{Ax}\leqslant\boldsymbol{b}\Leftrightarrow\boldsymbol{Ax}+\boldsymbol{y}=\boldsymbol{b},\boldsymbol{y}\geqslant\boldsymbol{0}$。

③ 关于变量 $\boldsymbol{x}$ 的约束条件。若 $\boldsymbol{x}\leqslant 0$，令 $\boldsymbol{x}'=-\boldsymbol{x}$，显然 $\boldsymbol{x}'\geqslant\boldsymbol{0}$；若 $\boldsymbol{x}$ 为自由变量，即 $\boldsymbol{x}$ 为任意实数（$\geqslant$或$\leqslant\boldsymbol{0}$ 均有可能），则引入变量 $\boldsymbol{x}^{+}\geqslant\boldsymbol{0},\boldsymbol{x}^{-}\geqslant\boldsymbol{0}$，这时令 $\boldsymbol{x}=\boldsymbol{x}^{+}-\boldsymbol{x}^{-}$，将其代入式(1-52)的目标函数和约束条件，就可将自由变量 $\boldsymbol{x}$ 消去，待求出新线性规划问题的解后，利用上式即可求出原始 $\boldsymbol{x}$ 的值。

以式(1-52)给出的线性规划问题标准表达式为基础，我们对线性规划模型引入两组拉格朗日乘子，以 $\boldsymbol{\pi}$ 表示 m 维列向量，作为等式约束条件(1-52b)的拉格朗日乘子，以 $\boldsymbol{s}$ 表示 n 维列向量，作为变量 $\boldsymbol{x}$ 非负约束条件(1-52c)的拉格朗日乘子，因此，模型(1-52)的拉格朗日函数表达式为：

$$L(\boldsymbol{x},\boldsymbol{\pi},\boldsymbol{s})=\boldsymbol{c}^{\mathrm{T}}\boldsymbol{x}-\boldsymbol{\pi}^{\mathrm{T}}(\boldsymbol{Ax}-\boldsymbol{b})-\boldsymbol{s}^{\mathrm{T}}\boldsymbol{x} \tag{1-53}$$

根据一阶最优性必要条件，假设 $\boldsymbol{x}^{*}$ 为式(1-53)的局部最优点，且 LICQ 在点 $\boldsymbol{x}^{*}$ 成立，则存在拉格朗日乘子 $\boldsymbol{\pi}$ 和 $\boldsymbol{s}$，满足以下 KKT 条件[1]：

$$\boldsymbol{A}^{\mathrm{T}}\boldsymbol{\pi}+\boldsymbol{s}=\boldsymbol{c} \tag{1-54a}$$

$$\boldsymbol{Ax}=\boldsymbol{b} \tag{1-54b}$$

$$\boldsymbol{x}\geqslant\boldsymbol{0} \tag{1-54c}$$

$$\boldsymbol{s}\geqslant\boldsymbol{0} \tag{1-54d}$$

$$x_i s_i=0,\quad i=1,2,\cdots,n \tag{1-54e}$$

因此，求解线性规划问题(1-52)就转化成为求解以$(\boldsymbol{\pi},\boldsymbol{s},\boldsymbol{x})$为变量的代数方程组(1-54)。以下给出几个基本概念：

① 基：设 $\boldsymbol{A}$ 为约束方程组(1-52b)的 $m\times n$ 阶系数矩阵（设 $n>m$），其秩为 m，$\boldsymbol{B}$ 是矩阵 $\boldsymbol{A}$ 中的一个 $m\times m$ 阶满秩子矩阵，称 $\boldsymbol{B}$ 是线性规划问题的一个基。不失一般性，设：

$$\boldsymbol{B}=\begin{bmatrix} a_{11} & a_{12} & \cdots & a_{1m} \\ a_{21} & a_{22} & \cdots & a_{2m} \\ \vdots & \vdots & & \vdots \\ a_{m1} & a_{m2} & \cdots & a_{mm} \end{bmatrix}=[\boldsymbol{p}_1,\boldsymbol{p}_2,\cdots,\boldsymbol{p}_m] \tag{1-55}$$

$\boldsymbol{B}$ 中的每一个列向量 $\boldsymbol{p}_j(j=1,2,\cdots,m)$称为基向量，与基向量 $\boldsymbol{p}_j$ 对应的变量 x_j 称为基变量。线性规划中除基变量以外的其他变量称为非基变量。

② 基本解：在约束方程(1-52b)中，令所有非基变量 $x_{m+1}=x_{m+2}=\cdots=x_n=0$，又因为有$|\boldsymbol{B}|\neq 0$，因此由 m 个约束方程可解出 m 个基变量的唯一解 $\boldsymbol{X}_B=[x_1,x_2,\cdots,x_m]^{\mathrm{T}}$。将这个解加上非基变量取 0 的值有 $\boldsymbol{X}=[x_1,x_2,\cdots,x_m,0,\cdots,0]^{\mathrm{T}}$，称 $\boldsymbol{X}$ 为线性规划问题的基本解。显然，在基本解中变量取非零值的个数不大于方程数 m，故基本解的总数不超过 C_n^m 个。

③ 基本可行解：满足变量非负约束条件(1-52c)的基本解称为基本可行解。

④ 可行基：对应于基本可行解的基称为可行基。

根据相关定理，若线性规划问题有最优解，则必存在最优基本可行解，因此，求解线性规划问题可归结为寻找最优基本可行解。由 Dantzig 在 1947 年提出的单纯形法的基本思想是：从一个基本可行解出发，寻找一个使目标函数值有所改善的基本可行解；通过不断改进基本可行解，力图达到最优基本可行解。因此，利用单纯形方法求解线性规划问题的关键就是如何从一个基本可行解转换到相邻的另一个基本可行解。以下将从 KKT 条件的角度来阐述单纯形法转换基本可行解的选择过程[1]。

现将线性规划标准模型(1-52b)中的系数矩阵 $\boldsymbol{A}$ 通过列调换分解为$(\boldsymbol{B},\boldsymbol{N})$，使得前 m 列构成的子矩阵 $\boldsymbol{B}$ 为基矩阵，后 $n-m$ 列构成的子矩阵 $\boldsymbol{N}$ 为非基矩阵。与之相对应，根据 $\boldsymbol{B}$ 与 $\boldsymbol{N}$ 的分解将 n 维列向量 $\boldsymbol{x},\boldsymbol{s},\boldsymbol{c}$ 分别拆分为：

$$\boldsymbol{x}=[\boldsymbol{x}_B^{\mathrm{T}}\quad \boldsymbol{x}_N^{\mathrm{T}}]^{\mathrm{T}};\quad \boldsymbol{s}=[\boldsymbol{s}_B^{\mathrm{T}}\quad \boldsymbol{s}_N^{\mathrm{T}}]^{\mathrm{T}};\quad \boldsymbol{c}=[\boldsymbol{c}_B^{\mathrm{T}}\quad \boldsymbol{c}_N^{\mathrm{T}}]^{\mathrm{T}} \tag{1-56}$$

由 KKT 条件(1-54b)有：

$$\boldsymbol{A}\boldsymbol{x}=\boldsymbol{B}\boldsymbol{x}_B+\boldsymbol{N}\boldsymbol{x}_N=\boldsymbol{b} \tag{1-57}$$

因此，初始基本可行解可给定为：

$$\boldsymbol{x}_B=\boldsymbol{B}^{-1}\boldsymbol{b},\quad \boldsymbol{x}_N=\boldsymbol{0} \tag{1-58}$$

显然，上式给出的初始基本可行解同时满足 KKT 条件(1-54b)和(1-54c)。为保证满足 KKT 条件(1-54e)，我们取：

$$\boldsymbol{s}_B=\boldsymbol{0} \tag{1-59}$$

同时将式(1-54a)按照 $\boldsymbol{B}$、$\boldsymbol{N}$ 进行相应分解，可得：

$$\boldsymbol{B}^{\mathrm{T}}\boldsymbol{\pi}=\boldsymbol{c}_B \tag{1-60}$$

$$\boldsymbol{N}^{\mathrm{T}}\boldsymbol{\pi}+\boldsymbol{s}_N=\boldsymbol{c}_N \tag{1-61}$$

由于 $\boldsymbol{B}$ 为可逆方阵，因此，式(1-60)可进一步转化为：

$$\boldsymbol{\pi} = \boldsymbol{B}^{-\mathrm{T}}\boldsymbol{c}_B \tag{1-62}$$

将式(1-62)代入式(1-61)可用于求解初始基本可行解 $\boldsymbol{s}_N$ 的值，即：

$$\boldsymbol{s}_N = \boldsymbol{c}_N - \boldsymbol{N}^{\mathrm{T}}\boldsymbol{\pi} = \boldsymbol{c}_N - (\boldsymbol{B}^{-1}\boldsymbol{N})^{\mathrm{T}}\boldsymbol{c}_B \tag{1-63}$$

综上所述，我们推导出的初始基本可行解已满足 KKT 条件(1-54a)、(1-54b)、(1-54c)和(1-54e)。对于条件(1-54d)$\boldsymbol{s}\geqslant\boldsymbol{0}$，由于 $\boldsymbol{s}$ 可相应分解为 $\boldsymbol{s}_B$ 和 $\boldsymbol{s}_N$，且 $\boldsymbol{s}_B=\boldsymbol{0}$，若 $\boldsymbol{s}_N$ 中的所有元素均$\geqslant 0$，则 $\boldsymbol{s}$ 满足条件(1-54d)，从而使得由式(1-58)、式(1-59)、式(1-62)和式(1-63)所确定的$(\boldsymbol{\pi},\boldsymbol{s},\boldsymbol{x})$即为最优解。可见，确定 $\boldsymbol{s}_N$ 成为单纯形法找到最优解的关键。

因此，在下一次迭代中，选取 $\boldsymbol{s}_N$ 中小于 0 的元素 s_q，其对应的变量为 x_q。若 x_q 由 0 开始增长到某一个正值，而 $\boldsymbol{x}_N$ 中的其他分量仍保持为 0，为满足等式约束条件 $\boldsymbol{Ax}=\boldsymbol{b}$，$\boldsymbol{x}_B$ 中必然有变量会从正值逐步减少至 0，将该变量记为 x_p。这时，以 x_q 作为下一轮迭代中基本可行解的进基变量，而 x_p 作为离基变量来构建新的基本可行解，并验证新的基本可行解是否满足 KKT 条件(1-54)。若不满足，则再次进行换基，直到迭代所得的$(\boldsymbol{\pi},\boldsymbol{s},\boldsymbol{x})$能够满足所有 KKT 条件(1-54)为止。

1.3.2　内点法

20 世纪 80 年代，人们发现大规模线性规划问题可以将其转化成为非线性规划问题，并通过改进相应求解非线性代数方程组的算法，如牛顿-拉夫逊法，实现快速有效求解[1,3,4,7]。这种思想于 20 世纪 90 年代初期得到具体实现，内点法作为其重要代表已成为求解线性规划问题的经典优化方法之一。本节主要介绍原对偶内点法的基本原理。

根据对偶原理，式(1-52)的对偶形式可以表示为：

$$\min\ (-\boldsymbol{b}^{\mathrm{T}}\boldsymbol{\lambda}) \tag{1-64a}$$

$$\text{s. t. } \boldsymbol{A}^{\mathrm{T}}\boldsymbol{\lambda} + \boldsymbol{s} = \boldsymbol{c} \tag{1-64b}$$

$$\boldsymbol{s} \geqslant \boldsymbol{0} \tag{1-64c}$$

式中，$\boldsymbol{\lambda}$ 为 m 维列向量；$\boldsymbol{s}$ 为 n 为列向量。

根据一阶最优性必要条件，由式(1-52)和式(1-64)所描述的线性规划问题的原对偶解均可转化为求解式(1-65)所述的代数方程组[1]：

$$\boldsymbol{A}^{\mathrm{T}}\boldsymbol{\lambda} + \boldsymbol{s} = \boldsymbol{c} \tag{1-65a}$$

$$\boldsymbol{Ax} = \boldsymbol{b} \tag{1-65b}$$

$$x_i s_i = 0,\quad i = 1,2,\cdots,n \tag{1-65c}$$

$$(\boldsymbol{x},\boldsymbol{s}) \geqslant 0 \tag{1-65d}$$

由于式(1-65c)的存在，导致代数方程组(1-65)是非线性的，因此，可采用牛顿-拉夫逊方法求解，但不能直接采用，需要克服这个问题，其原因类似于 1.2.3 小节的分析。为此，对互补条件(1-65c)引入摄动因子 $\mu(\mu>0)$，得到：

$$x_i s_i - \mu = 0, \quad i = 1,2,\cdots,n \tag{1-66}$$

将式(1-65a)、式(1-65b)、式(1-66)和式(1-65d)改写为如下形式：

$$\boldsymbol{F}(\boldsymbol{x},\boldsymbol{\lambda},\boldsymbol{s}) = \begin{bmatrix} \boldsymbol{A}^{\mathrm{T}}\boldsymbol{\lambda} + \boldsymbol{s} - \boldsymbol{c} \\ \boldsymbol{A}\boldsymbol{x} - \boldsymbol{b} \\ \boldsymbol{X}\boldsymbol{S}\boldsymbol{e} - \mu\boldsymbol{e} \end{bmatrix} = \boldsymbol{0} \tag{1-67a}$$

$$(\boldsymbol{x},\boldsymbol{s}) \geqslant 0 \tag{1-67b}$$

式中，$\boldsymbol{X}=\mathrm{diag}(x_1,x_2,\cdots,x_n)$，$\boldsymbol{S}=\mathrm{diag}(s_1,s_2,\cdots,s_n)$，$\boldsymbol{e}=[1,1,\cdots,1]^{\mathrm{T}}$。

这样就可直接采用牛顿-拉夫逊法求解非线性代数方程组(1-67a)，获得搜索方向，而通过修正迭代步长则能够使每次迭代所得的 $\boldsymbol{x}$ 和 $\boldsymbol{s}$ 严格满足不等式约束条件(1-67b)。这就是原对偶内点法的基本思路，而如何处理不等式约束条件(1-67b)则是用原对偶内点法求解线性规划问题的关键[1]。

在内点法的每一次迭代中(设为第 k 次迭代)，通常要求式(1-67b)能够严格满足，即 $\boldsymbol{x}^k>\boldsymbol{0}$，$\boldsymbol{s}^k>\boldsymbol{0}$，使迭代解始终位于式(1-67)可行域的内部。定义可行解集合 Γ 和严格可行解集合 Γ^0，二者分别用式(1-68)和式(1-69)来表示：

$$\Gamma = \{(\boldsymbol{x},\boldsymbol{\lambda},\boldsymbol{s}) \mid \boldsymbol{A}\boldsymbol{x} = \boldsymbol{b}, \boldsymbol{A}^{\mathrm{T}}\boldsymbol{\lambda} + \boldsymbol{s} = \boldsymbol{c}, (\boldsymbol{x},\boldsymbol{s}) \geqslant 0\} \tag{1-68}$$

$$\Gamma^0 = \{(\boldsymbol{x},\boldsymbol{\lambda},\boldsymbol{s}) \mid \boldsymbol{A}\boldsymbol{x} = \boldsymbol{b}, \boldsymbol{A}^{\mathrm{T}}\boldsymbol{\lambda} + \boldsymbol{s} = \boldsymbol{c}, (\boldsymbol{x},\boldsymbol{s}) > 0\} \tag{1-69}$$

因此，第 k 次迭代中，内点法的严格可行解可记为：

$$(\boldsymbol{x}^k,\boldsymbol{\lambda}^k,\boldsymbol{s}^k) \in \Gamma^0 \tag{1-70}$$

采用牛顿-拉夫逊法对式(1-67a)进行迭代方向的求解，可得如下修正方程：

$$\boldsymbol{J}(\boldsymbol{x},\boldsymbol{\lambda},\boldsymbol{s}) \begin{bmatrix} \Delta\boldsymbol{x} \\ \Delta\boldsymbol{s} \\ \Delta\boldsymbol{\lambda} \end{bmatrix} = -\boldsymbol{F}(\boldsymbol{x},\boldsymbol{\lambda},\boldsymbol{s}) \tag{1-71}$$

式中，$\boldsymbol{J}(\cdot)$为 $\boldsymbol{F}(\cdot)$的雅可比矩阵。

如果当前迭代点$(\boldsymbol{x}^k,\boldsymbol{\lambda}^k,\boldsymbol{s}^k)$严格可行，即满足式(1-70)，则有：

$$\begin{bmatrix} \boldsymbol{0} & \boldsymbol{A}^{\mathrm{T}} & \boldsymbol{I} \\ \boldsymbol{A} & \boldsymbol{0} & \boldsymbol{0} \\ \boldsymbol{S} & \boldsymbol{0} & \boldsymbol{X} \end{bmatrix} \begin{bmatrix} \Delta\boldsymbol{x}^k \\ \Delta\boldsymbol{\lambda}^k \\ \Delta\boldsymbol{s}^k \end{bmatrix} = \begin{bmatrix} \boldsymbol{0} \\ \boldsymbol{0} \\ -\boldsymbol{X}\boldsymbol{S}\boldsymbol{e} + \mu\boldsymbol{e} \end{bmatrix} \tag{1-72}$$

求解方程组(1-72)即可得第 k 次迭代方向的取值$(\Delta\boldsymbol{x}^k,\Delta\boldsymbol{\lambda}^k,\Delta\boldsymbol{s}^k)$。为确保$(\boldsymbol{x},\boldsymbol{\lambda},\boldsymbol{s})\in\Gamma^0$，要求根据下列条件计算修正步长：

$$\boldsymbol{x}^{(k)} + \alpha\Delta\boldsymbol{x}^k > \boldsymbol{0}, \quad \boldsymbol{s}^{(k)} + \alpha\Delta\boldsymbol{s}^k > \boldsymbol{0}, \quad \alpha \leqslant 1 \tag{1-73}$$

故：

$$\alpha = 0.9995\min\left\{\min_i\left(\frac{-x_i}{\Delta x_i}, \Delta x_i < 0\right); \min_i\left(\frac{-s_i}{\Delta s_i}, \Delta s_i < 0\right); 1\right\} \tag{1-74}$$

$$\begin{cases}\boldsymbol{x}^{(k+1)} = \boldsymbol{x}^{(k)} + \alpha\Delta\boldsymbol{x}^{k}, \quad \boldsymbol{s}^{(k+1)} = \boldsymbol{s}^{(k)} + \alpha\Delta\boldsymbol{s}^{k} \\ \boldsymbol{\lambda}^{(k+1)} = \boldsymbol{\lambda}^{(k)} + \alpha\Delta\boldsymbol{\lambda}^{k}\end{cases} \tag{1-75}$$

因此,通过若干次迭代,当满足收敛条件时所得的解即为方程组(1-65)的解,也就是线性规划问题(1-52)和(1-64)的最优解。

由松弛后的互补条件式(1-66),可求得 μ:

$$\mu = \frac{\boldsymbol{s}^{\mathrm{T}}\boldsymbol{x}}{n} = \frac{1}{n}\sum_{i=1}^{n} x_i s_i \tag{1-76}$$

定义补偿间隙如下:

$$C_{\mathrm{gap}} = \boldsymbol{s}^{\mathrm{T}}\boldsymbol{x} = \sum_{i=1}^{n} x_i s_i \tag{1-77}$$

在实际应用中,引入阻尼因子 σ,式(1-76)修改为:

$$\mu = \sigma\frac{C_{\mathrm{gap}}}{2r}, \quad \sigma \in (0,1) \tag{1-78}$$

由于 $C_{\mathrm{gap}} = \boldsymbol{s}^{\mathrm{T}}\boldsymbol{x} = (-\boldsymbol{A}^{\mathrm{T}}\boldsymbol{\lambda} + \boldsymbol{c})^{\mathrm{T}}\boldsymbol{x} = (-\boldsymbol{\lambda}^{\mathrm{T}}\boldsymbol{A} + \boldsymbol{c}^{\mathrm{T}})\boldsymbol{x} = -\boldsymbol{\lambda}^{\mathrm{T}}\boldsymbol{A}\boldsymbol{x} + \boldsymbol{c}^{\mathrm{T}}\boldsymbol{x} = -\boldsymbol{\lambda}^{\mathrm{T}}\boldsymbol{b} + \boldsymbol{c}^{\mathrm{T}}\boldsymbol{x} = -\boldsymbol{b}^{\mathrm{T}}\boldsymbol{\lambda} + \boldsymbol{c}^{\mathrm{T}}\boldsymbol{x}$,即为线性规划原问题(1-52)与对偶问题(1-64)的目标函数之差,故 C_{gap} 实际上为对偶间隙。

1.4 小　　结

本章介绍了最优化问题的模型和相关数学基础;介绍了非线性规划的一阶最优性条件(KKT 条件)、二阶最优性条件的重要结论,并阐述非线性原对偶内点法的基本原理;介绍了线性规划模型,并对单纯形法和内点法的基本原理进行阐述。

参 考 文 献

[1] Nocedal J, Wright S J. Numerical Optimization(影印版). 北京:科学出版社,2006

[2] 袁亚湘,孙文瑜. 最优化理论与方法. 北京:科学出版社,1999

[3] 张建中,许绍吉. 线性规划. 北京:科学出版社,1997

[4] 方述诚,普森普拉 S. 线性优化及扩展——理论与算法. 北京:科学出版社,1994

[5] Wei H, Sasaki H, Kubokawa J, et al. An interior point nonlinear programming for optimal power flow problems with a novel data structure. IEEE Transactions on Power Systems, 1998, 13(3):870～877

[6] 刘明波,程莹,林声宏. 求解无功优化的内点线性和内点非线性规划方法比较. 电力系统自动化,2002,26(1):22～26

[7] Monterio R D C, Adler I. Interior path following primal-dual algorithm, part Ⅰ: linear programming. Mathematical Programming, 1989, 44:27～42

第二章　连续无功优化计算

2.1　线性规划建模

电力系统无功优化问题是指当电力系统的结构和参数、负荷有功和无功功率、发电机有功出力给定时，在满足系统各种设备和运行限制条件的情况下，通过对发电机机端电压、无功补偿设备出力及可调变压器的分接头进行调节，使得系统的有功网损最小。

其数学模型可以描述为如下非线性规划问题：

$$\min P_{\mathrm{L}} = f_{\mathrm{L}}(\boldsymbol{x},\boldsymbol{u}) \tag{2-1}$$

$$\text{s.t. } \boldsymbol{g}(\boldsymbol{x},\boldsymbol{u}) = \boldsymbol{0} \tag{2-2}$$

$$\boldsymbol{x}_{\min} \leqslant \boldsymbol{x} \leqslant \boldsymbol{x}_{\max} \tag{2-3}$$

$$\boldsymbol{u}_{\min} \leqslant \boldsymbol{u} \leqslant \boldsymbol{u}_{\max} \tag{2-4}$$

式中，状态变量 $\boldsymbol{x}=[\boldsymbol{Q}_{\mathrm{G}}^{\mathrm{T}},\boldsymbol{V}_{\mathrm{D}}^{\mathrm{T}}]^{\mathrm{T}}$；控制变量 $\boldsymbol{u}=[\boldsymbol{V}_{\mathrm{G}}^{\mathrm{T}},\boldsymbol{Q}_{\mathrm{C}}^{\mathrm{T}},\boldsymbol{T}_{\mathrm{B}}^{\mathrm{T}}]^{\mathrm{T}}$；下标 max 和 min 表示变量的上、下限；$\boldsymbol{Q}_{\mathrm{G}}$ 为发电机无功出力向量；$\boldsymbol{V}_{\mathrm{D}}$ 为负荷节点电压向量；$\boldsymbol{V}_{\mathrm{G}}$ 为发电机机端电压向量；$\boldsymbol{Q}_{\mathrm{C}}$ 为无功补偿设备出力向量；$\boldsymbol{T}_{\mathrm{B}}$ 为可调变压器变比向量；P_{L} 为有功网损；式(2-2)为节点功率平衡方程。

将非线性无功优化模型线性化，可以建立如下形式的线性规划模型[1~3]：

$$\min \Delta P_{\mathrm{L}} = \left(\frac{\partial P_{\mathrm{L}}}{\partial \boldsymbol{V}_{\mathrm{G}}}\right)^{\mathrm{T}} \Delta \boldsymbol{V}_{\mathrm{G}} + \left(\frac{\partial P_{\mathrm{L}}}{\partial \boldsymbol{Q}_{\mathrm{C}}}\right)^{\mathrm{T}} \Delta \boldsymbol{Q}_{\mathrm{C}} + \left(\frac{\partial P_{\mathrm{L}}}{\partial \boldsymbol{T}_{\mathrm{B}}}\right)^{\mathrm{T}} \Delta \boldsymbol{T}_{\mathrm{B}} \tag{2-5}$$

$$\text{s.t. } \begin{bmatrix} \boldsymbol{Q}_{\mathrm{Gmin}} - \boldsymbol{Q}_{\mathrm{G0}} \\ \boldsymbol{V}_{\mathrm{Dmin}} - \boldsymbol{V}_{\mathrm{D0}} \end{bmatrix} \leqslant \boldsymbol{S} \begin{bmatrix} \Delta \boldsymbol{V}_{\mathrm{G}} \\ \Delta \boldsymbol{Q}_{\mathrm{C}} \\ \Delta \boldsymbol{T}_{\mathrm{B}} \end{bmatrix} \leqslant \begin{bmatrix} \boldsymbol{Q}_{\mathrm{Gmax}} - \boldsymbol{Q}_{\mathrm{G0}} \\ \boldsymbol{V}_{\mathrm{Dmax}} - \boldsymbol{V}_{\mathrm{D0}} \end{bmatrix} \tag{2-6}$$

$$\begin{bmatrix} \boldsymbol{V}_{\mathrm{Gmin}} - \boldsymbol{V}_{\mathrm{G0}} \\ \boldsymbol{Q}_{\mathrm{Cmin}} - \boldsymbol{Q}_{\mathrm{C0}} \\ \boldsymbol{T}_{\mathrm{Bmin}} - \boldsymbol{T}_{\mathrm{B0}} \end{bmatrix} \leqslant \begin{bmatrix} \Delta \boldsymbol{V}_{\mathrm{G}} \\ \Delta \boldsymbol{Q}_{\mathrm{C}} \\ \Delta \boldsymbol{T}_{\mathrm{B}} \end{bmatrix} \leqslant \begin{bmatrix} \boldsymbol{V}_{\mathrm{Gmax}} - \boldsymbol{V}_{\mathrm{G0}} \\ \boldsymbol{Q}_{\mathrm{Cmax}} - \boldsymbol{Q}_{\mathrm{C0}} \\ \boldsymbol{T}_{\mathrm{Bmax}} - \boldsymbol{T}_{\mathrm{B0}} \end{bmatrix} \tag{2-7}$$

式(2-5)中，一阶偏导数 $\partial \boldsymbol{P}_{\mathrm{L}}/\partial \boldsymbol{V}_{\mathrm{G}}$、$\partial \boldsymbol{P}_{\mathrm{L}}/\partial \boldsymbol{Q}_{\mathrm{C}}$、$\partial \boldsymbol{P}_{\mathrm{L}}/\partial \boldsymbol{T}_{\mathrm{B}}$ 分别是网损对发电机端电压、无功补偿设备出力和可调变压器变比的损耗灵敏度系数；式(2-6)中矩阵 $\boldsymbol{S}$ 为状态变量对控制变量的相对灵敏度系数矩阵：

$$S = \begin{bmatrix} \dfrac{\partial \boldsymbol{Q}_{\mathrm{G}}}{\partial \boldsymbol{V}_{\mathrm{G}}} & \dfrac{\partial \boldsymbol{Q}_{\mathrm{G}}}{\partial \boldsymbol{Q}_{\mathrm{C}}} & \dfrac{\partial \boldsymbol{Q}_{\mathrm{G}}}{\partial \boldsymbol{T}_{\mathrm{B}}} \\ \dfrac{\partial \boldsymbol{V}_{\mathrm{D}}}{\partial \boldsymbol{V}_{\mathrm{G}}} & \dfrac{\partial \boldsymbol{V}_{\mathrm{D}}}{\partial \boldsymbol{Q}_{\mathrm{C}}} & \dfrac{\partial \boldsymbol{V}_{\mathrm{D}}}{\partial \boldsymbol{T}_{\mathrm{B}}} \end{bmatrix} \tag{2-8}$$

可见，准确求取损耗灵敏度系数和相对灵敏度系数矩阵是建立无功优化线性规划模型的关键[3]。

2.2　灵敏度系数计算

假定系统 1 号节点为平衡机节点，2，…，m 号节点为发电机节点，$m+1$，…，$m+r$ 号节点为无功补偿节点。控制变量包括发电机端电压、无功补偿设备的出力和可调变压器变比，表示为：

$$\boldsymbol{u} = [\boldsymbol{u}_1^{\mathrm{T}} \boldsymbol{u}_2^{\mathrm{T}}]^{\mathrm{T}} \tag{2-9}$$

式中，

$$\boldsymbol{u}_1 = [V_1 V_2 \cdots V_m Q_{m+1} Q_{m+2} \cdots Q_{m+r}]^{\mathrm{T}} \tag{2-10}$$

$$\boldsymbol{u}_2 = [T_1 T_2 \cdots T_k]^{\mathrm{T}} \tag{2-11}$$

式中，r 为无功补偿节点数目；k 为可调变压器数目。状态变量包括平衡机的有功和无功功率、发电机的无功出力、负荷节点电压幅值、节点电压相角（平衡节点除外），表示为：

$$\boldsymbol{x}_3 = [\boldsymbol{x}_1^{\mathrm{T}} \boldsymbol{x}_2^{\mathrm{T}}]^{\mathrm{T}} \tag{2-12}$$

式中，

$$\boldsymbol{x}_1 = [P_{\mathrm{G1}} Q_{\mathrm{G1}} Q_{\mathrm{G2}} \cdots Q_{\mathrm{G}m}]^{\mathrm{T}} \tag{2-13}$$

$$\boldsymbol{x}_2 = [\theta_2 \cdots \theta_n V_{m+1} \cdots V_n]^{\mathrm{T}} \tag{2-14}$$

式中，n 为系统节点总数；m 为发电机数目。

节点注入功率方程为：

$$\begin{cases} f_{P_i} = P_i - V_i \sum\limits_{j \in i} V_j (G_{ij} \cos\theta_{ij} + B_{ij} \sin\theta_{ij}) = 0 \\ f_{Q_1} = Q_i - V_i \sum\limits_{j \in i} V_j (G_{ij} \sin\theta_{ij} - B_{ij} \cos\theta_{ij}) = 0 \end{cases}, \quad i = 1,2,\cdots,n \tag{2-15}$$

式中，P_i、Q_i 为节点 i 的注入有功、无功功率。

将式(2-15)中的 $2n$ 个方程按下述方式排列：

$$\boldsymbol{f} = [\boldsymbol{f}_1^{\mathrm{T}} \boldsymbol{f}_2^{\mathrm{T}}]^{\mathrm{T}} \tag{2-16}$$

式中，

$$\boldsymbol{f}_1 = [f_{P_1} f_{Q_1} \cdots f_{Q_m}]^{\mathrm{T}} \tag{2-17}$$

$$\boldsymbol{f}_2 = [f_{P_2} \cdots f_{Pn} f_{Q_{m+1}} \cdots f_{Q_n}]^{\mathrm{T}} \tag{2-18}$$

对式(2-15)分别取状态变量和控制变量的偏导数 $\partial \boldsymbol{f}/\partial \boldsymbol{x}_3$、$\partial \boldsymbol{f}/\partial \boldsymbol{u}$，其表达

式为：

$$\frac{\partial \boldsymbol{f}}{\partial \boldsymbol{x}_3}=\begin{bmatrix}\boldsymbol{J}_1 & \boldsymbol{J}_2\\ \boldsymbol{J}_3 & \boldsymbol{J}_4\end{bmatrix},\quad \frac{\partial \boldsymbol{f}}{\partial \boldsymbol{u}}=\begin{bmatrix}\boldsymbol{J}_5 & \boldsymbol{J}_6\\ \boldsymbol{J}_7 & \boldsymbol{J}_8\end{bmatrix} \tag{2-19}$$

式中，

$$\boldsymbol{J}_1=\frac{\partial \boldsymbol{f}_1}{\partial \boldsymbol{x}_1}=\boldsymbol{I},\quad \boldsymbol{J}_2=\frac{\partial \boldsymbol{f}_1}{\partial \boldsymbol{x}_2},\quad \boldsymbol{J}_3=\frac{\partial \boldsymbol{f}_2}{\partial \boldsymbol{x}_1}=\boldsymbol{0},\quad \boldsymbol{J}_4=\frac{\partial \boldsymbol{f}_2}{\partial \boldsymbol{x}_2}$$

$$\boldsymbol{J}_5=\frac{\partial \boldsymbol{f}_1}{\partial \boldsymbol{u}_1},\quad \boldsymbol{J}_6=\frac{\partial \boldsymbol{f}_1}{\partial \boldsymbol{u}_2},\quad \boldsymbol{J}_7=\frac{\partial \boldsymbol{f}_2}{\partial \boldsymbol{u}_1},\quad \boldsymbol{J}_8=\frac{\partial \boldsymbol{f}_2}{\partial \boldsymbol{u}_2} \tag{2-20}$$

由式(2-15)的线性化方程：

$$\frac{\partial \boldsymbol{f}}{\partial \boldsymbol{x}_3}\Delta \boldsymbol{x}_3+\frac{\partial \boldsymbol{f}}{\partial \boldsymbol{u}}\Delta \boldsymbol{u}=\boldsymbol{0} \tag{2-21}$$

可求得灵敏度系数矩阵为：

$$\boldsymbol{S}_{\boldsymbol{x}_3\boldsymbol{u}}=-\left[\frac{\partial \boldsymbol{f}}{\partial \boldsymbol{x}_3}\right]^{-1}\left[\frac{\partial \boldsymbol{f}}{\partial \boldsymbol{u}}\right]=-\begin{bmatrix}\boldsymbol{J}_5-\boldsymbol{J}_2\boldsymbol{J}_4^{-1}\boldsymbol{J}_7 & \boldsymbol{J}_6-\boldsymbol{J}_2\boldsymbol{J}_4^{-1}\boldsymbol{J}_8\\ \boldsymbol{J}_4^{-1}\boldsymbol{J}_7 & \boldsymbol{J}_4^{-1}\boldsymbol{J}_8\end{bmatrix} \tag{2-22}$$

因此，状态变量与控制变量的变化量之间的关系为：

$$\Delta \boldsymbol{x}_3=\boldsymbol{S}_{\boldsymbol{x}_3\boldsymbol{u}}\Delta \boldsymbol{u} \tag{2-23}$$

矩阵 $\boldsymbol{S}_{\boldsymbol{x}_3\boldsymbol{u}}$的第一行即为系统有功损耗 P_L(或平衡机有功功率 P_{G1})对各控制变量的灵敏度系数，除去矩阵 $\boldsymbol{S}_{\boldsymbol{x}_3\boldsymbol{u}}$的第一行和与状态变量 $\theta_2\cdots\theta_n$ 对应的行，即可得到状态变量 $\boldsymbol{x}=[\boldsymbol{Q}_{G1}\boldsymbol{Q}_{G2}\cdots\boldsymbol{Q}_{Gm}\boldsymbol{V}_{m+1}\boldsymbol{V}_{m+2}\cdots\boldsymbol{V}_n]^{\mathrm{T}}$ 对控制变量 $\boldsymbol{u}$ 的相对灵敏度系数矩阵 $\boldsymbol{S}$。

根据上文求得的损耗灵敏度系数和相对灵敏度系数矩阵，可建立无功优化问题的线性规划模型：

$$\min\ \Delta P_L=\boldsymbol{c}^{\mathrm{T}}\Delta \boldsymbol{u} \tag{2-24}$$

$$\text{s.t.}\ \boldsymbol{D}_{\min}\leqslant \boldsymbol{S}\Delta \boldsymbol{u}\leqslant \boldsymbol{D}_{\max} \tag{2-25}$$

$$\boldsymbol{B}_{\min}\leqslant \Delta \boldsymbol{u}\leqslant \boldsymbol{B}_{\max} \tag{2-26}$$

式中，$\boldsymbol{D}_{\min}=\boldsymbol{x}_{\min}-\boldsymbol{x}$；$\boldsymbol{D}_{\max}=\boldsymbol{x}_{\max}-\boldsymbol{x}$；$\boldsymbol{B}_{\min}=\boldsymbol{u}_{\min}-\boldsymbol{u}$；$\boldsymbol{B}_{\max}=\boldsymbol{u}_{\max}-\boldsymbol{u}$；损耗灵敏度系数 $\boldsymbol{c}=\partial P_L/\partial \boldsymbol{u}$；下标 max 和 min 表示上下限，$\boldsymbol{S}\in \mathbf{R}^{n\times(m+r+k)}$。

注意此时得到的无功优化线性模型是非标准形式的，若采用标准的线性规划方法(如单纯形法)进行求解，还应将此线性模型化为标准形式。

2.3 灵敏度系数计算中应注意的问题

上文中控制变量 $\boldsymbol{u}$ 和状态变量 $\boldsymbol{x}$ 正是现有无功优化方法所常用的划分方案。由于 $\boldsymbol{J}_1$ 为单位阵，$\boldsymbol{J}_3$ 为零矩阵，故灵敏度系数的计算量主要集中于子矩阵 $\boldsymbol{J}_4$ 的求逆及 J_4^{-1} 与 $\boldsymbol{J}_2$、$\boldsymbol{J}_7$、$\boldsymbol{J}_8$ 的乘法运算上。由于：

$$
\boldsymbol{J}_4 = \begin{bmatrix}
\frac{\partial f_{P_2}}{\partial \theta_2} & \cdots & \frac{\partial f_{P_2}}{\partial \theta_n} & \frac{\partial f_{P_2}}{\partial V_{m+1}} & \cdots & \frac{\partial f_{P_2}}{\partial V_n} \\
\vdots & & \vdots & \vdots & & \vdots \\
\frac{\partial f_{P_n}}{\partial \theta_2} & \cdots & \frac{\partial f_{P_n}}{\partial \theta_n} & \frac{\partial f_{P_n}}{\partial V_{m+1}} & \cdots & \frac{\partial f_{P_n}}{\partial V_n} \\
\frac{\partial f_{Q_{m+1}}}{\partial \theta_2} & \cdots & \frac{\partial f_{Q_{m+1}}}{\partial \theta_n} & \frac{\partial f_{Q_{m+1}}}{\partial V_{m+1}} & \cdots & \frac{\partial f_{Q_{m+1}}}{\partial V_n} \\
\vdots & & \vdots & \vdots & & \vdots \\
\frac{\partial f_{Q_n}}{\partial \theta_2} & \cdots & \frac{\partial f_{Q_n}}{\partial \theta_n} & \frac{\partial f_{Q_n}}{\partial V_{m+1}} & \cdots & \frac{\partial f_{Q_n}}{\partial V_n}
\end{bmatrix} \tag{2-27}
$$

矩阵 $\boldsymbol{J}_4$ 为 $(2n-m-1)\times(2n-m-1)$ 阶矩阵，当系统规模较大时，节点数 n 显著增加，高阶矩阵 $\boldsymbol{J}_4$ 的求逆将成为计算中的主要难点。

如果我们改变状态变量和控制变量的划分方法，选择发电机端电压、无功补偿节点电压和可调变压器变比作为控制变量，表示为：

$$
\boldsymbol{u}_1 = [V_1 V_2 \cdots V_{m+r}]^{\mathrm{T}}, \quad \boldsymbol{u}_2 = [T_1 T_2 \cdots T_k]^{\mathrm{T}} \tag{2-28}
$$

选择平衡机有功和无功功率、发电机和无功补偿设备的无功出力、除平衡节点外所有节点电压的相角及负荷节点电压幅值作为状态变量，表示为：

$$
\boldsymbol{x}_1 = [P_{G1} Q_{G1} Q_{G2} \cdots Q_{Gm} Q_{m+1} \cdots Q_{m+r}]^{\mathrm{T}}, \quad \boldsymbol{x}_2 = [\theta_2 \cdots \theta_n V_{m+r+1} \cdots V_n]^{\mathrm{T}} \tag{2-29}
$$

而节点注入功率方程的排序为：

$$
\boldsymbol{f}_1 = [f_{P_1} f_{Q_1} \cdots f_{Q_{m+r}}]^{\mathrm{T}}, \quad \boldsymbol{f}_2 = [f_{P_2} \cdots f_{Pn} f_{Q_{m+r+1}} \cdots f_{Q_n}]^{\mathrm{T}} \tag{2-30}
$$

由式(2-19)得各子矩阵基本不变，$\boldsymbol{J}_1=\boldsymbol{I}$，$\boldsymbol{J}_3=\boldsymbol{0}$，而

$$
\boldsymbol{J}_4 = \begin{bmatrix}
\frac{\partial f_{P_2}}{\partial \theta_2} & \cdots & \frac{\partial f_{P_2}}{\partial \theta_n} & \frac{\partial f_{P_2}}{\partial V_{m+r+1}} & \cdots & \frac{\partial f_{P_2}}{\partial V_n} \\
\vdots & & \vdots & \vdots & & \vdots \\
\frac{\partial f_{P_n}}{\partial \theta_2} & \cdots & \frac{\partial f_{P_n}}{\partial \theta_n} & \frac{\partial f_{P_n}}{\partial V_{m+r+1}} & \cdots & \frac{\partial f_{P_n}}{\partial V_n} \\
\frac{\partial f_{Q_{m+r+1}}}{\partial \theta_2} & \cdots & \frac{\partial f_{Q_{m+r+1}}}{\partial \theta_n} & \frac{\partial f_{Q_{m+r+1}}}{\partial V_{m+r+1}} & \cdots & \frac{\partial f_{Q_{m+r+1}}}{\partial V_n} \\
\vdots & & \vdots & \vdots & & \vdots \\
\frac{\partial f_{Q_n}}{\partial \theta_2} & \cdots & \frac{\partial f_{Q_n}}{\partial \theta_n} & \frac{\partial f_{Q_n}}{\partial V_{m+r+1}} & \cdots & \frac{\partial f_{Q_n}}{\partial V_n}
\end{bmatrix} \tag{2-31}
$$

与(2-27)式比较，$\boldsymbol{J}_4$ 变为 $(2n-m-r-1)\times(2n-m-r-1)$ 阶矩阵，阶数降低

了 r 阶(r 为无功补偿节点数),当无功补偿节点较多时,第二种区分控制变量和状态变量方案降低了 $\boldsymbol{J}_4$ 求逆的运算量,显然优于第一种方案。

根据电力系统的运行特性,有功功率主要与各节点电压向量的角度有关,无功功率则主要受各节点电压幅值的影响。观察矩阵 $\boldsymbol{J}_4$,各行的最大元素是 $\partial f_{P_i}/\partial\theta_i$,$\partial f_{Q_i}/\partial V_i$,故 $\boldsymbol{J}_4$ 是一对角占优矩阵,其求逆运算是可靠的。

尽管第二种区分控制变量和状态变量的方案降低了 $\boldsymbol{J}_4$ 的维数,有利于求逆运算,但当系统规模过大时,矩阵 $\boldsymbol{J}_4$ 将可达上千阶,若采用一般的求逆方法,计算时间将过长,优化计算程序也将失去实际意义。

仔细观察矩阵 $\boldsymbol{J}_4$ 的结构,其元素由雅可比子矩阵的元素构成,保留了雅可比矩阵的稀疏性,因此可以采用电力系统中成熟的稀疏技术进行求逆运算。

求逆过程如下:

设:

$$\begin{aligned}&\boldsymbol{J}_4\boldsymbol{J}_4^{-1}=\boldsymbol{E},\quad \boldsymbol{J}_4^{-1}=[\boldsymbol{J}'_1\boldsymbol{J}'_2\cdots\boldsymbol{J}'_N],\quad \boldsymbol{E}=[\boldsymbol{e}_1\boldsymbol{e}_2\cdots\boldsymbol{e}_N],\\&\boldsymbol{e}_1=[1,0,\cdots,0]^{\mathrm{T}},\quad \boldsymbol{e}_2=[0,1,\cdots,0]^{\mathrm{T}},\quad \boldsymbol{e}_N=[0,0,\cdots,1]^{\mathrm{T}}\end{aligned}\tag{2-32}$$

式中,$N=(2n-m-r-1)$ 为 $\boldsymbol{J}_4$ 的阶数。

由式(2-32)可以看出,矩阵 $\boldsymbol{J}_4$ 的求逆过程即相当于求解次线性方程:

$$\boldsymbol{J}_4\boldsymbol{J}'_{\mathrm{i}}=\boldsymbol{e}_i,\quad i=1,2,\cdots,N\tag{2-33}$$

在求解 $\boldsymbol{J}'_{\mathrm{i}}$ 的过程中,式(2-33)的系数矩阵 $\boldsymbol{J}_4$ 保持不变,每次仅改变常数项,因此方程的求解应采用因子表解法。虽然求解中仍需做 N 次回代运算,但由于仅需做一次消去运算,故较之直接求解 N 次线性方程速度将有成倍的提高。当然,因子分解和回代运算过程必须采用稀疏技术,否则用常规方法求解上千阶的线性方程,所需时间仍嫌过长。

由于因子分解时,因子表中的非零注入元素对计算速度有较大影响,故应对电网节点在区分发电机节点、无功补偿节点和一般节点的基础上进行节点优化编号,以减少非零元素注入数,加快计算速度。此外,$\boldsymbol{J}_4^{-1}$ 与 $\boldsymbol{J}_2$、$\boldsymbol{J}_7$、$\boldsymbol{J}_8$ 的乘法运算也应采用稀疏技术。

在逐次线性优化过程中,每次都要重新计算灵敏度系数矩阵。深入的观察表明,迭代过程中,矩阵 $\boldsymbol{J}_4$ 的稀疏结构并没有改变,即非零元素的值随每次迭代而变化,但其位置却可保持不变。因此,在大型系统的灵敏度系数计算中,对于矩阵 $\boldsymbol{J}_4$ 的求逆,可首先进行符号分解。即在首次进行式(2-33)的因子分解时,记录下因子表中各非零元素的位置;以后在每次迭代中,我们可根据所记录的因子表信息直接计算每个非零元素的数值,即进行数值分解。图 2-1 中的方块图说明了这个二阶段的计算过程。

图 2-1　符号分解与数值分解过程

2.4　原对偶内点法

2.4.1　基本原理

将无功优化线性模型(2-24)～(2-26)表示为:

$$\min \boldsymbol{c}^{\mathrm{T}}\boldsymbol{x} \tag{2-34}$$

$$\text{s.t. } \underline{\boldsymbol{b}} \leqslant \boldsymbol{A}\boldsymbol{x} \leqslant \overline{\boldsymbol{b}} \tag{2-35}$$

$$\underline{\boldsymbol{x}} \leqslant \boldsymbol{x} \leqslant \overline{\boldsymbol{x}} \tag{2-36}$$

式中,$\boldsymbol{A}$ 是 $n\times m$ 阶矩阵;n、m 分别为状态变量和控制变量的数目。

引入松弛变量,则原问题(2-34)～(2-36)变为:

$$\min \boldsymbol{c}^{\mathrm{T}}\boldsymbol{x} \tag{2-37}$$

$$\text{s.t. } \boldsymbol{A}\boldsymbol{x} - \boldsymbol{s}_1 = \underline{\boldsymbol{b}} \tag{2-38}$$

$$\boldsymbol{A}\boldsymbol{x} + \boldsymbol{s}_2 = \overline{\boldsymbol{b}} \tag{2-39}$$

$$\boldsymbol{x} - \boldsymbol{l} = \underline{\boldsymbol{x}} \tag{2-40}$$

$$\boldsymbol{x} + \boldsymbol{u} = \overline{\boldsymbol{x}} \tag{2-41}$$

$$\boldsymbol{s}_1 \geqslant \boldsymbol{0},\quad \boldsymbol{s}_2 \geqslant \boldsymbol{0},\quad \boldsymbol{l} \geqslant \boldsymbol{0},\quad \boldsymbol{u} \geqslant \boldsymbol{0} \tag{2-42}$$

通过在目标函数中引入对数壁垒函数,消去式(2-42)中 $\boldsymbol{s}_1$、$\boldsymbol{s}_2$、$\boldsymbol{l}$、$\boldsymbol{u}$ 的非负性约束,得到:

$$f_\mu = \boldsymbol{c}^{\mathrm{T}}\boldsymbol{x} - \mu\sum_{j=1}^{n}\ln s_{1j} - \mu\sum_{j=1}^{n}\ln s_{2j} - \mu\sum_{j=1}^{m}\ln l_j - \mu\sum_{j=1}^{m}\ln u_j \tag{2-43}$$

式中,$\mu>0$ 为壁垒参数。

对等式约束(2-38)～(2-41)分别引入拉格朗日乘子向量 $\boldsymbol{y}$、$\boldsymbol{z}$、$\boldsymbol{w}$、$\boldsymbol{v}$,并增广到式(2-43)表示的目标函数中,得到拉格朗日函数:

$$L = \boldsymbol{c}^{\mathrm{T}}\boldsymbol{x} - \boldsymbol{y}^{\mathrm{T}}(\boldsymbol{A}\boldsymbol{x} - \boldsymbol{s}_1 - \underline{\boldsymbol{b}}) - \boldsymbol{z}^{\mathrm{T}}(\boldsymbol{A}\boldsymbol{x} + \boldsymbol{s}_2 - \overline{\boldsymbol{b}}) - \boldsymbol{w}^{\mathrm{T}}(\boldsymbol{x} - \boldsymbol{l} - \underline{\boldsymbol{x}}) - \boldsymbol{v}^{\mathrm{T}}(\boldsymbol{x} + \boldsymbol{u} - \overline{\boldsymbol{x}})$$

$$- \mu\sum_{j=1}^{n}\ln s_{1j} - \mu\sum_{j=1}^{m}\ln s_{2j} - \mu\sum_{j=1}^{m}\ln l_j - \mu\sum_{j=1}^{m}\ln u_j \tag{2-44}$$

根据 KKT 最优性条件,得到:

$$\boldsymbol{L}_x = \boldsymbol{c} - \boldsymbol{A}^{\mathrm{T}}\boldsymbol{y} - \boldsymbol{A}^{\mathrm{T}}\boldsymbol{z} - \boldsymbol{w} - \boldsymbol{v} = \boldsymbol{0} \tag{2-45}$$

$$\boldsymbol{L}_y = \boldsymbol{A}\boldsymbol{x} - \boldsymbol{s}_1 - \underline{\boldsymbol{b}} = \boldsymbol{0} \tag{2-46}$$

$$\boldsymbol{L}_z = \boldsymbol{A}\boldsymbol{x} + \boldsymbol{s}_2 - \overline{\boldsymbol{b}} = \boldsymbol{0} \tag{2-47}$$

$$\boldsymbol{L}_w = \boldsymbol{x} - \boldsymbol{l} - \underline{\boldsymbol{x}} = \boldsymbol{0} \tag{2-48}$$

$$\boldsymbol{L}_v = \boldsymbol{x} + \boldsymbol{u} - \overline{\boldsymbol{x}} = \boldsymbol{0} \tag{2-49}$$

$$\boldsymbol{L}_{s_1} = \boldsymbol{S}_1\boldsymbol{Y}\boldsymbol{e}_1 - \mu\boldsymbol{e}_1 = \boldsymbol{0} \tag{2-50}$$

$$\boldsymbol{L}_{s_2} = \boldsymbol{S}_2\boldsymbol{Z}\boldsymbol{e}_1 + \mu\boldsymbol{e}_1 = \boldsymbol{0} \tag{2-51}$$

$$\boldsymbol{L}_l = \boldsymbol{LWe}_2 - \mu\boldsymbol{e}_2 = \boldsymbol{0} \tag{2-52}$$

$$\boldsymbol{L}_u = \boldsymbol{UVe}_2 + \mu\boldsymbol{e}_2 = \boldsymbol{0} \tag{2-53}$$

式中，$\boldsymbol{e}_1$、$\boldsymbol{e}_2$ 分别代表维数为 n、m 的单位向量；

$$\boldsymbol{S}_1 = \text{diag}(s_{11},\cdots,s_{1n}),\quad \boldsymbol{S}_2 = \text{diag}(s_{21},\cdots,s_{2n})$$
$$\boldsymbol{L} = \text{diag}(l_1,\cdots,l_m),\quad \boldsymbol{U} = \text{diag}(u_1,\cdots,u_m)$$
$$\boldsymbol{Y} = \text{diag}(y_1,\cdots,y_n),\quad \boldsymbol{Z} = \text{diag}(z_1,\cdots,z_n)$$
$$\boldsymbol{W} = \text{diag}(w_1,\cdots,w_m),\quad \boldsymbol{V} = \text{diag}(v_1,\cdots,v_m)$$

采用牛顿-拉夫逊法求解由式(2-45)～式(2-53)组成的非线性方程组，得到：

$$-\boldsymbol{A}^{\mathrm{T}}\Delta\boldsymbol{y} - \boldsymbol{A}^{\mathrm{T}}\Delta\boldsymbol{z} - \Delta\boldsymbol{w} - \Delta\boldsymbol{v} = -\boldsymbol{L}_{x0} \tag{2-54}$$

$$\boldsymbol{A}\Delta\boldsymbol{x} - \Delta\boldsymbol{s}_1 = -\boldsymbol{L}_{y0} \tag{2-55}$$

$$\boldsymbol{A}\Delta\boldsymbol{x} + \Delta\boldsymbol{s}_2 = -\boldsymbol{L}_{z0} \tag{2-56}$$

$$\Delta\boldsymbol{x} - \Delta\boldsymbol{l} = -\boldsymbol{L}_{w0} \tag{2-57}$$

$$\Delta\boldsymbol{x} + \Delta\boldsymbol{u} = -\boldsymbol{L}_{v0} \tag{2-58}$$

$$\boldsymbol{S}_{10}\Delta\boldsymbol{y} + \boldsymbol{Y}_0\Delta\boldsymbol{s}_1 = -\boldsymbol{L}_{s_10} \tag{2-59}$$

$$\boldsymbol{S}_{20}\Delta\boldsymbol{z} + \boldsymbol{Z}_0\Delta\boldsymbol{s}_2 = -\boldsymbol{L}_{s_20} \tag{2-60}$$

$$\boldsymbol{L}_0\Delta\boldsymbol{w} + \boldsymbol{W}_0\Delta\boldsymbol{l} = -\boldsymbol{L}_{l0} \tag{2-61}$$

$$\boldsymbol{U}_0\Delta\boldsymbol{v} + \boldsymbol{V}_0\Delta\boldsymbol{u} = -\boldsymbol{L}_{u0} \tag{2-62}$$

式中，$\boldsymbol{L}_{x0}$，$\boldsymbol{L}_{y0}$，$\boldsymbol{L}_{z0}$，$\boldsymbol{L}_{w0}$，$\boldsymbol{L}_{v0}$，$\boldsymbol{L}_{s_10}$，$\boldsymbol{L}_{s_20}$，$\boldsymbol{L}_{l0}$，$\boldsymbol{L}_{u0}$ 分别为 $\boldsymbol{L}_x$，$\boldsymbol{L}_y$，$\boldsymbol{L}_z$，$\boldsymbol{L}_w$，$\boldsymbol{L}_v$，$\boldsymbol{L}_{s_1}$，$\boldsymbol{L}_{s_2}$，$\boldsymbol{L}_l$，$\boldsymbol{L}_u$ 在初始点$[\boldsymbol{x}_0^{\mathrm{T}},\boldsymbol{y}_0^{\mathrm{T}},\boldsymbol{z}_0^{\mathrm{T}},\boldsymbol{s}_{10}^{\mathrm{T}},\boldsymbol{s}_{20}^{\mathrm{T}},\boldsymbol{w}_0^{\mathrm{T}},\boldsymbol{v}_0^{\mathrm{T}},\boldsymbol{l}_0^{\mathrm{T}},\boldsymbol{u}_0^{\mathrm{T}}]^{\mathrm{T}}$ 的值，其中：

$$\boldsymbol{L}_{x0} = \boldsymbol{c} - \boldsymbol{A}^{\mathrm{T}}\boldsymbol{y}_0 - \boldsymbol{A}^{\mathrm{T}}\boldsymbol{z}_0 - \boldsymbol{w}_0 - \boldsymbol{v}_0$$
$$\boldsymbol{L}_{y0} = \boldsymbol{Ax}_0 - \boldsymbol{s}_{10} - \underline{\boldsymbol{b}},\quad \boldsymbol{L}_{z0} = \boldsymbol{Ax}_0 + \boldsymbol{s}_{20} - \overline{\boldsymbol{b}}$$
$$\boldsymbol{L}_{w0} = \boldsymbol{x}_0 - \boldsymbol{l}_0 - \underline{\boldsymbol{x}},\quad \boldsymbol{L}_{v0} = \boldsymbol{x}_0 + \boldsymbol{u}_0 - \overline{\boldsymbol{x}}$$
$$\boldsymbol{L}_{s_10} = \boldsymbol{S}_{10}\boldsymbol{Y}_0\boldsymbol{e}_1 - \mu\boldsymbol{e}_1,\quad \boldsymbol{L}_{s_20} = \boldsymbol{S}_{20}\boldsymbol{Z}_0\boldsymbol{e}_1 + \mu\boldsymbol{e}_1$$
$$\boldsymbol{L}_{l0} = \boldsymbol{L}_0\boldsymbol{W}_0\boldsymbol{e}_2 - \mu\boldsymbol{e}_2,\quad \boldsymbol{L}_{u0} = \boldsymbol{U}_0\boldsymbol{V}_0\boldsymbol{e}_2 + \mu\boldsymbol{e}_2$$

由式(2-57)～式(2-62)求出 $\Delta\boldsymbol{l}$，$\Delta\boldsymbol{u}$，$\Delta\boldsymbol{s}_1$，$\Delta\boldsymbol{s}_2$，$\Delta\boldsymbol{w}$，$\Delta\boldsymbol{v}$ 的表达式：

$$\Delta\boldsymbol{l} = \boldsymbol{L}_{w0} + \Delta\boldsymbol{x} \tag{2-63}$$

$$\Delta\boldsymbol{u} = -\boldsymbol{L}_{v0} - \Delta\boldsymbol{x} \tag{2-64}$$

$$\Delta\boldsymbol{s}_1 = -\boldsymbol{Y}_0^{-1}\boldsymbol{L}_{s_10} - \boldsymbol{Y}_0^{-1}\boldsymbol{S}_{10}\Delta\boldsymbol{y} \tag{2-65}$$

$$\Delta\boldsymbol{s}_2 = -\boldsymbol{Z}_0^{-1}\boldsymbol{L}_{s20} - \boldsymbol{Z}_0^{-1}\boldsymbol{S}_{20}\Delta\boldsymbol{z} \tag{2-66}$$

$$\Delta\boldsymbol{w} = -\boldsymbol{L}_0^{-1}(\boldsymbol{L}_{l0} + \boldsymbol{W}_0\boldsymbol{L}_{w0}) - \boldsymbol{L}_0^{-1}\boldsymbol{W}_0\Delta\boldsymbol{x} \tag{2-67}$$

$$\Delta\boldsymbol{v} = -\boldsymbol{U}_0^{-1}(\boldsymbol{L}_{u0} + \boldsymbol{V}_0\boldsymbol{L}_{v0}) + \boldsymbol{U}_0^{-1}\boldsymbol{V}_0\Delta\boldsymbol{x} \tag{2-68}$$

将式(2-63)～式(2-68)代入式(2-54)～式(2-56)中，得到以分块矩阵形式表示的方程组：

$$\begin{bmatrix} \boldsymbol{D}_1 & \boldsymbol{0} & \boldsymbol{A} \\ \boldsymbol{0} & \boldsymbol{D}_2 & \boldsymbol{A} \\ \boldsymbol{A}^{\mathrm{T}} & \boldsymbol{A}^{\mathrm{T}} & \boldsymbol{D}_3 \end{bmatrix} \begin{bmatrix} \Delta \boldsymbol{y} \\ \Delta \boldsymbol{z} \\ \Delta \boldsymbol{x} \end{bmatrix} = \begin{bmatrix} \boldsymbol{\psi} \\ \boldsymbol{\beta} \\ \boldsymbol{\gamma} \end{bmatrix} \tag{2-69}$$

式中，

$$\boldsymbol{D}_1 = \boldsymbol{Y}_0^{-1}\boldsymbol{S}_{10}, \quad \boldsymbol{D}_2 = -\boldsymbol{Z}_0^{-1}\boldsymbol{S}_{20}, \quad \boldsymbol{D}_3 = \boldsymbol{L}_0^{-1}\boldsymbol{W}_0 - \boldsymbol{U}_0^{-1}\boldsymbol{V}_0 \tag{2-70}$$

$$\boldsymbol{\psi} = -\boldsymbol{L}_{y0} - \boldsymbol{Y}_0^{-1}\boldsymbol{L}_{s_{10}} \tag{2-71}$$

$$\boldsymbol{\beta} = -\boldsymbol{L}_{z0} + \boldsymbol{Z}_0^{-1}\boldsymbol{L}_{s_{20}} \tag{2-72}$$

$$\boldsymbol{\gamma} = \boldsymbol{L}_{x0} - \boldsymbol{L}_0^{-1}(\boldsymbol{L}_{l0} + \boldsymbol{W}_0\boldsymbol{L}_{w0}) - \boldsymbol{U}_0^{-1}(\boldsymbol{L}_{u0} + \boldsymbol{V}_0\boldsymbol{L}_{v0}) \tag{2-73}$$

式(2-69)的系数矩阵为$(2n+m)\times(2n+m)$阶对称矩阵。由于 $\boldsymbol{D}_1,\boldsymbol{D}_2,\boldsymbol{D}_3$ 均为对角矩阵，故采用三角分解法可以非常有效地求解该方程组。

综上所述，该算法的计算步骤可概括如下[4~8]：

① 给定初始值：$\boldsymbol{x}^{(0)}, \boldsymbol{l}^{(0)}>\boldsymbol{0}, \boldsymbol{u}^{(0)}>\boldsymbol{0}, \boldsymbol{s}_1^{(0)}>\boldsymbol{0}, \boldsymbol{s}_2^{(0)}>\boldsymbol{0}$，且使其满足式(2-40)和式(2-41)；由于松弛变量的非负性，根据式(2-50)和式(2-51)，取拉格朗日乘子向量的初值如下：$\boldsymbol{y}^{(0)}>\boldsymbol{0}, \boldsymbol{z}^{(0)}<\boldsymbol{0}, \boldsymbol{w}^{(0)}>\boldsymbol{0}, \boldsymbol{v}^{(0)}<\boldsymbol{0}$，同时，置 $k=0$。

② 计算对偶间隙：$d_\mu^{(k)} = \boldsymbol{s}_1^{(k)}\boldsymbol{y}^{(k)} - \boldsymbol{s}_2^{(k)}\boldsymbol{z}^{(k)} + \boldsymbol{l}^{(k)}\boldsymbol{w}^{(k)} - \boldsymbol{u}^{(k)}\boldsymbol{v}^{(k)}$，如果 $d_\mu^{(k)}<\varepsilon$，则停止，否则，转下一步。

③ 计算壁垒参数：$\mu^{(k)} = \sigma d_\mu^{(k)}/2(n+m)$，其中 $0<\sigma<1$ 为阻尼因子。

④ 计算迭代方向：由式(2-69)求出 $\Delta\boldsymbol{y}^{(k)}, \Delta\boldsymbol{z}^{(k)}, \Delta\boldsymbol{x}^{(k)}$；再分别由式(2-63)～式(2-68)求出 $\Delta\boldsymbol{l}^{(k)}, \Delta\boldsymbol{u}^{(k)}, \Delta\boldsymbol{s}_1^{(k)}, \Delta\boldsymbol{s}_2^{(k)}, \Delta\boldsymbol{w}^{(k)}, \Delta\boldsymbol{v}^{(k)}$。

⑤ 计算原变量的最小步长 β_P，保证 $\boldsymbol{s}_1>\boldsymbol{0}, \boldsymbol{s}_2>\boldsymbol{0}, \boldsymbol{l}>\boldsymbol{0}, \boldsymbol{u}>\boldsymbol{0}$；计算对偶变量的最小步长 β_D，保证 $\boldsymbol{y}>\boldsymbol{0}, \boldsymbol{z}<\boldsymbol{0}, \boldsymbol{w}>\boldsymbol{0}, \boldsymbol{v}<\boldsymbol{0}$。则有：

$$\beta_P = \min\{\mathrm{step}_{s_1}, \mathrm{step}_{s_2}, \mathrm{step}_l, \mathrm{step}_u, 1.0\}$$

$$\mathrm{step}_{s_1} = \min\{s_{1i}^{(k)}/\Delta s_{1i}^{(k)}, \Delta s_{1i}^{(k)} < 0, i = 1,\cdots,m\}$$

$$\mathrm{step}_{s_2} = \min\{s_{2i}^{(k)}/\Delta s_{2i}^{(k)}, \Delta s_{2i}^{(k)} < 0, i = 1,\cdots,m\}$$

$$\mathrm{step}_l = \min\{l_i^{(k)}/\Delta l_i^{(k)}, \Delta l_i^{(k)} < 0, i = 1,\cdots,n\}$$

$$\mathrm{step}_u = \min\{u_i^{(k)}/\Delta u_i^{(k)}, \Delta u_i^{(k)} < 0, i = 1,\cdots,n\}$$

$$\beta_D = \min\{\mathrm{step}_y, \mathrm{step}_z, \mathrm{step}_w, \mathrm{step}_v, 1.0\}$$

$$\mathrm{step}_y = \min\{y_i^{(k)}/\Delta y_i^{(k)}, \Delta y_i^{(k)} < 0, i = 1,\cdots,m\}$$

$$\mathrm{step}_z = \min\{z_i^{(k)}/\Delta z_i^{(k)}, \Delta z_i^{(k)} > 0, i = 1,\cdots,m\}$$

$$\mathrm{step}_w = \min\{w_i^{(k)}/\Delta w_i^{(k)}, \Delta w_i^{(k)} < 0, i = 1,\cdots,n\}$$

$$\mathrm{step}_v = \min\{v_i^{(k)}/\Delta v_i^{(k)}, \Delta v_i^{(k)} > 0, i = 1,\cdots,n\}$$

修正原变量和对偶变量：

$$\boldsymbol{x}^{(k+1)}=\boldsymbol{x}^{(k)}+\alpha\cdot\beta_P\Delta\boldsymbol{x}^{(k)}$$

$$\boldsymbol{s}_1^{(k+1)}=\boldsymbol{s}_1^{(k)}+\alpha\cdot\beta_P\Delta\boldsymbol{s}_1^{(k)},\quad \boldsymbol{s}_2^{(k+1)}=\boldsymbol{s}_2^{(k)}+\alpha\cdot\beta_P\Delta\boldsymbol{s}_2^{(k)}$$

$$\boldsymbol{l}^{(k+1)}=\boldsymbol{l}^{(k)}+\alpha\cdot\beta_P\Delta\boldsymbol{l}^{(k)},\quad \boldsymbol{u}^{(k+1)}=\boldsymbol{u}^{(k)}+\alpha\cdot\beta_P\Delta\boldsymbol{u}^{(k)}$$

$$\boldsymbol{y}^{(k+1)}=\boldsymbol{y}^{(k)}+\alpha\cdot\beta_D\Delta\boldsymbol{y}^{(k)},\quad \boldsymbol{z}^{(k+1)}=\boldsymbol{z}^{(k)}+\alpha\cdot\beta_D\Delta\boldsymbol{z}^{(k)}$$

$$\boldsymbol{w}^{(k+1)}=\boldsymbol{w}^{(k)}+\alpha\cdot\beta_D\Delta\boldsymbol{w}^{(k)},\quad \boldsymbol{v}^{(k+1)}=\boldsymbol{v}^{(k)}+\alpha\cdot\beta_D\Delta\boldsymbol{v}^{(k)}$$

式中，$\alpha=0.9995$。

置 $k=k+1$，并转第二步。

2.4.2 线性方程组的求解

考察原对偶内点法的整个计算步骤，其主要计算量在于线性方程组(2-69)的求解。实际计算表明，单纯形法在求解线性规划问题时，虽然迭代次数较多，但由于每一步换基迭代的计算量很小，因此总的计算时间相对于内点法来说仍具有相当的竞争力。而内点法尽管迭代次数较稳定，尤其对于大规模电力系统，其迭代次数远远小于单纯形法，但同时方程组(2-69)的阶数也随之增大，求解时间迅速增加，因此，如何快速有效地求解方程组(2-69)乃是提高内点法实用性的关键[6~8]。

设矩阵 $\boldsymbol{C}$ 为对称矩阵，根据三角分解法，$\boldsymbol{C}$ 经分解后为：

$$\boldsymbol{C}=\begin{bmatrix} a_{11} & a_{12} & \cdots & a_{1n} \\ a_{21} & a_{22} & \cdots & a_{2n} \\ \vdots & \vdots & & \vdots \\ a_{n1} & a_{n2} & \cdots & a_{nn} \end{bmatrix}=\boldsymbol{LDL}^{\mathrm{T}}$$

$$=\begin{bmatrix} 1 & & & \\ l_{21} & 1 & & \\ \vdots & \vdots & \ddots & \\ l_{n1} & l_{n2} & \cdots & 1 \end{bmatrix}\begin{bmatrix} d_1 & & & \\ & d_2 & & \\ & & \ddots & \\ & & & d_n \end{bmatrix}\begin{bmatrix} 1 & l_{21} & \cdots & l_{n1} \\ & 1 & \cdots & l_{n2} \\ & & \ddots & \vdots \\ & & & 1 \end{bmatrix} \tag{2-74}$$

式(2-74)中，对于 $i=1,2,\cdots,n$，有：

$$t_{ij}=a_{ij}-\sum_{k=1}^{j-1}t_{ik}l_{jk},\quad j=1,2,\cdots,i-1$$

$$l_{ij}=t_{ij}/d_j,\quad j=1,2,\cdots,i-1$$

$$d_i=a_{ii}-\sum_{k=1}^{i-1}t_{ik}l_{ik}$$

由于式(2-69)中系数矩阵结构的特殊性，$\boldsymbol{D}_1$、$\boldsymbol{D}_2$ 为 n 阶对角矩阵，$\boldsymbol{D}_3$ 为 m 阶对角矩阵，如式(2-75)：

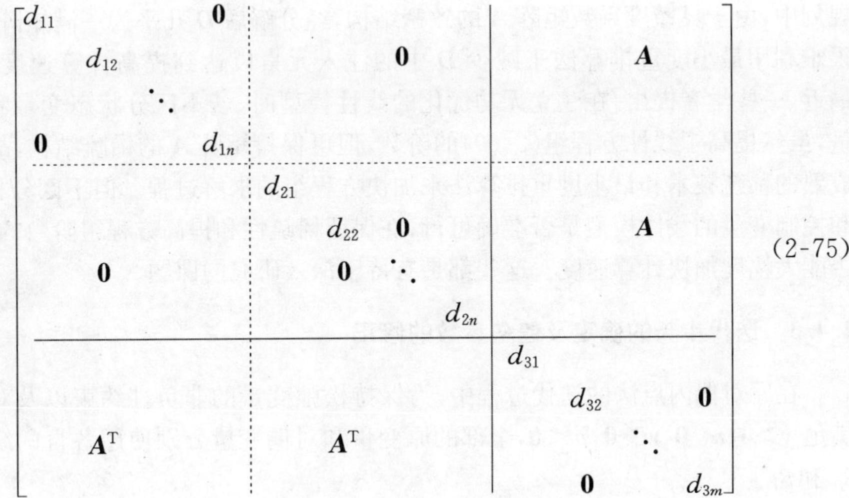

(2-75)

则经分解后：

$$d_i=\begin{cases}d_{1i}, & i=1,2,\cdots,n\\ d_{2i}, & i=n+1,n+2,\cdots,2n\\ d_{3i}-\sum_{k=1}^{i-1}t_{ik}l_{ik}, & i=2n+1,\cdots,2n+m\end{cases}\tag{2-76}$$

$$l_{ij}=\begin{cases}0, & \begin{cases}i=1,2,\cdots,2n\\ j=1,2,\cdots,i-1\end{cases}\\ a_{ij}/d_j, & \begin{cases}i=2n+1,\cdots,2n+m\\ j=1,2,\cdots,2n\end{cases}\\ \sum_{k=1}^{j-1}t_{ik}l_{jk} & \begin{cases}i=2n+2,\cdots,2n+m\\ j=2n+1,\cdots,i-1\end{cases}\end{cases}\tag{2-77}$$

即为如下形式：

$$\begin{bmatrix}\boldsymbol{D}_1 & \boldsymbol{0} & \boldsymbol{A}\boldsymbol{D}_1^{-1}\\ \boldsymbol{0} & \boldsymbol{D}_2 & \boldsymbol{A}\boldsymbol{D}_2^{-1}\\ [\boldsymbol{A}\boldsymbol{D}_1^{-1}]^{\mathrm{T}} & [\boldsymbol{A}\boldsymbol{D}_2^{-1}]^{\mathrm{T}} & \boldsymbol{D}\end{bmatrix}\tag{2-78}$$

分解过程中，$\boldsymbol{A}$、$\boldsymbol{A}^{\mathrm{T}}$ 子矩阵中的元素除以相应行或列的对角元素，但分解后子矩阵 $\boldsymbol{D}$ 不再为对角矩阵，其注入元素取决于 $\boldsymbol{A}$、$\boldsymbol{A}^{\mathrm{T}}$ 子矩阵及其分解后的值。由于在求解方程组(2-69)的过程中，回代过程的计算量甚小，而分解过程的计算量又主要集中于子矩阵 $\boldsymbol{D}$ 的形成中，因此通过式(2-76)、式(2-77)的分解，求解 $2n+m$ 阶线性方程组的计算量大致与 m 阶线性方程组的求解相当。在二次规划和非线性规划中，利用三角分解法求解与式(2-69)相似的线性方程组时，可采用最小度重排算法对 $\boldsymbol{A}$ 矩阵中的行和列进行调整，以减少子矩阵 $\boldsymbol{D}$ 中的注入元素[6]。但在线性规划中，由于灵敏度系数矩阵 $\boldsymbol{A}$ 的致密结构，经分解后 $\boldsymbol{D}$ 几乎为一满矩阵，因此已很难利用最小度重排算法来减少 $\boldsymbol{D}$ 中的注入元素以达到提高计算速度的目的。最近，一些学者提出，在建立无功优化的线性模型时，若不区分状态变量和控制变量，虽然提高了线性方程组(2-69)的阶数，但可保持矩阵 $\boldsymbol{A}$ 的稀疏结构，故可利用成熟的稀疏技术和最小度重排算法来加快方程组的求解过程。但不区分状态变量和控制变量的线性模型是否准确可行；在保留稀疏性和提高方程组阶数的同时，是否能大幅度加快计算速度？这些都是有待于深入研究的课题。

2.4.3 迭代步长的确定及壁垒参数的修正

在原对偶内点法的迭代过程中，为保持松弛变量的非负性约束以及对偶变量满足 $\boldsymbol{y}>\boldsymbol{0},\boldsymbol{z}<\boldsymbol{0},\boldsymbol{w}>\boldsymbol{0},\boldsymbol{v}<\boldsymbol{0}$，全部的原变量和对偶变量分别使用各自的统一步长 β_P 和 β_D。

对于线性规划模型而言，壁垒参数与对偶间隙成正比，而且在最优解处时，壁垒参数 μ 应趋近于零，因此如何采用适当的修正策略来逐步减小 μ 的值，这是影响算法收敛性的一个重要因素。实际计算中，我们采用下式来修正 μ 值：

$$\mu^{(k)} = \sigma d_{\mu}^{(k)}/2(n+m) \tag{2-79}$$

式中，σ 为阻尼因子。理论上，对于不同的系统，σ 有不同的取值，但通过大量的实例计算表明，它的取值范围一般为 0～1，采用适当的 σ 值，一般可适用于不同的系统；并且同一系统中，在该范围中的不同取值，计算结果一般差别都不大。

2.4.4 初始点的选择

采用内点法求解线性规划问题时，理论上讲，应求取初始内点可行解来启动算法，即所谓内点启动[8]。但是求取初始内点解的过程相当复杂，尤其当电力系统在初始状态时，若各变量并未满足约束条件，则采用内点启动是不现实的。许多文献均指出，在非线性规划和二次规划中，原对偶内点法对初始点的选择不敏感，可直接采用非内点来启动算法。在线性规划中，我们发现，若同样采用非内点启动，如将各变量的初值选择在取值范围之内并满足松弛变量的非负性约束，对于不同的系统，算法并非都能收敛。不过，若采用 2.4.1 节中的方法对线性规划的常规算法稍加修改，也可应用非内点启动，而实际计算的结果也是令人满意的。

2.5 计算步骤

综上所述，求解无功优化线性规划模型的算法流程如下：

① 输入系统基本参数，包括母线、支路(含变压器支路)、发电机、负荷和无功补偿等信息，以及节点电压、发电机无功出力、无功补偿和变压器分接头上下限等

约束条件。设定线性化最大步长限制，置 $k=0$。

② 潮流计算，计算各节点电压及系统的功率分布。

③ 收敛性判定：若约束条件满足，且网损的变化值小于收敛精度 $\varepsilon_1=10^{-3}$，则输出最优解，计算结束；否则根据网损的变化情况适当调整线性化最大步长限制。

④ 求取相对灵敏度系数矩阵和损耗灵敏度系数，建立无功优化的线性化模型，且当 $k>0$ 时，用线性化最大步长限制对控制变量的变化量加以约束。

⑤ 置内点法收敛精度为 ε_2，并给定合适的 σ 值；利用原对偶内点法对无功优化的线性化模型进行求解。

⑥ 利用内点法所得的结果修正控制变量值。置 $k=k+1$，并转第②步。

在利用逐次线性规划法求解原非线性的无功优化问题时，由于线性逼近只在近似点附近才有效，故必须对变量的变化量加以限制。线性化最大步长限制的选取是相当重要的，步长限制过大，线性化模型不太精确；步长限制过小，则收敛太慢。

在逐次线性化求解无功优化的最优解过程中，初始时优化过程收敛得很快；而靠近最优点时，若不改变步长限制，算法通常会发生振荡，即所得网损在最优点附近来回摆动。针对于此，一些文献提出了动态调整步长的思想，即在初始时采用较大步长，而靠近最优点时逐步减小步长限制以避免振荡的产生。但在实际中，依据什么来动态调整步长仍是目前尚未解决的困难。我们可以根据网损的变化率来调整步长，但对于不同的系统，其收敛过程不尽相同，故很难找到统一的标准对网损的变化率进行评估并依此来调整步长。因此，目前的调整策略是在振荡发生时才减小步长，显然，这样处理增加了迭代的次数，但可保证程序的通用性。

注意，在算法的第④步中，并未对首次大循环迭代时控制变量的变化量加以线性化最大步长约束，显然这样得到的线性规划模型是不精确的；但实例计算表明，对于不同的系统，只要存在最优解，采用原对偶内点法求解经这样处理后的线性规划模型时，初次迭代时算法都可直接采用非内点启动并可在较大范围内寻找一最优解修正各控制变量值，即首次的大迭代运算相当于一校正过程。而且，经校正运算后，整个线性化求解过程的收敛性也得到改善，从第二次大循环迭代开始，内点法在求解严格的线性规划模型时均可采用非内点启动。

2.6　算 例 分 析

根据上述无功优化模型及其求解算法，分别对 Ward & Hale 6 节点系统、IEEE 14 节点系统、IEEE 30 节点系统、IEEE 118 节点系统和美国 EPRI 68 节点五个试验系统和某 538 节点系统实际电网进行了计算。计算程序用 C++语言编写，在 Visual C++6.0 环境编译；计算机配置为 Pentium Ⅱ 300，内存为 64M。以下将重点对 Ward & Hale 6 节点系统、IEEE 118 节点系统和 538 节点系统电网的计算结果进行详细分析。

2.6.1 Ward & Hale 6 节点系统

很多有关电力系统无功优化计算的文献都以 Ward & Hale 6 节点系统为例进行了计算，因此，为与其他算法相比较，我们也采用根据所提算法开发的无功优化软件对此系统进行了计算，Ward & Hale 6 节点系统接线图及其基本参数参见附录Ⅰ。选择节点 4 和 6 为无功补偿设备安装地点，计算结果见表 2-1。

表 2-1 Ward & Hale 6 节点系统变量上下限和优化结果

变量		设备及运行限制		初始状态	优化结果	
		下限	上限		单纯形法	内点法
控制变量/(p. u.)	T_{65}	0.900	1.100	1.025	0.946	0.952
	T_{43}	0.900	1.100	1.100	0.982	0.983
	V_{G_1}	1.000	1.100	1.050	1.100	1.095
	V_{G_2}	1.100	1.150	1.100	1.134	1.143
	Q_4	0.000	0.050	0.000	0.050	0.050
	Q_6	0.000	0.055	0.000	0.055	0.055
状态变量/(p. u.)	Q_{G_1}	−0.200	1.000	1.050	0.414	0.384
	Q_{G_2}	−0.200	1.000	1.097	0.146	0.173
	V_{D_3}	0.900	1.000	0.854	1.000	1.000
	V_{D_4}	0.900	1.000	0.952	1.000	1.000
	V_{D_5}	0.900	1.000	0.899	1.000	1.000
	V_{D_6}	0.900	1.000	0.932	0.979	0.981
迭代次数					7	9
网损/(p. u.)				0.116	0.089	0.089

采用逐次线性规划法求解无功优化问题时，应注意区分两个不同的循环过程。其中大循环指潮流求解，建立线性规划模型，然后根据所修改的系统参数重新求解潮流的过程，收敛精度为 $\varepsilon_1=10^{-3}$；小循环是指求解线性规划模型过程中的迭代过程，其中内点法的收敛精度为 $\varepsilon_2=10^{-6}$。

对于 Ward & Hale 6 节点系统，在内点法求解无功优化的算法中，首次大循环迭代时，并没有对各控制变量的变化量加以最大线性化步长约束，因而可以直接采用非内点启动；相反，若初始大迭代即对变量加以约束并采用非内点启动，则内点法求解线性规划模型的小迭代过程根本不收敛。

由图 2-2、图 2-3 可知：对于 Ward & Hale 6 节点系统，内点法和单纯形法的优化结果基本一致，经优化后，所有的节点电压、发电机无功出力和无功补偿出力均在约束范围内，网损由 0.116 降至 0.089，降幅为 23%。

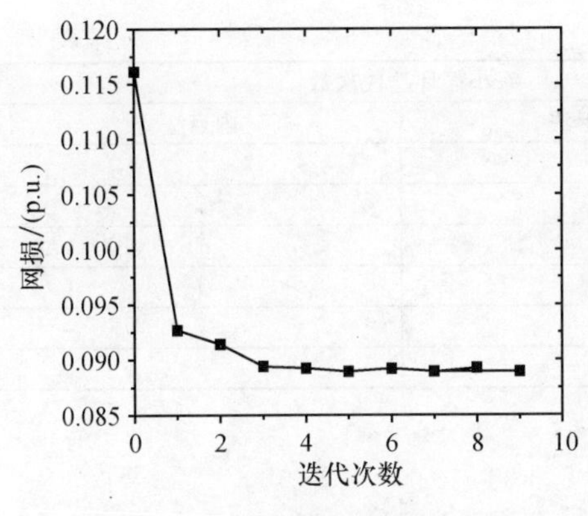

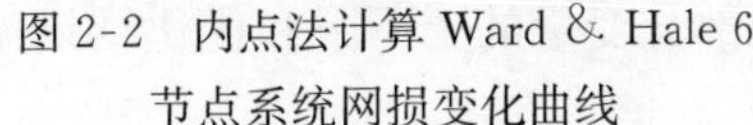
图 2-2 内点法计算 Ward & Hale 6 节点系统网损变化曲线

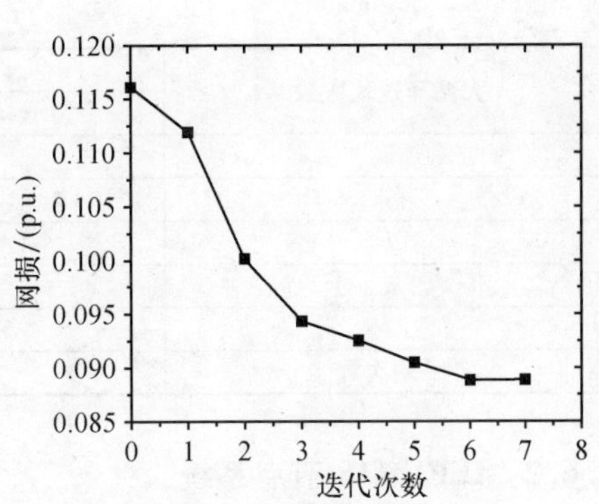

图 2-3 单纯形法计算 Ward & Hale 6 节点系统网损变化曲线

由网损变化曲线我们还可看到，两种方法的优化过程有一定的差别。在内点法求解过程中，其网损下降的速度初始时明显快于单纯形法，其原因也是因为首次大循环迭代时，没有对变量的变化量加以步长限制，算法可在较大范围内寻优的结果；而之所以最后总的迭代次数却多于单纯形法，原因是目前还缺乏较为有效的步长调整手段，我们采用的策略是在网损连续出现两次振荡后才减小线性化最大步长限制，结果内点法求解 Ward & Hale 6 节点系统时，网损尽管下降很快，但却在最优解附近来回摆动后方才收敛。

从表 2-1 所列的计算结果中，我们可以发现，当系统变量的约束范围很小时，如节点电压，两种方法最后求得的变量优化结果相差不大；但当变量的约束范围较宽时，如发电机的无功出力，则单纯形法和内点法的优化结果有较大差异。可见整个系统最后的优化结果并不是唯一的，相反却存在着多种可能的优化结果组合。由于在内点法求解无功优化问题的过程中，初次大迭代时的线性化模型并不精确，算法可在较大范围内寻优，故最后的变量优化结果与单纯形法经求解严格的线性模型后所得的结果相比存在着偏差，而对于约束范围较大的变量这一现象表现得尤为明显。

从表 2-2 可知，在小循环中，内点法迭代次数稳定于 7 次左右，这与理论分析的结论是一致的。由于系统规模较小，单纯形法小循环迭代次数并没有较大的变化。

表 2-2 内点法和单纯形法迭代次数的比较

大循环迭代次数	小循环迭代次数	
	单纯形法	内点法
1	6	7
2	6	7
3	4	8
4	4	7

续表

大循环迭代次数	小循环迭代次数	
	单纯形法	内点法
5	5	7
6	7	7
7	6	7
8		7
9		7
平均次数	5	7

2.6.2 IEEE 118 节点系统

IEEE 118 节点系统参数详见附录Ⅳ，系统部分变量的上下限和优化结果见表 2-3。

表 2-3 IEEE 118 节点系统变量上下限和优化结果

变量		设备及运行限制		初始状态	优化结果	
		下限	上限		单纯形法	内点法
控制变量/(p. u.)	$T_{5\sim8}$	0.900	1.100	0.985	1.000	1.007
	$T_{17\sim30}$	0.900	1.100	0.960	1.000	1.003
	$T_{25\sim26}$	0.900	1.100	0.960	1.016	1.017
	$T_{37\sim38}$	0.900	1.100	0.938	0.974	0.982
	$T_{59\sim63}$	0.900	1.100	0.960	1.006	1.010
	$T_{61\sim64}$	0.900	1.100	0.985	0.996	0.999
	$T_{65\sim66}$	0.900	1.100	0.935	1.041	1.040
	$T_{80\sim81}$	0.900	1.100	0.935	1.090	1.091
	$Q_{C_{19}}$	0.000	5.000	0.000	0.327	0.382
	$Q_{C_{20}}$	0.000	5.000	0.000	0.000	0.002
	$Q_{C_{21}}$	0.000	5.000	0.000	0.158	0.138
	$Q_{C_{33}}$	0.000	5.000	0.000	0.067	0.056
	$Q_{C_{34}}$	0.000	5.000	0.000	0.000	0.026
	$Q_{C_{35}}$	0.000	5.000	0.000	0.000	0.007
	$Q_{C_{36}}$	0.000	5.000	0.000	0.000	0.015
	$Q_{C_{37}}$	0.000	5.000	0.000	0.752	0.756
	$Q_{C_{43}}$	0.000	5.000	0.000	0.048	0.026
	$Q_{C_{71}}$	0.000	5.000	0.000	0.636	0.641
	V_{G_4}	0.900	1.100	0.998	1.037	1.050
	V_{G_8}	0.900	1.100	1.046	1.043	1.039
	$V_{G_{10}}$	0.900	1.100	1.050	1.055	1.059
	$V_{G_{12}}$	0.900	1.100	0.990	1.025	1.033
	$V_{G_{24}}$	0.900	1.100	1.006	1.048	1.045
	$V_{G_{25}}$	0.900	1.100	1.050	1.081	1.082
	$V_{G_{26}}$	0.900	1.100	1.015	1.092	1.092
	$V_{G_{27}}$	0.900	1.100	0.968	1.039	1.043
	$V_{G_{31}}$	0.900	1.100	0.967	1.024	1.031

续表

变　量		设备及运行限制		初始状态	优化结果	
		下限	上限		单纯形法	内点法
控制变量/(p.u.)	$V_{G_{40}}$	0.900	1.100	0.970	1.003	1.010
	$V_{G_{42}}$	0.900	1.100	0.985	1.015	1.015
	$V_{G_{46}}$	0.900	1.100	1.007	1.037	1.036
	$V_{G_{49}}$	0.900	1.100	1.025	1.050	1.054
	$V_{G_{54}}$	0.900	1.100	0.955	1.031	1.031
	$V_{G_{59}}$	0.900	1.100	0.985	1.049	1.049
	$V_{G_{61}}$	0.900	1.100	0.995	1.053	1.052
	$V_{G_{65}}$	0.900	1.100	1.005	1.046	1.045
	$V_{G_{66}}$	0.900	1.100	1.050	1.064	1.065
	$V_{G_{69}}$	0.900	1.100	1.100	1.038	1.038
	$V_{G_{72}}$	0.900	1.100	1.010	1.035	1.032
	$V_{G_{73}}$	0.900	1.100	1.034	1.036	1.033
	$V_{G_{80}}$	0.900	1.100	1.040	1.057	1.059
	$V_{G_{87}}$	0.900	1.100	1.018	1.045	1.054
	$V_{G_{89}}$	0.900	1.100	1.005	1.073	1.072
	$V_{G_{90}}$	0.900	1.100	0.985	1.056	1.049
	$V_{G_{91}}$	0.900	1.100	0.980	1.055	1.048
	$V_{G_{99}}$	0.900	1.100	1.010	1.046	1.053
	$V_{G_{100}}$	0.900	1.100	1.017	1.050	1.057
	$V_{G_{103}}$	0.900	1.100	0.999	1.029	1.048
	$V_{G_{105}}$	0.900	1.100	0.965	1.014	1.034
	$V_{G_{107}}$	0.900	1.100	0.952	1.002	1.020
	$V_{G_{110}}$	0.900	1.100	0.973	0.994	1.032
	$V_{G_{111}}$	0.900	1.100	0.980	1.000	1.035
	$V_{G_{112}}$	0.900	1.100	0.975	0.975	1.011
	$V_{G_{113}}$	0.900	1.100	0.993	1.035	1.044
	$V_{G_{116}}$	0.900	1.100	1.082	1.048	1.048
迭代次数					33	21
网损/(p.u.)				1.367	1.176	1.167

图 2-4 是用两种不同的方法进行无功优化计算时的网损变化曲线，其中内点法的收敛精度为 $\varepsilon_2=10^{-4}$。内点法在首次大迭代时没有对控制变量的变化量加以线性化最大步长约束。

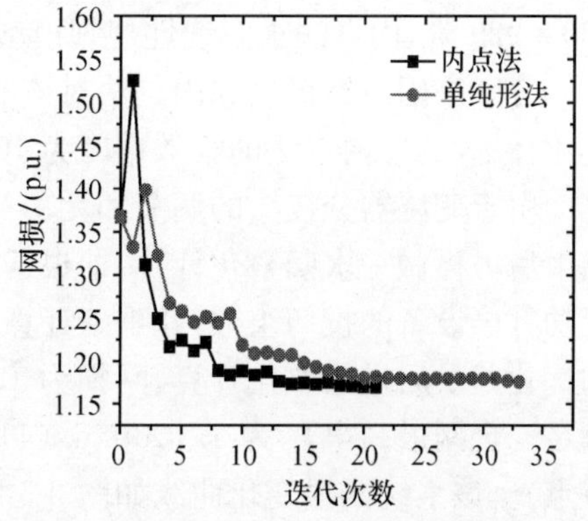

图 2-4　IEEE 118 节点系统网损变化曲线

由图 2-4 的网损变化曲线，优化计算结束后，内点法计算的网损降至 1.167，而单纯形法计算的网损降至 1.176。尽管初次大循环迭代后，内点法计算的网损上升，但优化结果和收敛性均优于单纯形法。

表 2-4 列出了两种不同方法的小迭代次数。我们可看到，随着问题规模的扩大，单纯形法的迭代次数急剧增加，最多可达 106 次，而内点法的迭代次数基本稳定于 17～23 次之间。

表 2-4 内点法和单纯形法迭代次数的比较

大循环迭代次数	小循环迭代次数		大循环迭代次数	小循环迭代次数	
	单纯形法	内点法		单纯形法	内点法
1	68	18	18	59	18
2	106	17	19	63	20
3	105	23	20	54	19
4	84	19	21	55	19
5	71	21	22	48	
6	91	19	23	63	
7	85	21	24	51	
8	70	19	25	49	
9	64	20	26	54	
10	53	20	27	50	
11	48	18	28	67	
12	53	19	29	46	
13	52	17	30	57	
14	59	22	31	54	
15	55	19	32	44	
16	62	20	33	50	
17	63	20	平均	62	19

2.6.3 某 538 节点系统

该系统概况详见附录Ⅴ。灵敏度系数求解过程中所需求逆的矩阵阶数可达 929×929 阶，内点法求解线性规划模型时，线性方程组的阶数竟达 1306 阶。

分别采用单纯形法和内点法对该实际电网 1999 年夏大运行方式进行了无功优化计算，其中内点法的收敛精度为 10^{-4}。

由于变压器分接头的调节和无功补偿设备的投切并非连续变化，我们在优化结束后可再做一次归整化计算，即根据优化结果确定恰当的变压器分接头档位和无功补偿设备的投切组数，并重新计算全网潮流。计算表明，若采用内点法进行无功优化并最后做归整化计算，网损为 1.626p.u.，下降了 5.82%，各约束条件同时满足。全网最高电压为 1.156p.u.（110kV 节点），最低电压为 0.924p.u.（35kV 节点）。该系统网损变化曲线如图 2-5 所示。

虽然经优化计算后，单纯形法比内点法所计算的网损略低，但我们从网损变化曲线可清楚地看到，由于在内点法求解无功优化问题的过程中，首次大循环迭代时并没有对各控制变量的变化量加以步长约束，因此不但小循环迭代过程可采用非内点启动，而且算法可在较大范围内寻优，从而得到较好的初始解以有利于整个算法的收敛过程，因此内点法仅需 10 次迭代即可找到符合约束条件的最优解。内点法和单纯形法的迭代次数和计算时间的比较如表2-5和表 2-6 所示。

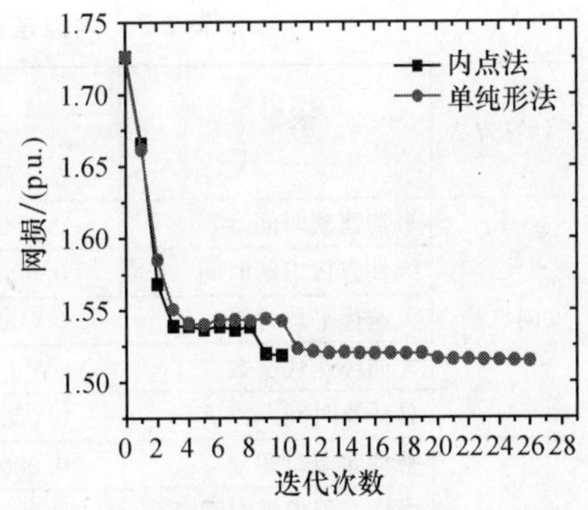

图 2-5　某 538 节点系统网损变化曲线

表 2-5　内点法和单纯形法迭代次数的比较

大循环次数	小循环迭代次数		大循环次数	小循环迭代次数		大循环次数	小循环迭代次数	
	单纯形	内点法		单纯形	内点法		单纯形	内点法
1	365	23	10	405	22	19	356	
2	513	24	11	297		20	322	
3	442	22	12	329		21	291	
4	473	21	13	360		22	218	
5	372	21	14	289		23	268	
6	452	23	15	378		24	221	
7	486	23	16	271		25	297	
8	394	25	17	373		26	224	
9	562	22	18	280		平均	335	23

表 2-6　内点法和单纯形法计算时间的比较

参　数	内点法	单纯形法
大循环平均建模时间/s	12.937	12.937
大循环线性模型平均求解时间/s	92.383	66.025
大循环平均计算时间/s	105.320	78.962
大循环迭代次数	10	26
总计算时间/s	1 053.200	2 053.550

2.6.4　计算时间比较

表 2-7 比较了内点法和单纯形法的计算时间，从中我们可发现，内点法求解线性规划模型的时间已具有与单纯形法竞争的能力。随着系统规模的扩大，内点法的求解时间与单纯形法相比仍有一定的差距。因此如何利用各种先进的方程求解方法进一步提高内点法的计算速度将是未来继续探讨的重要课题。

表 2-7 内点法和单纯形法计算时间的比较

计算方法	参数	试验系统				
		Ward & Hale 6 节点系统	IEEE 14 节点系统	IEEE 30 节点系统	EPRI 68 节点系统	IEEE 118 节点系统
内点法	平均建模时间/s	0.000	0.015	0.036	0.133	0.450
	线性方程求解时间/s	0.006	0.025	0.179	0.105	1.101
	大迭代平均计算时间/s	0.006	0.040	0.215	0.238	1.551
	大循环迭代次数	9	11	23	6	21
	总计算时间/s	0.050	0.440	4.950	1.430	32.570
单纯形法	平均建模时间/s	0.000	0.015	0.036	0.133	0.450
	线性方程求解时间/s	0.007	0.029	0.167	0.061	0.708
	大迭代平均计算时间/s	0.007	0.044	0.203	0.194	1.158
	大循环迭代次数	7	15	26	13	33
	总计算时间/s	0.050	0.660	5.270	2.520	38.230

由于改进了灵敏度系数矩阵求解过程中子矩阵的求逆过程，系统的平均建模时间已大为缩短，从而有利于整个无功优化计算性能的提高。

2.7 小　结

本章在采用潮流雅可比矩阵直接变换法求解灵敏度系数时，改进了求解过程中的矩阵求逆方法，不但降低了求逆矩阵的维数，减少了求逆的计算量，保证了求逆计算的可靠性，而且大幅提高了矩阵求逆的计算速度，较好地解决了灵敏度系数求解过程中的计算瓶颈问题。

在采用原对偶内点法求解无功优化的线性规划模型时，利用改进三角分解法求解计算过程中出现的高阶方程组，从而有效地提高了线性规划模型的求解效率，证明了内点法在线性规划计算方面，完全具有与单纯形法竞争的能力。不过在求解较大规模系统的无功优化问题时，高阶方程组的计算时间仍嫌过长，因此如何进一步提高方程组的求解速度将是进一步研究的重点问题。

详细探讨了内点法的初始点问题，通过对内点法求解无功优化计算过程的修改，使内点法对于不同的系统均可采用非内点启动，这一点对于提高内点法的实用性尤为重要。

利用改进的内点法分别对五个试验系统进行了计算，计算结果表明了所开发的无功优化计算程序的正确性和有效性。

在一定的运行方式下对某 538 节点实际电网进行了全网无功优化计算，得到了较为理想的优化结果，并对优化结果作了适当的分析，证实了所提算法完全具有求解大规模系统优化问题的能力。

参 考 文 献

[1] Mamandur K R C, Chenoweth R D. Optimal control of reactive power flow for improvements in voltage profiles and real power loss minimization. IEEE Transactions on Power Apparatus and Systems, 1981, 100(7): 3185～3194

[2] Alsac O, Bright J, Prais M, et al. Further developments in LP-based optimal power flow. IEEE Transactions on Power Systems, 1990, 5(3): 697～711

[3] 刘明波,陈学军,程劲晖. 三种无功优化线性规划建模方法比较. 电力系统及其自动化学报,1999,11(2):31～36

[4] 方述诚,普森普拉 S. 线性优化及扩展——理论与算法. 北京:科学出版社,1994

[5] Momoh J A, Guo S X, Ogbuobiri E C, et al. The quadratic interior point method solving power system optimization problems. IEEE Transactions on Power Systems, 1994, 9(3): 1327～1336

[6] Wei H, Sasaki H, Yokoyama R. An application of interior point quadratic programming algorithm to power system optimization problems. IEEE Transactions on Power Systems, 1996, 11(1): 260～266

[7] 刘明波,陈学军. 基于原对偶仿射尺度内点法的电力系统无功优化算法. 电网技术,1998,22(3):24～28

[8] 刘明波,陈学军. 电力系统无功优化的改进内点算法. 电力系统自动化,1998,22(5):33～36

第三章　离散无功优化计算

电力系统无功优化是在系统的结构参数、负荷有功和无功功率、有功电源出力给定的情况下，通过调节发电机无功出力、无功补偿设备出力及可调变压器的分接头，使目标函数最小，同时要满足各种物理和运行约束条件，如无功电源出力、节点电压幅值和可调变压器分接头位置等上下限的限制。因此，无功优化本质上属于连续变量和离散变量共存的、大规模非线性混合整数规划问题[1~6]。现有的算法通常首先将离散变量当作连续变量处理，用连续优化方法获得优化解后，再对离散变量进行靠拢式归整，而其余的连续变量则通过常规的潮流计算或最优潮流计算确定。当对具有较大分级步长的离散变量(如并联电容器和电抗器的无功出力)进行这种靠拢式归整时，不仅会产生数学上的近似，而且可能导致目标函数值的增加和(或)不等式约束的违反。本章针对无功优化问题的离散-连续本质特点，从混合整数规划的角度出发对其进行建模和求解。

3.1　非线性混合整数规划建模

无功优化在数学上表现为典型的非线性混合整数规划问题，其数学模型可描述为：

$$\min f(\boldsymbol{x}_1,\boldsymbol{x}_2,\boldsymbol{x}_3) \tag{3-1}$$

$$\text{s. t. } \boldsymbol{g}(\boldsymbol{x}_1,\boldsymbol{x}_2,\boldsymbol{x}_3)=\boldsymbol{0} \tag{3-2}$$

$$\boldsymbol{x}_{1\min}\leqslant\boldsymbol{x}_1\leqslant\boldsymbol{x}_{1\max} \tag{3-3}$$

$$\boldsymbol{x}_{2\min}\leqslant\boldsymbol{x}_2\leqslant\boldsymbol{x}_{2\max} \tag{3-4}$$

式中，$f(\cdot)$为系统有功损耗；$\boldsymbol{g}(\cdot)=\boldsymbol{0}$ 为节点功率平衡方程；$\boldsymbol{x}_1=[\boldsymbol{Q}_C^{\mathrm{T}},\boldsymbol{T}_B^{\mathrm{T}}]^{\mathrm{T}}$，$\boldsymbol{Q}_C$ 为可投切电容器或电抗器的无功出力列向量，$\boldsymbol{T}_B$ 为可调变压器的变比列向量，且 $\boldsymbol{Q}_C$ 和 $\boldsymbol{T}_B$ 为具有离散值的向量，$\boldsymbol{x}_1\in\mathbf{R}^{(p)}$；$\boldsymbol{x}_2=[\boldsymbol{Q}_G^{\mathrm{T}},\boldsymbol{V}^{\mathrm{T}}]^{\mathrm{T}}$，$\boldsymbol{Q}_G$ 为发电机或静止无功补偿器的无功出力列向量，$\boldsymbol{V}$ 为所有节点电压幅值构成的列向量，$\boldsymbol{Q}_G$ 和 $\boldsymbol{V}$ 是连续变化的向量，$\boldsymbol{x}_2\in\mathbf{R}^{(q)}$；$\boldsymbol{x}_1$ 和 $\boldsymbol{x}_2$ 为有约束的优化变量，下标 max、min 分别表示上、下限；设节点 n 为平衡节点，$\boldsymbol{x}_3=[P_{Gn},\theta_1,\theta_2,\cdots,\theta_{n-1}]^{\mathrm{T}}$，由平衡机的有功出力和除平衡节点外的其他节点电压相角构成，$\boldsymbol{x}_3\in\mathbf{R}^{(n)}$，$n$ 为系统节点数。上述无功优化数学模型中还可计及其他不等式约束，如输电线路传输功率限制。

3.2　内嵌离散惩罚的非线性原对偶内点法

在求解这类含离散变量的非线性规划问题时，现有的算法通常采用先把所有变量都作为连续变量进行优化，再将离散变量就近归整的方案。这样做忽略了 Q_C 和 $\boldsymbol{T}_B$ 的离散特性，会造成很大的误差，特别是在处理具有较大分级步长的离散变量时，要么只得到次优解，要么造成约束条件越限而无法得到可行解。本节将通过对离散变量构造罚函数并将其直接嵌入到非线性原对偶内点法中形成扩展内点算法[4~6]。

引入松弛变量，将不等式约束条件(3-3)和(3-4)转变成等式约束条件：

$$\min f(\boldsymbol{x}_1, \boldsymbol{x}_2, \boldsymbol{x}_3) \tag{3-5}$$

$$\text{s. t. } \boldsymbol{g}(\boldsymbol{x}_1, \boldsymbol{x}_2, \boldsymbol{x}_3) = \boldsymbol{0} \tag{3-6}$$

$$\boldsymbol{x}_1 + \boldsymbol{s}_u = \boldsymbol{x}_{1\max} \tag{3-7}$$

$$\boldsymbol{x}_1 - \boldsymbol{s}_l = \boldsymbol{x}_{1\min} \tag{3-8}$$

$$\boldsymbol{x}_2 + \boldsymbol{s}_h = \boldsymbol{x}_{2\max} \tag{3-9}$$

$$\boldsymbol{x}_2 - \boldsymbol{s}_w = \boldsymbol{x}_{2\min} \tag{3-10}$$

$$\boldsymbol{s}_u, \boldsymbol{s}_l, \boldsymbol{s}_h, \boldsymbol{s}_w \geqslant \boldsymbol{0} \tag{3-11}$$

式中，$\boldsymbol{s}_u$、$\boldsymbol{s}_l$、$\boldsymbol{s}_h$、$\boldsymbol{s}_w$ 为由松弛变量组成的列向量，$\boldsymbol{s}_u, \boldsymbol{s}_l \in \mathbf{R}^{(p)}$，$\boldsymbol{s}_h, \boldsymbol{s}_w \in \mathbf{R}^{(q)}$。

引入对数壁垒函数消去松弛变量的非负性约束，并对等式约束引入拉格朗日乘子，得到如下的拉格朗日函数：

$$\begin{aligned} L = & f(\boldsymbol{x}_1, \boldsymbol{x}_2, \boldsymbol{x}_3) - \boldsymbol{y}^{\mathrm{T}} \boldsymbol{g}(\boldsymbol{x}_1, \boldsymbol{x}_2, \boldsymbol{x}_3) - \boldsymbol{y}_u^{\mathrm{T}} (\boldsymbol{x}_1 + \boldsymbol{s}_u - \boldsymbol{x}_{1\max}) - \boldsymbol{y}_l^{\mathrm{T}} (\boldsymbol{x}_1 - \boldsymbol{s}_l - \boldsymbol{x}_{1\min}) \\ & - \boldsymbol{y}_h^{\mathrm{T}} (\boldsymbol{x}_2 + \boldsymbol{s}_h - \boldsymbol{x}_{2\max}) - \boldsymbol{y}_w^{\mathrm{T}} (\boldsymbol{x}_2 - \boldsymbol{s}_w - \boldsymbol{x}_{2\min}) - \mu \sum_{j=1}^{p} \ln s_{lj} - \mu \sum_{j=1}^{p} \ln s_{uj} \\ & - \mu \sum_{j=1}^{q} \ln s_{wj} - \mu \sum_{j=1}^{q} \ln s_{hj} \end{aligned} \tag{3-12}$$

式中，$\boldsymbol{y}$、$\boldsymbol{y}_u$、$\boldsymbol{y}_l$、$\boldsymbol{y}_h$、$\boldsymbol{y}_w$ 为拉格朗日乘子向量，$\boldsymbol{y} \in \mathbf{R}^{(2n)}$，$\boldsymbol{y}_u, \boldsymbol{y}_l \in \mathbf{R}^{(p)}$，$\boldsymbol{y}_h, \boldsymbol{y}_w \in \mathbf{R}^{(q)}$，且 $\boldsymbol{y}_u, \boldsymbol{y}_h \leqslant \boldsymbol{0}$，$\boldsymbol{y}_l, \boldsymbol{y}_w \geqslant \boldsymbol{0}$；$\mu$ 为壁垒参数，且 $\mu \geqslant 0$。

为计及 Q_C 和 $\boldsymbol{T}_B$ 的离散特性，引入如图 3-1 所示的正曲率二次罚函数[1]来处理这些离散变量，并把它增广到式(3-12)的拉格朗日函数中。

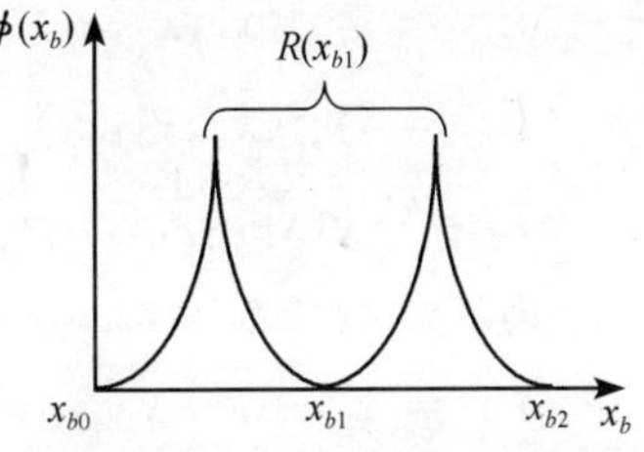

图 3-1　二次罚函数模型

图 3-1 中，$\phi(x_b)$ 为二次罚函数，x_b 为离散变量。离散变量的变化是非连续的，一般按照某一个给定的分级步长变化，如某个电容器组的总容量为 36Mvar，由 12 组构成且每组容量相同，则其分级步长为 3Mvar。假设每一个离散变量的分级步长是均匀的，x_{b0}、x_{b1}、x_{b2} 是 x_b 的离散取值中任意三个相邻值。

定义某个离散取值 x_b 的邻域 $R(x_{b1})$ 为如下区间：

$$R(x_{b1}) = \left\{ x_b \mid x_{b1} - \frac{1}{2} S \leqslant x_b \leqslant x_{b1} + \frac{1}{2} S \right\} \tag{3-13}$$

式中，S 是离散变量 x_b 的分级步长；x_{b1} 为其邻域中心。

在优化过程中，当 x_b 的值处于上述定义的邻域内时，则应迫使其向邻域中心靠拢。由此可在该邻域内引入如下的二次罚函数[1]：

$$\phi(x_b) = \frac{1}{2}\upsilon_b(x_b - x_{b1})^2 \tag{3-14}$$

式中，υ_b 为罚因子。并且应该明确的是，这里所定义的 x_b 的邻域中心在优化过程中是动态变化的，根据离散控制量实际计算得到的值求出最为靠近的离散分级值即可获得。

将针对离散变量引入的罚函数增广到式(3-12)的拉格朗日函数中，得到：

$$\begin{aligned} L = & f(\boldsymbol{x}_1,\boldsymbol{x}_2,\boldsymbol{x}_3) - \boldsymbol{y}^{\mathrm{T}}\boldsymbol{g}(\boldsymbol{x}_1,\boldsymbol{x}_2,\boldsymbol{x}_3) - \boldsymbol{y}_u^{\mathrm{T}}(\boldsymbol{x}_1 + \boldsymbol{s}_u - \boldsymbol{x}_{1\max}) - \boldsymbol{y}_l^{\mathrm{T}}(\boldsymbol{x}_1 - \boldsymbol{s}_l - \boldsymbol{x}_{1\min}) \\ & - \boldsymbol{y}_h^{\mathrm{T}}(\boldsymbol{x}_2 + \boldsymbol{s}_h - \boldsymbol{x}_{2\max}) - \boldsymbol{y}_w^{\mathrm{T}}(\boldsymbol{x}_2 - \boldsymbol{s}_w - \boldsymbol{x}_{2\min}) - \mu\sum_{j=1}^{p}\ln s_{lj} - \mu\sum_{j=1}^{p}\ln s_{uj} \\ & - \mu\sum_{j=1}^{q}\ln s_{wj} - \mu\sum_{j=1}^{q}\ln s_{hj} + \frac{1}{2}\sum_{j=1}^{p}\upsilon_j\,(x_{1j} - x_{1jb})^2 \end{aligned} \tag{3-15}$$

式中，υ_j 为离散变量 x_{1j} 的罚因子；x_{1jb} 为其邻域中心。

由式(3-15)可知，二次罚函数的引入使得原目标函数中附加了一项由离散变量引起的虚拟费用，可将连续值就近靠拢取其离散值的规则嵌入到求解连续无功优化模型的非线性原对偶内点算法中，在全局优化和虚拟费用的共同作用下，离散变量可向两个相反的方向运动，或者趋向邻域中心，或者趋向远离邻域中心的另一个可能的相邻离散取值上。

根据 KKT 最优性条件可得：

$$\boldsymbol{L}_{x_1} = \nabla f_{x_1}(\boldsymbol{x}_1,\boldsymbol{x}_2,\boldsymbol{x}_3) - \nabla\boldsymbol{g}_{x_1}^{\mathrm{T}}(\boldsymbol{x}_1,\boldsymbol{x}_2,\boldsymbol{x}_3)\boldsymbol{y} - \boldsymbol{y}_u - \boldsymbol{y}_l + \boldsymbol{\upsilon}_B(\boldsymbol{x}_1 - \boldsymbol{x}_{1B}) = \boldsymbol{0} \tag{3-16}$$

$$\boldsymbol{L}_{x_2} = \nabla f_{x_2}(\boldsymbol{x}_1,\boldsymbol{x}_2,\boldsymbol{x}_3) - \nabla\boldsymbol{g}_{x_2}^{\mathrm{T}}(\boldsymbol{x}_1,\boldsymbol{x}_2,\boldsymbol{x}_3)\boldsymbol{y} - \boldsymbol{y}_h - \boldsymbol{y}_w = \boldsymbol{0} \tag{3-17}$$

$$\boldsymbol{L}_{x_3} = \nabla f_{x_3}(\boldsymbol{x}_1,\boldsymbol{x}_2,\boldsymbol{x}_3) - \nabla\boldsymbol{g}_{x_3}^{\mathrm{T}}(\boldsymbol{x}_1,\boldsymbol{x}_2,\boldsymbol{x}_3)\boldsymbol{y} = \boldsymbol{0} \tag{3-18}$$

$$\boldsymbol{L}_y = -\boldsymbol{g}(\boldsymbol{x}_1,\boldsymbol{x}_2,\boldsymbol{x}_3) = \boldsymbol{0} \tag{3-19}$$

$$\boldsymbol{L}_{y_u} = \boldsymbol{x}_1 + \boldsymbol{s}_u - \boldsymbol{x}_{1\max} = \boldsymbol{0} \tag{3-20}$$

$$\boldsymbol{L}_{y_l} = \boldsymbol{x}_1 - \boldsymbol{s}_l - \boldsymbol{x}_{1\min} = \boldsymbol{0} \tag{3-21}$$

$$\boldsymbol{L}_{y_h} = \boldsymbol{x}_2 + \boldsymbol{s}_h - \boldsymbol{x}_{2\max} = \boldsymbol{0} \tag{3-22}$$

$$\boldsymbol{L}_{y_w} = \boldsymbol{x}_2 - \boldsymbol{s}_w - \boldsymbol{x}_{2\min} = \boldsymbol{0} \tag{3-23}$$

$$\boldsymbol{L}_{s_u} = \boldsymbol{S}_u\boldsymbol{Y}_u\boldsymbol{e}_1 + \mu\boldsymbol{e}_1 = \boldsymbol{0} \tag{3-24}$$

$$\boldsymbol{L}_{s_l} = \boldsymbol{S}_l\boldsymbol{Y}_l\boldsymbol{e}_1 - \mu\boldsymbol{e}_1 = \boldsymbol{0} \tag{3-25}$$

$$\boldsymbol{L}_{s_h} = \boldsymbol{S}_h\boldsymbol{Y}_h\boldsymbol{e}_2 + \mu\boldsymbol{e}_2 = \boldsymbol{0} \tag{3-26}$$

$$\boldsymbol{L}_{s_w} = \boldsymbol{S}_w\boldsymbol{Y}_w\boldsymbol{e}_2 - \mu\boldsymbol{e}_2 = \boldsymbol{0} \tag{3-27}$$

式中，$\nabla \boldsymbol{g}_{x_1}(\cdot)$、$\nabla \boldsymbol{g}_{x_2}(\cdot)$、$\nabla \boldsymbol{g}_{x_3}(\cdot)$分别为 $\boldsymbol{g}(\cdot)$的雅可比矩阵的子矩阵；$\nabla f_{x_1}(\cdot)$、$\nabla f_{x_2}(\cdot)$、$\nabla f_{x_3}(\cdot)$分别为 $f(\cdot)$的雅可比矩阵的子矩阵；$\boldsymbol{e}_1$ 和 $\boldsymbol{e}_2$ 为单位列向量，$\boldsymbol{e}_1 \in \mathbf{R}^{(p)}$，$\boldsymbol{e}_2 \in \mathbf{R}^{(q)}$；$\boldsymbol{Y}_u$、$\boldsymbol{Y}_l$、$\boldsymbol{Y}_h$、$\boldsymbol{Y}_w$、$\boldsymbol{S}_u$、$\boldsymbol{S}_l$、$\boldsymbol{S}_h$、$\boldsymbol{S}_w$ 分别为以 $\boldsymbol{y}_u$、$\boldsymbol{y}_l$、$\boldsymbol{y}_h$、$\boldsymbol{y}_w$、$\boldsymbol{s}_u$、$\boldsymbol{s}_l$、$\boldsymbol{s}_h$、$\boldsymbol{s}_w$ 的分量为对角元素的对角阵；$\boldsymbol{v}_{\mathrm{B}}$ 是以罚因子为对角元素的对角矩阵，$\boldsymbol{v}_{\mathbf{B}} \in \mathbf{R}^{(p \times p)}$；$\boldsymbol{x}_{1B}$为由离散变量的邻域中心构成的列向量。

对式(3-16)～式(3-27) 所构成的非线性方程组在初始点附近用泰勒级数展开，然后取一阶项，得到：

$$-\boldsymbol{L}_{x_1 0} = \boldsymbol{w}_{11}\Delta \boldsymbol{x}_1 + \boldsymbol{w}_{12}\Delta \boldsymbol{x}_2 + \boldsymbol{w}_{13}\Delta \boldsymbol{x}_3 - \nabla \boldsymbol{g}_{x_1}^{\mathrm{T}}(\boldsymbol{x}_1, \boldsymbol{x}_2, \boldsymbol{x}_3)\Delta \boldsymbol{y} - \Delta \boldsymbol{y}_u - \Delta \boldsymbol{y}_l \tag{3-28}$$

$$-\boldsymbol{L}_{x_2 0} = \boldsymbol{w}_{21}\Delta \boldsymbol{x}_1 + \boldsymbol{w}_{22}\Delta \boldsymbol{x}_2 + \boldsymbol{w}_{23}\Delta \boldsymbol{x}_3 - \nabla \boldsymbol{g}_{x_2}^{\mathrm{T}}(\boldsymbol{x}_1, \boldsymbol{x}_2, \boldsymbol{x}_3)\Delta \boldsymbol{y} - \Delta \boldsymbol{y}_h - \Delta \boldsymbol{y}_w \tag{3-29}$$

$$-\boldsymbol{L}_{x_3 0} = \boldsymbol{w}_{31}\Delta \boldsymbol{x}_1 + \boldsymbol{w}_{32}\Delta \boldsymbol{x}_2 + \boldsymbol{w}_{33}\Delta \boldsymbol{x}_3 - \nabla \boldsymbol{g}_{x_3}^{\mathrm{T}}(\boldsymbol{x}_1, \boldsymbol{x}_2, \boldsymbol{x}_3)\Delta \boldsymbol{y} \tag{3-30}$$

$$-\boldsymbol{L}_{y0} = -\nabla \boldsymbol{g}_{x_1}(\boldsymbol{x}_1, \boldsymbol{x}_2, \boldsymbol{x}_3)\Delta \boldsymbol{x}_1 - \nabla \boldsymbol{g}_{x_2}(\boldsymbol{x}_1, \boldsymbol{x}_2, \boldsymbol{x}_3)\Delta \boldsymbol{x}_2 - \nabla \boldsymbol{g}_{x_3}(\boldsymbol{x}_1, \boldsymbol{x}_2, \boldsymbol{x}_3)\Delta \boldsymbol{x}_3 \tag{3-31}$$

$$-\boldsymbol{L}_{y_u 0} = \Delta \boldsymbol{x}_1 + \Delta \boldsymbol{s}_u \tag{3-32}$$

$$-\boldsymbol{L}_{y_l 0} = \Delta \boldsymbol{x}_1 - \Delta \boldsymbol{s}_l \tag{3-33}$$

$$-\boldsymbol{L}_{y_h 0} = \Delta \boldsymbol{x}_2 + \Delta \boldsymbol{s}_h \tag{3-34}$$

$$-\boldsymbol{L}_{y_w 0} = \Delta \boldsymbol{x}_2 - \Delta \boldsymbol{s}_w \tag{3-35}$$

$$-\boldsymbol{L}_{s_u 0} = \boldsymbol{S}_u \Delta \boldsymbol{y}_u + \boldsymbol{Y}_u \Delta \boldsymbol{s}_u \tag{3-36}$$

$$-\boldsymbol{L}_{s_l 0} = \boldsymbol{S}_l \Delta \boldsymbol{y}_l + \boldsymbol{Y}_l \Delta \boldsymbol{s}_l \tag{3-37}$$

$$-\boldsymbol{L}_{s_h 0} = \boldsymbol{S}_h \Delta \boldsymbol{y}_h + \boldsymbol{Y}_h \Delta \boldsymbol{s}_h \tag{3-38}$$

$$-\boldsymbol{L}_{s_w 0} = \boldsymbol{S}_w \Delta \boldsymbol{y}_w + \boldsymbol{Y}_w \Delta \boldsymbol{s}_w \tag{3-39}$$

式中，$\boldsymbol{L}_{x_1 0}$、$\boldsymbol{L}_{x_2 0}$、$\boldsymbol{L}_{x_3 0}$、$\boldsymbol{L}_{y0}$、$\boldsymbol{L}_{s_u 0}$、$\boldsymbol{L}_{s_l 0}$、$\boldsymbol{L}_{s_h 0}$、$\boldsymbol{L}_{s_w 0}$、$\boldsymbol{L}_{y_u 0}$、$\boldsymbol{L}_{y_l 0}$、$\boldsymbol{L}_{y_h 0}$、$\boldsymbol{L}_{y_w 0}$分别为 $\boldsymbol{L}_{x_1}$、$\boldsymbol{L}_{x_2}$、$\boldsymbol{L}_{x_3}$、$\boldsymbol{L}_y$、$\boldsymbol{L}_{s_u}$、$\boldsymbol{L}_{s_l}$、$\boldsymbol{L}_{s_h}$、$\boldsymbol{L}_{s_w}$、$\boldsymbol{L}_{y_u}$、$\boldsymbol{L}_{y_l}$、$\boldsymbol{L}_{y_h}$、$\boldsymbol{L}_{y_w}$ 在初始点的值。

$\boldsymbol{w}_{kj}(k, j = 1, 2, 3)$的计算式为：

$$\boldsymbol{w}_{11} = \nabla \boldsymbol{f}_{x_1 x_1}^2(\cdot) - \sum_{i=1}^{2n} y_i \nabla \boldsymbol{g}_{ix_1 x_1}^2(\cdot) + \boldsymbol{v}_{\mathrm{B}}, \quad k = j = 1 \tag{3-40}$$

$$\boldsymbol{w}_{kj} = \nabla \boldsymbol{f}_{x_k x_j}^2(\cdot) - \sum_{i=1}^{2n} y_i \nabla \boldsymbol{g}_{ix_k x_j}^2(\cdot), \quad k \neq 1, j \neq 1 \tag{3-41}$$

且 $\boldsymbol{w}_{kj} = \boldsymbol{w}_{jk}$。$\nabla \boldsymbol{g}_{ix_k x_j}^2(\cdot)(k, j = 1, 2, 3, i = 1, 2, \cdots, 2n)$分别为 $\boldsymbol{g}_i(\cdot)(i = 1, 2, \cdots, 2n)$的海森矩阵的子矩阵。$\nabla \boldsymbol{f}_{x_k x_j}^2(\cdot)(k, j = 1, 2, 3)$分别为 $f(\cdot)$的海森矩阵的子矩阵。

由式(3-32)～式(3-39)可求得：

$$\Delta \boldsymbol{s}_u = -\boldsymbol{L}_{y_u 0} - \Delta \boldsymbol{x}_1 \tag{3-42}$$

$$\Delta \boldsymbol{s}_l = \boldsymbol{L}_{y_l 0} + \Delta \boldsymbol{x}_1 \tag{3-43}$$

$$\Delta \boldsymbol{s}_h = -\boldsymbol{L}_{y_h 0} - \Delta \boldsymbol{x}_2 \tag{3-44}$$

$$\Delta \boldsymbol{s}_w = \boldsymbol{L}_{y_w 0} + \Delta \boldsymbol{x}_2 \tag{3-45}$$

$$\Delta \boldsymbol{y}_u = -\boldsymbol{S}_{u0}^{-1}[\boldsymbol{L}_{s_u 0} - \boldsymbol{Y}_{u0}(\boldsymbol{L}_{y_u 0} + \Delta \boldsymbol{x}_1)] \tag{3-46}$$

$$\Delta \boldsymbol{y}_l = -\boldsymbol{S}_{l0}^{-1}[\boldsymbol{L}_{s_l 0} + \boldsymbol{Y}_{l0}(\boldsymbol{L}_{y_l 0} + \Delta \boldsymbol{x}_1)] \tag{3-47}$$

$$\Delta \boldsymbol{y}_h = -\boldsymbol{S}_{h0}^{-1}[\boldsymbol{L}_{s_h 0} - \boldsymbol{Y}_{h0}(\boldsymbol{L}_{y_h 0} + \Delta \boldsymbol{x}_2)] \tag{3-48}$$

$$\Delta \boldsymbol{y}_w = -\boldsymbol{S}_{w0}^{-1}[\boldsymbol{L}_{s_w 0} + \boldsymbol{Y}_{w0}(\boldsymbol{L}_{y_w 0} + \Delta \boldsymbol{x}_2)] \tag{3-49}$$

将式(3-42)～式(3-49)代入式(3-28)～式(3-31)可得到下列以分块矩阵形式表示的修正方程：

$$\begin{bmatrix} \overline{\boldsymbol{w}}_{11} & \boldsymbol{w}_{12} & \boldsymbol{w}_{13} & -\nabla \boldsymbol{g}_{x_1}^{\mathrm{T}} \\ \boldsymbol{w}_{21} & \overline{\boldsymbol{w}}_{22} & \boldsymbol{w}_{23} & -\nabla \boldsymbol{g}_{x_2}^{\mathrm{T}} \\ \boldsymbol{w}_{31} & \boldsymbol{w}_{32} & \boldsymbol{w}_{33} & -\nabla \boldsymbol{g}_{x_3}^{T} \\ -\nabla \boldsymbol{g}_{x_1} & -\nabla \boldsymbol{g}_{x_2} & -\nabla \boldsymbol{g}_{x_3} & \boldsymbol{0} \end{bmatrix} \begin{bmatrix} \Delta \boldsymbol{x}_1 \\ \Delta \boldsymbol{x}_2 \\ \Delta \boldsymbol{x}_3 \\ \Delta \boldsymbol{y} \end{bmatrix} = \begin{bmatrix} \boldsymbol{A} \\ \boldsymbol{B} \\ -\boldsymbol{L}_{x_3 0} \\ -\boldsymbol{L}_{y0} \end{bmatrix} \tag{3-50}$$

式中，

$$\overline{\boldsymbol{w}}_{11} = \boldsymbol{w}_{11} + \boldsymbol{S}_{l0}^{-1}\boldsymbol{Y}_{l0} - \boldsymbol{S}_{u0}^{-1}\boldsymbol{Y}_{u0} \tag{3-51}$$

$$\overline{\boldsymbol{w}}_{22} = \boldsymbol{w}_{22} + \boldsymbol{S}_{w0}^{-1}\boldsymbol{Y}_{w0} - \boldsymbol{S}_{h0}^{-1}\boldsymbol{Y}_{h0} \tag{3-52}$$

$$\boldsymbol{A} = -\boldsymbol{L}_{x_1 0} - \boldsymbol{S}_{u0}^{-1}(\boldsymbol{L}_{s_u 0} - \boldsymbol{Y}_{u0}\boldsymbol{L}_{y_u 0}) - \boldsymbol{S}_{l0}^{-1}(\boldsymbol{L}_{s_l 0} + \boldsymbol{Y}_{l0}\boldsymbol{L}_{y_l 0}) \tag{3-53}$$

$$\boldsymbol{B} = -\boldsymbol{L}_{x_2 0} - \boldsymbol{S}_{h0}^{-1}(\boldsymbol{L}_{s_h 0} - \boldsymbol{Y}_{h0}\boldsymbol{L}_{y_h 0}) - \boldsymbol{S}_{w0}^{-1}(\boldsymbol{L}_{s_w 0} + \boldsymbol{Y}_{w0}\boldsymbol{L}_{y_w 0}) \tag{3-54}$$

且式(3-50)中的系数矩阵为对称结构。

依次求解修正式(3-50)和式(3-42)～式(3-49)，可得到原变量和对偶变量的修正方向 $\Delta \boldsymbol{x}_1$、$\Delta \boldsymbol{x}_2$、$\Delta \boldsymbol{x}_3$、$\Delta \boldsymbol{y}$、$\Delta \boldsymbol{s}_u$、$\Delta \boldsymbol{s}_l$、$\Delta \boldsymbol{s}_h$、$\Delta \boldsymbol{s}_w$、$\Delta \boldsymbol{y}_u$、$\Delta \boldsymbol{y}_l$、$\Delta \boldsymbol{y}_h$、$\Delta \boldsymbol{y}_w$。

3.3 离散变量的处理

由上述公式的推导可知，离散变量的归整过程被直接纳入非线性原对偶内点法的求解过程中，通过二次罚函数的软惩罚策略使离散变量趋于某一离散值。而且因为邻域中心是动态变化的，若某次归整不是最优解，可以被后续的逼近过程所校正。计算量只增加很少，获得的效果很好。

为使二次罚函数有效地处理离散变量，首先应使离散罚函数和原对偶内点法中的对数壁垒函数能很好地配合，避免产生不必要的振荡。原对偶内点法本质上是拉格朗日函数、牛顿法和对数壁垒函数三者的结合[7]。当不等式约束条件不满足时,对数壁垒函数将起作用,使其回到可行域内。同样是罚函数,离散变量惩罚和不等式约束违限惩罚应相互协调起作用。应优先考虑满足离散变量的边界条件,即在离散变量满足上下限值约束的情况下,才采用离散罚函数,以免干扰对数壁垒函数起作用。

对二次罚函数处理离散变量的效果起直接影响作用的还有引入罚函数的时机以及确定罚因子 $\boldsymbol{v}_B$ 的大小。研究表明,无功优化计算最初的几次迭代中优化变量的变化较大,若较早引入罚函数,势必会影响对数壁垒函数其作用,而且邻域中心可能会频繁变动,目标函数的下降也会因惩罚项的加入而受到干扰,造成最后求得的并不是最优解;相反,若等最优解已基本确定下来再引入的话,则会影响收敛速度,增加迭代次数。因此,准确、恰当地引入二次罚函数是算法取得较好效果的关键。在非线性原对偶内点法中,最大潮流偏差和补偿间隙的变化反映了优化过程中满足等式和不等式约束的情况。先把所有控制变量都当作连续变量,运用非线性原对偶内点法对多个系统进行计算,观察优化迭代过程中最大潮流偏差和补偿间隙的变化,以得出准确的判定条件。图 3-2 绘出了 IEEE 118 节点系统的最大潮流偏差和补偿间隙变化曲线。

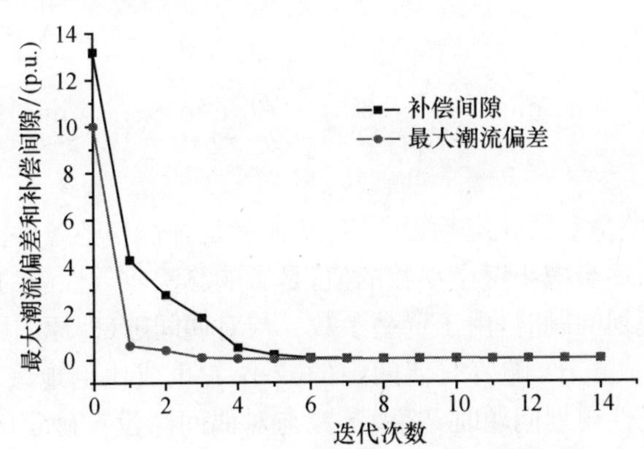

图 3-2　IEEE 118 节点系统的最大潮流偏差和补偿间隙变化曲线

由图 3-2 可看到,在迭代刚开始时,最大潮流偏差和补偿间隙都比较大,几次迭代后,两者迅速下降。这实质上是一个确定起作用的不等式约束的过程。起作用的不等式约束基本确定后引入罚函数,可以使二次罚函数和对数壁垒函数相互协调。另外相邻两次迭代离散变量的变化小于某一值才引入可以避免邻域中心的频繁变动。把补偿间隙小于 0.1 并且相邻两次迭代离散变量的变化小于其分级步长的 1/4 作为引入离散二次罚函数的条件,大量计算结果也表明这样处理确实非常有效。

另一方面,罚因子的取值也是一个重要因素。罚因子的功能是迫使离散变量靠向邻域中心,取值过大或过小都会影响算法对离散变量的处理效果以及全局寻优的有效性。罚因子应按离散变量分级步长的不同而取不同的值,以使罚机制更为灵活、合理。对于电容器,由于其分级步长较大,罚因子不宜取得太大,以免影响目标函数的全局寻优,取为 50。而对于变压器变比,分级步长较小,相对容易处理,罚因子取得大一些可以使得罚机制灵敏,取为 500。

3.4 应注意的问题

3.4.1 迭代步长的确定和壁垒参数的修正

在原对偶内点法的迭代过程中,为保持松弛变量 $\boldsymbol{s}_u,\boldsymbol{s}_l,\boldsymbol{s}_h,\boldsymbol{s}_w\geqslant\boldsymbol{0}$ 以及对偶变量 $\boldsymbol{y}_u,\boldsymbol{y}_h\leqslant\boldsymbol{0},\boldsymbol{y}_l,\boldsymbol{y}_w\geqslant\boldsymbol{0}$,需要在每步迭代中选取一定的迭代步长,它的选取直接影响着算法的收敛速度。

对所有的原变量和对偶变量分别使用各自统一的步长,即原变量 $\boldsymbol{x}_1$、$\boldsymbol{x}_2$、$\boldsymbol{x}_3$、$\boldsymbol{s}_u$、$\boldsymbol{s}_l$、$\boldsymbol{s}_h$、$\boldsymbol{s}_w$ 用一个步长 step_p,对偶变量 $\boldsymbol{y}$、$\boldsymbol{y}_u$、$\boldsymbol{y}_l$、$\boldsymbol{y}_h$、$\boldsymbol{y}_w$ 用一个步长 step_d。步长的确定如下:

$$\text{step}_p=0.9995\min\left\{\min_{\Delta s_{li}<0}\frac{-s_{li}}{\Delta s_{li}},\min_{\Delta s_{ui}<0}\frac{-s_{ui}}{\Delta s_{ui}},\min_{\Delta s_{hi}<0}\frac{-s_{hi}}{\Delta s_{hi}},\min_{\Delta s_{wi}<0}\frac{-s_{wi}}{\Delta s_{wi}},1.0\right\} \tag{3-55}$$

$$\text{step}_d=0.9995\min\left\{\min_{\Delta y_{ui}>0}\frac{-y_{ui}}{\Delta y_{ui}},\min_{\Delta y_{li}<0}\frac{-y_{li}}{\Delta y_{li}},\min_{\Delta y_{hi}>0}\frac{-y_{hi}}{\Delta y_{hi}},\min_{\Delta y_{wi}<0}\frac{-y_{wi}}{\Delta y_{wi}},1.0\right\} \tag{3-56}$$

在最优解处,壁垒参数 μ 应趋近于零,从而满足补偿松弛条件。因此选择一个适当的修正策略来逐步减小壁垒参数的值,是影响算法收敛性能的一个重要因素。

在求解线性规划问题时,由于壁垒参数 μ 与对偶间隙(即原问题和对偶问题的目标函数的差值)成正比,随着对偶间隙的减小,μ 也成比例地减小,确定比较简便。而在求解非线性规划问题时,壁垒参数与对偶间隙没有确定的比例关系。许多文献研究表明,可以用补偿间隙来近似代替对偶间隙,补偿间隙的定义如下[7,8]:

$$\text{gap}=\sum_{i=1}^{p}(y_{li}s_{li}-y_{ui}s_{ui})+\sum_{i=1}^{q}(y_{wi}s_{wi}-y_{hi}s_{hi}) \tag{3-57}$$

由式(3-57)可知,只要全部原变量和对偶变量满足所有的等式和不等式约束条件,则补偿间隙恒为正值,而且在最优点趋于零。

由此,壁垒参数可由下式确定:

$$\mu=\sigma\frac{\text{gap}}{2(p+q)} \tag{3-58}$$

式中,σ 为阻尼因子。

理论上,对于不同的系统,σ 应取不同的值,但通过大量的实例计算表明,它的取值范围一般为 0.01～0.1。σ 取值小,可以在求解过程中,使不等式约束条件较快地得到满足，而等式约束条件的满足则相对较慢；σ 取值大，则情况相反。在我们的研究中发现，采用适当的 σ 值，可适用于不同的系统，而且在同一系统中，在该范围内的不同取值，计算结果一般差别也不大。因此，对所有的系统 σ 都取为 0.1，其后的优化计算结果也显示这样取值是恰当的。

3.4.2　初始点的选择

采用原对偶内点法求解非线性规划问题时，理论上严格来讲，应采用内点启动，即求取不但能满足潮流方程，而且满足所有的等式约束和不等式约束的初始内点来启动算法。但是求取初始内点解的过程相当复杂，尤其当电力系统在初始状态时，若各变量并未满足约束条件，则采用内点启动是不现实的。许多文献均指出，在非线性规划和二次规划中，原对偶内点法对初始点的选择不敏感，可直接采用非内点来启动算法。如将各变量的初值定在取值范围之内即可，或直接应用平值启动。本章采取下列的非内点启动方案：取各变量上下限的平均值为初值，节点电压相角的初值为零，则可自动满足松弛变量的非负性约束。

3.5　计 算 步 骤

应用上述非线性原对偶内点法内嵌罚函数的算法求解计及离散控制变量的无功优化问题，其完整的计算步骤如下：

① 初始化：输入系统参数及不等式约束上下限值；输入原变量、对偶变量初始值，并保证 $\boldsymbol{s}_u,\boldsymbol{s}_l,\boldsymbol{s}_h,\boldsymbol{s}_w,\boldsymbol{y}_l,\boldsymbol{y}_w \geqslant \boldsymbol{0}$，$\boldsymbol{y}_u,\boldsymbol{y}_h \leqslant \boldsymbol{0}$；给定合适的阻尼因子 $\sigma \in (0.01 \sim 0.1)$；置迭代次数 $k=0$，最大迭代次数 $K=50$；置收敛精度 $\varepsilon_1=10^{-6}$，和 $\varepsilon_2=10^{-3}$。

② 计算补偿间隙：$\text{gap}=\sum_{i=1}^{p}(y_{li}s_{li}-y_{ui}s_{ui})+\sum_{i=1}^{q}(y_{wi}s_{wi}-y_{hi}s_{hi})$，如果 $\text{gap}<\varepsilon_1$ 且最大潮流偏差 $<\varepsilon_2$，则输出最优解，结束计算；否则继续。

③ 计算壁垒参数：$\mu=\sigma\text{gap}/2(p+q)$。

④ 判断离散变量是否越上下限：若越界，则不作离散化处理，置罚因子为零。记录未越界的离散变量。

⑤ 判断未越界离散变量是否已引入罚函数：若是，则确定邻域中心，转到步骤⑦；否则继续。

⑥ 判断是否满足离散罚函数引入条件，即 $\text{gap}<0.1$，并且相邻两次迭代离散变量的变化量 $<\dfrac{S}{4}$；若是，则确定邻域中心，引入罚函数；否则置罚因子为零。

⑦ 计算修正方向：由式(3-50)和式(3-42)～式(3-49)求得 $\Delta\boldsymbol{x}_1$、$\Delta\boldsymbol{x}_2$、$\Delta\boldsymbol{x}_3$、$\Delta\boldsymbol{y}$、$\Delta\boldsymbol{s}_u$、$\Delta\boldsymbol{s}_l$、$\Delta\boldsymbol{s}_h$、$\Delta\boldsymbol{s}_w$、$\Delta\boldsymbol{y}_u$、$\Delta\boldsymbol{y}_l$、$\Delta\boldsymbol{y}_h$、$\Delta\boldsymbol{y}_w$。

⑧ 确定原变量和对偶变量的步长：由式(3-55)求得原变量的步长 step_p，由式(3-56)求得对偶变量的步长 step_d。

⑨ 修正原变量和对偶变量：

$$\begin{bmatrix} \boldsymbol{x}_1 \\ \boldsymbol{x}_2 \\ \boldsymbol{x}_3 \\ \boldsymbol{s}_l \\ \boldsymbol{s}_u \\ \boldsymbol{s}_w \\ \boldsymbol{s}_h \end{bmatrix}^{(k+1)} = \begin{bmatrix} \boldsymbol{x}_1 \\ \boldsymbol{x}_2 \\ \boldsymbol{x}_3 \\ \boldsymbol{s}_l \\ \boldsymbol{s}_u \\ \boldsymbol{s}_w \\ \boldsymbol{s}_h \end{bmatrix}^{(k)} + \text{step}_p \begin{bmatrix} \Delta\boldsymbol{x}_1 \\ \Delta\boldsymbol{x}_2 \\ \Delta\boldsymbol{x}_3 \\ \Delta\boldsymbol{s}_l \\ \Delta\boldsymbol{s}_u \\ \Delta\boldsymbol{s}_w \\ \Delta\boldsymbol{s}_h \end{bmatrix}^{(k)} \tag{3-59}$$

$$\begin{bmatrix} \boldsymbol{y} \\ \boldsymbol{y}_l \\ \boldsymbol{y}_u \\ \boldsymbol{y}_w \\ \boldsymbol{y}_h \end{bmatrix}^{(k+1)} = \begin{bmatrix} \boldsymbol{y} \\ \boldsymbol{y}_l \\ \boldsymbol{y}_u \\ \boldsymbol{y}_w \\ \boldsymbol{y}_h \end{bmatrix}^{(k)} + \text{step}_d \begin{bmatrix} \Delta\boldsymbol{y} \\ \Delta\boldsymbol{y}_l \\ \Delta\boldsymbol{y}_u \\ \Delta\boldsymbol{y}_w \\ \Delta\boldsymbol{y}_h \end{bmatrix}^{(k)} \tag{3-60}$$

置 $k=k+1$，转到步骤②。

3.6　修正方程的求解

考察非线性原对偶内点算法的整个计算步骤可知，算法的主要计算量集中在对修正方程(3-50)的求解上。随着系统规模的增大，优化变量的增多，求解方程(3-50)所需的计算时间会急剧增长。因此，寻找一种快速有效的方法来求解该修正方程是提高算法实用价值的关键。

以图 3-3 所示的 Ward & Hale 6 节点系统为例来说明如何构造合适的数据

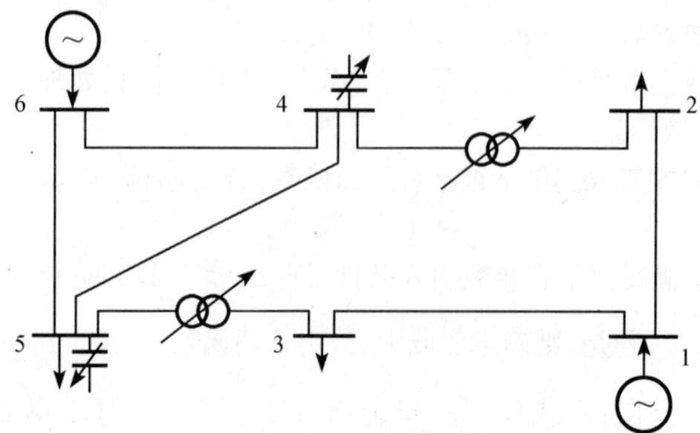

图 3-3　Ward & Hale 6 节点系统接线图

结构，使式(3-50)成为一个高度稀疏的矩阵，并且使计算过程中产生的非零注入元素尽量减少，以提高计算性能。

图 3-3 中，节点 6 为平衡节点，节点 4 和 5 为无功补偿点，两台发电机(节点 1、6)的无功出力是可调的，还包括两台可调变压器。

目前，大多数的内点算法都采用文献[9]中的矩阵结构，即使主矩阵由 4×4 阶分块子矩阵构成，并且具有和导纳矩阵相似的高度稀疏结构，具体如式(3-61)所示：

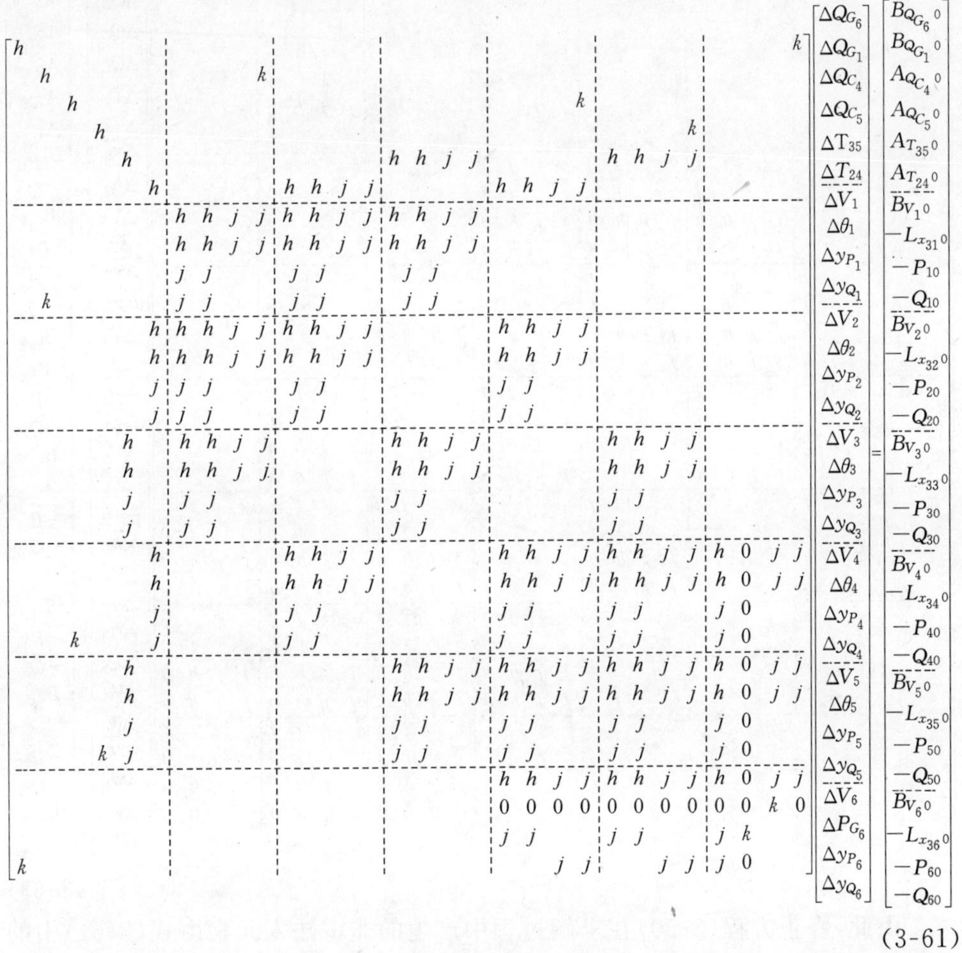

(3-61)

式中，j 为 $\boldsymbol{g}(\cdot)$ 的一阶导数元素；h 为式(3-40)、式(3-41)中的元素；k 为 $\partial Q_6/\partial Q_{G_6}$、$\partial Q_1/\partial Q_{G_1}$、$\partial Q_4/\partial Q_{C_4}$、$\partial Q_5/\partial Q_{C_5}$、$\partial P_6/\partial P_{G_6}$；$y_{P_i}$ 和 y_{Q_i} 分别是对应于节点 i 的有功功率、无功功率平衡方程的拉格朗日乘子。

文献[8]在用非线性原对偶内点法求解最优潮流中，将方程组的顺序和变量的顺序同时改变，把 4×4 阶分块子矩阵结构改变为：

$$
\begin{bmatrix} h & h & j & j \\ h & h & j & j \\ j & j & & \\ j & j & & \end{bmatrix} \Rightarrow \begin{bmatrix} & & j & j \\ & & j & j \\ j & j & h & h \\ j & j & h & h \end{bmatrix} \tag{3-62}
$$

则式(3-50)转变为式(3-63)：

$$
\left[\begin{array}{cccccc|cccc|cccc|cccc|cccc|cccc|cccc}
h&&&&&&&&&&&&&&&&&&&&&&&&&&&k&&\\
&h&&&&&&k&&&&&&&&&&&&&&&&&&&&&&\\
&&h&&&&&&&&&&&&&&&&&&&k&&&&&&&&\\
&&&h&&&&&&&&&&&&&&&&&&&&&&k&&&&\\
&&&&h&&&&&&&&&&j&j&h&h&&&&&j&j&h&h&&&&\\
&&&&&h&&&&&j&j&h&h&&&&&j&j&h&h&&&&&&&&\\
\hline
&&&&&&&&j&j&&&j&j&&&j&j&&&&&&&&&&&&\\
&k&&&&&&&j&j&&&j&j&&&j&j&&&&&&&&&&&&\\
&&&&&&j&j&h&h&j&j&h&h&j&j&h&h&&&&&&&&&&&&\\
&&&&&&j&j&h&h&j&j&h&h&j&j&h&h&&&&&&&&&&&&\\
\hline
&&&&&j&&&j&j&&&j&j&&&&&&&j&j&&&&&&&&\\
&&&&&j&&&j&j&&&j&j&&&&&&&j&j&&&&&&&&\\
&&&&&h&j&j&h&h&j&j&h&h&&&&&j&j&h&h&&&&&&&&\\
&&&&&h&j&j&h&h&j&j&h&h&&&&&j&j&h&h&&&&&&&&\\
\hline
&&&&j&&&&j&j&&&&&&&j&j&&&&&&&j&j&&&&\\
&&&&j&&&&j&j&&&&&&&j&j&&&&&&&j&j&&&&\\
&&&&h&&j&j&h&h&&&&&j&j&h&h&&&&&j&j&h&h&&&&\\
&&&&h&&j&j&h&h&&&&&j&j&h&h&&&&&j&j&h&h&&&&\\
\hline
&&&&&j&&&&&&&j&j&&&&&&&j&j&&&j&j&&&j&0\\
&&k&&&j&&&&&&&j&j&&&&&&&j&j&&&j&j&&&j&0\\
&&&&&h&&&&&j&j&h&h&&&&&j&j&h&h&j&j&h&h&j&j&h&0\\
&&&&&h&&&&&j&j&h&h&&&&&j&j&h&h&j&j&h&h&j&j&h&0\\
\hline
&&&&j&&&&&&&&&&&&j&j&&&j&j&&&j&j&&&j&0\\
&&&k&j&&&&&&&&&&&&j&j&&&j&j&&&j&j&&&j&0\\
&&&&h&&&&&&&&&&j&j&h&h&j&j&h&h&j&j&h&h&j&j&h&0\\
&&&&h&&&&&&&&&&j&j&h&h&j&j&h&h&j&j&h&h&j&j&h&0\\
\hline
&&&&&&&&&&&&&&&&&&&&j&j&&&j&j&&&j&k\\
k&&&&&&&&&&&&&&&&&&&&j&j&&&j&j&&&j&0\\
&&&&&&&&&&&&&&&&&&j&j&h&h&j&j&h&h&j&j&h&0\\
&&&&&&&&&&&&&&&&&&0&0&0&0&0&0&0&0&k&0&0&0
\end{array}\right]
\begin{bmatrix} \Delta Q_{G_6} \\ \Delta Q_{G_1} \\ \Delta Q_{C_4} \\ \Delta Q_{C_5} \\ \Delta T_{35} \\ \Delta T_{24} \\ \hline \Delta y_{P_1} \\ \Delta y_{Q_1} \\ \Delta V_1 \\ \Delta\theta_1 \\ \hline \Delta y_{P_2} \\ \Delta y_{Q_2} \\ \Delta V_2 \\ \Delta\theta_2 \\ \hline \Delta y_{P_3} \\ \Delta y_{Q_3} \\ \Delta V_3 \\ \Delta\theta_3 \\ \hline \Delta y_{P_4} \\ \Delta y_{Q_4} \\ \Delta V_4 \\ \Delta\theta_4 \\ \hline \Delta y_{P_5} \\ \Delta y_{Q_5} \\ \Delta V_5 \\ \Delta\theta_5 \\ \hline \Delta y_{P_6} \\ \Delta y_{Q_6} \\ \Delta V_6 \\ \Delta P_{G_6} \end{bmatrix}
=
\begin{bmatrix} B_{Q_{G_6}0} \\ B_{Q_{G_1}0} \\ A_{Q_{C_4}0} \\ A_{Q_{C_5}0} \\ A_{T_{35}0} \\ A_{T_{24}0} \\ \hline -P_{10} \\ -Q_{10} \\ B_{V_1 0} \\ -L_{x_{31}0} \\ \hline -P_{20} \\ -Q_{20} \\ B_{V_2 0} \\ -L_{x_{32}0} \\ \hline -P_{30} \\ -Q_{30} \\ B_{V_3 0} \\ -L_{x_{33}0} \\ \hline -P_{40} \\ -Q_{40} \\ B_{V_4 0} \\ -L_{x_{34}0} \\ \hline -P_{50} \\ -Q_{50} \\ B_{V_5 0} \\ -L_{x_{35}0} \\ \hline -P_{60} \\ -Q_{60} \\ B_{V_6 0} \\ -L_{x_{36}0} \end{bmatrix}
\tag{3-63}
$$

由此，修正方程(3-50)在求解过程中产生的非零注入元素由式(3-61)中的132个下降到110个(令三角分解出现困难的行的对角元素为一很小的正数，如10^{-10}，计算所得)。但如文献[8]中所述，当碰到特殊情况，即不存在可调变压器的情况下，某节点i不是可调的发电机节点，且和它相连的所有节点的编号都大于i时，矩阵三角分解出现困难，需加入虚拟发电机(其有功出力和无功出力的上下限取值都非常小)才能确保矩阵能分解。在我们所研究的无功优化中，发电机有功出力是固定的，当满足下列条件时，修正方程的系数矩阵三角分解时会出现困难：

① 当节点 i 和其他节点之间不存在可调变压器支路。

② 与节点 i 相连的所有节点的编号均大于 i。

对于 Ward & Hale 6 节点系统，这种情况在节点 1 出现。由于发电机有功出力不参与优化，因此这种特殊情况普遍存在，需加入较多的变量才能避免矩阵三角分解出现困难。

我们在文献[8]的基础上，通过只改变方程组的顺序而不改变变量顺序，得到下列的分块子矩阵结构[4]：

$$\left[\begin{array}{cc:cc} h & h & j & j \\ h & h & j & j \\ \hdashline j & j & & \\ j & j & & \end{array}\right] \Rightarrow \left[\begin{array}{cc:cc} j & j & & \\ j & j & & \\ \hdashline h & h & j & j \\ h & h & j & j \end{array}\right] \tag{3-64}$$

由此，修正方程式(3-50)转变为式(3-65)：

$$\left[\begin{array}{cccccc:cccc:cccc:cccc:cccc:cccc:cccc}
h&&&&& & &&& & &&& & &&& & &&& & &&& & &&k \\
&h&&&& & &&k & &&& & &&& & &&& & &&& & &&& \\
&&h&&& & &&& & &&& & &&& & &&k & &&& & &&& \\
&&&h&& & &&& & &&& & &&& & &&& & &&k & &&& \\
&&&&h& & &&& & &&& & h&h&j&j & &&& & h&h&j&j & &&& \\
&&&&&h & &&& & h&h&j&j & &&& & h&h&j&j & &&& & &&& \\
\hdashline
&&&&& & j&j&& & j&j&& & j&j&& & &&& & &&& & &&& \\
&k&&&& & j&j&& & j&j&& & j&j&& & &&& & &&& & &&& \\
&&&&& & h&h&j&j & h&h&j&j & h&h&j&j & &&& & &&& & &&& \\
&&&&& & h&h&j&j & h&h&j&j & h&h&j&j & &&& & &&& & &&& \\
\hdashline
&&&&&j & j&j&& & j&j&& & &&& & j&j&& & &&& & &&& \\
&&&&&j & j&j&& & j&j&& & &&& & j&j&& & &&& & &&& \\
&&&&&h & h&h&j&j & h&h&j&j & &&& & h&h&j&j & &&& & &&& \\
&&&&&h & h&h&j&j & h&h&j&j & &&& & h&h&j&j & &&& & &&& \\
\hdashline
&&&&j& & j&j&& & &&& & j&j&& & &&& & j&j&& & &&& \\
&&&&j& & j&j&& & &&& & j&j&& & &&& & j&j&& & &&& \\
&&&&h& & h&h&j&j & &&& & h&h&j&j & &&& & h&h&j&j & &&& \\
&&&&h& & h&h&j&j & &&& & h&h&j&j & &&& & h&h&j&j & &&& \\
\hdashline
&&&&&j & &&& & j&j&& & &&& & j&j&& & j&j&& & j&0&& \\
&&k&&&j & &&& & j&j&& & &&& & j&j&& & j&j&& & j&0&& \\
&&&&&h & &&& & h&h&j&j & &&& & h&h&j&j & h&h&j&j & h&0&j&j \\
&&&&&h & &&& & h&h&j&j & &&& & h&h&j&j & h&h&j&j & h&0&j&j \\
\hdashline
&&&&j& & &&& & &&& & j&j&& & j&j&& & j&j&& & j&0&& \\
&&&k&j& & &&& & &&& & j&j&& & j&j&& & j&j&& & j&0&& \\
&&&&h& & &&& & &&& & h&h&j&j & h&h&j&j & h&h&j&j & h&0&j&j \\
&&&&h& & &&& & &&& & h&h&j&j & h&h&j&j & h&h&j&j & h&0&j&j \\
\hdashline
&&&&& & &&& & &&& & &&& & j&j&& & j&j&& & j&k&& \\
k&&&&& & &&& & &&& & &&& & j&j&& & j&j&& & j&0&& \\
&&&&& & &&& & &&& & &&& & h&h&j&j & h&h&j&j & h&0&j&j \\
&&&&& & &&& & &&& & &&& & 0&0&0&0 & 0&0&0&0 & 0&0&k&0
\end{array}\right]
\left[\begin{array}{c}
\Delta Q_{G_6} \\ \Delta Q_{G_1} \\ \Delta Q_{C_4} \\ \Delta Q_{C_5} \\ \Delta T_{35} \\ \Delta T_{24} \\ \hdashline
\Delta V_1 \\ \Delta\theta_1 \\ \Delta y_{P_1} \\ \Delta y_{Q_1} \\ \hdashline
\Delta V_2 \\ \Delta\theta_2 \\ \Delta y_{P_2} \\ \Delta y_{Q_2} \\ \hdashline
\Delta V_3 \\ \Delta\theta_3 \\ \Delta y_{P_3} \\ \Delta y_{Q_3} \\ \hdashline
\Delta V_4 \\ \Delta\theta_4 \\ \Delta y_{P_4} \\ \Delta y_{Q_4} \\ \hdashline
\Delta V_5 \\ \Delta\theta_5 \\ \Delta y_{P_5} \\ \Delta y_{Q_5} \\ \hdashline
\Delta V_6 \\ \Delta P_{G_6} \\ \Delta y_{P_6} \\ \Delta y_{Q_6}
\end{array}\right]
=
\left[\begin{array}{c}
B_{Q_{G_6}0} \\ B_{Q_{G_1}0} \\ A_{Q_{C_4}0} \\ A_{Q_{C_5}0} \\ A_{T_{35}0} \\ A_{T_{24}0} \\ \hdashline
-P_{10} \\ -Q_{10} \\ B_{V_1 0} \\ -L_{x_{31}0} \\ \hdashline
-P_{20} \\ -Q_{20} \\ B_{V_2 0} \\ -L_{x_{32}0} \\ \hdashline
-P_{30} \\ -Q_{30} \\ B_{V_3 0} \\ -L_{x_{33}0} \\ \hdashline
-P_{40} \\ -Q_{40} \\ B_{V_4 0} \\ -L_{x_{34}0} \\ \hdashline
-P_{50} \\ -Q_{50} \\ B_{V_5 0} \\ -L_{x_{35}0} \\ \hdashline
-P_{60} \\ -Q_{60} \\ B_{V_6 0} \\ -L_{x_{36}0}
\end{array}\right] \tag{3-65}$$

采用改进后的矩阵结构，对角元素由原来的大部分为零(12 个)变为只有两个为零，有利于提高矩阵三角分解的数值稳定性。考察修正方程系数矩阵三角分解后的矩阵 $\boldsymbol{L}$ 和 $\boldsymbol{U}$ 中产生的非零注入元素数目，由原来式(3-61)中的 132 个降为 124 个，下降幅度为 6.1%。对于规模更大的系统，非零注入元素数目的下降幅度会更多，这将在 3.7.3 节中作具体分析。虽然采用这种矩阵结构对非零注入元素数目的减少程度比采用式(3-63)中的矩阵结构要小，但是不会出现三角分解困难，无需另外加入众多的虚拟发电机。我们还可以发现，只调整方程组的顺序而不调整变量顺序，矩阵结构变为不对称，存储量将会有所增加。

3.7 算例分析

3.7.1 Ward & Hale 6 节点系统

Ward & Hale 6 节点系统接线图及其基本参数参见附录Ⅰ。选择该系统的 4 和 6 节点为无功补偿设备安装地点。为便于比较分析，我们采用三种优化方法：方法一，本章提出的方法；方法二，把离散变量连续化处理并用非线性原对偶内点法求解的方法；方法三，在方法二求得的优化结果基础上，将离散变量的优化值就近归整，再作一次潮流计算。内点法的收敛精度为补偿间隙 gap$<10^{-6}$且最大潮流偏差$<10^{-3}$，阻尼因子 $\sigma=0.1$。所用的优化计算程序用 C 语言编写，在 Visual C++6.0 环境编译；计算机配置为 Pentium Ⅲ 550，内存为 128M。

表 3-1 Ward & Hale 6 节点系统变量上下限和优化结果

变量		设备及运行限制			初始状态	优化结果		
		下限	上限	分级步长		方法一	方法二	方法三
离散变量/(p.u.)	$T_{6\sim5}$	0.9000	1.1000	0.0250	1.0250	0.9750	0.9485	0.9500
	$T_{4\sim3}$	0.9000	1.1000	0.0250	1.1000	1.0000	0.9821	0.9750
	Q_{C_4}	0.0000	0.0500	0.0250	0.0000	0.0500	0.0500	0.0500
	Q_{C_6}	0.0000	0.0550	0.0275	0.0000	0.0550	0.0550	0.0550
连续变量/(p.u.)	Q_{G_1}	−0.2000	1.0000		0.3870	0.3775	0.4016	0.1569
	Q_{G_2}	−0.2000	1.0000		0.3430	0.1836	0.1569	0.4455
	V_{G_1}	1.0000	1.1000		1.0500	1.0944	1.0981	1.0500
	V_{G_2}	1.1000	1.1500		1.0970	1.1281	1.1373	1.0784*
	V_{D_3}	0.9000	1.1000		0.8540	0.9823	1.0000	0.9429
	V_{D_4}	0.9000	1.1000		0.9520	1.0000	1.0000	0.9395
	V_{D_5}	0.9000	1.1000		0.8990	0.9783	1.0000	0.9308
	V_{D_6}	0.9000	1.1000		0.9320	0.9822	0.9801	0.9189
迭代次数						8	8	8
网损/(p.u.)					0.1160	0.0907	0.0888	0.1007

由表 3-1 可知，方法一优化后网损由 0.1160 降到 0.0907，降幅为 21.8%。方

法二优化后网损为 0.0888，降幅为 23.4%。方法三优化后网损为 0.1007，降幅为 13.23%。方法二网损下降幅度最大，所得的优化解是把离散变量当作连续变量参与优化的结果，是理想值，在实际调度运行中只能作为参考。方法三中离散变量的优化结果是方法二结果的简单就近归整，这种处理方式造成有某些节点电压越界现象(标志为 *)，显然是不可行的。方法一求得无功补偿装置的无功出力和可调变压器的变比都较好地满足了离散分级值的要求，网损下降率与方法二接近，而且迭代次数并未增加。

与非线性原对偶内点法类似，3.2 节提出的扩展内点算法中补偿间隙和最大潮流偏差的变化同样反映了优化过程中不等式约束和等式约束的满足情况，图 3-4、图 3-5 分别绘出了采用连续优化方法(方法二)和离散优化方法(方法一)时，Ward & Hale 6 节点系统最大潮流偏差和补偿间隙随迭代次数的变化过程。

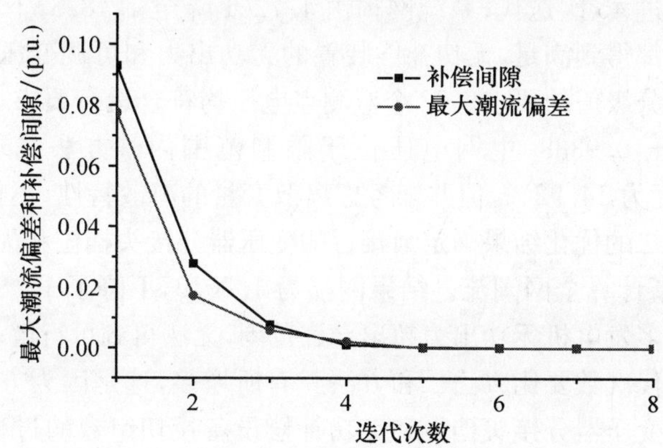

图 3-4　连续优化时 Ward & Hale 6 节点系统最大潮流偏差和补偿间隙变化过程

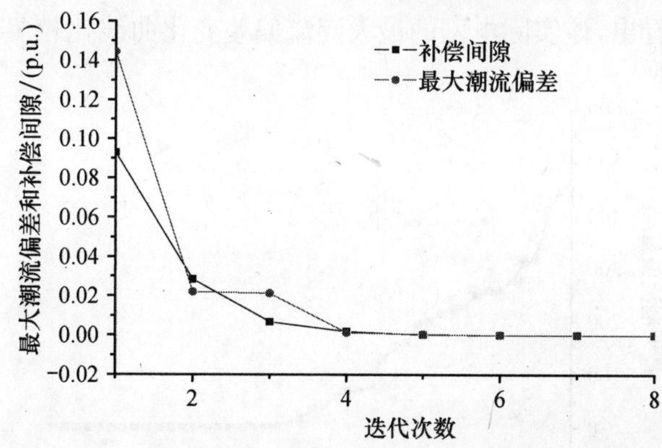

图 3-5　离散优化时 Ward & Hale 6 节点系统最大潮流偏差和补偿间隙变化过程

由图 3-4 和图 3-5 可以看到，在迭代刚开始时，由于不等式约束条件并未满足，补偿间隙均较大；而且因为算法采用非内点启动，即初始点不满足潮流方程，因此最大潮流偏差也都比较大。经过几次迭代后，补偿间隙和最大潮流偏差都迅速下降。这个过程实质上是一个决定起作用的不等式约束的过程。起作用的不等式约束基本确定下来后，两者都可以迅速收敛。连续优化方法最大潮流偏差和补偿间隙几乎同时趋于零，说明差不多同时满足等式约束和不等式约束条件。用本章的离散优化方法在第三次迭代时最大潮流偏差出现振荡，这是因为此时引入了对离散变量构造的二次罚函数，使最大潮流偏差有稍稍增大，随后又稳定下降。

3.7.2　某 538 节点系统

该系统概况详见附录Ⅴ。该系统包含了 162 个离散控制变量，修正方程(3-50)高达 2362 阶。

用方法一经过 45 次迭代，系统网损由 1.7261 降至 1.4823，下降了 14.12%，所有的约束条件都得到满足，无功补偿装置的无功出力和可调变压器的变比都能较好地满足离散分级值的要求。72 个监测点电压均符合运行要求，全网最高电压 1.1500，最低电压 0.9388，主网电压位于限制范围内。方法二求得的网损为 1.4685，下降幅度为 14.92%，但并未考虑离散变量的离散特性，不符合实际要求。方法三根据方法二的优化结果确定最接近的变压器分接头档位和无功补偿设备的投切组数，并重新计算全网潮流。结果网损为 1.5046，下降了 12.83%，但进行简单归整造成了许多发电机无功出力超出允许范围，无法得到可行解。

方法一的迭代次数要比方法二和方法三有所增多，这是因为方法一在优化中加入了确定可调变压器分接头档位和无功补偿设备投切组数的过程，一方面离散变量数目众多，达 162 个，另一方面变压器分级步长不是统一的，且无功补偿设备的分级步长较大，增加了寻优的复杂性。

由图 3-6 可看出，该实际电网的最大潮流偏差变化曲线比较复杂。图 3-6(b)

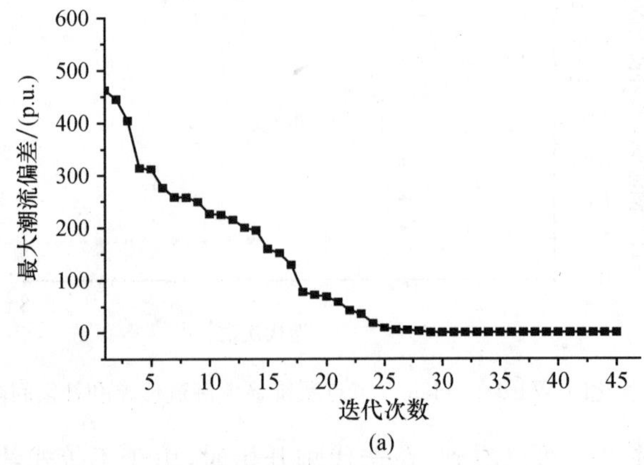

(a)

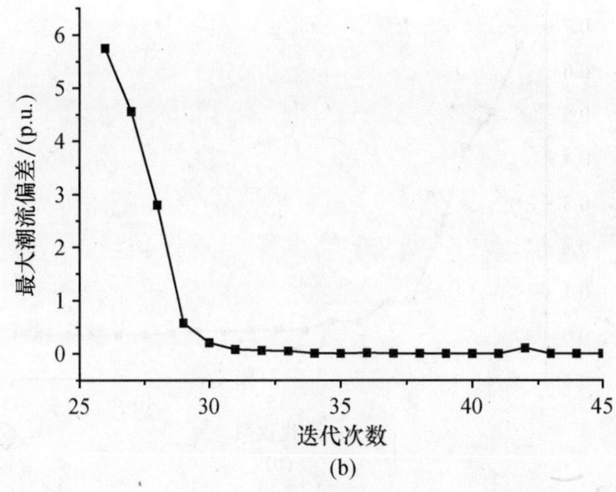

(b)

图 3-6 离散优化时某 538 节点系统最大潮流偏差变化过程

示出了 26 次迭代后最大潮流偏差的变化曲线。由于采用非内点启动，迭代开始时最大潮流偏差非常大，虽然一直在下降，但需迭代进行到 29 次左右潮流偏差才趋于零，说明这个系统的等式约束条件较难满足。

图 3-7(b)示出了 26 次迭代后补偿间隙的变化曲线。补偿间隙需经过约 26 次迭代才基本趋向于零。相对而言，补偿间隙比最大潮流偏差下降要快，说明系统满足不等式约束条件较之满足等式约束容易。

图 3-8 和图 3-9 是连续优化时某 538 节点实际电网补偿间隙和最大潮流偏差变化过程。图 3-8(b)和图 3-9(b)分别是各自 26 次迭代后用不同坐标表示的变化曲线。与图 3-7 和图 3-8 相比，采用两种优化方法，曲线的变化趋势基本一致，说明二次罚函数处理离散变量较好地融合在非线性原对偶内点法中。

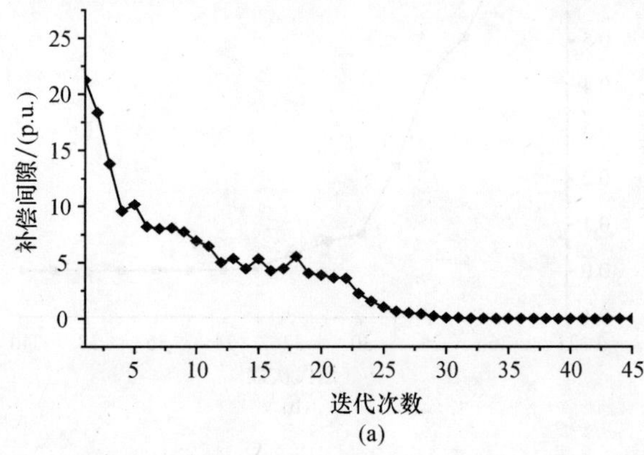

(a)

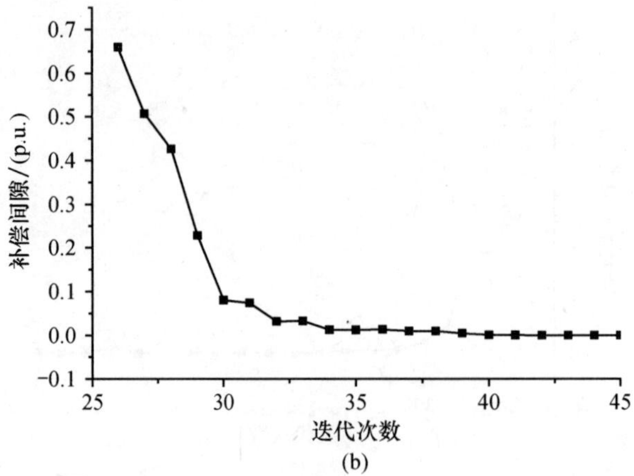

图 3-7　离散优化时某 538 节点系统补偿间隙变化过程

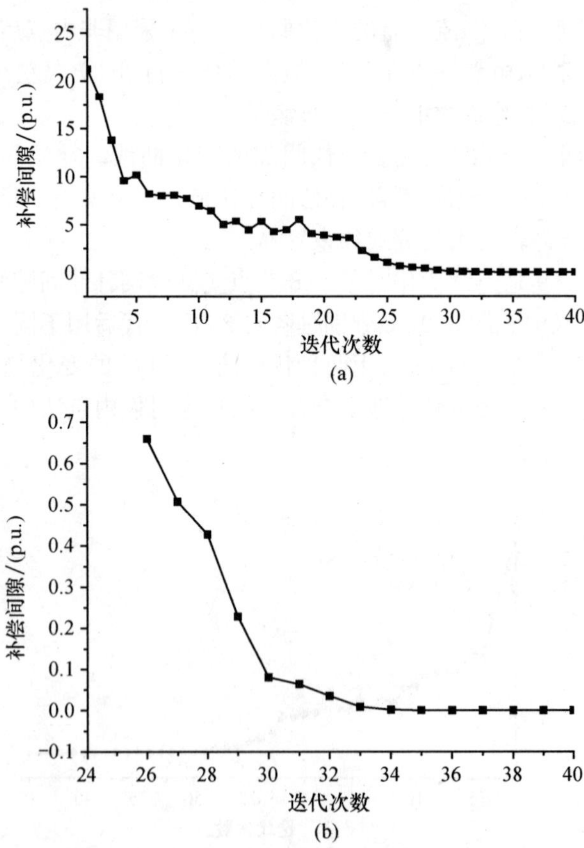

图 3-8　连续优化时某 538 节点系统补偿间隙变化过程

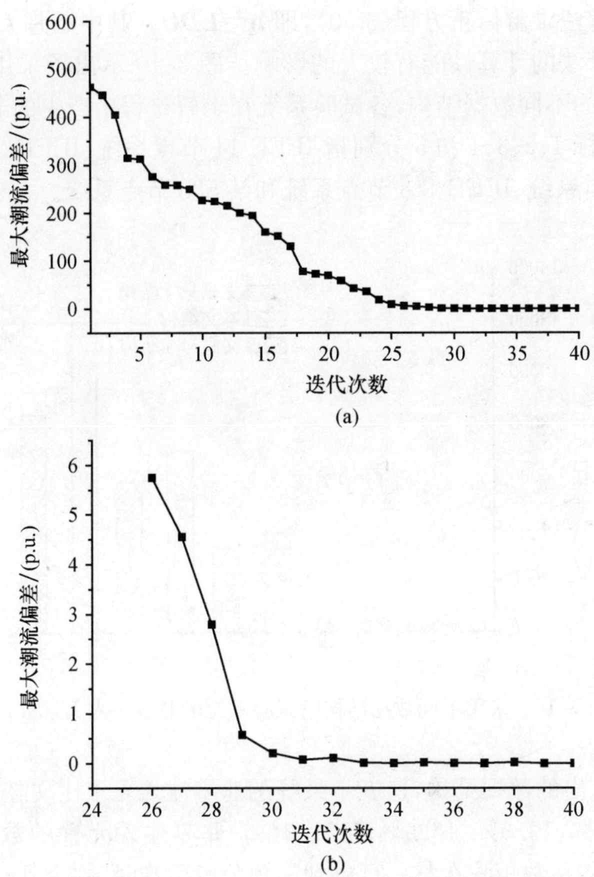

图 3-9　连续优化时某 538 节点系统最大潮流偏差变化过程

3.7.3　不同数据结构的比较

IEEE 14 节点系统、IEEE 30 节点系统、IEEE 118 节点系统、美国 EPRI 68 节点系统和某 538 节点系统的规模及变量数目、不等式约束数目和修正方程(3-50)的阶数列于表 3-2 中。

表 3-2　试验系统规模、节点和支路数、离散和连续变量数目、不等式约束数目及修正方程的阶数

试验系统	节点/支路数	离散(Q_C, T_B)/连续优化变量数	不等式约束数(有上下限)	修正方程的阶数
IEEE 14 节点系统	14/19	(3,3)/30	22	64
IEEE 30 节点系统	30/40	(9,4)/66	49	129
EPRI 68 节点系统	68/82	(10,4)/152	98	302
IEEE 118 节点系统	118/188	(10,8)/272	172	526
某 538 节点系统	538/639	(98,64)/1124	748	2362

用三角分解法求解修正方程(3-50)，即 $\boldsymbol{A}=\boldsymbol{LDU}$。其中矩阵 $\boldsymbol{L}$ 和 $\boldsymbol{U}$ 非零注入元素的数目对算法的计算性能有较大的影响。图 3-10 示出了采用文献[9]、文献[8]和本章提出的不同数据结构，各试验系统在求解过程中产生的非零注入元素的数目，图中横坐标 1、2、3、4 和 5 分别指 IEEE 14 节点系统、IEEE 30 节点系统、美国 EPRI 68 节点系统、IEEE 118 节点系统和某 538 节点系统。

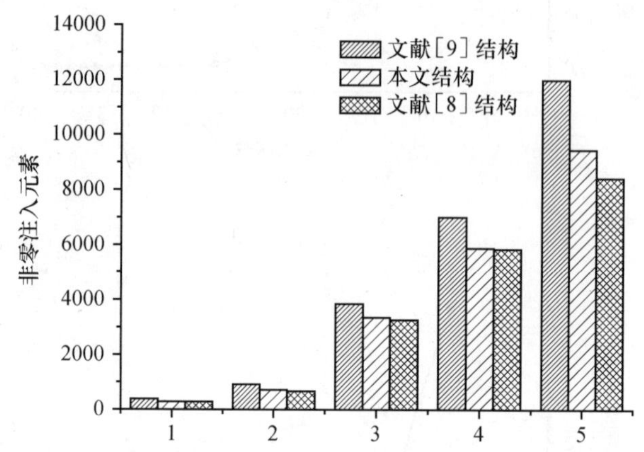

图 3-10 采用不同数据结构时试验系统的非零注入元素数目

采用本章提出的数据结构，这五个系统的非零注入元素比文献[9]的分别下降了 24.3%、20.8%、13.0%、15.9%和 21.2%。非零注入元素的数目是这样计算的，当修正方程的系数矩阵在某一行碰到三角分解困难时，则令其对角元为一个很小的正数，如 10^{-10}。

由图 3-10 可知，采用文献[8]的数据结构，产生的非零注入元素最少，但是上述五个系统都出现了矩阵三角分解困难，需引入较多的虚拟发电机(有功和无功出力上下限取值非常小)，具体对 IEEE 14 节点系统、IEEE 30 节点系统、EPRI 68 节点系统、IEEE 118 节点系统和某 538 节点系统来说，分别要加入 3、5、10、32 和 25 个虚拟发电机。

3.7.4 计算时间比较

表 3-3 比较了直接非线性内点法连续优化和离散优化的计算时间，从表中的数据我们可以发现，离散优化和连续优化相比，所需的迭代次数和计算时间增加不多。对于某 538 节点系统，由于迭代次数较多，计算所需的时间明显增大。

表 3-3　连续优化和离散优化计算时间的比较

优化方法	试验系统	IEEE 14 节点系统	IEEE 30 节点系统	EPRI 68 节点系统	IEEE 118 节点系统	某 538 节点系统
连续优化	迭代次数	11	10	14	14	40
	计算时间/s	0.1	0.4	1.0	3.5	857
离散优化	迭代次数	15	11	15	15	45
	计算时间/s	0.2	0.5	1.1	3.8	937.5

3.8　混合整数规划问题的连续化方法

如前所述，在无功优化计算中，现有的将离散变量当作连续变量处理的方法，存在一定局限性。针对能否更好地处理离散控制变量的问题，本节提出了一种把混合整数无功优化问题转化为一个等价的连续优化问题来求解的新算法。该方法通过对离散变量进行二进制编码，把每个离散变量表示成若干个取值在 0、1 之间的连续变量，从而将一个含有离散变量的混合整数无功优化问题转化为一个等价的连续优化问题[10～13]，再用非线性原对偶内点算法求解。并且，在优化过程中根据二进制变量的权重系数逐步确定离散变量的取值，实现了离散变量在优化过程中的逐次归整[13]。

3.8.1　离散变量的连续化处理

典型的电力系统无功优化数学模型可以表示成如下形式：

$$\boldsymbol{P}_1\begin{cases}\min\ f(\boldsymbol{x},\boldsymbol{u})\\ \text{s. t. } \boldsymbol{h}(\boldsymbol{x},\boldsymbol{u})=\boldsymbol{0}\\ \qquad \boldsymbol{x}_{\min}\leqslant\boldsymbol{x}\leqslant\boldsymbol{x}_{\max}\\ \qquad \boldsymbol{u}_{\min}\leqslant\boldsymbol{u}\leqslant\boldsymbol{u}_{\max}\end{cases}\tag{3-66}$$

式中，$f(\cdot)$为目标函数，在这里表示系统的有功损耗；$\boldsymbol{h}(\cdot)=\boldsymbol{0}$ 为节点功率平衡方程；$\boldsymbol{x}\in\mathbf{R}^{(p)}$ 表示连续的优化变量，由发电机无功出力和节点电压列向量构成；$\boldsymbol{u}\in\mathbf{R}^{(q)}$ 表示离散优化变量，由可调变压器变比和无功补偿电容器的出力构成；下标 max、min 分别表示相应变量的上、下限。

可见，这是一个混合整数规划问题，模型中离散变量 $\boldsymbol{u}$ 的具体表达式又可以写成：

$$u_i=t_i\cdot\text{step}_i+u_{i\min},\quad i=1,2,\cdots,q\tag{3-67}$$

式中，t_i 表示第 i 个离散变量当前的档位(可调变压器变比的位置或无功补偿电容器投切的组数)；step_i 表示第 i 个离散变量每个档位的步长。

我们可以把 t_i 写成一个二进制数表示的形式：

$$t_i=y_{i0}2^0+y_{i1}2^1+\cdots+y_{is_i}2^{s_i},\quad i=1,2,\cdots,q\tag{3-68}$$

式中，$s_i=(\log_2 u_{i\max})+1$；$y_{ik}=0$ 或 1，$k=1,2,\cdots,s_i$。

这样就把离散变量 u_i 转换成了仅取 0 或 1 的变量 y_{ik} 的组成形式。把所有的 $\boldsymbol{u}$ 进行这样的二进制编码后，原模型 $\boldsymbol{P}_1$（式(3-66)）就可以转换为：

$$\boldsymbol{P}_2\begin{cases}\min\ f(\boldsymbol{x},\boldsymbol{y})\\ \text{s. t. } \boldsymbol{h}(\boldsymbol{x},\boldsymbol{y})=\boldsymbol{0}\\ \qquad \sum_{i=1}^{q}\sum_{j=1}^{s_i} y_{ij}(y_{ij}-1)=0\\ \qquad \boldsymbol{x}_{\min}\leqslant\boldsymbol{x}\leqslant\boldsymbol{x}_{\max}\\ \qquad u_{i\min}\leqslant u_i\leqslant u_{i\max},\quad i=1,2,\cdots,q\end{cases}\tag{3-69}$$

式中，

$$\boldsymbol{y}=[\boldsymbol{y}_1,\boldsymbol{y}_2,\cdots,\boldsymbol{y}_q]^{\mathrm{T}}\tag{3-70}$$

$$\boldsymbol{y}_i=[y_{i1},y_{i1},\cdots,y_{is_i}]^{\mathrm{T}},\quad i=1,2,\cdots,q\tag{3-71}$$

$$u_i=(y_{i0}2^0+y_{i1}2^1+\cdots+y_{is_i}2^{s_i})\cdot\mathrm{step}_i+u_{i\min}\tag{3-72}$$

因为最终的 y_{ij} 是仅取 0 或 1 的变量，为了加快算法的收敛性，不妨再引入以下的约束条件：

$$0\leqslant y_{ij}\leqslant 1\tag{3-73}$$

这样最终得到的优化模型如下：

$$\boldsymbol{P}_3\begin{cases}\min\ f(\boldsymbol{x},\boldsymbol{y})\\ \text{s. t. } \boldsymbol{h}(\boldsymbol{x},\boldsymbol{y})=\boldsymbol{0}\\ \qquad \sum_{i=1}^{q}\sum_{j=1}^{s_i} y_{ij}(y_{ij}-1)=0\\ \qquad \boldsymbol{x}_{\min}\leqslant\boldsymbol{x}\leqslant\boldsymbol{x}_{\max}\\ \qquad u_{i\min}\leqslant u_i\leqslant u_{i\max},\quad i=1,2,\cdots,q\\ \qquad 0\leqslant y_{ij}\leqslant 1\end{cases}\tag{3-74}$$

在模型 $\boldsymbol{P}_3$ 中，所有优化变量 $\boldsymbol{x}$、$\boldsymbol{y}$ 都是连续变量，可以用任何一种连续优化的方法求解此模型。本节采用具有二阶收敛性的直接非线性原对偶内点算法求解该模型，具体的求解步骤和方法可见文献[4]、[7]、[8]。

3.8.2 二进制编码的逐位优化

从上述的讨论可知，每个离散变量 u_i 都被分解成了 s_i+1 个 0/1 变量 y_{ik}，整个方程变量的数目增加了。若干个 y_{ik} 的取值共同决定了一个离散变量 u_i 的值，这在理论上必然会影响算法的收敛效果。

从试验仿真的过程中也发现，当二进制变量 $y_{ik}<0.5$ 时，它会向 $y_{ik}=0$ 的方

向收敛；而当 $y_{ik}>0.5$ 时，y_{ik} 就会向 $y_{ik}=1$ 的方向收敛。因此几次迭代之后离散变量 u_i 的取值便被固定下来。这样的优化结果往往是陷入了局部最优，效果并不令人满意[12,13]。

于是，我们提出了逐位确定二进制编码的方法来解决这个问题。从式(3-72)可知，u_i 被分解成 $y_{i0}, y_{i1}, \cdots, y_{is_i}$ 共 s_i+1 个 0/1 变量，而 $2^0, 2^1, \cdots, 2^{s_i}$ 分别表示每一个对应的 y_{ik} 的权重。可见，权重最大的 y_{is_i} 对 u_i 的影响也最大，而权重最小的 y_{i0} 对 u_i 的影响就相对小很多。

因此我们可以把整个优化过程分步完成：先用内点法优化一遍后确定最高权位的 y_{is_i} 的值；然后把它固定，对其余的变量重新优化一次，确定次高位 $y_{i(s_i-1)}$ 的值；以此类推，最后确定 y_{i0} 的值。此时，整个优化过程结束。

采用此方法后，把离散变量的取值分成了 s_i+1 步来确定，每一步都是用内点法求得的严格最优解。和传统对离散变量简单的一次性四舍五入就近归整相比，可以有效地求得更优的解，而且可以避免节点电压越限等不可行情况。完整的计算步骤如下：

① 把离散变量进行二进制编码。

② 对编码后的模型 $\boldsymbol{P}_3$ 用非线性原对偶内点法求解。

③ 若计算收敛则继续下一步，否则转到第⑦步。

④ 记录优化结果及各个优化变量的值。

⑤ 确定每一个离散变量 u_i 二进制编码后的最高位变量 y_{is_i}，令 $s_i=s_i-1$，把 y_{is_i} 作为常数($i=1,2,\cdots,q$)。

⑥ 若 q 个 s_i 中有非负数，则转到第②步，继续计算。

⑦ 优化结果输出。

3.8.3　算例分析

选择 IEEE 118 节点系统作为试验系统，其数据见附录Ⅳ。有 10 个无功补偿点和 8 台可调变压器，共 18 组离散变量。

采用非线性内点法求解优化模型 $\boldsymbol{P}_3$ 时，收敛判据为：补偿间隙小于10^{-6}，且最大潮流偏差小于10^{-3}；各变量的初始值定为其允许的最大值和最小值之和的一半。

为便于比较分析，我们采用了三种优化方法：方法一，把离散变量作为连续变量进行优化的连续优化方法；方法二，在方法一求得的优化结果基础上，将离散变量的优化值就近归整，再做一次潮流计算的传统离散优化方法；方法三，本节提出的方法。表 3-4 列出了用这三种方法求解 IEEE 118 节点系统的离散变量优化结果。

表 3-4 离散变量优化结果

离散变量	设备及运行限制/(p. u.)			优化结果/(p. u.)		
	下限	上限	步长	方法一	方法二	方法三
$T_{5\sim8}$	0.9000	1.1000	0.0250	1.0058	1.0000	1.0125
$T_{17\sim30}$	0.9000	1.1000	0.0250	1.0115	1.0000	1.0125
$T_{25\sim26}$	0.9000	1.1000	0.0250	1.0146	1.0250	1.0125
$T_{37\sim38}$	0.9000	1.1000	0.0250	0.9954	1.0000	1.0125
$T_{59\sim63}$	0.9000	1.1000	0.0250	1.0105	1.0000	1.0250
$T_{61\sim64}$	0.9000	1.1000	0.0250	0.9987	1.0000	1.0125
$T_{65\sim66}$	0.9000	1.1000	0.0250	1.0381	1.0500	1.0625
$T_{80\sim81}$	0.9000	1.1000	0.0250	1.0949	1.1000	1.0625
$Q_{C_{19}}$	0.0000	5.0000	0.0500	0.3780	0.4000	0.4000
$Q_{C_{20}}$	0.0000	5.0000	0.0500	0.0200	0.0000	0.0500
$Q_{C_{21}}$	0.0000	5.0000	0.0500	0.1230	0.1000	0.1500
$Q_{C_{33}}$	0.0000	5.0000	0.0500	0.0920	0.1000	0.0500
$Q_{C_{34}}$	0.0000	5.0000	0.0500	0.0040	0.0000	0.0000
$Q_{C_{35}}$	0.0000	5.0000	0.0500	0.0920	0.1000	0.0000
$Q_{C_{36}}$	0.0000	5.0000	0.0500	0.0480	0.0500	0.0000
$Q_{C_{37}}$	0.0000	5.0000	0.0500	0.6740	0.6500	0.8000
$Q_{C_{43}}$	0.0000	5.0000	0.0500	0.0550	0.0500	0.0000
$Q_{C_{76}}$	0.0000	5.0000	0.0500	0.6701	0.6500	0.8000

从表 3-4 列出的结果可以看出，三种方法的离散变量均在约束范围之内。但是，方法一由于是连续优化的方法，离散变量都没有归整；而方法二和方法三中离散变量的归整效果都非常好。可见，用本节提出的方法能有效处理无功优化中离散变量归整的问题。

对于连续变量，限于篇幅限制，这里仅列出部分发电机无功出力和节点电压的优化结果，如表 3-5 所示。

表 3-5 部分连续变量优化结果

连续变量	运行限制/(p. u.)		优化结果/(p. u.)		
	下限	上限	方法一	方法二	方法三
$Q_{G_{24}}$	−0.5000	1.3000	−0.0540	−0.0540	−0.2204
$Q_{G_{25}}$	−0.5000	1.3000	−0.0500	−0.8718	−0.4796
$Q_{G_{26}}$	−0.5000	1.3000	1.0284	1.2795	−0.5000
$V_{D_{47}}$	0.9500	1.0500	1.0429	1.0527	1.0432
$V_{D_{48}}$	0.9500	1.0500	1.0500	1.0511	1.0500
$V_{D_{49}}$	0.9000	1.1000	1.0536	1.0536	1.0534
$V_{D_{50}}$	0.9500	1.0500	1.0404	1.0404	1.0396
$V_{D_{51}}$	0.9500	1.0500	1.0205	1.0204	1.0189

可以看出，由于方法二的简单靠拢式归整造成了部分发电机无功出力的越限，如表中的 $Q_{G_{25}}$ 所示；而且部分节点的电压也出现了越界的现象，如表中的 $V_{D_{47}}$ 和 $V_{D_{48}}$。这显然是不可行的。这一现象在大规模的系统中显得尤为明显。因为系统规模越大，离散变量的数目也越多，此时用方法二求解也就越容易出现不等式越限的情况。而方法三的所有节点电压和发电机无功出力都在约束的范围之内。

另外，还对上述三种方法求得的目标函数，也就是有功网损，作一个比较。如表 3-6 所示。

表 3-6　三种方法的网损比较

	方法一	方法二	方法三
网损/(p.u.)	1.1673	1.1583	1.1714

可见，方法一由于是连续优化方法，求得的网损相对比较小，只有 1.1673。而考虑了变量的离散特性之后，网损必然会比有所增大。用方法三求得的网损为 1.1714，比连续优化的结果大了 0.0041。另外，方法二求得的网损甚至比方法一的结果还要小，那是因为此时已有某些变量越限，这是一个不可行的结果。

从以上的分析可见，本节提出的方法能够正确、有效地处理含有离散变量的混合整数无功优化问题。

3.9　小　　结

本章提出了直接非线性原对偶内点法内嵌罚函数的新算法。通过对离散变量构造二次罚函数，并将其直接嵌入非线性原对偶内点法中形成扩展内点算法，实现了离散变量在优化过程中的逐次归整。新的扩展内点算法将处理离散变量的二次罚函数和直接非线性原对偶内点法很好地融合起来，计算量增加很少，可获得近最优解，并保留了内点法良好的收敛性能和数值鲁棒性，为求解含离散变量的大规模电力系统无功优化提供了新的优化算法。

本章对内点法的计算瓶颈，即高阶修正方程的求解进行了深入研究，并通过建立一种新型的数据结构，有效地减少了其系数矩阵在因子分解过程中产生的非零注入元素数目，使计算性能得到提高。

严格来说，用非线性扩展内点法得到的优化解并不一定是原问题数学意义上的最优解，要得到真正的最优解只能求助于混合整数规划算法。混合整数规划方法求得的目标函数值应介于该方法和连续方法之间。试验系统计算结果表明，用该方法和连续优化方法得到的目标函数值非常接近，有理由认为非线性扩展内点方法已求得一个满足精度要求的近最优解。

此外，本章还对混合整数无功优化问题的连续化方法进行了初步的探索。

本章还提出了一种求解混合整数规划的连续优化方法。通过对离散变量进行二进制编码,把每个离散变量表示成若干个取值在 0 和 1 之间的连续变量,把原问题转换成连续的无功优化模型来求解。并且在优化过程中根据二进制变量的权重系数逐步确定离散变量的取值,实现了离散变量在优化过程中的逐次归整。且当采用非线性原对偶内点法求解该模型时,其计算精度及收敛性都比较好。

参考文献

[1] 赵晋泉,侯志俭,吴际舜.牛顿最优潮流算法中离散控制量的新处理方法.电力系统自动化,1999,23(23):37～40

[2] Liu W H E,Papalexopoulos A D,Tinney W F. Discrete shunt controls in a newton optimal power flow. IEEE Transactions on Power Systems,1992,7(4):1509～1518

[3] 丁晓莺,王锡凡,张显,等.基于内点割平面法的混合整数最优潮流算法.中国电机工程学报,2004,24(2):1～7

[4] Liu M B,Tso S K,Cheng Y. An extended nonlinear primal-dual interior-point algorithm for reactive-power optimization of large-scale power systems with discrete control variables. IEEE Transactions on Power Systems,2002,17(4):982～991

[5] 程莹,刘明波.求解离散无功优化的非线性原对偶内点算法.电力系统自动化,2001,25(9):23～27

[6] 程莹,刘明波.含离散控制变量的大规模电力系统无功优化.中国电机工程学报,2002,22(5):54～60

[7] Granville S. Optimal reactive dispatch through interior point methods. IEEE Transactions on Power Systems,1994,9(1):136～146

[8] Wei H,Sasaki H,Kubokawa J,et al. An interior point nonlinear programming for optimal power flow problems with a novel data structure. IEEE Transactions on Power Systems,1998,13(3):870～877

[9] Sun D I,Ashley B,Brewer B,et al,Optimal power flow by Newton approach. IEEE Trans on Power Apparatus and Systems,1984,103(10):2864～2880

[10] 孟志青,胡奇英,杨晓琪.一种求解整数规划与混合整数规划非线性罚函数方法.控制与决策,2002,17(3): 310～314

[11] 谭涛.离散变量优化设计的连续化方法研究.大连理工大学博士学位论文,2006

[12] Jesús Riquelme Santos,Alicia Troncoso Lora,Antonio Gómez Expósito. Finding improved local minima of power system optimization problems by interior-point methods. IEEE Transactions on Power Systems,2003,18(1): 238～243

[13] 黄伟,刘明波.混合整数无功优化问题的连续优化方法.继电器,2005,33(11):5～8

第四章　动态无功优化计算

动态无功优化问题是指在网络结构参数、未来一天各负荷母线的有功和无功变化曲线以及有功电源出力给定的情况下，通过调节发电机和无功补偿设备（主要是并联电容器组）的无功出力以及有载调压变压器的分接头，在满足各种物理和运行约束的条件下，使整个电网的全天电能损耗最小。

由于受制造技术和设备寿命的限制，变压器和电容器组均不允许频繁调节，此约束必然导致各个时段的无功优化调度存在强耦合。另外，由于变压器变比和电容器组无功出力是离散的，因此电力系统无功优化调度问题实际上是一个非线性混合整数动态优化问题[1~8]。严格来说，这个问题属于一类 NP 难（NP-hard）问题，非常难于求解。实际运行中，负荷是不断变化的，因此针对单个时间断面进行的静态无功优化是无法满足实际运行需要的，其结果无法应用于实际无功调度，只能作为调整网络运行方式的参考。

动态无功优化问题的难点在于如何在优化过程中解决如下两个问题：

① 实现电容器组无功出力和变压器变比的离散化。电容器组无功出力和变压器变比属于离散变量，需要一套有效的处理变量离散化的机制。而且，只有较好地实现上述两种变量的离散化，才能准确地计及控制设备动作次数，并将其反映到优化计算过程中，使动作次数约束起作用。而通常的组合优化法、混合整数规划法以及非数值计算方法等都存在计算速度慢的缺陷，不适于求解大规模系统优化问题。本章采用非线性原对偶内点法内嵌罚函数的方法（见第三章）求解动态无功优化模型。

② 准确计及并联电容器组及有载调压变压器分接头动作次数的约束是动态无功优化问题的核心部分。现有的求解方法均对模型或解空间进行简化，存在较大的局限性，无法获得理论上的最优解。本章将动作次数约束用控制变量的数学表达式来描述，提出完整的动态无功优化数学模型，并给出了严格数学意义下的优化算法[9,10]。

4.1　数学模型

设系统有 n 个节点、u 台有载调压变压器、m 台可调发电机，有 r 个节点装设可投切电容器组。将全天等分为 24 个时段，从而将各负荷母线的全天有功和无功变化曲线分为 24 段，并认为各时间段中的负荷功率保持恒定。则以系统全天电能损耗最小为目标的无功优化模型可以描述为：

$$\min \sum_{t=0}^{23} f(\boldsymbol{x}_{1(t)},\boldsymbol{x}_{2(t)},\boldsymbol{x}_{3(t)}) \tag{4-1}$$

$$\text{s. t. } \boldsymbol{g}(\boldsymbol{x}_{1(t)},\boldsymbol{x}_{2(t)},\boldsymbol{x}_{3(t)}) = \boldsymbol{0}, \quad t = 0,1,2,\cdots,23 \tag{4-2}$$

$$\boldsymbol{x}_{1(t)\min} \leqslant \boldsymbol{x}_{1(t)} \leqslant \boldsymbol{x}_{1(t)\max}, \quad t = 0,1,2,\cdots,23 \tag{4-3}$$

$$\boldsymbol{x}_{2(t)\min} \leqslant \boldsymbol{x}_{2(t)} \leqslant \boldsymbol{x}_{2(t)\max}, \quad t = 0,1,2,\cdots,23 \tag{4-4}$$

$$\sum_{t=0}^{23} |\boldsymbol{x}_{1(t+1)} - \boldsymbol{x}_{1(t)}| \leqslant \boldsymbol{S}_{x_1}\boldsymbol{C}_{x_1} \tag{4-5}$$

式中，$f(\cdot)$为第 t 时段的全网有功功率损耗；$\boldsymbol{g}(\cdot)=\boldsymbol{0}$ 为第 t 时段的节点功率平衡方程组，$\boldsymbol{g}(\cdot)\in\mathbf{R}^{(2n)}$；$\boldsymbol{x}_{1(t)}=[\boldsymbol{Q}_{C(t)}^{\mathrm{T}} \quad \boldsymbol{T}_{K(t)}^{\mathrm{T}}]^{\mathrm{T}}$ 为第 t 时段的离散有约束变量列向量，$\boldsymbol{x}_{1(t)}\in\mathbf{R}^{(p)}$，$p=r+u$；$\boldsymbol{Q}_{C(t)}$为第 t 时段可投切电容器组的无功出力列向量，$\boldsymbol{Q}_{C(t)}\in\mathbf{R}^{(r)}$；$\boldsymbol{T}_{K(t)}$为第 t 时段有载调压变压器的变比列向量，$\boldsymbol{T}_{K(t)}\in\mathbf{R}^{(u)}$；$\boldsymbol{x}_{1(t)\max}$和 $\boldsymbol{x}_{1(t)\min}$分别为 $\boldsymbol{x}_{1(t)}$的上限和下限；$\boldsymbol{x}_{2(t)}=[\boldsymbol{Q}_{G(t)}^{\mathrm{T}} \quad \boldsymbol{V}_{(t)}^{\mathrm{T}}]^{\mathrm{T}}$ 为第 t 时段的连续有约束变量列向量，$\boldsymbol{x}_{2(t)}\in\mathbf{R}^{(q)}$，$q=m+n$；$\boldsymbol{Q}_{G(t)}$为第 t 时段发电机的无功出力列向量，$\boldsymbol{Q}_{G(t)}\in\mathbf{R}^{(m)}$；$\boldsymbol{V}_{(t)}$为第 t 时段节点电压幅值列向量，$\boldsymbol{V}_{(t)}\in\mathbf{R}^{(n)}$；$\boldsymbol{x}_{2(t)\max}$和 $\boldsymbol{x}_{2(t)\min}$分别为 $\boldsymbol{x}_{2(t)}$的上限和下限；$\boldsymbol{x}_{3(t)}=[P_{G1(t)},\theta_{2(t)},\theta_{3(t)},\cdots,\theta_{n(t)}]^{\mathrm{T}}$ 为第 t 时段的无约束变量列向量，$\boldsymbol{x}_{3(t)}\in\mathbf{R}^{(n)}$；$\boldsymbol{x}_{3(t)}$为第 t 时段由平衡节点有功出力和其他节点电压相角构成的列向量，设节点 1 为平衡节点；$\boldsymbol{S}_{x_1}$为控制设备调节步长对角矩阵，其对角元素分别对应于电容器组无功出力和变压器分接头的调节步长，$\boldsymbol{S}_{x_1}\in\mathbf{R}^{(p\times p)}$；$\boldsymbol{C}_{x_1}$为控制设备动作次数约束列向量，其元素分别对应于可投切电容器组和有载调压变压器分接头的全天最大允许动作次数（maximum allowable daily switching operation number，MADSON），$\boldsymbol{C}_{x_1}\in\mathbf{R}^{(p)}$。

式(4-5)为控制设备（可投切电容器组和有载调压变压器分接头）全天 24 小时内的动作次数约束方程。各控制设备每个时段的动作次数可以准确表示为：该时间段末端和首端的无功出力（变比值）之差的绝对值除以其调节步长。

需要注意的是，式(4-5)中：

$$\sum_{t=0}^{23} |\boldsymbol{x}_{1(t+1)} - \boldsymbol{x}_{1(t)}|$$

$$= |\boldsymbol{x}_{1(1)} - \boldsymbol{x}_{1(0)}| + |\boldsymbol{x}_{1(2)} - \boldsymbol{x}_{1(1)}| + \cdots + |\boldsymbol{x}_{1(23)} - \boldsymbol{x}_{1(22)}| + |\boldsymbol{x}_{1(0)} - \boldsymbol{x}_{1(23)}|$$

4.2 优化算法

4.2.1 基本原理

引入松弛变量，将不等式约束条件(4-3)～(4-5)转变成等式约束条件：

$$\min \sum_{t=0}^{23} f(\boldsymbol{x}_{1(t)}, \boldsymbol{x}_{2(t)}, \boldsymbol{x}_{3(t)}) \tag{4-6}$$

$$\text{s. t. } \boldsymbol{g}(\boldsymbol{x}_{1(t)}, \boldsymbol{x}_{2(t)}, \boldsymbol{x}_{3(t)}) = \boldsymbol{0} \tag{4-7}$$

$$\boldsymbol{x}_{1(t)} + \boldsymbol{s}_{u1(t)} = \boldsymbol{x}_{1(t)\max} \tag{4-8}$$

$$\boldsymbol{x}_{1(t)} - \boldsymbol{s}_{l1(t)} = \boldsymbol{x}_{1(t)\min} \tag{4-9}$$

$$\boldsymbol{x}_{2(t)} + \boldsymbol{s}_{u2(t)} = \boldsymbol{x}_{2(t)\max} \tag{4-10}$$

$$\boldsymbol{x}_{2(t)} - \boldsymbol{s}_{l2(t)} = \boldsymbol{x}_{2(t)\min} \tag{4-11}$$

$$\sum_{t=0}^{23} | \boldsymbol{x}_{1(t+1)} - \boldsymbol{x}_{1(t)} | + \boldsymbol{s}_n = \boldsymbol{S}_{x_1} \boldsymbol{C}_{x_1} \tag{4-12}$$

$$\boldsymbol{s}_{u1(t)}, \boldsymbol{s}_{l1(t)}, \boldsymbol{s}_{u2(t)}, \boldsymbol{s}_{l2(t)}, \boldsymbol{s}_n \geqslant \boldsymbol{0} \tag{4-13}$$

式中，$\boldsymbol{s}_{u1(t)}$、$\boldsymbol{s}_{l1(t)}$、$\boldsymbol{s}_{u2(t)}$、$\boldsymbol{s}_{l2(t)}$、$\boldsymbol{s}_n$ 为由松弛变量组成的列向量；$\boldsymbol{s}_{u1(t)}, \boldsymbol{s}_{l1(t)}, \boldsymbol{s}_n \in \mathbf{R}^{(p)}$；$\boldsymbol{s}_{u2(t)}, \boldsymbol{s}_{l2(t)} \in \mathbf{R}^{(q)}$。

此时，求解原始的动态无功优化模型(4-1)～(4-5)就转化为求解式(4-6)～式(4-13)所表达的非线性混合整数规划问题。可见，只有较好地实现电容器组无功出力 $\boldsymbol{Q}_{C(t)}$ 和变压器变比 $\boldsymbol{T}_{K(t)}$ 的离散化，才能准确地计及控制设备动作次数，并将其精确地反映到优化计算过程中。

为处理 $\boldsymbol{Q}_{C(t)}$ 和 $\boldsymbol{T}_{K(t)}$ 的离散特性，可通过对离散变量构造罚函数并直接嵌入非线性原对偶内点法中，以实现离散变量在优化过程中的逐次归整，其基本原理见第三章。

引入对数壁垒函数消去松弛变量的非负性约束，对等式约束引入拉格朗日乘子，并针对离散变量引入二次罚函数，构造拉格朗日函数：

$$\begin{aligned} L = & \sum_{t=0}^{23} \left[L_t + \frac{1}{2} \sum_{j=1}^{p} \varphi_{(t)j} (x_{1(t)j} - x_{1(t)bj})^2 \right] \\ & - \boldsymbol{y}_n^{\mathrm{T}} \left(\sum_{t=0}^{23} | \boldsymbol{x}_{1(t+1)} - \boldsymbol{x}_{1(t)} | + \boldsymbol{s}_n - \boldsymbol{S}_{x_1} \boldsymbol{C}_{x_1} \right) - \mu \sum_{j=1}^{p} \ln s_{nj} \end{aligned} \tag{4-14}$$

$$\begin{aligned} L_t = & f(\boldsymbol{x}_{1(t)}, \boldsymbol{x}_{2(t)}, \boldsymbol{x}_{3(t)}) - \boldsymbol{y}_{(t)}^{\mathrm{T}} \boldsymbol{g}(\boldsymbol{x}_{1(t)}, \boldsymbol{x}_{2(t)}, \boldsymbol{x}_{3(t)}) \\ & - \boldsymbol{y}_{u1(t)}^{\mathrm{T}} (\boldsymbol{x}_{1(t)} + \boldsymbol{s}_{u1(t)} - \boldsymbol{x}_{1(t)\max}) - \boldsymbol{y}_{l1(t)}^{\mathrm{T}} (\boldsymbol{x}_{1(t)} - \boldsymbol{s}_{l1(t)} - \boldsymbol{x}_{1(t)\min}) \\ & - \boldsymbol{y}_{u2(t)}^{\mathrm{T}} (\boldsymbol{x}_{2(t)} + \boldsymbol{s}_{u2(t)} - \boldsymbol{x}_{2(t)\max}) - \boldsymbol{y}_{l2(t)}^{\mathrm{T}} (\boldsymbol{x}_{2(t)} - \boldsymbol{s}_{l2(t)} - \boldsymbol{x}_{2(t)\min}) \\ & - \mu \sum_{j=1}^{p} \ln s_{u1(t)j} - \mu \sum_{j=1}^{p} \ln s_{l1(t)j} - \mu \sum_{j=1}^{q} \ln s_{u2(t)j} - \mu \sum_{j=1}^{q} \ln s_{l2(t)j} \end{aligned} \tag{4-15}$$

式中，$\boldsymbol{y}_{(t)}$、$\boldsymbol{y}_{u1(t)}$、$\boldsymbol{y}_{l1(t)}$、$\boldsymbol{y}_{u2(t)}$、$\boldsymbol{y}_{l2(t)}$、$\boldsymbol{y}_n$ 为拉格朗日乘子列向量；$\boldsymbol{y}_{(t)} \in \mathbf{R}^{(2n)}$，$\boldsymbol{y}_{u1(t)}$，$\boldsymbol{y}_{l1(t)}$，$\boldsymbol{y}_n \in \mathbf{R}^{(p)}$，$\boldsymbol{y}_{u2(t)}$，$\boldsymbol{y}_{l2(t)} \in \mathbf{R}^{(q)}$；$\boldsymbol{y}_{u1(t)}$，$\boldsymbol{y}_{u2(t)}$，$\boldsymbol{y}_n \leqslant \boldsymbol{0}$，$\boldsymbol{y}_{l1(t)}$，$\boldsymbol{y}_{l2(t)} \geqslant \boldsymbol{0}$；$\varphi_{(t)j}$ 为罚因子；$x_{1(t)bj}$ 为各离散有约束变量 $x_{1(t)j}$ 的邻域中心；μ 为壁垒参数，$\mu \geqslant 0$。

根据 KKT 最优性条件，由式(4-14)得：

$$\boldsymbol{L}_{\boldsymbol{x}_{1(t)}} = \nabla f_{\boldsymbol{x}_{1(t)}} - \nabla \boldsymbol{g}_{\boldsymbol{x}_{1(t)}}^{\mathrm{T}} \boldsymbol{y}_{(t)} - \boldsymbol{y}_{u1(t)} - \boldsymbol{y}_{l1(t)} - \boldsymbol{M}_{(t)} \boldsymbol{y}_n + \boldsymbol{\varphi}_{(t)} (\boldsymbol{x}_{1(t)} - \boldsymbol{x}_{1(t)\mathrm{B}}) = \boldsymbol{0} \tag{4-16}$$

$$\boldsymbol{L}_{\boldsymbol{x}_{2(t)}} = \nabla f_{\boldsymbol{x}_{2(t)}} - \nabla \boldsymbol{g}_{\boldsymbol{x}_{2(t)}}^{\mathrm{T}} \boldsymbol{y}_{(t)} - \boldsymbol{y}_{u2(t)} - \boldsymbol{y}_{l2(t)} = \boldsymbol{0} \tag{4-17}$$

$$\boldsymbol{L}_{\boldsymbol{x}_{3(t)}} = \nabla f_{\boldsymbol{x}_{3(t)}} - \nabla \boldsymbol{g}_{\boldsymbol{x}_{3(t)}}^{\mathrm{T}} \boldsymbol{y}_{(t)} = \boldsymbol{0} \tag{4-18}$$

$$\boldsymbol{L}_{\boldsymbol{y}_{(t)}} = - \boldsymbol{g}(\boldsymbol{x}_{1(t)}, \boldsymbol{x}_{2(t)}, \boldsymbol{x}_{3(t)}) = \boldsymbol{0} \tag{4-19}$$

$$\boldsymbol{L}_{\boldsymbol{y}_{u1(t)}} = \boldsymbol{x}_{1(t)} + \boldsymbol{s}_{u1(t)} - \boldsymbol{x}_{1(t)\max} = \boldsymbol{0} \tag{4-20}$$

$$\boldsymbol{L}_{\boldsymbol{y}_{l1(t)}} = \boldsymbol{x}_{1(t)} - \boldsymbol{s}_{l1(t)} - \boldsymbol{x}_{1(t)\min} = \boldsymbol{0} \tag{4-21}$$

$$\boldsymbol{L}_{\boldsymbol{y}_{u2(t)}} = \boldsymbol{x}_{2(t)} + \boldsymbol{s}_{u2(t)} - \boldsymbol{x}_{2(t)\max} = \boldsymbol{0} \tag{4-22}$$

$$\boldsymbol{L}_{\boldsymbol{y}_{l2(t)}} = \boldsymbol{x}_{2(t)} - \boldsymbol{s}_{l2(t)} - \boldsymbol{x}_{2(t)\min} = \boldsymbol{0} \tag{4-23}$$

$$\boldsymbol{L}_{\boldsymbol{s}_{u1(t)}} = \boldsymbol{S}_{u1(t)} \boldsymbol{Y}_{u1(t)} \boldsymbol{e}_1 + \mu \boldsymbol{e}_1 = \boldsymbol{0} \tag{4-24}$$

$$\boldsymbol{L}_{\boldsymbol{s}_{l1(t)}} = \boldsymbol{S}_{l1(t)} \boldsymbol{Y}_{l1(t)} \boldsymbol{e}_1 - \mu \boldsymbol{e}_1 = \boldsymbol{0} \tag{4-25}$$

$$\boldsymbol{L}_{\boldsymbol{s}_{u2(t)}} = \boldsymbol{S}_{u2(t)} \boldsymbol{Y}_{u2(t)} \boldsymbol{e}_2 + \mu \boldsymbol{e}_2 = \boldsymbol{0} \tag{4-26}$$

$$\boldsymbol{L}_{\boldsymbol{s}_{l2(t)}} = \boldsymbol{S}_{l2(t)} \boldsymbol{Y}_{l2(t)} \boldsymbol{e}_2 - \mu \boldsymbol{e}_2 = \boldsymbol{0} \tag{4-27}$$

$$\boldsymbol{L}_{\boldsymbol{y}_n} = \sum_{t=0}^{23} \left| \boldsymbol{x}_{1(t+1)} - \boldsymbol{x}_{1(t)} \right| + \boldsymbol{s}_n - \boldsymbol{S}_{\boldsymbol{x}_1} \boldsymbol{C}_{\boldsymbol{x}_1} = \boldsymbol{0} \tag{4-28}$$

$$\boldsymbol{L}_{\boldsymbol{s}_n} = \boldsymbol{S}_n \boldsymbol{Y}_n \boldsymbol{e}_1 + \mu \boldsymbol{e}_1 = \boldsymbol{0} \tag{4-29}$$

式中,$\nabla f_{\boldsymbol{x}_{1(t)}}$、$\nabla f_{\boldsymbol{x}_{2(t)}}$、$\nabla f_{\boldsymbol{x}_{3(t)}}$ 为 $f(\cdot)$的雅可比子矩阵;$\nabla \boldsymbol{g}_{\boldsymbol{x}_{1(t)}}$、$\nabla \boldsymbol{g}_{\boldsymbol{x}_{2(t)}}$、$\nabla \boldsymbol{g}_{\boldsymbol{x}_{3(t)}}$ 分别为 $\boldsymbol{g}(\cdot)$的雅可比子矩阵;$\boldsymbol{\varphi}_{(t)}$ 是以各罚因子为对角元素的对角矩阵,$\boldsymbol{\varphi}_{(t)} \in \mathbf{R}^{(p\times p)}$;$\boldsymbol{x}_{1(t)\mathrm{B}}$为离散有约束变量 $\boldsymbol{x}_{1(t)}$ 相应的邻域中心列向量,$\boldsymbol{x}_{1(t)\mathrm{B}} \in \mathbf{R}^{(p)}$;$\boldsymbol{e}_1$、$\boldsymbol{e}_2$ 为单位列向量,$\boldsymbol{e}_1 \in \mathbf{R}^{(p)}$,$\boldsymbol{e}_2 \in \mathbf{R}^{(q)}$;$\boldsymbol{Y}_{u1(t)}$、$\boldsymbol{Y}_{l1(t)}$、$\boldsymbol{Y}_{u2(t)}$、$\boldsymbol{Y}_{l2(t)}$、$\boldsymbol{S}_{u1(t)}$、$\boldsymbol{S}_{l1(t)}$、$\boldsymbol{S}_{u2(t)}$、$\boldsymbol{S}_{l2(t)}$、$\boldsymbol{Y}_n$、$\boldsymbol{S}_n$ 分别为以 $\boldsymbol{y}_{u1(t)}$、$\boldsymbol{y}_{l1(t)}$、$\boldsymbol{y}_{u2(t)}$、$\boldsymbol{y}_{l2(t)}$、$\boldsymbol{s}_{u1(t)}$、$\boldsymbol{s}_{l1(t)}$、$\boldsymbol{s}_{u2(t)}$、$\boldsymbol{s}_{l2(t)}$、$\boldsymbol{y}_n$、$\boldsymbol{s}_n$ 的分量为对角元素的对角矩阵。

对式(4-14)使用 KKT 最优性条件时,关键是对绝对值部分的处理。处理方法是:先判断绝对值符号内表达式值的正负,然后再作相应处理。

为此,引入常数对角矩阵 $\boldsymbol{M}_{(t)}$,$\boldsymbol{M}_{(t)} \in \mathbf{R}^{(p\times p)}$,其元素为−2,或 0,或 2。由该时段 $\boldsymbol{x}_{1(t)}$ 的迭代值及其相邻时段 $\boldsymbol{x}_{1(t-1)}$ 和 $\boldsymbol{x}_{1(t+1)}$ 的迭代值确定:

若 $x_{1(t)i} > x_{1(t-1)i}$ 且 $x_{1(t)i} > x_{1(t+1)i}$,则取 2,$i=1,2,\cdots,p$;

若 $x_{1(t)i} < x_{1(t-1)i}$ 且 $x_{1(t)i} < x_{1(t+1)i}$,则取−2,$i=1,2,\cdots,p$;

其他情况取 0。

对式(4-16)~式(4-29)所构成的非线性方程组在初始点附近用 Taylor 级数展开,并忽略二阶及以上项,得到:

$$-\boldsymbol{L}_{x_{1(t)}0} = \boldsymbol{w}_{11(t)}\Delta\boldsymbol{x}_{1(t)} + \boldsymbol{w}_{12(t)}\Delta\boldsymbol{x}_{2(t)} + \boldsymbol{w}_{13(t)}\Delta\boldsymbol{x}_{3(t)} - \nabla\boldsymbol{g}_{x_{1(t)}}^{\mathrm{T}}\Delta\boldsymbol{y}_{(t)} - \Delta\boldsymbol{y}_{u1(t)} - \Delta\boldsymbol{y}_{l1(t)} - \boldsymbol{M}_{(t)}\Delta\boldsymbol{y}_n \tag{4-30}$$

$$-\boldsymbol{L}_{x_{2(t)}0} = \boldsymbol{w}_{21(t)}\Delta\boldsymbol{x}_{1(t)} + \boldsymbol{w}_{22(t)}\Delta\boldsymbol{x}_{2(t)} + \boldsymbol{w}_{23(t)}\Delta\boldsymbol{x}_{3(t)} - \nabla\boldsymbol{g}_{x_{2(t)}}^{\mathrm{T}}\Delta\boldsymbol{y}_{(t)} - \Delta\boldsymbol{y}_{u2(t)} - \Delta\boldsymbol{y}_{l2(t)} \tag{4-31}$$

$$-\boldsymbol{L}_{x_{3(t)}0} = \boldsymbol{w}_{31(t)}\Delta\boldsymbol{x}_{1(t)} + \boldsymbol{w}_{32(t)}\Delta\boldsymbol{x}_{2(t)} + \boldsymbol{w}_{33(t)}\Delta\boldsymbol{x}_{3(t)} - \nabla\boldsymbol{g}_{x_{3(t)}}^{\mathrm{T}}\Delta\boldsymbol{y}_{(t)} \tag{4-32}$$

$$-\boldsymbol{L}_{y_{(t)}0} = -\nabla\boldsymbol{g}_{x_{1(t)}}\Delta\boldsymbol{x}_{1(t)} - \nabla\boldsymbol{g}_{x_{2(t)}}\Delta\boldsymbol{x}_{2(t)} - \nabla\boldsymbol{g}_{x_{3(t)}}\Delta\boldsymbol{x}_{3(t)} \tag{4-33}$$

$$-\boldsymbol{L}_{y_{u1(t)}0} = \Delta\boldsymbol{x}_{1(t)} + \Delta\boldsymbol{s}_{u1(t)} \tag{4-34}$$

$$-\boldsymbol{L}_{y_{l1(t)}0} = \Delta\boldsymbol{x}_{1(t)} - \Delta\boldsymbol{s}_{l1(t)} \tag{4-35}$$

$$-\boldsymbol{L}_{y_{u2(t)}0} = \Delta\boldsymbol{x}_{2(t)} + \Delta\boldsymbol{s}_{u2(t)} \tag{4-36}$$

$$-\boldsymbol{L}_{y_{l2(t)}0} = \Delta\boldsymbol{x}_{2(t)} - \Delta\boldsymbol{s}_{l2(t)} \tag{4-37}$$

$$-\boldsymbol{L}_{s_{u1(t)}0} = \boldsymbol{S}_{u1(t)}\Delta\boldsymbol{y}_{u1(t)} + \boldsymbol{Y}_{u1(t)}\Delta\boldsymbol{s}_{u1(t)} \tag{4-38}$$

$$-\boldsymbol{L}_{s_{l1(t)}0} = \boldsymbol{S}_{l1(t)}\Delta\boldsymbol{y}_{l1(t)} + \boldsymbol{Y}_{l1(t)}\Delta\boldsymbol{s}_{l1(t)} \tag{4-39}$$

$$-\boldsymbol{L}_{s_{u2(t)}0} = \boldsymbol{S}_{u2(t)}\Delta\boldsymbol{y}_{u2(t)} + \boldsymbol{Y}_{u2(t)}\Delta\boldsymbol{s}_{u2(t)} \tag{4-40}$$

$$-\boldsymbol{L}_{s_{l2(t)}0} = \boldsymbol{S}_{l2(t)}\Delta\boldsymbol{y}_{l2(t)} + \boldsymbol{Y}_{l2(t)}\Delta\boldsymbol{s}_{l2(t)} \tag{4-41}$$

$$-\boldsymbol{L}_{y_n 0} = \sum_{t=0}^{23}\boldsymbol{M}_{(t)}\Delta\boldsymbol{x}_{1(t)} + \Delta\boldsymbol{s}_n \tag{4-42}$$

$$-\boldsymbol{L}_{s_n 0} = \boldsymbol{S}_n\Delta\boldsymbol{y}_n + \boldsymbol{Y}_n\Delta\boldsymbol{s}_n \tag{4-43}$$

式中，$\boldsymbol{L}_{x_{1(t)}0}$、$\boldsymbol{L}_{x_{2(t)}0}$、$\boldsymbol{L}_{x_{3(t)}0}$、$\boldsymbol{L}_{y_{(t)}0}$、$\boldsymbol{L}_{y_{u1(t)}0}$、$\boldsymbol{L}_{y_{l1(t)}0}$、$\boldsymbol{L}_{y_{u2(t)}0}$、$\boldsymbol{L}_{y_{l2(t)}0}$、$\boldsymbol{L}_{s_{u1(t)}0}$、$\boldsymbol{L}_{s_{l1(t)}0}$、$\boldsymbol{L}_{s_{u2(t)}0}$、$\boldsymbol{L}_{s_{u2(t)}0}$、$\boldsymbol{L}_{y_n 0}$、$\boldsymbol{L}_{s_n 0}$ 分别为 $\boldsymbol{L}_{x_{1(t)}}$、$\boldsymbol{L}_{x_{2(t)}}$、$\boldsymbol{L}_{x_{3(t)}}$、$\boldsymbol{L}_{y_{(t)}}$、$\boldsymbol{L}_{y_{u1(t)}}$、$\boldsymbol{L}_{y_{l1(t)}}$、$\boldsymbol{L}_{y_{u2(t)}}$、$\boldsymbol{L}_{y_{l2(t)}}$、$\boldsymbol{L}_{s_{u1(t)}}$、$\boldsymbol{L}_{s_{l1(t)}}$、$\boldsymbol{L}_{s_{u2(t)}}$、$\boldsymbol{L}_{s_{u2(t)}}$、$\boldsymbol{L}_{y_n}$、$\boldsymbol{L}_{s_n}$ 在初始点的值。

$\boldsymbol{w}_{kj(t)}$（$k,j=1,2,3$，且 $\boldsymbol{w}_{kj(t)}=\boldsymbol{w}_{jk(t)}$）的计算公式为：

当 $k=j=1$ 时：

$$\boldsymbol{w}_{11(t)} = \nabla f_{x_{1(t)}x_{1(t)}}^2 - \sum_{i=1}^{2n} y_{i(t)}\nabla g_{ix_{1(t)}x_{1(t)}}^2 + \boldsymbol{\varphi}_{(t)} \tag{4-44}$$

其他情况时：

$$\boldsymbol{w}_{kj(t)} = \nabla f_{x_{k(t)}x_{j(t)}}^2 - \sum_{i=1}^{2n} y_{i(t)}\nabla g_{ix_{k(t)}x_{j(t)}}^2 \tag{4-45}$$

式中，$\nabla f_{x_{k(t)}x_{j(t)}}^2$（$k,j=1,2,3$）分别为 $f(\cdot)$ 的海森子矩阵；$y_{i(t)}$ 为 $\boldsymbol{y}_{(t)}$ 中的元素，$i=1,2,\cdots,2n$；$\nabla g_{ix_{k(t)}x_{j(t)}}^2$（$k,j=1,2,3$）分别为 $g_i(\cdot)$ 的海森子矩阵，$i=1,2,\cdots,2n$；$g_i(\cdot)$ 为 $\boldsymbol{g}(\cdot)$ 中的元素，$i=1,2,\cdots,2n$。

由式(4-34)～式(4-42)可求得：

$$\Delta\boldsymbol{s}_{u1(t)} = -\boldsymbol{L}_{y_{u1(t)}0} - \Delta\boldsymbol{x}_{1(t)} \tag{4-46}$$

$$\Delta\boldsymbol{s}_{l1(t)} = \boldsymbol{L}_{y_{l1(t)}0} + \Delta\boldsymbol{x}_{1(t)} \tag{4-47}$$

$$\Delta \boldsymbol{s}_{u2(t)} = -\boldsymbol{L}_{\boldsymbol{y}_{u2(t)}0} - \Delta \boldsymbol{x}_{1(t)} \tag{4-48}$$

$$\Delta \boldsymbol{s}_{l2(t)} = \boldsymbol{L}_{\boldsymbol{y}_{l2(t)}0} + \Delta \boldsymbol{x}_{1(t)} \tag{4-49}$$

$$\Delta \boldsymbol{y}_{u1(t)} = -\boldsymbol{S}_{u1(t)0}^{-1}[\boldsymbol{L}_{\boldsymbol{s}_{u1(t)}0} - \boldsymbol{Y}_{u1(t)0}(\boldsymbol{L}_{\boldsymbol{y}_{u1(t)}0} + \Delta \boldsymbol{x}_{1(t)})] \tag{4-50}$$

$$\Delta \boldsymbol{y}_{l1(t)} = -\boldsymbol{S}_{l1(t)0}^{-1}[\boldsymbol{L}_{\boldsymbol{s}_{l1(t)}0} + \boldsymbol{Y}_{l1(t)0}(\boldsymbol{L}_{\boldsymbol{y}_{l1(t)}0} + \Delta \boldsymbol{x}_{1(t)})] \tag{4-51}$$

$$\Delta \boldsymbol{y}_{u2(t)} = -\boldsymbol{S}_{u2(t)0}^{-1}[\boldsymbol{L}_{\boldsymbol{s}_{u2(t)}0} - \boldsymbol{Y}_{u2(t)0}(\boldsymbol{L}_{\boldsymbol{y}_{u2(t)}0} + \Delta \boldsymbol{x}_{2(t)})] \tag{4-52}$$

$$\Delta \boldsymbol{y}_{l2(t)} = -\boldsymbol{S}_{l2(t)0}^{-1}[\boldsymbol{L}_{\boldsymbol{s}_{l2(t)}0} + \boldsymbol{Y}_{l2(t)0}(\boldsymbol{L}_{\boldsymbol{y}_{l2(t)}0} + \Delta \boldsymbol{x}_{2(t)})] \tag{4-53}$$

$$\Delta \boldsymbol{s}_n = -\boldsymbol{L}_{\boldsymbol{y}_n 0} - \sum_{t=0}^{23} \boldsymbol{M}_{(t)} \Delta \boldsymbol{x}_{1(t)} \tag{4-54}$$

将式(4-54)代入式(4-43)可得：

$$-\sum_{t=0}^{23} \boldsymbol{M}_{(t)} \Delta \boldsymbol{x}_{1(t)} + \boldsymbol{Y}_{n0}^{-1} S_{n0} \Delta \boldsymbol{y}_n = \boldsymbol{L}_{\boldsymbol{y}_n 0} - \boldsymbol{Y}_{n0}^{-1} \boldsymbol{L}_{\boldsymbol{s}_n 0} \tag{4-55}$$

将式(4-46)～式(4-53)代入式(4-30)～式(4-33)，并与式(4-55)联立，可得分块矩阵形式的修正方程：

$$\begin{bmatrix} \boldsymbol{A}_{(0,0)} & \boldsymbol{0} & \cdots & \boldsymbol{0} & \boldsymbol{A}_{(0,n)} \\ \boldsymbol{0} & \boldsymbol{A}_{(1,1)} & \cdots & \boldsymbol{0} & \boldsymbol{A}_{(1,n)} \\ \vdots & \vdots & & \vdots & \vdots \\ \boldsymbol{0} & \boldsymbol{0} & \vdots & \boldsymbol{A}_{(23,23)} & \boldsymbol{A}_{(23,n)} \\ \boldsymbol{A}_{(n,0)} & \boldsymbol{A}_{(n,1)} & \vdots & \boldsymbol{A}_{(n,23)} & \boldsymbol{A}_{(n,n)} \end{bmatrix} \begin{bmatrix} \Delta \boldsymbol{z}_{(0)} \\ \Delta \boldsymbol{z}_{(1)} \\ \vdots \\ \Delta \boldsymbol{z}_{(23)} \\ \Delta \boldsymbol{y}_n \end{bmatrix} = \begin{bmatrix} \boldsymbol{b}_{(0)} \\ \boldsymbol{b}_{(1)} \\ \vdots \\ \boldsymbol{b}_{(23)} \\ \boldsymbol{b}_n \end{bmatrix} \tag{4-56}$$

式中，$\boldsymbol{b}_{(t)} \in \mathbf{R}^{(p+q+3n)}$；$\boldsymbol{A}_{(t,t)}$为对称矩阵，$\boldsymbol{A}_{(t,t)} \in \mathbf{R}^{[(p+q+3n)\times(p+q+3n)]}$，且有：

$$\boldsymbol{A}_{(t,t)} = \begin{bmatrix} \overline{\boldsymbol{w}}_{11(t)} & \boldsymbol{w}_{12(t)} & \boldsymbol{w}_{13(t)} & -\nabla \boldsymbol{g}_{\boldsymbol{x}_{1(t)}}^{\mathrm{T}} \\ \boldsymbol{w}_{21(t)} & \overline{\boldsymbol{w}}_{22(t)} & \boldsymbol{w}_{23(t)} & -\nabla \boldsymbol{g}_{\boldsymbol{x}_{2(t)}}^{\mathrm{T}} \\ \boldsymbol{w}_{31(t)} & \boldsymbol{w}_{32(t)} & \boldsymbol{w}_{33(t)} & -\nabla \boldsymbol{g}_{\boldsymbol{x}_{3(t)}}^{\mathrm{T}} \\ -\nabla \boldsymbol{g}_{\boldsymbol{x}_{1(t)}} & -\nabla \boldsymbol{g}_{\boldsymbol{x}_{2(t)}} & -\nabla \boldsymbol{g}_{\boldsymbol{x}_{3(t)}} & \boldsymbol{0} \end{bmatrix}, \quad t = 0,1,2,\cdots,23 \tag{4-57}$$

$$\overline{\boldsymbol{w}}_{11(t)} = \boldsymbol{w}_{11(t)} + \boldsymbol{S}_{l1(t)0}^{-1} \boldsymbol{Y}_{l1(t)0} - \boldsymbol{S}_{u1(t)0}^{-1} \boldsymbol{Y}_{u1(t)0} \tag{4-58}$$

$$\overline{\boldsymbol{w}}_{22(t)} = \boldsymbol{w}_{22(t)} + \boldsymbol{S}_{l2(t)0}^{-1} \boldsymbol{Y}_{l2(t)0} - \boldsymbol{S}_{u2(t)0}^{-1} \boldsymbol{Y}_{u2(t)0} \tag{4-59}$$

$$\boldsymbol{w}_{kj(t)} = \nabla f_{\boldsymbol{x}_{k(t)} \boldsymbol{x}_{j(t)}}^2 - \sum_{i=1}^{2n} y_{i(t)} \nabla g_{i\boldsymbol{x}_{k(t)} \boldsymbol{x}_{j(t)}}^2 \tag{4-60}$$

$$\boldsymbol{w}_{kj(t)} = \boldsymbol{w}_{jk(t)}, \quad k,j = 1,2,3 \tag{4-61}$$

$\nabla g_{i\boldsymbol{x}_{k(t)}\boldsymbol{x}_{j(t)}}^2$ $(k,j=1,2,3)$分别为 $g_i(\cdot)$的海森子矩阵，$i=1,2,\cdots,2n$；$\nabla f_{\boldsymbol{x}_{k(t)}\boldsymbol{x}_{j(t)}}^2$ $(k,j=1,2,3)$分别为 $f(\cdot)$的海森子矩阵；

$$\Delta \boldsymbol{z}_{(t)} = [\Delta \boldsymbol{x}_{1(t)} \quad \Delta \boldsymbol{x}_{2(t)} \quad \Delta \boldsymbol{x}_{3(t)} \quad \Delta \boldsymbol{y}_{(t)}]^{\mathrm{T}} \tag{4-62}$$

$$\boldsymbol{b}_{(t)} = [\boldsymbol{B}_{1(t)} \quad \boldsymbol{B}_{2(t)} \quad -\boldsymbol{L}_{\boldsymbol{x}_{3(t)}0} \quad -\boldsymbol{L}_{\boldsymbol{y}_{(t)}0}]^{\mathrm{T}} \tag{4-63}$$

$$\boldsymbol{B}_{1(t)} = -\boldsymbol{L}_{\boldsymbol{x}_{1(t)}0} - \boldsymbol{S}_{u1(t)0}^{-1}(\boldsymbol{L}_{\boldsymbol{s}_{u1(t)}0} - \boldsymbol{Y}_{u1(t)0}\boldsymbol{L}_{\boldsymbol{y}_{u1(t)}0}) - \boldsymbol{S}_{l1(t)0}^{-1}(\boldsymbol{L}_{\boldsymbol{s}_{l1(t)}0} + \boldsymbol{Y}_{l1(t)0}\boldsymbol{L}_{\boldsymbol{y}_{l1(t)}0}) \tag{4-64}$$

$$\boldsymbol{B}_{2(t)} = -\boldsymbol{L}_{\boldsymbol{x}_{2(t)}0} - \boldsymbol{S}_{u2(t)0}^{-1}(\boldsymbol{L}_{\boldsymbol{s}_{u2(t)}0} - \boldsymbol{Y}_{u2(t)0}\boldsymbol{L}_{\boldsymbol{y}_{u2(t)}0}) - \boldsymbol{S}_{l2(t)0}^{-1}(\boldsymbol{L}_{\boldsymbol{s}_{l2(t)}0} + \boldsymbol{Y}_{l2(t)0}\boldsymbol{L}_{\boldsymbol{y}_{l2(t)}0}) \tag{4-65}$$

$$\boldsymbol{A}_{(n,t)} = \boldsymbol{A}_{(t,n)}^{\mathrm{T}} = [-\boldsymbol{M}_t \mid \boldsymbol{0}] \tag{4-66}$$

$$\boldsymbol{A}_{(n,n)} = \boldsymbol{Y}_{n0}^{-1}\boldsymbol{S}_{n0}\boldsymbol{I} \tag{4-67}$$

$$\boldsymbol{b}_n = \boldsymbol{L}_{y_n 0} - \boldsymbol{Y}_{n0}^{-1}\boldsymbol{L}_{s_n 0} \tag{4-68}$$

$\boldsymbol{M}_t$ 为常数对角矩阵，$\boldsymbol{M}_t \in \mathbf{R}^{(p\times p)}$，$t=0,1,2,\cdots,23$，其对角元素为$-2$，或为 0，或为 2，由该时段 $\boldsymbol{x}_{1(t)}$ 的迭代值及与之相邻时段的迭代值确定；$\boldsymbol{I}$ 为单位矩阵，$\boldsymbol{I} \in \mathbf{R}^{(p\times p)}$。

依次求解修正方程式(4-56)和式(4-46)～式(4-54)，可得到各变量的修正方向：$\Delta\boldsymbol{x}_{1(t)}$、$\Delta\boldsymbol{x}_{2(t)}$、$\Delta\boldsymbol{x}_{3(t)}$、$\Delta\boldsymbol{s}_{u1(t)}$、$\Delta\boldsymbol{s}_{l1(t)}$、$\Delta\boldsymbol{s}_{u2(t)}$、$\Delta\boldsymbol{s}_{l2(t)}$、$\Delta\boldsymbol{y}_{(t)}$、$\Delta\boldsymbol{y}_{u1(t)}$、$\Delta\boldsymbol{y}_{l1(t)}$、$\Delta\boldsymbol{y}_{u2(t)}$、$\Delta\boldsymbol{y}_{l2(t)}$、$\Delta\boldsymbol{s}_n$、$\Delta\boldsymbol{y}_n$。

4.2.2　迭代步长的确定

在原对偶内点法的迭代过程中，为保持松弛变量 $\boldsymbol{s}_{u1(t)}, \boldsymbol{s}_{l1(t)}, \boldsymbol{s}_{u2(t)}, \boldsymbol{s}_{l2(t)}, \boldsymbol{s}_n \geqslant \boldsymbol{0}$ 的非负性约束，以及对偶变量 $\boldsymbol{y}_{u1(t)}, \boldsymbol{y}_{u2(t)}, \boldsymbol{y}_n \leqslant \boldsymbol{0}$ 和 $\boldsymbol{y}_{l1(t)}, \boldsymbol{y}_{l2(t)} \geqslant \boldsymbol{0}$ 的约束，需要在每次迭代中选取一定的步长，直接影响到算法的收敛速度。

所提算法所涉及的变量可分为原变量和对偶变量两种，即：

原变量：$\boldsymbol{x}_{1(t)}$、$\boldsymbol{x}_{2(t)}$、$\boldsymbol{x}_{3(t)}$、$\boldsymbol{s}_{u1(t)}$、$\boldsymbol{s}_{l1(t)}$、$\boldsymbol{s}_{u2(t)}$、$\boldsymbol{s}_{l2(t)}$、$\boldsymbol{s}_n$；

对偶变量：$\boldsymbol{y}_{(t)}$、$\boldsymbol{y}_{u1(t)}$、$\boldsymbol{y}_{l1(t)}$、$\boldsymbol{y}_{u2(t)}$、$\boldsymbol{y}_{l2(t)}$、$\boldsymbol{y}_n$。

另外，按照变量起作用的范围，将所涉及的变量分为局部变量和全局变量两种，即：

局部变量：$\boldsymbol{x}_{1(t)}$、$\boldsymbol{x}_{2(t)}$、$\boldsymbol{x}_{3(t)}$、$\boldsymbol{s}_{u1(t)}$、$\boldsymbol{s}_{l1(t)}$、$\boldsymbol{s}_{u2(t)}$、$\boldsymbol{s}_{l2(t)}$、$\boldsymbol{y}_{(t)}$、$\boldsymbol{y}_{u1(t)}$、$\boldsymbol{y}_{l1(t)}$、$\boldsymbol{y}_{u2(t)}$、$\boldsymbol{y}_{l2(t)}$；

全局变量：$\boldsymbol{s}_n$、$\boldsymbol{y}_n$。

为了充分计及所涉及变量的上述两种属性，迭代步长采用如下方法确定，即：局部原变量 $\boldsymbol{x}_{1(t)}$、$\boldsymbol{x}_{2(t)}$、$\boldsymbol{x}_{3(t)}$、$\boldsymbol{s}_{u1(t)}$、$\boldsymbol{s}_{l1(t)}$、$\boldsymbol{s}_{u2(t)}$、$\boldsymbol{s}_{l2(t)}$ 采用一个步长 step_1，局部对偶变量 $\boldsymbol{y}_{(t)}$、$\boldsymbol{y}_{u1(t)}$、$\boldsymbol{y}_{l1(t)}$、$\boldsymbol{y}_{u2(t)}$、$\boldsymbol{y}_{l2(t)}$ 采用一个步长 step_2，全局原变量 $\boldsymbol{s}_n$ 采用一个步长 step_3，全局对偶变量 $\boldsymbol{y}_n$ 采用一个步长 step_4。步长的确定如下：

$$\text{step}_1 = \sigma \times \min\left\{\min_{\Delta s_{u1(t)i}<0} \frac{-s_{u1(t)i}}{\Delta s_{u1(t)i}}, \min_{\Delta s_{l1(t)i}<0} \frac{-s_{l1(t)i}}{\Delta s_{l1(t)i}}, \min_{\Delta s_{u2(t)i}<0} \frac{-s_{u2(t)i}}{\Delta s_{u2(t)i}}, \min_{\Delta s_{l2(t)i}<0} \frac{-s_{l2(t)i}}{\Delta s_{l2(t)i}}, 1.0\right\} \tag{4-69}$$

$$\text{step}_2 = \sigma \times \min\left\{ \min_{\Delta y_{u1(t)i} > 0} \frac{-y_{u1(t)i}}{\Delta y_{u1(t)i}}, \min_{\Delta y_{l1(t)i} < 0} \frac{-y_{l1(t)i}}{\Delta y_{l1(t)i}}, \min_{\Delta y_{u2(t)i} > 0} \frac{-y_{u2(t)i}}{\Delta y_{u2(t)i}}, \min_{\Delta y_{l2(t)i} < 0} \frac{-y_{l2(t)i}}{\Delta y_{l2(t)i}}, 1.0 \right\} \tag{4-70}$$

$$\text{step}_3 = \sigma \times \min\left\{ \min_{\Delta s_{ni} < 0} \frac{-s_{ni}}{\Delta s_{ni}}, 1.0 \right\} \tag{4-71}$$

$$\text{step}_4 = \sigma \times \min\left\{ \min_{\Delta y_{ni} > 0} \frac{-y_{ni}}{\Delta y_{ni}}, 1.0 \right\} \tag{4-72}$$

式中，$\sigma<1$ 是为了避免达到边界而采用的安全系数，取 $\sigma=0.9995$。

4.2.3 罚函数的引入

原对偶内点法本质上是拉格朗日函数、牛顿法和对数壁垒函数三者的结合。当不等式约束条件不满足时，对数壁垒函数将起作用，使其回到可行域内。罚函数的引入，使离散变量惩罚和不等式约束违限惩罚相互协调起作用。大量研究表明，过早或过迟引入罚函数，都会对优化结果产生不良影响。

引入离散二次罚函数的条件是：

① 离散变量(电容器组无功出力和变压器变比)不越界；

② gap<0.01 并且相邻两次迭代的离散变量变化值小于其调节步长的 1/8；

③ 前面的迭代中已经引入罚函数。

首先判断是否满足条件①，满足则继续判断，否则置罚因子为 0。在满足条件①的前提下，判断是否满足条件②或③，满足则置罚因子的惩罚值 f_{Q_c} 和 f_{Tk}，否则置罚因子为 0。

罚因子的功能是迫使离散变量向邻域中心靠拢，取值过大或过小都会影响算法对离散变量的处理效果。罚因子取得太小，将起不到惩罚作用，求得的解必然偏离邻域中心。罚因子取得太大，会影响目标函数的下降，造成求得的解可能不是最优。应该按离散变量调节步长的大小而取不同的值，电容器组无功出力的调节步长比较大，罚因子可取得小一些；而变压器分接头的调节步长比较小，罚因子取得大一些可以使得罚机制灵敏。罚因子的惩罚值为：电容器组无功出力 $f_{Q_c}=100$；变压器变比值 $f_{Tk}=500$。

4.2.4 收敛精度的给定

原对偶内点法中，最大潮流偏差和补偿间隙的变化分别反映了优化过程中等式和不等式约束的满足情况。在最优点处，全部原变量和对偶变量满足所有的等式和不等式约束条件，最大潮流偏差和补偿间隙均趋于零。因此，可根据最大潮流偏差和补偿间隙的逼近零的程度来判断是否已获得最优解。

大量的计算表明，补偿间隙的收敛精度不宜取得太大，否则很多变量尚未达到最优解，便已收敛。例如当补偿间隙的收敛精度取为 10^{-4} 时，无论罚因子取多大，得到的离散变量值均偏离邻域中心很远。

另外，当迭代过程中达到最大潮流偏差 $<10^{-3}$ 且 gap $<10^{-5}$ 时，一般再迭代 2 次左右，便可达到最大潮流偏差 $<10^{-4}$ 且 gap $<10^{-6}$，故为了使等式约束和不等式约束均得到很好的满足，最大潮流偏差和补偿间隙的收敛精度分别设为 $\varepsilon_1=10^{-4}$ 和 $\varepsilon_2=10^{-6}$。

4.2.5　计算步骤

① 初始化。输入下列数据：系统参数及不等式约束上下限值；电容器组和有载调压变压器的全天动作次数约束值 $\boldsymbol{C}_{x_1}$；原变量和对偶变量初始值；迭代次数 $k=0$ 和最大迭代次数 $K=500$；收敛精度 $\varepsilon_1=10^{-4}$ 和 $\varepsilon_2=10^{-6}$；罚因子 $\boldsymbol{\varphi}_{(t)}=\boldsymbol{0}$。

② 计算补偿间隙和最大潮流偏差，如果最大潮流偏差 $<\varepsilon_1$ 且 gap $<\varepsilon_2$，则停止迭代，输出最优解，否则继续。

③ 离散化处理。判断是否满足引入罚函数的条件，置罚因子的惩罚值 f_{Q_c} 和 f_{Tk}。

④ 计算常数对角矩阵 $\boldsymbol{M}_{(t)}$ 中元素的值。

⑤ 计算原变量和对偶变量的修正方向。依次求解修正方程式(4-56)和式(4-46)～式(4-54)，可得到各变量的修正方向：$\Delta\boldsymbol{x}_{1(t)}$、$\Delta\boldsymbol{x}_{2(t)}$、$\Delta\boldsymbol{x}_{3(t)}$、$\Delta\boldsymbol{s}_{u1(t)}$、$\Delta\boldsymbol{s}_{l1(t)}$、$\Delta\boldsymbol{s}_{u2(t)}$、$\Delta\boldsymbol{s}_{l2(t)}$、$\Delta\boldsymbol{y}_{(t)}$、$\Delta\boldsymbol{y}_{u1(t)}$、$\Delta\boldsymbol{y}_{l1(t)}$、$\Delta\boldsymbol{y}_{u2(t)}$、$\Delta\boldsymbol{y}_{l2(t)}$、$\Delta\boldsymbol{s}_n$、$\Delta\boldsymbol{y}_n$。

⑥ 修正原变量和对偶变量。由式(4-69)～式(4-72)确定各变量的步长 step_1、step_2、step_3、step_4，修正原变量和对偶变量：

$$\begin{bmatrix}\boldsymbol{x}_{1(t)}\\\boldsymbol{x}_{2(t)}\\\boldsymbol{x}_{3(t)}\\\boldsymbol{s}_{u1(t)}\\\boldsymbol{s}_{l1(t)}\\\boldsymbol{s}_{u2(t)}\\\boldsymbol{s}_{l2(t)}\end{bmatrix}^{(k+1)}=\begin{bmatrix}\boldsymbol{x}_{1(t)}\\\boldsymbol{x}_{2(t)}\\\boldsymbol{x}_{3(t)}\\\boldsymbol{s}_{u1(t)}\\\boldsymbol{s}_{l1(t)}\\\boldsymbol{s}_{u2(t)}\\\boldsymbol{s}_{l2(t)}\end{bmatrix}^{(k)}+\text{step}_1\begin{bmatrix}\Delta\boldsymbol{x}_{1(t)}\\\Delta\boldsymbol{x}_{2(t)}\\\Delta\boldsymbol{x}_{3(t)}\\\Delta\boldsymbol{s}_{u1(t)}\\\Delta\boldsymbol{s}_{l1(t)}\\\Delta\boldsymbol{s}_{u2(t)}\\\Delta\boldsymbol{s}_{l2(t)}\end{bmatrix}^{(k)}\tag{4-73}$$

$$\begin{bmatrix}\boldsymbol{y}_{(t)}\\\boldsymbol{y}_{u1(t)}\\\boldsymbol{y}_{l1(t)}\\\boldsymbol{y}_{u2(t)}\\\boldsymbol{y}_{l2(t)}\end{bmatrix}^{(k+1)}=\begin{bmatrix}\boldsymbol{y}_{(t)}\\\boldsymbol{y}_{u1(t)}\\\boldsymbol{y}_{l1(t)}\\\boldsymbol{y}_{u2(t)}\\\boldsymbol{y}_{l2(t)}\end{bmatrix}^{(k)}+\text{step}_2\begin{bmatrix}\Delta\boldsymbol{y}_{(t)}\\\Delta\boldsymbol{y}_{u1(t)}\\\Delta\boldsymbol{y}_{l1(t)}\\\Delta\boldsymbol{y}_{u2(t)}\\\Delta\boldsymbol{y}_{l2(t)}\end{bmatrix}^{(k)}\tag{4-74}$$

$$[\boldsymbol{s}_n]^{(k+1)} = [\boldsymbol{s}_n]^{(k)} + \text{step}_3[\Delta\boldsymbol{s}_n]^{(k)} \tag{4-75}$$

$$[\boldsymbol{y}_n]^{(k+1)} = [\boldsymbol{y}_n]^{(k)} + \text{step}_4[\Delta\boldsymbol{y}_n]^{(k)} \tag{4-76}$$

置 $k=k+1$，转步骤②。

4.2.6 修正方程的求解

动态无功优化算法的计算量主要集中在对修正方程(4-56)的求解上，该修正方程系数矩阵的维数为$[24(p+q+3n)+p]\times[24(p+q+3n)+p]$。随着系统规模的增大，优化变量的增多，求解所需的计算时间会急剧增长。以 Ward & Hale 6 节点系统为例，这样一个小系统的修正方程系数矩阵的维数就达到 724×724，元素个数达 524 176。

最初进行动态无功优化算法推导时，获得的并不是形如式(4-56)的修正方程，其差异在于：在求得式(4-54)之后，并未将其代入式(4-43)。另外一种推导过程如下：

由式(4-43)得：

$$\Delta\boldsymbol{y}_n = -\boldsymbol{S}_{n0}^{-1}\left[\boldsymbol{L}_{s_n0} - \boldsymbol{Y}_{n0}\left(\boldsymbol{L}_{y_n0} + \sum_{t=0}^{23}\boldsymbol{M}_{(t)}\Delta\boldsymbol{x}_{1(t)}\right)\right] \tag{4-77}$$

将式(4-46)～式(4-54)和式(4-77)代入式(4-30)～式(4-33)中，消去全部松弛变量和全局对偶变量，可得分块矩阵形式的修正方程：

$$\begin{bmatrix} \boldsymbol{A}''_{(0)} & \boldsymbol{J}_{(0,1)} & \boldsymbol{J}_{(0,2)} & \cdots & \boldsymbol{J}_{(0,23)} \\ \boldsymbol{J}_{(1,0)} & \boldsymbol{A}''_{(1)} & \boldsymbol{J}_{(1,2)} & \cdots & \boldsymbol{J}_{(1,23)} \\ \boldsymbol{J}_{(2,0)} & \boldsymbol{J}_{(2,1)} & \boldsymbol{A}''_{(2)} & \cdots & \boldsymbol{J}_{(2,23)} \\ \vdots & \vdots & \vdots & & \vdots \\ \boldsymbol{J}_{(23,0)} & \boldsymbol{J}_{(23,1)} & \boldsymbol{J}_{(23,2)} & \cdots & \boldsymbol{A}''_{(23)} \end{bmatrix} \begin{bmatrix} \Delta\boldsymbol{z}_{(0)} \\ \Delta\boldsymbol{z}_{(1)} \\ \Delta\boldsymbol{z}_{(2)} \\ \vdots \\ \Delta\boldsymbol{z}_{(23)} \end{bmatrix} = \begin{bmatrix} \boldsymbol{B}''_{(0)} \\ \boldsymbol{B}''_{(1)} \\ \boldsymbol{B}''_{(2)} \\ \vdots \\ \boldsymbol{B}''_{(23)} \end{bmatrix} \tag{4-78}$$

式中，$\boldsymbol{A}''_{(t)}$、$\boldsymbol{J}_{(i,j)}$为对称矩阵，$\boldsymbol{A}''_{(t)},\boldsymbol{J}_{(i,j)}\in\mathbf{R}^{[(p+q+3n)\times(p+q+3n)]}$；$\Delta\boldsymbol{z}_{(t)},\boldsymbol{B}''_{(t)}\in\mathbf{R}^{(p+q+3n)}$；

$$\boldsymbol{A}''_{(t)} = \begin{bmatrix} \overline{\boldsymbol{w}}''_{11(t)} & \boldsymbol{w}_{12(t)} & \boldsymbol{w}_{13(t)} & -\nabla\boldsymbol{g}_{x_1(t)}^{\mathrm{T}} \\ \boldsymbol{w}_{21(t)} & \overline{\boldsymbol{w}}_{22(t)} & \boldsymbol{w}_{23(t)} & -\nabla\boldsymbol{g}_{x_2(t)}^{\mathrm{T}} \\ \boldsymbol{w}_{31(t)} & \boldsymbol{w}_{32(t)} & \boldsymbol{w}_{33(t)} & -\nabla\boldsymbol{g}_{x_3(t)}^{\mathrm{T}} \\ -\nabla\boldsymbol{g}_{x_1(t)} & -\nabla\boldsymbol{g}_{x_2(t)} & -\nabla\boldsymbol{g}_{x_3(t)} & \boldsymbol{0} \end{bmatrix} \tag{4-79}$$

$$\overline{\boldsymbol{w}}''_{11(t)} = \overline{\boldsymbol{w}}_{11(t)} - \boldsymbol{M}_{(t)}\boldsymbol{S}_{n0}^{-1}\boldsymbol{Y}_{n0}\boldsymbol{M}_{(t)} \tag{4-80}$$

$$\boldsymbol{B}''_{(t)} = [\boldsymbol{b}''_{1(t)} \quad \boldsymbol{b}_{2(t)} \quad -\boldsymbol{L}_{x_{3(t)}0} \quad -\boldsymbol{L}_{y_{(t)}0}]^{\mathrm{T}} \tag{4-81}$$

$$\boldsymbol{b}''_{1(t)} = \boldsymbol{b}_{1(t)} - \boldsymbol{M}_{(t)}\boldsymbol{S}_{n0}^{-1}(\boldsymbol{L}_{s_n0} - \boldsymbol{Y}_{n0}\boldsymbol{L}_{y_n0}) \tag{4-82}$$

$$\boldsymbol{J}_{(i,j)} = \boldsymbol{J}_{(j,i)}^{\mathrm{T}} = \begin{bmatrix} \boldsymbol{M}_{(i)}\boldsymbol{S}_{n0}^{-1}\boldsymbol{Y}_{n0}\boldsymbol{M}_{(j)} & \boldsymbol{0} \\ \boldsymbol{0} & \boldsymbol{0} \end{bmatrix}, \quad i,j=0,1,2,\cdots,23;i\neq j \tag{4-83}$$

式中其他变量的含义参见式(4-56)的说明。

形如式(4-78)的修正方程系数矩阵的维数为$[24(p+q+3n)]\times[24(p+q+3n)]$,同形如式(4-56)的修正方程相比,降低了$p$维。

以 Ward & Hale 6 节点系统为例,其修正方程系数矩阵的维数为720×720,元素个数为518 400,维数和元素个数的下降幅度很小,分别为0.55%和1.10%。但是,其稀疏程度却大大地降低了,对修正方程的求解非常不利。为此,保留了对偶变量$\Delta \boldsymbol{y}_n$作为修正方程变量参与迭代,具体做法如前文所述。

另外,修正方程采用式(4-56)的形式,对动态无功优化算法程序的编写十分有利:可以使对控制设备动作次数约束的处理,集中在修正方程系数矩阵新增加的p行和p列以及修正方程常数列向量新增加的p行中,使程序的可读性和正确性得到了可靠的保障。

用$\boldsymbol{A}$表示修正方程式(4-56)的系数矩阵:

$$\boldsymbol{A}=\left[\begin{array}{c:c:c:c:c}
\boldsymbol{A}_{(0,0)} & \boldsymbol{0} & \cdots & \boldsymbol{0} & \boldsymbol{A}_{(0,n)} \\ \hdashline
\boldsymbol{0} & \boldsymbol{A}_{(1,1)} & \cdots & \boldsymbol{0} & \boldsymbol{A}_{(1,n)} \\ \hdashline
\vdots & \vdots & & \vdots & \vdots \\ \hdashline
\boldsymbol{0} & \boldsymbol{0} & \cdots & \boldsymbol{A}_{(23,23)} & \boldsymbol{A}_{(23,n)} \\ \hdashline
\boldsymbol{A}_{(n,0)} & \boldsymbol{A}_{(n,1)} & \cdots & \boldsymbol{A}_{(n,23)} & \boldsymbol{A}_{(n,n)}
\end{array}\right] \tag{4-84}$$

从算法的推导可知,$\boldsymbol{A}$中的最后一行、一列正是代表了式(4-5)中动作次数限制的约束条件,若把它们去掉,修正方程中的各时段变量就已完全解耦,成了24个时段静态无功优化模型的简单联立。但是,动态无功优化问题的求解必须将24个时段作为一个整体来考虑,矩阵$\boldsymbol{A}$将随着系统规模的增大而急剧膨胀,对修正方程式(4-56)求解的困难正是动态优化中“维数灾”难题的表现。因此,怎样求解该修正方程是提高算法实用价值的关键。

从式(4-56)可以看到,$\boldsymbol{A}$是一个十分稀疏的对角加边结构(箭形)矩阵,除对角部分的24个$\boldsymbol{A}_{(t,t)}$矩阵和最后一行、一列外,其他全部都是零元素。因此,充分利用$\boldsymbol{A}$矩阵的高度稀疏性,采用稀疏技术来求解,用三角分解法求解修正方程式(4-56)。

24个$\boldsymbol{A}_{(t,t)}$矩阵是$\boldsymbol{A}$的主要组成部分,分析每一个$\boldsymbol{A}_{(t,t)}$的结构:

$$\boldsymbol{A}_{(t,t)}=\begin{bmatrix}
\widetilde{\boldsymbol{w}}_{11(t)} & \boldsymbol{w}_{12(t)} & \boldsymbol{w}_{13(t)} & -\nabla \boldsymbol{g}_{\boldsymbol{x}_{1(t)}}^{\mathrm{T}} \\
\boldsymbol{w}_{21(t)} & \widetilde{\boldsymbol{w}}_{22(t)} & \boldsymbol{w}_{23(t)} & -\nabla \boldsymbol{g}_{\boldsymbol{x}_{2(t)}}^{\mathrm{T}} \\
\boldsymbol{w}_{31(t)} & \boldsymbol{w}_{32(t)} & \boldsymbol{w}_{33(t)} & -\nabla \boldsymbol{g}_{\boldsymbol{x}_{3(t)}}^{\mathrm{T}} \\
-\nabla \boldsymbol{g}_{\boldsymbol{x}_{1(t)}} & -\nabla \boldsymbol{g}_{\boldsymbol{x}_{2(t)}} & -\nabla \boldsymbol{g}_{\boldsymbol{x}_{3(t)}} & \boldsymbol{0}
\end{bmatrix}$$

$$=\begin{bmatrix} \widetilde{\boldsymbol{H}} & -\boldsymbol{J}^{\mathrm{T}} \\ -\boldsymbol{J} & \boldsymbol{0} \end{bmatrix},\quad t=0,1,2,\cdots,23 \tag{4-85}$$

式中,$\widetilde{\boldsymbol{H}}$具有海森矩阵的结构,而$\boldsymbol{J}$具有雅可比矩阵的结构。

针对辐射性配电系统，由于节点间的联系不那么紧密，每个节点的出线较少，因而它们形成的 $\boldsymbol{J}$ 和 $\widetilde{\boldsymbol{H}}$ 矩阵必然也是含有大量零元素的稀疏矩阵。可以很容易地对 $\boldsymbol{A}_{(t,t)}$ 进行三角分解得到 $\boldsymbol{A}_{(t,t)}=\boldsymbol{L}_t\boldsymbol{D}_t\boldsymbol{U}_t(t=0,1,\cdots,23)$。

回到修正方程式(4-56)的求解分析，矩阵 $\boldsymbol{A}$ 为高阶矩阵，但由式(4-84)可以看出，它属于高稀疏度矩阵。针对 $\boldsymbol{A}$ 的特殊箭形结构，对 $\boldsymbol{A}$ 进行 $\boldsymbol{LDU}$ 三角分解的过程可以分为 25 步完成。

第一步是对 $\boldsymbol{A}_{(0,0)}$ 的分解。此时，由于 $\boldsymbol{A}_{(0,0)}$ 所在的行和列含有大量的零元素，因此其余的 $\boldsymbol{A}_{(1,1)},\boldsymbol{A}_{(2,2)},\cdots,\boldsymbol{A}_{(23,23)}$ 以及 $\boldsymbol{A}_{(n,1)},\boldsymbol{A}_{(n,2)}\cdots,\boldsymbol{A}_{(n,23)}$ 的值都不会改变，只有 $\boldsymbol{A}_{(n,0)}$、$\boldsymbol{A}_{(0,n)}$ 和 $\boldsymbol{A}_{(n,n)}$ 的值会受到影响，如下所示：

$$\begin{bmatrix} \boldsymbol{A}_{(0,0)} & \boldsymbol{0} & \boldsymbol{A}_{(0,n)} \\ \boldsymbol{0} & \boldsymbol{A}_{(t',t')} & \boldsymbol{A}_{(t',n)} \\ \boldsymbol{A}_{(n,0)} & \boldsymbol{A}_{(n,t')} & \boldsymbol{A}_{(n,n)} \end{bmatrix} \tag{4-86}$$

式中，

$$\boldsymbol{A}_{(t',t')}=\begin{bmatrix} \boldsymbol{A}_{(1,1)} & & & \\ & \boldsymbol{A}_{(2,2)} & & \\ & & \ddots & \\ & & & \boldsymbol{A}_{(23,23)} \end{bmatrix}$$

$$\boldsymbol{A}_{(n,t')}=\boldsymbol{A}_{(t',n)}^{\mathrm{T}}=[\boldsymbol{A}_{(n,1)},\boldsymbol{A}_{(n,2)},\cdots,\boldsymbol{A}_{(n,23)}]$$

因此 $\boldsymbol{A}_{(0,0)}$ 的 $\boldsymbol{LDU}$ 分解过程可以简单地写成：

$$\begin{bmatrix} \boldsymbol{A}_{(0,0)} & \boldsymbol{A}_{(0,n)} \\ \boldsymbol{A}_{(n,0)} & \boldsymbol{A}_{(n,n)} \end{bmatrix}=\begin{bmatrix} \boldsymbol{L}_0\boldsymbol{D}_0\boldsymbol{U}_0 & \boldsymbol{I}_0^{\mathrm{T}} \\ \boldsymbol{I}_0 & \boldsymbol{I}_n^{(0)} \end{bmatrix} \tag{4-87}$$

式中，$\boldsymbol{I}_0$ 和 $\boldsymbol{I}_n^{(0)}$ 分别表示改变后的矩阵 $\boldsymbol{A}_{(n,0)}$ 和 $\boldsymbol{A}_{(n,n)}$。

同理，对所有的 $\boldsymbol{A}_{(t,t)}(t=0,1\cdots,23)$ 都进行一次 $\boldsymbol{LDU}$ 分解，完成前 24 步的分解过程后得到：

$$\begin{bmatrix} \boldsymbol{L}_0\boldsymbol{D}_0\boldsymbol{U}_0 & \boldsymbol{0} & \cdots & \boldsymbol{0} & \boldsymbol{I}_0^{\mathrm{T}} \\ \boldsymbol{0} & \boldsymbol{L}_1\boldsymbol{D}_1\boldsymbol{U}_1 & \cdots & \boldsymbol{0} & \boldsymbol{I}_1^{\mathrm{T}} \\ \vdots & \vdots & & \vdots & \vdots \\ \boldsymbol{0} & \boldsymbol{0} & \cdots & \boldsymbol{L}_{23}\boldsymbol{D}_{23}\boldsymbol{U}_{23} & \boldsymbol{I}_{23}^{\mathrm{T}} \\ \boldsymbol{I}_0 & \boldsymbol{I}_1 & \cdots & \boldsymbol{I}_{23} & \boldsymbol{I}_n^{(24)} \end{bmatrix} \tag{4-88}$$

最后的第 25 步分解就是对式(4-88)中 $\boldsymbol{I}_n^{(24)}$ 的 $\boldsymbol{LDU}$ 分解，得到 $\boldsymbol{I}_n^{(24)}=\boldsymbol{L}_n\boldsymbol{D}_n\boldsymbol{U}_n$。

因此，修正方程式(4-56)的系数矩阵 $\boldsymbol{A}$ 经三角分解后可以得到：

$$\boldsymbol{A}=\boldsymbol{L}\cdot\boldsymbol{D}\cdot\boldsymbol{U} \tag{4-89}$$

式中，

$$\boldsymbol{L}=\begin{bmatrix}\boldsymbol{L}_0 & & & & \\ \boldsymbol{0} & \boldsymbol{L}_1 & & & \\ \vdots & \vdots & \ddots & & \\ \boldsymbol{0} & \boldsymbol{0} & \cdots & \boldsymbol{L}_{23} & \\ \boldsymbol{I}_0 & \boldsymbol{I}_1 & \cdots & \boldsymbol{I}_{23} & \boldsymbol{L}_n\end{bmatrix}$$

$$\boldsymbol{D}=\begin{bmatrix}\boldsymbol{D}_0 & & & & \\ & \boldsymbol{D}_1 & & & \\ & & \ddots & & \\ & & & \boldsymbol{D}_{23} & \\ & & & & \boldsymbol{D}_n\end{bmatrix}$$

$$\boldsymbol{U}=\begin{bmatrix}\boldsymbol{U}_0 & \boldsymbol{0} & \cdots & \boldsymbol{0} & \boldsymbol{I}_0^{\mathrm{T}} \\ & \boldsymbol{U}_1 & \cdots & \boldsymbol{0} & \boldsymbol{I}_1^{\mathrm{T}} \\ & & \ddots & \vdots & \vdots \\ & & & \boldsymbol{U}_{23} & \boldsymbol{I}_{23}^{\mathrm{T}} \\ & & & & \boldsymbol{U}_n\end{bmatrix}=\boldsymbol{L}^{\mathrm{T}}$$

分别对 $\boldsymbol{L}$、$\boldsymbol{D}$、$\boldsymbol{U}$ 进行前代、除法和回代运算，最后就能得出各个变量的解。

从上述讨论可以看到，尽管 $\boldsymbol{A}$ 是一个高阶矩阵，但我们利用其稀疏的对角加边结构，可以把对它的三角分解分开成 24 段独立的完成。这在运算量和数据存储量方面都会比直接分解有明显的改善。在后面的算例分析中也可以看到，采用这种方法对高阶修正方程的求解是有效而实用的。也就是说，通过引入稀疏技术求解修正方程式(4-56)，可以有效地改善动态无功优化中“维数灾”的难题。

4.3 结果分析

鹿鸣电网为 14 节点系统，网络接线图和相关数据见附录Ⅵ，含有 27 个有约束变量，其中有 12 个离散控制变量。可见其系统规模并不大，但用动态无功优化算法求解时，变量数均扩大为原来的 24 倍，相应需要求解的系统规模也增大了很多：修正方程(4-56)中系数矩阵的维数为 1668×1668，采用式(4-78)的形式也达到了 1656。计算程序用 C++语言编写，在 Visual C++6.0 环境编译，所用计算机配置为 Pentium Ⅳ 2.8G，内存为 256M。

由于动态无功优化计算中计及了控制设备(有载调压变压器分接头和可投切电容器组)动作次数约束，而对于不同的控制设备，可以取不同的动作次数约束值，其组合多种多样。为简便起见，对所有控制设备采用同一个动作次数约束值，即列向量 $\boldsymbol{C}_{x_1}$ 中的元素均相等。

在大量计算中发现,不同的动作次数约束取值对优化结果有很大的影响。在计算过程中将 C_{x_1} 从 1 一直取到了 30,并发现 C_{x_1} 取 7 及以下均不收敛,而 C_{x_1} 取到 26 及以上时,无论是优化结果还是迭代进程均一模一样,可见此时的动作次数约束已完全失去了作用。

因此,所列出的计算结果,其 C_{x_1} 取值均在 8～26 范围内,C_{x_1} 取 26 以上时的优化结果和取 26 时的完全相同。为了方便比较,在动态优化结果的末尾附上了相应的静态优化结果,即为用 24 次静态无功优化计算的结果(全天 24 个时段分别独立进行)。计算结果均采用标幺值,如无特殊说明,其有效数字取到小数点后第 6 位,6 位以后采用四舍五入的方式处理。

4.3.1　变压器变比

表 4-1 列出了 C_{x_1} 取值在 8、9、10 和 26 及以上时,鹿鸣站 2# 变压器变比值全天 24 个时段的优化结果。

表 4-1　鹿鸣站 2# 变压器变比值优化结果

时段 \ C_{x_1}	8	9	10	26 及以上	静态结果
00	1.000002	1.000002	0.999995	0.999994	0.999976
01	0.999999	0.999999	0.999996	0.999992	0.999996
02	1.000001	1.000001	0.999996	0.984996	0.969997
03	1.000001	1.000001	1.000001	1.000008	0.941083
04	1.000001	1.000001	0.999997	0.940545	0.955113
05	0.985001	0.985001	1.000001	1.000003	0.971749
06	0.985001	0.985001	1.000001	1.000003	1.000001
07	1.000001	1.014993	0.985001	0.985011	0.956078
08	1.000002	1.000002	0.999995	0.999994	1.000000
09	0.985004	0.985004	1.000003	1.000003	1.000003
10	0.984973	0.984973	1.000003	1.000003	1.000004
11	0.970005	0.970005	1.000004	1.000004	1.000004
12	0.970005	0.970005	0.999972	0.985006	0.985005
13	0.970005	0.970005	0.999975	0.999974	1.000004
14	0.984972	0.984972	0.999977	0.999976	1.000004
15	0.984971	0.984971	1.000004	1.000009	1.000004
16	0.984971	0.984971	1.000004	1.00001	1.000004
17	0.984972	0.984972	0.999985	0.999986	1.000004
18	0.984976	0.984976	1.000003	1.000005	1.000003
19	0.985004	0.985004	1.000003	1.000007	1.000003
20	0.985003	0.985003	1.000003	1.000005	1.000003
21	0.985003	0.985003	1.000003	1.000015	1.000003
22	0.985003	0.985003	1.000003	1.000003	1.000003
23	1.000002	0.985003	0.999994	0.969875	1.004292

注意到鹿鸣站 2# 变压器的档位范围：1.03±8×0.015。可见表 4-1 中变比值的归整效果很好。另外在计算过程中还发现，罚因子取得越大，归整效果越好。例如罚因子取 10 000 时，归整误差已达到小数点后 10～11 位，完全可以忽略不计。

表 4-2 列出了在不同 C_{x_1} 下，各变压器分接头全天 24 小时内的动作次数统计。此处，变压器分接头一次动 n 个档位算 n 次。

表 4-2　变压器分接头动作次数统计

变压器分接头 / C_{x_1}	鹿鸣站 2#	景泰站 2#	景泰站 3#	越秀站 1#	盘福站 1#	文德站 2#	合　计
7 及以下							
8	6	0	0	2	2	2	12
9	8	0	0	2	2	2	14
10	2	2	2	4	6	6	22
11	4	2	4	4	6	10	30
12	6	2	4	4	6	10	32
13	8	2	4	4	6	8	32
14	12	2	4	4	6	12	40
15	10	2	4	6	6	6	34
16	10	2	4	4	6	10	36
17	14	2	4	4	6	10	40
18	16	2	4	4	6	8	40
19	10	2	4	4	6	10	36
20	10	2	4	4	6	10	36
21	20	2	4	4	6	6	42
22	14	2	4	4	6	6	36
23	14	2	4	8	6	10	44
24	18	2	4	8	6	10	48
25	18	2	4	8	6	10	48
26 及以上	18	2	4	8	6	10	48
静态结果	16	6	8	4	6	12	52

从表 4-2 中可见：

① 虽然动态无功优化结果在 C_{x_1} 取 26 时才达到稳定，但变压器分接头动作次数在 C_{x_1} 取 24 时已达到稳定。

② 随着 C_{x_1} 的放宽，变压器分接头总动作次数呈整体上升趋势，并趋于稳定，达到最终的 48 次，如图 4-1 所示，已经很接近静态优化的 52 次，静态结果在图中用虚线表示。

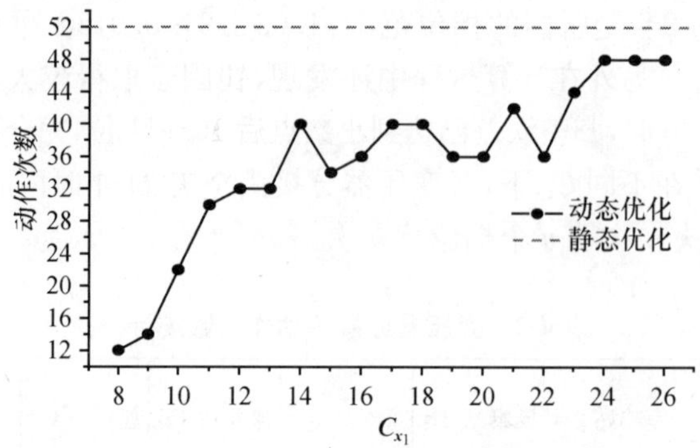

图 4-1　变压器分接头总动作次数随 C_{x_1} 的变化情况

③ 虽然分接头动作次数整体随 C_{x_1} 的放宽呈上升趋势，但个别变压器的动作次数存在不确定性，例如鹿鸣站 2＃、文德站 2＃均有较为明显的往复，其中鹿鸣站 2＃变压器的分接头动作次数统计如图 4-2 所示。

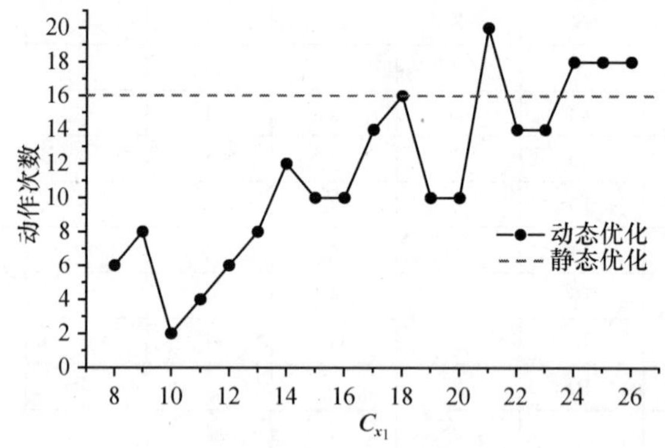

图 4-2　鹿鸣站 2＃变压器分接头动作次数随 C_{x_1} 变化情况

为了直观地反映变压器分接头全天的动作情况，图 4-3 给出了 C_{x_1} 取 8 和 26 时，鹿鸣站 2＃变压器分接头的全天动作曲线。

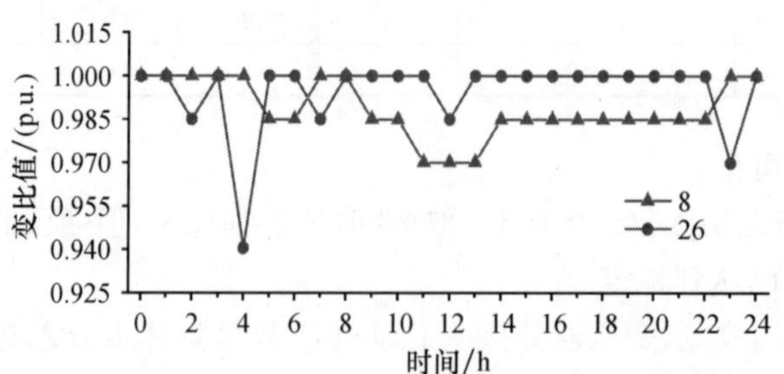

图 4-3　鹿鸣站 2＃变压器分接头动作曲线(Ⅰ)

从图 4-3 可见，苛刻的 C_{x_1} 避免了变压器分接头的大幅跳跃性动作（如 4 点和 23 点时）。从其他 C_{x_1} 取值时的变化曲线中发现，随着 C_{x_1} 的放宽，这种大幅跳跃性动作越来越明显，导致鹿鸣站 2＃变压器分接头动作次数大幅上升，直至最终的 18 次。

图 4-4 给出了 C_{x_1} 取 8 和静态优化时，鹿鸣站 2＃变压器分接头的全天动作曲线。

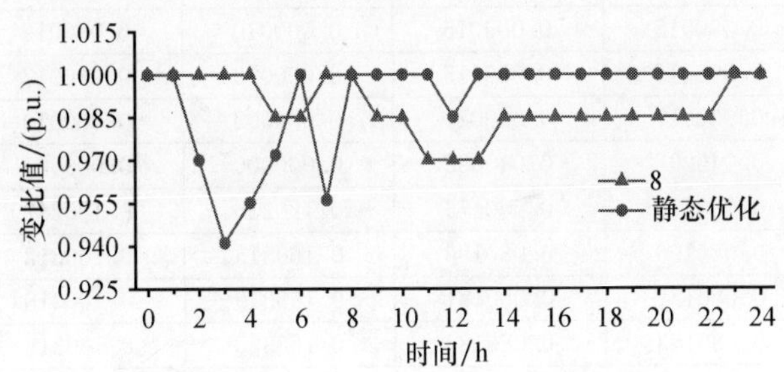

图 4-4　鹿鸣站 2＃变压器分接头动作曲线（Ⅱ）

可见，动态无功优化避免了静态优化分时段独立进行的局限性，在限制变压器分接头动作次数方面取得了非常好的效果。另外从图 4-3 和图 4-4 中可以发现，C_{x_1} 取 26 时和静态优化时的分接头全天动作曲线十分相似，这说明此时的动态优化结果已很接近静态结果。

④ 和静态结果相比，动态结果的分接头动作次数整体上小一些，但个别变压器的动作次数要大于静态结果，例如鹿鸣站 2＃、越秀站 1＃变压器。

⑤ 变压器分接头实际所能达到的动作次数比 C_{x_1} 要小一些，并且这种情况随着 C_{x_1} 的放宽而变得明显。例如 C_{x_1} 分别取 8 和 24 时，各台变压器的最大动作次数分别为 6 和 18 次。因此在实际运用中，C_{x_1} 应取得比期望达到的动作次数略大些。

4.3.2　电容器组无功出力

从大量计算中发现，所有电容器组无功出力在 C_{x_1} 取 10 及以上时，其变化量均在小数点后第 5 位以上，可见此时动作次数约束对电容器组无功出力的影响已非常小，可以忽略不计。故只列出 C_{x_1} 取值在 8、9、10 以及 26 时的结果，C_{x_1} 取 11～25 时可参考取 10 或 26 时的结果。鹿鸣站 2＃电容器组无功出力全天 24 个时段的优化结果如表 4-3 所示。

表 4-3 鹿鸣站 2# 电容器组无功出力优化结果

时段 \ C_{x_1}	8	9	10	26	静态结果
00	0.040090	0.040090	0.000000	0.000000	0.000001
01	0.040062	0.040062	0.000000	0.000000	0.000000
02	0.000018	0.000017	0.000000	0.000000	0.000000
03	0.000016	0.000016	0.000010	0.000011	0.000009
04	0.000016	0.000016	0.000000	0.000000	0.000000
05	0.000015	0.000015	0.000010	0.000012	0.000004
06	0.000015	0.000015	0.000010	0.000012	0.000024
07	0.000017	0.000020	0.000009	0.000010	0.000010
08	0.040092	0.040092	0.000000	0.000000	0.000003
09	0.080176	0.080176	0.120238	0.120242	0.160310
10	0.080196	0.080196	0.160315	0.160312	0.160301
11	0.080181	0.080181	0.160319	0.160318	0.160307
12	0.080183	0.080183	0.160320	0.160318	0.160316
13	0.080181	0.080181	0.160320	0.160320	0.160313
14	0.080197	0.080197	0.160320	0.160320	0.160306
15	0.080198	0.080198	0.160320	0.160318	0.160311
16	0.080198	0.080198	0.160320	0.160318	0.160301
17	0.080197	0.080197	0.160320	0.160320	0.160311
18	0.080193	0.080193	0.160315	0.160311	0.160306
19	0.080177	0.080177	0.160320	0.160315	0.160316
20	0.080176	0.080176	0.120245	0.120250	0.120245
21	0.080175	0.080175	0.120244	0.120244	0.120244
22	0.080174	0.080174	0.080166	0.080169	0.080166
23	0.080172	0.080172	0.080048	0.080162	0.080140

注意到鹿鸣站 2# 电容器的每组容量为 0.04008，组数为 4。可见表 4-3 中无功出力的归整效果很好。另外当罚因子取到 5000 时，归整误差已达到小数点后 10～11 位，完全可以忽略不计。

表 4-4 列出了在不同 C_{x_1} 下，各电容器组一天 24 小时内的动作次数。此处，电容器一次投/切 n 组算 n 次。

表 4-4 电容器组动作次数统计

C_{x_1} \ 电容器组	鹿鸣站 2#	景泰站 2#	景泰站 3#	越秀站 1#	盘福站 1#	文德站 2#	合 计
7 及以下							
8	4	2	2	0	0	2	10
9	4	2	2	0	0	2	10
10 及以上	8	4	6	2	2	4	26
静态结果	8	4	6	2	2	4	26

可见，虽然动态无功优化结果在 C_{x_1} 取 26 时才达到稳定，但电容器组投切次数在 C_{x_1} 取 10 时已达到稳定；随着 C_{x_1} 的放宽，各电容器组投切次数呈整体上升趋势，并达到最终的 26 次，和静态结果相同。

另外，同变压器分接头的情况一样，电容器组投切次数实际所能达到的动作次数比其 C_{x_1} 要小，因此在实际运用中，C_{x_1} 应该取得比期望达到的投切次数略大些。

为了直观地反映电容器组的全天投切情况，图 4-5 给出了 C_{x_1} 取 8 和 26 时鹿鸣站 2＃电容器组的全天投切曲线。

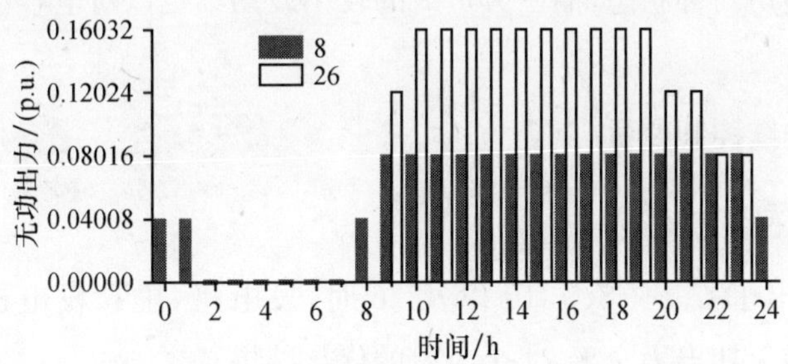

图 4-5　鹿鸣站 2＃电容器组投切曲线（Ⅰ）

从图 4-5 中可见，动作次数约束比较宽松时，电容器组地的投切曲线和无功负荷的变化趋势是一致的。而苛刻的动作次数约束导致电容器组在负荷高峰时未能充分投入。

图 4-6 给出了 C_{x_1} 取 8 时以及静态优化时鹿鸣站 2＃电容器组的全天投切曲线。

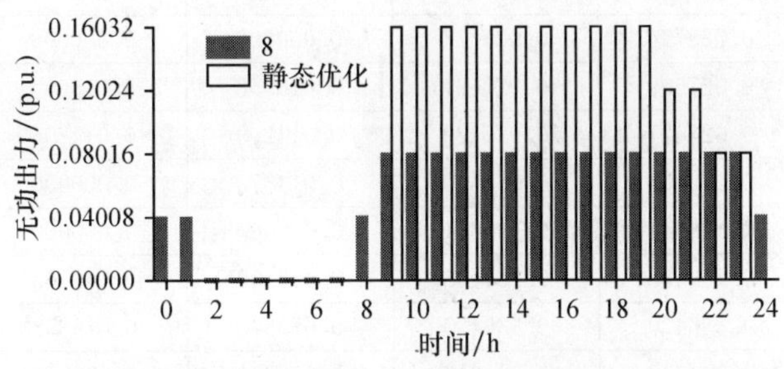

图 4-6　鹿鸣站 2＃电容器组投切曲线（Ⅱ）

可见，静态优化时的电容器组全天投切曲线也和无功负荷的变化趋势一致，这和 C_{x_1} 比较宽松时的动态结果十分相似。另外由于苛刻的 C_{x_1} 下，电容器组在负荷高峰时未能充分投入，这对有功网损的降低非常不利，可见动态无功优化获得的控制设备动作次数降低是以有功网损的升高为代价的，这尤其表现在电容器组投切次数上。

从上面的数据及分析可见，同变压器分接头相比，C_{x_1} 对电容器组无功出力的约束作用要小很多(C_{x_1} 取 10 时便达到稳定)。这主要由两个原因造成：

① 电容器组的组数比较少，最多的鹿鸣站 2＃变压器也只有 4 组，其余均为 2 组或 1 组。这从根本上决定了电容器组的投切次数不可能很频繁。与之相比，变压器分接头档位数多了很多，均为 17 档。

② 电容器组的投切和网络无功负荷的变化是密切相关的，而鹿鸣电网全天的无功负荷变化曲线非常有规律，这也使得电容器组的投切不会反复进行，绝大部分是早上投、晚上切两种状态，而白天负荷的较小波动不足以对电容器组的投切产生实质性的影响。

4.3.3 部分连续控制变量

1. 发电机无功出力

表 4-5 列出了 C_{x_1} 取 8、9、10 以及 26 时，发电机(虚拟发电机，装设在鹿鸣 220kV 母线端)无功出力全天 24 个时段的优化结果。

表 4-5 发电机无功出力优化结果

时段 \ C_{x_1}	8	9	10	26	静态结果
00	0.058828	0.058829	0.000000	0.000000	0.000001
01	0.000000	0.000000	0.000000	0.000000	0.000000
02	0.059908	0.059910	0.000000	0.000000	0.000000
03	0.038661	0.038664	0.003064	0.003061	0.000007
04	0.033774	0.033777	0.000000	0.000000	0.000000
05	0.027599	0.027601	0.016968	0.016965	0.000003
06	0.027427	0.027429	0.014299	0.014296	0.020989
07	0.062861	0.058540	0.014873	0.000000	0.000008
08	0.108641	0.108641	0.000000	0.000000	0.000002
09	0.264488	0.264488	0.046459	0.046462	0.014571
10	0.336470	0.336470	0.075375	0.075378	0.079988
11	0.394618	0.394619	0.132741	0.132750	0.132693
12	0.436804	0.436804	0.176441	0.176442	0.178430
13	0.397701	0.397701	0.135294	0.135295	0.135738
14	0.360824	0.360824	0.097253	0.097255	0.101790
15	0.363575	0.363575	0.102927	0.102931	0.102760
16	0.365609	0.365609	0.105273	0.105278	0.106219
17	0.349748	0.349748	0.086733	0.086736	0.091243

续表

时段 \ C_{x_1}	8	9	10	26	静态结果
18	0.304030	0.304030	0.04635	0.046354	0.051412
19	0.270008	0.270009	0.012736	0.013990	0.017297
20	0.240693	0.240694	0.024107	0.024110	0.023121
21	0.226463	0.226464	0.010898	0.010901	0.010917
22	0.189578	0.189579	0.011181	0.011186	0.014732
23	0.136587	0.143251	0.086505	0.000000	0.000007
合计	5.054895	5.057256	1.199477	1.099390	1.081928

为了直观地反映发电机无功出力的全天变化情况，图 4-7 给出了 C_{x_1} 取 8 和 26 时，以及静态优化时的发电机无功出力的全天变化曲线。

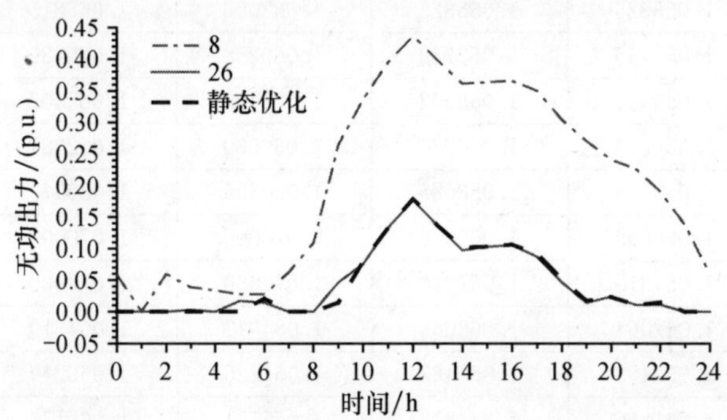

图 4-7　发电机无功出力变化曲线

从图 4-7 可见：

① C_{x_1} 取 8 和 26 时，无功出力在大小上有明显差异，尤其在负荷水平比较高(白天用电高峰)的时候。这是因为 C_{x_1} 取 8 时，各电容器组由于受到苛刻的约束而未能充分投入，使全网无功负荷中的很大一部分要由其主网来承担(即要从主网吸收大量的无功)，这在算例中表现为虚拟发电机无功出力值的增大。正是因为大量无功在网络中流动，造成了此时有功网损比较大。

② 发电机无功出力的变化趋势和无功负荷是一致的，但缓和了很多，尤其是在高峰负荷时，因为此时电容器组的投入具有很强的削峰作用，使全网的无功水平维持在一个稳定的范围内，这有利于维持全网的电压稳定。

③ 时段 00～08 的发电机无功出力值比较小，因为此时全网的无功负荷比较低。其最小值为 0，这是因为发电机的无功下限值被设为 0；若无功下限设为负值，则在全网负荷比较低的时段会出现“倒送无功”的现象，这是应该避免的。

④ 静态优化和动作次数约束取 26 时的曲线几乎完全重合。

2. 变压器低压侧母线电压

变低电压直接面向用户,具有相当的重要性。表 4-6 列出了 C_{x_1} 取 8、9、10 以及 26 时,鹿鸣站 2#变压器低压侧母线电压全天 24 个时段的优化结果。

表 4-6 鹿鸣站 2#变压器低压侧母线电压优化结果

时段 \ C_{x_1}	8	9	10	26	静态结果
00	1.053533	1.053533	1.060088	1.060096	1.060039
01	1.053475	1.053475	1.062635	1.062639	1.062583
02	1.056851	1.056851	1.039229	1.050042	1.055482
03	1.055970	1.055970	1.065212	1.065212	1.065439
04	1.055825	1.055825	1.062096	1.065215	1.048308
05	1.052749	1.052749	1.060288	1.060289	1.058214
06	1.053401	1.053402	1.065409	1.065409	1.053396
07	1.050036	1.046280	1.062080	1.062081	1.065506
08	1.053588	1.053588	1.030855	1.030570	1.060864
09	1.060609	1.060609	1.070000	1.070000	1.063009
10	1.057310	1.057310	1.070000	1.070000	1.063379
11	1.062064	1.062064	1.064317	1.064319	1.063801
12	1.062463	1.062463	1.061226	1.066219	1.066221
13	1.061816	1.061816	1.065171	1.065172	1.063510
14	1.054683	1.054683	1.069047	1.069047	1.062662
15	1.054600	1.054600	1.064731	1.064733	1.064733
16	1.054402	1.054402	1.064102	1.064104	1.062499
17	1.055693	1.055693	1.070000	1.070000	1.063874
18	1.059561	1.059561	1.070000	1.070000	1.063545
19	1.057879	1.057879	1.069484	1.059110	1.063027
20	1.057643	1.057643	1.066226	1.066234	1.067526
21	1.057529	1.057529	1.065583	1.065591	1.065584
22	1.056210	1.056210	1.067284	1.061679	1.062224
23	1.055925	1.055925	1.020672	1.036815	1.067747

所提算法优化结果中,所有节点电压合格率均为 100%。从无功优化算法的原理可知,只要迭代收敛,电压一定是合格的。不过通过对电压在合格范围内变化情况的分析,可以对电容器组投切和变压器分接头动作策略给出好的建议。

为了直观地反映变压器低压侧母线电压的全天变化情况,图 4-8 给出了 C_{x_1} 取 8 和 26 时的全天电压变化曲线。

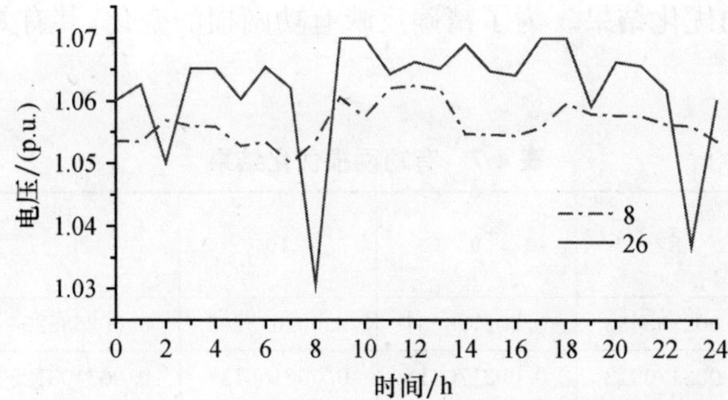

4-8　鹿鸣站 2＃变压器低压侧母线电压变化曲线(Ⅰ)

图 4-9 给出了 C_{x_1} 取 8 以及静态优化时的全天电压变化曲线。

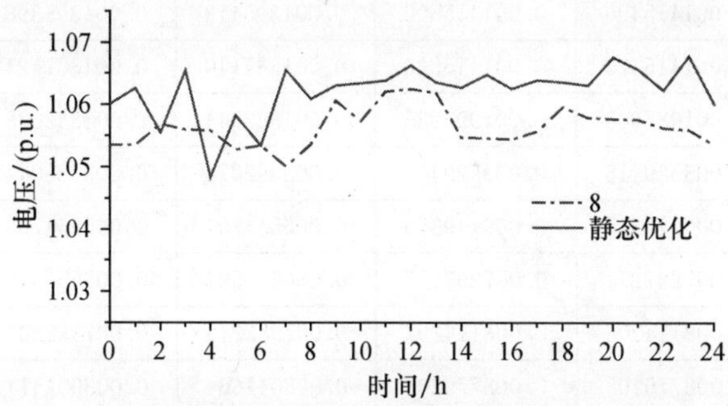

图 4-9　鹿鸣站 2＃变压器低压侧母线电压变化曲线(Ⅱ)

从图 4-8 和 4-9 中可见：

① 静态优化和 C_{x_1} 取 26 时的电压水平比 C_{x_1} 取 8 时高一些，虽然个别时段的值要小一些。这是因为 C_{x_1} 取 8 时，各电容器组由于受到苛刻的约束而未能充分投入，无功补偿不足，导致全网的电压水平稍微低一些。

② 静态优化和 C_{x_1} 取 26 时的电压波动比 C_{x_1} 取 8 时剧烈很多，因为此时鹿鸣站 2＃变压器分接头的动作很频繁。

3. 有功网损和迭代次数

不同的控制设备(有载调压变压器分接头和可投切电容器组)动作次数约束取值 C_{x_1} 对动态无功优化结果有很大的影响，这直接表现在对离散控制变量(即变压器变比和电容器组无功出力)的巨大影响上，而变压器变比和电容器无功出力的变化又会影响有功网损。

经过动态无功优化后的网损是全天 24 个时段网损之和，并且每个时段由于负荷的变化而使网损有显著差别。表 4-7 列出了 C_{x_1} 取 8、9、10 以及 26 时，有功网损全天 24 个时段的优化结果。为了精确反映有功网损的变化,其有效数字取到小数点后第 9 位。

表 4-7　有功网损优化结果

时段 \ C_{x_1}	8	9	10	26	静态结果
00	0.002798632	0.002798634	0.002635293	0.002635256	0.002631096
01	0.002170912	0.002170913	0.002108138	0.002108125	0.002107077
02	0.001946496	0.001946500	0.001877951	0.001846978	0.001820683
03	0.001572892	0.001572898	0.001493098	0.001493081	0.001468909
04	0.001550643	0.001550648	0.001476694	0.001461865	0.001499383
05	0.001415496	0.001415500	0.001395419	0.001395398	0.001353569
06	0.001415522	0.001415526	0.001387140	0.001387121	0.001411932
07	0.001987008	0.001992936	0.001832044	0.001832028	0.001810171
08	0.003529413	0.003529415	0.003392074	0.003385044	0.003228942
09	0.006149355	0.006149356	0.005554701	0.005554705	0.005636606
10	0.007297274	0.007297275	0.006557521	0.006557518	0.006599863
11	0.008114206	0.008114207	0.007382218	0.007382207	0.007365070
12	0.008779208	0.008779208	0.008041664	0.008001414	0.007990716
13	0.008092054	0.008092055	0.007365756	0.007365740	0.007347019
14	0.007611791	0.007611791	0.006814437	0.006814430	0.006860254
15	0.007714076	0.007714076	0.006942095	0.006942071	0.006933296
16	0.007735703	0.007735703	0.006967986	0.006967957	0.006968067
17	0.007432099	0.007432099	0.006655858	0.006655859	0.006706213
18	0.006612349	0.006612350	0.005974052	0.005974045	0.006038722
19	0.006069644	0.006069645	0.005471170	0.005566499	0.005515364
20	0.005594912	0.005594913	0.005055460	0.005055388	0.005042072
21	0.005399979	0.005399980	0.004888765	0.004888675	0.004888781
22	0.004864339	0.004864341	0.004396186	0.004441195	0.004430809
23	0.004243024	0.004263773	0.004226121	0.004130815	0.003885117
合计	0.120097030	0.120123740	0.109891840	0.109843410	0.109539730

对不同 C_{x_1} 下的全天总网损作了统计,如表 4-8 所示。表中同时列出了迭代次数和计算时间的变化情况。

表 4-8　有功网损、迭代次数和计算时间

C_{x_1} \ 参数	有功网损/(p. u.)	迭代次数	计算时间/s
7 及以下			
8	0.12009703	402	44.22
9	0.12012374	220	24.20
10	0.10989184	60	6.60
11	0.10992869	89	9.79
12	0.10989302	67	7.37
13	0.10996955	66	7.26
14	0.10989014	46	5.06
15	0.10982179	63	6.93
16	0.10982187	51	5.61
17	0.10993058	78	8.58
18	0.10987075	52	5.72
19	0.10986674	51	5.61
20	0.10986702	52	5.72
21	0.10971283	55	6.05
22	0.10979753	75	8.25
23	0.10992383	58	6.38
24	0.10984327	56	6.16
25	0.10984382	52	5.72
26 及以上	0.10984341	51	5.61
静态结果	0.10953973	13.875	1.60

从表 4-8 中可见：

① 与静态优化结果相比，动态优化的有功网损均有所增加，并随着 C_{x_1} 的放宽而下降，如图 4-10(a)所示。其中 C_{x_1} 取 8 和 9 时的网损比较大，因为此时各电容器组由于受到苛刻的约束而未能充分投入，使得大量无功在网络中流动，造成了此时网损相对比较大。

图 4-10(b)示出了 C_{x_1} 取 10 及以上有功网损的变化曲线。可见 C_{x_1} 取 10 及以上的网损下降趋势并不是很明显，且有一些往复。这是因为电容器组在动作次数约束取 10 及以上的投切序列是完全一样的，这从根本上决定了网损的变化不会太大。而随着 C_{x_1} 的放松，各台变压器分接头的动作越来越频繁，造成了网损小范围内的往复。

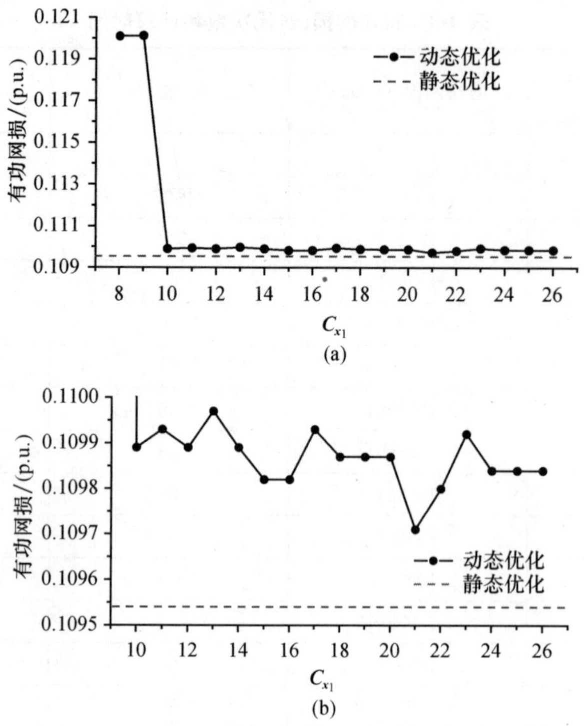

图 4-10　有功网损随 C_{x_1} 变化情况

图 4-11 给出了 C_{x_1} 取 8 和 26 以及静态优化时，有功网损的全天变化曲线。

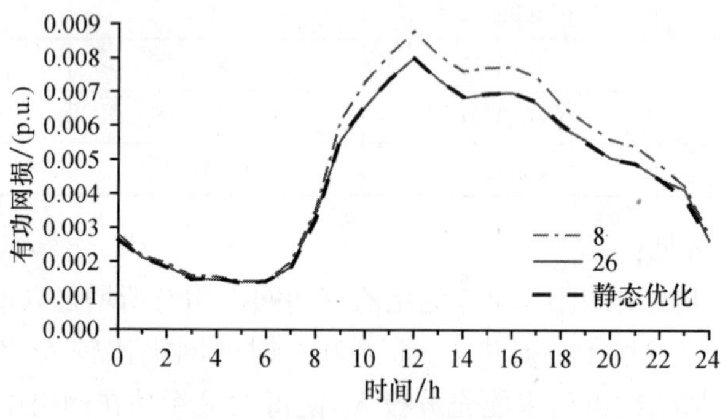

图 4-11　有功网损变化曲线

从图 4-11 中可见，有功网损的变化趋势和有功负荷变化趋势是一致的。C_{x_1} 取 8 时的有功网损比取 26 时以及静态优化时高一些，尤其在负荷高峰时。而静态优化和 C_{x_1} 取 26 时的曲线几乎完全重合。

② 计算时间和迭代次数严格成正比，并随着 C_{x_1} 的放宽而下降，最终迭代次数达到 51 次，但 C_{x_1} 取 10 及以上的下降趋势不是很明显，且有一些往复。

③ 与静态优化结果相比，动态优化的迭代次数和计算时间有明显的增加。这主要有三个原因：

第一，最大潮流偏差和补偿间隙因为系统规模的扩大而大大增加了，尤其是补偿间隙的值，而为了保证等式和不等式约束得到很好的满足，采用了和静态优化时相同的收敛精度，这导致收敛条件较难得到满足，使迭代次数明显增多。

第二，$\boldsymbol{C}_{x_1}$ 是个全局不等式约束，对补偿间隙的影响非常大，这导致了在苛刻的约束下很难满足补偿间隙的收敛条件，使迭代次数陡增(例如本章算例中 $\boldsymbol{C}_{x_1}$ 取 8 和 9 时)。

第三，系统规模的增大使每次迭代的时间大大增加了，直接导致了计算时间的大幅增长。例如，用本章提出的动态优化算法求解鹿鸣电网 14 节点系统时，修正方程系数矩阵的维数为 1668×1668；而用静态无功优化算法求解时，修正方程系数矩阵的维数仅为 69×69。

4.3.4　最大潮流偏差和补偿间隙

与应用非线性原对偶内点法求解静态无功优化问题类似，动态无功优化过程中的最大潮流偏差和补偿间隙的变化，同样反映了等式约束和不等式约束的满足情况。

动态优化过程中最大潮流偏差和补偿间隙的变化与静态优化的有很大不同，尤其在 $\boldsymbol{C}_{x_1}$ 比较苛刻的情况下。例如本算例中 $\boldsymbol{C}_{x_1}$ 取 8 和 9 时，最大潮流偏差和补偿间隙的值并不是一直减小，而是中间有一个先增大再减小的过程，并且达到非常巨大的数值，其中最大潮流偏差可达 10^{71} 数量级，补偿间隙可达 10^{212} 数量级。而它们的最小值也非常小，其中最大潮流偏差可达 10^{-12} 数量级，补偿间隙可达 10^{-7} 数量级。

为了准确地反映最大潮流偏差和补偿间隙的变化过程，对它们取了以 10 为底的对数。于是，最大潮流偏差的收敛精度为 $\lg 10^{-4}$，即－4；同样的补偿间隙的收敛精度用对数表示时为－6。

$\boldsymbol{C}_{x_1}$ 取 8 时的最大潮流偏差和补偿间隙变化过程如图 4-12 所示。图中有两条虚线，上面的为最大潮流偏差的收敛精度线，下面的为补偿间隙的收敛精度线。收敛精度线以下，即小于－4 和－6 的部分已经分别达到了最大潮流偏差和补偿间隙的收敛精度。

最大潮流偏差刚开始呈下降趋势，并达到 10^{-3} 数量级以下。但随后开始缓慢上升，从第 150 次迭代开始急剧上升，并于第 175 次迭代时达到峰值。随后又急剧下降，并在第 202 次迭代时，满足了最大潮流偏差的收敛精度，但此时补偿间隙还很大，说明不等式约束还没得到满足，这也说明 $\boldsymbol{C}_{x_1}$ 在起作用，故迭代过程继续进行。

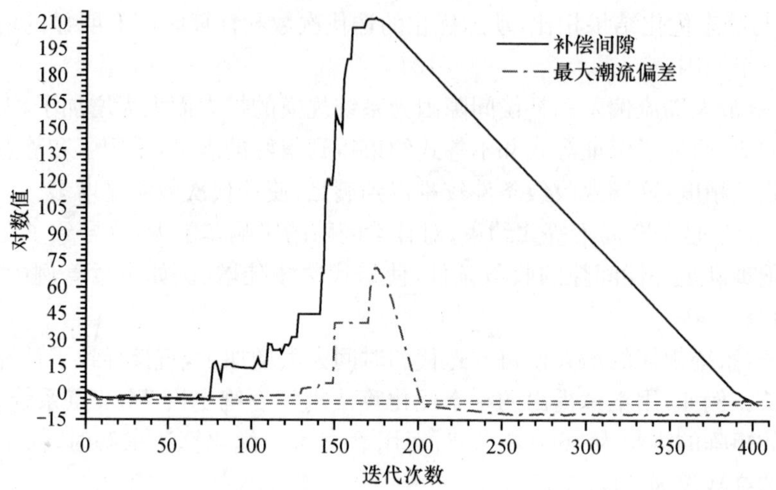

图 4-12　C_{x_1} 取 8 时最大潮流偏差和补偿间隙的变化过程

补偿间隙的变化过程刚开始时和最大潮流偏差类似：先是呈缓慢下降趋势，并接近 10^{-4} 数量级；然后开始缓慢上升，从第 144 次迭代开始急剧上升，并于第 174 次迭代时达到峰值。但此后，补偿间隙没有像最大潮流偏差那样急剧下降，其下降幅度非常均匀，每次迭代下降一个数量级，在图中表现为补偿间隙对数值每次迭代减小 1。图 4-13 给出了经过了 380 次迭代后的变化曲线。

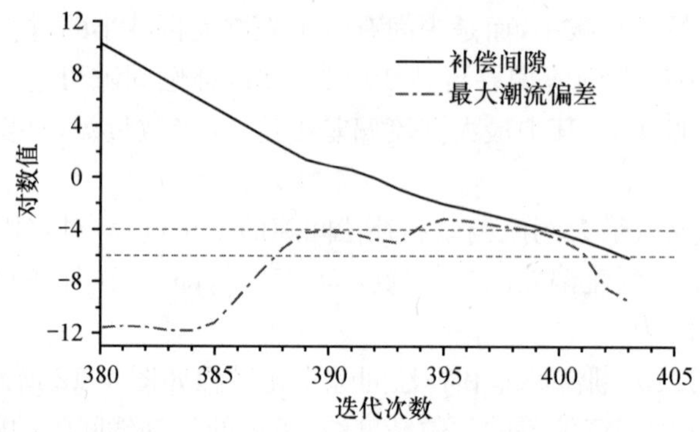

图 4-13　经 380 次迭代后的最大潮流偏差和补偿间隙变化过程

在迭代过程的最后阶段，最大潮流偏差曾一度回到收敛精度线以上，而受最大潮流偏差增大的影响，补偿间隙的减小稍有减缓，随后和最大潮流偏差一起下降至满足各自的收敛精度。最大潮流偏差和补偿间隙的不同步反映了同不等式约束相比，等式约束较易得到满足。

C_{x_1} 取 9 时的最大潮流偏差和补偿间隙的变化过程与取 8 时类似，也有数值极为巨大的波动过程，如图 4-14 所示。

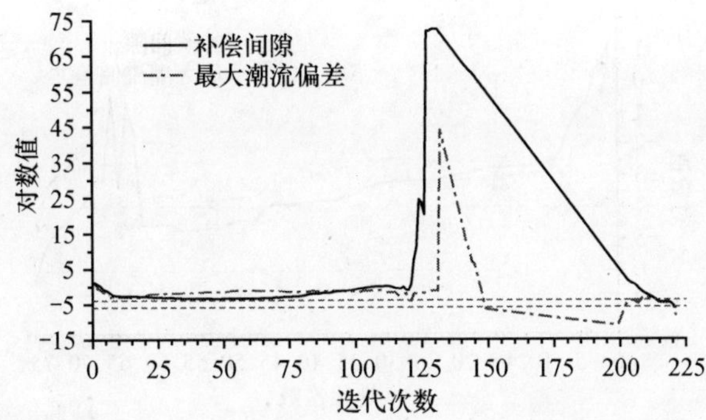

图 4-14　C_{x_1} 取 9 时最大潮流偏差和补偿间隙的变化过程

C_{x_1} 取 10 时的最大潮流偏差和补偿间隙的变化过程与取 8 和 9 时相比有很大的不同，如图 4-15 所示。

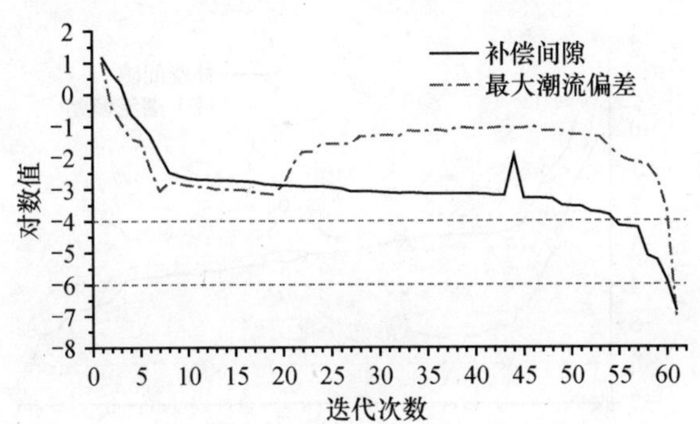

图 4-15　C_{x_1} 取 10 时最大潮流偏差和补偿间隙的变化过程

从图 4-15 中可见，虽然迭代过程中也出现了反复，但数值很小，其数量级为 10^{-2}左右。在迭代过程的末期，最大潮流偏差和补偿间隙下降得很快，并同时达到了各自的收敛精度。

C_{x_1} 取 11 及以上时，最大潮流偏差和补偿间隙的变化过程和取 10 时相似，其中最大潮流偏差均有一些数值很小的反复。其中 C_{x_1} 取 22 时的最大潮流偏差和补偿间隙的变化过程如图 4-16 所示。

从图 4-16 中可见，补偿间隙在迭代末期有较为明显的反复，并且影响到最大潮流偏差的变化。但随后很快下降，并和最大潮流偏差同时达到各自的收敛精度。

C_{x_1} 取 23 及以上时，最大潮流偏差和补偿间隙的变化过程十分相似。其中较为明显的变化是补偿间隙不再有任何反复，而是一直下降，这类似于静态优化时的情况。

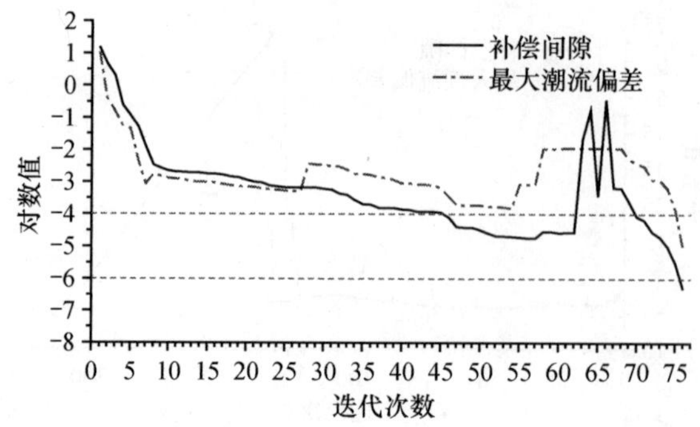

图 4-16　C_{x_1} 取 22 时最大潮流偏差和补偿间隙的变化过程

而当 C_{x_1} 取 26 及以上时，约束完全失去了作用，迭代进程和优化结果均不再有任何变化，并且优化结果已非常接近静态优化时的结果。因此有必要比较一下两者的最大潮流偏差和补偿间隙的变化情况，如图 4-17 所示。

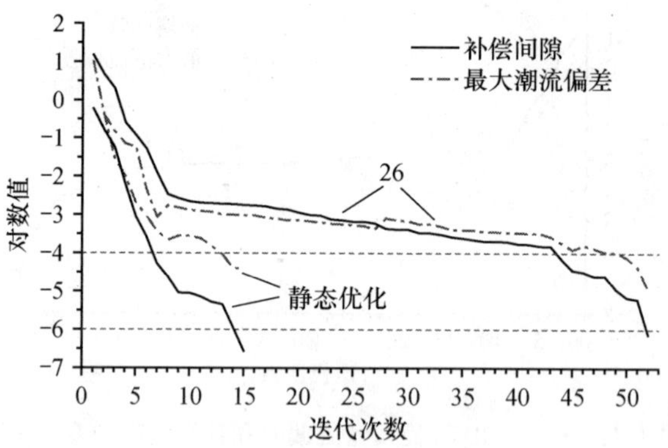

图 4-17　C_{x_1} 取 26 时以及静态优化时最大潮流偏差和补偿间隙的变化过程

静态优化时，由于每个时段分别独立进行，故总共有 24 组最大潮流偏差和补偿间隙的变化曲线，并且变化趋势十分相似。

从上述分析可知，最大潮流偏差均有数值很小的波动，而补偿间隙均一直下降，没有反复，这也反映了 C_{x_1} 没有起到作用。可见当 C_{x_1} 较为宽松时，动态优化的最大潮流偏差和补偿间隙的变化过程和静态优化是类似的：

① 静态优化时最大潮流偏差和补偿间隙的下降速度比动态优化时快很多，从其他时段的结果可知，一般在 14 次左右达到各自的收敛精度。

② 两种优化方法时的最大潮流偏差和补偿间隙的下降趋势都是一致的，其中最大潮流偏差都有数值很小的波动，并几乎同时达到各自的收敛精度。

③ 在前几次迭代中，动态优化的最大潮流偏差和补偿间隙的下降速度和静态优化没有什么差别，而此后则突然变缓，这是因为 C_{x_1} 是个全局不等式约束，对补

偿间隙的影响非常大。

④ 动态优化时的最大潮流偏差和补偿间隙比静态优化时大一些，这是系统规模增大的缘故。

4.4　动态和静态无功优化算法比较

静态无功优化问题属于单个运行方式的优化问题，即对于给定的网络结构参数以及某个时刻的各负荷母线的有功和无功功率及有功电源出力，通过各种优化方法求出发电机、无功补偿设备的出力以及有载调压变压器的分接头位置，在满足各种物理和运行约束的条件下使该运行方式下的有功功率损耗最小。此处的静态无功优化算法采用第三章提出的方法，该方法通过对离散变量构造罚函数并直接嵌入非线性原对偶内点法中，以实现离散变量在优化过程中的逐次归整。

$\boldsymbol{C}_{x_1}$ 的存在破坏了各个时间段的独立性，使各个时段的无功调度和电压控制存在强耦合，因此动态无功优化成为一个必须从时间整体上来考虑的优化。动态无功优化的模型和算法参见 4.1 节和 4.2 节。同静态无功优化模型相比，动态无功优化模型(4-1)～(4-5)增加了控制设备动作次数约束条件，即式(4-5)。如果去掉这个约束条件，该模型即成为全天 24 个时段的静态无功优化模型的简单联立。可见，如果动态无功优化模型中去掉式(4-5)这个约束条件，则只需将其修正方程系数方阵中的最后 p 行和 p 列，变量列向量中的 $\Delta\boldsymbol{y}_n$ 以及常数列向量中的 $\boldsymbol{B}_n$ 去掉即可，则此时的修正方程变为：

$$\begin{bmatrix} \boldsymbol{A}_{(0)} & \boldsymbol{0} & \boldsymbol{0} & \cdots & \boldsymbol{0} \\ \boldsymbol{0} & \boldsymbol{A}_{(1)} & \boldsymbol{0} & \cdots & \boldsymbol{0} \\ \boldsymbol{0} & \boldsymbol{0} & \boldsymbol{A}_{(2)} & \cdots & \boldsymbol{0} \\ \vdots & \vdots & \vdots & & \vdots \\ \boldsymbol{0} & \boldsymbol{0} & \boldsymbol{0} & \cdots & \boldsymbol{A}_{(23)} \end{bmatrix} \begin{bmatrix} \Delta\boldsymbol{z}_{(0)} \\ \Delta\boldsymbol{z}_{(1)} \\ \Delta\boldsymbol{z}_{(2)} \\ \vdots \\ \Delta\boldsymbol{z}_{(23)} \end{bmatrix} = \begin{bmatrix} \boldsymbol{B}_{(0)} \\ \boldsymbol{B}_{(1)} \\ \boldsymbol{B}_{(2)} \\ \vdots \\ \boldsymbol{B}_{(23)} \end{bmatrix} \tag{4-90}$$

此时的修正方程中，各个时段的变量已完全解耦，成了全天 24 个时段的静态无功优化模型的简单联立。需要注意的是，上述讨论中均未对离散变量引入罚函数。显然，若引入罚函数，上面的结论依然成立。

在 4.3 节中，已经对两种算法的部分结果进行了详细地比较，现在进行总结，如表 4-9 所示。由于动态无功优化的结果随动作次数约束的不同有很大差异，为此表中列出了 $\boldsymbol{C}_{x_1}$ 取 8、9、10、18 和 26 及以上时的动态优化结果和静态优化结果作比较。根据表 4-9 中的结果，从下面几个方面来讨论静态和动态结果的差异及其原因，以及不同的动作次数约束值对动态无功优化结果的影响。

表 4-9 优化结果比较

参数 \ C_{x_1}		动态优化					静态优化
		8	9	10	18	26 及以上	
变压器动作次数	鹿鸣站 2#	6	8	2	16	18	16
	景泰站 2#	0	0	2	2	2	6
	景泰站 3#	0	0	2	4	4	8
	越秀站 1#	2	2	4	4	8	4
	盘福站 1#	2	2	6	6	6	6
	文德站 2#	2	2	6	8	10	12
	合计	12	14	22	40	48	52
电容器投切次数	鹿鸣站 2#	4	4	8	8	8	8
	景泰站 2#	2	2	4	4	4	4
	景泰站 3#	2	2	6	6	6	6
	越秀站 1#	0	0	2	2	2	2
	盘福站 1#	0	0	2	2	2	2
	文德站 2#	2	2	4	4	4	4
	合计	10	10	26	26	26	26
发电机全天无功出力/(p. u.)		5.054900	5.057260	1.199477	1.131204	1.099390	1.081930
变低母线电压/(p. u.)		平缓且电压水平较低		波动剧烈且电压水平较高			
全天有功网损/(p. u.)		0.120097	0.120124	0.109892	0.109872	0.109843	0.109540
迭代次数		402	220	60	52	51	14
计算时间/s		168.6	92.7	25.9	22.5	22.1	1.6
平均每次迭代时间/s		0.4190	0.4210	0.4320	0.4330	0.4330	0.0048
最大潮流偏差/(p. u.)		数值极为巨大的波动		数值很小的波动			
补偿间隙/(p. u.)				数值很小的波动		一直下降	

（1）离散控制变量

C_{x_1} 对动态无功优化结果的巨大影响，直接表现在对离散控制变量的作用上。这从变压器分接头动作和电容器组投切次数的统计上可以看出：随着动作次数约束的放宽，各控制设备动作次数呈整体上升趋势，并趋于稳定，最终已很接近静态优化结果。

同变压器分接头相比，C_{x_1} 对电容器组无功出力的约束作用要小很多。这由两个原因造成：

① 可投切电容器组的组数比较少，这从根本上决定了电容器组的投切次数不可能很频繁。

② 鹿鸣电网全天的负荷变化非常有规律，这使得电容器组的投切不会反复进行，大部分是早上投晚上切两种状态，而白天负荷的较小波动不足以对电容器组的投切产生实质性的影响。

从各控制设备的全天动作曲线可以看出，较为苛刻的 C_{x_1} 避免了变压器分接头的大幅跳跃性动作，在限制变压器分接头动作次数方面取得了很好的效果。但苛刻的 C_{x_1} 也导致电容器组在负荷高峰时未能充分投入，这对有功网损的降低非常不利，可见动态无功优化获得的控制设备动作次数降低是以有功网损的升高为代价的，尤其表现在电容器组投切次数上。

虽然控制设备动作次数随其约束的放宽整体呈上升趋势，但个别控制设备的动作次数存在不确定性，这也说明了系统的优化结果并不是唯一的，而是存在着多种可能的优化结果组合。

另外，控制设备实际所能达到的动作次数比 C_{x_1} 要小一些，并且这种情况随着 C_{x_1} 的放宽而变得明显。这说明 C_{x_1} 有一定的裕度。因此，在实际运用中，C_{x_1} 应取得比期望达到的动作次数略大些。

(2) 连续控制变量

发电机全天无功出力随着 C_{x_1} 的放宽而减小，因为在较苛刻的约束条件下，各电容器组未能充分投入，使全网无功负荷中的很大一部分要由(虚拟)发电机无功出力来承担。

同静态优化时以及宽松的 C_{x_1} 条件下的结果相比，变压器低压侧母线电压在苛刻的 C_{x_1} 条件下的波动要平缓、电压水平要低一些。因为此时变压器分接头很少动作，这导致电压波动平缓；而此时各电容器组未能充分投入，无功补偿不足，这导致全网的电压水平偏低。

(3) 有功网损

和静态优化结果相比，动态优化的全天有功网损均有所增加，并随着 C_{x_1} 的放宽而下降。其中在苛刻的 C_{x_1} 条件下的网损比较大，因为此时各电容器组未能充分投入，使大量无功在网络中流动，造成了网损相对比较大。

(4) 收敛和计算性能

与静态优化结果相比，动态优化的迭代次数和计算时间有明显的增加。尤其在苛刻的 C_{x_1} 条件下。这主要有三个原因：

① 最大潮流偏差和补偿间隙因为系统规模的扩大而大大增加了，尤其是补偿间隙的值，这导致收敛条件较难得到满足，使迭代次数增多。

② 动作次数约束是个全局不等式约束，对补偿间隙的影响非常大，这导致了苛刻的 C_{x_1} 条件下，很难满足补偿间隙的收敛条件，使迭代次数陡增。

③ 系统规模的增大使每次迭代的时间大大增加了，这直接导致了计算时间的大幅增长。

动态优化的平均每次迭代时间相差很小，这说明动态无功优化算法的计算量主要集中在对修正方程的求解上。另外，迭代次数和平均每次迭代时间严格成反比，因为增多的迭代次数分担了求解修正方程以外的计算时间。动态和静态优化平均每次迭代时间的差别充分反映出其修正方程规模大小的差别，前者达后者的100倍左右。

(5) 最大潮流偏差和补偿间隙

静态优化时各个时段的最大潮流偏差和补偿间隙的下降速度均比动态优化时快很多,一般在 14 次左右达到各自的收敛精度。当 C_{x_1} 很苛刻的时候,最大潮流偏差和补偿间隙的值并不是一直减小,而是中间有一个先增大然后再减小的过程,并且达到非常巨大的数值。

而当 C_{x_1} 很宽松的时候,动态优化的最大潮流偏差和补偿间隙的下降趋势和静态优化是一致的,其中最大潮流偏差有数值很小的波动,而补偿间隙在 C_{x_1} 取 23 及以上时呈一直下降的趋势,没有反复,这也说明此时 C_{x_1} 没有起到作用。

动态优化时的最大潮流偏差和补偿间隙均比静态优化时大一些,这是系统规模增大的缘故。在前几次迭代中,动态优化的最大潮流偏差和补偿间隙的下降速度和静态优化没有什么差别,而此后则突然变缓,这是不等式约束起作用的结果,因为 C_{x_1} 是个全局不等式约束,对补偿间隙的影响非常大。

综上所述,C_{x_1} 越宽松,所获得的动态无功优化结果就越接近静态结果。当 C_{x_1} 足够大时,动态无功优化结果不再发生变化,并且连迭代进程都一模一样,可见此时的 C_{x_1} 已完全失去了作用。

另外应该注意的是,即使是 C_{x_1} 完全失去作用时的动态无功优化结果,和静态结果也是有些差别的。这主要由两个原因造成:

① 从算法本身来看,动态无功优化是对全部 24 个时段的相应变量采取同一步长,而静态优化则是分时段采用不同的迭代步长。

② 动态无功优化计算中,最大潮流偏差和补偿间隙因为系统规模的扩大而大大增加了,但为了保证等式和不等式约束得到很好的满足,采用了和静态优化相同的收敛精度。

4.5 与其他三种算法的比较

为了突出本章方法的优势,将其与遗传算法(genetic algorithm,GA)和通用代数建模系统(general algebraic modeling system,GAMS)框架下的数学优化软件 BARON(branch-and-reduce optimization navigator)与 DICOPT(discrete and continuous optimizer)进行了比较[9]。

4.5.1 GAMS

GAMS 是一个求解数学规划问题的高级建模系统,特别为线性、非线性和混合整数最优化问题而设计,用于求解大型连续和离散优化问题,可以运行在个人计算机、工作站、大型计算机和超级计算机上[11]。目前,GAMS 平台上共配置有多于 30 个优化软件。常用的优化工具及其对计算机的配置要求如表 4-10 所示。

表 4-10　GAMS 常用计算工具一览表

BARON	branch-and-reduce optimization navigator for proven global solutions from the Optimization Firm
CONOPT	large scale NLP solver from ARKI Consulting and Development
CPLEX	high-performance LP/MIP solver from Ilog
DICOPT	framework for solving MINLP models from Carnegie Mellon University
MINOS	NLP solver from Stanford University
SNOPT	large scale SQP based NLP solver from Stanford University
XA	large scale LP/MIP system from Sunset Software

4.5.2　GA

GA 是一种非常流行的求解混合整数规划问题(mixed-integer nonlinear programming,MINLP)的进化规划技术[12,13]。该算法借助三种基本操作实现简单的遗传演化:双亲选择、交叉和变异。在本节中,选择规则为简单的轮盘赌;以高概率(0.7～0.95)实施单点交叉方案;变异操作则以相对低的概率(0.0001～0.001)应用到染色体的每一位。应用基于适应度(fitness)的重插技术实现精英策略,具有最高适应度的个体中的前 10%总是直接进入到下一代。

如果将平衡节点电压、电容器组出力和可调变压器的变比定义为控制变量 $\boldsymbol{U}$,那么所有其他变量就定义为状态变量 $\boldsymbol{X}$。因此,原始模型(4-1)～(4-5)可以写成如下紧凑形式:

$$\min\ E(\boldsymbol{X},\boldsymbol{U}) \tag{4-91}$$

$$\text{s.t.}\ \boldsymbol{G}(\boldsymbol{X},\boldsymbol{U}) = \boldsymbol{0} \tag{4-92}$$

$$\boldsymbol{H}(X,U) \leqslant \boldsymbol{0} \tag{4-93}$$

$$\boldsymbol{U}_{\min} \leqslant \boldsymbol{U} \leqslant \boldsymbol{U}_{\max} \tag{4-94}$$

控制变量的编码和解码方案见文献[12]。控制变量的上下限约束(4-94)在编码时自动满足,对于不等式约束条件(4-93)的违反则应用罚函数进行惩罚,则有下列增广目标函数:

$$E_{\omega} = E(\boldsymbol{X},\boldsymbol{U}) + \sum_{j}\omega_{j}\mathrm{Pen}_{j} \tag{4-95}$$

$$\mathrm{Pen}_{j} = | H_{j}(\boldsymbol{X},\boldsymbol{U}) |,\quad H_{j}(\boldsymbol{X},\boldsymbol{U}) > 0 \tag{4-96}$$

式中,Pen_j 为运行约束 H_j 的罚函数;ω_j 为与之对应的罚因子。

用染色体表达表达控制变量串以后,再随机产生初始种群,则适应函数的计算步骤如下:

① 对染色体进行解码,确定控制变量的值。

② 求解每个时间段的潮流方程式(4-92)(收敛精度设定为 10^{-6}),获得状态变

量值。

③ 确定违反的运行约束式(4-93),并计算增广目标函数式(4-95)。

④ 计算适应函数,应用线性排序算法将增广目标函数值转换为相对适应度的测量。

事先给定的演化代数作为遗传算法的终止判据。

每个时间段的控制变量包括 1 个平衡节点电压、6 个电容器组出力和 6 个变压器分接头位置,共有 13 个控制变量。因此,每天就有 312 个控制变量。平衡节点电压作为连续控制,其基因长度设为 8 位;电容器组出力设为离散控制,其基因长度设为 1、2 或 3 位;变压器分接头位置作为离散控制,有 17 个离散值,其基因长度设为 5 位。种群规模设为 4500 个,最大迭代次数设为 500 次,交叉和变异概率分别设为 0.95 和 0.0006。对节点电压和动作次数违反的罚因子分别设为 1000 和 50。

当 $C_{x_1}\leqslant 23$ 时,遗传算法无法获得可行解。表 4-11 给出了不同 C_{x_1} 值下的有功损耗和计算时间;图 4-18 给出了在 C_{x_1} 为 24 时增广目标函数值的变化曲线;表 4-12 和表 4-13 分别给出了变压器分接头和电容器组全天的动作次数统计。通过比较表 4-8 和表 4-11,可以看出根据遗传算法获得的有功网损和计算时间均大于由本章提出的数学优化方法获得的。

表 4-11　有功网损和计算时间(遗传算法)

C_{x_1} \ 参数	有功网损/(p.u.)	计算时间/s
24	0.1351423	26.0
25	0.1346813	26.8
26	0.1082308	26.0

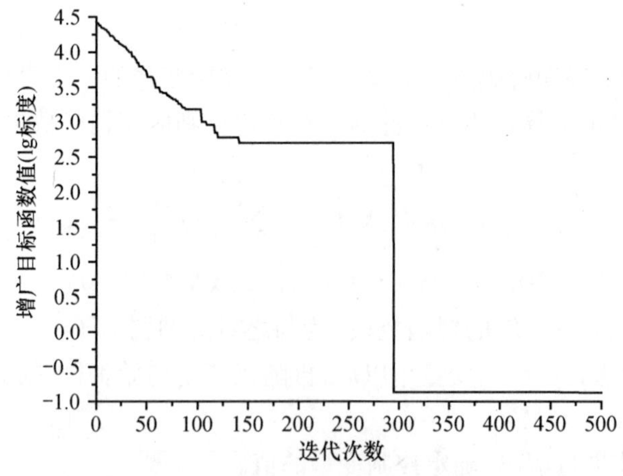

图 4-18　增广目标函数值(遗传算法)

表 4-12　变压器分接头动作次数统计(遗传算法)

C_{x_1} \ 变压器分接头	鹿鸣站 2#	景泰站 2#	景泰站 3#	越秀站 1#	盘福站 1#	文德站 2#	合　计
24	20	24	22	22	14	24	126
25	24	24	22	22	14	24	130
26	10	24	16	26	24	26	126

表 4-13　电容器组动作次数统计(遗传算法)

C_{x_1} \ 电容器组	鹿鸣站 2#	景泰站 2#	景泰站 3#	越秀站 1#	盘福站 1#	文德站 2#	合　计
24	10	4	4	6	6	2	32
25	8	6	4	8	10	8	44
26	16	4	4	2	0	2	28

4.5.3　BARON

BARON 是一种流行的求解 MINLP 的 GAMS 数学优化软件，它是一种确定性的全局优化算法——分支定界方法[11]。BARON 所需要的非线性规划(nonlinear programming，NLP)和线性规划(linear programming，LP)求解工具分别选为 MINOS 和 CPLEX。

要用 BARON 求解优化问题(4-1)～(4-5)，首先，潮流方程必须采用直角坐标形式表示，这是因为 BARON 不支持三角函数运算。其次，离散变量，如变压器变比和电容器组出力需要转化为整数变量。对于变压器变比 T_B，很容易按照下述方式实现：

$$T_B = t_B \alpha_{step} + T_{Bmin} \tag{4-97}$$

式中，$t_B = 1, 2, \cdots$是整数变量，代表变压器分接头的当前位置；α_{step}代表分接头的步长；T_{Bmin}是分接头的下限。类似的过程可以用来将电容器组出力转化为整数变量。

按照上述方法离散优化问题可以转化为标准的 MINLP 问题，后者包括 288 个整数变量、12 个与各个时间段相关的不等式约束；连续变量、等式约束和函数不等式数目均为 672 个。但 BARON 无法给出该系统的优化结果。

4.5.4　DICOPT

DICOPT 是另一种流行的求解 MINLP 的 GAMS 数学优化软件，它是一种扩展的等式松弛外部近似算法，交替求解 NLP 和混合整数规划(mixed-integer programming，MIP)子问题[11]。NLP 和 MIP 求解工具分别选为 MINOS 和 XA。

DICOPT 只能处理二进制变量和连续变量，因此，要求解优化问题(4-1)～(4-5)，原始离散变量，如变压器变比和电容器组出力需要转化为二进制变量。对于变压器变比 T_B，这种转换很容易实现，即将式(4-97)表达的整数变量表示为二进制变量的线性函数：

$$t_B = \sum_{l=0}^{s_b} \beta_l 2^l \tag{4-98}$$

式中，$s_b = \log_2(T_{Bmax})$，$\beta_l = 0$ 或 1；T_{Bmax} 是变压器分接头的上限。类似的过程可以用来将电容器组出力转化为二进制变量。潮流方程则用极坐标形式表示。

按照上述方法离散优化问题可以转化为另一个标准的 MINLP 问题，后者包括 984 个二进制变量、672 个连续变量、672 个等式约束和 12 个与各个时间段相关的不等式约束。最大主迭代次数设为 20 次，针对每个时间段，分别设置 MINOS 的收敛性参数，如主/次阻尼和罚参数。由于 NLP 子问题的不可行性，DICOPT 无法给出该系统的完整动态无功优化结果。但是，DICOPT 可以给出单个时间段的静态无功优化结果，如表 4-14 所示。我们观察到，DICOPT 需要花 24.3s 获得“精确”离散解，总有功网损为 0.110030，而本章提出的算法需要花 1.6s 获得近似离散解，总有功网损为 0.109540。

表 4-14　由本章提出的算法和 DICOPT 获得的有功网损比较

时　间	DICOPT	本章所提算法	时　间	DICOPT	本章所提算法
0	0.002716	0.002631	12	0.007968	0.007991
1	0.002236	0.002107	13	0.007332	0.007347
2	0.001864	0.001821	14	0.006815	0.006860
3	0.001502	0.001469	15	0.006907	0.006933
4	0.001501	0.001499	16	0.006926	0.006968
5	0.001374	0.001354	17	0.006656	0.006706
6	0.001423	0.001412	18	0.005974	0.006039
7	0.001893	0.001810	19	0.005470	0.005515
8	0.003269	0.003229	20	0.005107	0.005042
9	0.005606	0.005637	21	0.005049	0.004889
10	0.006558	0.006599	22	0.004507	0.004431
11	0.007358	0.007365	23	0.004027	0.003885

4.6　小　　结

本章将全天各负荷母线的有功和无功变化曲线分为 24 段，用控制变量的数学表达式描述有载调压变压器分接头和可投切并联电容器组的全天动作次数约束，建立了完整的非线性混合整数动态无功优化模型，并采用非线性原对偶内点法内嵌罚函数的方法求解该模型。本章提出的算法将全天作为一个整体来优化，将各个时段之间由于控制设备动作次数约束而存在的耦合准确地反映到了优化算法中，从理论上成功地解决了考虑动作次数约束的动态无功优化问题。

从数学模型以及算法修正方程形式两方面来看，当动态无功优化模型去掉动作次数约束条件时，则各时段的变量完全解耦，成了全天 24 个时段静态无功优化模型的简单联立。此外，用动态优化算法求解一个系统时，所有变量数均扩大为静态优化求解时的 24 倍，相应需要求解的系统规模也增大了很多。

控制设备 $\boldsymbol{C}_{x_1}$ 取值对优化结果有很大的影响，$\boldsymbol{C}_{x_1}$ 越宽松，获得的动态无功优化结果就越接近静态优化结果。而当 $\boldsymbol{C}_{x_1}$ 取得足够大时，动态无功优化的结果和迭代进程均不再发生变化，此时的动作次数约束已失去了作用。应该注意的是，即使是动作次数约束失去作用，动态无功优化结果和静态优化结果也是有些差别的。这说明 $\boldsymbol{C}_{x_1}$ 具有一定的裕度。因此在实际运用中，$\boldsymbol{C}_{x_1}$ 应取得比期望达到的动作次数略大些。

利用本章算法对鹿鸣电网进行了动态无功优化，取得了较为理想的结果，并与同一系统的静态优化计算结果进行了比较，充分验证了所提算法的正确性和有效性，以及在限制控制设备动作次数方面取得的巨大成功，为求解大规模电力系统动态无功优化问题提供了新的思路。

动态无功优化避免了静态优化分时段独立进行的局限性，使电力系统无功优化在时间上成为一个整体。动态无功优化可根据控制设备动作次数约束取值的不同来获得所需要的运行方式，使电力系统运行具有高度的灵活性。应该看到，电力系统动态无功优化所获得的控制设备动作次数的降低是以有功网损的升高为代价的，因此必须协调好两者之间的利害关系。

将本章提出的算法与遗传算法、BARON 和 DICOPT 的结果比较可以看出，本章提出的算法具有明显的优势。

参 考 文 献

［1］ Deng Y M, Ren X J, Zhao C C, et al. A heuristic and algorithmic combined approach for reactive power optimization with time-varying load demand in distribution systems. IEEE Transactions on Power Systems, 2002, 17(4): 1068～1072

［2］ 任晓娟，邓佑满，赵长城，等. 高中压配电网动态无功优化算法的研究. 中国电机工程学报，2003，23(1)：31～36

［3］ Hsu Y Y, Kuo H C. Dispatch of capacitors on distribution system using dynamic programming. IEE Proceedings—Generation, Transmission and Distribution, 1993, 140(6): 433～438

［4］ Lu F C, Hsu Y Y. Fuzzy dynamic programming approach to reactive power/voltage control in a distribution substation. IEEE Transactions on Power Systems,1997,12(2):681～688

[5] Hsu Y Y,Lu F C. A combined artificial neural network—fuzzy dynamic programming approach to reactive power/voltage control in a distribution substation. IEEE Transactions on Power Systems,1998,13(4):1265～1271

[6] Liu Y T,Zhang P,Qiu X Z. Optimal volt/var control in distribution systems. International Journal of Electrical Power and Energy Systems,2002,24:271～276

[7] Hu Z,Wang X,Chen H,et al. Volt/var control in distribution systems using a time-interval based approach. IEE Proceedings—Generation, Transmission and Distribution, 2003, 150(5):548～554

[8] Liang R H,Wang Y S. Fuzzy-based reactive power and voltage control in a distribution system. IEEE Transactions on Power Delivery,2003,18(2):610～618

[9] Liu M B,Claudio A Cañizares,Huang W. Reactive power and voltage control in distribution systems with limited switching operations. IEEE Transactions on Power Systems,2009,24(2):889～899

[10] 刘明波,朱春明,钱康龄. 计及控制设备动作次数约束的动态无功优化算法. 中国电机工程学报,2004,24(3):34～40

[11] GAMS Development Corporation. GAMS, the Solvers' Manual. http://www.gams.com/solvers/allsolvers.pdf

[12] Bakirtzis A G,Biskas P N,Zoumas C E,et al. Optimal power-flow by enhanced genetic algorithm. IEEE Transactions on Power Systems,2002,17(2):229～236

[13] Genetic algorithm toolbox for use with Matlab. Department of Automatic Control and Systems Engineering,University of Sheffield,UK,1994

第五章　动态无功优化解耦算法

第四章提出了完整的非线性混合整数动态无功优化模型，并采用非线性原对偶内点法内嵌罚函数法求解。该算法将全天 24 个时段的无功优化问题作为一个整体来考虑，在优化过程中较好地解决了变量离散化和控制设备动作次数约束之间的配合问题，在理论上成功解决了计及控制设备动作次数约束的动态无功优化问题。但将该算法应用到大型电力系统上时，就会遇到计算速度太慢和存储空间不足的难题。因此，如何提高动态无功优化计算中高维线性方程组的计算效率，这是求解动态无功优化问题的关键，也是难点。本章根据修正方程系数矩阵的特点，提出两种解耦优化方法，在理论上解决了动态无功优化算法“维数灾”的难题[1]。

5.1　快速解耦算法一

将第四章中的修正方程式(4-56)的系数矩阵重新写成：

$$\boldsymbol{A}=\left[\begin{array}{c:c:c:c:c}\boldsymbol{A}_{(0,0)} & \boldsymbol{0} & \cdots & \boldsymbol{0} & \boldsymbol{A}_{(0,n)}\\ \hdashline \boldsymbol{0} & \boldsymbol{A}_{(1,1)} & \cdots & \boldsymbol{0} & \boldsymbol{A}_{(1,n)}\\ \hdashline \vdots & \vdots & & \vdots & \vdots\\ \hdashline \boldsymbol{0} & \boldsymbol{0} & \cdots & \boldsymbol{A}_{(23,23)} & \boldsymbol{A}_{(23,n)}\\ \hdashline \boldsymbol{A}_{(n,0)} & \boldsymbol{A}_{(n,1)} & \cdots & \boldsymbol{A}_{(n,23)} & \boldsymbol{A}_{(n,n)}\end{array}\right] \tag{5-1}$$

从式(5-1)可以看到，$\boldsymbol{A}$ 阵为箭形对角矩阵，除对角部分的 24 个 $\boldsymbol{A}_{(t,t)}$ 矩阵和最后一行和一列外，其他全部都是零元素，因此，可以充分利用 $\boldsymbol{A}$ 矩阵的高度稀疏特性，用三角分解法求解修正方程(4-56)。$\boldsymbol{A}_{(t,t)}$ 的具体结构为：

$$\begin{aligned}\boldsymbol{A}_{(t,t)}&=\begin{bmatrix}\overline{\boldsymbol{w}}_{11(t)} & \boldsymbol{w}_{12(t)} & \boldsymbol{w}_{13(t)} & -\nabla \boldsymbol{g}_{\boldsymbol{x}_{1(t)}}^{\mathrm{T}}\\ \boldsymbol{w}_{21(t)} & \overline{\boldsymbol{w}}_{22(t)} & \boldsymbol{w}_{23(t)} & -\nabla \boldsymbol{g}_{\boldsymbol{x}_{2(t)}}^{\mathrm{T}}\\ \boldsymbol{w}_{31(t)} & \boldsymbol{w}_{32(t)} & \boldsymbol{w}_{33(t)} & -\nabla \boldsymbol{g}_{\boldsymbol{x}_{3(t)}}^{\mathrm{T}}\\ -\nabla \boldsymbol{g}_{\boldsymbol{x}_{1(t)}} & -\nabla \boldsymbol{g}_{\boldsymbol{x}_{2(t)}} & -\nabla \boldsymbol{g}_{\boldsymbol{x}_{3(t)}} & \boldsymbol{0}\end{bmatrix}\\ &=\begin{bmatrix}\widetilde{\boldsymbol{H}} & -\boldsymbol{J}^{\mathrm{T}}\\ -\boldsymbol{J} & \boldsymbol{0}\end{bmatrix},\quad t=0,1,2,\cdots,23\end{aligned} \tag{5-2}$$

式中，$\widetilde{\boldsymbol{H}}$ 具有海森矩阵的结构，而 $\boldsymbol{J}$ 具有雅可比矩阵的结构。

对于实际电力系统，矩阵 $\boldsymbol{J}$ 和 $\widetilde{\boldsymbol{H}}$ 是稀疏矩阵。为了使 $\boldsymbol{A}_{(t,t)}$ 的三角分解更有效，我们可以采用第三章中的方法，重排变量和方程的顺序，从而改变 $\boldsymbol{A}_{(t,t)}$ 的结构。重排后的 $\boldsymbol{A}_{(t,t)}$ 由 4×4 块子矩阵构成，且具有与导纳矩阵类似的稀疏结构。从而，我们可以将 $\boldsymbol{A}_{(t,t)}$ 分解为：

$$\boldsymbol{A}_{(t,t)} = \boldsymbol{L}_t\boldsymbol{D}_t\boldsymbol{U}_t, \quad t = 0,1,2,\cdots,23 \tag{5-3}$$

因此，我们将矩阵 $\boldsymbol{A}$ 分解为：

$$\boldsymbol{A} = \boldsymbol{L}_A\boldsymbol{D}_A\boldsymbol{U}_A \tag{5-4}$$

式中，

$$\boldsymbol{L}_A = \begin{bmatrix} \boldsymbol{L}_0 & & & & \\ \boldsymbol{0} & \boldsymbol{L}_1 & & & \\ \vdots & \vdots & \ddots & & \\ \boldsymbol{0} & \boldsymbol{0} & \cdots & \boldsymbol{L}_{23} & \\ \boldsymbol{I}_0 & \boldsymbol{I}_1 & \cdots & \boldsymbol{I}_{23} & \boldsymbol{L}_n \end{bmatrix}$$

$$\boldsymbol{D}_A = \begin{bmatrix} \boldsymbol{D}_0 & & & & \\ & \boldsymbol{D}_1 & & & \\ & & \ddots & & \\ & & & \boldsymbol{D}_{23} & \\ & & & & \boldsymbol{D}_n \end{bmatrix}$$

$$\boldsymbol{U}_A = \begin{bmatrix} \boldsymbol{U}_0 & \boldsymbol{0} & \cdots & \boldsymbol{0} & \boldsymbol{I}_0^{\mathrm{T}} \\ & \boldsymbol{U}_1 & \cdots & \boldsymbol{0} & \boldsymbol{I}_1^{\mathrm{T}} \\ & & \ddots & \vdots & \vdots \\ & & & \boldsymbol{U}_{23} & \boldsymbol{I}_{23}^{\mathrm{T}} \\ & & & & \boldsymbol{U}_n \end{bmatrix} = \boldsymbol{L}_A^{\mathrm{T}}$$

$$\boldsymbol{I}_t = \boldsymbol{A}_{(n,t)}\boldsymbol{U}_t^{-1}\boldsymbol{D}_t^{-1}, \quad t = 0,1,2,\cdots,23$$

$$\boldsymbol{A}_{(n,n)} = \boldsymbol{L}_n\boldsymbol{D}_n\boldsymbol{U}_n + \sum_{t=0}^{23} \boldsymbol{I}_t\boldsymbol{D}_t\boldsymbol{I}_t^{\mathrm{T}}$$

这样，求解修正方程式(4-56)等价于相继求解下述两个方程：

$$\begin{bmatrix} \boldsymbol{L}_0\boldsymbol{D}_0 & & & & \boldsymbol{0} \\ & \boldsymbol{L}_1\boldsymbol{D}_1 & & & \boldsymbol{0} \\ & & \ddots & & \vdots \\ & & & \boldsymbol{L}_{23}\boldsymbol{D}_{23} & \boldsymbol{0} \\ \boldsymbol{I}_0\boldsymbol{D}_0 & \boldsymbol{I}_1\boldsymbol{D}_1 & \cdots & \boldsymbol{I}_{23}\boldsymbol{D}_{23} & \boldsymbol{L}_n\boldsymbol{D}_n \end{bmatrix} \begin{bmatrix} \boldsymbol{c}_{(0)} \\ \boldsymbol{c}_{(1)} \\ \vdots \\ \boldsymbol{c}_{(23)} \\ \boldsymbol{c}_n \end{bmatrix} = \begin{bmatrix} \boldsymbol{b}_{(0)} \\ \boldsymbol{b}_{(1)} \\ \vdots \\ \boldsymbol{b}_{(23)} \\ \boldsymbol{b}_n \end{bmatrix} \tag{5-5}$$

$$\begin{bmatrix} \boldsymbol{U}_0 & \boldsymbol{0} & \cdots & \boldsymbol{0} & \boldsymbol{I}_0^{\mathrm{T}} \\ & \boldsymbol{U}_1 & \cdots & \boldsymbol{0} & \boldsymbol{I}_1^{\mathrm{T}} \\ & & \ddots & \vdots & \vdots \\ & & & \boldsymbol{U}_{23} & \boldsymbol{I}_{23}^{\mathrm{T}} \\ & & & & \boldsymbol{U}_n \end{bmatrix} \begin{bmatrix} \Delta \boldsymbol{z}_{(0)} \\ \Delta \boldsymbol{z}_{(1)} \\ \vdots \\ \Delta \boldsymbol{z}_{(23)} \\ \Delta \boldsymbol{y}_n \end{bmatrix} = \begin{bmatrix} \boldsymbol{c}_{(0)} \\ \boldsymbol{c}_{(1)} \\ \vdots \\ \boldsymbol{c}_{(23)} \\ \boldsymbol{c}_n \end{bmatrix} \tag{5-6}$$

求解修正方程的步骤总结如下：

① 对 24 个时段的 $\boldsymbol{A}_{(t,t)}$ 进行三角分解，得到 $\boldsymbol{L}_t$、$\boldsymbol{D}_t$ 和 $\boldsymbol{U}_t$。

② 对式(5-5)进行前代运算，得到 $\boldsymbol{c}_{(t)}$。

③ 计算 $\boldsymbol{I}_t$、$\boldsymbol{L}_n$、$\boldsymbol{D}_n$ 和 $\boldsymbol{U}_n$。

④ 由式(5-5)求得 $\boldsymbol{c}_n$。

⑤ 对式(5-6)进行回代运算，得到 $\Delta \boldsymbol{y}_n$ 和 $\Delta \boldsymbol{z}_{(t)}$。

此算法实际上是将维数为 $24(p+q+3n)+p$ 的大型线性方程解耦为 24 个维数为 $p+q+3n$ 和 1 个维数为 p 的线性方程。显然，这样比直接求解维数为 $24(p+q+3n)+p$ 的线性方程的计算量小很多。

5.2　快速解耦算法二

5.2.1　基本思想

采用类似文献[2]的方式，用块矩阵形式将式(4-56)展开，得：

$$\boldsymbol{A}_{(t,t)} \Delta \boldsymbol{z}_{(t)} + \boldsymbol{A}_{(t,n)} \Delta \boldsymbol{y}_n = \boldsymbol{b}_{(t)}, \quad t = 0,1,2,\cdots,23 \tag{5-7}$$

$$\sum_{t=0}^{23} \boldsymbol{A}_{(n,t)} \Delta z_{(t)} + \boldsymbol{A}_{(n,n)} \Delta \boldsymbol{y}_n = \boldsymbol{b}_n \tag{5-8}$$

由式(5-7)和式(5-8)消去 $\Delta \boldsymbol{z}_{(t)}$，得：

$$\left(\boldsymbol{A}_{(n,n)} - \sum_{t=0}^{23} \boldsymbol{A}_{(n,t)} \boldsymbol{A}_{(t,t)}^{-1} \boldsymbol{A}_{(t,n)}\right) \Delta \boldsymbol{y}_n = \boldsymbol{b}_n - \sum_{t=0}^{23} \boldsymbol{A}_{(n,t)} \boldsymbol{A}_{(t,t)}^{-1} \boldsymbol{b}_{(t)} \tag{5-9}$$

令：

$$\boldsymbol{JJ} = \sum_{t=0}^{23} \boldsymbol{A}_{(n,t)} \boldsymbol{A}_{(t,t)}^{-1} \boldsymbol{A}_{(t,n)} \tag{5-10}$$

$$\boldsymbol{B}_{JJ} = \boldsymbol{b}_n - \sum_{t=0}^{23} \boldsymbol{A}_{(n,t)} \boldsymbol{A}_{(t,t)}^{-1} \boldsymbol{b}_{(t)} \tag{5-11}$$

则式(5-9)可写成：

$$(\boldsymbol{A}_{(n,n)} - \boldsymbol{JJ}) \Delta \boldsymbol{y}_n = \boldsymbol{B}_{JJ} \tag{5-12}$$

先根据式(5-12)求解出 $\Delta \boldsymbol{y}_n$，然后将其代入式(5-7)，得到：

$$\boldsymbol{A}_{(t,t)} \Delta \boldsymbol{z}_{(t)} = \boldsymbol{b}'_{(t)} \tag{5-13}$$

式中，$\boldsymbol{b}'_{(t)} = \boldsymbol{b}_{(t)} - \boldsymbol{A}_{(t,n)}\Delta \boldsymbol{y}_n$。

根据式(5-13)即可求出 $\Delta \boldsymbol{z}_{(t)}$。因此，求解修正方程式(4-56)等价于相继求解式(5-12)和式(5-13)，其计算步骤可以总结如下：

① 对 24 个时段的 $\boldsymbol{A}_{(t,t)}$ 进行三角分解。

② 计算 $\boldsymbol{A}_{(t,t)}^{-1}\boldsymbol{A}_{(t,n)}$ 和 $\boldsymbol{A}_{(t,t)}^{-1}\boldsymbol{b}_{(t)}$，并根据式(5-10)和式(5-11)分别求出 $\boldsymbol{JJ}$ 和 $\boldsymbol{B}_{JJ}$。

③ 根据式(5-12)求出 $\Delta \boldsymbol{y}_n$。

④ 将 $\Delta \boldsymbol{y}_n$ 代入式(5-13)，可求出各时段的 $\Delta \boldsymbol{z}_{(t)}$。

该算法同样是将维数为 $24(p+q+3n)+p$ 的大型线性方程解耦为 24 个维数为 $p+q+3n$ 和 1 个维数为 p 的线性方程。

5.2.2 修正方程的快速求解

如何快速求解修正方程式(5-12)和式(5-13)是整个算法的一个关键。其核心是应用稀疏矩阵技术对 $\boldsymbol{A}_{(t,t)}$ 进行三角分解及计算 $\boldsymbol{A}_{(t,t)}^{-1}\boldsymbol{A}_{(t,n)}$ 和 $\boldsymbol{A}_{(t,t)}^{-1}\boldsymbol{b}_{(t)}$。

$\boldsymbol{A}_{(t,t)}$ 的三角分解仍然可以按照式(5-3)进行，因此，利用式(5-3)经过前代和回代运算就可求解式(5-13)。$\boldsymbol{A}_{(t,t)}^{-1}\boldsymbol{A}_{(t,n)}$ 和 $\boldsymbol{A}_{(t,t)}^{-1}\boldsymbol{b}_{(t)}$ 的计算则可以转化为求解下述线性方程：

$$\boldsymbol{A}_{(t,t)}\boldsymbol{C}_t = \boldsymbol{A}_{(t,n)} \tag{5-14}$$

$$\boldsymbol{A}_{(t,t)}\boldsymbol{D}_t = \boldsymbol{b}_{(t)} \tag{5-15}$$

利用式(5-3)经过前代和回代运算就可求解式(5-14)和式(5-15)，$\boldsymbol{C}_t$ 即为 $\boldsymbol{A}_{(t,t)}^{-1}\boldsymbol{A}_{(t,n)}$，$\boldsymbol{D}_t$ 即为 $\boldsymbol{A}_{(t,t)}^{-1}\boldsymbol{b}_{(t)}$。

5.3 算例分析

为方便说明，5.1 节解耦算法一用 TH1 表示，5.2 节解耦算法二用 TH2 表示。为了验证本章提出算法的准确性，在优化结果的末尾附上了相应的静态优化结果，即 24 次静态无功优化计算的结果(全天 24 个时段分别独立进行)。另外，为了让第四章算法与本章所提出算法具有可比性，对第四章算法采用了与本章所提算法一样的基本优化参数，也即三种算法均采用了一样的参数：如无特殊说明，其有效数字取到小数点后第 6 位，6 位以后采用四舍五入的方式处理；收敛判据为：补偿间隙小于 10^{-5}，且最小潮流偏差小于 10^{-4}；各变量的初始值定为其允许值的最大值和最小值之和的一半；离散变量罚因子的惩罚值设定为：电容器组无功出力 $f_{Qc}=400$，变压器变比值 $f_{Tk}=500$。程序用 C++语言编写，在 Visual C++6.0 环境编译，所用计算机配置为 Pentium IV 2.8G，内存 256M。

5.3.1 鹿鸣电网 14 节点系统

该系统接线图和相关数据见附录Ⅵ。在大量计算中发现，不同的 $\boldsymbol{C}_{x_1}$ 对优化结果有很大的影响。在计算过程中将 C_{x_1} 从 1 一直取到了 30，并发现两种解耦算法在 C_{x_1} 取 7 及以下均不收敛，而 C_{x_1} 取到 26 及以上时，无论是优化结果还是迭代进程均一模一样，可见此时的 C_{x_1} 已完全失去了作用。

因此，所列出的计算结果，其 C_{x_1} 取值均在 8～26 范围内，C_{x_1} 取 26 以上时的优化结果和取 26 时完全相同。

1. 有功网损和迭代次数

不同的控制设备（有载调压变压器分接头和可投切电容器组）C_{x_1} 取值对动态无功优化结果有很大的影响，这直接表现在对离散控制变量（即变压器变比和电容器组无功出力）的巨大影响上，而变压器变比和电容器无功出力的变化又会影响有功网损。

经过动态无功优化后的网损是全天 24 个时段网损之和，并且每个时段由于负荷的变化而使网损有显著差别。为了精确反映有功网损的变化，其有效数字取到小数点后第 6 位。对不同 C_{x_1} 下两种算法的全天总网损作了统计，分别如表 5-1 和 5-2 所示。表中同时列出了迭代次数和计算时间的变化情况。

表 5-1　算法一有功网损、迭代次数和计算时间

参数 / C_{x_1}	有功网损/(p.u.)	迭代次数	计算时间/s
7 及以下			
8	0.109966	172	5.34
9	0.109870	149	4.64
10	0.110011	230	7.27
11	0.110028	126	3.91
12	0.109983	141	4.38
13	0.109860	196	6.05
14	0.110320	163	5.13
15	0.109838	105	3.30
16	0.109834	85	2.69
17	0.109819	51	1.63
18	0.110556	100	3.13
19	0.110223	78	2.49
20	0.109866	47	1.48
21	0.109851	63	1.98
22	0.109845	55	1.77
23	0.109845	56	1.80
24	0.109825	50	1.61
25	0.109931	55	1.75
26 及以上	0.109851	52	1.67
静态结果	0.109540	14	1.60

表 5-2　算法二有功网损、迭代次数和计算时间

参数 / C_{x_1}	有功网损/(p. u.)	迭代次数	计算时间/s
7 及以下			
8	0.109966	171	4.48
9	0.109909	168	4.42
10	0.109912	249	6.48
11	0.110028	126	3.31
12	0.109890	116	3.05
13	0.109860	197	5.16
14	0.110061	181	4.72
15	0.109838	105	2.75
16	0.109834	85	2.25
17	0.109819	51	1.34
18	0.110556	100	2.64
19	0.110223	78	2.08
20	0.109866	47	1.23
21	0.109851	63	1.69
22	0.109845	55	1.44
23	0.109845	56	1.45
24	0.109825	50	1.31
25	0.109931	55	1.45
26 及以上	0.109851	52	1.36
静态结果	0.109540	14	1.60

表 5-1 和表 5-2 最后一行静态结果中，有功网损和计算时间取 24 个时段之和，迭代次数取 24 个时段的平均值，平均每次迭代时间为 24 个时段总的计算时间除以总的迭代次数。

2. 最大潮流偏差和补偿间隙

动态优化过程中最大潮流偏差和补偿间隙的变化与静态优化的有很大不同，尤其在 C_{x_1} 比较苛刻的情况下。动态无功优化迭代次数比静态无功优化迭代次数明显增多，这是因为最大潮流偏差和补偿间隙随着计算规模的扩大而大大增加，且控制设备动作次数约束是个全局不等式约束，对补偿间隙影响比较大，这些都导致收敛条件比较难满足，使得迭代次数明显增多。

为了准确地反映最大潮流偏差和补偿间隙的变化过程，对它们取了以 10 为底的对数。于是，最大潮流偏差的收敛精度为 $\lg 10^{-4}$，即 -4；同样的补偿间隙的收敛精度用对数表示时为 -5。

C_{x_1} 取 8 时算法一和算法二的最大潮流偏差和补偿间隙变化过程分别如图 5-1 和图 5-2 所示。

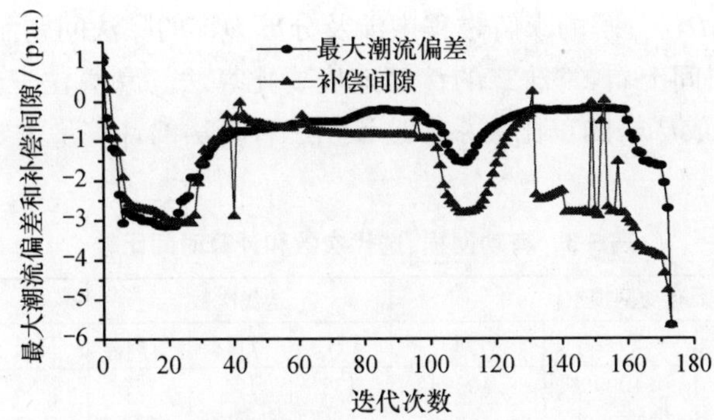

图 5-1　算法一 C_{x_1} 取 8 时最大潮流偏差和补偿间隙的变化过程

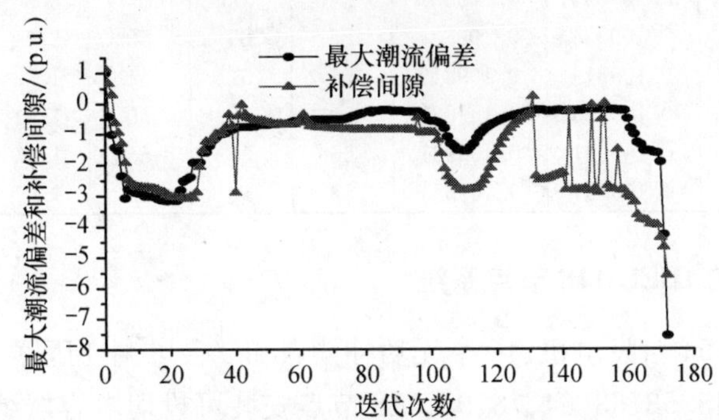

图 5-2　算法二 C_{x_1} 取 8 时最大潮流偏差和补偿间隙的变化过程

从图 5-1 和图 5-2 可以看出，最大潮流偏差和补偿间隙刚开始都呈下降趋势，并达到 10^{-3} 数量级以下。但随后开始缓慢上升，中间又经过了多次的上升下降过程。最大潮流偏差比补偿间隙大，说明了等式约束比不等式约束较难以满足。但最终两者都达到各自的收敛精度。

3. 与其他动态无功优化算法的比较

为了进一步验证本章提出方法的正确性和可行性，对两种算法与第四章中的动态无功优化算法(算法三)做比较，第四章算法用 TH3 表示。表 5-3 列出了三种优化算法的部分全天网损、迭代次数和计算时间的比较，从表中可以看到：

① C_{x_1} 取 8 及以上时，三种算法的优化结果和迭代次数几乎相同，网损随着 C_{x_1} 的收紧而逐步增大。原因为：苛刻的 C_{x_1} 限制了电容器组的充分投入，使得大量无功在网络中流动，造成了网损相对大。可见，动作次数的限制是以网损的增加为代价的，并不是动作次数 C_{x_1} 越少就一定越好，必须在实际情况中协调好两者之间的矛盾。

② 三种方法均体现了相同的规律：随着 C_{x_1} 的收紧算法的迭代次数大体上不断增加。但取 C_{x_1} 为 9 和 13 时算法二的迭代次数要比算法一和算法三多，这也是

在对 $\boldsymbol{A}_{(t,t)}$ 进行 ***LDU*** 分解的求解过程中涉及分母为零的除法问题而引起的。

③ 从计算时间上看，算法二的计算速度要比算法一和算法三快，而且其计算时间和迭代次数成严格的正比关系。这证明三种算法的计算量主要集中在修正方程的求解上。

表 5-3 有功网损、迭代次数和计算时间比较

参数 C_{x_1}	全天有功网损/(p. u.)			迭代次数			计算时间/s		
	TH1	TH2	TH3	TH1	TH2	TH3	TH1	TH2	TH3
8	0.109966	0.109966	0.109966	172	171	172	5.34	4.48	15.56
9	0.109870	0.109909	0.109877	149	168	142	4.64	4.42	13.22
13	0.109860	0.109860	0.109860	196	197	195	6.05	5.16	16.98
15	0.109838	0.109838	0.109838	105	105	105	3.30	2.75	9.20
16	0.109834	0.109834	0.109834	85	85	85	2.69	2.25	7.41
17	0.109819	0.109819	0.109819	51	51	51	1.63	1.34	4.53
24	0.109825	0.109825	0.109825	50	50	50	1.61	1.31	4.41
25	0.109931	0.109931	0.109931	55	55	55	1.75	1.45	4.89
26	0.109851	0.109851	0.109851	52	52	52	1.67	1.36	4.56

5.3.2 修改后的 IEEE 118 节点系统

该系统包括 54 台发电机、10 个无功补偿点和 9 台可调变压器、91 个负荷。分别在 11、37、39、45、53、63、64、78、95、118 节点安装可投切电容器组。发电机节点电压上下限分别设为 1.1 和 0.9，其余节点电压上下限分别设为 1.05 和 0.95。所有变压器档位范围为 1±8×0.015；节点 63、64 处电容器组容量为 12Mvar(8 组)，节点 78、95 处电容器组容量为 40Mvar(8 组)，其余节点电容器组容量为 20Mvar，其中节点 37、39 处分 4 组，节点 11、45、53、118 处分 8 组。

该系统日负荷特性曲线有六类：A，行政办公、商业金融、文化娱乐、体育用地；B，医疗卫生、教育科研；C，一类工业；D，二类工业；E，三类工业；F，居住用地，如图 5-3所示。图 5-3 中曲线已经经过归一化处理，其纵轴是各负荷在该时间段的

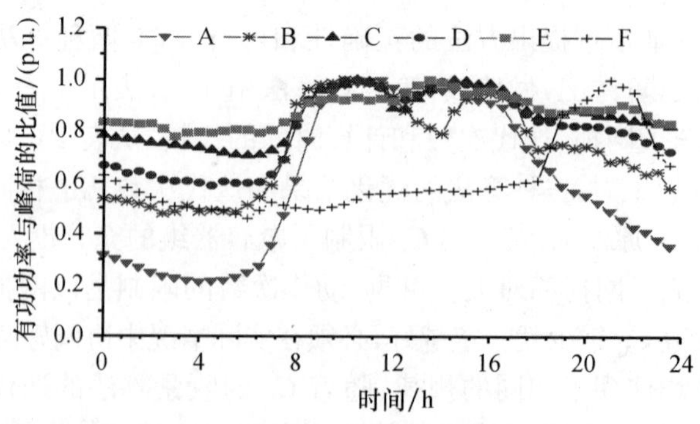

图 5-3 典型日负荷特性曲线

有功功率与各自峰荷的比例。假定各个负荷节点的无功功率日负荷曲线与其有功功率日负荷曲线的形状是一致的。将 91 个负荷归为这六个负荷类别。

按图 5-3 的六类典型负荷特性曲线将 91 个负荷分类，具体的分类情况如表 5-4 所示。

表 5-4　负荷分类情况

节点编号	负荷类型	节点编号	负荷类型	节点编号	负荷类型	节点编号	负荷类型
1	A	32	A	57	C	93	D
2	B	33	A	58	C	94	D
3	B	34	A	59	E	95	D
4	E	35	A	60	A	96	D
6	B	36	A	62	A	97	D
7	B	39	A	66	E	98	F
11	A	40	E	67	F	100	B
12	E	41	A	70	A	101	F
13	F	42	B	74	A	102	F
14	F	43	F	75	C	103	E
15	A	44	F	76	C	104	F
16	F	45	F	77	D	105	B
17	F	46	B	78	D	106	F
18	F	47	F	79	D	107	E
19	F	48	F	80	B	108	D
20	F	49	B	82	A	109	C
21	F	50	F	83	D	110	B
22	F	51	F	84	D	112	E
23	F	52	F	85	A	114	C
27	E	53	C	86	D	115	C
28	F	54	E	88	A	117	F
29	F	55	C	90	E	118	F
31	E	56	C	92	D		

在大量计算中发现，不同的 C_{x_1} 取值对优化结果有很大的影响。在计算过程中将 C_{x_1} 从 1 取到 35，发现两种解耦算法都在 C_{x_1} 取 22 及以下均不收敛，而 C_{x_1} 取到 30 及以上时，无论是优化结果还是迭代进程均为一致，可见 C_{x_1} 已完全失去作用。

因此，本算例所列出的计算结果，其 C_{x_1} 取值均在 23～30 范围内，C_{x_1} 取 30 以上时的优化结果和取 30 时完全相同。另外，由于第四章的算法已经无法计算 IEEE 118 节点系统，因此将不进行与第四章算法（算法三）结果的比较，而仅仅列出本章所提两种算法的结果比较。

1. 网损和迭代次数

经过动态无功优化后的网损是全天 24 个时段网损之和，并且每个时段由于负荷的变化而使网损有显著差别。表 5-5 列出了算法二在 C_{x_1} 取 23～29 和 30 及以上时，有功网损全天 24 个时段的优化结果。

表 5-5 有功网损、迭代次数和计算时间比较

C_{x_1} \ 参数	全天有功网损/(p. u.)		迭代次数		计算时间/s	
	TH1	TH2	TH1	TH2	TH1	TH2
23	14.50340	14.50351	1712	537	8820.110	2450.140
24	14.50370	14.50435	636	184	3272.340	938.250
25	14.50340	14.50410	529	461	2733.330	2115.590
26	14.50360	14.50485	1783	566	9171.470	2603.670
27	14.50490	14.50490	565	442	2912.110	2028.330
28	14.41166	14.41166	38	38	213.625	186.422
29	14.41134	14.41134	38	38	220.594	184.735
30 及以上	14.41165	14.41165	37	37	211.922	180.130
静态优化	14.40864		17		36.562	

表 5-5 中最后一行静态结果中，有功网损和计算时间取 24 个时段之和，迭代次数取 24 个时段的平均值，平均每次迭代次数为 24 个时段的计算时间除以总的迭代次数。

2. 最大潮流偏差和补偿间隙

本算例也给出了 C_{x_1} 取 23 时两种算法的最大潮流偏差和补偿间隙的变化曲线图。为了准确地反映最大潮流偏差和补偿间隙的变化过程，本算例也对它们取了以 10 为底的对数。于是，最大潮流偏差的收敛精度为 $\lg 10^{-4}$，即 -4；同样的补偿间隙的收敛精度用对数表示时为 -5。

C_{x_1} 取 23 时算法一和算法二的最大潮流偏差和补偿间隙变化过程分别如图 5-4 和图 5-5 所示。

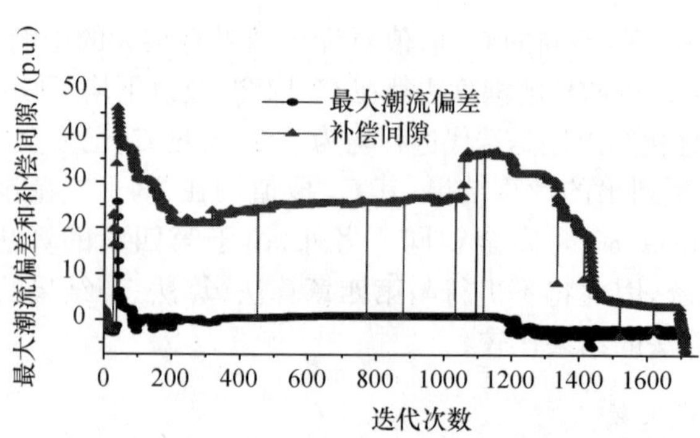

图 5-4 算法一 C_{x_1} 取 23 时最大潮流偏差和补偿间隙的变化过程

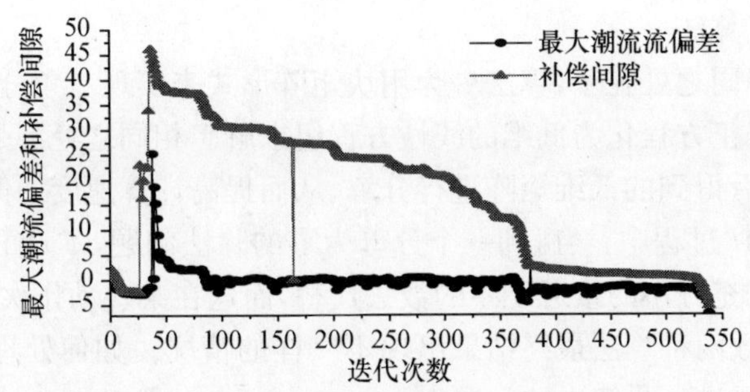

图 5-5　算法二 C_{x_1} 取 23 时最大潮流偏差和补偿间隙的变化过程

从图 5-4 和图 5-5 可以看出，最大潮流偏差和补偿间隙刚开始都呈下降趋势，并达到 10^{-3} 数量级以下。但随后开始急剧上升，中间又经过了多次的曲折复杂的变化过程，但最终两者都达到各自的收敛精度。最大潮流偏差比补偿间隙大，说明了等式约束比不等式约束较难以满足。

5.4　小　　结

为了能在根本上解决动态无功优化在大系统上遇到的“维数灾”的难题，在详细分析修正方程系数矩阵的基础上，本章提出了两种将修正方程系数矩阵 $\mathbf{A}$ 分块，再将分块后得到的低维矩阵进行分解的解耦算法。这在理论上既解决了动态无功优化中变量离散化的难题，又避免了算法的计算量和所需存储空间随着系统规模的扩大而急剧增大的困境。为求解大规模电力系统动态无功优化问题提供了新的思路。

利用本章的两种算法对广州鹿鸣电网进行了动态无功优化计算，取得了较为理想的结果。并与同一系统的静态优化计算结果进行了详细的比较，充分验证了所提算法的正确性和可行性。

利用本章的两种算法对修改后的 IEEE 118 节点系统进行了动态无功优化计算，取得了较为理想的结果。并详细比较了两种算法的优化结果与静态优化的计算结果，充分验证了本章所提算法应用于大系统的正确性和可行性。

第四章算法可以得到全天 24 小时最优解，但其计算速度较慢和需要较多的计算机内存，在计算大系统时，将会碰到计算速度和内存方面的瓶颈问题。从广州鹿鸣电网和 IEEE 118 节点系统动态无功优化计算的结果可以发现，本章所提两种算法解决了第四章在计算速度和内存方面的瓶颈问题，也即本章提出的两种解耦算法既能得到全天 24 小时近最优解，又能兼顾计算效率。且总体上讲，算法二优于算法一。从理论上讲，两种算法的计算效率应该一样，但由于计算机存在舍入误差，并且在对 $\mathbf{A}_{(t,t)}$ 进行三角分解的过程中涉及分母为零的除法问题，导致算法二的计算效率优于算法一。

两种算法不同之处在于，算法一为用块矩阵形式来实现三角分解法，而算法二为用块矩阵把修正方程化为低维的线性方程组求解。相同之处都是通过将矩阵 $\boldsymbol{A}$ 分块，再将分块后得到的低维矩阵进行分解，从而提高计算速度。但两种解耦算法在对 $\boldsymbol{A}$ 进行 $\boldsymbol{LDU}$ 过程中，会碰到一个分母为零的除法问题，本章的做法是当分母为零时就用一个充分小的接近于零的数去代替，而这在某些动作次数限制下，会影响迭代进程，导致两种算法最终结果出现不一样的情况。如何处理分母为零的除法问题，将是需要进一步解决的问题。

参考文献

[1] 赖永生，刘明波. 电力系统动态无功优化问题的快速解耦算法. 中国电机工程学报，2008，28(7)：32～39

[2] Xie K，Song Y H. Dynamic optimal power flow by interior point methods. IEE Proceedings—Generation，Transmission and Distribution，2001，148(1)：76～84

第六章　动态无功优化并行计算

第五章提出了动态无功优化的解耦算法，本章以此为基础提出一种粗粒度的并行计算方法，并在基于消息传递接口(message passing interface，MPI)机制的并行计算环境下实现。

6.1　MPI 并行实现技术

目前，最重要的两种并行编程模型是数据并行和消息传递，数据并行编程模型的编程级别比较高，编程相对简单，但它仅适用于数据并行问题；消息传递编程模型的编程级别相对较低，但消息传递编程模型可以有更广泛的应用范围[1,2]。

数据并行即将相同的操作同时作用于不同的数据，因此适合在单指令多数据(single instruction multiple data，SIMD)和单程序多数据(single program multiple data，SPMD)并行计算机上运行，在向量机上通过数据并行求解问题的实践也说明数据并行是可以高效解决一大类科学与工程计算问题的。数据并行编程模型虽然可以解决一大类科学与工程计算问题，但是对于非数据并行类的问题，如果通过数据并行的方式来解决，一般难以取得较高的效率，数据并行不容易表达，甚至无法表达其他形式的并行特征。

消息传递即各个并行执行的部分之间通过传递消息来交换信息、协调步伐、控制执行。消息传递一般是面向分布式内存的，但是它也可适用于共享内存的并行机。消息传递为编程者提供了更灵活的控制手段和表达并行的方法，一些用数据并行方法很难表达的并行算法都可以用消息传递模型来实现，灵活性和控制手段的多样化是消息传递并行程序能提供高的执行效率的重要原因。

消息传递模型一方面为编程者提供了灵活性，另一方面，它也将各个并行执行部分之间复杂的信息交换和协调、控制任务交给了编程者，这在一定程度上增加了编程者的负担，这也是消息传递编程模型编程级别低的主要原因。虽然如此，消息传递的基本通信模式是简单和清楚的，学习和掌握这些部分并不困难，因此目前大量的并行程序设计仍然是消息传递。主要有两种消息传递模式：MPI 与并行虚拟机(parallel virtual machine，PVM)。PVM 是 Ork Ridge 美国国家实验室和 Tennessee 大学在 1989 年开发出来的；MPI 是在 1994 年由美国国家实验室出于创建消息传递库标准的目的开发成功的。本章采用 MPI 技术实现并行计算[2]。

1. 定义

对 MPI 的定义可以从下面三个方面认识：

① MPI 是一个库，而不是一门语言。许多人认为 MPI 就是一种并行语言，这是不准确的。但是按照并行语言的分类，可以将 FORTRAN+MPI 或 C+MPI 看作是一种在原来串行语言基础之上扩展后得到的并行语言，MPI 库可以用 FORTRAN77/C/FORTRAN90/C++语言调用，从语法上说，它遵守所有对库函数/过程的调用规则，和一般的函数/过程没有什么区别。

② MPI 是一种标准或规范的代表，而不特指某一个对它的具体实现。迄今为止，所有的并行计算机制造商都提供对 MPI 的支持，可以在网上免费得到 MPI 在不同并行计算机上的实现，一个正确的 MPI 程序，可以不加修改地在所有的并行机上运行。

③ MPI 是一种消息传递编程模型，并成为这种编程模型的代表和事实上的标准。MPI 虽然很庞大，但是它的最终目的是服务于进程间通信这一目标的。

2. 消息传递过程

MPI 的消息传递过程可以分为三个阶段，如图 6-1 所示。

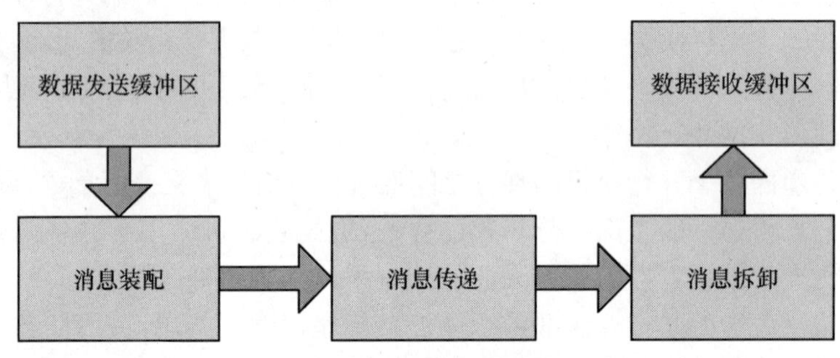

图 6-1 MPI 消息传递过程

消息装配将发送数据从发送缓冲区中取出加上消息信封等形成一个完整的消息；消息传递将装配好的消息从发送端传递到接收端；消息拆卸从接收到的消息中取出数据送入接收缓冲区。

在这三个阶段都需要类型匹配：

① 在装配时发送缓冲区中变量的类型必须和相应的发送操作指定的类型相匹配。

② 在消息传递时发送操作指定的类型必须和相应的接收操作指定的类型相匹配。

③ 在消息拆卸时接收缓冲区中变量的类型必须和接收操作指定的类型相匹配。

3. 通信模式

分布存储环境下，消息传递是多个并行任务之间沟通的桥梁。MPI 消息传递的灵活性也体现在通信机制方面。并行程序设计者可以根据通信需求，选择合适的通信方式，实现高效率的消息传递。MPI 提供了点到点通信和组通信两种通信形式。

(1) 点到点通信

对于源和目的任务之间的直接通信，MPI 提供了点到点的发送和接收函数。负责发送的任务将数据放入到发送缓冲区，发送给接收数据的特定目标任务，后者有相应的接收缓冲区。点到点的通信有两种发送和接收方式：阻塞和非阻塞。阻塞发送的完成意味着数据已拷贝出缓冲区，即通信缓冲区可重新分配。阻塞接收的完成意味着到来的消息已拷贝入用户接收缓冲区，即接收方已可以使用。但是，发送的完成并不意味着一个匹配的接收已发生，发送的消息可能被缓存在系统的缓冲区中。这样，发送可在匹配接收发生之前完成。非阻塞操作可以使得计算与通信重叠(必须有系统硬件支持)，MPI 的非阻塞操作立即返回一句柄，这并不意味着数据已经拷贝出发送缓冲区(或数据已拷贝入用户接收缓冲区)，该句柄可用来在适当的时候完成(MPI_WAIT)或检测(MPI_TEST)对应的非阻塞操作。

MPI 提供具有以下语义的阻塞和非阻塞发送：

① 标准发送，发送可以在相应接收前后发生，发送完成则发送缓冲区可用。

② 就绪发送，发送仅在相应接收发生后才能发出，其完成则发送缓冲区可用。

③ 同步发送，发送可在相应接收前后发生，但仅在接收完成后才返回(完成)。

(2) 通信域

MPI 的一个关键特征就是通信域。其以对象形式存在，作为通信操作的附加参数。通信域为开发消息传递程序提供了模块化支持，从而强有力地支持开发并行库和大规模代码。通信域的概念来自于 Zip Code 和 CCL 的组通信。在 MPI 中，进程以组内的相对 Rank 来标识，通信域参数则说明所涉及的进程组，使用该通信域的通信操作限制在该进程组的进程之间。这样，一组进程集上的库代码被用于另一组进程集时，库代码无须改动，而只要重定义描述该进程集的通信域。每一个通信域定义了一个唯一的进程组通信上下文。由上下文和区别消息的 TAG 一起来进一步区别不同进程上下文的具有同一个标识的消息。上下文由系统严格管理，对用户是透明的，有力地保证了库代码的消息通信互不干扰。MPI 提供了各种机制用于创建和管理通信域。在初始化时预定义一个通信域(MPI_COMM_

WORLD),相应的进程组包含了初始化时存在的所有进程。

(3) 组通信

MPI 有一组丰富的组通信函数,包括 Barrier Synchronization、Broadcast、Scatter、Gather 和各种规约操作。通信域用来标识参与组通信的进程组,这样组通信可以包括任意预定义的进程子集。

组通信的上下文都是由该组通信调用的通信域限定的。组通信调用可以和点对点通信共用一个通信域,MPI 保证由组通信调用产生的消息不会和点对点调用产生的消息相混淆。在组通信中不需要通信消息标志参数,如果将来的 MPI 新版本定义了非阻塞的组通信函数,也许那时就需要引入消息标志来防止组通信彼此之间造成的混淆。组通信一般实现三个功能:通信、同步和计算。通信功能主要完成组内数据的传输,而同步功能实现组内所有进程在特定的地点在执行进度上取得一致,计算功能稍微复杂一点,要对给定的数据完成一定的操作。

4. 数据类型

MPI 引入消息数据类型属性的目的有两个:一是支持异构系统计算;二是允许消息来自不连续的或类型不一致的存储区。例如,可以传送数组的一列,或传送一个结构值,而该结构的每个元素的类型不同。数据类型定义了消息中不连续的数据项及其可能不同的数据类型。数据类型由应用程序在执行时通过基本的数据类型创建。对于 C 和 FORTRAN 语言,MPI 均预定义了一组数据类型(如 MPI_FLOAT,MPI_CHAR 等),这些与语言中的数据类型相对应,如表 6-1 所示。

表 6-1 部分 MPI 与 C 语言相对应的数据类型

MPI 预定义数据类型	相对应的 C 语言数据类型
MPI_CHAR	signed char
MPI_SHORT	signed short
MPI_INT	signed int
MPI_LONG	signed long
MPI_DOUBLE	double
MPI_FLOAT	float
MPI_BYTE	无对应类型

另外,用户可自定义其他的数据类型,如多维向量或类似 C 语言中的结构。MPI 还允许发送和接收不同的数据类型,使得数据重映射方便灵活。

5. 基本流程

MPI 环境的初始化和结束流程如下：在调用 MPI 例程之前，各个进程都应该执行 MPI_INIT，接着调用 MPI_COMM_IZE 获取缺省组的大小，调用 MPI_COMM_RANK 获取调用进程在缺省组中的逻辑编号（从 0 开始）。然后，进程可以根据需要，向其他节点发送消息或接收其他节点的消息，经常调用的函数是 MPI_SEND 和 MPI_RECV。最后，当不需要调用任何 MPI 例程后，调用 MPI_FINALIZE 消除 MPI 环境，进程此时可以结束，也可以继续执行与 MPI 无关语句。MPI 程序框架结构如图 6-2 所示。

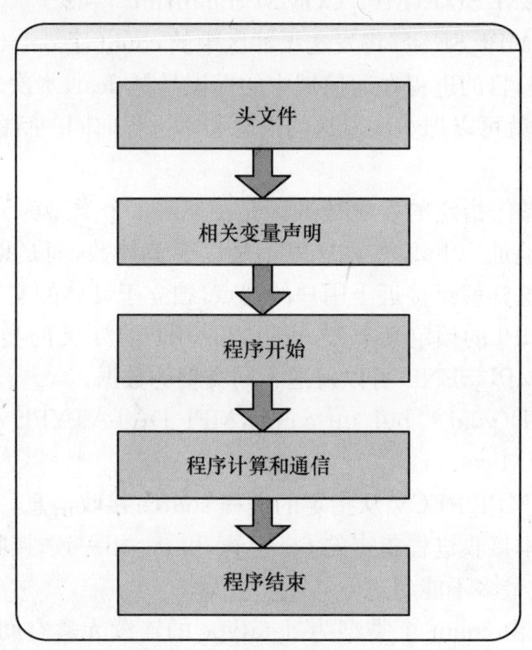

图 6-2　MPI 程序框架结构

上面提到的六个函数：MPI_INIT，MPI_COMM_SIZE，MPI_COMM_RANK，MPI_SEND，MPI_RECV，MPI_FINALIZE 实际上构成了编写一个完整的 MPI 程序所需例程的最小集。

① MPI 初始化：MPI_INIT 是 MPI 程序的第一个调用，它完成 MPI 程序所有的初始化工作。所有 MPI 程序的第一条可执行语句都是这条语句。

int MPI_INIT(int ＊argc，char ＊＊＊argv)

② MPI 结束：MPI_FINALIZE 是 MPI 程序的最后一个调用，它结束 MPI 程序的运行，它是 MPI 程序的最后一条可执行语句，否则程序的运行结果是不可

预知的。

int MPI_FINALIZE(void)

③ 当前进程标识:这一调用返回调用进程在给定的通信域中的进程标识号,有了这一标识号,不同的进程就可以将自身和其他的进程区别开来,实现各进程的并行和协作。

int MPI_COMM_RANK(MPI_COMM comm,int * rank)

④ 通信域包含的进程数:这一调用返回给定的通信域中所包括的进程的个数,不同的进程通过这一调用得知在给定的通信域中一共有多少个进程在并行执行。

int MPI_COMM_SIZE(MPI_COMM comm,int * size)

⑤ 消息发送:MPI_SEND 将发送缓冲区中的 count 个 datatype 数据类型的数据发送到目的进程,目的进程在通信域中的标识号是 dest,本次发送的消息标志是 tag,使用这一标志就可以把本次发送的消息和本进程向同一目的进程发送的其他消息区别开来。

MPI_SEND 操作指定的发送缓冲区是由 count 个类型为 datatype 的连续数据空间组成,起始地址为 buf,注意这里不是以字节计数,而是以数据类型为单位指定消息的长度,这样就更接近于用户的观点,独立于具体的实现。其中 datatype 数据类型可以是 MPI 的预定义类型,也可以是用户自定义的类型,通过使用不同的数据类型调用,MPI_SEND 可以发送不同类型的数据。

int MPI_SEND(void * buf,int count,MPI_DATATYPE datatype,int dest,int tag,MPI_COMM comm)

⑥ 消息接收:MPI_RECV 从指定的进程 source 接收消息,并且该消息的数据类型、消息标识和本接收进程指定的 datatype 和 tag 相一致,接收到的消息所包含的数据元素的个数最多不能超过 count。

接收缓冲区是由 count 个类型为 datatype 的连续元素空间组成,由 datatype 指定其类型,起始地址为 buf,接收到消息的长度必须小于或等于接收缓冲区的长度,这是因为如果接收到的数据过大,MPI 没有截断,接收缓冲区会发生溢出错误,因此,编程者要保证接收缓冲区的长度不小于发送数据的长度,如果一个短于接收缓冲区的消息到达,那么只有对应于这个消息的那些地址被修改,count 可以是零,这种情况下消息的数据部分是空的。

其中 datatype 数据类型可以是 MPI 的预定义类型,也可以是用户自定义的类型,通过指定不同的数据类型调用 MPI_RECV,可以接收不同类型的数据。

int MPI_RECV(void * buf,int count,MPI_DATATYPE datatype,int source,int tag,MPI_COMM comm,MPI_STATUS * status)

6.2 并行算法及其实现

6.2.1 并行求解思路

根据 5.2.1 节的式(5-10)～式(5-13)构造并行算法。如图 6-3 所示,修正方程(4-56)的求得可分解为 25 个子进程,其计算步骤可以总结如下[3~6]:

① 对 24 个时段的 $\boldsymbol{A}_{(t,t)}$ 进行三角分解,计算 $\boldsymbol{A}_{(t,t)}^{-1}\boldsymbol{A}_{(t,n)}$ 和 $\boldsymbol{A}_{(t,t)}^{-1}\boldsymbol{b}_{(t)}$(进程 1～24)。

② 根据式(5-10)和式(5-11)求出 $\boldsymbol{JJ}$ 和 $\boldsymbol{B}_{JJ}$,根据式(5-12)求出 $\Delta\boldsymbol{y}_n$(进程 0)。

③ 将 $\Delta\boldsymbol{y}_n$ 代入式(5-13),可求出各时段的 $\Delta\boldsymbol{z}_{(t)}$(进程 1～24)。

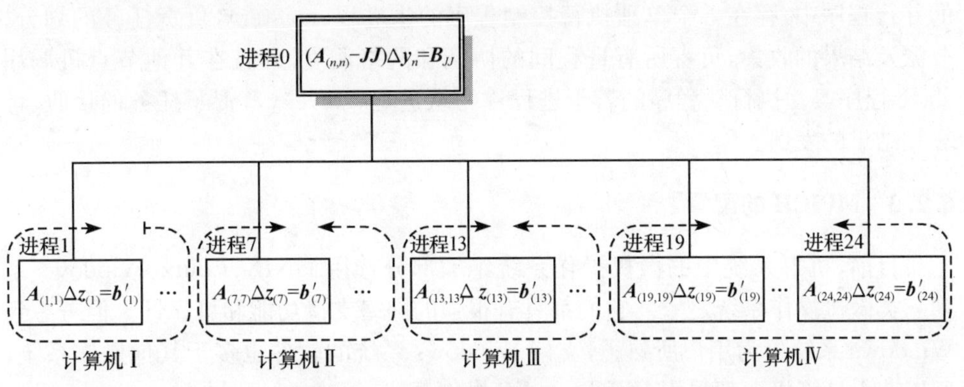

图 6-3　算法任务分配示意图

6.2.2 MPI 并行环境下的算法实现

MPI 提供了一种与语言平台无关、可以被广泛用于编写消息传递程序的标准。MPI 以语言独立的形式来定义这个接口库,提供了与 FORTRAN、C 和 C++ 语言的绑定。用它来编写消息传递并行程序具有实用性强、可移植性好及高效灵活等特点。MPI 将消息传递并行编程环境分解为两部分:一是构成该环境的所有消息传递函数的标准接口说明,它们是根据并行应用程序对消息传递功能的不同要求而制定的;二是各并行厂商提供的对这些函数的具体实现。MPI 有许多实现版本,其中 MPICH 是 MPI 1.2 标准的一个完全实现,也是应用范围最广的一种并行及分布式环境。MPICH 除包含 MPI 函数库之外,还包含了一套程序设计以及运行环境,通过 MPICH 可以非常容易地连接现有的计算机,组建集群进行高性能集群计算。

MPI 提供给 FORTRAN、C 和 C++语言的是一个标准消息传递函数库。用户通过调用该库中的函数，可组织各进程间的数据交换和同步通信。这些函数分为七类：点对点通信函数，用户自定义数据类型函数，聚合通信函数，通信器函数，进程拓扑结构函数，并行 I/O 函数和 MPI 环境管理函数。

在并行程序设计中，任务划分为若干个子任务，并将它们分配到相应的计算节点上执行。由于各子任务之间需要进行通信，为了保持负载平衡，减少通信开支，可以根据具体情况适当控制子任务的大小以提高执行效率。MPI 支持多种并行计算模型，其中，主从模式和对等模式是 MPI 的两种最基本的并行计算模式，绝大部分的 MPI 程序都是这两种模式之一或二者的组合。主从模式又称为 master/slave 模式。

根据 6.2.1 节提出的并行算法，主从模式非常适合实现该算法。在这种模式的并行程序中，存在一个单独执行控制程序的主进程(master)，负责任务的划分、分派及结果的收集，负责所有进程间的协调和网络调度，并且在其他节点机调用 slave 程序等。执行从程序的若干进程称为从进程(slave)，负责子任务的接收、计算和结果的发送。

6.2.3 MPICH 的配置

目前，机群系统中的微机操作系统绝大部分选用 UNIX、Linux、Windows 系列三类微机操作系统之一。它们都具有很强的网络支持功能和可靠性。但考虑到 Windows 系统更为用户所熟悉，支持 Windows 系统的软件也多于其他操作系统，所以节点计算机上都采用 Windows XP 操作系统。

安装好操作系统之后，对操作系统进行网络配置。在所有的节点微机上安装 TCP/IP 网络协议，并将所有的节点微机设置为统一工作组，给节点计算机定义不同的网络名以便区分。再将节点计算机上计划安装 MPI 软件和存储并行程序的硬盘分区或文件夹设置为共享。

MPICH 安装使用简要过程如下：

① 先安装 VC++6.0，安装过程略。

② 下载 MPICH NT 1.2.5 安装包，双击执行安装程序，按提示安装，过程非常简单。

③ 打开 VC++，在[工具]-[选项]里将 MPICH NT 的相关目录加进 Include 和 Lib 搜索路径当中。

④ 新建或打开一个已存在的工程，编写一个简单的 MPI 程序。在 MPICH 安装路径 SDK\Example\nt 子目录下就有几个简单的例子。

⑤ 在工程打开之后，打开[项目]-[设置]菜单，在 Link 页面中加入 ws2_32.lib 以及 mpich.lib 和 mpichd.lib 二者之一，后者主要是调试时使用。

⑥ 对工程进行编译和链接，生成可执行文件。

⑦ 接下来是执行 MPI 程序的过程，MPICH NT 1.2.5 提供了两种执行方式，其一是其于图形界面的 guimpirun，另一种是基于命令行的 mpirun。

使用图形界面执行 MPI 程序(如要在 NTFS 分区上执行 MPI 程序，则只能采用这种方式)。在[开始]-[程序]-[MPICH]-[mpd]中打开 mpirun，填入相应的可执行程序，选择需要启动的进程数，点击 Run 按钮即可开始程序的执行，窗口下半部分是相应的输入输出信息。

使用命令行界面执行 MPI 程序。首先建议在[系统属性]-[高级]-[环境变量]中将 MPICH NT 的 mpd\bin 目录路径加入到 PATH 变量当中，这样在命令提示符下可以直接使用 mpirun，否则在每次使用之时必须写全 mpirun 的路径。接下来打开一个命令提示符窗口，转到要执行的程序所在路径，如果之前有设置 PATH，那么在命令行中敲入 mpirun-np[进程数][程序名]，即可启动该 MPI 程序。

⑧ 更详细的说明，可以在安装好 MPICH NT 之后，从[开始]-[程序]-[MPICH]执行 User Guide 查看相关使用手册。

6.2.4　并行算法实现中的几个问题

1. 并行算法的评价

并行算法的评价可以通过下面基本参数来衡量：加速比、效率、可扩展性、成本及算法的复杂性。其中加速比是衡量算法性能的重要指标。

(1) 加速比

$$\alpha = \frac{T_1}{T_p} \tag{6-1}$$

式中，T_1 为串行算法在单台处理器上运行的时间；T_p 为并行算法在 p 台处理器上运行的时间。

(2) 效率

$$E = \frac{\alpha}{p} \tag{6-2}$$

式中，p 为处理器台数。

(3) 可扩展性

它是对并行算法有效利用增加的处理器数目能力的一种度量。它与算法设计内在的并行性和通信需求有关。

2. 通信流量

并行计算环境是在一个局域网的环境下执行，由于网络带宽的限制、网络的固有延时、局域网的冲突等原因，使网络在传送大量数据时，需要花费较多的时间，特别是在求解较大系统时，通信时间和计算时间有可能是相当的。为了减少通信量，程序采取了以下措施：

① 计算的数据文件一开始就存放在各从机上，从机从本地读取文件。

② 每个从机都运行了多个子进程，仅仅是不同机器相邻的子进程通过数据接口进行数据交换，相同机器内部的子进程在程序内通过数组进行数据交换，不通过数据传递接口进行数据交换。

3. 负载平衡

由于在并行计算环境中，各台计算机的 CPU 速度、内存、硬盘容量都不相同，造成各台计算机运行单个任务的时间不同。在每次迭代过程中，主程序都必须等待子进程发回数据，所以如果某一子进程的计算时间相对于其他子进程的计算时间多时，主进程就必须等待该子进程，造成计算时间浪费。所以，需要在多台计算机之间合理地分配子任务。

从图 6-3 可以清楚地看出，在本算法中，进程 0 作为主进程，进程 1～24 作为从进程，当采用四台计算机并行计算时，将从进程 1～24 平均分配到四台计算机中。由于在本算法中，主进程的计算量相对从进程的计算量很小，所以将主进程任务也分配到计算机Ⅰ中，不会影响负载平衡。

6.3 算例分析

选择广州鹿鸣电网 14 节点和修改后的 IEEE 118 节点系统作为试验系统，其网络接线和参数与第五章中的完全相同。对所提出的动态无功优化并行计算方法进行分析，参数与第五章中的参数给定完全相同。对于两个试验系统，分别采用 1～4 台计算机进行对比计算。采用局域网内 4 台计算机构成并行计算硬件平台，计算机之间通过交换机连接。4 台计算机均为 Pentium Ⅳ 2.8G，内存 256M。四台计算机都安装有 Windows XP Home Edition 和 MPICH NT 1.2.5，用来建立 Windows 系统下的 MPI 并行计算环境。优化程序用 C 语言编写，在 Visual C++ 6.0 环境编译。

表 6-2 列出第四章提出的方法在不同的 $\boldsymbol{C}_{x_1}$ 下得到的全天能量损耗、迭代次数和计算时间；表 6-3 列出本章所提算法在不同 $\boldsymbol{C}_{x_1}$ 下得到的全天能量损耗和迭代次数；表 6-4 给出了采用不同计算机数量实现并行计算所需要的总时间和平均单次迭代时间；表 6-5 列出 IEEE 118 节点系统在不同 $\boldsymbol{C}_{x_1}$ 下得到的全天能量损耗和迭代次数；表 6-6 给出了采用不同计算机数量实现并行计算时 IEEE 118 节点系统所需要的总时间和平均单次迭代时间。

表 6-2　鹿鸣电网由第四章提出的方法得到的能量损耗、迭代次数和计算时间

C_{x_1} \ 参数	能量损耗/(p.u.)	迭代次数	计算时间/s
8	0.10997	172	15.56
9	0.10988	142	13.22
10	0.10986	300	26.06
11	0.11003	126	11.02
12	0.10993	143	12.52
13	0.10986	195	16.98
14	0.11028	164	14.25
15	0.10984	105	9.20
16	0.10983	85	7.41
17	0.10982	51	4.53
18	0.11056	100	8.67
19	0.11022	78	6.86
20	0.10987	47	4.19
21	0.10985	63	5.53
22	0.10985	55	4.88
23	0.10985	56	4.92
24	0.10983	50	4.41
25	0.10993	55	4.89
26	0.10985	52	4.56

表 6-3　鹿鸣电网由本章所提方法得到的能量损耗和迭代次数

C_{x_1} \ 参数	能量损耗/(p.u.)	迭代次数	C_{x_1} \ 参数	能量损耗/(p.u.)	迭代次数
8	0.10997	171	18	0.11056	100
9	0.10991	168	19	0.11022	78
10	0.10991	249	20	0.10987	47
11	0.11003	126	21	0.10985	63
12	0.10989	116	22	0.10985	55
13	0.10986	197	23	0.10985	56
14	0.11006	181	24	0.10983	50
15	0.10984	105	25	0.10993	55
16	0.10983	85	26	0.10985	52
17	0.10982	51			

表 6-4　鹿鸣电网不同计算机数量下的计算时间

参数 / C_{x_1}	1 台计算机		2 台计算机		3 台计算机		4 台计算机	
	计算时间/s	单次迭代时间/s	计算时间/s	单次迭代时间/s	计算时间/s	单次迭代时间/s	计算时间/s	单次迭代时间/s
8	4.48	0.0261	4.79	0.0280	3.76	0.0219	4.48	0.0261
9	4.42	0.0260	4.73	0.0281	3.69	0.0219	4.42	0.0263
10	6.48	0.0260	6.93	0.0278	5.44	0.0218	6.58	0.0264
11	3.31	0.0260	3.46	0.0270	2.77	0.0219	3.30	0.0261
12	3.05	0.0262	3.22	0.0277	2.54	0.0218	3.05	0.0262
13	5.16	0.0261	5.54	0.0281	4.33	0.0210	5.15	0.0261
14	4.72	0.0260	5.00	0.0276	3.97	0.0219	4.70	0.0259
15	2.75	0.0261	2.95	0.0280	2.29	0.0218	2.74	0.0260
16	2.25	0.0264	2.39	0.0281	1.89	0.0222	2.22	0.0261
17	1.34	0.0262	1.42	0.0278	1.13	0.0221	1.33	0.0260
18	2.64	0.0264	2.76	0.0276	2.20	0.0220	2.60	0.0260
19	2.08	0.0266	2.18	0.0279	1.69	0.0216	2.02	0.0258
20	1.23	0.0261	1.33	0.0282	1.03	0.0219	1.24	0.0263
21	1.69	0.0268	1.79	0.0284	1.39	0.0220	1.65	0.0261
22	1.44	0.0261	1.56	0.0283	1.20	0.0218	1.45	0.0263
23	1.45	0.0258	1.59	0.0283	1.24	0.0221	1.45	0.0258
24	1.31	0.0262	1.41	0.0282	1.12	0.0224	1.31	0.0262
25	1.45	0.0263	1.51	0.0275	1.26	0.0220	1.42	0.0258
26	1.36	0.0261	1.48	0.0284	1.13	0.0217	1.35	0.0259

表 6-5　IEEE 118 节点系统由本章所提方法得到的能量损耗和迭代次数

参数 / C_{x_1}	能量损耗/(p. u.)	迭代次数	参数 / C_{x_1}	能量损耗/(p. u.)	迭代次数
23	14.50351	537	27	14.50490	442
24	14.50435	184	28	14.41166	38
25	14.50410	461	29	14.41134	38
26	14.50485	566	30	14.41165	37

表 6-6　IEEE 118 节点系统不同计算机数量下的计算时间

参数 / C_{x_1}	1 台计算机		2 台计算机		3 台计算机		4 台计算机	
	计算时间/s	单次迭代时间/s	计算时间/s	单次迭代时间/s	计算时间/s	单次迭代时间/s	计算时间/s	单次迭代时间/s
23	2450.14	4.5626	1716.78	3.1970	1612.26	3.0023	1402.11	2.6110
24	938.25	5.0991	616.44	3.3502	567.20	3.0826	483.92	2.6300

续表

参数 C_{x_1}	1台计算机		2台计算机		3台计算机		4台计算机	
	计算时间/s	单次迭代时间/s	计算时间/s	单次迭代时间/s	计算时间/s	单次迭代时间/s	计算时间/s	单次迭代时间/s
25	2115.59	4.5891	1479.97	3.2103	1383.02	3.0000	1203.31	2.6102
26	2603.67	4.6001	1811.28	3.2001	1697.56	2.9992	1477.88	2.6110
27	2028.33	4.5889	1436.51	3.2500	1331.58	3.0126	1158.05	2.6200
28	186.42	4.9058	129.30	3.4026	117.89	3.1023	100.41	2.6423
29	184.74	4.8614	130.44	3.4326	117.80	3.1000	100.35	2.6407
30	180.13	4.8683	127.04	3.4335	115.07	3.1100	97.80	2.6432

表 6-7 给出了鹿鸣电网和 IEEE 118 节点系统在不同控制设备动作次数限制条件下加速比的范围。

表 6-7 鹿鸣电网和 118 节点系统的加速比

计算机数目	加速比	
	鹿鸣电网	IEEE 118 节点系统
1	1	1
2	0.91～0.96	1.41～1.52
3	1.17～1.20	1.51～1.65
4	0.98～1.03	1.75～1.86

从表 6-7 的数据可以看出，鹿鸣电网的加速不明显，2 台计算机的计算时间比 1 台计算机还要多，是因为在 2 台计算机情况下数据交换需要的时间大于计算所节约的求解修正方程的时间。当用 3 台计算机进行并行计算的时候，由于平均每台计算机的数据交换量下降了，从而数据交换需要的时间下降，而求解修正方程所需时间减少，从而平均单次迭代时间也减小为 0.0219s。4 台计算机的加速比小于 3 台计算机的，这主要是由于计算机计算时产生固定时延，包括进程建立和撤销时间、网络传输时延等。此外，网络带宽等因素都有可能对计算时间产生一定的影响。

相对鹿鸣电网，IEEE 118 节点系统的加速比很明显，4 台计算机并行计算加速比最高可以达到 1.86，节约了近一半的时间，这是因为 IEEE 118 节点系统的规模远大于鹿鸣电网，所以求解修正方程的时间远大于数据交换需要的时间。当多机并行计算时，可以节约的时间较之数据传输需要的时间要多，所以加速效果很好。

6.4 小 结

为了能在根本上解决动态无功优化在大系统上遇到的“维数灾”的难题，在第五章的基础上，提出一种粗粒度的并行计算方法。本章提出的算法可以将计算任务分解为 25 个计算量基本相当的子任务，相互之间只需要进行少量的数据交换即可，是一种较理想的并行算法。当试验系统规模较小时，多机并行计算相对单机计算的优势并不明显，但随着系统规模变大，求解修正方程所需时间也将变长，多机并行计算的优势也更加明显。将并行计算应用到电力系统动态无功优化中是一个新的思路，如本章所分析，系统规模越大，加速效果越好，在大型电力系统动态无功优化中有着良好的应用潜力。

参 考 文 献

[1] 康继昌，朱怡安. 现代并行机原理. 西安：西北工业大学出版社，1996

[2] 都志辉. 高性能计算并行编程技术——MPI 并行编程技术. 北京：清华大学出版社，2001

[3] 苏新民，毛承雄，陆继明. 对角块加边模型的并行潮流计算. 电网技术，2002. 1(26)：22～25

[4] 薛巍，舒继武，王心丰，等. 电力系统潮流并行算法的研究进展. 北京：清华大学学报（自然科学版），1999，42(9)：1192～1195

[5] Wei Q, Flueck A J, Feng T. A new parallel algorithm for security constrained optimal power flow with a nonlinear interior point method//IEEE Power Engineering Society General Meeting, 12～16 June, 2005, 1：445～447

[6] 缪楠林，刘明波，赵维兴. 电力系统动态无功优化并行算法及其实现. 电工技术学报，2009，24(2)：150～157

第七章　地区电网电压无功控制

随着电力系统自动化水平的提高，人们对电能质量和运行经济性也提出了更高的要求。各地区电网在35～220kV变电站内，一般都装设有载调压变压器和并联补偿电容器组，要求根据有功、无功负荷的变化和电压的变化调节有载调压变压器的分接头和投切并联补偿电容器组，达到提高电压质量和降低有功损耗的目的。

7.1　电压控制的基本方式

7.1.1　分散控制

分散控制方式是以变电站为中心，通过调节有载调压变压器分接头档位，控制无功补偿设备的工作状态，维持受控母线电压和从电网吸收的无功功率在规定的范围内。自20世纪70年代以来，国内外对此有大量研究。已有大量变电站级电压无功综合控制装置(VQC)开发成功[1~7]，并在35～220kV变电站得到了广泛的应用，如广州电网的110kV和220kV变电站普遍装设了VQC。VQC的控制策略主要是按电压和无功曲线综合进行调整，即按照九区分割图或其扩展形式。但它只能实现变电站内的局部优化，不能实现全系统的最优控制，并且仅能保证受控母线电压合格。

图7-1给出了一个110 kV变电站的典型接线方式。VQC的调节主要是基于九区分割图，如图7-2所示。

这里的U和Q分别代表主变低压侧的电压和高压侧从电网吸收的无功功率。电压的上下限主要由该变电站的运行要求决定，如广州供电局规定10kV母线的

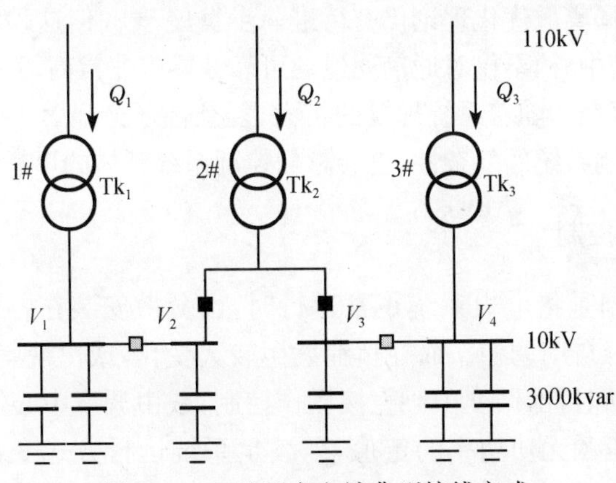

图7-1　110 kV变电站典型接线方式

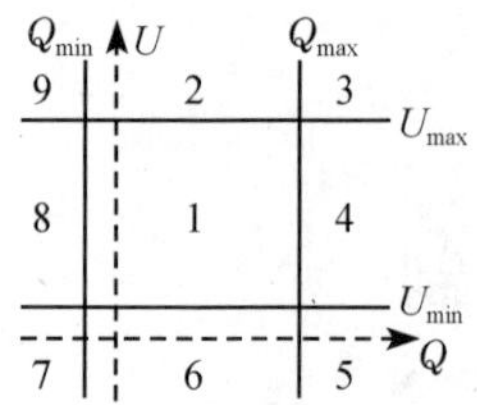

图 7-2　电压无功控制九区分割图

电压合格范围是 10.0～10.7kV。无功功率的上下限之差应大于至少一组电容器的容量。基本的控制策略可描述如下[7]：

1 区：无须调节；

2 区：升档位，若在最高档，则切电容；

3 区：升档位，若无功仍越上限，投电容；

4 区：投电容，若无电容可投，则降档位；

5 区：投电容，若无电容可投，则降档位；

6 区：降档位，若在最低档，则投电容；

7 区：降档位，若无功仍越下限，切电容；

8 区：切电容，若无电容可切，则升档位；

9 区：切电容，若无电容可切，则升档位。

从 VQC 的调节原理可以看出，其调节均是基于已经给定的电压无功上下限值。如果上下限值给定不合理，无论调节措施多么完美，都不可能得到合理的控制。因此，对于 VQC 来说，如何确定在每个时间段上每台变压器高压侧的无功功率和受控母线电压的控制范围（上下限值）是一个非常关键的问题。

7.1.2　集中控制

全电网电压无功集中控制能够实现全局的最优控制，是目前正在发展的一个方向。集中控制是通过调度中心对各个调压设备和无功可控设备实施电压无功综合在线控制，在满足负荷需求和保证系统电能质量的条件下使系统有功损耗最小[8,9]。理论上讲，这种控制方式是保证系统电压正常、提高系统运行安全性和经济性的最佳方式，被认为是电力系统调度控制发展的最高阶段。实现集中控制方式的前提是地区电网必须具有完善的四遥功能、高可靠性的通信通道及智能执行单元。其实现技术已基本成熟，但全局离散优化理论仍有待进一步发展[10]。但这种集中控制方式的功能全部集中在调度中心，不仅对通信通道的可靠性要求非常高，而且使得全局优化计算及其控制策略复杂。随着系统规模的扩大，复杂性还会显著增加。由于功能过分集中，既会增加控制系统的复杂性，也会影响控制系统整体的可靠性。

7.1.3　关联分散控制

关联分散控制是指电力系统正常运行时，由分散安装在各变电站的 VQC 装置或控制软件进行自动调控。而在负荷发生较大变化，或出现紧急情况，或系统运行方式发生大变动时，由调度中心直接操作控制，或由调度中心修改所管辖变电站应维持的母线电压和无功功率的定值，以满足系统运行方式变化后新的要求[11]。因此，关联分散控制最大的优点是：系统正常运行时，责任分散、控制分散、危险分散；

紧急情况下，执行应急程序，提高全系统的可靠性和经济性。为达此目的，这就要求执行关联分散控制任务的装置，除了要具有齐全的对受控站的分析、判断和控制功能外，还必须具有较强的通信能力和手段。对调度中心而言，必须具备应急控制程序。

7.2　分布式电压无功控制

与传统意义上的集中控制方式不同，在实现变电站级电压无功综合控制的基础上，构建分布式电压无功控制系统，实现地区电网的电压无功分散协调控制，降低对通信通道的要求，做到功能分散、风险分散。该系统由主站系统、变电站电压无功实时控制子系统(即变电站级电压无功综合控制装置，VQC)和通信子系统三个子系统构成[12]。系统结构如图 7-3 所示。通信子系统实现主站系统与子站系统 VQC 控制程序之间的数据通信，主站系统通过通信子系统与各变电站的电压无功实时控制子系统联系，进行数据传递和控制，如图 7-4 所示。通信子系统面向对象包括主站工控机、220kV 子站 VQC、110kV 子站 VQC 和通信通道。主站系统利用由子站系统采集并按一定时间间隔上送的 220kV 和 110kV 变电站低压侧(10kV 侧)有功和无功负荷的实时数据及开关状态信息，进行全电网离散无功优化计算，其优化目标是保证电网内各节点电压在允许范围内且实现全网有功损耗最小；然后根据优化计算结果形成每个变电站的无功功率上下限(指变压器高压侧从系统吸收的无功功率)及低压侧电压上下限的控制策略表，并通过通信子系统下传到变电站电压无功实时控制子系统。主站系统软件框架如图 7-5 所示。子站系统放置在各变电站内，各子站系统装置负责监控变压器和电容器状态、采集电网运行参数及根据主站系统提供的电压无功限值按九区分割图实施具体控制策略。变电站电压无功实时控制子系统可在原有变电站 VQC 的基础上进行改进后构建，支持按全网优化电压无功限值和支持本地电压无功限值两种控制模式，当通信中断或电网出现异常时，子站系统将自动切换控制状态，即从执行全网优化电压无功限值自动转换成执行本地预设的电压无功限值，保证电网安全运行。

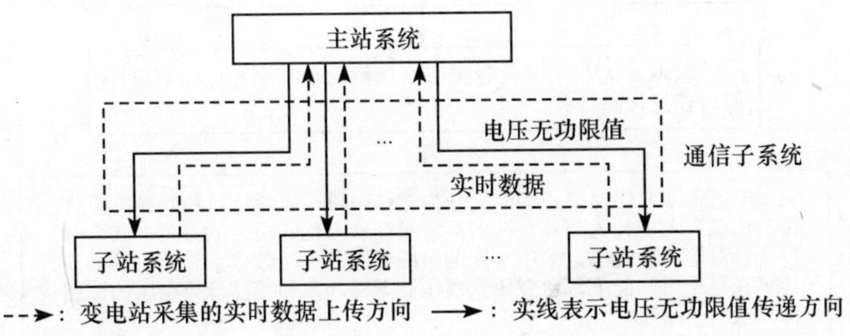

图 7-3　分布式电压无功控制系统结构原理图

主站工控机
通信通道
220kV主站VQC装置
通信通道
110kV子站VQC装置
110kV子站VQC装置
...
110kV子站VQC装置

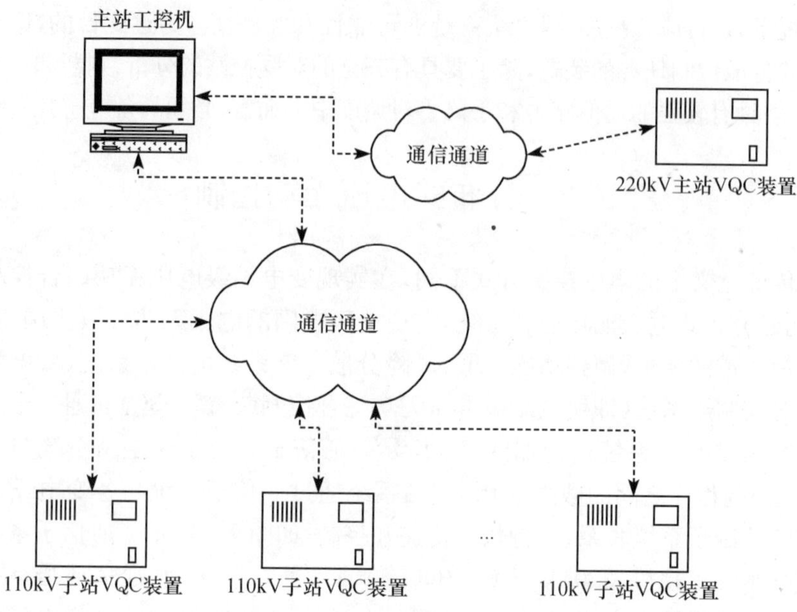

图 7-4　通信子系统拓扑结构

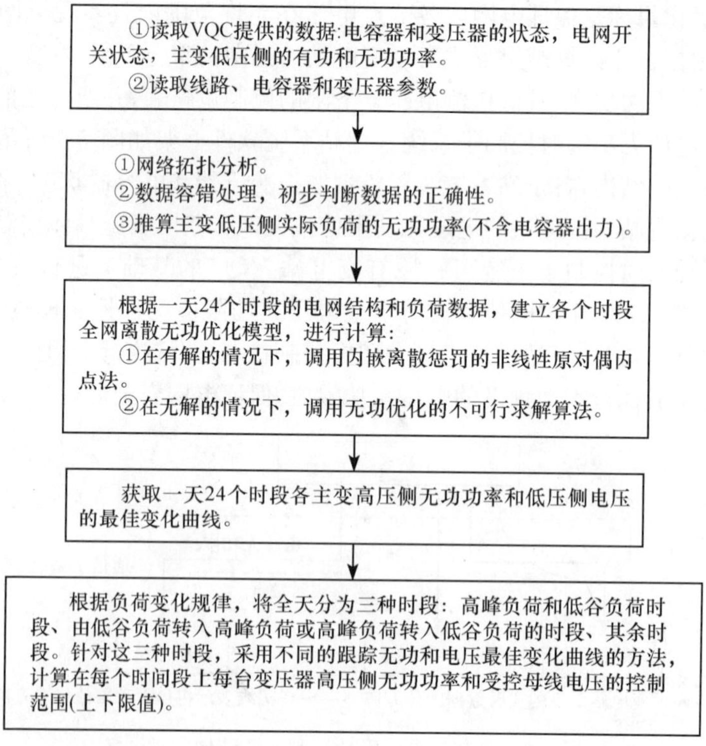

①读取VQC提供的数据:电容器和变压器的状态，电网开关状态，主变低压侧的有功和无功功率。
②读取线路、电容器和变压器参数。
①网络拓扑分析。
②数据容错处理，初步判断数据的正确性。
③推算主变低压侧实际负荷的无功功率(不含电容器出力)。
根据一天24个时段的电网结构和负荷数据，建立各个时段全网离散无功优化模型，进行计算:
①在有解的情况下，调用内嵌离散惩罚的非线性原对偶内点法。
②在无解的情况下，调用无功优化的不可行求解算法。
获取一天24个时段各主变高压侧无功功率和低压侧电压的最佳变化曲线。
根据负荷变化规律，将全天分为三种时段：高峰负荷和低谷负荷时段、由低谷负荷转入高峰负荷或高峰负荷转入低谷负荷的时段、其余时段。针对这三种时段，采用不同的跟踪无功和电压最佳变化曲线的方法，计算在每个时间段上每台变压器高压侧无功功率和受控母线电压的控制范围(上下限值)。

图 7-5　主站系统软件框架

该系统研制成功后在广州鹿鸣电网挂网运行[12]，将主站系统放置在 220kV 鹿鸣站，每个变电站(包括一个 220kV 鹿鸣站和四个 110kV 变电站，网络接线见附录 VI)都安装了子站系统，整个分布式电压无功控制系统的控制范围是从 220kV 变电站的进线端到 110kV 变电站的 10kV 侧出线端。从现场运行记录数据和变电站的值班人员的反映可以看出，该系统应用后取得如下效果：

① 该系统实现了全电网在线无功优化调度和局部无功控制装置的协调，改善整个电网的电压质量，降低电网有功损耗。

② 在系统运行期间，各变电站的电压合格，调节动作及时准确，可满足实际运行需求。

③ 在各变电站实际运行中，各无功补偿设备得到充分利用，有效地降低变电站在负荷高峰期从系统吸取的无功，补偿了系统无功，同时起到很好的电压调节作用。

从上文不难看出，构建分布式电压无功控制系统的关键在于：

① 如何高效求解含离散控制变量的地区电网无功优化问题?

② 如何根据离散无功优化结果获得各个变电站 VQC 的电压无功限值?

第一个问题可以采用第三章中提出的内嵌离散惩罚的非线性原对偶内点法进行求解，第二个问题将在下一节重点讨论。

7.3　变电站电压无功控制范围的整定计算

目前，变电站电压无功自动调节装置大多数是基于九区分割图控制原理，并以此为基础提出了各种改进的控制策略，研究的重点在于：在实现无功就地平衡和保证电压合格率的前提下，尽可能减少电容器组投切和变压器分接头调节次数。这些研究均基于给定的电压无功上下限值，通过对 VQC 装置控制策略和电压无功限值边界的改进(如采用模糊边界等)，作出相应的调节控制。本节根据一天 24 小时各负荷点的有功和无功负荷曲线，进行全网离散无功优化计算，并以此为基础提出了变电站 VQC 控制范围的整定计算方法[13]。既考虑了对变压器低压侧母线电压和变压器高压侧无功功率的最优变化曲线的跟踪，又顾及了减少分接头动作次数的要求。

7.3.1　调节范围定义

以一个具有两条母线、一台变压器、一个负荷及一个电容器组的简单变电站(图 7-6(a))为例来说明电压与无功的调节原理。图 7-6(b)给出了用于变电站 VQC 控制的九区域图，其中电压 U 代表变压器低压侧母线电压，无功 Q 代表变压器高压侧无功功率。

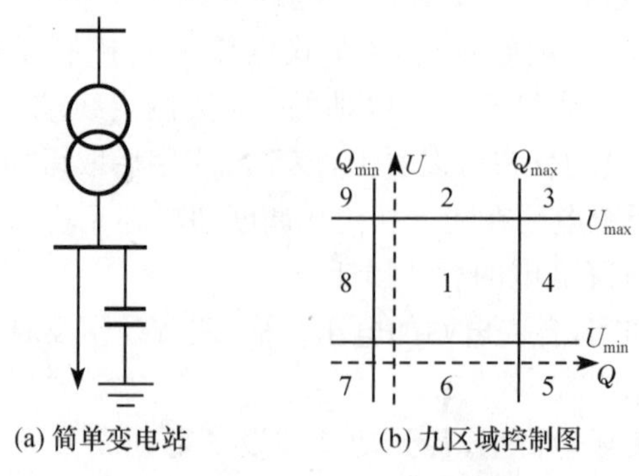

图 7-6　简单变电站电压无功控制

其中，电压的上下限主要由该变电站的运行要求决定，无功功率的上下限之差应大于至少一组电容器的容量。当由变压器低压侧母线电压和变压器高压侧无功功率确定的运行点偏离区域 1 时，VQC 将实施相应的控制。从 VQC 的调节原理可以看出，其调节均是基于已经给定的电压无功上下限值。因此，对于 VQC 来说，如何确定在每个时间段上每个变压器高压侧的无功功率和变压器低压侧母线电压的控制范围（上下限值 Q_{max}、Q_{min}、U_{max}、U_{min}）是一个非常关键的问题。

7.3.2　整定计算原理

基本思路是：

① 首先根据一天各负荷点的有功和无功负荷曲线及电网结构，进行全网离散无功优化计算，其优化目标是保证节点电压在允许范围内，且使整个网络的有功功率损耗最小。其优化算法见第三章。通过计算得出每个变电站变压器高压侧无功功率和低压侧母线电压的最佳变化曲线。

② 根据所得无功和电压最佳变化曲线确定变压器高压侧无功功率和低压侧母线电压的上下限值。

电力系统的实际负荷是连续变化的，但连续的负荷曲线无法直接用于优化求解。通常的处理方法是分时段静态化，即将连续变化的负荷曲线简化为阶梯状分布的曲线，认为各时段内负荷保持不变。分段越多，最终求得的解越接近实际最优解。一般可将全天分为 24 个时段（每个小时为一个时段），对每个时段进行全网无功优化计算，得出全网在最优状态下的变压器低压侧母线电压变化曲线（最优电压曲线）和变压器高压侧无功变化曲线（最优无功曲线），据此可给出相应时段的电压和无功整定值。对于每台变压器，全天共有 24 个定值。

如果能通过变压器分接头的调节和电容器组的投切，使变压器高压侧无功和变压器低压侧母线电压维持在所得出的最优曲线上，则从理论上不但能保证电压无功合格，并且能使网损降至最小。

如果不考虑变压器分接头动作次数和电容器组投切次数的限制，则电压无功整定值可按下述方法给出：

① 电压限值：依据最优电压曲线，分别向上和向下浮动 $\Delta U/2$，作为上下限值，其中 ΔU 为相应的变压器分接头动一个档位或几个档位（取决于对分接头动作次数的限制及跟踪最优电压曲线的精度）所产生的电压变化量。

② 无功限值：依据最优无功曲线，分别向上和向下浮动 $\Delta Q/2$，作为上下限值，其中 ΔQ 为相应的变压器所配置的电容器每一组的容量。

但是，上述方法可能导致变压器分接头频繁动作和电容器组反复投切，不能符合实际要求。

下面从变电站电压无功控制装置的调节原理出发，结合无功负荷变化的规律性以及无功在不同时段的不同要求，提出计算电压无功整定值的计算方法。

图 7-7 给出了广州鹿鸣电网的典型有功负荷变化曲线，其无功负荷的变化与有功负荷的变化非常相似。从图中可见，负荷在 8 点前后有剧烈的上升，此后一直维持在较高水平，直到 21 点左右有较大的下降，此后一直到凌晨 6 点，负荷维持在比较低的水平。按负荷的变化规律，可将全天分为三种时段：高峰负荷或低谷负荷时段、由低谷负荷转入高峰负荷或由高峰负荷转入低谷负荷的时段、其余时段。下面分别讨论给定电压和无功整定值的方法。

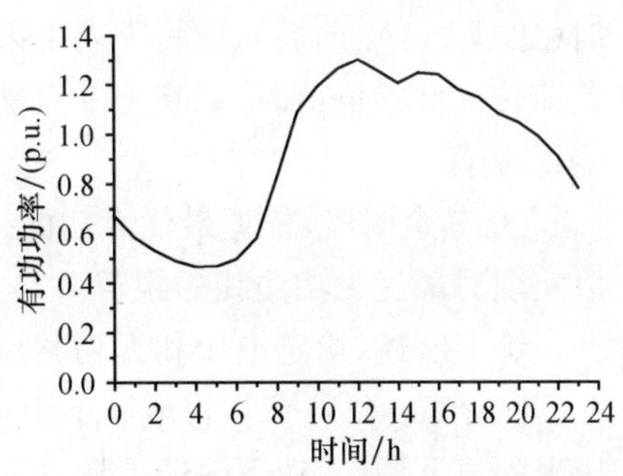

图 7-7　广州鹿鸣电网的典型有功负荷变化曲线

7.3.3　电压控制范围给定

① 考虑逆调压的要求，在电压合格范围内，在高峰负荷时，电压偏上限运行，在低谷负荷时，电压偏下限运行。因此要适当收缩电压上下限值。

② 结合无功负荷的变化规律，应在负荷发生较大趋势性变化时，放宽电压上下限值（同时收缩无功上下限值），使电压控制由投切电容器来完成。值得注意的是，此举并不会增加电容器的投切次数。以早晨 8 点为例，此时的电压越限是由于无功不足造成的，应该由投电容来完成。如果此时仅通过降分接头来维持电压合格，在下个时段由于负荷的增加使电容器投运，电压很容易越上限，则此时又要升变压器分接头来维持电压合格，这是应该避免的。可见，此举可避免变压器分接头

不必要的动作。

③ 其余时段,依据最优电压曲线,分别向上和向下浮动 $\Delta U/2$,作为上下限值,以实现对最优电压曲线的跟踪。

7.3.4 无功控制范围给定

无功控制范围的给定相对电压来说要复杂得多。系统无功功率的调节对电压水平影响很大,无功分布不合理是网损增大的重要原因。对供电网来说,它直接面向用户,对电压合格的要求相对来说较高,因此在保证无功就地平衡的前提下,无功限值的给定需要配合电压限值的给定,具有较大的灵活性。

① 配合逆调压的要求,由于在高峰负荷时,电容器可能已全部投入,此时应将无功上限值上调,避免无电容可投的情况。类似地,在低谷负荷时,将无功下限下调。

② 在给定电压限值时已经提到,当负荷发生较大趋势性变化时,在放宽电压上下限值的同时,要收缩无功上下限值。具体策略如下:由低谷负荷转入高峰负荷时(如早上 8 点前后),应将无功上限下调,使其对投电容的操作变得敏感;由高峰负荷转入低谷负荷时(如晚上 9 点前后),应将无功下限上调,使其对切电容的操作变得敏感。

③ 其余时段,依据最优无功曲线,分别向上和向下浮动 $\Delta Q/2$,作为上下限值,以实现对最优无功曲线的跟踪。

综上所述,给定电压和无功整定值的方法如下:

① 在高峰负荷时,将电压下限值上调,无功上限值上调;在低谷负荷时,将电压上限值下调,无功下限值下调。

② 由低谷负荷转入高峰负荷时,将电压下限值下调,无功上限值下调;由高峰负荷转入低谷负荷时,将电压上限值上调,无功下限值上调。

③ 其余时段,依据上述给定的方法实现对最优电压和无功曲线的跟踪。

7.3.5 算例分析

选择鹿鸣电网 14 节点系统为试验系统,网络接线和参数见附录Ⅵ,采用第三章提出的求解含离散控制变量的无功优化算法,可以确定各时段每个变电站变压器高压侧无功功率和低压侧母线电压最佳值,即求得了一天 24 小时每个变电站变压器高压侧无功功率和低压侧母线电压的最佳变化曲线。表 7-1 给出了鹿鸣电网 2001 年 9 月 7 日的优化结果。变压器分接头和电容器动作次数统计如表 7-2 所示,可见越秀站 1#、文德站 2# 和鹿鸣站 2# 变压器分接头动作比较频繁。

表 7-1(a)　电容器投入组数

时　段	鹿鸣站 2#	景泰站 3#	景泰站 2#	越秀站 1#	盘福站 1#	文德站 2#
0～1	0	1	1	0	1	1
1～2	0	1	1	0	1	0
2～3	0	1	1	0	0	0
3～4	0	0	1	0	0	0
4～5	0	0	0	0	0	0
5～6	0	0	0	0	0	0
6～7	0	0	1	0	0	0
7～8	0	1	1	0	1	0
8～9	0	2	2	1	1	1
9～10	3	2	2	1	1	2
10～11	4	2	2	1	1	2
11～12	4	2	2	1	1	2
12～13	4	2	2	1	1	2
13～14	4	2	2	1	1	2
14～15	4	2	2	1	1	2
15～16	4	2	2	1	1	2
16～17	4	2	2	1	1	2
17～18	4	2	2	1	1	2
18～19	4	2	2	1	1	2
19～20	3	2	2	1	1	2
20～21	3	2	2	1	1	2
21～22	2	2	2	1	1	2
22～23	1	2	2	1	1	2
23～0	0	2	2	1	1	0

表 7-1(b)　变压器分接头位置和平衡节点电压

时　段	景泰站 2#	景泰站 3#	越秀站 1#	盘福站 1#	文德站 2#	鹿鸣站 2#	平衡节点电压/(p.u.)
0～1	3	2	3	2	3	−1	1.0700
1～2	3	3	3	3	3	−6	1.0007
2～3	4	3	4	3	3	−6	1.0007
3～4	3	2	1	2	1	−4	1.0200
4～5	3	2	3	2	3	−4	1.0239
5～6	3	2	3	2	3	−4	1.0244
6～7	3	3	7	3	3	−6	1.0007
7～8	4	4	8	3	7	−6	1.0007
8～9	4	4	4	2	2	−1	1.0700

续表

时　段	景泰站 2＃	景泰站 3＃	越秀站 1＃	盘福站 1＃	文德站 2＃	鹿鸣站 2＃	平衡节点电压/(p. u.)
9～10	3	2	3	2	2	－1	1.0700
10～11	3	2	3	0	2	－2	1.0621
11～12	3	3	3	0	2	－2	1.0685
12～13	3	2	3	0	2	－2	1.0700
13～14	3	2	3	0	2	－2	1.0679
14～15	3	2	3	0	2	－2	1.0630
15～16	3	2	3	0	2	－2	1.0665
16～17	3	2	3	0	2	－2	1.0668
17～18	3	2	3	0	2	－2	1.0606
18～19	3	2	4	0	2	－1	1.0700
19～20	3	2	4	0	2	－1	1.0698
20～21	3	2	3	2	3	－1	1.0700
21～22	3	2	4	2	3	－1	1.0697
22～23	3	2	4	2	3	－1	1.0661
23～0	4	2	4	2	2	－2	1.0477

表 7-2　变压器分接头和电容器动作次数统计

	景泰站 2＃	景泰站 3＃	越秀站 1＃	盘福站 1＃	文德站 2＃	鹿鸣站 2＃
分接头动作次数	5	8	19	6	15	17
电容器投切次数	4	4	2	2	6	8

由于鹿鸣站为 220kV 枢纽变电站，因此以鹿鸣站 2＃变压器为例，讨论其电压和无功功率的控制范围计算。鹿鸣站 2＃变压器高压侧无功功率和低压侧母线电压的最优值如表 7-3 所示。

表 7-3　鹿鸣站 2＃变压器高压侧无功功率和低压侧母线电压的最优值　(单位：p. u.)

时段	0～1	1～2	2～3	3～4	4～5	5～6	6～7	7～8	8～9	9～10	10～11	11～12
无功功率	0.17821	0.15918	0.16488	0.16752	0.18170	0.18220	0.16965	0.15957	0.15373	0.15922	0.17910	0.21885
母线电压	1.04921	1.05087	1.05003	1.03578	1.05023	1.04774	1.05527	1.05538	1.04807	1.04940	1.04840	1.05862
时段	12～13	13～14	14～15	15～16	16～17	17～18	18～19	19～20	20～21	21～22	22～23	23～0
无功功率	0.24058	0.21273	0.18486	0.20930	0.20576	0.16932	0.15294	0.15502	0.13501	0.14435	0.13864	0.15098
母线电压	1.05518	1.05578	1.05558	1.05919	1.05601	1.05419	1.05245	1.04562	1.06463	1.06178	1.05779	1.05226

1. 鹿鸣站 2# 变压器高压侧无功功率限值

图 7-8 中的三条曲线分别为鹿鸣站 2# 高压器高压侧无功功率的最优变化曲线(Q_{opt})及其整定值变化曲线(Q_{max}和 Q_{min})。其中的最优曲线依据表 7-3 中的结果得到。根据提出的整定原理,整定值曲线的具体给出方法如下:

① 在高峰负荷时,$Q_{max}=\lambda_1(Q_{opt}+0.7\Delta Q)$,$Q_{min}=\lambda_2(Q_{opt}-0.3\Delta Q)$;在低谷负荷时,$Q_{max}=\lambda_1(Q_{opt}+0.3\Delta Q)$,$Q_{min}=\lambda_2(Q_{opt}-0.7\Delta Q)$。

② 由低谷负荷转入高峰负荷时,$Q_{max}=\lambda_1 Q_{opt}$,$Q_{min}=\lambda_2(Q_{opt}-\Delta Q)$;由高峰负荷转入低谷负荷时,$Q_{max}=\lambda_1(Q_{opt}+\Delta Q)$,$Q_{min}=\lambda_2 Q_{opt}$。

③ 其余时段,$Q_{max}=\lambda_1(Q_{opt}+0.5\Delta Q)Q_{max}$,$Q_{min}=\lambda_2(Q_{opt}-0.5\Delta Q)$。

式中,ΔQ 为对应的电容器每一组的容量,λ_1 和 λ_2 为裕度系数,λ_1 的取值范围是 1.00~1.15,λ_2 的取值范围是 0.85~1.00。对于不同的时段,λ_1 和 λ_2 的取值可以不同。

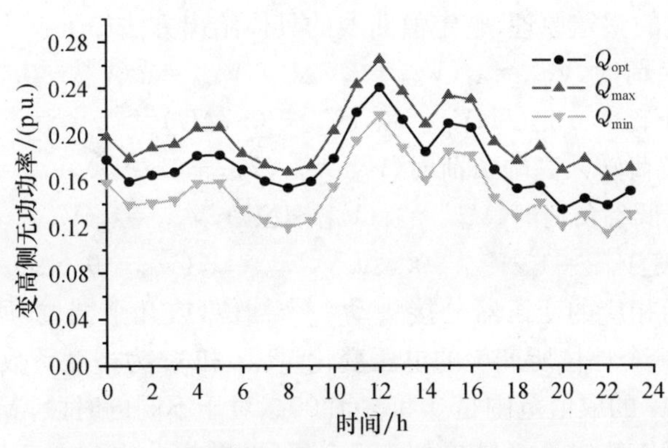

图 7-8　无功最优变化曲线及其整定值曲线

无功功率限值整定计算结果如表 7-4 所示,并据此得到图 7-8 中的另外两条曲线(Q_{max}和 Q_{min})。从图 7-8 中可见,在负荷较低时,无功上限值曲线对其最优变化曲线的逼近程度比下限值曲线的要高,这是为了避免低谷负荷时无电容器可切的情况。在负荷有较大上升的 8 点左右,无功上限值非常逼近其最优变化曲线,这是为了使投电容的操作变得敏感。类似地,在负荷较高时,无功上限值曲线对其最优变化曲线的逼近程度比下限值曲线的要低,这是为了避免低谷负荷时无电容可投的情况。在负荷有较大下降的 21 点左右,无功下限值非常逼近最优变化曲线,这是为了使切电容的操作变得敏感。

表 7-4 无功功率限值整定计算结果 （单位：p. u.）

时段	0～1	1～2	2～3	3～4	4～5	5～6	6～7	7～8	8～9	9～10	10～11	11～12
无功上限	0.19825	0.17922	0.18892	0.19156	0.20575	0.20625	0.18370	0.17362	0.16777	0.17327	0.20314	0.24290
无功下限	0.15817	0.13194	0.14083	0.14347	0.15765	0.15815	0.13561	0.12552	0.11968	0.12517	0.15505	0.19481
时段	12～13	13～14	14～15	15～16	16～17	17～18	18～19	19～20	20～21	21～22	22～23	23～0
无功上限	0.26463	0.23678	0.20891	0.23335	0.22981	0.19337	0.17699	0.18907	0.16906	0.17840	0.16269	0.17102
无功下限	0.21653	0.18869	0.16082	0.18525	0.18171	0.14527	0.12889	0.14097	0.12096	0.13030	0.11460	0.13094

2. 鹿鸣站 2# 变压器低压侧母线电压限值

图 7-9 中的三条曲线分别为鹿鸣站 2# 高压器低压侧母线电压最优变化曲线（V_{opt}）及其整定值变化曲线（V_{max}和 V_{min}）。其中的最优曲线依据表 7-3 中的结果得到。根据提出的整定原理，整定值曲线的具体给出方法如下：

① 在高峰负荷时，$V_{max}=\lambda_1(V_{opt}+0.7\Delta U)$，$V_{min}=\lambda_2(V_{opt}-0.3\Delta U)$；在低谷负荷时，$V_{max}=\lambda_1(V_{opt}+0.3\Delta U)$，$V_{min}=\lambda_2(V_{opt}-0.7\Delta U)$。

② 由低谷负荷转入高峰负荷时，$V_{max}=\lambda_1(V_{opt}+0.7\Delta U)$，$V_{min}=\lambda_2(V_{opt}-\Delta U)$；由高峰负荷转入低谷负荷时，$V_{max}=\lambda_1(V_{opt}+\Delta U)$，$V_{min}=\lambda_2(V_{opt}-0.7\Delta U)$。

③ 其余时段，$V_{max}=\lambda_1(V_{opt}+0.5\Delta U)$，$V_{min}=\lambda_2(V_{opt}-0.5\Delta U)$。

式中，ΔU 为相应的变压器分接头动一个档位（或几个档位）所产生的电压变化量，此处取为一个档位所产生的电压变化量，λ_1 和 λ_2 为裕度系数，λ_1 的取值范围是 1.00～1.05，λ_2 的取值范围是 0.95～1.00。对于不同的时段，λ_1 和 λ_2 的取值可以不同。电压限值整定计算结果如表 7-5 所示，并据此得到图 7-9 中的另外两条曲线（V_{max}和 V_{min}）。

表 7-5 电压限值整定计算结果 （单位：p. u.）

时段	0～1	1～2	2～3	3～4	4～5	5～6	6～7	7～8	8～9	9～10	10～11	11～12
电压上限	1.05899	1.06122	1.06075	1.04545	1.06015	1.06034	1.06564	1.06595	1.06027	1.06224	1.06356	1.06857
电压下限	1.03880	1.04176	1.03329	1.01637	1.03424	1.03046	1.02833	1.03047	1.02634	1.03251	1.03789	1.04724
时段	12～13	13～14	14～15	15～16	16～17	17～18	18～19	19～20	20～21	21～22	22～23	23～0
电压上限	1.06764	1.06856	1.06744	1.06852	1.06919	1.06852	1.06775	1.06734	1.07988	1.07664	1.07231	1.06746
电压下限	1.04438	1.04461	1.04446	1.04826	1.04518	1.04359	1.04266	1.03572	1.03905	1.03634	1.03272	1.03255

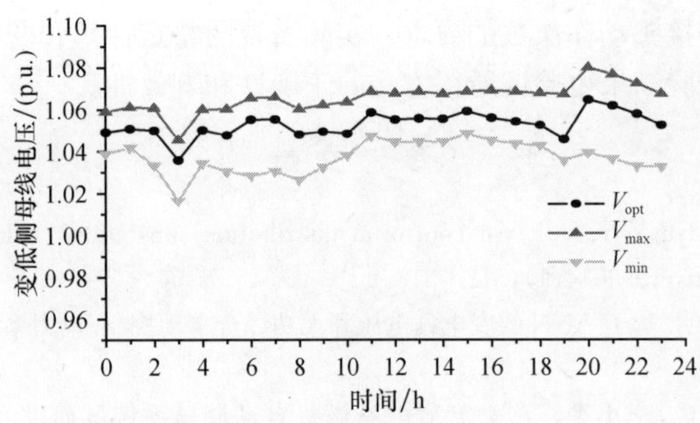

图 7-9　电压最优变化曲线及其整定值曲线

从图 7-9 中可见，在早上 8 点和晚上 9 点左右，电压上下限值被放得很宽，这是为了避免分接头不必要的动作，使控制由投切电容器来完成(参照对无功曲线的分析)。其余时段，整定值曲线较好地跟踪了最优电压变化曲线，使电压能维持在最优曲线附近。

由图 7-8 和图 7-9 可见，电压和无功整定值曲线的变化趋势与最优曲线是一致的，这是因为整定值的给出是以最优曲线为基准的。同时，整定值曲线在不同时段对最优曲线的逼近程度是不同的，这是因为考虑了减少分接头动作次数的要求。

3. 电压无功限值有效性的验证

将以上得到的新限值运用于广州科立通用电气公司提供的 VQC 型电压无功控制装置模拟试验系统，经该系统模拟 2001 年 9 月 7 日鹿鸣变电站的电压无功控制[13]，可得到如下结果，采用新限值后的鹿鸣站 2＃变压器分接头共动作 10 次，电容器共投切 8 次，变压器低压侧电压合格率为 100％。与表 7-2 中的结果相比，变压器分接头动作次数明显减少。但也应该指出的是，变压器分接头动作次数不仅取决于电压无功限值，而且还与具体的控制策略有一定关系。

7.4　小　　结

本章介绍了地区电网电压无功控制的三种模式：分散控制、集中控制和关联分散控制。还介绍了一种已获得过实际应用的分布式电压无功控制系统，该系统由主站系统、变电站电压无功实时控制子站系统和通信子系统三个子系统构成，并对其子系统的框架进行了介绍。

此外，本章提出了基于全网离散无功优化计算的变电站 VQC 电压无功控制范围的整定计算方法。既考虑了对电压和无功最优变化曲线的跟踪，使全网的各种约束均得到很好的满足，不仅可以保证电压合格，也可以达到降低网损的目的，又顾及了减少分接头动作次数的要求。实际系统的整定计算和变电站电压无功控制装置的模拟试验结果也验证所提方法的正确性和有效性。

参考文献

[1] Baran M E, Hsu Y Y. Volt/var control at distribution substations. IEEE Transactions on Power Systems, 1999, 14(1): 312～318

[2] 杨争林,孙雅明. 基于 ANN 的变电站电压和无功综合自动控制. 电力系统自动化,1999,23(13):10～13

[3] 孙淑信,游志成,李小平,等. 大型变电站微机自动调压系统的研究. 电力系统自动化,1995,19(7):50～54

[4] 厉吉文,潘贞存,李红梅,等. 大型变电站微机自动调压系统的研究. 电力系统自动化,1995,28(7):12～15

[5] 施玉祥,陶晓农. 中低压变电站电压无功调节的研究,1996,20(9):54～57

[6] 赵登福,司喆,杨靖,等. 新型变电站电压无功综合控制装置的研制. 电网技术,2000,24(6):14～17

[7] 霍锦强. VQC-Ⅲ型电压无功综合控制装置. 电力系统自动化,1999,23(9):50～53

[8] Roytelman I, Wee B K, Lugtu R L. Volt/Var control algorithm for modern distribution management system. IEEE Transactions on Power Systems, 1995, 10(3): 1454～1460

[9] Roytelman I, Wee B K, Lugtu R L, et al. Pilot project to estimate the centralized volt/var control effectiveness. IEEE Transactions on Power Systems, 1997, 13(3): 864～869

[10] Baldick R, Wu F F. Efficient integer optimization algorithms for optimal coordination of capacitors and regulators. IEEE Transactions on Power Systems, 1990, 5(3): 805～812

[11] 黄益庄,王蕾,吕文哲. 高压变电站电压和无功的关联分散控制. 电力系统自动化,1998,22(10):63～65

[12] 钱康龄,纪红,李芳红,等. 分布式电压无功全局优化控制系统的研制与应用. 电力系统自动化,2004,28(18):96～99

[13] 朱春明,刘明波,裴爱华,等. 变电站电压无功控制范围的整定计算方法. 电力系统自动化,2003,27(8):70～74

第八章　基于故障模式法的暂态能量裕度约束最优潮流计算

最优潮流(optimal power flow,OPF)问题是指在满足用户用电需求的前提下,如何优化调度系统中各发电机组的出力,从而使发电所需总费用或所消耗总燃料或系统有功、无功网损达到最小。关于这方面的研究始于 20 世纪 60 年代初[1],当时所涉及的范围仅局限于考虑优化后的经济性,未涉及安全稳定性因素,因此被称为经济调度(economic dispatch,ED)问题。其核心准则是等微增率分配原则,并基于协调方程式求解。虽然经济调度问题具有方法简单、计算速度快、适合在线应用等特点,但协调方程式无法解决节点电压越界、线路过负荷等安全约束问题。

随着系统规模的不断扩大,发生事故的频度也在增加,一次大面积停电所造成的损失就可能抵消掉数十年经济运行所产生的效益,这就需要将系统运行的安全性与经济性同等对待,甚至还必须优先考虑安全性。同时兼顾安全性和经济性问题已成为电力系统运行越来越迫切的要求。在这种情况下,无法处理安全性约束的经济调度问题已不能满足这种需要;与此同时,对系统优化运行的分析还要求全面掌握潮流分布和母线电压等数据,真正做到安全、经济和优质地向用户供电。因此,就形成了在现代电力系统分析中占重要地位的最优潮流问题。在最优潮流模型中可以引入各种变量、函数的等式和不等式约束,从而将安全性、经济性和电能质量三方面的要求完美地统一起来[2,3]。

在电力市场环境下,为了尽可能地传输功率,追求最大经济效益,电力系统常常在接近其最大容量的极限下工作,无法再按过去的保守方式运行。此时,系统的静态安全性在故障情况下也无法得到保证。这就要求运行规划必须在满足稳定性的前提下优化工况,即在最优潮流模型中加入稳定性约束条件,特别是暂态稳定约束条件[4~8]。这就使得传统的不考虑安全稳定因素的系统规划方法和无法考虑经济性的暂态稳定计算越来越不能满足系统实际控制需要。同时,由于传统的暂态稳定分析必须是以某个具体的稳定运行点为初始状态,通过对故障进行暂态稳定扫描来校验系统的稳定性。但系统的初始运行状态和故障方式的组合具有多样性,因此,这样的分析计算必然会低效、重复,无法作全局考虑。寻找兼顾稳定性和经济性的规划方法已成为当前亟待解决的主要问题和挑战。

近年来,一些研究者提出了新的方法[4~8]。文献[4]提出了将转子运动方程利用隐式梯形积分规则差分化,成为非线性方程组,作为等式约束加入最优潮流模型中参与计算。文献[4]通过求解考虑单个预想故障情况下最优潮流模型,得到了一个既满足经济性，又可以保证在设定故障下稳定运行的结果。文献[5]则将此思想进一步扩展到多个故障的情况，并以基于扰动 KKT 条件的原对偶内点算法进行求解。但由于离散化步长大小的变化使计及暂态稳定约束的最优潮流问题包括维数不确定的微分方程及不等式约束，且变量数大大增加，导致求解规模非常巨大。文献[6]~[8]则基于 Euclidean 空间变换将其转换成与常规最优潮流相同规模的优化问题。

在本章中，将介绍基于主导不稳定平衡点（controlling unstable equilibrium point，CUEP）法[9~17]的暂态稳定约束最优潮流（transient stability constrained optimal power flow，TSCOPF）建模和求解方法[18,19]。

8.1 常规最优潮流模型

20 世纪 60 年代初期，Carpentier 等首先探讨了最优潮流问题，并提出了严格数学基础上的最优潮流模型，其标准形式如下：

$$\begin{aligned} &\min f(\boldsymbol{x}) \\ &\text{s.t. } \boldsymbol{g}(\boldsymbol{x}) = \boldsymbol{0} \\ &\qquad \underline{\boldsymbol{h}} \leqslant h(\boldsymbol{x}) \leqslant \bar{\boldsymbol{h}} \end{aligned} \tag{8-1}$$

式中，$\boldsymbol{x}\in \mathbf{R}^n$ 表示各种变量，如节点电压幅值、相角（或节点电压实部和虚部），有功电源和无功电源出力，可调变压器变比等；$f(\cdot)$表示目标函数，如总燃料消耗或总发电费用，全网有功和无功率损耗，控制费用或代价等；$\boldsymbol{g}(\cdot)=\boldsymbol{0}$ 表示等式约束，如潮流方程；$\underline{\boldsymbol{h}}\leqslant \boldsymbol{h}(\boldsymbol{x})\leqslant \bar{\boldsymbol{h}}$ 表示不等式约束，如有功电源出力上下限约束，无功电源出力上下限约束，可调变压器变比上下限约束，节点电压幅值上下限约束，输电线路传输功率约束，输电线路两端节点电压相角差约束等。

8.2 TSCOPF 模型

8.2.1 暂态稳定计算模型

电力系统遇到大的扰动后，由于系统结构和运行状态发生变化，随之系统的潮流及各发电机输出功率也发生变化，这就使得原本处于平衡状态的原动机、发电机功率受到破坏，并在机组转轴上产生不平衡转矩。于是各发电机组的转子开始加速或减速，机组间由于转速不等而产生的相对运动使得转子间的相对角度发生变化，相对角度的变化又反过来影响各发电机输出功率和系统状态的变化，形成了电力系统中以各发电机转子机械运动和电磁功率随时间变化的机电暂态过程。

扰动后的机电暂态过程有两种结果：发电机转子相对角度随时间变化呈衰减震荡状态，最终至零，系统恢复同步稳定运行（图 8-1），这种情况称为暂态稳定；某些发电机转子相对角度随时间变化不断增大，最终使得发电机失去同步(图 8-2)，这称为暂态不稳定或失去暂态稳定。

图 8-1　暂态稳定　　　　图 8-2　暂态失稳

发电机失去同步后，在系统中将产生强烈的功率和电压震荡，使得一些发电机和负荷被迫切除，严重时甚至导致系统的解列。因此，在系统规划、设计和运行过程中都必须进行暂态稳定分析和计算，采取有效的控制、预防措施，以保证电力系统运行的安全性。

暂态稳定计算，无论是数值方法还是直接法，如果没有系统模拟精度上的要求，发电机一般都采用简单的二阶模型。对于一般联系比较紧密的系统，在受到扰动后，一秒钟左右即可判定系统暂态稳定与否，此时假定暂态电势 E' 和机械功率为常数，用恒定阻抗表示负荷，在工程近似计算中是可行的。

本节采用的是多机电力系统暂态稳定计算的经典模型，即各发电机用暂态电抗 X_d' 后的电势 E' 恒定，且 δ' 与 δ 相等来模拟；基于故障前潮流得到的各节点电压条件，负荷用恒定阻抗模型；原动机功率不变。系统在原来的网络结构的基础上，在各个发电机节点处增加一条对应于暂态电抗 $\mathrm{j}X_d'$ 的支路(不计发电机内阻)，并在支路的另一端增加一个相应的内电势 E' 节点，即可得到多机电力系统经典模型的增广网络[11,20]，如图 8-3 所示。

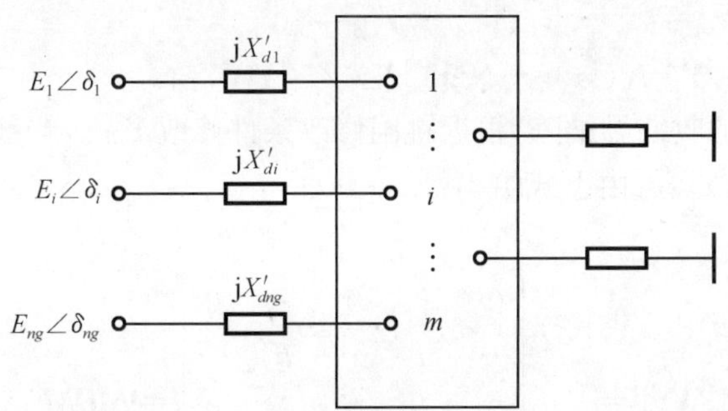

图 8-3　经典模型的增广网络

电磁功率的计算公式如下：

$$P_{ei} = E_i^2 G_{ii} + \sum_{\substack{j=1 \\ j \neq i}}^{ng} E_i E_i [B_{ij} \sin\delta_{ij} + G_{ij} \cos\delta_{ij}] \tag{8-2}$$

应注意式(8-2)中的导纳并非全系统的导纳矩阵元素，而是将全系统导纳矩阵所有节点收缩至仅含发电机内电势节点的既约导纳阵后，既约导纳阵中的元素。

将原网络导纳阵 $\boldsymbol{Y}$ 按发电机节点和其他节点分块，同时令 $\boldsymbol{Y}_G$ 为与各发电机暂态电抗对应导纳组成的对角阵，即：

$$\boldsymbol{Y}=\begin{bmatrix}\boldsymbol{Y}_{GG} & \boldsymbol{Y}_{GL}\\ \boldsymbol{Y}_{LG} & \boldsymbol{Y}_{LL}\end{bmatrix},\quad Y_G=\begin{bmatrix}\dfrac{1}{\mathrm{j}X'_{d1}} & 0 & 0\\ 0 & \cdots & 0\\ 0 & 0 & \dfrac{1}{\mathrm{j}X'_{dng}}\end{bmatrix} \tag{8-3}$$

保留 $1\sim ng$ 号发电机母线，消去其余母线，得出既约导纳阵：

$$\boldsymbol{Y}_{\mathrm{red}}=\boldsymbol{Y}_{GG}-\boldsymbol{Y}_{GL}\boldsymbol{Y}_{LL}^{-1}\boldsymbol{Y}_{LG} \tag{8-4}$$

为了求出故障时的收缩导纳阵，根据故障/操作条件修改 $\boldsymbol{Y}_{LL}$。当系统中某节点(如 k 点)发生短路故障时，相当于在该节点并联一接地支路。设该接地支路导纳为 y_k，对于三相金属接地，$y_k=\infty$；对于不对称短路，$y_k=\dfrac{1}{Z_\Delta}$，Z_Δ 为根据正序等效定则得到的分路阻抗。故有：

$$\Delta\boldsymbol{Y}_{LL}=\boldsymbol{N}y_k\boldsymbol{N}^{\mathrm{T}} \tag{8-5}$$

式中，$\boldsymbol{N}^{\mathrm{T}}=[\underset{1}{0},\cdots,0,\underset{k}{1},0,\cdots,\underset{n}{0}]$。

因此得到事故时的收缩导纳阵：

$$\boldsymbol{Y}_{\mathrm{red}}^{\mathrm{F}}=\boldsymbol{Y}_{GG}-\boldsymbol{Y}_{GL}\left[\boldsymbol{Y}_{LL}-\boldsymbol{N}(-y_k)^{-1}\boldsymbol{N}^{\mathrm{T}}\right]^{-1}\boldsymbol{Y}_{LG} \tag{8-6}$$

利用矩阵反演公式，即 Householder 定理，因而有：

$$\left[\boldsymbol{Y}_{LL}-\boldsymbol{N}(-y_k)^{-1}\boldsymbol{N}^{\mathrm{T}}\right]^{-1}=\boldsymbol{Y}_{LL}^{-1}+\boldsymbol{Y}_{LL}^{-1}\boldsymbol{N}(-y_k-\boldsymbol{N}^{\mathrm{T}}\boldsymbol{Y}_{LL}^{-1}\boldsymbol{N})^{-1}\boldsymbol{N}^{\mathrm{T}}\boldsymbol{Y}_{LL}^{-1} \tag{8-7}$$

将式(8-7)代入式(8-6)，有：

$$\boldsymbol{Y}_{\mathrm{red}}^{\mathrm{F}}=\boldsymbol{Y}_{\mathrm{red}}+\Delta\boldsymbol{Y}_{\mathrm{red}}^{\mathrm{F}} \tag{8-8}$$

式中，$\Delta\boldsymbol{Y}_{\mathrm{red}}^{\mathrm{F}}=-\boldsymbol{Y}_{GL}\boldsymbol{Y}_{LL}^{-1}\boldsymbol{N}(-y_k-\boldsymbol{N}^{\mathrm{T}}\boldsymbol{Y}_{LL}^{-1}\boldsymbol{N})^{-1}\boldsymbol{N}^{\mathrm{T}}\boldsymbol{Y}_{LL}^{-1}\boldsymbol{Y}_{LG}$。

对于故障后的收缩导纳阵，根据跳闸修改条件修改 $\boldsymbol{Y}_{LL}$。当线路 $i-j$ 跳闸，则在 $\boldsymbol{Y}_{LL}$ 中的变化 $\Delta\boldsymbol{Y}_{\mathrm{red}}^{\mathrm{PF}}$ 可由下式给出：

$$\Delta\boldsymbol{Y}_{\mathrm{red}}^{\mathrm{PF}}=\begin{matrix}\\(i)\\ \\(j)\\ \\ \end{matrix}\begin{bmatrix}0 & \overset{(i)}{\vdots} & 0 & \overset{(j)}{\vdots} & 0\\ \cdots & a & \cdots & b & \cdots\\ 0 & \vdots & 0 & \vdots & 0\\ \cdots & b & \cdots & a & \cdots\\ 0 & \vdots & 0 & \vdots & 0\end{bmatrix}=\boldsymbol{MDM}^{\mathrm{T}} \tag{8-9}$$

式中，$a=\Delta Y_{ii}=\Delta Y_{jj}=-y_{ij}-\dfrac{B_{ij,0}}{2}$；$b=\Delta Y_{ij}=\Delta Y_{ij}=y_{ij}$；$y_{ij}$ 为线路 $i-j$ 的纵向导纳；

$B_{ij,0}$为全线 $i-j$ 的横向电纳；$\boldsymbol{M}^{\mathrm{T}}=\begin{bmatrix}0 & \cdots & 0 & 1 & 0 & \cdots & 0 & -1 & 0 & \cdots & 0\\ 0 & \cdots & 0 & \underset{i}{1} & 0 & \cdots & 0 & \underset{j}{1} & 0 & \cdots & 0\end{bmatrix}$；

$\boldsymbol{D}=\begin{bmatrix}\dfrac{a-b}{2} & 0\\ 0 & \dfrac{a+b}{2}\end{bmatrix}$。

由式(8-9)，因此有：

$$\boldsymbol{Y}_{\mathrm{red}}^{\mathrm{PF}}=\boldsymbol{Y}_{GG}-\boldsymbol{Y}_{GL}\ (\boldsymbol{Y}_{LL}+\boldsymbol{MDM}^{\mathrm{T}})^{-1}\boldsymbol{Y}_{LG} \tag{8-10}$$

由于：

$$(\boldsymbol{Y}_{LL}+\boldsymbol{MDM}^{\mathrm{T}})^{\mathrm{T}}=\boldsymbol{Y}_{LL}^{-1}-\boldsymbol{Y}_{LL}^{-1}\boldsymbol{M}(\boldsymbol{D}^{-1}+\boldsymbol{M}^{\mathrm{T}}\boldsymbol{Y}_{LL}^{-1}\boldsymbol{M})^{-1}\boldsymbol{M}^{\mathrm{T}}\boldsymbol{Y}_{LL}^{-1} \tag{8-11}$$

将式(8-11)代入式(8-10)，因此有：

$$\boldsymbol{Y}_{\mathrm{red}}^{\mathrm{PF}}=\boldsymbol{Y}_{\mathrm{red}}+\Delta\boldsymbol{Y}_{\mathrm{red}}^{\mathrm{PF}} \tag{8-12}$$

式中，$\Delta\boldsymbol{Y}_{\mathrm{red}}^{\mathrm{PF}}=\boldsymbol{Y}_{GL}\boldsymbol{Y}_{LL}^{-1}\boldsymbol{M}(\boldsymbol{D}^{-1}+\boldsymbol{M}^{\mathrm{T}}\boldsymbol{Y}_{LL}^{-1}\boldsymbol{M})^{-1}\boldsymbol{M}^{\mathrm{T}}\boldsymbol{Y}_{LG}$。

由于$\boldsymbol{Y}_{LL}^{-1}$前已求出，现在需对矩阵$(\boldsymbol{D}^{-1}+\boldsymbol{M}^{\mathrm{T}}\boldsymbol{Y}_{LL}^{-1}\boldsymbol{M})^{-1}$求逆。注意到这一矩阵的阶数很低，不难求得 $\Delta\boldsymbol{Y}_{\mathrm{red}}^{\mathrm{PF}}$。

发电机初值方程如下：

$$E_i\angle\delta_i^0=\dot{V}_i+\mathrm{j}\,\frac{P_{Gi}-\mathrm{j}Q_{Gi}}{\overset{*}{V}_i}X'_{di} \tag{8-13}$$

即：

$$\begin{cases}E_iV_i\sin(\delta_i^0-\alpha_i)-P_{Gi}X'_{di}=0\\ V_i^2-E_iV_i\cos(\delta_i^0-\alpha_i)+Q_{Gi}X'_{di}=0\end{cases} \tag{8-14}$$

对于暂态稳定性的判断准则，采用稳定裕度的方式来表示系统暂态稳定与否，令 ΔU 表示稳定裕度(能量裕度)，ΔU 的计算方法详见 8.4 节，则系统的暂态稳定条件可表达为：

$$\Delta U>0 \tag{8-15}$$

8.2.2　多故障 TSCOPF 模型

标准 OPF 问题是在满足一系列电力系统运行要求的约束下，寻找系统的最佳运行点，使得某一具体目标函数得到最优的结果。在系统处于稳定状态时，可以建立如下的 OPF 模型：

(1) 目标函数

按传统最优潮流目标函数选取，取系统发电费用为目标函数：

$$f(\boldsymbol{x})=\sum_{i\in S_g}(a_{Gi}P_{Gi}^2+b_{Gi}P_{Gi}+c_{Gi}) \tag{8-16}$$

(2) 等式约束条件

节点注入功率平衡方程：

$$\begin{cases} P_{Gi} - P_{Di} - V_i \sum_{j=1}^{n} V_j (G_{ij}^0 \cos\alpha_{ij} + B_{ij}^0 \sin\alpha_{ij}) = 0 \\ Q_{Gi} - Q_{Di} - V_i \sum_{j=1}^{n} V_j (G_{ij}^0 \sin\alpha_{ij} - B_{ij}^0 \cos\alpha_{ij}) = 0 \end{cases}, \quad i \in S_n \tag{8-17}$$

式中，G_{ij}^0 和 B_{ij}^0 分别为故障前未简化网络导纳矩阵元素 Y_{ij} 的实部和虚部；n 为系统节点数目。

(3) 不等式约束条件

运行约束：

$$\begin{cases} \underline{P}_{Gi} \leqslant P_{Gi} \leqslant \overline{P}_{Gi}, & i \in S_g \\ \underline{Q}_{Gi} \leqslant Q_{Gi} \leqslant \overline{Q}_{Gi}, & i \in S_g \\ \underline{V}_i \leqslant V_i \leqslant \overline{V}_i, & i \in S_n \end{cases} \tag{8-18}$$

为了使上述模型能够考虑系统的暂态稳定性，必须在模型中加入暂态稳定约束。利用 CUEP 法可以非常简单地判定系统暂态稳定与否，只要暂态稳定裕度 $\Delta U > 0$，则系统在设定故障下能保持暂态稳定。虽然用暂态稳定裕度来表达系统的暂态稳定性非常简单，但它没有一个明确的表达式，其中涉及多个寻优过程，使得传统的非线性规划方法无法求解上述模型。

我们知道，暂态稳定裕度对变量的一阶灵敏度能够求得，即在某一稳态运行点时其一阶导数是可以求出的。考虑到线性规划解法的特性，对于非线性系统，选取一定的变量作为控制变量，将其余变量作为状态变量，在某一运行点时，通过它们之间的等式约束求出状态变量对控制变量的偏导数，即控制变量与状态变量之间的关系矩阵灵敏度矩阵，将模型的目标函数和各约束分别对控制变量求偏导数，从而将其转换为线性模型。而暂态稳定裕度及其对于控制变量的灵敏度是可以求取的，使得加入不等式约束 $\Delta U > 0$ 后的 OPF 问题能够用线性规划方法求解。虽然该问题是非线性的，但线性规划方法实际上是一种逐次线性化的方法，通过不断地寻找优化的可行解，然后线性化，对于非线性系统能够很好地拟合，且其具有数据稳定、收敛可靠和计算速度快等优点，理论上比较成熟。

选取各发电机的有功出力和无功出力作为控制变量 $\boldsymbol{u}$，其余作为状态变量 $\boldsymbol{x}$，由 OPF 模型中等式约束(8-17)可得：

$$\frac{\partial \boldsymbol{g}}{\partial \boldsymbol{u}} \Delta \boldsymbol{u} + \frac{\partial \boldsymbol{g}}{\partial \boldsymbol{x}} \Delta \boldsymbol{x} = 0 \tag{8-19}$$

注意到状态变量包括节点电压幅值和相角，但平衡节点的相角没有作为变量，所以上式中的$\frac{\partial \boldsymbol{g}}{\partial \boldsymbol{x}}$不是一个方阵，无法求逆，因此需要从控制变量中提出一个变量作为状态变量，将平衡机的无功出力也作为状态变量，于是 $\boldsymbol{u}=\{P_{G1},P_{G2},\cdots,P_{Gng};Q_{G2},Q_{G3},\cdots,Q_{Gng}\}$，$\boldsymbol{x}=\{Q_{G1};V_1,V_2,\cdots,V_n;\alpha_2,\alpha_3,\cdots,\alpha_n\}$。于是由式(8-19)得到控制变量和状态变量的线性关系式：

$$\Delta\boldsymbol{x}=-\frac{\partial\boldsymbol{g}}{\partial\boldsymbol{x}}^{-1}\frac{\partial\boldsymbol{g}}{\partial\boldsymbol{u}}\Delta\boldsymbol{u}=\boldsymbol{A}\Delta\boldsymbol{u} \tag{8-20}$$

式中，$\boldsymbol{A}$ 为状态变量和控制变量之间的灵敏度矩阵。

经过以上推导，我们可以得到含暂态稳定约束的线性最优潮流模型：

(1) 优化目标

$$\min\frac{\partial f(\boldsymbol{u},\boldsymbol{x})}{\partial\boldsymbol{u}}\Delta\boldsymbol{u} \tag{8-21}$$

(2) 不等式约束条件(包含三部分)

① 控制变量上下限约束：

$$\begin{cases}\underline{P}_{Gi}\leqslant P_{Gi\cdot\text{now}}+\Delta P_{Gi}\leqslant\overline{P}_{Gi}, & i=1,2,\cdots,ng\\ \underline{Q}_{Gi}\leqslant Q_{Gi\cdot\text{now}}+\Delta Q_{Gi}\leqslant\overline{Q}_{Gi}, & i=2,3,\cdots,ng\end{cases} \tag{8-22}$$

② 状态变量上下限约束

$$\begin{bmatrix}\underline{Q}_{G1}\\ \underline{V}_1\\ \vdots\\ \underline{V}_n\\ \underline{\alpha}_2\\ \vdots\\ \underline{\alpha}_n\end{bmatrix}\leqslant\begin{bmatrix}Q_{G1\cdot\text{now}}\\ V_{1\cdot\text{now}}\\ \vdots\\ V_{n\cdot\text{now}}\\ \alpha_{2\cdot\text{now}}\\ \vdots\\ \alpha_{n\cdot\text{now}}\end{bmatrix}+\boldsymbol{A}\Delta\boldsymbol{u}\leqslant\begin{bmatrix}\overline{Q}_{G1}\\ \overline{V}_1\\ \vdots\\ \overline{V}_n\\ \overline{\alpha}_2\\ \vdots\\ \overline{\alpha}_n\end{bmatrix} \tag{8-23}$$

③ 暂态稳定约束

$$\Delta U_{\text{now}}(k)+\frac{\partial\Delta U(k)}{\partial\boldsymbol{u}}\Delta\boldsymbol{u}\geqslant0,\quad k\in S_k \tag{8-24}$$

式中，$P_{Gi\cdot\text{now}}$、$Q_{Gi\cdot\text{now}}$、$\alpha_{i\cdot\text{now}}$、$V_{i\cdot\text{now}}$、$\Delta U_{\text{now}}(k)$是当前潮流下变量的实际值；$S_k$ 为故障集合。

与标准的 OPF 模型相比，计及暂态稳定约束的 OPF 没有增加任何变量，每一步的优化规模也相差不大，有几个故障就增加几个不等式约束。因此任何可以用来求解线性 OPF 问题的方法，如单纯形法、内点法等都可以方便地应用。本章采用单纯形方法求解。在求解过程中要注意以下两个问题：

① 求解过程应区分主迭代和子迭代这两个不同的迭代过程。主迭代是指潮流计算，建立线性规划模型及用单纯形法求控制变量的变化量，然后根据控制变量的变化量修改系统参数到重新求解潮流的过程。主迭代的收敛性判据为相邻两次

迭代的目标函数值之差小于 10^{-3} 且所有的不等式约束均被满足。子迭代是指用单纯形求解线性规划模型的迭代过程。

② 由于线性逼近只在近似点附近才有效，且暂态稳定裕度只能求到一阶偏导数，故必须对控制变量的变化量加以限制。

8.3　暂态能量函数和临界能量表达式

8.3.1　同步坐标

在同步坐标下，可定义多机系统动能为：

$$U_k = \sum_{i=1}^{ng} \frac{1}{2} M_i \omega_i^2 \tag{8-25}$$

这样故障切除时刻的系统动能为：

$$U_k \mid_c = \sum_{i=1}^{ng} \frac{1}{2} M_i \omega_{ci}^2 = \sum_{i=1}^{ng} \int_{\delta_{0i}}^{\delta_{ci}} M_i \frac{\mathrm{d}\omega_i}{\mathrm{d}t} \mathrm{d}\delta_i = \sum_{i=1}^{ng} \int_{\delta_{0i}}^{\delta_{ci}} (P_{mi} - P_{ei}^{(2)}) \mathrm{d}\delta_i \tag{8-26}$$

式中，$P_{ei}^{(2)}$ 与故障时系统节点导纳矩阵相对应。

同时定义多机系统的势能为：

$$U_p = \sum_{i=1}^{ng} \int_{\delta_{si}}^{\delta_{ci}} (P_{ei}^{(3)} - P_{mi}) \mathrm{d}\delta_i \tag{8-27}$$

式中，δ_{si} 为故障后稳定平衡点，作势能参考点；δ_{ci} 为故障切除时各转子角度；$P_{ei}^{(3)}$ 与故障切除后的系统节点导纳矩阵相对应。这样，故障切除时的系统势能为：

$$U_p \mid_c = \sum_{i=1}^{ng} \int_{\delta_{si}}^{\delta_{ci}} (P_{ei}^{(3)} - P_{mi}) \mathrm{d}\delta_i \tag{8-28}$$

将 P_{ei} 的表达式代入上式得：

$$\begin{aligned} U_p \mid_c = & \sum_{i=1}^{ng} \int_{\delta_{si}}^{\delta_{ci}} (E_i^2 G_{ii} - P_{mi}) \mathrm{d}\delta_i + \sum_{i=1}^{ng-1} \int_{\delta_{si}}^{\delta_{ci}} \sum_{\substack{j=1 \\ j\neq i}}^{ng} C_{ij} \sin\delta_{ij} \mathrm{d}\delta_i \\ & + \sum_{i=1}^{ng} \int_{\delta_{si}}^{\delta_{ci}} \sum_{\substack{j=1 \\ j\neq i}}^{ng} D_{ij} \cos\delta_{ij} \mathrm{d}\delta_i = U_{\mathrm{pos}} \mid_c + U_{\mathrm{mag}} \mid_c + U_{\mathrm{diss}} \mid_c \end{aligned} \tag{8-29}$$

式中，$C_{ij} = B_{ij} E_i E_j$，$D_{ij} = G_{ij} E_i E_j$；右边第一项与转子位置变化成正比，故称为转子位置势能 U_{pos}；第二项与导纳阵之 B_{ij} 有关，称为磁性势能 U_{mag}；第三项与 G_{ij} 有关，称为耗散势能 U_{diss}。

显然，式(8-29)右边第一项为：

$$U_{\mathrm{pos}} \mid_c = \sum_{i=1}^{ng} (E_i^2 G_{ii} - P_{mi})(\delta_{ci} - \delta_{si}) \tag{8-30}$$

式(8-29)右边第二项为：

$$U_{\text{mag}}\mid_c = -\sum_{i=1}^{ng-1}\sum_{j=i+1}^{ng} C_{ij}(\cos\delta_{c.ij} - \cos\delta_{s.ij}) \tag{8-31}$$

式(8-29)右边第三项 $V_{\text{diss}}\mid_c$ 与积分路径有关，而由于实际摇摆曲线不知道，故通常作"线性路径"假定，即设积分路径上任一运行点之转子角向量 $\boldsymbol{\delta}$ 为：

$$\boldsymbol{\delta} = \boldsymbol{\delta}_s + \beta(\boldsymbol{\delta}_c - \boldsymbol{\delta}_s) \tag{8-32}$$

则：

$$\begin{cases}\delta_i = \delta_{si} + \beta(\delta_{ci} - \delta_{si})\\ \delta_j = \delta_{sj} + \beta(\delta_{cj} - \delta_{sj})\end{cases} \tag{8-33}$$

对式(8-33)两边取微分得：

$$\begin{cases}\mathrm{d}\delta_i = \mathrm{d}\beta(\delta_{ci} - \delta_{si})\\ \mathrm{d}\delta_j = \mathrm{d}\beta(\delta_{cj} - \delta_{sj})\end{cases} \tag{8-34}$$

从而：

$$\begin{cases}\mathrm{d}(\delta_i + \delta_j) = \mathrm{d}\delta_i + \mathrm{d}\delta_j = [(\delta_{ci} - \delta_{si}) + (\delta_{cj} - \delta_{sj})]\mathrm{d}\beta = a\mathrm{d}\beta\\ \mathrm{d}\delta_{ij} = \mathrm{d}\delta_i - \mathrm{d}\delta_j = (\delta_{c.ij} - \delta_{s.ij})\mathrm{d}\alpha = b\mathrm{d}\beta\end{cases} \tag{8-35}$$

由式(8-35)可导出：

$$\mathrm{d}(\delta_i + \delta_j) = \frac{a}{b}\mathrm{d}\delta_{ij} \tag{8-36}$$

从而式(8-29)右边第三项 $V_{\text{diss}}\mid_c$ 可计算如下：

$$U_{\text{diss}}\mid_c = \sum_{i=1}^{ng}\int_{\delta_{si}}^{\delta_{ci}}\sum_{\substack{j=i\\ j\neq i}}^{ng} D_{ij}\cos\delta_{ij}\,\mathrm{d}\delta_i \approx \sum_{i=1}^{ng-1}\sum_{j=i+1}^{ng} D_{ij}\,\frac{a}{b}(\sin\delta_{c.ij} - \sin\delta_{s.ij}) \tag{8-37}$$

式中，$\dfrac{a}{b} = \dfrac{[(\delta_{ci} - \delta_{si}) + (\delta_{cj} - \delta_{sj})]}{\delta_{c.ij} - \delta_{s.ij}}$。

8.3.2 惯量中心坐标

以系统惯量中心(center of inertia，COI)，又称系统角度中心(center of angles，COA)为参考点，COI 的等值转子角 δ_{COI} 定义为各发电机转子角 δ_i 的加权平均，权系数为发电机的惯性时间常数 M_i，从而有：

$$\delta_{\text{COI}} = \frac{1}{M_T}\sum_{i=1}^{ng} M_i\delta_i \tag{8-38}$$

式中，

$$M_T = \sum_{i=1}^{ng} M_i$$

同样定义 COI 等值角速度 ω_{COI} 为：

$$\omega_{\text{COI}} = \frac{1}{M_T}\sum_{i=1}^{ng} M_i\omega_i \tag{8-39}$$

式中，ω_i 为各转子角速度与同步速度的偏差。

显然

$$\frac{\mathrm{d}\delta_{\mathrm{COI}}}{\mathrm{d}t}=\omega_{\mathrm{COI}} \tag{8-40}$$

COI 坐标下各发电机的转子角和角速度定义为：

$$\begin{cases}\theta_i \overset{\mathrm{def}}{=} \delta_i-\delta_{\mathrm{COI}} \\ \tilde{\omega}_i \overset{\mathrm{def}}{=} \omega_i-\omega_{\mathrm{COI}}\end{cases} \tag{8-41}$$

由定义容易证明

$$\sum_{i=1}^{ng} M_i\theta_i=0,\quad \sum_{i=1}^{ng} M_i\tilde{\omega}_i=0,\quad \frac{\mathrm{d}\theta_i}{\mathrm{d}t}=\tilde{\omega}_i$$

可推导出 COI 坐标下 N 机系统暂态分析的数学模型为：

$$\begin{cases}\dfrac{\mathrm{d}\theta_i}{\mathrm{d}t}=\tilde{\omega}_i \\ M_i\dfrac{\mathrm{d}\tilde{\omega}_i}{\mathrm{d}t}=P_{mi}-P_{ei}-\dfrac{M_i}{M_T}P_{\mathrm{COI}}\end{cases},\quad i=1,2,\cdots,ng \tag{8-42}$$

式中，$P_{ei}=E_i^2G_{ii}+\sum\limits_{\substack{j=1\\j\neq i}}^{ng}(C_{ij}\sin\theta_{ij}+D_{ij}\cos\theta_{ij})$，$\theta_{ij}=\theta_i-\theta_j$。

对于 COI 坐标下的多机系统，其能量函数为[9~15]：

$$\begin{aligned}U&=U_k+U_p\\&=\sum_{i=1}^{ng}\frac{1}{2}M_i\tilde{\omega}_i^2+\sum_{i=1}^{ng}\int_{\theta_s}^{\theta}-\left(P_{mi}-P_{ei}-\frac{M_i}{M_T}P_{\mathrm{COI}}\right)\mathrm{d}\theta_i\end{aligned} \tag{8-43}$$

故障切除时，参照式(8-30)、式(8-31)、式(8-37)，可计算为：

$$\begin{aligned}U_c=U_k\,|_c+U_p\,|_c&=\sum_{i=1}^{ng}\frac{1}{2}M_i\tilde{\omega}_{ci}^2+\sum_{i=1}^{ng}(-P_i)(\theta_{ci}-\theta_{si})\\&-\sum_{i=1}^{ng-1}\sum_{j=i+1}^{ng}C_{ij}(\cos\theta_{ij}^{(c)}-\cos\theta_{ij}^{(s)})+\sum_{i=1}^{ng-1}\sum_{j=i+1}^{ng}D_{ij}\frac{a}{b}(\sin\theta_{ij}^{(c)}-\sin\theta_{ij}^{(s)})\end{aligned} \tag{8-44}$$

式中，$P_i=P_{mi}-E_i^2G_{ii}$；$\dfrac{a}{b}=\dfrac{[(\theta_{ci}-\theta_{si})+(\theta_{cj}-\theta_{sj})]}{\theta_{c.ij}-\theta_{s.ij}}$。

下面对 COI 坐标和同步坐标的区别作一简单讨论，由 COI 坐标下各量的定义，可以导出：

$$\sum_{i=1}^{ng}\frac{1}{2}M_i\omega_i^2-\sum_{i=1}^{ng}\frac{1}{2}M_i\tilde{\omega}_i^2=\frac{1}{2}M_T\omega_{\mathrm{COI}}^2 \tag{8-45}$$

根据式(8-45)，COI 坐标下系统动能和同步坐标下系统动能相比，减少了 $\frac{1}{2}M_T\omega_{\mathrm{COI}}^2$，这刚好是对系统失步不起作用的惯量中心本身的运动动能。实际工程应用表明，用 COI 坐标的确比用同步坐标在稳定分析精度上有相当的改善。

8.4 暂态稳定裕度计算

对于一个 ng 机系统，分别有 1，2，…，$ng-1$ 台机失去稳定，则失稳模式按照不同组合有 $\frac{1}{2}(C_{ng}^{1}+C_{ng}^{2}+\cdots+C_{ng}^{ng-1})$ 之多，即有 $2^{ng-1}-1$ 个 UEP 点，历史上曾经采用算出所有的 $2^{ng-1}-1$ 组 UEP 点，并算出相应的 U_{cr}，取其中最小者作为最终系统的临界能量，其结果自然十分保守，无法实用。研究表明，对于一个特定的故障，在所有的 $2^{ng-1}-1$ 种失稳模式中，必有一种是真正合理的，即系统要以这种模式趋于失稳。由于这种模式相应的不稳定平衡点和故障地点、类型等有紧密关系，故称之为主导不稳定平衡点（CUEP）[9～13]。主导不稳定平衡点概念的提出使暂态能量函数稳定分析向实用化迈进了一大步，精度上得到改进，速度也大大地提高[9～13]。

而故障模式法（mode of disturbance，MOD）就是在 20 世纪 80 年代初期由 Fouad 等开发的一种 CUEP 方法。它的特点是由领先机组去决定主导不稳定平衡点。它首先需要判定正确的 CUEP 方向，然后获得解 CUEP 的初值以及最后计算精确的 CUEP。而判定正确的 CUEP 方向是指运用一些故障冲击的量度，用以选择候选模式，并形成几种临界机组序列，然后进行模式试验。即根据一定的物理判据来选定最终的故障模式。在故障模式选定以后，用牛顿-拉夫逊法来求解与该故障模式相对应的 CUEP，最后以该 CUEP 点的势能作为系统的临界能量，通过比较故障切除时刻的能量与临界能量的大小来判定系统是否稳定。

8.4.1 故障切除时刻的能量

求取故障切除时刻能量的关键在于如何求取发电机在故障切除时刻的转子角度和角速度。其中，大多数方法都是通过对故障方程采取数值积分去求取。而分析故障时的转子摇摆曲线，发现曲线基本上是平滑的。为了避免对故障方程的数值积分，出于快速计算的需要，可以从事故前稳定平衡点的状态量出发，用有限的泰勒级数项展开确定各时刻直至故障切除时刻的系统状态。若故障切除时间在 0.5～0.6s 以内，取到四阶展开所求得的轨线与数值方法所得的结果相对接近，在相同精度下其计算速度与 Runge-Kutta 法相比提高了一个数量级。

由于在计算中采取的是 COI 坐标，因此，首先要将事故前平衡点的转子角度和角速度的值根据式(8-41)转成在 COI 坐标下的值。然后，发电机在 t 时刻的转子角度值用有限的泰勒级数项展开得到：

$$\theta_i(t)=\sum_{p=0}^{P}\theta_{i0}^{(p)}\frac{t^p}{p!},\quad i\in \boldsymbol{S}_g \tag{8-46}$$

式中，$\theta_i(t)$为第 i 台发电机在 COI 坐标下的转子角度；$\boldsymbol{S}_g$ 表示发电机集合；$\theta_{i0}^{(p)}$ 为在故障出现的初瞬 θ_i 对时间 t 的 p 阶导数。由于故障过程中的网络结构只是一种形态，p 为奇数时的导数项都为 0，其各阶导数表述如下：

$$\begin{cases}\theta_{i0}^{(0)} = \theta_{i0} \\ \theta_{i0}^{(2)} = \dfrac{1}{M_i}\Big[P_i - \sum\limits_{\substack{j=1\\j\neq i}}^{ng}(C_{ij}\sin\theta_{ij0} + D_{ij}\cos\theta_{ij0})\Big] - \dfrac{2}{M_T}\sum\limits_{t=1}^{ng-1}\sum\limits_{j=t+1}^{ng} D_{tj}\cos\theta_{tj0} \\ \theta_{i0}^{(4)} = \dfrac{1}{M_i}\sum\limits_{\substack{j=1\\j\neq i}}^{ng}(D_{ij}\theta_{ij0}^{(2)}\sin\theta_{ij0} - C_{ij}\theta_{ij0}^{(2)}\cos\theta_{ij0}) - \dfrac{2}{M_T}\sum\limits_{t=1}^{ng-1}\sum\limits_{j=t+1}^{ng} D_{tj}\theta_{tj0}^{(2)}\sin\theta_{tj0} \\ \vdots \end{cases} \tag{8-47}$$

在这里，采用了六阶 Taylor 级数展开来计算故障轨线，以 0.01s 的步长前进，计算公式如式(8-48)；在相同精度下其计算速度与 Runge-Kutta 法相比提高了一个数量级。当前进的时间到达故障切除时刻，就可以求出发电机在故障切除时刻的转子角度和角速度。

$$\begin{cases}\theta_{it} = \theta_{i0}^{(0)} + \dfrac{1}{2}\theta_{i0}^{(2)}t^2 + \dfrac{1}{24}\theta_{i0}^{(4)}t^4 + \dfrac{1}{720}\theta_{i0}^{(6)}t^6 \\ \omega_{it} = \theta_{i0}^{(2)}t + \dfrac{1}{6}\theta_{i0}^{(4)}t^3 + \dfrac{1}{120}\theta_{i0}^{(6)}t^5\end{cases} \tag{8-48}$$

式中，θ_{it}、ω_{it} 分别为发电机在 t 时刻的转子角度和角速度。

最后，参照式(8-44)可以计算出故障切除时刻的能量。

8.4.2 临界能量

求取临界能量的关键在于如何求解 CUEP 点。用 MOD 法求 CUEP 点，首先需要判定正确的 CUEP 方向，也就是选择正确的候选故障模式，然后沿故障后系统稳定平衡点与根据故障模式所得的校正后的角点间的直线去估计 CUEP 的初值，最后用牛顿-拉夫逊法迭代计算出精确的 CUEP。以下介绍的是如何求取 CUEP 点以及临界能量的步骤。

1. 候选故障模式的选择

首先按照上一节的方法求取出故障切除时刻各机的角度和角速度，并进一步计算切除时刻各机的暂态动能加速度。然后对各机的暂态动能和加速度分别用冒泡排序法进行降序排列。最后选择表列中接近最大动能和最大加速度的机组群，即严重受扰的电距离较近的机组群，形成临界的机组群以及余下的机组群，对临界机群的可能选择方案，形成不同的候选模式。跟最大动能或者最大加速度机群的差别在 0.5%之内的机群是临界机群，而所有剩下的机组群就为非临界机群。

2. 计算故障后系统稳定平衡点

在 COI 坐标下，故障后系统有 $\tilde{\omega}=0$，于是故障后系统的功率偏差方程有：

$$f_i(\boldsymbol{\theta}) = P_{mi} - P_{ei} - \frac{M_i}{M_T}P_{\text{COI}} = 0,\quad i = 1,2,\cdots,ng \tag{8-49}$$

式中，$P_{ei} = E_i^2G_{ii} + \sum\limits_{\substack{j=1\\ j\neq i}}^{ng}[C_{ij}\sin\theta_{ij} + D_{ij}\cos\theta_{ij}]$，$P_{\text{COI}} = \sum\limits_{j=1}^{ng}P_{mj} - \sum\limits_{j=1}^{ng}P_{ej}$。

由于惯性中心限制，仅 $ng-1$ 个转子角是独立变量。通常用 Newton-Raphson 方法迭代求解式(8-50)中的 $ng-1$ 个方程。

$$\begin{bmatrix}\Delta\theta_1\\ \Delta\theta_2\\ \vdots\\ \Delta\theta_{ng-1}\end{bmatrix} = \begin{bmatrix}\dfrac{\partial f_1}{\partial\theta_1} & \dfrac{\partial f_1}{\partial\theta_2} & \cdots & \dfrac{\partial f_1}{\partial\theta_{ng-1}}\\ \dfrac{\partial f_2}{\partial\theta_1} & \dfrac{\partial f_2}{\partial\theta_2} & \cdots & \dfrac{\partial f_2}{\partial\theta_{ng-1}}\\ \vdots & \vdots & & \vdots\\ \dfrac{\partial f_{n-1}}{\partial\theta_1} & \dfrac{\partial f_{n-1}}{\partial\theta_2} & \cdots & \dfrac{\partial f_{n-1}}{\partial\theta_{ng-1}}\end{bmatrix}^{-1}\begin{bmatrix}f_1\\ f_2\\ \vdots\\ f_{ng-1}\end{bmatrix} \tag{8-50}$$

$$\theta^{(m+1)} = \theta^{(m)} + \Delta\theta^{(m)} \tag{8-51}$$

式中，m 为迭代的步数，而在每一步迭代中，都有 $\theta_{ng} = -\dfrac{\sum\limits_{j=1}^{ng-1}M_j\theta_j}{M_{ng}}$。

在求故障后平衡点时，迭代初值用事故前的稳定平衡点。目标函数设定为：

$$F(\boldsymbol{\theta}) = \sum_{i=1}^{ng}\| f_i(\boldsymbol{\theta})\| \tag{8-52}$$

因此，计算故障后稳定平衡点的过程，就是以故障前平衡点为初值，解满足功率方程(8-49)，以式(8-52)作为目标函数的非线性规划问题。当满足 $F(\boldsymbol{\theta}) = \sum\limits_{i=1}^{n}\| f_i(\boldsymbol{\theta})\| < 10^{-5}$ 时，方程组迭代结束，然后通过式(8-51)得出故障后稳定平衡点的值。

3. 构成角点并校正

对于第一步所选取出来的某一候选模式，如第 i 机及 j 机被包含在临界机群内，近似的 UEP 点即角点表示为：

$$[\hat{\theta}_i^u] = [\theta_1^s,\theta_2^s,\cdots,(\pi-\theta_i^s),\cdots,(\pi-\theta_j^s),\cdots,\theta_{ng}^s] \tag{8-53}$$

式中，θ_i^s 为上一步求出来的故障后稳定平衡点。

因为角点的分量不一定能满足惯性中心限制 $\left(\sum\limits_{i=1}^{ng}M_i\theta_i^s = 0\right)$，所以要先对各

候选的角点进行校正，以便能在 COI 坐标下计算。现在对第一步所选出来的候选模式，将系统的机组分为两群，即临界机群组，称为 K 群；其余的机群组，称为 $T-K$ 群。两群的惯性中心分别表示为 θ_K^s 及 θ_{T-K}^s，且有：

$$\theta_K^s = \frac{1}{M_K}\sum_{i\in K} M_i\theta_i^s \tag{8-54}$$

$$\theta_{T-K}^s = \frac{1}{M_K}\sum_{i\in(T-K)} M_i\theta_i^s \tag{8-55}$$

式中，$M_K = \sum_{i\in K} M_i$，$M_{T-K} = \sum_{i\in(T-K)} M_i$，以及：

$$\theta_{\mathrm{eq}}^s = \theta_K^s - \theta_{T-K}^s \tag{8-56}$$

式中，θ_{eq}^s表示故障后的稳定平衡点中临界机群组的惯性中心与余下机群组的惯性中心间的分离角。对于角点，分离角表示为 $\pi-\theta_{\mathrm{eq}}^s$。故障后的稳定平衡点与角点间的相对角用 $\pi-2\theta_{\mathrm{eq}}^s$表示。

为使角点满足惯性中心限制，即：

$$\sum_{i=1}^{ng} M_i\hat{\theta}_i^u = 0 \tag{8-57}$$

或者

$$M_K\hat{\theta}_K^u + M_{T-K}\hat{\theta}_{T-K}^u = 0 \tag{8-58}$$

需对角点在两群内的各个分量进行校正如下：

$$\hat{\theta}_i^u = \theta_i^s + \Delta\theta_K, \quad i \in K \tag{8-59}$$

$$\hat{\theta}_i^u = \theta_i^s - \Delta\theta_{T-K}, \quad i \in T-K \tag{8-60}$$

式中，

$$\Delta\theta_K = (\pi - 2\theta_{\mathrm{eq}}^s)\frac{M_{T-K}}{M_K + M_{T-K}} \tag{8-61}$$

$$\Delta\theta_{T-K} = (\pi - 2\theta_{\mathrm{eq}}^s)\frac{M_K}{M_K + M_{T-K}} \tag{8-62}$$

4. 估计 CUEP 点的初值

在角点校正之后，沿故障后的稳定平衡点与校正后的角点间的直线寻找位能最大值点，由此得到一种近似的 CUEP，并以此作为计算 CUEP 的初值。而对于不同的候选模式，均需计算各自所对应的 CUEP 的初值。

沿故障后的稳定平衡点与 $\hat{\boldsymbol{\theta}}^u$ 间的直线上移动的任一点可表示为：

$$\boldsymbol{\theta} = \boldsymbol{\theta}^s + \lambda(\hat{\boldsymbol{\theta}}^u - \boldsymbol{\theta}^s) \tag{8-63}$$

式中，λ 为最优乘子，$\lambda \geqslant 0$。在此射线上，位能的变化仅是 λ 的函数，即：

$$U_{p,\mathrm{ray}}(\lambda) = -\sum_{i=1}^{ng}\int_0^{\lambda} f_i(\boldsymbol{\theta}^s + \lambda(\hat{\boldsymbol{\theta}}^u - \boldsymbol{\theta}^s))(\hat{\boldsymbol{\theta}}^u - \boldsymbol{\theta}^s)\mathrm{d}\lambda \tag{8-64}$$

当在此射线上位能取最大值，也就是位能函数相对于λ的一次导数为零，即：

$$\frac{\mathrm{d}U_{p,\mathrm{ray}}(\lambda)}{\mathrm{d}\lambda}=-\sum_{i=1}^{ng}f_i(\boldsymbol{\theta}^s+\lambda(\hat{\boldsymbol{\theta}}^u-\boldsymbol{\theta}^s))(\hat{\boldsymbol{\theta}}^u-\boldsymbol{\theta}^s)=0 \tag{8-65}$$

现在，要求出满足式(8-64)和式(8-65)的λ值。主要是利用了牛顿-拉夫逊法，先得出λ的修正量$\Delta\lambda$的计算公式：

$$\Delta\lambda=-U_{p,\mathrm{ray}}(\lambda)\Big/\frac{\mathrm{d}U_{p,\mathrm{ray}}(\lambda)}{\mathrm{d}\lambda} \tag{8-66}$$

然后通过式(8-67)对λ值去进行修正，即：

$$\lambda=\lambda+\Delta\lambda \tag{8-67}$$

当$\sum\limits_{i=1}^{ng}\|U_{p,\mathrm{ray}}(\lambda)\|<10^{-5}$时停止迭代，$\lambda=\lambda_*$为满足式(8-64)和式(8-65)的值，否则要将λ值代回式(8-64)进行循环计算。最后，在确定了λ_*值之后有：

$$\boldsymbol{\theta}^{\mathrm{ray}}=\boldsymbol{\theta}^s+\lambda_*(\hat{\boldsymbol{\theta}}^u-\boldsymbol{\theta}^s) \tag{8-68}$$

在$\boldsymbol{\theta}^{\mathrm{ray}}$处$U_p$达到最大，因而$\boldsymbol{\theta}^{\mathrm{ray}}$作为一种近似的CUEP估计，也就是作为计算CUEP的初值。对不同的候选模式均需计算各自的$\boldsymbol{\theta}^{\mathrm{ray}}$值。

5. 故障模式试验

故障模式试验就是比较故障后网络的能量吸收能力，取候选故障模式中的最小值者作为选定模式。故障后轨线到达的CUEP初值，它在故障切除时刻具有最小的规格化的位能裕度是：

$$\Delta U_{\mathrm{PE},n}=\Delta U_{\mathrm{PE}}/U_{\mathrm{KE,corr}} \tag{8-69}$$

式中，

$$\begin{aligned}\Delta U_{\mathrm{PE}}=&-\sum_{i=1}^{ng}(E_i^2G_{ii}-P_{mi})(\theta_{ij}^{\mathrm{ray}}-\theta_{ij}^c)-\sum_{i=1}^{ng-1}\sum_{j=i+1}^{ng}\Big[C_{ij}(\cos\theta_{ij}^{\mathrm{ray}}-\cos\theta_{ij}^c)\\&-D_{ij}\left(\frac{\theta_i^{\mathrm{ray}}-\theta_i^c+\theta_j^{\mathrm{ray}}-\theta_j^c}{\theta_{ij}^{\mathrm{ray}}-\theta_{ij}^c}\right)(\sin\theta_{ij}^{\mathrm{ray}}-\sin\theta_{ij}^c)\Big]\end{aligned}$$

$$U_{\mathrm{KE,corr}}=\frac{1}{2}M_{\mathrm{eq}}\omega_{\mathrm{eq}}^2,M_{\mathrm{eq}}=\frac{M_KM_{T-K}}{M_K+M_{T-K}},\quad \omega_{\mathrm{eq}}=\omega_K-\omega_{T-K}。$$

式中，$U_{\mathrm{KE,corr}}$表示故障期间系统得到的能量；ΔU_{PE}表示对一定的CUEP点，故障后网络的位能吸收能力。$\Delta U_{\mathrm{PE},n}$越小表示系统结构越脆弱，因而对不同的候选故障模式，取$\Delta U_{\mathrm{PE},n}$中的最小值作为选定的故障模式。

6. CUEP点的精确计算

在故障模式选定以后，也等同于确定了CUEP的初值，然后需要对CUEP进行精确计算。而这种方法跟计算故障后系统稳定平衡点的方法基本上一致，都是采用非线性代数方程的迭代求解方法，但是在求取 CUEP 点时，由于在网络收缩的条件下用牛顿-拉夫逊法有时会呈现发散特性，因而不是完全可靠，可靠的方法是运用非线性最小二乘法问题中的 Newton 解法（二阶梯度法），目标函数设定为：

$$F(\boldsymbol{\theta}) = \sum_{i=1}^{ng} f_i^2(\boldsymbol{\theta}) \tag{8-70}$$

式中，f_i 在式(8-49)中定义。将目标函数(8-70)最小化：

$$\min F(\boldsymbol{\theta}) = \min \sum_{i=1}^{ng} f_i^2(\boldsymbol{\theta}) = \min(\boldsymbol{f}^{\mathrm{T}} \boldsymbol{f}) \tag{8-71}$$

$F(\boldsymbol{\theta})$存在最小点的必要条件是在极值点处有：

$$\frac{\partial F}{\partial \boldsymbol{\theta}} = 2\boldsymbol{J}^{\mathrm{T}} \boldsymbol{f} = \boldsymbol{0} \tag{8-72}$$

式中，$\boldsymbol{J}=\dfrac{\partial \boldsymbol{f}}{\partial \boldsymbol{\theta}}$为 $ng\times(ng-1)$阶雅可比矩阵。其充分条件是在极值点处海森矩阵正定。

对式(8-72)，由泰勒级数展开取到二阶项，得到：

$$\frac{\partial F}{\partial \boldsymbol{\theta}} = 2[\boldsymbol{J}(\boldsymbol{\theta})^{\mathrm{T}} \boldsymbol{f}(\boldsymbol{\theta})] + 2[\boldsymbol{J}(\boldsymbol{\theta})^{\mathrm{T}} \boldsymbol{J}(\boldsymbol{\theta}) + \boldsymbol{B}(\boldsymbol{\theta})]\Delta\boldsymbol{\theta} \approx \boldsymbol{0} \tag{8-73}$$

式中，$\boldsymbol{B}(\boldsymbol{\theta}) = \boldsymbol{G}(\boldsymbol{\theta})^{\mathrm{T}} \boldsymbol{f}(\boldsymbol{\theta}) = \sum_{i=1}^{ng} f_i \boldsymbol{G}_i$；$\boldsymbol{G}(\boldsymbol{\theta}) = \dfrac{\partial \boldsymbol{J}}{\partial \boldsymbol{\theta}}$，$\boldsymbol{G}_i(\boldsymbol{\theta}) = \left(\dfrac{\partial^2 f_i}{\partial\theta_j \partial\theta_k}\right)$，$i = 1,2,\cdots,ng$，$j,k = 1,2,\cdots,ng-1$。

由式(8-73)得出下列用于迭代的公式：

$$(\boldsymbol{J}^{\mathrm{T}} \boldsymbol{J} + \boldsymbol{B})\Delta\boldsymbol{\theta} = -\boldsymbol{J}^{\mathrm{T}} \boldsymbol{f} \tag{8-74}$$

于是计算不稳定平衡点的迭代步骤如下：

① 选择初值 $\boldsymbol{\theta}^{(0)} \in \mathbf{R}^{(ng-1)}$，计算 $f_i^{(0)}(i=1,2,\cdots,ng)$，$\boldsymbol{J}^{(0)\mathrm{T}}\boldsymbol{J}^{(0)}$，$\left(\dfrac{\partial F}{\partial \boldsymbol{\theta}}\right)_0 = 2\boldsymbol{J}^{(0)\mathrm{T}}\boldsymbol{f}^{(0)}$ 及 $\boldsymbol{B}^{(0)} = \sum_{i=1}^{ng} f_i^{(0)} \boldsymbol{G}_i^{(0)}$。置迭代次数 $m = 0$。

② 运用式(8-74)计算搜索方向。

③ 计算最优步长因子 η，令 $\boldsymbol{\theta}^{(m+1)} = \boldsymbol{\theta}^{(m)} + \eta\Delta\boldsymbol{\theta}^{(m)}$，其中 η 是由三次插值方法解得的极小点，即：

$$\eta = b - \frac{(b-a)[\dot{F}(b) + (d-c)]}{\dot{F}(b) - \dot{F}(a) + 2d}$$

式中，$\dot{F} = \partial F/\partial\eta$，$d = [c^2 - \dot{F}(b)\dot{F}(a)]^{\frac{1}{2}}$，$c = 3\dfrac{F(a)-F(b)}{b-a} + \dot{F}(a) + \dot{F}(b)$。

④ 计算 $\boldsymbol{\theta}^{(m+1)}$。

⑤ 计算 $F(\boldsymbol{\theta}) = \sum_{i=1}^{ng} f_i^2(\boldsymbol{\theta})$，倘若 $F(\boldsymbol{\theta}) \leqslant \varepsilon$，迭代中止；否则转步 2。

在式(8-72)、式(8-73)及式(8-74)中雅可比矩阵 $\boldsymbol{J}$ 的第 ij 元素 J_{ij} 及海森矩阵 $\boldsymbol{G}_k$ 的第 ij 元素 $G_{k\cdot ij}$ 分别表示如下：

$$J_{ij}=\frac{\partial f_i}{\partial\theta_j}=-\frac{\partial P_{ei}}{\partial\theta_j}-\frac{M_i}{M_T}\frac{\partial P_{\mathrm{COI}}}{\partial\theta_j},\quad i=1,2,\cdots,ng,j=1,2,\cdots,ng-1 \tag{8-75}$$

$$G_{k\cdot ij}=\frac{\partial^2 f_k}{\partial\theta_i\partial\theta_j}=-\frac{\partial^2 P_{ek}}{\partial\theta_i\partial\theta_j}-\frac{M_k}{M_T}\frac{\partial^2 P_{\mathrm{COI}}}{\partial\theta_i\partial\theta_j},\quad k=1,2,\cdots,ng,i,j=1,2,\cdots,ng-1, \tag{8-76}$$

在式(8-75)中涉及一次导数$\frac{\partial P_{ei}}{\partial\theta_j}$及$\frac{\partial P_{\mathrm{COI}}}{\partial\theta_j}$的计算以及在式(8-76)中涉及二阶导数$\frac{\partial^2 P_{ek}}{\partial\theta_i\partial\theta_j}$及$\frac{\partial^2 P_{\mathrm{COI}}}{\partial\theta_i\partial\theta_j}$的计算，对于这些导数分别表示如下：

(1) 一阶导数计算

定义 $d(\theta_i,\theta_j)=-D_{ij}\sin\theta_{ij}+C_{ij}\cos\theta_{ij}$，则有：

$$\frac{\partial P_{ei}}{\partial\theta_i}=\sum_{\substack{j=1\\j\neq i}}^{ng-1}d(\theta_i,\theta_j)+d(\theta_i,\theta_j)\left[1+\frac{M_i}{M_T}\right],\quad i=1,2,\cdots,ng-1 \tag{8-77a}$$

$$\frac{\partial P_{ei}}{\partial\theta_j}=-d(\theta_i,\theta_j)+d(\theta_i,\theta_j)\frac{M_j}{M_T},\quad i\neq j,i=1,2,\cdots,ng-1 \tag{8-77b}$$

$$\frac{\partial P_{e\cdot ng}}{\partial\theta_i}=\sum_{\substack{j=1\\j\neq i}}^{ng-1}\left[-d(\theta_{ng},\theta_j)\frac{M_i}{M_{ng}}\right]-d(\theta_{ng},\theta_j)\left[1+\frac{M_i}{M_{ng}}\right],\quad i=1,2,\cdots,ng-1 \tag{8-77c}$$

及

$$\frac{\partial P_{\mathrm{COI}}}{\partial\theta_i}=2\left[\sum_{\substack{j=1\\j\neq i}}^{ng-1}D_{ij}\sin\theta_{ij}+\sum_{\substack{j=1\\j\neq i}}^{ng-1}D_{j\cdot ng}\sin\theta_{j\cdot ng}\frac{M_i}{M_{ng}}+D_{i\cdot ng}\sin\theta_{j\cdot ng}\left(1+\frac{M_i}{M_{ng}}\right)\right],$$
$$i=1,2,\cdots,ng-1 \tag{8-78}$$

(2) 二阶导数计算

定义 $e(\theta_i,\theta_j)=-D_{ij}\cos\theta_{ij}-C_{ij}\sin\theta_{ij}$，则有：

$$\frac{\partial^2 P_{ek}}{\partial^2\theta_i}=\sum_{\substack{j=1\\j\neq i}}^{ng-1}e(\theta_i,\theta_j)+e(\theta_i,\theta_{ng})\left[1+\frac{M_i}{M_{ng}}\right]^2,\quad i=1,2,\cdots,ng-1 \tag{8-79a}$$

$$\frac{\partial^2 P_{ek}}{\partial\theta_i\partial\theta_j}=-e(\theta_i,\theta_j)+e(\theta_i,\theta_{ng})\left[1+\frac{M_i}{M_{ng}}\right]\frac{M_j}{M_{ng}},\quad i\neq j,i,j=1,2,\cdots,ng-1 \tag{8-79b}$$

$$\frac{\partial^2 P_{e\cdot ng}}{\partial^2\theta_i}=\sum_{\substack{j=1\\j\neq i}}^{ng-1}\left[e(\theta_{ng},\theta_j)\left[\frac{M_i}{M_{ng}}\right]^2\right]+e(\theta_{ng},\theta_i)\left[1+\frac{M_i}{M_{ng}}\right]^2,\quad i=1,2,\cdots,ng-1 \tag{8-79c}$$

$$\frac{\partial^2 P_{e\cdot ng}}{\partial\theta_i\partial\theta_j}=\sum_{\substack{k=1\\k\neq i,j}}^{ng-1}e(\theta_{ng},\theta_k)\frac{M_i}{M_{ng}}\frac{M_j}{M_{ng}}+e(\theta_{ng},\theta_i)\left[1+\frac{M_i}{M_{ng}}\right]\frac{M_j}{M_{ng}}$$

$$+e(\theta_{ng},\theta_j)\left[1+\frac{M_j}{M_{ng}}\right]\frac{M_i}{M_{ng}},\quad i\neq j,i,j=1,2,\cdots,ng-1 \tag{8-79d}$$

$$\frac{\partial^2 P_{\mathrm{COI}}}{\partial^2\theta_i}=2\Big[\sum_{\substack{j=1\\j\neq i}}^{ng-1}D_{ij}\cos\theta_{ij}+\sum_{\substack{j=1\\j\neq i}}^{ng-1}D_{j\cdot ng}\cos\theta_{j\cdot ng}\left[\frac{M_i}{M_{ng}}\right]^2+D_{i\cdot ng}\cos\theta_{i\cdot ng}\left[1+\frac{M_j}{M_{ng}}\right]^2\Big],$$

$$i=1,2,\cdots,ng-1 \tag{8-80a}$$

$$\frac{\partial^2 P_{\mathrm{COI}}}{\partial\theta_i\partial\theta_j}=2\Big[-D_{ij}\cos\theta_{ij}+\sum_{\substack{k=1\\k\neq i,j}}^{ng-1}D_{k\cdot ng}\cos\theta_{k\cdot ng}\frac{M_i}{M_{ng}}\frac{M_j}{M_{ng}}+D_{i\cdot ng}\cos\theta_{i\cdot ng}\left[1+\frac{M_i}{M_{ng}}\right]\frac{M_j}{M_{ng}}$$

$$+D_{j\cdot ng}\cos\theta_{j\cdot ng}\left(1+\frac{M_j}{M_{ng}}\right)\frac{M_i}{M_{ng}}\Big],\quad i\neq j,i,j=1,2,\cdots,ng-1 \tag{8-80b}$$

在精确计算 CUEP 点之后,CUEP 点处的位能即为临界能量。因此可根据式(8-81)来计算系统能量裕度 ΔU。当 $\Delta U>0$ 时,系统稳定;$\Delta U<0$,系统不稳定。

$$\Delta U=-\frac{1}{2}M_{\mathrm{eq}}(\omega_{\mathrm{eq}}^c)^2-\sum_{i=1}^{ng}P_i^{\mathrm{PF}}(\theta_i^u-\theta_i^c)$$

$$-\sum_{i=1}^{ng-1}\sum_{j=i+1}^{ng}\left[C_{ij}^{\mathrm{PF}}(\cos\theta_{ij}^u-\cos\theta_{ij}^c)-\beta_{ij}D_{ij}^{\mathrm{PF}}(\sin\theta_{ij}^u-\sin\theta_{ij}^c)\right] \tag{8-81}$$

式中,$\beta_{ij}=\dfrac{[(\theta_i^u-\theta_i^c)+(\theta_j^c-\theta_j^u)]}{\theta_{ij}^u-\theta_{ij}^c}$;上标 u 和 c 分别表示主导不稳定平衡点、故障切除时的参数;上标 PF 表示故障后网络。

8.5 灵敏度分析

灵敏度分析方法是将函数在初始点对所考虑的参变量的变化值进行泰勒级数展开,用此展开式计算参变量变化后函数的新值。设暂态稳定裕度为 $\Delta U(\alpha_1,\alpha_2,\cdots,\alpha_q)$,$\alpha_i$ 为感兴趣的参变量,则有新值[9,16]:

$$\Delta U=\Delta U(\alpha_i)+\frac{\partial\Delta U}{\partial\alpha_i}\Delta\alpha_i+\frac{1}{2}\frac{\partial^2\Delta U}{\partial\alpha_i^2}\Delta\alpha_i^2+\cdots+\frac{1}{n!}\frac{\partial^n\Delta U}{\partial\alpha_i^n}\Delta\alpha_i^n \tag{8-82}$$

式中,$\dfrac{\partial\Delta U}{\partial\alpha_i}$为一阶灵敏度系数 S_{α_i};$\dfrac{\partial^2\Delta U}{\partial\alpha_i^2}$为二阶灵敏度系数 S'_{α_i}。其余类推,且严格符合极限规则,如 $S_{\alpha_i}=\lim\limits_{\Delta\alpha_i\to 0}\dfrac{\Delta U(\alpha_i+\Delta\alpha_i)-\Delta U(\alpha_i)}{\Delta\alpha_i}=\dfrac{\partial\Delta U}{\partial\alpha_i}$。

上述灵敏度系数取一种分析形式,借助它可以快速计算出新函数值或新的参数估计值:

$$\Delta(\Delta U) = S_{\alpha_i} \Delta\alpha_i \tag{8-83}$$

以及

$$\alpha_i \approx \alpha_{i0} + \Delta\alpha_i = \alpha_{i0} + \frac{\Delta(\Delta U)}{S_{\alpha_i}} \tag{8-84}$$

式(8-82)、式(8-83)、式(8-84)对于线性系统或在运行点线性化是适应的。

当 ΔU 对 α_i 是隐式表示时，即 ΔU 是复合函数时，如：

$$\Delta U = \Delta U(\alpha_1, \alpha_2, \cdots, \alpha_q; f_1(\alpha_i), f_2(\alpha_i), \cdots, f_p(\alpha_i)) \tag{8-85}$$

则用函数求导的链式法则求取灵敏度系数，因而有：

$$S_{\alpha_i} = \frac{\mathrm{d}\Delta U}{\mathrm{d}\alpha_i} = \frac{\partial\Delta U}{\partial\alpha_i} + \sum_{i=1}^{p} \frac{\partial\Delta U}{\partial f_i}\frac{\mathrm{d}f_i}{\mathrm{d}\alpha_i} \tag{8-86}$$

当感兴趣的参变量为 q 个时，ΔU 变化的一般表示式为：

$$\Delta(\Delta U) = \sum_{i=1}^{q} \frac{\partial\Delta U}{\partial\alpha_i}\Delta\alpha_i + \text{高阶项} \tag{8-87}$$

8.6　暂态稳定裕度灵敏度的解析方法

该方法的前提是假定 CUEP 不变。暂态稳定裕度灵敏度公式是由一些导数构成，而这些导数是通过解动态灵敏度系统方程以及一组非线性代数方程得到的。

系统的暂态稳定裕度可重写如下：

$$\Delta U = U_{cr} - U_c = U(\boldsymbol{\theta}^u) - U_c = -\frac{1}{2}M_{\mathrm{eq}}(\omega_{\mathrm{eq}}^c)^2 - \sum_{i=1}^{ng} P_i^{\mathrm{PF}}(\theta_i^u - \theta_i^c)$$
$$- \sum_{i=1}^{ng-1}\sum_{j=i+1}^{ng}\left[C_{ij}^{\mathrm{PF}}(\cos\theta_{ij}^u - \cos\theta_{ij}^c) - \beta_{ij}D_{ij}^{\mathrm{PF}}(\sin\theta_{ij}^u - \sin\theta_{ij}^c)\right] \tag{8-88}$$

式中，$M_{\mathrm{eq}} = \dfrac{M_K M_{T-K}}{M_K + M_{T-K}}$，$\omega_{\mathrm{eq}} = \omega_K - \omega_{T-K}$；$K$ 代表临界机群，$T-K$ 代表剩余机群。

由式(8-88)，在主导不稳定平衡点不变的假设下，ΔU 是一些变量的函数：

$$\begin{aligned}\Delta U = \Delta U[&\boldsymbol{\theta}^c, \boldsymbol{\omega}^c, \boldsymbol{\theta}^u, ((P_{mi} - E_i^2 G_{ii}), i = 1, 2, \cdots, ng), \\ &(E_i E_j B_{ij}^{\mathrm{PF}}, E_i E_j G_{ij}^{\mathrm{PF}}, i, j = 1, 2, \cdots, ng)]\end{aligned} \tag{8-89}$$

运用求导的链式法则可以获得稳定裕度对某一参变量变化的灵敏度公式[9,16]：

$$\frac{\partial\Delta U}{\partial\alpha} = -M_{\mathrm{eq}}\omega_{\mathrm{eq}}^c\frac{\partial\omega_{\mathrm{eq}}^c}{\partial\alpha} - \sum_{i=1}^{ng}\left[P_i^{\mathrm{PF}}\left(\frac{\partial\theta_i^u}{\partial\alpha} - \frac{\partial\theta_i^c}{\partial\alpha}\right) + (\theta_i^u - \theta_i^{cl})\left(\frac{\partial P_{mi}}{\partial\alpha} - 2E_i G_{ii}^{\mathrm{PF}}\frac{\partial E_i}{\partial\alpha}\right)\right]$$
$$- \sum_{i=1}^{ng-1}\sum_{j=i+1}^{ng}\left[(\cos\theta_{ij}^u - \cos\theta_{ij}^c)\frac{\partial C_{ij}^{\mathrm{PF}}}{\partial\alpha} - \beta_{ij}(\sin\theta_{ij}^u - \sin\theta_{ij}^c)\frac{\partial D_{ij}^{\mathrm{PF}}}{\partial\alpha}\right]$$
$$+ \sum_{i=1}^{ng-1}\sum_{j=i+1}^{ng}\left[(\beta_{ij}D_{ij}^{\mathrm{PF}}\cos\theta_{ij}^u + C_{ij}^{\mathrm{PF}}\sin\theta_{ij}^u)\left(\frac{\partial\theta_i^u}{\partial\alpha} - \frac{\partial\theta_j^u}{\partial\alpha}\right)\right.$$

$$-(\beta_{ij}D_{ij}^{\mathrm{PF}}\cos\theta_{ij}^{c}+C_{ij}^{\mathrm{PF}}\sin\theta_{ij}^{c})\left(\frac{\partial\theta_i^c}{\partial\alpha}-\frac{\partial\theta_j^c}{\partial\alpha}\right)\Big]$$

$$+\sum_{i=1}^{ng-1}\sum_{j=i+1}^{ng}D_{ij}^{\mathrm{PF}}(\sin\theta_{ij}^{u}-\sin\theta_{ij}^{c})\left[\gamma_{ij}^{a}\left(\frac{\partial\theta_i^u}{\partial\alpha}-\frac{\partial\theta_i^c}{\partial\alpha}\right)+\gamma_{ij}^{b}\left(\frac{\partial\theta_j^u}{\partial\alpha}-\frac{\partial\theta_j^c}{\partial\alpha}\right)\right] \tag{8-90}$$

式中，$\gamma_{ij}^{a}=\dfrac{-2(\theta_j^u-\theta_j^c)}{(\theta_{ij}^u-\theta_{ij}^c)^2}$，$\gamma_{ij}^{b}=\dfrac{2(\theta_i^u-\theta_i^c)}{(\theta_{ij}^u-\theta_{ij}^c)^2}$，$\dfrac{\partial C_{ij}^{\mathrm{PF}}}{\partial\alpha}=E_iB_{ij}^{\mathrm{PF}}\dfrac{\partial E_j}{\partial\alpha}+E_jB_{ij}^{\mathrm{PF}}\dfrac{\partial E_i}{\partial\alpha}$，$\dfrac{\partial D_{ij}^{\mathrm{PF}}}{\partial\alpha}=E_iG_{ij}^{\mathrm{PF}}\dfrac{\partial E_j}{\partial\alpha}+E_jG_{ij}^{\mathrm{PF}}\dfrac{\partial E_i}{\partial\alpha}$。

在式(8-90)中，需要确定$\dfrac{\partial\theta_i^c}{\partial\alpha}$和$\dfrac{\partial\omega_i^c}{\partial\alpha}$，也就是故障切除时刻的状态变量对参变量$\alpha$的灵敏度。这可由动态灵敏度方程组得到，该方程组由在故障时的系统动态方程组通过考虑偏导数计算而求得：

$$\begin{cases}\dfrac{\partial\dot{\theta}_i}{\partial\alpha}=\dfrac{\partial\omega_i}{\partial\alpha}\\[2ex]
\dfrac{\partial\dot{\omega}_i}{\partial\alpha}=\dfrac{\partial P_{mi}}{\partial\alpha}-2E_i\dfrac{\partial E_i}{\partial\alpha}G_{ii}^{\mathrm{F}}-E_i^2\dfrac{\partial G_{ii}^{\mathrm{F}}}{\partial\alpha}\\
\qquad-\sum\limits_{\substack{j=1\\j\neq i}}^{ng}\left[C_{ij}^{\mathrm{F}}\cos\theta_{ij}\left(\dfrac{\partial\theta_i}{\partial\alpha}-\dfrac{\partial\theta_j}{\partial\alpha}\right)-D_{ij}^{\mathrm{F}}\sin\theta_{ij}\left(\dfrac{\partial\theta_i}{\partial\alpha}-\dfrac{\partial\theta_j}{\partial\alpha}\right)\right]\\
\qquad-\sum\limits_{\substack{j=1\\j\neq i}}^{ng}\left[\left(\dfrac{\partial E_i}{\partial\alpha}E_j+\dfrac{\partial E_j}{\partial\alpha}E_i\right)(B_{ij}^{\mathrm{F}}\sin\theta_{ij}+G_{ij}^{\mathrm{F}}\cos\theta_{ij})\right]\\
\qquad-\sum\limits_{\substack{j=1\\j\neq i}}^{ng}\left[E_iE_j\sin\theta_{ij}\dfrac{\partial B_{ij}^{\mathrm{F}}}{\partial\alpha}+E_iE_j\cos\theta_{ij}\dfrac{\partial G_{ij}^{\mathrm{F}}}{\partial\alpha}\right]\\
\qquad-\dfrac{M_i}{M_T}\Big[\sum\limits_{j=1}^{ng}\left(\dfrac{\partial P_{mj}}{\partial\alpha}-2E_j\dfrac{\partial E_j}{\partial\alpha}G_{jj}^{\mathrm{F}}-E_j^2\dfrac{\partial G_{jj}^{\mathrm{F}}}{\partial\alpha}\right)+\sum\limits_{k=1}^{ng}\sum\limits_{\substack{j=1\\j\neq k}}^{ng}\Big[D_{kj}^{\mathrm{F}}\sin\theta_{kj}\left(\dfrac{\partial\theta_k}{\partial\alpha}-\dfrac{\partial\theta_j}{\partial\alpha}\right)\\
\qquad-\left(\dfrac{\partial E_k}{\partial\alpha}E_j+\dfrac{\partial E_j}{\partial\alpha}E_k\right)G_{kj}^{\mathrm{F}}\cos\theta_{kj}-E_kE_j\cos\theta_{kj}\dfrac{\partial G_{kj}^{\mathrm{F}}}{\partial\alpha}\Big]\Big]\\
\qquad i=1,2,\cdots,ng-1\end{cases} \tag{8-91}$$

式(8-91)为一组线性微分方程组，当在每一时间步长内知道θ_i及ω_i($i=1,2,\cdots,ng$)，它能够被积分。因而可以用来决定故障末的条件。因此，$\dfrac{\partial\theta_i^c}{\partial\alpha}$和$\dfrac{\partial\omega_i^c}{\partial\alpha}$($i=1,2,\cdots,ng$)能够确定。方程组(8-91)的初值$\left(\dfrac{\partial\theta_i^c}{\partial\alpha}\right)_0=\dfrac{\partial\theta_i^s}{\partial\alpha}$，$\left(\dfrac{\partial\omega_i^c}{\partial\alpha}\right)_0=0$($i=1,2,\cdots,ng$)。$\dfrac{\partial\theta_i^s}{\partial\alpha}$($i=1,2,\cdots,ng$)由求解一组平衡方程而得到，这类方程的求解类似于下述的$\dfrac{\partial\theta_i^u}{\partial\alpha}$

$(i=1,2,\cdots,ng)$的求解方法。

主导不稳定平衡点对参数α变化的灵敏度决定如下：考虑对于故障后的动态灵敏度方程，在不稳定平衡点处状态变量$\dot{\theta}_i$，$\dot{\omega}_i$的导数为0，导致一线性代数方程组：

$$
\begin{aligned}
0 =& \frac{\partial P_{mi}}{\partial\alpha} - 2E_i\frac{\partial E_i}{\partial\alpha}G_{ii}^{\mathrm{PF}} - E_i^2\frac{\partial G_{ii}^{\mathrm{PF}}}{\partial\alpha} \\
&- \sum_{\substack{j=1\\j\neq i}}^{ng}\left[C_{ij}^{\mathrm{PF}}\cos\theta_{ij}^u\left(\frac{\partial\theta_i^u}{\partial\alpha}-\frac{\partial\theta_j^u}{\partial\alpha}\right)-D_{ij}^{\mathrm{PF}}\sin\theta_{ij}\left(\frac{\partial\theta_i^u}{\partial\alpha}-\frac{\partial\theta_j^u}{\partial\alpha}\right)\right] \\
&- \sum_{\substack{j=1\\j\neq i}}^{ng}\left[\left(\frac{\partial E_i}{\partial\alpha}E_j+\frac{\partial E_j}{\partial\alpha}E_i\right)(B_{ij}^{\mathrm{PF}}\sin\theta_{ij}^u+G_{ij}^{\mathrm{PF}}\cos\theta_{ij}^u)\right] \\
&- \sum_{\substack{j=1\\j\neq i}}^{ng}\left[E_iE_j\sin\theta_{ij}^u\frac{\partial B_{ij}^{\mathrm{PF}}}{\partial\alpha}+E_iE_j\cos\theta_{ij}^u\frac{\partial G_{ij}^{\mathrm{PF}}}{\partial\alpha}\right] \\
&- \frac{M_i}{M_T}\Bigg[\sum_{j=1}^{ng}\left(\frac{\partial P_{mj}}{\partial\alpha}-2E_j\frac{\partial E_j}{\partial\alpha}G_{jj}^{\mathrm{PF}}-E_j^2\frac{\partial G_{jj}^{\mathrm{PF}}}{\partial\alpha}\right) \\
&+ \sum_{k=1}^{ng}\sum_{\substack{j=1\\j\neq k}}^{ng}\Bigg[D_{kj}^{\mathrm{PF}}\sin\theta_{kj}^u\left(\frac{\partial\theta_k^u}{\partial\alpha}-\frac{\partial\theta_j^u}{\partial\alpha}\right)-\left(\frac{\partial E_k}{\partial\alpha}E_j+\frac{\partial E_j}{\partial\alpha}E_k\right)G_{kj}^{\mathrm{PF}}\cos\theta_{kj}^u \\
&- E_kE_j\cos\theta_{kj}^u\frac{\partial G_{kj}^{\mathrm{PF}}}{\partial\alpha}\Bigg]\Bigg],\quad i=1,2,\cdots,ng-1
\end{aligned}
\tag{8-92}
$$

当知道$\boldsymbol{\theta}^u$解方程组(8-92)就可得到$\frac{\partial\theta_i^u}{\partial\alpha}(i=1,2,\cdots,ng)$。

注意到在COI坐标下，$\frac{\partial\theta_i^c}{\partial\alpha}$、$\frac{\partial\omega_i^c}{\partial\alpha}$及$\frac{\partial\theta_i^u}{\partial\alpha}$分别仅有$ng-1$个变量是独立的。

式(8-92)中$\frac{\partial P_{mi}}{\partial\alpha}$的计算取决于$\alpha$的变化是否影响到发电机的机械输入功率，若是，则需计算$\frac{\partial P_{mi}}{\partial\alpha}(i=1,2,\cdots,ng)$。$\frac{\partial E_i}{\partial\alpha}$的计算取决于$\alpha$对故障前每台发电机端电压的影响。当知道每台发电机母线上输出复功率的数值以及暂态电抗，则内电势E_i的变化就被决定。$\frac{\partial B_{ij}^{\mathrm{PF}}}{\partial\alpha}$和$\frac{\partial G_{ij}^{\mathrm{PF}}}{\partial\alpha}$的计算要视$\alpha$的具体情况而定。若$\alpha$的变化影响到$B_{ij}^{\mathrm{PF}}$和$G_{ij}^{\mathrm{PF}}$，则可运用HouseHold方法去估计由于$\alpha$的变化导致节点导纳矩阵参数的变化。

8.7 计算步骤

综上所述，应用单纯形算法求解计及暂态稳定约束的OPF模型的计算步骤如下：

① 初始化。输入系统参数及不等式约束上下限值；输入设定故障信息；置迭

代次数 $m=0$，并设置最大迭代次数；置控制变量的步长 step；置主迭代对应的收敛精度分别为 $\varepsilon_1=10^{-3}$。

② 形成原始系统的节点导纳矩阵 $\boldsymbol{G}$、$\boldsymbol{B}$，以及设定故障前、故障时、故障后系统的收缩导纳矩阵 $\boldsymbol{G}_{\text{red}}(k)$、$\boldsymbol{B}_{\text{red}}(k)$，$\boldsymbol{G}_{\text{red}}^{\text{F}}(k)$、$\boldsymbol{B}_{\text{red}}^{\text{F}}(k)$，$\boldsymbol{G}_{\text{red}}^{\text{PF}}(k)$、$\boldsymbol{B}_{\text{red}}^{\text{PF}}(k)$，$k\in S_k$。

③ 进行常规的系统潮流计算，求得各节点电压 V、相角 θ、有功 P、无功 Q，并依据式(8-14)求取各发电机电势 E、转子角度 δ，此即系统在该运行状态下稳定平衡点(故障前稳定平衡点)。

④ 进行系统暂态稳定计算，判定系统的失稳模式，求得在设定故障下系统的主导不稳定平衡点，由式(8-81)得到系统的暂态稳定裕度 $\Delta U(k)$，并得到暂态稳定裕度对于控制变量的灵敏度$\dfrac{\partial \Delta U(k)}{\partial \boldsymbol{u}}$。

⑤ 对所有变量的数值进行检验，看其是否越限，同时检验暂态稳定约束，看 $\Delta U(k)$是否大于 0。如果所有变量都未越限且 $\Delta U(k)\geqslant 0$，则令 flag=0，转入下一步；否则，令 flag=1，转入步骤⑦。

⑥ 收敛性检验。计算前后两次主迭代的发电费用总和之差，若其$<\varepsilon_1$，且有 flag=0，即满足收敛性要求，则输出最优解，结束计算。否则继续进入下一步。

⑦ 对控制变量的变化量进行线性修正。

⑧ 根据当前系统的潮流解，计算$\dfrac{\partial \boldsymbol{g}}{\partial \boldsymbol{x}}^{-1}\dfrac{\partial \boldsymbol{g}}{\partial \boldsymbol{u}}$，即得到状态变量和控制变量之间的灵敏度矩阵 $\boldsymbol{A}$，将计及暂态稳定约束的 OPF 模型线性化。

⑨ 运用单纯形法求解线性化的计及暂态稳定约束的 OPF 模型，得到控制变量的修正量 $\Delta\boldsymbol{u}$，按照式(8-93)和式(8-94)修正控制变量和状态变量：

$$\begin{bmatrix} P_{G_1} \\ \vdots \\ P_{G_{ng}} \\ Q_{G_2} \\ \vdots \\ Q_{G_{ng}} \end{bmatrix}^{(m+1)} = \begin{bmatrix} P_{G_1} \\ \vdots \\ P_{G_{ng}} \\ Q_{G_2} \\ \vdots \\ Q_{G_{ng}} \end{bmatrix}^{(m)} + \Delta\boldsymbol{u}^{(m)} \tag{8-93}$$

$$\begin{bmatrix} Q_{G_1} \\ V_1 \\ \vdots \\ V_n \\ \alpha_2 \\ \vdots \\ \alpha_n \end{bmatrix}^{(m+1)} = \begin{bmatrix} Q_{G_1} \\ V_1 \\ \vdots \\ V_n \\ \alpha_2 \\ \vdots \\ \alpha_n \end{bmatrix}^{(m)} + \boldsymbol{A}\Delta\boldsymbol{u}^{(m)} \tag{8-94}$$

置 $m=m+1$，转到步骤③。

8.8 算例分析

为了验证所提出的TSCOPF模型及算法的正确性，对美国WSCC 3机9节点系统和New England 10机39节点系统进行了计算。

8.8.1 WSCC 3机9节点系统

选择WSCC 3机9节点系统作为试验系统，如图8-4所示。该系统包括3台发电机、3个负荷点、6条传输线。系统参数详见附录Ⅶ，发电费用函数见表8-1。变量的初始值和上下限见表8-2。该初始值也是系统的潮流解。节点1为平衡节点，$\alpha_1=0$。

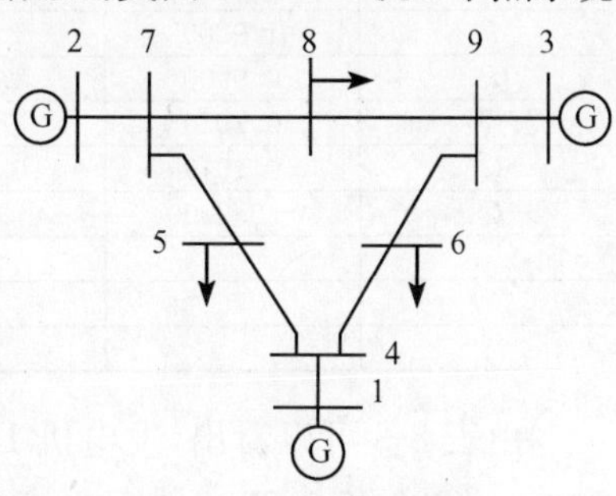

图8-4　WSCC 3机9节点系统接线图

表8-1　WSCC 3机9节点系统发电费用函数

发电机编号	发电费用函数/(p.u.)
1	$5.61P^2+8.5P+0.01562$
2	$3.1P^2+7.8P+0.00194$
3	$0.78P^2+7.97P+0.00482$

表8-2　系统变量的初始值和上下限值

变　量	运行限制/(p.u.)		初始状态/(p.u.)	变　量	运行限制/(p.u.)		初始状态/(p.u.)
	上限	下限			上限	下限	
P_{10}	0.3000	2.4750	0.7160	V_7	0.9000	1.1000	1.0260
P_{20}	0.3000	1.9200	1.6300	V_8	0.9000	1.1000	1.0160
P_{30}	0.3000	1.2800	0.8500	V_9	0.9000	1.1000	1.0320
Q_{10}	−2.0000	2.0000	0.2700	δ_{10}			0.0396
Q_{20}	−1.9000	1.9000	0.0670	δ_{20}			0.3444
Q_{30}	−1.2000	1.2000	−0.1090	δ_{30}			0.2300
E_1			1.0566	α_2			0.1623
E_2			1.0502	α_3			0.0820
E_3			1.0170	α_4			−0.0384
V_1	1.0000	1.1000	1.0400	α_5			−0.0698
V_2	1.0000	1.1000	1.0250	α_6			−0.0646
V_3	1.0000	1.1000	1.0250	α_7			0.0646
V_4	0.9000	1.1000	1.0260	α_8			0.0122
V_5	0.9000	1.1000	0.9960	α_9			0.0349
V_6	0.9000	1.1000	1.0130				

为便于比较分析，我们以下采用两种优化方法求解，应用单纯形法求解不计及暂态稳定约束的OPF计算模型(方法一)和应用单纯形法求解计及暂态稳定约束的OPF计算模型(方法二)。预想事故选择为：在线路8～7靠近节点7处发生三相接地短路，故障在0.18s时由切除线路8～7而消除。在计算中，若暂态能量裕

度≥0,则认为系统能够在该扰动下保持暂态稳定,否则系统将在该扰动下失稳,优化结果见表 8-3。

表 8-3　优化后的变量值　（单位:p. u.）

变　量	方法一	方法二	变　量	方法一	方法二
P_1	0.3000	0.3827	V_1	1.1000	1.0857
P_2	1.9200	1.7390	V_2	1.0760	1.1000
P_3	0.9900	1.0827	V_3	1.0940	1.0902
Q_1	0.2020	0.1205	V_4	1.0870	1.0799
Q_2	0.1010	0.1004	V_5	1.0570	1.0585
Q_3	−0.2000	−0.1600	V_6	1.0780	1.0732
			V_7	1.0840	1.0986
			V_8	1.0800	1.0886
			V_9	1.1000	1.1000

由表 8-3 可以看出,发电机 1 和发电机 3 的有功出力从不考虑暂态稳定约束时的 0.3000 和 0.9900 上升至考虑故障时的 0.3827 和 1.0827,而发电机 2 的有功出力则由 1.9200 下降至 1.7390,这说明加入的暂态稳定约束通过降低失稳发电机组的有功出力,有效地保证了整个系统的暂态稳定性。从失稳发电机上减少的有功出力则转移到稳定性较高的机组上,以确保整个系统功率平衡。

图 8-5 为用 BPA 程序[21]对两种方法得到的优化结果进行暂态稳定计算所得到的发电机 2 相对于发电机 1 的摇摆曲线,由图可知,方法一得到的结果在预想故障下发电机 2 和发电机 1 的角度偏差一直增大,很明显不能保持暂态稳定;而方法二得到的结果在预想故障下,第一个摇摆周期的最大角度偏差为 113.9°,而以后的摇摆都比第一个摇摆小,因此方法二的优化结果满足暂态稳定要求。这说明了所提出的模型是正确的、有效的。

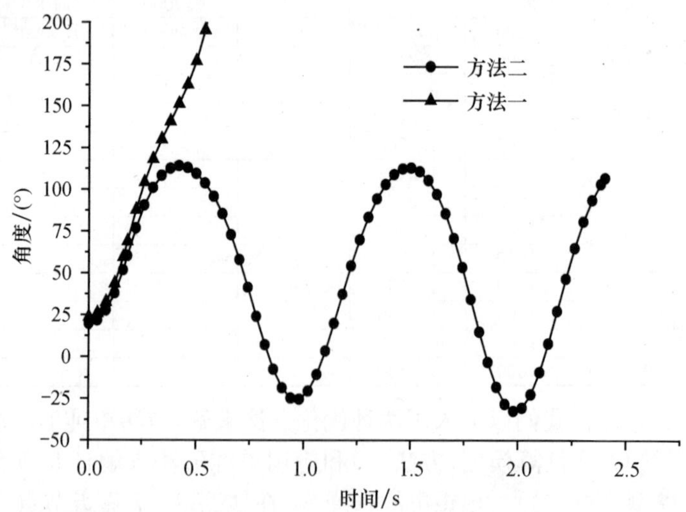

图 8-5　两种方法得到的发电机 2 相对于发电机 1 的摇摆曲线

从表 8-4 中的数据可看出，如果在优化过程中不考虑暂态稳定约束，系统的总费用将降低到 34.91770，在此种情况下，只要满足潮流方程的约束和静态约束，费用低的发电机将尽可能多发有功，反之亦然。最后的优化结果有可能不满足暂态稳定约束，而本例中暂态稳定裕度降到了 −0.49559，显然不能保持暂态稳定；而从方法二的优化结果可知，加入了暂态稳定约束后，系统的总费用只能降到 34.95100，这虽然在一定程度上牺牲了系统运行的部分经济性，但是在预想事故发生时仍能保证系统运行的稳定性，在以经济性为目标满足安全稳定约束的条件下找到了一个合理的最优解。

表 8-4　优化后的目标函数和暂态稳定裕度值

目标函数	方法一	方法二
f/(p.u.)	34.91770	34.95100
ΔU/(p.u.)	−0.49559	0.00016

当迭代步长取为 0.05 时，方法一经过 88 次迭代得到结果，而方法二经过 86 次迭代完成。而由表 8-5 可知，虽然基于 CUEP 法进行稳定裕度的灵敏度计算时必须假定 CUEP 点不变，但在迭代过程中，每一步中的 CUEP 点是不同的。在优化过程中，每一步迭代的步长已经做出了限制，而该假设只需要在每一运行点的邻域内成立，对于整个优化过程来说就不会失去一般性，因为每一步迭代都会严格按照主导不稳定平衡点法重新求解 CUEP 点，整个优化就没有必要假定 CUEP 点不变。

表 8-5　方法二的迭代过程中 CUEP 点和 ΔU 的变化

主迭代顺序	CUEP 点(转角)/rad			ΔU/(p.u.)
	发电机 1	发电机 2	发电机 3	
1	−0.720444	1.93859	1.53631	0.32053
2	−0.748792	1.99048	1.64862	0.70247
3	−0.747988	1.98987	1.64361	0.68194
…	…	…	…	…
25	−0.729696	1.96698	1.54861	0.25300
26	−0.729188	1.96614	1.54641	0.23859
27	−0.728219	1.96521	1.54077	0.21697
…	…	…	…	…
84	−0.693637	1.83748	1.54077	0.00012
85	−0.692998	1.83478	1.54148	0.00108
86	−0.692426	1.83197	1.54298	0.00016

以下讨论考虑多预想故障 TSCOPF 的求解情况。

预想事故选择为：

故障一：在线路 8～7 靠近节点 7 处发生三相接地短路，故障在 0.18s 时由切除线路 8～7 而消除。

故障二：在线路 7～5 靠近节点 5 处发生三相接地短路，故障在 0.18s 时由切除线路 7～5 而消除。

优化结果见表 8-6。

表 8-6　优化后的变量值

变　量	变量值/(p.u.)	变　量	变量值/(p.u.)
P_1	0.37879	V_1	1.08569
P_2	1.73824	V_2	1.10000
P_3	1.08773	V_3	1.09018
Q_1	0.11325	V_4	1.07987
Q_2	0.10378	V_5	1.05849
Q_3	−0.15372	V_6	1.07310
		V_7	1.09855
		V_8	1.08858
		V_9	1.10000

从结果中可以看到，与只有故障一时相比，优化后的结果基本一样，也就是说故障二对优化结果没有影响。

由图 8-6、图 8-7 可知优化结果满足两个预想故障的暂稳要求。

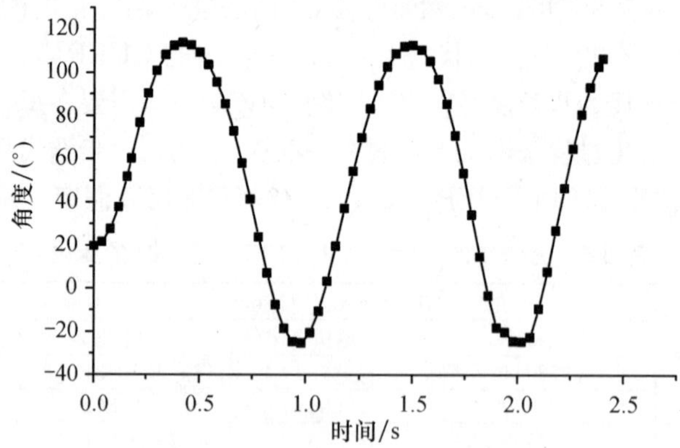

图 8-6　优化后故障一下发电机 2 相对于发电机 1 的摇摆曲线

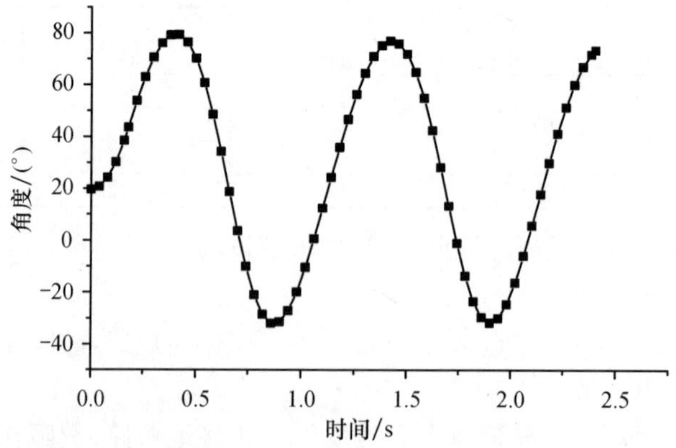

图 8-7　优化后故障二下发电机 2 相对于发电机 1 的摇摆曲线

当迭代步长取为 0.05 时，经过 87 次迭代完成。从表 8-7、表 8-8 和表 8-9 可知，优化后，故障一的暂态稳定裕度由 0.320564 变成了 0.000006，而故障二的暂态稳定裕度在优化结束后却还有 1.752220，就是说按照此优化结果，对故障一来说，系统已经运行在暂态稳定边界，而对于故障二系统却保持了相当大的暂态稳定裕度；故障二对于优化过程基本没产生影响，属于不起作用的故障。

表 8-7　优化后的目标函数和暂态能量裕度值

目标函数 f/(p.u.)		34.951
ΔU/(p.u.)	故障一	0.000006
	故障二	1.752220

表 8-8　迭代过程中故障一的 CUEP 点和 ΔU 的变化

主迭代顺序	故障一的 CUEP 点(转角)/rad			ΔU/(p.u.)
	发电机 1	发电机 2	发电机 3	
1	−0.720451	1.93863	1.53629	0.320564
2	−0.749086	1.99097	1.64989	0.707094
3	−0.748287	1.99036	1.64491	0.686559
…	…	…	…	…
25	−0.719065	1.95086	1.49940	0.003147
26	−0.718519	1.94798	1.50124	0.002375
27	−0.717981	1.94528	1.50275	0.001739
…	…	…	…	…
85	−0.692614	1.83277	1.54274	0.001071
86	−0.692436	1.83167	1.54368	0.000001
87	−0.691997	1.82976	1.54430	0.000006

表 8-9　迭代过程中故障二的 CUEP 点和 ΔU 的变化

主迭代顺序	故障二的 CUEP 点(转角)/rad			ΔU/(p.u.)
	发电机 1	发电机 2	发电机 3	
1	−0.820877	2.13227	1.91329	2.17743
2	−0.844313	2.16851	2.02029	2.93854
3	−0.843688	2.16841	2.01560	2.91814
…	…	…	…	…
25	−0.823589	2.15712	1.88176	2.2277
26	−0.823089	2.15436	1.88369	2.2178
27	−0.822573	2.15173	1.88523	2.20743
…	…	…	…	…
85	−0.796373	2.03291	1.93211	1.76326
86	−0.796377	2.03303	1.93189	1.76199
87	−0.795883	2.03063	1.93312	1.75222

8.8.2 New England 10 机 39 节点系统

选择 New England 10 机 39 节点系统作为试验系统，网络接线和系统数据见附录Ⅷ，发电费用函数见表 8-10。预想事故选择为：在线路 26～28 靠近节点 26 处发生三相接地短路，故障在 0.15s 时由切除线路 26～28 而消除。在计算中，若暂态稳定裕度大于 0，则认为系统能够在该扰动下保持暂态稳定，否则系统将在该扰动下失稳，优化结果见表 8-11。

表 8-10 New England 10 机 39 节点系统发电费用函数

发电机编号	发电费用函数/(p.u.)	发电机编号	发电费用函数/(p.u.)
1	$0.75P^2+2P$	6	$0.5P^2+3P$
2	$3.5P^2+1.75P$	7	$1.25P^2+P$
3	$1.25P^2+P$	8	$1.67P^2+3.25P$
4	$1.67P^2+3.25P$	9	$0.5P^2+3P$
5	$0.55P^2+3P$	10	$0.5P^2+3P$

表 8-11 优化后的变量值 （单位：p.u.）

变量	方法一	方法二	变量	方法一	方法二	变量	方法一	方法二
P_1	5.00000	4.92830	V_{30}	1.06703	0.93376	V_{21}	1.08353	1.02080
P_2	1.88000	1.88537	V_{31}	1.10000	1.02000	V_{22}	1.09985	1.04400
P_3	5.38647	5.68296	V_{32}	1.06001	1.02670	V_{23}	1.09281	1.03950
P_4	3.27181	3.40859	V_{33}	1.03722	0.99470	V_{24}	1.08946	1.02420
P_5	8.00000	8.00000	V_{34}	1.06518	0.97860	V_{25}	1.09521	0.97110
P_6	8.00000	8.00000	V_{35}	1.10000	1.05030	V_{26}	1.09444	1.02720
P_7	5.27367	5.61491	V_{36}	1.10000	1.06780	V_{27}	1.08210	1.01320
P_8	3.25201	3.34909	V_{37}	1.07463	0.92640	V_{28}	1.09792	1.07630
P_9	10.00000	8.64351	V_{38}	1.08170	1.10000	V_{29}	1.10000	1.09200
P_{10}	11.41870	12.01530	V_{39}	1.08575	0.97250	V_1	1.10000	0.98180
Q_1	−0.16430	−0.71520	V_{11}	1.09746	1.02580	V_2	1.10000	0.97620
Q_2	3.41238	2.94160	V_{12}	1.084870	1.01270	V_3	1.08013	1.00190
Q_3	1.96160	3.49640	V_{13}	1.09496	1.02580	V_4	1.07781	1.00000
Q_4	0.57932	1.76740	V_{14}	1.08588	1.01340	V_5	1.09133	1.01120
Q_5	2.183810	1.38380	V_{15}	1.07505	1.00540	V_6	1.09600	1.01660
Q_6	2.46379	2.76780	V_{16}	1.08485	1.01780	V_7	1.08380	1.00000
Q_7	0.50853	1.39290	V_{17}	1.08325	1.01310	V_8	1.08152	0.99670
Q_8	0.30650	−0.77710	V_{18}	1.08041	1.00690	V_9	1.09520	0.99120
Q_9	0.74837	2.48230	V_{19}	1.10000	1.03600	V_{10}	1.10000	1.03250
Q_{10}	0.43623	0.58817	V_{20}	1.03946	0.96560			

类似于 WSCC 3 机 9 节点系统，New England 10 机 39 节点系统也应用单纯形法求解不计及暂态稳定约束的 OPF 计算模型(方法一)和应用单纯形法求解计及暂态稳定约束的 OPF 计算模型(方法二)。

图 8-8 为用 BPA 程序[21]对两种方法得到的优化结果进行暂态稳定计算所得到的发电机 9 相对于发电机 1 的摇摆曲线，发电机 9 为失稳机。由图可知，方法一得到的结果在预想故障下发电机 9 和发电机 1 的角度偏差一直增大，很明显不能保持暂态稳定；而方法二得到的结果在预想故障下满足暂态稳定要求。

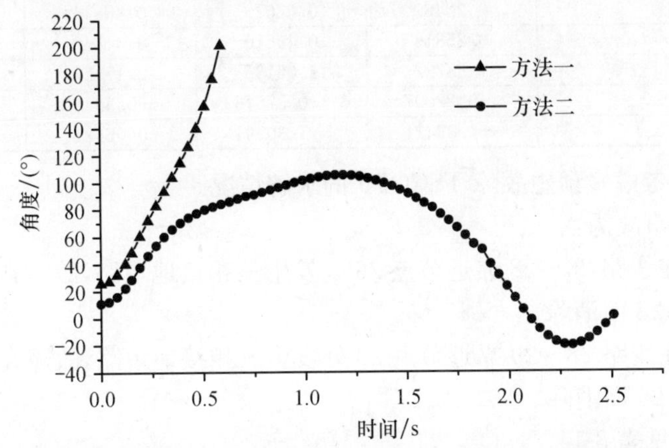

图 8-8　两种方法得到的发电机 9 相对于发电机 1 的摇摆曲线

由表 8-11 可知，发电机 5、发电机 6 的有功出力已经到达其上限，都为 8，因为其发电费用低，同时其并不是失稳机组，所以在优化过程中将尽可能多发有功。而发电机 9 是失稳机，考虑暂稳约束后其有功出力比不考虑暂稳约束减少了 1.36，以确保系统在故障下保持暂态稳定。

当迭代步长取为 0.1 时，方法一经过 51 次迭代得到结果，而方法二经过 48 次迭代完成。由表 8-12 和表 8-13 可知，当系统中发电机总费用降到 478.5 时，对于设定的故障来说，系统的暂态稳定裕度已经只有 0.0280。而系统对于给定故障的 CUEP 点在迭代过程中变化很大，更进一步证实了虽然暂态稳定裕度的灵敏度解析方法要假定 CUEP 点不变，但对于整个优化过程其 CUEP 点是在不断变化的。

表 8-12　优化后的目标函数和暂态稳定裕度值

目标函数	方法一	方法二
f/(p.u.)	474.292	478.500
ΔU/(p.u.)		0.0280

表 8-13　方法二的迭代过程中 CUEP 点和 ΔU 的变化

迭代次数 / CUEP 点/rad / 发电机编号	1	2	41	48
1	−0.06691	0.04979	0.28833	0.35481
2	0.19301	0.42329	−0.08641	−0.12275
3	0.20535	0.45446	0.15721	0.18121
4	0.18202	0.58172	0.27012	0.30041
5	0.39893	0.78535	1.01839	1.10049
6	0.21194	0.58703	0.57031	0.60126
7	0.22460	0.62073	0.48914	0.53140
8	0.25816	0.49610	0.41840	0.45833
9	1.88232	2.06135	2.17127	2.21701
10	−0.22097	−0.37646	−0.33432	−0.35490
ΔU/(p.u.)	−1.39421	−1.30991	0.05421	0.02800

以下讨论考虑多预想故障 TSCOPF 的求解情况。

选择预想事故为：

故障一：在线路 26～28 靠近节点 26 处发生三相接地短路，故障在 0.15s 时由切除线路 26～28 而消除。

故障二：在线路 28～29 靠近节点 28 处发生三相接地短路，故障在 0.15s 时由切除线路 28～29 而消除。

优化结果见表 8-14。

表 8-14　优化后的变量值　　(单位：p.u.)

变　量	变量值	变　量	变量值	变　量	变量值
P_1	5.000000	V_{30}	0.929197	V_{21}	1.020260
P_2	2.380000	V_{31}	0.997503	V_{22}	1.048420
P_3	5.671750	V_{32}	0.993401	V_{23}	1.042240
P_4	3.454530	V_{33}	0.992591	V_{24}	1.020030
P_5	8.000000	V_{34}	0.955113	V_{25}	0.970671
P_6	8.000000	V_{35}	1.062200	V_{26}	1.026010
P_7	5.511650	V_{36}	1.070600	V_{27}	1.010160
P_8	3.493400	V_{37}	0.933036	V_{28}	1.076920
P_9	8.018640	V_{38}	1.100000	V_{29}	1.092750
P_{10}	11.984000	V_{39}	0.969220	V_1	0.979355
Q_1	−0.857771	V_{11}	1.004200	V_2	0.974679
Q_2	2.745330	V_{12}	0.990919	V_3	0.991429
Q_3	2.803820	V_{13}	1.004820	V_4	0.983691
Q_4	2.156400	V_{14}	0.996500	V_5	0.992164
Q_5	0.933163	V_{15}	0.996492	V_6	0.996830
Q_6	3.345540	V_{16}	1.012380	V_7	0.981651
Q_7	1.383440	V_{17}	1.007240	V_8	0.978402
Q_8	−0.490032	V_{18}	0.999324	V_9	0.981897
Q_9	2.395140	V_{19}	1.027740	V_{10}	1.009960
Q_{10}	0.797893	V_{20}	0.950467		

同时考虑故障一和故障二时最优的发电机总费用由只考虑故障一时的 478.5 上升到 480.963，而此时系统对于故障一、故障二的暂态稳定裕度分别为 1.83344、0.0239113，由于故障二的严重程度超过了故障一，因此故障二下系统已经接近稳定边界，而故障一还保留有较大的稳定裕度。

两故障下发电机 9 为失稳机，由图 8-9 和图 8-10 可见，优化后的结果在各故障下都能保持暂态稳定。

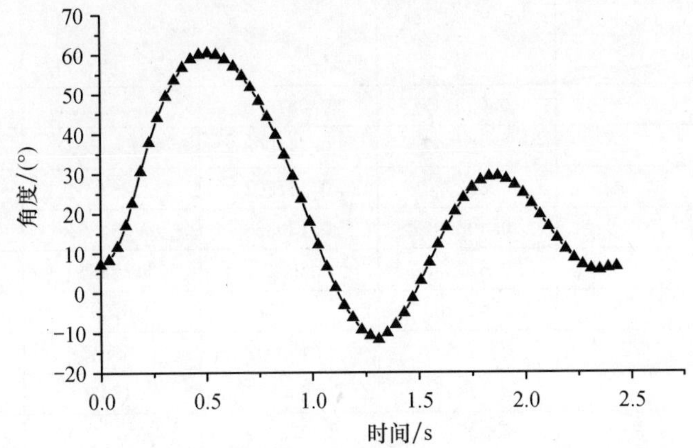

图 8-9　优化后故障一下发电机 9 相对于发电机 1 的摇摆曲线

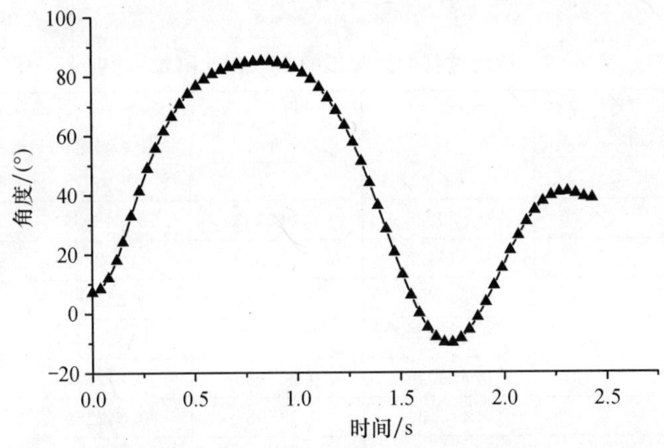

图 8-10　优化后故障二下发电机 9 相对于发电机 1 的摇摆曲线

当迭代步长取为 0.1 时，经过 53 次迭代得到结果。由表 8-15、表 8-16 和表 8-17，故障一在最初的稳定状态下其暂态稳定裕度只有－1.39421，而故障二在最初的稳定状态下其稳定裕度为－2.15309，此时都暂态失稳，随着不断的优化，故障一和故障二的稳定裕度不断加大，最终两者的稳定裕度都停留在稳定边界内。

表 8-15　优化后的目标函数和暂态稳定裕度值

目标函数 f/(p. u.)		480.963
ΔU/(p. u.)	故障一	1.8334400
	故障二	0.0239113

表 8-16　迭代过程中故障一的 CUEP 点和 ΔU 的变化

发电机编号 \ CUEP 点/rad \ 迭代次数	1	5	51	53
1	0.053147	0.081070	0.365592	0.373132
2	0.324657	0.441908	−0.015981	−0.044273
3	0.352380	0.467202	0.267554	0.238042
4	0.406990	0.430363	0.394221	0.340691
5	0.617238	0.663470	1.278860	1.203810
6	0.434483	0.439579	0.670931	0.617054
7	0.449622	0.450092	0.609458	0.551825
8	0.463535	0.600820	0.473261	0.478885
9	2.007190	2.075260	2.374300	2.335920
10	−0.319749	−0.352911	−0.403652	−0.384325
ΔU/(p. u.)	−1.394210	−0.849732	2.151570	1.833440

表 8-17　迭代过程中故障二的 CUEP 点和 ΔU 的变化

发电机编号 \ CUEP 点/rad \ 迭代次数	1	5	51	53
1	0.039228	0.064333	0.348099	0.356337
2	0.314428	0.425999	−0.027420	−0.054451
3	0.340237	0.449382	0.251969	0.224071
4	0.385389	0.403406	0.366643	0.315652
5	0.598046	0.638085	1.247800	1.176500
6	0.413134	0.413087	0.642269	0.590943
7	0.427997	0.423343	0.581059	0.525960
8	0.440735	0.572818	0.450111	0.456428
9	1.856980	1.920310	2.238730	2.200010
10	−0.300757	−0.331094	−0.383207	−0.364793
ΔU/(p. u.)	−2.153090	−1.849120	0.252461	0.023911

8.9　小　结

本章通过主导不稳定平衡点法来求取能量函数，从而得到系统的暂态稳定裕度，根据其稳定裕度来判断系统暂态稳定与否；同时通过灵敏度计算，可以得到暂态稳定裕度对控制变量的灵敏度系数，也就是暂态稳定裕度的变化趋势。这样就可以将暂态稳定裕度及其灵敏度直接加入标准的最优潮流中，得到多预想故障暂态稳定约束的线性最优潮流模型。与标准线性最优潮流模型相比，未增加任何变量，只多了与预想故障数相同的不等式约束。而对其求解也与普通的线性最优潮流相同，单纯形法和内点法都能计算该模型。

在进行最优潮流计算时，应当合理地考虑暂态稳定约束的影响，以保证系统能够安全可靠地运行在最优条件下，通过分别应用不计暂态稳定约束、计及暂态稳定约束的方法，对 WSCC 3 机 9 节点和 New England 10 机 39 节点系统进行最优潮流的仿真计算，验证了建立的计及暂态稳定约束的最优潮流计算模型和算法的合理性、正确性和有效性。

参 考 文 献

[1] Carpentier J. Optimal power flows. International Journal of Electrical Power and Energy Systems,1979,1(1):3～15

[2] 骆济寿，张川. 电力系统优化运行. 武汉：华中理工大学出版社，1990

[3] 柳焯. 最优化原理及其在电力系统中的应用. 哈尔滨：哈尔滨工业大学出版社，1988

[4] Gan D, Thomas R J, Zimmerman R D. Stability-constrained optimal power flow. IEEE Transactions on Power Systems,2000,15(2):535～540

[5] Yuan Y, Kubokawa J, Sasaki H. A solution of optimal power flow with multi-contingency transient stability constraints. IEEE Transactions on Power Systems,18(3):1094～1102

[6] Chen L, Tada Y, Okamoto H, et al. Optimal operation solutions of power systems with transient stability constraints. IEEE Transactions on Circuits and Systems I: Fundamental Theory and Applications,2001,48(3):327～339

[7] 刘明波，夏岩，吴捷. 计及暂态稳定约束的可用传输容量计算. 中国电机工程学报，2003,23(9):28～33

[8] Xia Y, Chan K W, Liu M B. A direct nonlinear primal-dual interior point method for transient stability constrained optimal power flow. IEE Proceedings—Generation, Transmission and Distribution,2005,152(1):11～16

[9] 刘笙，汪静. 电力系统暂态稳定的能量函数分析. 上海：上海交通大学出版社，1996

[10] 倪以信，陈寿孙，张宝霖. 动态电力系统的理论和分析. 北京：清华大学出版社，2002

[11] 夏道止. 电力系统分析（下册）. 北京：中国电力出版社，1995

[12] 傅书逷，倪以信，薛禹胜. 直接法稳定分析. 北京：中国电力出版社，1999

[13] El-Kady M A, Tang C K, Carvalho V F, et al. Dynamic security assessment utilizing the transient energy function method. IEEE Transactions on Power Systems, 1986, 1(3): 284～291

[14] Chiang H D, Wu F F, Varaiya P P. A BCU method for direct analysis of power system transient stability. IEEE Transactions on Power Systems, 1994, 9(3): 1194～1208

[15] Tong J Z, Chiang H D, Conneen T P. A sensitivity-based BCU method for fast derivation of stability limits in electric power systems. IEEE Transactions on Power Systems, 1993, 8(4): 1418～1428

[16] Vittal V, Zhou E Z, Hwang C, et al. Derivation of stability limits using analytical sensitivity of the transient energy margin. IEEE Transactions on Power Systems, 1989, 4(4): 1363～1372

[17] 薛禹胜. 运动稳定性量化理论——非自治非线性多刚体系统的稳定性分析. 南京: 江苏科学技术出版社, 1999

[18] 刘明波, 阳曾. 含暂态能量裕度约束多故障最优潮流计算. 中国电机工程学报, 2007, 27(34): 12～18

[19] 付钢, 刘明波. 含暂态能量裕度约束最优潮流问题的线性规划解法. 继电器, 2005, 33(10): 12～16

[20] 安德逊 P M, 佛阿德 A A. 电力系统的控制与稳定(第一卷). 北京: 水利电力出版社, 1979

[21] 中国电力科学研究院系统所. PSD-BPA 电力系统分析软件工具. 中国电力科学研究院, 2007

第九章　基于 BCU 法的暂态能量裕度约束最优潮流计算

由第八章可见，考虑暂态能量裕度约束的最优潮流计算的关键技术之一便是如何处理暂态稳定约束条件。通过采用 CUEP 法引入暂态稳定裕度灵敏度的解析计算[1~5]，可将考虑多预想故障下暂态稳定约束的非线性最优潮流问题转化为逐次线性规划问题。本章将引入基于 CUEP 法的稳定域边界（boundary of stability region based on controlling unstable equilibrium point，BCU）法[6,7]对多预想故障下 TSCOPF 计算问题进行建模和求解[8]。

9.1　暂态稳定裕度灵敏度分析

BCU 法与第八章所述的 MOD 法是暂态稳定分析中确定 CUEP 法的两种常用方法。其中，BCU 法是位能边界曲面（potential energy boundary surface，PEBS）法与 CUEP 法的有效结合[6,7]。BCU 法与 MOD 法的主要区别在于对临界能量的定义以及如何求取 CUEP 点的不同。在原理上，BCU 法是建立在现代动力学稳定理论基础之上的一种新的暂态稳定域计算方法。它通过故障后电力系统原始稳定域边界和一个与之相应的收缩系统（梯度系统）的稳定边界域之间的关系来求取 CUEP 点，即通过梯度系统的主导不稳定平衡点来寻找故障后系统的主导不稳定平衡点，然后以该主导不稳定平衡点处的暂态能量作为恒能量曲面能量值近似系统的局部稳定域边界。BCU 法的基本思想阐述如下：

对于式(9-1)中取第 ng 台机为参考机，则故障后系统的原始状态方程为：

$$\begin{cases}\dot{\theta}_{ing} = \omega_{ing} \\ \dot{\omega}_{ing} = \dfrac{1}{M_i}\Big[P_{mi} - P_{ei}(t) - \dfrac{M_i}{M_n}(P_{mng} - P_{eng}(t))\Big]\end{cases} \tag{9-1}$$

$$i = 1,2,\cdots,ng-1$$

式中，$\dot{\theta}_{ing} = \dot{\theta}_{\mathrm{i}} - \dot{\theta}_{ng} = \omega_{\mathrm{i}} - \omega_{ng} = \omega_{ing}$。

而原始系统状态方程的收缩系统为：

$$\begin{cases}\dot{\theta}_i = P_{mi} - P_{ei}(\boldsymbol{\theta}) - \dfrac{M_i}{M_T}P_{\mathrm{COI}}(\boldsymbol{\theta}) \\ \dot{\theta}_{ng} = -\dfrac{\sum\limits_{i=1}^{ng-1} M_i\dot{\theta}_i}{M_{ng}}\end{cases} \tag{9-2}$$

$$i = 1,2,\cdots,ng-1$$

可见原始系统方程式(9-1)的状态变量是 $2(ng-1)$ 维，收缩系统方程式(9-2)的状态变量是 $ng-1$ 维。在转移电导足够小的情况下，收缩系统与原始系统存在以下关系：

① $\boldsymbol{\theta}$ 是收缩系统的平衡点，当且仅当 $(\boldsymbol{\theta},\boldsymbol{0})$ 是原始系统的平衡点。

② $\boldsymbol{\theta}_s$ 是收缩系统的稳定平衡点，当且仅当 $(\boldsymbol{\theta}_s,\boldsymbol{0})$ 是原始系统的稳定平衡点。

③ $\boldsymbol{\theta}_s$ 是收缩系统的 K 型平衡点，当且仅当 $(\boldsymbol{\theta}_s,\boldsymbol{0})$ 是原始系统的 K 型平衡点。

④ 当满足横截性条件时，则 $\boldsymbol{\theta}$ 位于收缩系统的稳定边界上，当且仅当 $(\boldsymbol{\theta},\boldsymbol{0})$ 在原始系统的稳定边界上。

根据以上收缩系统与原始系统之间的关系，可以通过寻找收缩系统的不稳定平衡点来得到原始系统的不稳定平衡点。

9.1.1 暂态能量裕度计算

根据上述 BCU 法基本思想，暂态能量裕度的计算步骤为：

(1) 运用故障时轨线检测出口点 δ_i^e

首先可以将故障时的转子运动方程重写为：

$$\begin{cases}\dot{\theta}_i=\omega_i\\ M_i\dot{\omega}_i=P_{mi}-P_{ei}-\dfrac{M_i}{M_T}P_{\mathrm{COI}}=f(\theta_i)\end{cases},\quad i=1,2,\cdots,ng-1 \tag{9-3}$$

以故障前稳定平衡点为初值，采用隐式梯度法积分解故障时的转子运动方程式(9-3)，可以得到方程式：

$$\begin{cases}\theta_i^{t+1}=\theta_i^t+\dfrac{h}{2}(\omega_i^{t+1}+\omega_i^t)\\ M_i\omega_i^{t+1}=M_i\omega_i^t+\dfrac{h}{2}[f(\theta_i^{t+1})+f(\theta_i^t)]\end{cases},\quad i=1,2,\cdots,ng-1,t=0,1,\cdots \tag{9-4}$$

式中，上标 t 代表迭代的步数；h 为迭代步长。并且由于惯性中心限制，式中仅 $n-1$ 个转子角是独立变量，需要通过式(9-5)去求出 θ_{ng}^t：

$$\theta_{ng}^t=-\frac{\sum_{i=1}^{ng-1}M_i\theta_i^t}{M_{ng}} \tag{9-5}$$

当积分至故障切除时刻，就能求出故障切除时刻所对应的转角和角速度($\boldsymbol{\omega}^{cl}$，$\boldsymbol{\omega}^{cl}$)。然后再继续积分故障时轨线，将轨线上的 θ_i 值代入故障后功率偏差方程式(9-6)，当满足 $\sum_{i=1}^{ng}(-f(\theta_i)\omega_i)\leqslant 10^{-5}$ 时，所得的 θ_i 值就为出口点 θ_i^e。

$$f(\theta_i)=P_{mi}^{\mathrm{PF}}-P_{ei}^{\mathrm{PF}}-\frac{M_i}{M_T}P_{\mathrm{COI}}^{\mathrm{PF}},\quad i=1,2,\cdots,ng \tag{9-6}$$

(2)求取最小梯度点 θ_i^*

以上一步的出口点 θ_i^e 作为初始点,用 Gear 算法去积分收缩系统方程式(9-7),沿积分曲线去寻找 $F(\theta)=\sum\limits_{i=1}^{ng}f^2(\theta_i)$ 的第一个最小值,称为最小梯度点 θ_i^*。

$$\begin{cases}\dot{\theta}_i=P_{mi}^{\mathrm{PF}}-P_{ei}^{\mathrm{PF}}-\dfrac{M_i}{M_T}P_{\mathrm{COI}}^{\mathrm{PF}}=f(\theta_i)\\ \dot{\theta}_{ng}=-\dfrac{\sum\limits_{i=1}^{ng-1}M_i\dot{\theta}_i}{M_{ng}}\end{cases},\quad i=1,2,\cdots,ng-1 \tag{9-7}$$

下面详细介绍这种 Gear 算法。Gear 算法是一种适用于求解刚性微分方程组的数值积分方法。Gear 法求解微分方程式最初是采用隐式多步法公式,但是多步法不利于变步长技术的实现:多步法不能自启动,并且每次改变步长需要单步长来造表头,使得计算量增加;而且,隐式多步法需要显式作预报,然后进行迭代计算,如果迭代方法收敛性不好,在大步长时会引起发散。为了解决这些问题,Gear 进一步将上述方法转变为单步多值法,并提出了一套变阶变步长策略,在迭代方法上则采用了牛顿-拉夫逊法,提高了算法的精度。

Gear 算法求解微分方程组通常需要三个阶段来实现。第一阶段为预测阶段,通过上一步的计算结果预测一组数据,作为当前步迭代的初值。根据式(9-7),二阶 Gear 法预测阶段的预测公式为:

$$\begin{cases}\theta_{k+1}=\theta_k+hf(\theta_k)+\dfrac{h^2}{2}f(\dot{\theta}_k)\\ f(\theta_{k+1})=f(\dot{\theta}_k)+hf(\theta_k)\\ \dot{f}(\theta_{k+1})=\dot{f}(\theta_k)\end{cases} \tag{9-8}$$

式中,k 为预测阶段的步数。Gear 算法的第二阶段为校正阶段,在校正阶段,微分方程组已转化成为非线性代数方程组。因此二阶 Gear 法在迭代时的校正公式为:

$$\begin{cases}\theta_{k+1}^{i+1}=\theta_{k+1}^{i}+l_0[hf(\theta_{k+1}^{i})-hf(\theta_{k+1}^{i-1})]\\ hf(\theta_{k+1}^{i+1})=hf(\theta_{k+1}^{i})+l_1[hf(\theta_{k+1}^{i})-hf(\theta_{k+1}^{i-1})]\\ \dfrac{h^2}{2}\dot{f}(\theta_{k+1}^{i+1})=\dfrac{h^2}{2}\dot{f}(\theta_{k+1}^{i})+l_2[hf(\theta_{k+1}^{i})-hf(\theta_{k+1}^{i-1})]\end{cases} \tag{9-9}$$

式中,i 为迭代次数,$i=0,1,2,\cdots$。在二阶 Gear 算法中,$l_0=2/3$,$l_1=1.0$,$l_2=1/3$。从式(9-9)可以看出:第 $i+1$ 次迭代时的状态变量 θ_{k+1}^{i+1} 和其对应的一阶和二阶导数项 $f(\theta_{k+1}^{i+1})$、$\dot{f}(\theta_{k+1}^{i+1})$ 除了与第 i 次的状态变量 θ_{k+1}^{i} 及相对应的一阶和二阶导数项 $f(\theta_{k+1}^{i})$、$\dot{f}(\theta_{k+1}^{i})$ 有关外,还与第 i 次和第 $i-1$ 次微分方程组的右端项有关。为了计算第 $i+1$ 次迭代时的状态变量 θ_{k+1}^{i+1} 及相应的一阶和二阶导数项 $f(\theta_{k+1}^{i+1})$、$\dot{f}(\theta_{k+1}^{i+1})$,必须首先计算出第 i 次的 $hf(\theta_{k+1}^{i})$ 以及第 $i-1$ 次的 $hf(\theta_{k+1}^{i-1})$ 两者之间的差值。当其差值满足收敛指标 $|f(\theta_{k+1}^{i})-f(\theta_{k+1}^{i-1})|\leqslant\varepsilon$ 后,对所有的状态量都成立,ε 取 10^{-5}。

再继续按式(9-10)计算出 $f(\theta_{k+1}^{i+1})$ 与 $\dot{f}(\theta_{k+1}^{i+1})$ 的值,这样就可以节省计算时间:

$$\begin{cases} hf(\theta_{k+1}^{i+1}) = hf(\theta_{k+1}^{0}) + l_1 hf(\theta_{k+1}^{i}) \\ \dfrac{h^2}{2}\dot{f}(\theta_{k+1}^{i+1}) = \dfrac{h^2}{2}\dot{f}(\theta_{k+1}^{0}) + l_2 hf(\theta_{k+1}^{i}) \end{cases} \tag{9-10}$$

在校正收敛后,再进行 Gear 算法的第三个阶段,也就是误差估计,从而确定是否接受这一步的计算结果,或者改变积分的阶次和步长,重新计算本步。而变阶变步长策略通常分为两种:一是根据收敛精度变步长,二是根据截断误差变步长。Gear 方法采用的是后一种策略。下面简要介绍一下截断误差的求取和变阶变步长策略。

经过理论推导,对于二阶 Gear 法,状态变量的第 $k+1$ 步的截断误差为:

$$E_i = C_3 h^2 [\dot{f}(\theta_{i,k+1}) - \dot{f}(\theta_{i,k})], \quad i = 1,2,\cdots,ng \tag{9-11}$$

对上式两边同乘以 $\dfrac{h^{k+2}}{(k+1)!}$,得到:

$$\begin{aligned} \frac{E_i}{C_3 h}\frac{h^{k+2}}{(k+1)!} &= \frac{h^{k+1}}{(k+1)!}[\dot{f}(\theta_{i,k+1}) - \dot{f}(\theta_{i,k})] \\ &= z_i^{k+1} - z_i^{k} = \nabla z_i^{k+1} \end{aligned} \tag{9-12}$$

计算时通常使用相对误差,即要求每步的相对误差小于事先规定的一个数值 ε_0。对共有 ng 个状态变量的方程组,第 $k+1$ 步的相对误差则定义为:

$$\varepsilon = \sqrt{\sum_{i=1}^{ng}\left[\frac{C_3 \cdot 2 \cdot \nabla z_i^{(k+1)}}{\theta(i)_{\max}}\right]^2} \tag{9-13}$$

$\theta(i)_{\max}$ 为积分到这一步所出现的 θ_i 最大值,若 $\varepsilon \leqslant \varepsilon_0$,则认为这一步的计算结果有效,转入下步计算。若 $\varepsilon > \varepsilon_0$,这一步的计算结果无效,应改变阶次及步长 h,重新计算这一步。

Gear 算法在误差检验之后,不论是 $\varepsilon \leqslant \varepsilon_0$ 或 $\varepsilon > \varepsilon_0$,都要考虑变阶变步长的问题,即考虑改变 k 和步长 h(新步长 $h_s = Rh$)求取 h。变阶变步长的原则主要是根据计算误差来决定,其目的是改变积分算法的阶数或改变积分步长。由于误差是估计值而不是准确值,因此 R 要乘以安全系数。在不变阶只变步长时,实际步长总是比理论值小一些,所以此系数为 1/1.2。这时 R 的求法可按照式(9-14)进行。而在变阶变步长情况下,考虑到误差的估计更加间接,而且变阶变步长还要增加计算量,因此降阶时取 1/1.3,升阶时取 1/1.4。

$$R = \frac{1}{1.2}\frac{\varepsilon_0}{\sqrt{\sum_{i=1}^{ng}\left[\dfrac{C_3 \cdot 2 \cdot \nabla z_i^{(k+1)}}{\theta(i)_{\max}}\right]^2}} \tag{9-14}$$

在变阶变步长的时候需要注意:如果这一步计算满足精度要求,而且算出的步长增大倍数 R 不超过 1.1 则不采纳,下一步仍按照原来的阶次和步长计算。如果改变步长后,只要各步计算成功,则 $k+1$ 步内不改变步长。

(3) 求取收缩系统的不稳定平衡点

以 θ_i^* 作为初值,用二阶梯度法迭代求解 $ng-1$ 个故障后功率偏差方程式(9-15),从而得到收缩系统的不稳定平衡点 $\hat{\boldsymbol{\theta}}^u$。

$$\begin{cases} f(\theta_i) = P_{mi}^{\mathrm{PF}} - P_{ei}^{\mathrm{PF}} - \dfrac{M_i}{M_T} P_{\mathrm{COI}}^{\mathrm{PF}} = 0 \\ \dot{\theta}_{ng} = -\dfrac{\sum\limits_{i=1}^{ng-1} M_i \dot{\theta}_i}{M_{ng}} \end{cases}, \quad i = 1,2,\cdots,ng-1 \tag{9-15}$$

这种二阶梯度法跟计算故障后系统稳定平衡点的方法基本上一致,都是采用非线性方程的迭代求解方法。

(4) 计算暂态能量裕度

赋原始系统的 CUEP 为$(\hat{\boldsymbol{\theta}}^u, \mathbf{0})$,然后根据式(9-16)来计算暂态能量裕度 ΔU。当 $\Delta U \geqslant 0$ 时,系统稳定;$\Delta U < 0$,系统不稳定。

$$\begin{aligned} \Delta U &= U_{cr} - U_{cl} = U(\boldsymbol{\theta}^u) - U_{cl} = -\frac{1}{2}\sum_{i=1}^{ng} M_i(\omega_i^{cl})^2 - \sum_{i=1}^{ng} P_i^{\mathrm{PF}}(\theta_i^u - \theta_i^{cl}) \\ &\quad - \sum_{i=1}^{ng-1}\sum_{j=i+1}^{ng}\left[C_{ij}^{\mathrm{PF}}(\cos\theta_{ij}^u - \cos\theta_{ij}^{cl}) - \beta_{ij} D_{ij}^{\mathrm{PF}}(\sin\theta_{ij}^u - \sin\theta_{ij}^{cl})\right] \end{aligned} \tag{9-16}$$

9.1.2　暂态能量裕度灵敏度计算

能量函数法能够提供能量裕度 ΔU,能量裕度是衡量稳定程度的指标,在一定条件下可以建立起系统能量裕度的表达式,在系统暂态稳定指标与运行变量或参数之间建立起联系,进而形成能量裕度对参变量的灵敏度。当某些运行变量或者参数变化时,通过灵敏度分析可以实时确定系统暂态稳定性,以及改善系统暂态稳定性所需的稳定控制量。在暂态稳定性分析中,对于不稳定或者稳定裕度不足的情况,通过灵敏度分析可以快速获取有效的控制措施及相应的控制量,从而快速有效地实现暂态稳定控制。而这种灵敏度通常是采用数值摄动法和解析法进行计算。其中,数值摄动法就是假设参变量有一个微小变化得到新的参变量,然后用数值方法计算能量裕度式中各个变量在新参数下的值,进而计算新的能量裕度的值。然后通过能量裕度变化值与参变量变化值的比值来作为灵敏度。而采用解析法就是从能量裕度的数学表达式出发,对各参变量求导得到能量裕度的全微分公式,然后通过解各个系统变量对参变量微分值来得到能量裕度对参变量的灵敏度。当采用数值摄动法进行计算时,若摄动量大小选得不合适时,求得的灵敏度将会有较大的误差,且这种方法的计算量较大。用解析法不但可以求得灵敏度的精确值,且计算量小。

文献[1]提出了一种基于 BCU 法的灵敏度分析方法。其主要思想是通过计算持续故障轨线的灵敏度,从而求得相对于基本情况的新情况下的出口点,然后利用BCU法的计算步骤求解新情况下的CUEP点,并根据此时的能量裕度来进行稳定判断。这种方法能够确定参变量发生变化情况下系统的稳定情况,但没有一个统一的指标反映不同参数对系统稳定影响的大小。文献[6]将此方法扩展到结构保留模型,提出了结构保留模型下能量裕度灵敏度的计算。文献中对系统能量灵敏度的计算采用一种数值摄动方法,假设发电机注入有一个微小变化时,计算发电机注入前后系统能量裕度的偏差量,用数值摄动法计算其灵敏度。下面简单地介绍这种方法:

假设状态变量 $\boldsymbol{x}=(\boldsymbol{\theta},\boldsymbol{\omega},\boldsymbol{V})$,则 $\boldsymbol{x}^{cl}=\boldsymbol{x}_{\mathrm{F}}(t_{cl})$,$\boldsymbol{x}^{\mathrm{PEBS}}=\boldsymbol{x}_{\mathrm{F}}(t_{\mathrm{PEBS}})$。当参变量发生变化时,$\boldsymbol{x}^{cl}$ 和 $\boldsymbol{x}^{\mathrm{PEBS}}$ 就会发生变化,则有:

$$\boldsymbol{x}^{cl}=\boldsymbol{x}_{\mathrm{old}}^{cl}+\Delta\boldsymbol{x}^{cl} \tag{9-17}$$

$$\boldsymbol{x}^{\mathrm{PEBS}}=\boldsymbol{x}_{\mathrm{old}}^{\mathrm{PEBS}}+\Delta\boldsymbol{x}^{cl} \tag{9-18}$$

式中,$\boldsymbol{x}_{\mathrm{old}}^{cl}$、$\boldsymbol{x}_{\mathrm{old}}^{\mathrm{PEBS}}$表示在基本情况下分别在故障清除时刻及在出口点的状态变量;$\Delta\boldsymbol{x}^{cl}$、$\Delta\boldsymbol{x}^{\mathrm{PEBS}}$表示由于参变量的变化导致的 $\boldsymbol{x}^{cl}$ 和 $\boldsymbol{x}^{\mathrm{PEBS}}$ 的变化量。

运用线性灵敏度方法,$\Delta\boldsymbol{x}^{cl}$ 和 $\Delta\boldsymbol{x}^{\mathrm{PEBS}}$ 分别满足下述方程:

$$\Delta\boldsymbol{x}_i^{cl}=\sum_{k=1}^{ng}\frac{\partial x_i^{cl}}{\partial\alpha_k}\Delta\alpha_k,\quad i=1,2,\cdots,ng \tag{9-19}$$

$$\Delta\boldsymbol{x}_i^{\mathrm{PEBS}}=\sum_{k=1}^{ng}\frac{\partial x_i^{\mathrm{PEBS}}}{\partial\alpha_k}\Delta\alpha_k,\quad i=1,2,\cdots,ng \tag{9-20}$$

式中,$\frac{\partial x_i^{cl}}{\partial\alpha_k}$和$\frac{\partial x_i^{\mathrm{PEBS}}}{\partial\alpha_k}$分别表示系统状态变量在故障清除时刻和出口点对系统参量 α_k 的灵敏度系数,这类系数的求解方法可以参考式(8-91)和式(8-92)。当积分至 $t=t^{cl}$ 时,得到故障切除时刻各变量对 α_k 的偏导数值$\frac{\partial x_i^{cl}}{\partial\alpha_k}$,当积分至持续故障轨迹与PEBS相交时,就得到出口点各变量对 α_k 的偏导数值$\frac{\partial x_i^{cl}}{\partial\alpha_k}$。

然后根据式(9-19)与式(9-20)计算新情况下系统的主导不稳定平衡点和能量函数值,得到新的临界能量 U_{cr}。计算新情况下的故障切除时刻的 U_{cl} 及新情况下的能量裕度 $\Delta U=U_{cr}-U_{cl}$。而能量裕度对参变量的一阶灵敏度系数的近似值为$\frac{\partial\Delta U}{\partial\alpha}\approx\frac{\Delta(\Delta U)}{\Delta\alpha}$,当有 n 个变量发生变化时,暂态能量裕度的变化量为:

$$\Delta(\Delta U)=\sum_{k=1}^{n}\frac{\partial(\Delta U)}{\partial\alpha_k}\Delta\alpha_k \tag{9-21}$$

总体上来说,用这种方法计算灵敏度,其结果对参变量大小产生有一定的依赖性,若摄动量大小选得不合适时,求得的灵敏度将会有较大的误差,并且计算量比较大。

参照文献[7]，从能量裕度数学表达式出发，以发电机初始注入有功功率和无功功率作为参变量 α，采用一种能量裕度对参变量的灵敏度解析算法。假设电力系统的能量函数表示为：

$$U = U(\boldsymbol{x}) \tag{9-22}$$

式中，状态变量 $\boldsymbol{x}=(\boldsymbol{\theta},\boldsymbol{\omega},\boldsymbol{V})$。而能量裕度就为相关不稳定平衡点和故障清除时刻的能量之差，即：

$$\Delta U = U(\boldsymbol{x})\mid_{t=t_u} - U(\boldsymbol{x})\mid_{t=t_{cl}} \tag{9-23}$$

将式(9-23)对参变量 α 进行求导，可得能量裕度的全微分公式：

$$\frac{\partial \Delta U}{\partial \alpha} = \left[\frac{\partial U(\boldsymbol{x}^u)}{\partial \boldsymbol{x}^u}\right]^{\mathrm{T}} \cdot \frac{\partial \boldsymbol{x}^u}{\partial \alpha} - \left[\frac{\partial U(\boldsymbol{x}^{cl})}{\partial \boldsymbol{x}^{cl}}\right]^{\mathrm{T}} \cdot \frac{\partial \boldsymbol{x}^{cl}}{\partial \alpha} \tag{9-24}$$

式中，$\boldsymbol{x}^u$ 和 $\boldsymbol{x}^{cl}$ 分别代表 CUEP 处和故障切除时刻的系统变量。$\frac{\partial U(\boldsymbol{x}^u)}{\partial \boldsymbol{x}^u}$和$\frac{\partial U(\boldsymbol{x}^{cl})}{\partial \boldsymbol{x}^{cl}}$的值可通过暂态能量函数对状态变量在 CUEP 点处和故障切除时刻分别进行求导所得。根据式(9-24)，该算法将能量裕度的灵敏度计算转化为故障清除时刻以及 CUEP 点处系统状态变量的灵敏度计算，也就是将求$\frac{\partial \Delta U}{\partial \alpha}$转为求$\frac{\partial \boldsymbol{x}^u}{\partial \alpha}$和$\frac{\partial \boldsymbol{x}^{cl}}{\partial \alpha}$。

在 CUEP 点和故障前平衡点处，系统满足潮流平衡方程式(9-25)。

$$\boldsymbol{g}(\boldsymbol{x}) = \boldsymbol{0} \tag{9-25}$$

通过潮流平衡方程的灵敏度分析，通过动态微分方程组计算出 CUEP 点和故障前平衡点处系统状态变量对参变量的灵敏度$\frac{\partial \boldsymbol{x}^u}{\partial \alpha}$和$\frac{\partial \boldsymbol{x}^s}{\partial \alpha}$。而在故障切除时刻，虽然系统不是处在平衡状态，但可以借助轨迹灵敏度的微分方程求解故障切除时刻的$\frac{\partial \boldsymbol{x}^{cl}}{\partial \alpha}$。其方法是以故障前平衡点处系统状态变量的灵敏度$\frac{\partial \boldsymbol{x}^s}{\partial \alpha}$作为起点，通过积分系统故障时灵敏度微分方程求得故障切除时刻系统状态变量的灵敏度[9]。此方法可参考式(8-91)和式(8-92)。

然后将所求出来的$\frac{\partial \boldsymbol{x}^u}{\partial \alpha}$和$\frac{\partial \boldsymbol{x}^{cl}}{\partial \alpha}$代入式(9-24)，这样就可以计算出系统能量裕度对参变量 α 的灵敏度$\frac{\partial \Delta U}{\partial \alpha}$。

该算法计算比较灵活，考虑了发电机动态过程轨迹灵敏度的影响，计算出能量裕度对参变量的灵敏度，与数值计算结果基本一致。

9.2　BCU 法与 MOD 法对比

首先，从这两种方法的原理上来说，MOD 法为了计算系统临界能量，要求先判别系统的失稳模式。即把系统机组分为严重受扰机群和剩余机群，并认为系统失稳模式为这两个机群间失步。由于扰动初始时系统信息不足，故可能发生失稳模式判断失误问题。在判别失稳模式后，MOD 法用牛顿-拉夫逊法来求解与该失稳模式对应的不稳定平衡点，可能会存在收敛性问题。因为基于 MOD 法的不稳定平衡点的初值，是建立在失稳模式的判别基础上的，因此 CUEP 点的初值有可能因为判别的误差而导致不精确。在迭代过程中，可能会出现由于初值问题不能保证其每一步都能求出精确的 CUEP 点，甚至会求不出 CUEP 点的情况。这样就会由于 CUEP 点的问题而导致暂态稳定约束求不出来，直接影响最优潮流计算进程。

与 MOD 法相比，BCU 方法不需预先决定故障模式，且计算不稳定平衡点的收敛性远优于 MOD 法。它在绝大多数情况下都能够找到比较准确的主导不稳定平衡点，系统暂态稳定分析的可靠性和精度都比较高，而且计算速度比较快，因而基于 BCU 法的能量函数法被看作是一种有良好在线应用前景的分析方法。在 9.3 节算例分析中，分别基于这两种方法在求取 CUEP 点上做了详细的对比。从对比当中，可以看出用 BCU 法在计算 CUEP 的时候比用 MOD 法要精确。

其次，主要是基于这两种方法进行多故障最优潮流计算，分别根据这两种方法各自特点提出了不同的故障分组方法。基于 MOD 法的故障分组主要是根据 EEAC 理论，系统暂态稳定性归结为一对互补机群间的相对运动，发电量在领先机群与余下机群之间调整。而暂态稳定控制对于具有相同故障失稳模式的一组单故障具有相同的定性影响，差别仅在影响的程度上[10]。满足其中最严重故障稳定性要求的稳定控制可以满足该组全部故障的稳定约束。因此可以采用 MOD 法进行单故障的扫描，将其求出来的稳定裕度进行量化，然后将具有在同一失稳模式的故障集中分在一组，最后筛选出最严重的故障。这种分组虽然比较精确，但较多依赖失稳模式的判断。若失稳模式判断失误或者系统失步为两个以上机群，则均会引起故障分组的较大误差。

而基于 BCU 法的故障分组的主要依据是：用其求 CUEP 点时不用预先判断失稳模式，并且计算 CUEP 的收敛性远优于 MOD 法。因此，可以将单故障通过两两随机组合，得到所有组合类型的双故障。然后，对各种双故障分别进行双故障最优潮流计算，若能够获得最优潮流解，则将这两个故障分在一组；反之就不能它们归在一组。按照这种思路，可以将故障分为多个组。出于降低计算代价的考虑，可以将每个组里的故障再分成若干个小组。最后，再在分出来的若干小组中实施三故障或者四故障最优潮流计算。这样既减少了寻找 TSCOPF 的解的数目，又降低了计算代价。经过故障分组后，同一小组中的两个或多个故障的稳定性均可以取一个最优潮流解来保证，而这些最优潮流解代表了同一小组中发生的各种单故障或者多故障的最优潮流解。在 9.3 节算例分析中，对 BCU 法和 MOD 法在故障分组上的方法进行了对比。

9.3　多故障 TSCOPF 计算

考虑多预想故障暂态稳定约束的最优潮流模型，如式(8-21)～式(8-24)所示，其关于暂态稳定约束条件式(8-24)的处理采用 9.1 所述的 BCU 方法计算暂态稳定裕度灵敏度。

基于 BCU 法的多预想故障暂态稳定约束下最优潮流的逐次线性规划算法的计算流程如图 9-1 所示，其中 IT 为迭代次数。

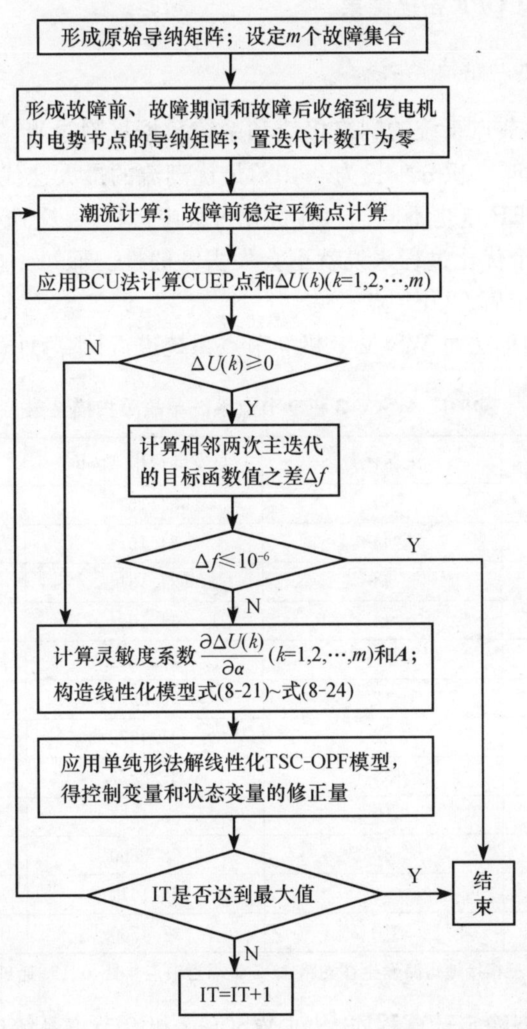

图 9-1　基于 BCU 法的多预想故障 TSCOPF 计算步骤框图

9.4 算例分析

以 WSCC 3 机 9 节点系统和 New England 10 机 39 节点系统为例，验证所提出方法的可行性；并对 MOD 法和 BCU 法进行了对比，证明 BCU 法在求解多预想故障暂态稳定约束最优潮流问题时具有良好适应性；同时，还应用 BCU 法进行故障分组。以下算例中，发电机采用经典模型，负荷将采用恒阻抗模型，算法在 Visual C++ 6.0 环境下实现。

9.4.1 单故障 TSCOPF 扫描结果

1. WSCC 3 机 9 节点系统

WSCC 3 机 9 节点系统的网络接线和系统数据见附录Ⅶ，发电费用函数与第八章表 8-1 中的相同。积分步长为 0.01s，最优潮流的最大迭代次数为 300。在每一次迭代中的 CUEP 点是不同的。在优化过程中，对每一次迭代的步长已经做出了限制，因此对整个优化过程来说就不会失去一般性。而每一次迭代都会严格按照 BCU 法去重新求解 CUEP 点。

以下采用单纯形法对 WSCC 3 机 9 节点系统进行计算，计算结果见表 9-1。

表 9-1 WSCC 3 机 9 节点系统单故障扫描结果

故 障	主迭代数	总发电费用/(p. u.)	能量裕度/(p. u.)
4~5 &&4	44	34.1614	2.4176
4~5 &&5	44	34.1614	2.7168
4~6 &&4	44	34.1614	2.4699
4~6 &&6	44	34.1614	2.5602
7~5 &&5	239	34.1614	1.1876
7~5 &&7	12	36.8537	5.3766
7~8 &&7	38	34.4975	1.2905
7~8 &&8	34	35.8277	3.1831
8~9 &&8	19	36.4357	0.0164
8~9 &&9	22	38.8860	1.7684
9~6 &&6	44	34.1614	1.3436
9~6 &&9	101	37.4560	0.5680

注：4~5 &&4 表示三相接地短路发生在支路 4~5 上靠近节点 4 处，0.18s 通过切除该支路消除故障。

运用 BPA 暂态稳定计算程序[11]对 WSCC 3 机 9 节点系统单故障的计算结果进行验证。对表 9-1 的各个故障的扫描结果都用 BPA 进行了计算，但由于篇幅有限，在此选取出来显示的是故障 9～6 &&6，如图 9-2 所示。通常多机系统失稳发生在首摆或者二摆。从图 9-2 可以看出，各发电机组的相对转子角在首摆和二摆当中，角度并没有不断地增大，而是保持在 ±90°之内，并没有失稳。因此通过 BPA 软件的验证可得出表 9-1 单故障扫描结果的准确性。

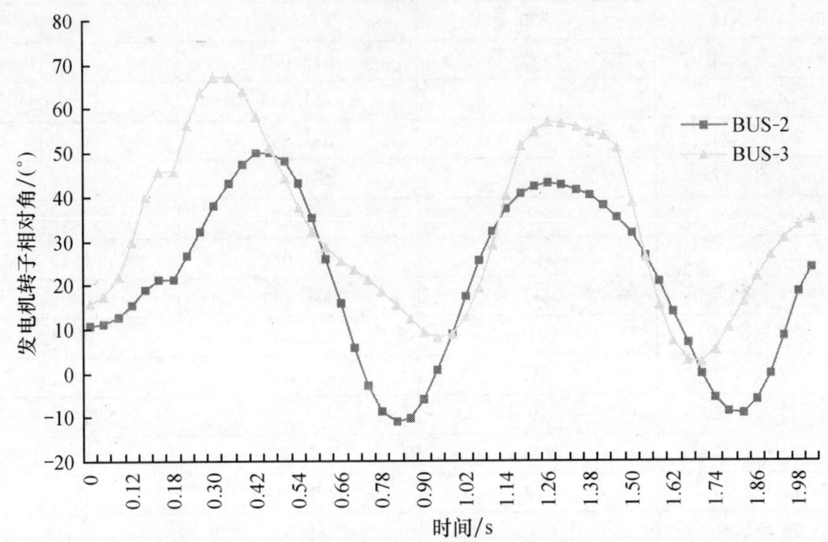

图 9-2　WSCC 3 机 9 节点系统中发电机相对发电机 1 的相对转角曲线

2. New England 10 机 39 节点系统

New England 10 机 39 节点系统的网络接线和系统数据见附录 VIII，发电费用函数与第八章表 8-10 中的相同。在计算中，设定积分步长为 0.05s，最优潮流的最大迭代次数为 200。

采用单纯形法对 New England 10 机 39 节点系统进行计算，计算结果如表 9-2 所示。

表 9-2　New England 10 机 39 节点系统单故障扫描结果

故　障	主迭代数	总发电费用/(p. u.)	能量裕度/(p. u.)
13～14 &&13	200	475.677	18.2937
13～14 &&14	124	475.670	17.4726
14～15 &&14	123	475.670	18.9541
14～15 &&15	118	475.670	3.9529
15～16 &&15	194	475.669	2.0587

续表

故　障	主迭代数	总发电费用/(p. u.)	能量裕度/(p. u.)
15～16 &&16	106	475.984	0.1459
16～17 &&16	145	475.673	5.5482
16～17 &&17	123	475.672	8.6046
16～21 &&16	200	476.225	0.0160
16～21 &&21	123	478.081	1.1861
16～24 &&16	33	531.539	9.9308
16～24 &&24	33	531.539	9.9308
17～18 &&17	132	481.346	7.0973
17～18 &&18	200	475.671	6.6236
17～27 &&17	123	475.672	6.6968
17～27 &&27	117	477.989	0.0223
21～22 &&21	21	551.338	4.7929
21～22 &&22	134	483.989	0.1164
22～23 &&22	49	487.171	1.8640
22～23 &&23	198	475.675	8.8381
23～24 &&23	123	478.718	4.9761
23～24 &&24	47	489.832	5.8965
25～26 &&25	200	479.739	10.1678
25～26 &&26	42	506.623	0.0028
26～27 &&26	103	476.212	0.0113
26～27 &&27	48	524.558	10.8036
26～28 &&26	118	485.522	0.6769
26～28 &&28	76	480.178	0.0028
26～29 &&26	164	496.144	1.7677
26～29 &&29	74	482.835	0.0061
28～29 &&28	181	482.555	0.0023
28～29 &&29	74	484.457	0.0162
1～2 &&1	65	477.883	8.9653
1～2 &&2	126	486.777	3.4386
1～39 &&1	44	492.931	10.0088
1～39 &&39	123	475.672	10.1476
2～25 &&25	125	475.729	0.0005
2～25 &&2	80	488.871	23.6590
2～3 &&2	92	478.216	17.6037

续表

故 障	主迭代数	总发电费用/(p.u.)	能量裕度/(p.u.)
2～3 &&3	69	476.198	12.3583
3～18 &&18	63	477.544	13.4186
3～18 &&3	178	475.670	15.1515
3～4 &&3	96	475.671	15.8344
3～4 &&4	200	475.676	12.5779
4～14 &&14	120	475.672	17.8216
4～14 &&4	120	475.672	17.8216
4～5 &&4	200	475.672	18.2898
4～5 &&5	76	475.673	16.8950
5～6 &&5	200	475.671	15.8144
5～6 &&6	120	475.674	15.7068
5～8 &&5	123	475.672	15.2482
5～8 &&8	123	475.672	9.5332
6～11 &&11	123	475.672	9.2705
6～11 &&6	84	475.670	9.4974
6～7 &&6	77	475.673	14.8893
6～7 &&7	81	475.673	16.0842
7～8 &&7	200	475.673	11.9131
7～8 &&8	123	475.671	16.5487
8～9 &&8	82	475.674	12.6895
8～9 &&9	160	475.673	0.2580
9～39 &&9	123	475.672	2.5152
9～39 &&39	123	475.672	19.8754
10～11 &&11	123	475.672	11.5655
10～11 &&10	200	475.676	1.4035
10～13 &&13	123	475.672	17.5069
10～13 &&10	182	475.673	17.2385

运用BPA暂态稳定计算程序[11]对New England 10机39节点系统单故障的计算结果进行验证。对表9-2的各个故障的扫描结果都用BPA进行了计算，但由于篇幅有限，在此选取出来显示的是故障9～39 &&39，如图9-3所示，从图中可以看出，与WSCC 3机9节点系统相似，各发电机组的相对转子角在首摆和二摆当中，角度并没有不断地增大，而是保持在±90°之内，并没有失稳。因此通过BPA软件的验证可得出表9-2单故障扫描结果的准确性。

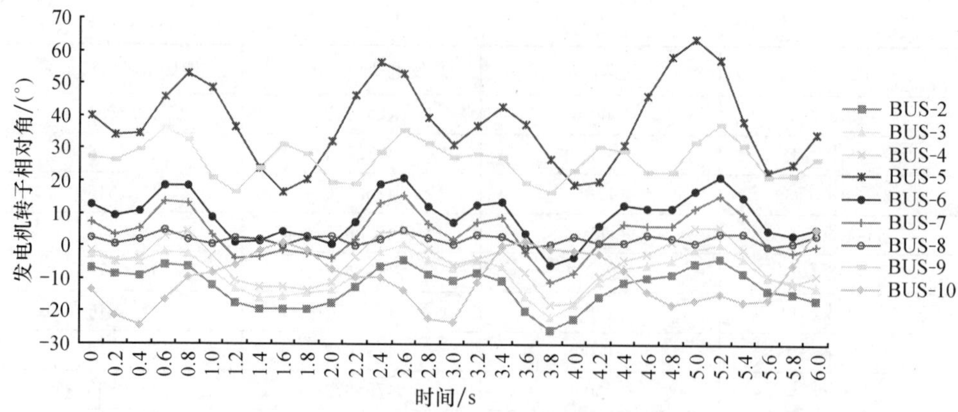

图 9-3　New England 10 机 39 节点系统中发电机相对发电机 1 的相对转角曲线

9.4.2　考虑暂态稳定约束前后 OPF 结果对比

同时分析和比较了不考虑暂态稳定约束的 OPF 和基于 BCU 法的单故障暂态稳定约束的 OPF 扫描结果。为了方便说明，前一种求法称为方法一，将后一种求法称为方法二。

1. WSCC 3 机 9 节点系统

在该系统中，预想故障选择为：在线路 8～9 靠近节点 8 处（简写为 8～9 &&8）发生三相接地短路，故障在 0.18s 时由切除线路 8～9 而消除。在计算中，若暂态能量裕度 $\Delta U \geqslant 0$，则认为系统能够在该扰动下保持暂态稳定，否则系统将在该扰动下失稳。

首先，分别按照方法一和方法二进行计算，可得到这两种方法在预想故障下的暂态稳定裕度值和总发电费用，如表 9-3 所示。

表 9-3　WSCC 3 机 9 节点系统目标函数和暂态稳定裕度结果

故障 8～9 &&8	主迭代数	总发电费用/(p.u.)	能量裕度/(p.u.)
方法一	49	35.9512	−0.1230
方法二	19	36.4357	0.0164

从表 9-3 可以看出，方法一得到的总发电费用比方法二所得的要小，但其能量裕度为负值，不满足暂态稳定条件。对这两种方法得到的结果，再用 BPA 程序进行暂态稳定分析，并截取发电机 2 相对于发电机 1 的摇摆曲线来作比较，得到图 9-4。从图 9-4 中可以看出方法一得到的结果在预想故障下，发电机 2 和发电机 1 的角度偏差一直增大，根据功角稳定的定义可知其不能保持暂态稳定；而方法二的

转子角度并没有一直增大，从图 9-4 上可以看出其结果满足暂态稳定要求。虽然其总发电费用比较高，在一定程度上牺牲了系统运行的部分经济性，但是在预想事故发生时仍能保证系统运行的安全性和稳定性。

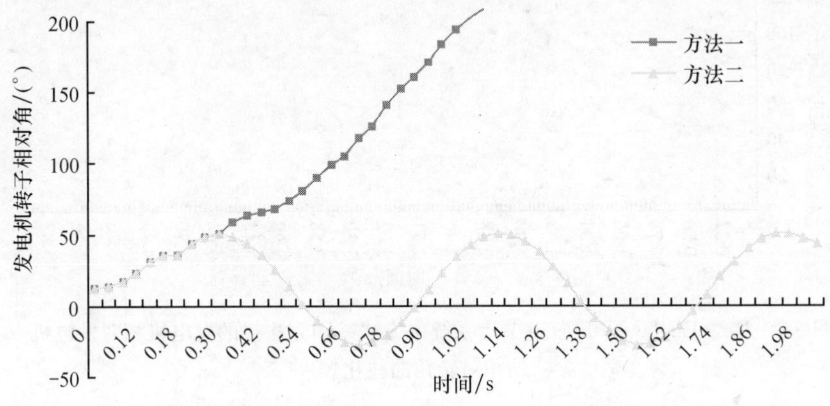

图 9-4　WSCC 3 机 9 节点系统中方法一和方法二的发电机相对发电机 1 的相对转角曲线比较

2. New England 10 机 39 节点系统

在该系统中，预想故障选择为：在线路 28～29 靠近节点 28 处（即为 28～29 &&28）发生三相接地短路，故障在 0.18s 时由切除线路 28～29 而消除。

首先分别按照方法一和方法二进行计算，可得到这两种方法在预想故障下的暂态稳定裕度值和总发电费用，如表 9-4 所示。

表 9-4　New England 10 机 39 节点系统目标函数和暂态稳定裕度结果

故障 28～29 &&28	主迭代数	总发电费用/(p.u.)	能量裕度/(p.u.)
方法一	149	479.9512	−2.2840
方法二	181	482.5550	0.0023

从表 9-4 可以看出，在 New England 10 机 39 节点系统中，方法一得到的总发电费用是比方法二所得的总耗量要小，但其能量裕度为负值，不满足暂态稳定条件。本章对这两种方法得到的结果，再用 BPA 程序进行暂态稳定分析，并截取发电机 5 相对于发电机 1 的摇摆曲线来作比较，得到图 9-5。从图 9-5 中可以看出方法一得到的结果在预想故障下，发电机 5 和发电机 1 的角度偏差一直增大，根据功角稳定的定义可知道其不能保持暂态稳定；而方法二的转子角度并没有一直增大，从图上可以看出其结果满足暂态稳定要求。

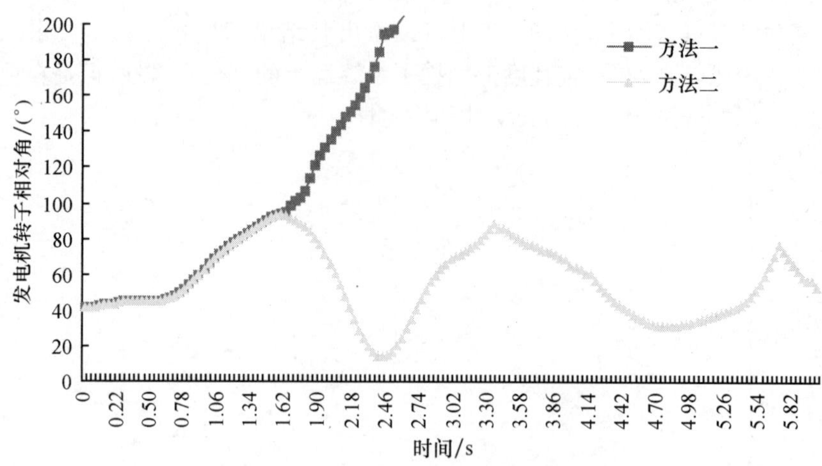

图 9-5　New England 10 机 39 节点系统中方法一和方法二的发电机相对发电机 1 的相对转角曲线比较

9.4.3　单故障 TSCOPF 结果比较

以 New England 10 机 39 节点系统作为试验系统,同时分析和比较了由 BCU 法和 MOD 法得到的单故障暂态稳定约束 OPF 扫描结果。选取的预想故障是:在线路 9～39 靠近节点 39 处(即为 9～39 &&39)发生三相接地短路,故障在 0.18s 时由切除线路 9～39 而消除。结果如表 9-5 所示。

表 9-5　由 BCU 法和 MOD 法获得的目标函数和暂态稳定裕度结果

故障 9～39 &&39	主迭代数	总发电费用/(p.u.)	能量裕度/(p.u.)
MOD 法	123	475.675	18.6740
BCU 法	123	475.672	19.8754

从表 9-5 中,用 BCU 法求出的总发电费用比较小,并且能量裕度也比较高。针对这两种方法的最大差别是在求取 CUEP 点的收敛性方面,因此表 9-6 和表 9-7 分别给出了在 TSCOPF 迭代过程中采用 MOD 法和 BCU 法时 CUEP 点、总发电费用和暂态能量裕度的变化情况。可以看出,采用 MOD 法时 CUEP 收敛性比较差,并不是每次都能找出 CUEP。如果 CUEP 迭代不收敛,就要选取前一次迭代得到的 CUEP 作为本次迭代的值。这能使优化计算继续运行,但势必会影响暂态能量裕度的值和寻优。当采用 BCU 法时,计算 CUEP 的收敛性较好,在绝大多数情况下都能够快速和精确地找到 CUEP,并且总的计算时间也比 MOD 要短。

表 9-6　采用 MOD 法的迭代过程中 CUEP 点、总发电费用和暂态能量裕度的变化

主迭代次数	δ_1/rad	δ_2/rad	δ_3/rad	δ_4/rad	δ_5/rad	δ_6/rad	δ_7/rad	δ_8/rad	δ_9/rad	δ_{10}/rad	CUEP 迭代成功否?	总发电费用/(p. u.)	能量裕度/(p. u.)
1	2.31	1.97	1.93	1.84	2.39	1.91	1.83	2.51	2.23	−1.43	成功	594.624	15.6172
2	2.31	1.97	1.93	1.84	2.39	1.91	1.83	2.51	2.23	−1.43	不成功	590.340	15.1885
3	2.31	1.97	1.93	1.84	2.39	1.91	1.83	2.51	2.23	−1.43	不成功	586.777	15.1315
4	2.1	1.87	1.85	1.87	2.13	1.85	1.85	2.03	2.17	−1.03	成功	583.280	18.7288
…	…	…	…	…	…	…	…	…	…	…	…	…	
55	1.79	1.62	1.45	2.08	1.88	1.80	1.91	2.25	1.87	−1.03	成功	481.235	18.6309
56	1.79	1.62	1.45	2.08	1.88	1.80	1.91	2.25	1.87	−1.03	不成功	480.417	18.7377
…	…	…	…	…	…	…	…	…	…	…	…	…	
122	1.78	1.75	1.47	2.11	1.87	1.8	1.90	2.24	1.85	−1.04	成功	475.680	18.6230
123	1.77	1.76	1.48	2.11	1.88	1.81	1.91	2.22	1.85	−1.04	成功	475.675	18.6740

表 9-7　采用 BCU 法的迭代过程中 CUEP 点、总发电费用和暂态能量裕度的变化

主迭代次数	δ_1/rad	δ_2/rad	δ_3/rad	δ_4/rad	δ_5/rad	δ_6/rad	δ_7/rad	δ_8/rad	δ_9/rad	δ_{10}/rad	CUEP 迭代成功否?	总发电费用/(p. u.)	能量裕度/(p. u.)
1	1.37	1.88	1.89	1.86	1.91	1.84	1.83	1.86	2.16	−1.03	成功	594.624	15.3289
2	1.50	1.82	1.82	1.80	1.87	1.80	1.79	1.97	2.20	−1.03	成功	590.300	16.2215
3	1.53	1.80	1.81	1.79	1.88	1.80	1.78	1.98	2.20	−1.03	成功	586.770	16.2208
4	1.55	1.79	1.80	1.79	1.88	1.81	1.78	1.98	2.21	−1.04	成功	583.200	17.2258
…	…	…	…	…	…	…	…	…	…	…	…	…	
55	1.86	1.37	1.54	1.58	2.14	1.86	1.74	1.76	2.50	−1.03	成功	481.235	19.9751
56	1.86	1.37	1.54	1.57	2.15	1.86	1.74	1.75	2.50	−1.03	成功	480.417	19.9654
…	…	…	…	…	…	…	…	…	…	…	…	…	
122	1.87	1.24	1.52	1.54	2.14	1.85	1.75	1.78	2.53	−1.02	成功	475.677	19.9534
123	1.88	1.23	1.51	1.54	2.14	1.85	1.74	1.79	2.53	−1.02	成功	475.672	19.8754

9.4.4 多故障 TSCOPF 结果比较

延续上一节的研究，仍以 New England 10 机 39 节点系统作为试验系统，同时分析和比较了由 BCU 法和 MOD 法获得的多故障 TSCOPF 扫描结果。本节分别考虑到单故障、双故障和三故障的情况，并应用 MOD 法和 BCU 法对预想故障集合的结果进行对比，如表 9-8 和表 9-9 所示。

表 9-8 由 MOD 法得到的多故障 TSCOPF 计算结果

	故 障	总发电费用/(p. u.)	能量裕度/(p. u.)	发生计算 CUEP 不收敛的主迭代次数
单故障	9～39 &&9	476.671	7.648	19
	9～39 &&39	475.675	18.374	7
	1～39 &&39	475.674	22.740	10
双故障(9～39 &&9 和 9～39 &&39)	9～39 &&9	483.980	8.321	22
	9～39 &&39		20.574	10
三故障(9～39 &&9、9～39 &&39 和 1～39 &&39)	9～139 &&9	492.690	14.531	25
	9～39 &&39		25.365	12
	1～39 &&39		29.451	15

表 9-9 由 BCU 法得到的多故障 TSCOPF 计算结果

	故 障	总发电费用/(p. u.)	能量裕度/(p. u.)	发生计算 CUEP 不收敛的主迭代次数
单故障	9～39 &&9	475.672	2.512	0
	9～39 &&39	475.672	19.875	0
	1～39 &&39	475.672	10.148	0
双故障(9～39 &&9 和 9～39 &&39)	9～39 &&9	476.980	2.612	0
	9～39 &&39		19.965	0
三故障(9～39 &&9、9～39 &&39 和 1～39 &&39)	9～39 &&9	482.690	3.251	0
	9～39 &&39		20.651	0
	1～39 &&39		11.523	0

表 9-8 和表 9-9 分别列出了采用 MOD 法和 BCU 法时的单故障、双故障和三故障 TSCOPF 计算结果。结果对比表明，采用 MOD 法进行多故障优化计算会比单故障计算时更容易碰到不收敛问题。但采用 BCU 法时，无论是单故障还是多故障情况均能避免这个问题。

9.4.5 故障分组结果

采用 MOD 法在进行 TSCOPF 计算的时候，可以按照单故障 TSCOPF 计算所得出的失稳机群来进行分组。这种分组虽然比较精确，但较多依赖失稳模式的判断。若失稳模式判断失误或者系统失步为两个以上机群，则均会引起故障分组的较大误差。当采用 BCU 法时，不用预先判断失稳模式，并且计算 CUEP 的收敛性远优于 MOD 法。

因此，本节以 New England 10 机 39 节点系统作为试验系统，尝试提出一种新的分组方法：将 66 个单故障通过两两随机组合，可以得到 2145 种双故障。对 2145 种双故障分别进行 TSCOPF 计算，若能够获得最优潮流解，则将这两个故障分在一组；反之就不能它们归在一组。按照这种思路，一共能将故障分为八个组。在同一组中的故障，其实都可以放在一起进行多故障 TSCOPF 计算，只是计算复杂性和计算代价明显增加。出于降低计算代价的考虑，我们将每个组里的故障再分成若干个小组，如表 9-10 所示。然后，在每个小组中实施三故障或者四故障 TSCOPF 计算。这样既减少了寻找 TSCOPF 解的数目，又降低了计算代价。

经过故障分组后，同一小组中的两个或多个故障的稳定性均可以取一个最优潮流解来保证，这个最优潮流解通过实施 TSCOPF 计算获得。因此，表 9-10 中列出的 18 个最优潮流解代表了同一小组中发生的各种单故障或者多故障的最优潮流解。

表 9-10　故障分组结果

分组		故障	总发电费用/(p.u.)
第一组	第 1 小组	13～14 &&13、13～14 &&14、15～16 &&15、15～16 &&16	496.01
	第 2 小组	16～17 &&16、16～21 &&16、17～18 &&17、17～18 &&18	508.73
	第 3 小组	23～24 &&24、26～28 &&28、26～29 &&29、28～29 &&28	497.06
	第 4 小组	3～4 &&3、3～4 &&4、4～14 &&14、5～6 &&5	491.24
	第 5 小组	5～6 &&6、5～8 &&5、5～8 &&8、6～7 &&6	485.67
	第 6 小组	6～7 &&7、7～8 &&8、10～11 &&10、10～13 &&13	485.97
第二组	第 7 小组	14～15 &&14、14～15 &&15、16～17 &&17、16～24 &&16	531.64
	第 8 小组	21～22 &&22、10～11 &&11、2～3 &&3、3～18 &&3	535.13
	第 9 小组	9～39 &&9、9～39 &&39、1～39 &&39	482.69
第三组	第 10 小组	25～26 &&26、8～9 &&8、6～11 &&11、10～13 &&10	529.83
	第 11 小组	1～2 &&2、4～5 &&5、28～29 &&29、8～9 &&9	536.53
第四组	第 12 小组	16～21 &&21、21～22 &&21 、26～27 &&26	521.64
	第 13 小组	1～39 &&1、2～25&&2 、2～3&&2	515.71
第五组	第 14 小组	16～24 &&24、17～27 &&27、22～23 &&22	513.8
	第 15 小组	26～27 &&27、26～29 &&26、 3～18 &&18	493.74
第六组	第 16 小组	22～23 &&23、4～14 &&4、6～11 &&6、7～8 &&7	515.84
第七组	第 17 小组	25～26 &&25、26～28 &&26、4～5 &&4、17～27 &&17	497.42
第八组	第 18 小组	23～24 &&23、1～2 &&1、2～25 &&25	487.76

9.5 小　结

本章提出了用BCU法求解暂态能量裕度对发电机有功和无功出力的解析灵敏度，再将暂态能量裕度约束直接加入最优潮流模型中，建立含暂态能量裕度约束单故障最优潮流逐次线性规划模型。通过常规潮流计算、基于BCU法的暂态稳定及暂态能量裕度灵敏度计算、基于单纯形法的线性规划算法的交替求解，获得最优解。本章在基于BCU法的单故障暂态稳定约束潮流模型的计算方法基础上，提出了多预想故障的有效处理方法，并证明了文中方法对多故障暂态稳定约束具有较好的适应性。

本章在进行最优潮流计算时，通过分别应用不计入暂态稳定约束、计及暂态稳定约束的方法，对试验系统进行最优潮流计算，并利用BPA程序对计算结果进行检验。最后证明了计及暂态稳定约束虽然在一定程度上牺牲了系统运行的部分经济性，但是在预想事故发生时仍能保证系统运行的安全性和稳定性，在以满足经济性目标的同时考虑到暂态安全稳定性。

本章对基于MOD法和BCU法的暂态稳定约束最优潮流算法进行了比较。当用BCU法进行单故障和多故障TSCOPF计算时，计算CUEP的收敛性远优于MOD法。在逐次线性规划中能够快速和精确地找到CUEP。

本章根据BCU法的特点，还提出了一种新的故障分组方法。这种故障分组方法在保证计算精确性的同时，减少了寻找TSCOPF解的数目，降低了计算代价。

参考文献

[1] 刘笙，汪静. 电力系统暂态稳定的能量函数分析. 上海：上海交通大学出版社，1996

[2] 倪以信，陈寿孙，张宝霖. 动态电力系统的理论和分析. 北京：清华大学出版社，2002

[3] 傅书逷，倪以信，薛禹胜. 直接法稳定分析. 北京：中国电力出版社，1999

[4] 刘笙. 暂态能量函数方法的新进展. 电力系统自动化，1998，22(9)：19～24

[5] Vittal V，Zhou E Z，Hwang C，et al. Derivation of stability limits using analytical sensitivity of the transient energy margin. IEEE Transactions on Power Systems，1989，4(4)：1363～1372

[6] Tong J Z，Chiang H D，Conneen T P. A sensitivity-based BCU method for fast derivation of stability limits in electric power systems. IEEE Transactions on Power Systems，1993，8(4)：1418～1428

[7] Chiang H D，Wu F F，Varaiya P P. A BCU method for direct analysis of power system transient stability. IEEE Transactions on Power Systems，1994，9(3)：1194～1208

[8] 蒋健，刘明波. 基于BCU法的多故障暂态稳定约束最优潮流计算. 电力系统保护与控制，

2008,26(23):8～13

[9] 孙元章,杨新林.电力系统动态灵敏度计算的伴随方程方法.电力系统自动化,2003,27(3):7～12

[10] 薛禹胜.失稳模式变化的机理.电力系统自动化,1994,18(10):11～24

[11] 中国电力科学研究院系统所.PSD-BPA 电力系统分析软件工具.中国电力科学研究院,2007

第十章　基于轨迹灵敏度法的暂态稳定约束发电再调度

如何将暂态稳定约束加入最优潮流模型，且尽可能减小由约束增加而带来的求解复杂性是 TSCOPF 所必须解决的首要问题。将暂态稳定约束从 TSCOPF 问题中分离出来，并间接地在最优潮流问题中计入，在满足稳定和经济运行要求的同时，大大降低了求解负担。利用轨迹灵敏度对 TSCOPF 问题进行求解成为这种新思路的代表性方法之一。对于复杂电力系统，轨迹灵敏度能明确地反映系统参数变化对于系统运行状态的影响[1,2]。借助轨迹灵敏度计算可根据运行需要合理地调整当前的系统参数。通过对当前系统参数的调整，能够在最优潮流问题中隐性考虑暂态稳定约束的影响。

本章将 TSCOPF 问题转化为最优潮流和暂态稳定两个相对独立的子问题。以轨迹灵敏度方法为桥梁，通过最优潮流与暂态稳定这两个子问题的交替求解，调整特定发电机有功出力上下限，从而避免了对 TSCOPF 问题的直接求解，提高了计算效率[3]。

10.1　电力系统机电暂态模型

时域仿真法将电力系统各元件模型根据元件间拓扑关系形成系统模型，这些元件大致上可分为发电机、励磁系统、原动机及调速器以及负荷。这些元件在空间上由电力线路连接在一起，从数学上可由一组联立的微分方程组和代数方程组进行描述。这些方程组包括：发电机转子运动方程组、发电机电磁方程组、励磁系统方程组、原动机及调速器方程组、dq-xy 坐标变换方程组、负荷方程组和网络方程组。转子运动方程反映了当发电机机械输入功率 P_m 和电磁输出功率 P_e 不平衡时所引起的发电机转速 ω 和转子角 δ 的变化。发电机转速 ω 通过传递系统被送入调速器与基准速度进行比较，将其偏差量作为调速器的控制量，调节原动机的输出机械功率 P_m。发电机转子角 δ 则被用于发电机 dq 坐标下电量和网络 xy 同步坐标下电量间转换的接口。发电机定子、转子绕组在 dq 坐标下的电压方程以励磁系统输出励磁电压 E_f 为输入量。发电机端电压和电流经 dq-xy 坐标变换后可与同步坐标下网络方程联立求解。机端电压幅值作为励磁系统的输入量反馈回励磁系统，与参考电压进行比较从而控制发电机励磁电压 E_f。发电机输出电磁功率 P_e 由于机端电压和电流的改变而变化，这种变化将导致发电机转子上输入功率和输出功率的不平衡,影响转子速度和角度的变化。

在数学上,机电暂态过程可用以下微分方程组和代数方程组进行描述,分别为描述发电机和励磁调节系统等动态过程微分方程、网络方程和各动态元件的接口方程:

$$\dot{\boldsymbol{x}} = \boldsymbol{f}(\boldsymbol{x},\boldsymbol{y},\boldsymbol{\lambda}) \tag{10-1}$$

$$\begin{cases}\boldsymbol{0} = \boldsymbol{g}(\boldsymbol{y},\boldsymbol{\lambda}) \\ \boldsymbol{0} = \boldsymbol{h}(\boldsymbol{x},\boldsymbol{y},\boldsymbol{\lambda})\end{cases} \tag{10-2}$$

$$\begin{cases}\boldsymbol{x}(t_0) = \boldsymbol{x}_0 \\ \boldsymbol{y}(t_0) = \boldsymbol{y}_0\end{cases} \tag{10-3}$$

式中,$\boldsymbol{x}$ 为状态变量,如发电机的转角、转速和 dq 轴暂态电势等;$\boldsymbol{y}$ 为代数变量,如节点电压的幅值和相角等;$\boldsymbol{\lambda}$ 为系统控制变量,如故障前发电机的有功和无功功率等;$\boldsymbol{x}_0$ 和 $\boldsymbol{y}_0$ 即为故障前系统稳态运行条件下的状态变量和代数变量值。

由于电力系统模型的多样性和暂态稳定分析的复杂性,在实际研究中常针对具体情况提出一定的假设以突出问题和简化计算。在以下的研究中,我们对数学模型提出以下两点假设:

① 认为发电机机械动态过程比暂态过程缓慢得多,忽略原动机及调速器的动作,即认为发电机输入机械功率恒定。

② 负荷采用恒阻抗模型,即忽略暂态过程负荷的变化。

10.1.1 发电机模型

1. 经典二阶模型

忽略凸极效应、励磁绕组暂态及阻尼绕组的作用,同步电机采用经典二阶模型。设 d 轴暂态电抗 x'_d 后的暂态电势向量 $\dot{\boldsymbol{E}}'$ 的幅值恒定,即认为励磁系统足够强,能保证 x'_d 后的暂态电势 $\dot{\boldsymbol{E}}'$ 的幅值恒定。设系统中共有 n 台同步发电机,$i=1,2,\cdots,n$,给出系统中第 i 台发电机的转子运动方程,如式(10-4)和式(10-5)所示:

$$M_i \frac{\mathrm{d}\omega_i}{\mathrm{d}t} = P_{mi} - P_{ei} \tag{10-4}$$

$$\frac{\mathrm{d}\delta_i}{\mathrm{d}t} = \omega_i - 1 \tag{10-5}$$

式中,M_i 为第 i 台发电机的转子运动惯性时间常数;ω_i 为第 i 台发电机的转子转速;P_{mi} 为第 i 台机的机械输入功率;P_{ei} 为第 i 台机的电磁输出功率,$P_{ei} = \sum_{j=1}^{n} [E'_i E'_j B_{ij} \sin\delta_{ij} + E'_i E'_j G_{ij} \cos\delta_{ij}]$,$E'_i$ 和 E'_j 分别为第 i 台和第 j 台发电机暂态电势相量 $\dot{\boldsymbol{E}}'_i$ 和 $\dot{\boldsymbol{E}}'_j$ 的幅值,$\dot{\boldsymbol{E}}' = E' \angle \delta$;$Y_{ij} = G_{ij} + \mathrm{j}B_{ij}$ 为并入负荷阻抗和发电机暂态电抗后,收缩到发电机内电势节点的导纳矩阵元素;δ_i、δ_j 分别为第 i、j 台发电机的转

角，$\delta_{ij}=\delta_i-\delta_j$。式(10-4)和式(10-5)即为微分方程式(10-1)中第 i 台发电机的转子运动方程组，ω_i 和 δ_i 即为状态变量 $\boldsymbol{x}$。

$$\dot{\boldsymbol{I}}_i=\sum_{j=1}^{n}(G_{ij}+\mathrm{j}B_{ij})\cdot E'_j\angle\delta_j \tag{10-6}$$

式中，$\dot{\boldsymbol{I}}_i$ 为第 i 个节点的注入电流向量；$E'_j\angle\delta_j$ 为第 j 台发电机内电势节点稳态时的暂态电势相量；其他变量定义同前。式(10-6)为系统的第 i 个节点的网络方程，即代数方程式(10-2)中的第 i 个方程。

利用系统稳态潮流解中得到的系统各节点电压值及注入功率即可求得各节点的注入电流。已知 $\dot{\boldsymbol{I}}_i$ 后，按照式(10-6)即可求解 δ_i 在 $t=t_0$ 时刻的初值；在故障初始时刻，发电机的转子转速为同步速，在标幺值下 $\omega_i(t_0)=1$。将 $\delta_i(t_0)$ 和 $\omega_i(t_0)$ 代入式(10-4)和式(10-5)，利用数值方法求解微分方程组，即可得到发电机的运动轨迹，用以分析系统的暂态稳定性。

2. 四阶实用模型

忽略阻尼绕组作用，同步电机计及凸极效应时，即 $x_d\neq x_q$，$x'_d\neq x'_q$，同时考虑 d、q 轴的瞬变过程，这样便可推导出发电机四阶实用模型，即以 d 轴暂态电势 E'_d、q 轴暂态电势 E'_q、发电机转速 ω 和转角 δ 为状态变量。设系统中共有 n 台同步发电机，$i=1,2\cdots,n$，其中第 i 台发电机转子运动方程和 d、q 轴暂态电势的微分方程为：

$$T'_{d0i}\frac{\mathrm{d}E'_{qi}}{\mathrm{d}t}=E_{fi}-E'_{qi}-(x_{di}-x'_{di})i_{di} \tag{10-7}$$

$$T'_{q0i}\frac{\mathrm{d}E'_{di}}{\mathrm{d}t}=-E'_{di}+(x_{qi}-x'_{qi})i_{qi} \tag{10-8}$$

$$M_i\frac{\mathrm{d}\omega_i}{\mathrm{d}t}=P_{mi}-[(u_{qi}i_{qi}+u_{di}i_{di})+r_{ai}(i_{qi}^2+i_{di}^2)]-D_i(\omega_i-1) \tag{10-9}$$

$$\frac{\mathrm{d}\delta_i}{\mathrm{d}t}=\omega_i-1 \tag{10-10}$$

式中，T'_{d0i} 和 T'_{q0i} 分别为第 i 台机 d、q 轴开路暂态时间常数；E_{fi} 为第 i 台机的励磁电动势；i_{di} 和 i_{qi} 分别为第 i 台机 d、q 轴电流；M_i 为第 i 台发电机的转子运动惯性时间常数；P_{mi} 为第 i 台机的机械输入功率；u_{di} 和 u_{qi} 分别为第 i 台机 d、q 轴电压；r_{ai} 为第 i 台机定子绕组的电阻；D_i 为第 i 台机的定常阻尼系数。

dq 坐标下发电机机端电压方程为：

$$u_{di}=E'_{di}+x'_{qi}i_{qi}-r_{ai}i_{di} \tag{10-11}$$

$$u_{qi}=E'_{qi}-x'_{di}i_{di}-r_{ai}i_{qi} \tag{10-12}$$

时域仿真法是利用数值积分方法逐步求解系统状态变化的方法，状态量在系

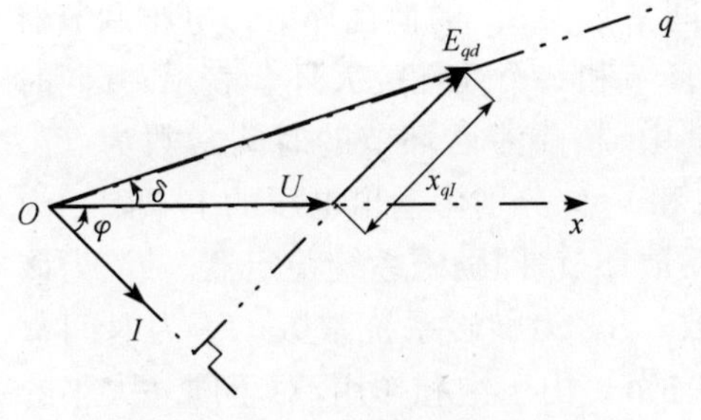

图 10-1　稳定运行空间相量图($r_a \approx 0$)

统受扰动时不发生突变，所以首先需要获得以上微分方程状态变量的初值。

对于发电机角速度 ω 而言，一般认为系统受扰动之前发电机一直处于额定角速度运行状态，即发电机角速度 $\omega=1$p. u.。δ 为同步发电机 q 轴领先同步坐标系实轴 x 的角度，由图 10-1 可得第 i 台发电机 δ 初值为：

$$\dot{\boldsymbol{E}}_{qdi}(t_0) = \dot{\boldsymbol{U}}_i(t_0) + (r_{ai} + \mathrm{j}x_{qi})\dot{\boldsymbol{I}}_i(t_0) = E_{qdi}\angle\delta_0 \tag{10-13}$$

需要指出的是，$\dot{\boldsymbol{E}}_{qdi}$ 并没有实际物理意义，但其幅角 δ 反映了扰动初始 q 轴与 x 轴的相对位置。$\dot{\boldsymbol{U}}_i(t_0)$ 和 $\dot{\boldsymbol{I}}_i(t_0)$ 为稳定运行时同步发电机的端电压及端电流，均为同步坐标下的复数相量。当 δ_0 确定之后，则可以通过坐标变换方程得到稳态运行时 dq 坐标下的 u_{di0}、u_{qi0}、i_{di0}、i_{qi0}。由于暂态仿真解除了 i_{di} 及 i_{qi} 不能突变的约束，所以这四个变量在扰动前后将发生突变。至此，d 轴暂态电势 E'_{di}、q 轴暂态电势 E'_{qi} 可由式(10-11)和式(10-12)计算得到。由转子运动方程，稳定运行时有 $P_{mi}=P_{ei}$，即输入机械功率为：

$$P_{mi} = u_{qi}i_{qi} + u_{di}i_{di} + r_{ai}(i_{qi}^2 + i_{di}^2) \tag{10-14}$$

当计及励磁系统动态时，励磁电压 E_{fi} 为相应系统的状态变量，也必须由稳态值确定其扰动初值。

10.1.2　励磁系统模型

同步电机的励磁系统是一种运行在自动控制条件下的反馈控制系统。励磁系统根据发电机端电压给定期望值与实测值间的误差大小，调节向发电机输出的励磁电流，从而起到调节电压、保持机端电压恒定的作用。它对调节发电机的动态行为、提高电力系统的稳定极限具有较大影响，因此，在暂态稳定分析中准确计入励磁系统的影响是十分必要的，仿真结果将更符合实际系统的动态行为。按照 IEEE 委员会的标准划分，励磁系统主要分为三大类[4]：

① 直流励磁系统，它以装设直流发电机作为励磁系统的功率来源。

② 交流励磁系统，它利用交流发电机和静止或旋转的整流器向同步发电机提供励磁电流。

③ 静止励磁系统，它经由变压器从发电机机端或电网取得励磁功率，或由辅助发电机和整流器提供励磁功率。

本章在计算中将采用 IEEE Ⅰ型直流励磁器，其传递函数框图如图 10-2 所示。图中所示的励磁系统主要由量测环节、电压调节器、励磁机和励磁系统稳定器四个部分组成。量测环节可表示为一个时间常数为 T_R 的惯性环节。电压调节器可用一个表示调节器相位特性的超前滞后环节和一个惯性放大环节表示，并同时考虑电压调节器的输出电压限幅特性。其中，超前滞后环节的时间常数为 T_B、T_C，惯性放大环节的放大倍数为 K_A，$V_{R\max}$ 和 $V_{R\min}$ 分别为输出电压的上下限。为了提高励磁系统的运行稳定性，引入了负反馈环节，即励磁系统稳定器。T_F 为该环节的时间常数，K_F 为稳定器的放大倍数。K_E 为励磁系统常数，T_E 为时间常数。励磁机可表示为计及饱和作用的惯性环节。由于饱和作用，对于同一大小的励磁机输出电压，气隙线上相对应的励磁电流最小，空载线次之，负载线最大，如图 10-3(a)所示。为了描述由于饱和作用所引起的励磁电流的增加，定义励磁饱和函数 $S_E=f(E_f)$ 作为励磁机单位输出电压的乘子。直流励磁机的饱和函数 S_E 可由恒定电抗负载饱和曲线和气隙线计算得出：

$$S_E = (I_{fd} - I_{f0})/I_{f0} \tag{10-15}$$

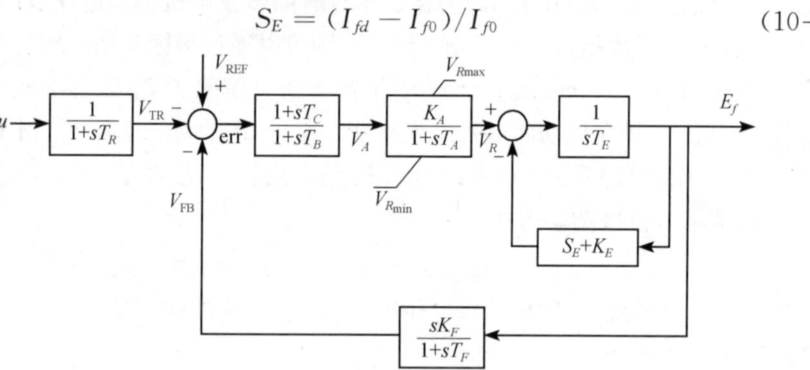

图 10-2　IEEE Ⅰ型直流励磁系统

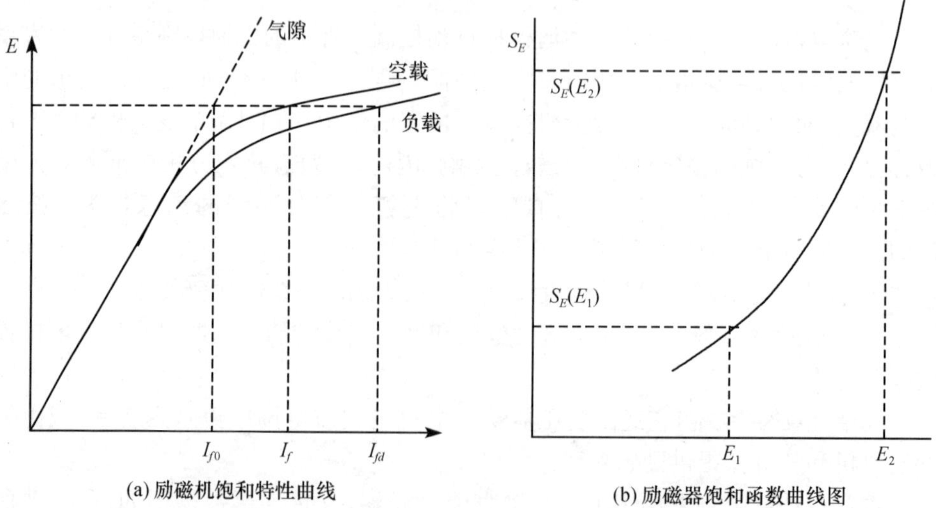

图 10-3

交流整流器励磁机的饱和函数 S_E 由空载饱和曲线和气隙线计算得出：

$$S_E = (I_f - I_{f0})/I_{f0} \tag{10-16}$$

一般情况下 S_E 由两点即可确定，如图 10-3(b)所示。图中的 E_2 取为励磁器的最大输出电压，E_1 通常取 E_2 的 75%。

图 10-2 中，发电机机端电压 u 经量测环节与给定参考电压 V_{REF} 及反馈环节的输出电压 V_{FB} 作比较，所获得的偏差 err 进入电压调节器的超前滞后环节，得到输出电压 V_A，再经过惯性放大环节，得到输出电压 V_R 作为励磁机的励磁电压，从而实现对发电机励磁电压的控制。由图 10-2 所示的传递函数，可给出励磁系统的微分方程组。

首先给定各变量初值：

$$V_R(t_0) = [K_E + S_E(t_0)] \cdot E_f(t_0) \tag{10-17a}$$

$$V_A(t_0) = V_R(t_0)/K_A \tag{10-17b}$$

$$V_{\mathrm{AS}}(t_0) = V_A(t_0) \tag{10-17c}$$

$$\mathrm{err}(t_0) = V_A(t_0) \tag{10-17d}$$

$$R_f(t_0) = 0 \tag{10-17e}$$

$$V_{\mathrm{FB}}(t_0) = 0 \tag{10-17f}$$

$$V_{\mathrm{TR}}(t_0) = U(t_0) \tag{10-17g}$$

式中，$E_f(t_0)$为发电机励磁电压的初值，即稳态时的值；$U(t_0)$为系统稳态时的发电机机端电压的幅值，可由稳态潮流解给出；V_{AS}为电压调节器的状态变量，V_{AS0}为其初值。R_f 为励磁系统稳定器的状态变量，即反馈环节的状态变量，$R_f(t_0)$为其初值；其余变量定义同前。给定动态方程如下：

$$\frac{\mathrm{d}V_{\mathrm{TR}}}{\mathrm{d}t} = (-V_{\mathrm{TR}} + U)/T_R \tag{10-18}$$

$$\frac{\mathrm{d}V_A}{\mathrm{d}t} = (-V_A + V_{\mathrm{AS}})/T_B \tag{10-19}$$

$$\frac{\mathrm{derr}}{\mathrm{d}t} = (-\mathrm{err} + V_{\mathrm{AS}})/T_C \tag{10-20}$$

$$\frac{\mathrm{d}V_R}{\mathrm{d}t} = (-V_R + K_A \cdot V_A)/T_A \tag{10-21}$$

$$\frac{\mathrm{d}E_f}{\mathrm{d}t} = (V_R - K_E \cdot E_f - S_E \cdot E_f)/T_E \tag{10-22}$$

$$\frac{\mathrm{d}V_{\mathrm{FB}}}{\mathrm{d}t} = (-V_{\mathrm{FB}} + R_f)/T_F \tag{10-23}$$

并且

$$\mathrm{err} = V_{\mathrm{REF}} - V_{\mathrm{FB}} - V_{\mathrm{TR}}$$

$$R_f = K_F(V_R - K_E \cdot E_f - S_E \cdot E_f)/T_E$$

式中，U 为发电机机端电压幅值，其余变量定义同前。需要指出的是，当 $V_R \geqslant V_{R\max}$ 时，限幅环节起作用，求解时令 $V_R = V_{R\max}$，$\frac{dV_R}{dt}=0$；$V_R \leqslant V_{R\min}$ 时，$V_R = V_{R\min}$，$\frac{dV_R}{dt}=0$。联立式(10-17)～式(10-23)求解，即可得到 E_f 的值。

10.1.3 机网接口及网络方程

当计及发电机凸极效应时，发电机模型和系统联网时应进行坐标变换，将 dq 坐标下的发电机变量经过相应的三角变换投影到系统的 xy 坐标系下，再与系统的代数方程联立求解，该相量坐标变换过程称为机网接口相量变换过程。图 10-4 为机网接口示意图，图 10-5 为机网接口稳态分量变换图。

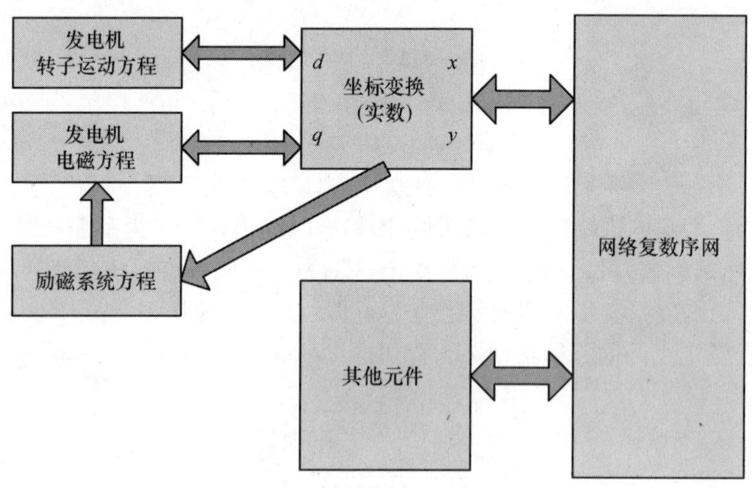

图 10-4 机网接口示意图

假设系统中共有 n 台同步发电机，$i=1,2\cdots,n$。根据图 10-5 所示的相量关系，给出 dq 坐标系下第 i 台发电机变量转化到 xy 坐标系下的接口方程：

$$U_{xi} = U_{di}\sin\delta_i + U_{qi}\cos\delta_i \tag{10-24}$$

$$U_{yi} = U_{qi}\sin\delta_i - U_{di}\cos\delta_i \tag{10-25}$$

$$I_{xi} = I_{di}\sin\delta_i + I_{qi}\cos\delta_i \tag{10-26}$$

$$I_{yi} = I_{qi}\sin\delta_i - I_{di}\cos\delta_i \tag{10-27}$$

xy 坐标系下相关网络代数变量转化到 dq 坐标系下的接口方程如下：

$$u_{di} = U_{xi}\sin\delta_i - U_{yi}\cos\delta_i \tag{10-28}$$

$$u_{qi} = U_{xi}\cos\delta_i + U_{yi}\sin\delta_i \tag{10-29}$$

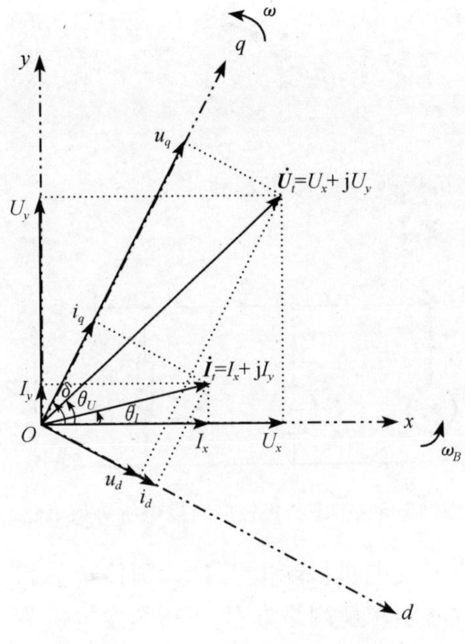

图 10-5　xy、dq 坐标空间相量

$$i_{di}=I_{xi}\sin\delta_i-I_{yi}\cos\delta_i \tag{10-30}$$

$$i_{qi}=I_{xi}\cos\delta_i+I_{yi}\sin\delta_i \tag{10-31}$$

基于上面恒阻抗负荷的假设，将负荷等效阻抗合并入系统节点导纳矩阵，则此时网络中与第 i 台发电机相连的节点注入电流相量可写成发电机机端电压 $\dot{U}$ 的表达式：

$$\dot{I}_i=\sum_{j=1}^{n}Y_{ij}(U_{xj}+\mathrm{j}U_{yj}) \tag{10-32}$$

式中，$Y_{ij}=G_{ij}+\mathrm{j}B_{ij}$ 为并入负荷阻抗后的系统收缩到发电机端节点的导纳矩阵。

下面介绍考虑凸极效应的机网接口迭代解法。

根据式(10-11)和式(10-12)，将其按式(10-26)和式(10-27)进行坐标转换并写成矩阵形式，为简略，公式中省去下标 i，可得：

$$\begin{bmatrix}I_x\\I_y\end{bmatrix}=\boldsymbol{T}\frac{1}{r_a^2+x'_dx'_q}\begin{bmatrix}r_a & x'_q\\-x'_d & r_a\end{bmatrix}\boldsymbol{T}^{-1}\begin{bmatrix}E'_x-U_x\\E'_y-U_y\end{bmatrix} \tag{10-33}$$

式中，

$$\boldsymbol{T}=\begin{bmatrix}\sin\delta & \cos\delta\\-\cos\delta & \sin\delta\end{bmatrix}$$

$$E'_x=E'_d\sin\delta+E'_q\cos\delta,E'_y=-E'_d\cos\delta+E'_q\sin\delta$$

对式(10-33)进行分解，可得：

$$\begin{bmatrix}I_x\\I_y\end{bmatrix}=\begin{bmatrix}I_{x1}\\I_{y1}\end{bmatrix}-\begin{bmatrix}G & -B\\B & G\end{bmatrix}\begin{bmatrix}U_x\\U_y\end{bmatrix}+\begin{bmatrix}I_{x2}\\I_{y2}\end{bmatrix} \tag{10-34}$$

式中

$$G=\frac{r_a}{r_a^2+x'_dx'_q},B=-\frac{x'_d+x'_q}{2(r_a^2+x'_dx'_q)}$$

$$\begin{bmatrix}I_{x1}\\I_{y1}\end{bmatrix}=\begin{bmatrix}G & -B\\B & G\end{bmatrix}\begin{bmatrix}E'_x\\E'_y\end{bmatrix}$$

$$\begin{bmatrix}I_{x2}\\I_{y2}\end{bmatrix}=\frac{x'_d-x'_q}{2(r_a^2+x'_dx'_q)}\begin{bmatrix}\sin2\delta & \cos2\delta\\-\cos2\delta & \sin2\delta\end{bmatrix}\begin{bmatrix}E'_x-U_x\\E'_y-U_y\end{bmatrix}$$

以复数形式表示，令 $\dot{I}_1=I_{x1}+\mathrm{j}I_{y1}$，$\dot{I}_2=I_{x2}+\mathrm{j}I_{y2}$，可得：

$$\dot{\boldsymbol{I}}_1 = \boldsymbol{Y}'_G \dot{\boldsymbol{E}}' \tag{10-35}$$

$$\dot{\boldsymbol{I}}_2 = \mathrm{j}\,\frac{x'_d - x'_q}{2(r_a^2 + x'_d x'_q)}(\overset{*}{\dot{\boldsymbol{E}}}{}' - \overset{*}{\dot{\boldsymbol{U}}})\mathrm{e}^{\mathrm{j}2\delta} \tag{10-36}$$

式中，$\boldsymbol{Y}'_G = G + \mathrm{j}B$；* 表示共轭复数。

根据式(10-35)和式(10-36)，式(10-34)可以改写成以下形式：

$$\dot{\boldsymbol{I}} = \dot{\boldsymbol{I}}_1 + \dot{\boldsymbol{I}}_2 - \boldsymbol{Y}'_G \dot{\boldsymbol{U}} \tag{10-37}$$

由式(10-37)，将 $\dot{\boldsymbol{I}}_1$ 和 $\dot{\boldsymbol{I}}_2$ 分别作为独立电流源，可以得到如图 10-6 所示发电机等值电路。由于非定常电流源 $\dot{\boldsymbol{I}}_2$ 中含电压分量，所以必须通过迭代求解该方程。在实际计算中，可将 $\boldsymbol{Y}'_G$合并入系统收缩导纳矩阵，合并后导纳矩阵为 $\boldsymbol{Y}_{\mathrm{reduce}}$。由微分方程计算得到状态量 δ、E'_d和 E'_q的值后，计算定常电流源 $\dot{\boldsymbol{I}}_1$ 部分，再以上一时步末发电机机端电压 $\dot{\boldsymbol{U}}$ 为预估量估算非定常电流源 $\dot{\boldsymbol{I}}_2$ 部分，最后以 $\dot{\boldsymbol{I}}_1 + \dot{\boldsymbol{I}}_2$ 为注入电流，求解网络方程，可得全发电机节点电压 $\dot{\boldsymbol{U}}^k$，其对应导纳矩阵为 $\boldsymbol{Y}_{\mathrm{reduce}}$。若计算得到发电机电压 $\dot{\boldsymbol{U}}^k$ 与前一迭代电压 $\dot{\boldsymbol{U}}^{k-1}$误差在可接受范围内，则停止计算；若不符合要求，则以 $\dot{\boldsymbol{U}}^k$ 更新电压预估量，重新计算非定常电流源 $\dot{\boldsymbol{I}}_2$ 部分，重解网络方程，直到迭代收敛。

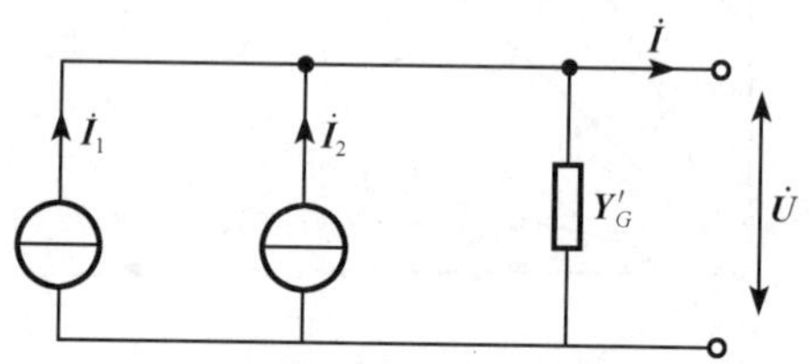

图 10-6　考虑凸极效应时发电机等值电路

10.2　基于改进欧拉法的暂态稳定计算

在操作过程中，系统状态量不会突变，但代数量会发生突变。当涉及切机或切动态负荷时，状态方程也会发生变化，因此对于故障或操作引起的网络变化，导纳阵处理都应对相应的状态方程及其参数作相应的修正处理。设 t_n 时刻系统发生操作，则要用 t_n^- 时刻的状态量根据操作后系统的代数方程来求解 t_n^+ 时刻的代数量，然后进入 $t_n^+ \sim t_{n+1}$时步的计算。设原系统方程如式(10-1)、式(10-2)所示，在 t_n 时刻发生操作，系统代数方程及微分方程均发生变化，则可形成以下新系统方程：

$$\dot{\boldsymbol{x}}^N = \boldsymbol{f}^N(\boldsymbol{x}^N, \boldsymbol{y}^N, \boldsymbol{\lambda}^N) \tag{10-38}$$

$$\begin{cases} \boldsymbol{0} = \boldsymbol{g}^N(\boldsymbol{y}^N, \boldsymbol{\lambda}^N) \\ \boldsymbol{0} = \boldsymbol{h}^N(\boldsymbol{x}^N, \boldsymbol{y}^N, \boldsymbol{\lambda}^N) \end{cases} \tag{10-39}$$

当涉及切机或切动态负荷时，状态变量集 $\boldsymbol{x}$ 可能会减小，所以 $\boldsymbol{x}^N$ 为 $\boldsymbol{x}$ 的子集，且该状态变量集的元素不发生突变。所以 t_n 时刻，$\boldsymbol{x}_{t_n}^N$ 值为已知，可根据式(10-39)求解系统代数变量，一般称为代数量跃变计算。这样便可以得到该操作时步下的所有状态变量和代数变量，然后可开始下一时步的计算。

仅考虑三相短路故障情况，设 t_n 时刻的电量已经全部求解，且 $t_n \sim t_{n+1}$ 时步没有操作，则可得：

$$\left.\frac{\mathrm{d}\boldsymbol{x}}{\mathrm{d}t}\right|_{t_n} = \boldsymbol{f}(\boldsymbol{x}_n, \boldsymbol{y}_n, \boldsymbol{\lambda}_n) \tag{10-40}$$

进而预报下一时步状态变量估计值 $\boldsymbol{x}_{n+1}^{(0)}$，可得：

$$\boldsymbol{x}_{n+1}^{(0)} = \boldsymbol{x}_n + \left.\frac{\mathrm{d}\boldsymbol{x}}{\mathrm{d}t}\right|_{t_n} h \tag{10-41}$$

式中，$h = t_{n+1} - t_n$。

这样，用改进欧拉法求解系统微分方程的前半步已经完成，所有状态量的估计值 $\boldsymbol{x}_{n+1}^{(0)}$ 都已得到。利用其中 $\boldsymbol{\delta}_{n+1}^{(0)}$、$\boldsymbol{E}'^{(0)}_{d,n+1}$ 和 $\boldsymbol{E}'^{(0)}_{q,n+1}$ 的值即可求解网络方程，并进一步得到所有代数量(包括暂态稳定控制量 $\boldsymbol{\lambda}_{n+1}^{(0)}$)的估计值 $\boldsymbol{y}_{n+1}^{(0)}$。系统状态量和代数量预估值计算完毕后，则按式(10-42)进行后半步校正计算：

$$\boldsymbol{x}_n = \boldsymbol{x}_{n+1}^{(0)} + \frac{h}{2}\left[\boldsymbol{f}(\boldsymbol{x}_{n+1}^{(0)}, \boldsymbol{y}_{n+1}^{(0)}, \boldsymbol{\lambda}_{n+1}^{(0)}) + \left.\frac{\mathrm{d}\boldsymbol{x}}{\mathrm{d}t}\right|_{t_n}\right] \tag{10-42}$$

至此，改进欧拉法后半步状态量的校正计算完毕，则可求解网络方程，并得到所有代数量准确值。于是，$t_n \sim t_{n+1}$ 时步的全部计算工作完成。图 10-7 给出了基于改进欧拉法和迭代解法的暂态稳定计算的主要流程。

首先，对分析计算作初始化工作，包括工作空间的清零、预置值等。接着读入系统原始数据(包括网络结构和参数、系统元件参数)、稳态工况(即潮流计算结果)以及整个扰动过程的信息(包括故障或操作的地点、类型、时间等)、计算过程控制信息(包括步长、仿真总时间、系统失稳停止计算判据、迭代精度及次数限制等)。根据读入潮流结果数据及同步电机稳态相量关系，计算系统状态量及代数量在 $t=0$ 时刻的初值，形成系统稳态工况导纳阵，并根据要求进行处理，如将发电机电抗的定常部分并入导纳阵、恒阻抗负荷并入导纳阵等。开始进入仿真时，置时间指针 $t=0$，置改进欧拉法的前、后半步标志 flag=0(flag=0 为前半步预报计算；flag=1 为后半步校正计算)。当开始某一时步(如 $t_n \sim t_{n+1}$)计算时，若该时步起点 t_n 处有操作或故障，则按操作或故障修改导纳阵，然后进行代数量跃变计算，即设定状态量不发生突变，根据系统操作后的代数方程求解操作后该 t_n 时刻的所有代数量。利用计得代数量便可重新进入 $t_n^+ \sim t_{n+1}$ 计算。若该时步起点 t_n 处没有操作或故障，则直接进入 $t_n \sim t_{n+1}$ 计算。

在 $t_n \sim t_{n+1}$ 计算过程中，flag=0 时求解微分方程为欧拉法前半步预报计算；flag=1 时求解微分方程为欧拉法后半步校正计算。微分方程预报或校正后，都必须根据迭代解法在求得发电机节点电压的基础上，计算发电机注入网络的等值电流源，然后求解网络方程。

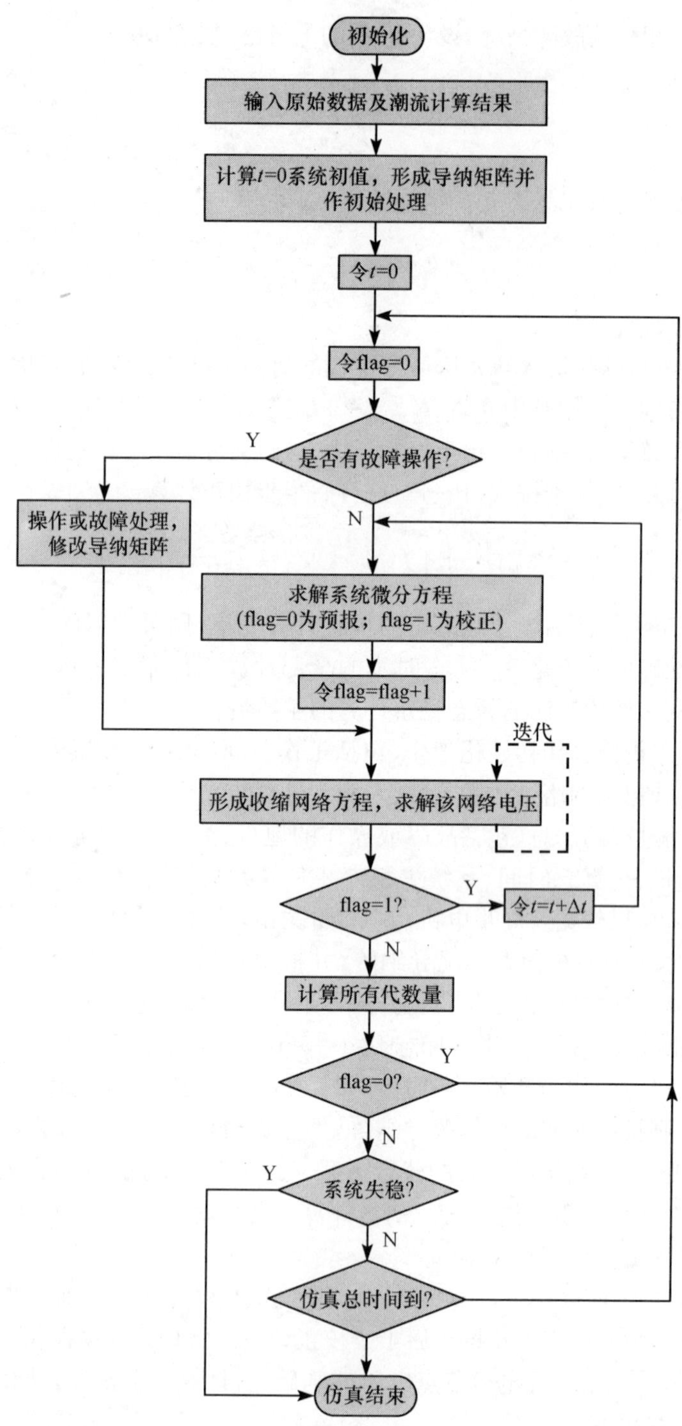

图 10-7　基于改进欧拉法和迭代解法的暂态稳定计算流程图

10.3　轨迹灵敏度分析

灵敏度(sensitivity)是系统的优化模型中参数及各种变量的微小变动对系统的输出参数及性能指标所产生影响的定量表示。计算系统的灵敏度,利用灵敏度对系统进行各种讨论、分析称为灵敏度分析法。为了估计各种不确定因素对系统所产生的影响,及定量分析设计参数、操作参数的变动对系统的影响,必须在系统设计之后,计算系统的灵敏度,由此对系统进行修正或对裕量做出合理的估计。函数值的灵敏度分析是在已知函数的条件下,在控制量空间与函数值空间之间建立起联系,在这两者之间架起一座桥梁。在函数对控制量的灵敏度已知时,可以非常方便地求出控制量改变后函数的新值而不必重新计算函数值。因此大大减少了工作量。反之,当函数值处于设定水平时,也可以求得控制量的估计值。灵敏度理论的应用是电力系统动态安全分析与控制的有力工具。

电力系统是一个庞大的非线性系统,电力系统暂态过程涉及大量的微分-代数方程计算,研究其中参数的改变而引起的影响是一个十分复杂的问题。经过近年的论证,轨迹灵敏度(trajectory sensitivity)被证明对电力系统这种大型动态系统具有极强的洞悉力[5~10]。

在传统的轨迹灵敏度计算中,认为系统轨迹灵敏度初值为零矩阵。但实际电力系统状态变量和代数变量初值都依赖于系统控制量,控制量的任何改变都影响系统状态变量和代数的初值,轨迹灵敏度初值就是描述它们之间的这种联系。因此,状态变量和代数变量轨迹灵敏度初值必须由故障前网络方程和接口方程求得,以下标 $\boldsymbol{x}$、$\boldsymbol{y}$ 和 $\boldsymbol{\lambda}$ 分别表示对相应变量求偏导数,在初始时刻 $\boldsymbol{t}_0$ 对式(10-2)进行求导得:

$$\begin{cases}\boldsymbol{y}_{\lambda_0} = -\boldsymbol{g}_y(\boldsymbol{y}_0,\boldsymbol{\lambda})^{-1}\boldsymbol{g}_\lambda(\boldsymbol{y}_0,\boldsymbol{\lambda}) \\ \boldsymbol{x}_{\lambda_0} = [-\boldsymbol{h}_x(\boldsymbol{x}_0,\boldsymbol{y}_0,\boldsymbol{\lambda})]^{-1}[\boldsymbol{h}_y(\boldsymbol{x}_0,\boldsymbol{y}_0,\boldsymbol{\lambda})\boldsymbol{y}_{\lambda_0} + \boldsymbol{h}_\lambda(\boldsymbol{x}_0,\boldsymbol{y}_0,\boldsymbol{\lambda})]\end{cases} \tag{10-43}$$

将式(10-1)和式(10-2)对控制变量 $\boldsymbol{\lambda}$ 求偏导,便可得到轨迹灵敏度方程组如下:

$$\frac{\partial \boldsymbol{x}}{\partial \boldsymbol{\lambda}} = \boldsymbol{f}_x(\boldsymbol{x},\boldsymbol{y},\boldsymbol{\lambda})\boldsymbol{x}_\lambda + \boldsymbol{f}_y(\boldsymbol{x},\boldsymbol{y},\boldsymbol{\lambda})\boldsymbol{y}_\lambda + \boldsymbol{f}_\lambda(\boldsymbol{x},\boldsymbol{y},\boldsymbol{\lambda}) \tag{10-44}$$

$$\begin{cases}\boldsymbol{0} = \boldsymbol{g}_y(\boldsymbol{y},\boldsymbol{\lambda})\boldsymbol{y}_\lambda + \boldsymbol{g}_\lambda(\boldsymbol{y},\boldsymbol{\lambda}) \\ \boldsymbol{0} = \boldsymbol{h}_x(\boldsymbol{x},\boldsymbol{y},\boldsymbol{\lambda})\boldsymbol{x}_\lambda + \boldsymbol{h}_y(\boldsymbol{x},\boldsymbol{y},\boldsymbol{\lambda})\boldsymbol{y}_\lambda + \boldsymbol{h}_\lambda(\boldsymbol{x},\boldsymbol{y},\boldsymbol{\lambda})\end{cases} \tag{10-45}$$

式中,$\boldsymbol{x} = \frac{\mathrm{d}\boldsymbol{x}}{\mathrm{d}t}$;$\boldsymbol{x}_\lambda$ 和 $\boldsymbol{y}_\lambda$ 即被定义为状态和代数变量对 $\boldsymbol{\lambda}$ 的轨迹灵敏度。这样,利用式(10-43)、式(10-44)和式(10-45),采用数值积分方法进行时域积分求解,便可得到仿真时段内各时刻的轨迹灵敏度数值。下面取发电机的机械输入有功功率作为

控制变量 $\boldsymbol{\lambda}$,其他系统参数视为定值,分别推导同步发电机采用二阶经典模型和计及凸极效应且同时考虑 d、q 轴瞬变过程的四阶模型时的轨迹灵敏度计算式。

10.3.1　经典模型下的轨迹灵敏度分析

1. 经典模型下的轨迹灵敏度模型

设系统中共有 n 台同步发电机,$i=1,2,\cdots,n$。10.1.1 节中给出了采用经典二阶模型时发电机的转子运动方程式(10-4)和式(10-5),根据式(10-44)和式(10-45)对轨迹灵敏度的定义,对上述两式两边分别求关于第 k 台发电机的机械输入功率 P_k 的偏导数,得到第 i 台发电机的转角和转速相对 P_k 轨迹灵敏度方程如下:

$$\frac{\partial \dot{\delta}_i}{\partial P_k}=\frac{\partial \omega_i}{\partial P_k} \tag{10-46}$$

$$\begin{aligned} M_i\frac{\partial \dot{\omega}_i}{\partial P_k}=&-\sum_{j=1,j\neq i}^{n}\left[E'_iE'_jB_{ij}\cos\delta_{ij}-E'_iE'_jG_{ij}\sin\delta_{ij}\right]\left(\frac{\partial \delta_i}{\partial P_k}-\frac{\partial \delta_j}{\partial P_k}\right)\\ &-\sum_{j=1,j\neq i}^{n}\left[(B_{ij}\sin\delta_{ij}+G_{ij}\cos\delta_{ij})\left(\frac{\partial E'_i}{\partial P_k}E'_j+\frac{\partial E'_j}{\partial P_k}E'_i\right)\right]\\ &-2E'_i\frac{\partial E'_i}{\partial P_k}G_{ii}+\frac{\partial P_{mi}}{\partial P_k} \end{aligned} \tag{10-47}$$

式中,$\dot{\delta}_i=\dfrac{\mathrm{d}\delta_i}{\mathrm{d}t}$,$\dot{\omega}_i=\dfrac{\mathrm{d}\omega_i}{\mathrm{d}t}$;$Y_{ij}=G_{ij}+\mathrm{j}B_{ij}$ 为收缩到发电机内电势节点的导纳矩阵中第 i 行第 j 列的元素;M_i 为第 i 台发电机的转子运动惯性时间常数;δ_i 和 δ_j 分别为第 i 和第 j 台发电机的转子转角,$\delta_{ij}=\delta_i-\delta_j$;在经典模型下,发电机内电势节点通过发电机暂态电抗与系统网络直接相联,不需要进行坐标变化,此时方程中第 i 和 j 台发电机内节点暂态电势 E'_i 和 E'_j,即为在此所讨论的代数变量,且由于近似认为其幅值不变,因此不需要再联立网络代数方程求解。此时电力系统的轨迹灵敏度变量共 $2n^2$ 个。

2. 经典模型下轨迹灵敏度变量初值的推导

当发电机采用经典模型时,利用式(10-43)所给出的零初值计算轨迹灵敏度及转移功率,计算得到的转移功率易偏大,功率转移后系统仍难以重获稳定。分析其原因,主要是由于模型较简单,十分粗略地考虑了励磁系统的动态特性,即近似认为发电机内电势 E' 幅值保持不变。因此本节中提出了根据经典模型的特点,对轨迹灵敏度变量的初值进行修正,解决了经典模型下用轨迹灵敏度计算得到的转移功率易偏大的缺点,同时也改善了功率转移后系统运行的经济性。经典模型下,发电机内电势节点通过发电机暂态电抗与系统网络相联,利用发电机内电势节点与发电机机端节点(即与发电机相连的系统网络节点)间功率传输公式和系统的网络方程,可推导出经典模型下轨迹灵敏度变量的修正初值。以第 i 台发电机相对于第 k 台发电机机械输入功率的轨迹灵敏度为例,下面详细介绍基于经典模型时轨迹灵敏度变量修正初值的推导。

首先,给出 $\partial P_{mi}/\partial P_k$ 的值如下:

$$\frac{\partial P_{mi}}{\partial P_k}=\begin{cases}1, & i=k\\0, & i\neq k\end{cases} \tag{10-48}$$

由于运动惯性,可认为故障发生的初始时刻 $t=t_0$,转子的转速和转角值均不会发生跳变,即 $\dot{\omega}_i(t_0)=1$、$\dot{\delta}_i(t_0)=0$,因此可以推知:

$$\frac{\partial \dot{\omega}_i}{\partial P_k}(t_0)=0 \tag{10-49}$$

$$\frac{\partial \dot{\delta}_i}{\partial P_k}(t_0)=0 \tag{10-50}$$

下面推导轨迹灵敏度变量 $\partial E_i'/\partial P_k$ 的初值。在经典模型下,发电机的内电势节点和发电机机端节点间的功率传输始终满足下式:

$$P_{ei}=\frac{E_i'U_i}{x_{di}'}\sin(\delta_i-\theta_i) \tag{10-51}$$

式(10-51)中的各变量的定义如图 10-8 所示。

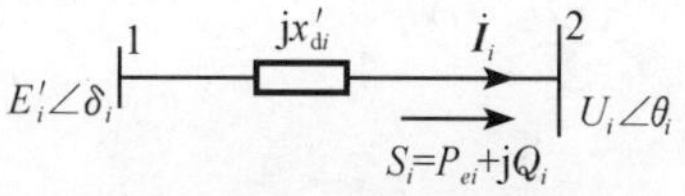

图 10-8　发电机等值电路

图 10-8 中,节点 1 即为通常所说的发电机内电势节点,节点 2 为发电机机端节点,$E_i'\angle\delta_i$ 即为第 i 台发电机的内电势,x_{di}' 为第 i 台发电机的 d 轴暂态电抗,P_{ei} 为第 i 台发电机的电磁输出功率,$\dot{\boldsymbol{I}}_i$ 为发电机向系统提供的注入电流,$U_i\angle\theta_i$ 为发电机的机端电压。故障前时段内,发电机的机械输入功率等于电磁输出功率,则有:

$$P_{mi}=P_{ei}=\frac{E_i'U_i}{x_{di}'}\sin(\delta_i-\theta_i) \tag{10-52}$$

故障前时段的结束时刻即为故障中时段的起始时刻,因此故障中时段轨迹灵敏度变量 $\partial E_i'/\partial P_k$ 的初值可利用由式(10-52)推导得出。$k\neq i$ 时,第 i 台发电机的内电势受第 k 台发电机的机械输入功率影响较小,即可认为 $\partial E_i'/\partial P_k=0$。下面求解 $k=i$ 时 $\partial E_i'/\partial P_i$ 的值,同时对式(10-52)两端求 P_i 的偏导:

$$\begin{aligned}1=&\frac{\partial E_i'}{\partial P_i}\cdot\frac{U_i}{x_{di}'}\cdot\sin(\delta_i-\theta_i)+\frac{E_i'\cdot U_i}{x_{di}'}\cdot\cos(\delta_i-\theta_i)\cdot\frac{\partial\delta_i}{\partial P_i}\\&+\frac{\partial U_i}{\partial P_i}\cdot\frac{E_i'}{x_{di}'}\cdot\sin(\delta_i-\theta_i)-\frac{E_i'\cdot U_i}{x_{di}'}\cdot\cos(\delta_i-\theta_i)\cdot\frac{\partial\theta_i}{\partial P_i}\end{aligned} \tag{10-53}$$

从式(10-53)可以看出,$\partial E_i'/\partial P_i$ 的求取转化为求 $\partial U_i/\partial P_i$ 和 $\partial\theta_i/\partial P_i$。故障前的网络方程组为:

$$\boldsymbol{I} = \boldsymbol{YU} \tag{10-54}$$

其中,第 i 个方程可展开写成如下形式:

$$\dot{\boldsymbol{I}}_i = \sum_{j=1}^{m} Y_{ij}\dot{\boldsymbol{U}}_j \tag{10-55}$$

由(10-55)式可得:

$$\begin{aligned} P_i = P_{ei} &= \mathrm{Re}(\dot{\boldsymbol{U}}_i\overset{*}{\boldsymbol{I}}_i) = \mathrm{Re}(\dot{\boldsymbol{U}}_i\sum_{j=1}^{m}\overset{*}{\boldsymbol{Y}}_{0ij}\overset{*}{\boldsymbol{U}}_j) \\ &= U_i^2 G_{ii} + U_i\sum_{j=1,j\neq i}^{m} U_j(G_{0ij}\cos\theta_{ij} + B_{0ij}\sin\theta_{ij}) \end{aligned} \tag{10-56}$$

式中,符号 Re(·)表示取相应复数的实部;$Y_{0ij} = G_{0ij} + \mathrm{j}B_{0ij}$ 为故障前系统未并入发电机暂态电抗时的原始导纳矩阵,m 为系统的节点数。

对式(10-56)两边分别对 U_i 和 θ_i 求偏导可得:

$$\frac{\partial P_i}{\partial U_i} = 2U_iG_{ii} + \sum_{j=1,j\neq i}^{m} U_j(G_{0ij}\cos\theta_{ij} + B_{0ij}\sin\theta_{ij}) \tag{10-57}$$

$$\frac{\partial P_i}{\partial \theta_i} = U_i\sum_{j=1,j\neq i}^{m} U_j(-G_{0ij}\sin\theta_{ij} + B_{0ij}\cos\theta_{ij}) \tag{10-58}$$

当$\frac{\partial P_i}{\partial U_i}$和$\frac{\partial P_i}{\partial \theta_i}$非零时,有下面两式存在:

$$\frac{\partial U_i}{\partial P_i} = 1\bigg/\frac{\partial P_i}{\partial U_i} \tag{10-59}$$

$$\frac{\partial \theta_i}{\partial P_i} = 1\bigg/\frac{\partial P_i}{\partial \theta_i} \tag{10-60}$$

式(10-59)、式(10-60)中,U_i 和 θ_i 均为故障前系统正常运行状态下稳态解。

式(10-52)两边同时对 δ_i 求偏导,在 $t=t_0$ 时刻,有下式成立:

$$\frac{\partial P_i}{\partial \delta_i}(t_0) = \frac{E'_{i0}U_{i0}}{x'_{di}}\cos(\delta_{i0} - \theta_{i0}) \tag{10-61}$$

则:

$$\frac{\partial \delta_i}{\partial P_j}(t_0) = \begin{cases} 1\bigg/\left[\dfrac{E'_{i0}U_{i0}}{x'_{di}}\cos(\delta_{i0} - \theta_{i0})\right], & i = j \\ 0, & i \neq j \end{cases} \tag{10-62}$$

联立式(10-53)、式(10-57)~式(10-60)和式(10-62),即可求解得到$\frac{\partial E'_i}{\partial P_i}(t_0)$。

需要注意的是,轨迹灵敏度必须与发电机的动态方程和系统的网络代数方程同时求解。求解每时步的轨迹灵敏度变量,均需利用该时步所求得的系统状态变量和代数变量更新轨迹灵敏度方程中的系数,具体到式(10-46)和式(10-47)来说,即需更新每时步 $\cos\delta_{ij}$ 和 $\sin\delta_{ij}$ 的值。在发电机采用经典模型时,首先利用式(10-6)求得发电机转角 δ 的初值和内电势 E' 的值,并根据本节中给出的轨迹灵敏度变量的初值求解方法得到$\frac{\partial E_i'}{\partial P_i}(t_0)$，联立式(10-4)、式(10-5)、式(10-46)和式(10-47)即可求解发电机运动轨迹和其轨迹灵敏度。

10.3.2　复杂模型下的轨迹灵敏度分析

本节将给出基于发电机四阶模型的轨迹灵敏度模型，此时计及发电机凸极效应且同时考虑 d、q 轴瞬变过程。为了求解方便、提高计算速度，并且由于求解轨迹灵敏度的目的是为找出发电机转角相对于发电机机械输入功率的变化率以重新进行发电机有功功率再分配，因此我们在建立轨迹灵敏度模型时可以不考虑发电机励磁系统的动态行为，即认为发电机励磁电压 E_f 为常数。但由于励磁系统对提高暂态稳定仿真的准确性有较大意义，因此本节在暂态稳定仿真部分仍将按照10.1.2节中的推导准确计入励磁系统的作用，在求解轨迹灵敏度时则忽略励磁系统动态。设系统共有 m 个节点，n 台发电机，$i=1,2\cdots,n$。根据式(10-44)和式(10-45)对轨迹灵敏度的定义，按照采用四阶模型时发电机转子运动方程式(10-7)～式(10-10)、发电机端电压方程式(10-11)和式(10-12)和 $dq\rightarrow xy$、$xy\rightarrow dq$ 坐标系的转换方程式(10-24)、式(10-25)、式(10-30)和式(10-31)，对该组方程式两边分别求关于第 k 台发电机的机械输入功率 P_k 的偏导数，得到第 i 台发电机的相关变量对于 P_k 的轨迹灵敏度方程如下：

$$T_{d0i}\frac{\partial \dot{E}_{qi}'}{\partial P_k}=-\frac{\partial E_{qi}'}{\partial P_k}-(x_{di}-x_{di}')\frac{\partial i_{di}}{\partial P_k} \tag{10-63}$$

$$T_{q0i}\frac{\partial \dot{E}_{di}'}{\partial P_k}=-\frac{\partial E_{di}'}{\partial P_k}+(x_{qi}-x_{qi}')\frac{\partial i_{qi}}{\partial P_k} \tag{10-64}$$

$$\frac{\partial u_{di}}{\partial P_k}=\frac{\partial E_{di}'}{\partial P_k}+x_{qi}'\frac{\partial i_{qi}}{\partial P_k}-r_{ai}\frac{\partial i_{di}}{\partial P_k} \tag{10-65}$$

$$\frac{\partial u_{di}}{\partial P_k}=\frac{\partial E_{qi}'}{\partial P_k}-x_{di}'\frac{\partial i_{di}}{\partial P_k}-r_{ai}\frac{\partial i_{qi}}{\partial P_k} \tag{10-66}$$

$$\begin{aligned}M_i\frac{\partial \dot{\omega}_i}{\partial P_k}=&\frac{\partial P_{mi}}{\partial P_k}-\left[\left(\frac{\partial u_{qi}}{\partial P_k}i_{qi}+\frac{\partial u_{di}}{\partial P_k}i_{di}+\frac{\partial i_{qi}}{\partial P_k}u_{qi}+\frac{\partial i_{di}}{\partial P_k}u_{di}\right)\right.\\&\left.+2r_{ai}\left(i_{qi}\frac{\partial i_{qi}}{\partial P_k}+i_{di}\frac{\partial i_{di}}{\partial P_k}\right)\right]-D_i\frac{\partial \omega_i}{\partial P_k}\end{aligned} \tag{10-67}$$

$$\frac{\partial \dot{\delta}_i}{\partial P_k}=\frac{\partial \omega_i}{\partial P_k} \tag{10-68}$$

$$\begin{aligned}\frac{\partial E_{xi}'}{\partial P_k}=&\frac{\partial E_{di}'}{\partial P_k}\sin\delta_i+E_{di}'\frac{\partial \delta_i}{\partial P_k}\cos\delta_i\\&+\frac{\partial E_{qi}'}{\partial P_k}\cos\delta_i-E_{qi}'\frac{\partial \delta_i}{\partial P_k}\sin\delta_i\end{aligned} \tag{10-69}$$

$$\frac{\partial E'_{yi}}{\partial P_k}=\frac{\partial E'_{qi}}{\partial P_k}\sin\delta_i+E'_{qi}\frac{\partial \delta_i}{\partial P_k}\cos\delta_i-\frac{\partial E'_{di}}{\partial P_k}\cos\delta_i+E'_{di}\frac{\partial \delta_i}{\partial P_k}\sin\delta \tag{10-70}$$

$$\frac{\partial i_{di}}{\partial P_k}=\frac{\partial I_{xi}}{\partial P_k}\sin\delta_i+I_{xi}\frac{\partial \delta_i}{\partial P_k}\cos\delta_i-\frac{\partial I_{yi}}{\partial P_k}\cos\delta_i+I_{yi}\frac{\partial \delta_i}{\partial P_k}\sin\delta_i \tag{10-71}$$

$$\frac{\partial i_{qi}}{\partial P_k}=\frac{\partial I_{xi}}{\partial P_k}\cos\delta_i-I_{xi}\sin\delta_i\frac{\partial \delta_i}{\partial P_k}+\frac{\partial I_{yi}}{\partial P_k}\sin\delta_i+I_{yi}\cos\delta_i\frac{\partial \delta_i}{\partial P_k} \tag{10-72}$$

根据式(10-43)给出的初值定义,推导出基于发电机四阶模型的轨迹灵敏度变量的初值如下:

$$\frac{\partial P_{mi}}{\partial P_k}=\begin{cases}1, & i=k\\0, & i\neq k\end{cases} \tag{10-73}$$

$$\frac{\partial \dot{\omega}_i}{\partial P_k}(t_0)=0 \tag{10-74}$$

$$\frac{\partial \dot{\delta}_i}{\partial P_k}(t_0)=0 \tag{10-75}$$

$$\frac{\partial E'_{di}}{\partial P_k}(t_0)=0 \tag{10-76}$$

$$\frac{\partial E'_{qi}}{\partial P_k}(t_0)=0 \tag{10-77}$$

$$\frac{\partial i_{di}}{\partial P_k}(t_0)=0 \tag{10-78}$$

$$\frac{\partial i_{qi}}{\partial P_k}(t_0)=0 \tag{10-79}$$

$$\frac{\partial U_{di}}{\partial P_k}(t_0)=0 \tag{10-80}$$

$$\frac{\partial U_{qi}}{\partial P_k}(t_0)=0 \tag{10-81}$$

此时电力系统的灵敏度变量共 $6n^2$ 个。联立式(10-63)～式(10-81)即可求解得到系统的轨迹灵敏度。

10.4 发电机临界程度排序和原始有功转移功率计算

在某一特定故障和特定切除时间下,电力系统中各发电机距故障点的电气距离各不相同，因此对于该故障的敏感程度也各不相同。我们把在该故障下易于失去同步的发电机定义为领先发电机，不易失去同步的发电机定义为落后发电机。在此，以在惯性中心(COI)坐标系下发电机的转角超过180°作为发电机失步的判断标准。若采用绝对坐标系，可能出现判断失误的情况。在绝对坐标系下，某时刻某台发电机与该时刻的最落后机之间的相对转角超过180°后，则该台发电机被判为最领先机。但实际上，继续仿真将发现其相对转角仍可能减小，真正失稳的为另一台机；即使进行了功率转移，真正会失稳的发电机并未得到控制。采用COI坐标系则可避免这一情况。根据式(10-82)～式(10-84)计算在COI坐标系下的发电机转子角θ，并按照发电机临界程度进行排序。即最大的θ值代表最领先机，次大的θ代表次领先机；最小的θ代表最落后机，次小的θ代表次落后机，并依次类推。本节以在惯性中心坐标下，某一发电机的转角超过180°作为判断系统失稳的标准。

$$\delta_{\mathrm{COI}} = \frac{1}{M_T}\sum_{i=1}^{n} M_i\delta_i \tag{10-82}$$

$$M_T = \sum_{i=1}^{n} M_i \tag{10-83}$$

$$\theta_i = \delta_i - \delta_{\mathrm{COI}} \tag{10-84}$$

式中，δ_{COI}为系统惯性中心的等值转子角，即各发电机转子角的加权平均值；M_T为惯性中心的等值惯性时间常数；θ_i为COI坐标系下第i台发电机的转子角，其余参数定义同前。

利用描述发电机转子角和有功输出功率之间线性关系的轨迹灵敏度变量，可计算得到为了使最领先发电机的转子角满足稳定判据而需要削减的有功功率输出大小，最落后发电机则在原有有功功率输出的基础上，增加出力，以满足全网的有功功率需求。如果最领先机需要减少的有功出力较大，最落后机增加出力后将超过其有功功率输出上限，则令最落后机全额运行，剩余功率由次落后机承担，并以此类推。最领先机i和最落后机j之间的原始功率转移值可由式(10-85)计算求得[6]：

$$\Delta P_{ij} = (\delta_{ij} - \delta_{ij}^0)\bigg/\frac{\partial \delta_{ij}}{\partial P_i} \tag{10-85}$$

式中，各变量定义与前面章节相同。其中，$\frac{\partial \delta_{ij}}{\partial P_i}=\frac{\partial \delta_i}{\partial P_i}-\frac{\partial \delta_j}{\partial P_i}$，$\delta_{ij}=\delta_i-\delta_j$，$\delta_{ij}^0=\delta_i^0-\delta_j^0$。根据灵敏度的定义，$\delta_{ij}-\delta_{ij}^0$应为转子角$\delta_{ij}$在失稳时刻的调整期望偏差，其中$\delta_{ij}^0$代表的是不考虑暂态稳定约束情况下的最优潮流解，即为第i和第j台发电机转角差在故障发生初始时刻的值。不考虑暂态稳定约束情况下的最优潮流可以在更大范围内寻找最优运行点，此时的解必定是全局最优解，因此选用$\delta_{ij}-\delta_{ij}^0$作为

调整期望偏差,即令调整方向逼近初始最优运行点,则功率再分配后所求得的新的最优潮流解优化程度会更高。利用求得的转移功率修改最优潮流问题中的发电机有功功率上下限,重新设定最领先发电机和最落后发电机在最优潮流模型中的有功功率输出的上下限约束,重新求解最优潮流,此时得到的次优解将满足暂态稳定的要求。根据发电机有功功率输出对转子角的影响,通过修改最优潮流问题中的发电机有功功率上下限约束来改变最优潮流解中各发电机的转子角大小,即可在最优潮流问题中隐含地考虑暂态稳定约束。下一节将对最优潮流问题及如何利用转移功率实现新的最优潮流解中发电机转子角的改变进行详细介绍。

基于所求得的轨迹灵敏度利用式(10-85)计算转移功率,我们发现在暂态稳定仿真时如不准确考虑励磁系统动态作用,所求得的转移功率值将偏大,从而导致功率再分配后系统仍不能满足暂态稳定要求;反之,若准确考虑励磁系统动态作用时,转移功率值将变小,功率再分配后系统将重获暂态稳定性。参照 10.3.1 节中基于发电机经典模型下对轨迹灵敏度变量初值的修正公式,该初值计算公式是由网络方程推导而来,初值的修正实质上是近似地计入了励磁系统的作用。这也正好解释了发电机经典模型下计入初值修正和不计入时、发电机四阶模型下暂态稳定仿真中计入励磁系统动态作用和不计入时,这两种情况下所求得的转移功率的变化趋势为什么会一致的现象。

10.5　单一故障 TSCOPF 模型及最优转移功率的求解

10.5.1　单一故障 TSCOPF 模型

直接求解 TSCOPF 问题十分复杂。本节将最优潮流问题和暂态稳定约束独立开来,对这两个子问题分开迭代求解;并以轨迹灵敏作为桥梁,利用基于轨迹灵敏度算得的转移功率不断修正最优潮流问题中发电机的有功功率输出上下限,强制最优潮流按照暂态稳定安全运行的要求分配各发电机的有功功率输出,从而实现了在最优潮流问题中隐含地计入暂态稳定约束。

以发电机的有功功率输出作为控制变量、发电机的运行费用最少作为控制目标,给出最优潮流子问题的模型如下:

$$\min C(\boldsymbol{P}_g) \tag{10-86}$$

$$\text{s.t.}\ \boldsymbol{h}_1(\boldsymbol{x},\boldsymbol{y},\boldsymbol{\lambda}) = \boldsymbol{0} \tag{10-87}$$

$$\boldsymbol{h}_2(\boldsymbol{x},\boldsymbol{y},\boldsymbol{\lambda}) \leqslant \boldsymbol{0} \tag{10-88}$$

式中,$C(\cdot)$为费用函数;$\boldsymbol{P}_g$ 为发电机有功输出功率;式(10-87)为等式约束,即通常意义上的潮流方程;$\boldsymbol{x}$ 为状态变量,如发电机的转角、转速、dq 轴暂态电势等;$\boldsymbol{y}$ 为代数变量,如节点电压的幅值及相角;$\boldsymbol{\lambda}$ 为系统控制参数,如发电机的机械输入功率、有载变压器的变比等；式(10-88)为不等式约束，如发电机有功出力上下限约束，可调无功电源出力上下限约束，有载调压变压器变比调整范围约束，节点电压幅值上下限约束，线路潮流有功、无功的上下限约束，线路两端节点电压相角差约束等。其中具体给出发电机的有功输出功率上下限约束，如下式所示：

$$\boldsymbol{P}_g^m \leqslant \boldsymbol{P}_g \leqslant \boldsymbol{P}_g^M \tag{10-89}$$

下文将详细介绍如何利用轨迹灵敏度实现最优潮流中的发电机有功功率再分配。在前面章节的论述中我们已经知道了发电机的转角与其有功输出功率有着密切的关系，通过增减发电机的有功功率输出，能够有效地控制发电机转角的变化，从而使得通过发电机有功功率再分配来实现暂态稳定预防控制成为可能。轨迹灵敏度则描述了发电机有功功率输出的变化与转子角变化之间的数量关系。根据转子角需要被改变的大小，利用轨迹灵敏度求取相应的转移功率，修改最优潮流问题中的发电机有功输出功率的上下限约束，使求解得到的新运行条件下发电机的有功功率分配满足暂态稳定的要求，从而实现了在最优潮流问题中间接地计入暂态稳定安全约束，同时又不会增加求解负担。具体步骤如下：首先求取最优潮流问题的解，在这一初始最优运行条件下，利用 10.2 节中介绍的暂态稳定时域仿真方法对扫描得到的特定故障集进行暂态稳定分析和判断。对于将使系统失去暂态稳定的故障，利用 10.3 节中所推导的轨迹灵敏度模型计算各发电机的轨迹灵敏度。再基于轨迹灵敏度根据式(10-85)求取最领先发电机和最落后发电机之间需要转移的有功输出功率。利用求得的转移功率，按照式(10-90)和式(10-91)计算最领先机和最落后机的新的有功输出功率值，减少最领先发电机的有功功率输出，相应部分由增加最落后机的有功输出来补齐：

$$P_i^{\text{new}} = P_i^0 - \Delta P_{ij} \tag{10-90}$$

$$P_j^{\text{new}} = P_j^0 + \Delta P_{ij} \tag{10-91}$$

式中，P_i^0 和 P_j^0 分别为最优潮流初始解中最领先发电机 i 和最落后发电机 j 的有功输出功率。利用式(10-90)和式(10-91)修改最优潮流模型中发电机的有功输出上下限时，如果最落后机 j 的有功输出功率上限 P_j^M 大于式(10-91)算得的 P_j^{new}，则令有功输出功率下限 P_j^m 等于 P_j^{new}，否则令 P_j^M 等于 P_j^m，此时不足部分 $P_j^{\text{new}} - P_j^M$ 按照同样的方法通过增加次落后机的有功功率输出来补齐，并以此类推；对于最领先发电机 i，如果其有功输出下限 P_i^m 大于式(10-91)算得的 P_i^{new}，则令有功输出下限 P_i^m 等于有功输出上限 P_i^M，否则令其等于 P_i^{new}。修改发电机有功输出功率的上下限约束后，再重新求解最优潮流问题。在求解得到的系统新的运行点中，最领先发电机将按照要求减少有功出力，而其转子角大小得到相应的控制，则该运行点能同时满足经济性和安全性要求。最优潮流可采用常规的数学优化方法计算，暂态稳定则可以采用时域仿真法求解，计算速度有较大的提高。

10.5.2 原始有功转移功率的求解

求解原始有功转移功率来实现功率再分配和最优转移功率的寻优并以之来修正 OPF 问题的优化结果是相对独立的两个环节。因此首先求解得到原始有功转移功率，且确认利用该功率进行功率转移后所求得的最优潮流问题的新解能满足暂态稳定安全约束的要求；再基于该原始转移功率，利用下一小节中的将要介绍的迭代法来求解最优转移功率。求解原始有功转移功率的步骤如下：

① 首先形成原始导纳矩阵，从预想故障集中选定故障，形成故障中和故障后的系统导纳矩阵。

② 求解式(10-86)～式(10-88)所描述的最优潮流子问题，获得系统 OPF 运行点；根据求解得到的系统运行状态，计算负荷的等效阻抗，并计入原始导纳矩阵及给定故障下的故障中和故障后的系统导纳矩阵中；若发电机采用经典模型时，则还应计入发电机暂态阻抗，形成收缩到发电机内节点的故障前、故障中和故障后导纳矩阵。

③ 根据第②步中求得的最优潮流解，按照 10.1 节中给出的不同发电机模型下系统各变量初值的计算公式求解暂态稳定仿真中所需要的系统状态变量和代数变量的初值；并令 $t_n=0$。

④ 进行暂态稳定仿真：发电机采用经典模型时，联立式(10-4)和式(10-5)及第③步算得的变量初值计算系统在 $t_n\sim t_{n+1}$ 内的运动轨迹；当发电机采用计及凸极效应及 d、q 轴瞬变过程四阶模型并准确考虑励磁系统动态过程时，则需联立发电机方程式(10-7)～式(10-12)、励磁系统动态方程式(10-15)～式(10-23)、接口方程式(10-24)～式(10-31) 和网络代数方程式(10-32)及第③步算得的变量初值计算 $t_n\sim t_{n+1}$ 内的系统运动轨迹。在 COI 坐标下根据 10.4 节中给出的发电机临界程度排序方法找出该时步的最领先发电机 i 和最落后发电机 j，判断最领先发电机 i 在 COI 坐标下的转角 $\theta_i=\delta_i-\delta_{\mathrm{COI}}\big|_{t=t_{n+1}}$ 是否大于 180°，若大于，则认为系统失去稳定，结束仿真，跳转至第⑤步；否则判断是否达到积分上限时间 t_f，如积分时间未到，则重复第④步，若积分时间到，结束计算，输出结果。在仿真中应存储每时步的计算结果。

⑤ 基于第④步中所存储的仿真结果，利用 10.3 节中所建立的模型求解系统在 t_0 至失稳时刻这一时间段内每时步的轨迹灵敏度。需要强调的是，在每时步的计算中轨迹灵敏度方程中的时变系数需利用该时步的暂态稳定仿真结果进行更新：发电机采用经典模型时，联立式(10-46)～式(10-50)及 10.3.1 节中所求得的初值$\dfrac{\partial E_i'}{\partial P_i}(t_0)$计算系统的轨迹灵敏度；发电机采用计及凸极效应及 d、q 轴瞬变过程四阶模型时，则联立式(10-63)～式(10-81)求解系统轨迹灵敏度。

⑥ 根据最领先发电机 i 和最落后发电机 j 之间的相对转子角相对于最领先发电机有功输出功率 P_i 的轨迹灵敏度：$\partial\delta_{ij}/\partial P_i=\partial\delta_i/\partial P_i-\partial\delta_j/\partial P_i$，利用式(10-85)计算需从 i 转移到 j 的有功功率 ΔP_{ij}，并根据根据式(10-90)和式(10-91)修改最优潮流模型中第 i 和第 j 台发电机的有功输出功率的上下限。其中，P_i^0 和 P_j^0 分别为该次迭代中第②步求解最优潮流模型所得到的发电机 i 和 j 的有功输出功率；δ_{ij}^0 亦取该次迭代中第②步求解最优潮流模型所得到的发电机 i 和 j 之间的相对转角的差值。修改相关最优潮流模型中发电机有功功率输出上下限 $\boldsymbol{P}^M$ 和 $\boldsymbol{P}^m$ 如下：分别计算发电机 i 和 j 在功率转移后应输出的新的有功功率值 P_i^{new} 和 P_j^{new}。若最落后机 j 的 P_j^{new} 超过其有功输出上限 P_j^M，则剩余有功功率 $P_j^{\text{new}}-P_j^M$ 由增加次最落后机的有功输出来补足；若次落后机也达到其有功功率输出上限值，则由再次落后机来承担剩余功率，并以此类推。返回第②步；若最落后机 j 的 P_j^{new} 小于其有功功率输出上限 P_j^M，则令有功功率输出下限 $P_j^m=P_j^{\text{new}}$。若最领先机 i 的 P_i^{new} 大于其有功输出下限 P_i^m，则令 $P_i^M=P_i^{\text{new}}$。完成有功功率转移，返回第②步。流程图如图 10-9 所示。

需要指出的是，轨迹灵敏度应与系统的运动轨迹同时计算。但先判断暂态稳定，并存储计算结果，若失稳，再利用每时步的仿真结果计算轨迹灵敏度，可节约判断系统暂态稳定时计算轨迹灵敏度所花费的时间。因为系统稳定时，并不需要计算轨迹灵敏度来进行功率分配，而轨迹灵敏度计算是整个计算流程中花费时间最多的部分。另外，需要说明这里所求得的有功转移功率为原始有功转移功率，下一小节将介绍如何求取最优转移功率。

10.5.3　搜索最优转移功率的迭代算法

通过实际计算发现，按照式(10-85)求得的原始有功转移功率值进行功率转移，求解最优潮流问题得到新的系统运行点能够满足暂态稳定约束，但该转移功率并非最优转移功率。主要是因为轨迹灵敏度是一种基于小偏差假设的线性化方法，在重新进行了功率分配后，系统新的运行点和原来的运行点之间存在一定的偏差，利用式(10-85)算得的转移功率势必会存在误差。即所求得的原始有功转移功率能够使系统重获暂态稳定，但它并不是恰到好处地使系统从不稳定变为稳定，一般情况下是偏大。系统初始最优运行点由于不需要考虑安全约束，可以在更大范围内寻优，因此该点的优化程度是最高的。转移功率值越大，意味着对不考虑安全约束的系统初始最优运行状态的改变也越大，功率转移后所求得的新的最优潮流解的优化程度也下降得更多。因此若能找到一种方法修正偏差过大而带来的转移功率误差，则能够提高系统运行的经济性。本节提出了用迭代算法来修正原始有功转移功率从而求取最优转移功率的方法，使系统在满足暂态稳定约束的同时，运行在更经济的状态。利用原始有功转移功率值 $\Delta P_{i,j}^0$ 求解最优转移功率的步骤如下：

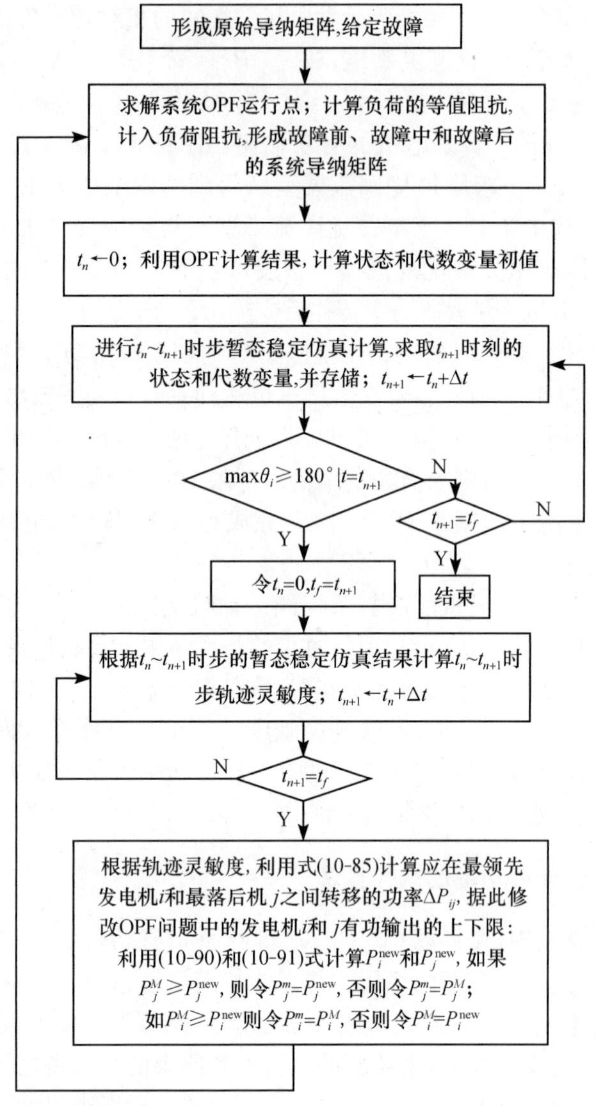

图 10-9 求解 TSCOPF 和有功转移功率流程图

① 令 $a=0,b=0$；同时令 $\Delta P_{i,j}^k=\Delta P_{i,j}^0$，$k=1$，$k$ 为迭代次数。

② 按照式(10-90)和式(10-91)，用 $\Delta P_{i,j}^k$ 修改最优潮流模型中最领先发电机 i 和最落后发电机 j 的有功功率输出上下限，重新求解最优潮流问题，得到系统新的OPF运行点，并基于这一新的运行点进行暂态稳定仿真。

③ 经暂态稳定仿真后，如判断功率转移后系统新的 OPF 运行点具有暂态稳定性，则重新求解转移功率如下，令：

$$a=\Delta P_{i,j}^k \tag{10-92}$$

则：

$$\Delta P_{i,j}^{k+1} = (a+b)/2 \tag{10-93}$$

反之，如功率转移后，系统新的 OPF 运行点暂态不稳定，则新的转移功率由下两式给出：

$$b = \Delta P_{i,j}^{k} \tag{10-94}$$

$$\Delta P_{i,j}^{k+1} = (a+b)/2 \tag{10-95}$$

④ 如$|a-b|<\varepsilon$且系统暂态稳定，则停止迭代；否则返回第②步，继续迭代。其中，ε为给定误差，本章中取$\varepsilon=5\text{MW}$。流程图如图 10-10 所示。

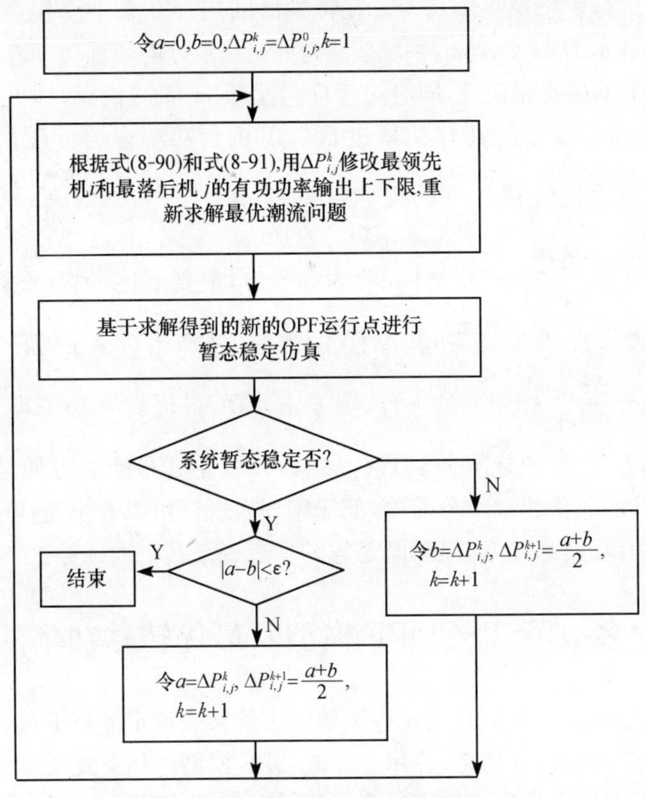

图 10-10　最优转移功率计算流程图

需要指出的是，若利用并行计算同时查看每个迭代点的暂态稳定性，则能迅速缩小搜索范围，成倍地提高计算速度，并且各并行计算机之间的通信协议并不复杂。这里的迭代点是指搜索区间$[0,\Delta P_{i,j}^{0}]$的等分点，最优转移功率即位于搜索区间内。设共有n台计算机可同时进行计算，则将区间$[0,\Delta P_{i,j}^{0}]$分为$n+1$等份，共n个迭代点，如图 10-11 所示。

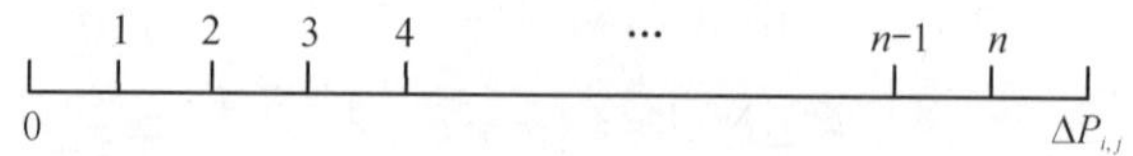

图 10-11　搜索区间等分示意图

并行计算的具体算法如下：首先给出第 k 个迭代点处的转移功率计算式：

$$\Delta P_{i,j}^{k} = \frac{\Delta P_{i,j}^{0}}{n+1} \cdot k,\quad k = 1,2,\cdots,n \tag{10-96}$$

n 台计算机同时利用区间$[0,\Delta P_{i,j}^{0}]$内式(10-96)给出的 n 个转移功率修改 OPF 问题中发电机有功功率输出的上下限，重新求取 n 个 OPF 运行点，并针对这 n 个运行状态进行暂态稳定仿真。若在搜索区间内存在某个迭代点 m，序号大于 m 的迭代点可表示为 $k\in[m,n]$，系统按照这些迭代点处的转移功率进行发电机有功功率再分配后具有暂态稳定性，同时对于序号小于 m 的迭代点，即 $k\in[1,m-1]$，系统按照这些迭代点处的转移功率进行发电机有功功率再分配后仍暂态不稳定，则此时可将最优转移功率的搜索区间缩小为$\left[\frac{\Delta P_{i,j}^{0}}{n+1}\cdot m,\frac{\Delta P_{i,j}^{0}}{n+1}\cdot(m+1)\right]$。把区间$\left[\frac{\Delta P_{i,j}^{0}}{n+1}\cdot m,\frac{\Delta P_{i,j}^{0}}{n+1}\cdot(m+1)\right]$分为 n 等份，重复上述步骤，重新判断新搜索区间内 n 个迭代点处实施功率转移后新的 OPF 运行点的暂态稳定性；当 $\mathrm{abs}\left[\frac{\Delta P_{i,j}^{0}}{n+1}\cdot m-\frac{\Delta P_{i,j}^{0}}{n+1}\cdot(m+1)\right]<\varepsilon$，则停止计算，最优转移功率即为$\frac{\Delta P_{i,j}^{0}}{n+1}\cdot m$。迭代法能较为方便、快速地寻找到最优转移功率，尤其是能够方便地引入并行计算，且并行计算的通信协议十分简单，便于编程实现。可以看出迭代法能够方便快速地求得最优有功转移功率，简单既是它的特点也是其一大优势。

10.6　多故障 TSCOPF 模型及最优转移功率的求解

上一节详细介绍了如何利用轨迹灵敏度求解某一特定故障下最领先发电机和最落后发电机之间的转移功率，并用之修改 OPF 模型中相应发电机的有功输出功率上下限，从而实现在最优潮流模型中计入单故障暂态稳定约束。本节介绍多预想故障暂态稳定约束的处理方法。多预想故障暂态稳定约束最优潮流问题是指：在该 OPF 运行条件下，预想故障集中任意一个故障发生后，系统均能保持暂态稳定，即能满足多故障的暂态稳定安全约束。

首先设定多预想故障集，可以通过故障扫描的方法从系统中所有可能发生的故障中找出最严重故障，放入多预想故障集内；或者把系统中最易发生的一些故障作为多预想故障。再针对故障集中的每一个故障，按照上一节中单故障暂态稳定约束的处理方法，根据暂态稳定仿真结果进行发电机排序，找出最领先发电机和最落后发电机；同时求解轨迹灵敏度并用之计算在最领先发电机和最落后机间需转移的有功功率；利用所算得的转移功率按照式(10-90)和式(10-91)修改最优潮流模型中相关发电机的有功输出功率上下限，得到考虑单故障暂态稳定约束时最优潮流模型中的各发电机有功输出功率的上下限约束。按照该约束条件求解最优潮流问题，所得到的 OPF 解能够满足该故障下暂态稳定安全的要求。故障集中的每一个故障都对应了一组不同的最优潮流模型中发电机有功输出功率上下限约束，如取各个故障对应的发电机有功输出功率上限约束的公共部分作为新的约束条件，则所求解得到的 OPF 解将能满足多故障的暂态稳定安全约束。下面以两个故障为例介绍多预想故障时如何修改最优潮流模型中发电机有功功率上下限约束，具体步骤如下：

设预想故障集中共有两个故障：故障一和故障二。通过暂态稳定仿真计算后判断出故障一发生后系统中最领先发电机和最落后机分别为 i 和 j；按照 10.3～10.5 节中叙述的方法计算轨迹灵敏度并求解发电机 i 和 j 之间的原始转移功率，再利用迭代法解得最优转移功率为 ΔP_{ij}。同理，判断出故障二发生后系统中最领先发电机和最落后机分别为 h 和 k，并解得发电机 h 和 k 之间的最优转移功率为 ΔP_{hk}。在上述结果的基础上，按照式(10-90)和式(10-91)分别计算发电机 i、j、h 和 k 的有功输出功率期望值：

$$P_i^{\text{new}} = P_i^0 - \Delta P_{ij} \tag{10-97}$$

$$P_j^{\text{new}} = P_j^0 + \Delta P_{ij} \tag{10-98}$$

$$P_h^{\text{new}} = P_h^0 - \Delta P_{hk} \tag{10-99}$$

$$P_k^{\text{new}} = P_k^0 + \Delta P_{hk} \tag{10-100}$$

式中，P_i^0、P_j^0、P_h^0和 P_k^0分别为最优潮流初始解中发电机 i、j、h 和 k 的有功输出功率。

需要指出的是，若故障一和故障二发生后系统中最落后发电机为同一台机，即 $j=k$，则发电机 j 应在初始有功输出功率的基础上同时增加故障一中的最领先机 i 和故障二中的最领先机 h 需转移走的有功功率，如下式所示：

$$P_j^{\text{new}} = P_j^0 + \Delta P_{hk} + \Delta P_{ij} \tag{10-101}$$

根据以上计算结果，按照 10.5 节中介绍的方法分别修改最优潮流模型中发电机 i、j、h 和 k 的有功输出功率上下限。在新的发电机有功输出的上下限约束下求解最优潮流问题，此时得到的 OPF 解将同时能满足故障一和故障二暂态稳定安全约束的要求。

当预想故障集中有两个以上的故障时，上述方法同样适用。按照以上步骤，计算出每个故障下的最领先发电机和最落后机之间的最优转移有功功率，分别修改最优潮流模型中各发电机的有功功率输出上下限并求解新的 OPF 运行点。此时的最优潮流解将能满足多预想故障的暂态稳定约束。在下一节的算例分析中，将详细介绍多预想故障的暂态稳定约束的处理方法，并通过计算验证该处理方法的有效性。

10.7 算例分析

以美国 WSCC 3 机 9 节点和 New England 10 机 39 节点系统（其网络接线和系统数据分别见附录Ⅶ和Ⅷ）为例，分别对发电机采用经典二阶模型和计及凸极效应及 d、q 轴瞬变过程的四阶模型两种不同情况进行了计算，证明了该方法对电力系统简单模型和复杂模型的良好适应性；同时本节还提出了适用于文中方法的多预想暂态稳定故障的有效处理办法。文中，负荷采用恒阻抗模型，最优潮流采用 Matpower 3.0 软件进行计算[11]，暂态稳度采用 PST 软件进行计算[12]。

10.7.1 发电机采用经典二阶模型

本节中同步发电机采用经典二阶模型，并分别对 WSCC 3 机 9 节点和 New England 10 机 39 节点系统进行了计算；同时进一步分析了利用 10.3.1 节中所推导的经典模型下轨迹灵敏度变量的修正初值代入计算的结果，证明了采用该初值代入计算能修正采用简单模型时励磁系统的作用考虑过于粗略所带来的误差，从而使转移功率的计算更为准确，功率再分配后系统更易重获暂态稳定，计算结果的优化程度也更高。

1. WSCC 3 机 9 节点系统

首先求解不计入 TSCOPF 问题，得到系统的初始最优运行点。在该初始运行条件下，$t_0=0$ 时系统在节点 7 处发生三相短路故障，故障切除时间 $t_{cl}=0.35$s，通过切除线路 7～5 排除故障。暂态稳定仿真后发现在该故障下系统将失去暂态稳定，需计算轨迹灵敏度求解转移功率来进行发电机有功功率再分配。其中，按照 10.5 节中发电机临界程度的排序方法进行排序后发现发电机 2 和发电机 1 分别为系统中的最领先发电机和最落后发电机。表 10-1 给出发电机费用函数、发电机额定容量及初始最优潮流解中发电机的有功输出功率和总费用。

表 10-1　WSCC 3 机 9 节点系统发电机费用函数和初始最优潮流解的优化结果

发电机编号	额定功率/MW	费用函数/（$/h）	优化结果	
			功率/MVA	总费用/（$/h）
1	200	$0.0060P^2+2.0P+140$	105.47+j12.18	1131.14
2	150	$0.0075P^2+1.5P+120$	113.10−j1.52	
3	100	$0.0070P^2+1.8P+80$	99.33−j22.74	

按照 10.5 节给出的计算流程，针对这一特定故障，进行暂态稳定预防控制。计算中将用 10.3.1 节中推导的轨迹灵敏度变量修正初值代入计算。经过一次迭代后，由式(10-85)算得需从发电机 2 转移至发电机 1 的原始有功转移功率 $\Delta P_{1,2}$ 为 54.1150MW。利用转移功率按照式(10-90)和式(10-91)修改最优潮流问题中最领先发电机和最落后机有功功率输出上下限，即在 OPF 问题中隐含计入暂态稳定约束，随后求解新的最优潮流解。经过再次暂态稳定仿真，判断出进行第一次功率转移后系统能在新的运行点保持暂态稳定，图 10-12 给出了在新的 OPF 运行条件下，经暂态稳定仿真得到的故障后发电机相对转子角曲线图。同时，本节中还利用未经过修正的初值代入进行计算，即采用变量的零初值：$\partial E_i/\partial P_k=0$，$\partial \delta_i/\partial P_k=0$ 和 $\partial \omega_i/\partial P_k=0$，计算得到原始转移功率值为 $\Delta P_{1,2}=60.5740$MW。可见采用 10.3.1 节中灵敏度变量初值的修正计算公式时，所求得的转移功率值更小。同时，本节还对利用零初值计算并实施功率转移后的优化结果与采用修正初值计算的优化结果进行了对比，如表 10-2 所示。

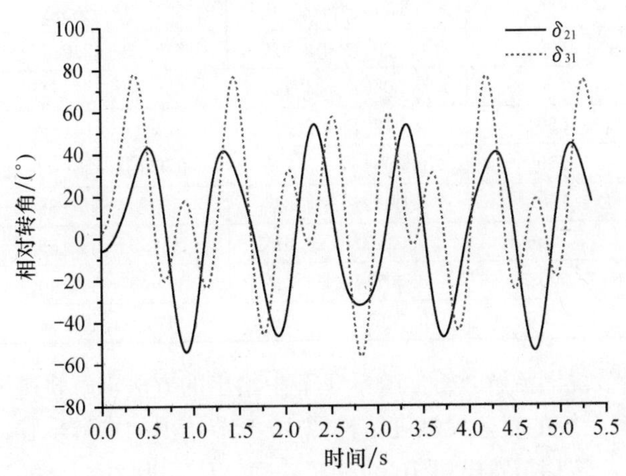

图 10-12 WSCC 3 机 9 节点系统中各发电机相对发电机 1 的相对转角曲线

表 10-2 修正初值和零初值实施功率转移后 OPF 优化结果对比

发电机编号	灵敏度变量采用修正初值		灵敏度变量采用零初值	
	负荷/MVA	总费用/($/h)	功率/MVA	总费用/($/h)
1	159.58+j13.21	1172.92	166.04+j13.91	1183.49
2	58.99−j2.94		52.53−j3.32	
3	98.87−j20.43		98.90−j19.49	

从表 10-2 可以看出，采用轨迹灵敏度变量的零初值进行计算的优化结果与采用修正初值计算的结果相比，其经济性要差，而后者在功率转移值之后能够保持暂

态稳定，如图 10-12 所示。可见灵敏度变量的修正初值对更准确地计算转移功率，保证功率转移后系统的暂态稳定性和提高功率转移后最优潮流的优化程度具有较大作用。

2. New England 10 机 39 节点系统

求解不计 TSCOPF 问题，得到系统初始的 OPF 运行点。在该运行状态下，系统在节点 17 处发生三相短路故障，$t_{cl}=0.2\text{s}$ 时切除线路 17～18 排除故障。经暂态稳定仿真判断在该故障下系统将失去暂态稳定，发电机 5 和发电机 10 分别为最领先发电机和最落后发电机。表 10-3 给出了发电机费用函数、发电机额定功率和不计暂态稳定约束初始最优潮流解中发电机有功输出功率。

表 10-3　New England 10 机 39 节点系统发电机费用函数和初始最优潮流解的优化结果

发电机编号	额定功率/MW	费用函数/(\$/h)	功率/MVA	总费用/(\$/h)
1	350	$0.0193P^2+6.9P$	244.80－j65.55	61 755.15
2	650	$0.0111P^2+3.7P$	571.11＋j363.48	
3	800	$0.0104P^2+2.8P$	647.28＋j246.52	
4	750	$0.0088P^2+4.7P$	636.73＋j113.26	
5	650	$0.0128P^2+2.8P$	513.27＋j141.31	
6	750	$0.0094P^2+3.7P$	656.01＋j221.59	
7	750	$0.0099P^2+4.8P$	563.34＋j57.86	
8	700	$0.0113P^2+3.6P$	538.94＋j43.88	
9	900	$0.0071P^2+3.7P$	836.07＋j26.40	
10	1200	$0.0064P^2+3.9P$	984.31＋j61.54	

基于该初始最优潮流解，按照 10.3.1 节中给出的方法求解轨迹灵敏度变量修正初值，并代入求解系统的轨迹灵敏度。按照 10.5 节给出的求解步骤，根据式(10-85)算得需从发电机 5 转移至发电机 10 的有功功率 $\Delta P_{5,10}$ 为 206.2696MW。修改最优潮流模型中发电机有功输出功率的上下限并重新求解最优潮流问题，得到进行第一次功率转移后系统新的 OPF 运行点。经暂态稳定仿真后发现，在该运行条件下在上述故障下系统能保持暂态稳定，即证明了文中方法能成功地实现在 OPF 问题中计入暂态稳定约束。图 10-13 则给出了故障发生后发电机相对转角曲线。在此，我们同样利用轨迹灵敏度变量的零初值代入计算，基于此时的轨迹灵敏度所算得的转移功率 $\Delta P_{5,10}=323.4281\text{MW}$。表 10-4 同时列出了采用轨迹灵敏度变量修正初值和采用零初值时的不同优化结果。同样可以看出，采用轨迹灵敏度变量的修正初值计算得到的转移功率将比利用零初值计算得到转移功率小。从表 10-4 也可看出，前者在功率转移后，求得的最优潮流解的经济性更好。且从图 10-13 可以看出，利用采用修正初值计算得到转移功率进行发电机有功再分配，系统将重获暂

态稳定性。

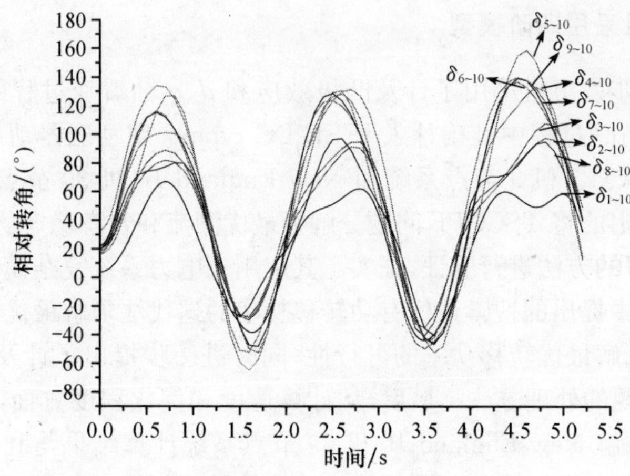

图 10-13　New England 10 机 39 节点系统中发电机相对发电机 10 的相对转角曲线

表 10-4　修正初值和零初值实施功率转移后 OPF 优化结果对比

发电机编号	灵敏度变量采用修正初值		灵敏度变量采用零初值	
	功率/MVA	总费用/($/h)	功率/MVA	总费用/($/h)
1	242.29－j69.53	62 617.1	350.00－j51.91	63 700.1
2	567.13＋j358.92		565.02－j357.29	
3	643.71＋j231.80		641.68－j226.30	
4	642.78＋j127.74		645.55－j139.35	
5	307.00＋j109.70		189.85－j105.45	
6	656.84＋j216.57		656.61－j214.01	
7	564.14＋j56.61		563.90－j56.33	
8	537.94＋j42.52		541.48－j44.10	
9	835.20＋j26.66		833.58－j26.23	
10	1190.58＋j55.70		1200.00－j56.80	

综合两个系统的计算结果，不难看出，采用轨迹灵敏度变量的零初值时的计算结果更趋于保守，即所算的功率转移值更大，因此功率转移后的优化结果经济性较差，且可以验证，系统在功率转移后也较难获得暂态稳定性；若采用本章所推导的轨迹灵敏度变量的修正初值计算公式时，所求得的功率转移值数值更小，因此功率转移后的优化结果经济性也更好。同时，从图 10-12 和图 10-13 可以看到，基于利用修正初值计算的灵敏度求解转移功率，系统在第一次功率转移后能重获暂态稳定性，说明了所求得的功率转移值准确性较高。在采用发电机二阶经典模型进行计算的场合，利用轨迹灵敏度变量的修正初值计算公式，对于求取准确的转移功率

及保证电力系统运行的安全性和经济性具有较大意义。

10.7.2　发电机采用四阶模型

本节中,同步发电机采用了计及凸极效应和 d、q 轴瞬变过程的四阶模型,同时在暂态稳定仿真过程中准确计入 IEEE DC type-1 型励磁器动态行为的影响。本节分别对 WSCC 3 机 9 节点系统和 New England 10 机 39 节点系统进行了计算,对本章中提出的将 TSCOPF 问题分解为最优潮流和暂态稳定仿真两个子问题以实现交替求解的方法进行验证,证实了其应用于电力系统复杂模型的可行性;并利用 10.5.3 节中提出的搜索最优有功转移功率的迭代法求解最优有功转移功率,证明了迭代法求解最优转移功率的可行性;同时进一步提出了计及多个预想事故的 TSCOPF 问题的处理方法。最后,从计算速度和优化程度方面,将利用轨迹灵敏度和迭代法求解 New England 10 机 39 节点系统计算结果与利用遗传算法[13](genetic algorithm,GA)求解相同系统的计算结果进行了对比分析。

1. WSCC 3 机 9 节点系统

首先求解不计入 TSCOPF 问题,得到系统初始的最优运行点。在该初始运行条件下扫描所有可能的单线故障,找出两个有冲突的故障如下:

故障 1:$t=0$ 时,在靠近节点 6 处发生三相接地短路故障,$t=0.2$s 时,通过切除线路 6～9 排除故障。故障后,系统将失去暂态稳定性。最领先机为发电机 3,最落后机为发电机 1。

故障 2:$t=0$ 时,在靠近节点 8 处发生三相接地故障,$t=0.31$s 时,通过切除线路 8～7 排除故障。故障后,系统将失去暂态稳定性。最领先机为发电机 2,最落后机为发电机 1。

情形 0:不考虑任何暂态稳定约束。

情形 1:考虑满足故障 1 的暂态稳定约束。

情形 2:考虑满足故障 2 的暂态稳定约束。

情形 3:考虑同时满足故障 1 和 2 的暂态稳定约束,即系统若运行在满足该约束的 OPF 点时,无论是故障 1 或故障 2 发生后,系统均能保持暂态稳定。

按照 10.5 节中给出的算法,首先求取原始有功转移功率,发电机的费用函数、额定容量及初始最优潮流中有功输出功率见表 10-1 所示。然后利用原始有功转移功率修改最优潮流问题中发电机有功输出功率的上下限约束,以实现经济性与安全性相结合的暂态稳定预防控制。表 10-5 给出了各种情形中算得的原始有功转移功率大小及利用原始有功转移功率进行发电机有功再分配后 OPF 问题新的优化结果。在求得的原始有功转移功率的基础上,根据 10.5.3 节中提出的搜索最优转移功率的迭代法求解最优有功转移功率,并利用最优转移功率按照与原始功率相同的方法，在 OPF 问题中计入暂态稳定约束，即根据式(10-90)和式(10-91)修改发电机有功功率输出上下限，再进行发电有功功率再分配。表 10-6 给出了情形 1、2、3 中利用最优有功转移功率进行发电机再分配后的 OPF 新的优化结果。表中的情形 3 为同时考虑故障 1 和故障 2 约束时的计算结果，本节后面将详细介绍多故障约束的处理。

表 10-5　用原始有功转移功率进行第一次功率转移后的优化结果

发电机编号	利用原始有功转移功率进行第一次功率转移后			
	情形 0	情形 1	情形 2	情形 3
1	105.47+j12.18	149.16+j11.63	139.50+j11.83	350+ j66.8
2	113.10−j1.52	112.58−j2.09	79.07−j2.11	600+ j230.6
3	99.33−j22.74	55.64−j21.31	98.88−j22.40	721.1+j233.4
发电机费用/($/h)	1131.14	1157.59	1147.67	37 197.4
有功转移功率/MW		$P_{3\sim1}=43.69$	$P_{2\sim1}=34.03$	$P_{3\sim1}=43.69$ $P_{2\sim1}=34.03$
迭代次数	0	1	1	2

表 10-6　利用最优转移功率进行第一次功率转移后的优化结果

发电机编号	迭代之后		
	情形 1	情形 2	情形 3
1	113.66+j11.83	109.73+j12.03	349.8+j9.8
2	112.92−j1.76	108.84−j1.75	641.7+j282.2
3	91.14−j22.81	99.25−j22.75	623+j172.8
费用函数/($/h)	1132.07	1131.40	36333.5
转移功率/MW	$P_{3\sim1}=8.19$	$P_{2\sim1}=4.25$	$P_{3\sim1}=8.19$ $P_{2\sim1}=4.25$
迭代次数	5	4	9

从表 10-5 和表 10-6 中可以看出，三种情形中的最优有功转移功率均小于原始有功转移功率。需进行转移的功率越小，所求出的满足暂态稳定约束的 OPF 运行点将越接近初始的 OPF 运行点，即优化程度越高。可以看出，表 10-6 中所列出的利用最优转移功率进行功率转移后，各情形中发电机的运行费用较表 10-5 所列出的利用原始转移功率进行功率转移后的发电机运行费用有明显的降低。

图 10-14 和图 10-15 分别给出了按照最优功率转移后，故障 1 和故障 2 发生后(即情形 1 和情形 2)，在惯性中心坐标下发电机的转角曲线。可以看出，对于以上两种情形，在功率转移后系统均能保持暂态稳定，证明了利用按照迭代法求取的最优有功转移功率进行功率转移后得到的 OPF 解能够满足暂态稳定约束的要求。

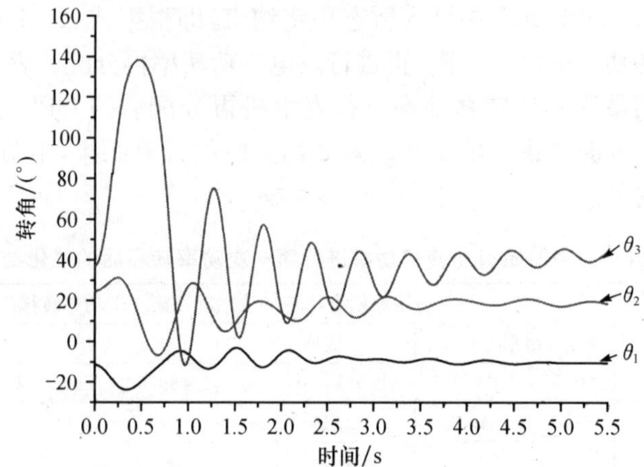

图 10-14　WSCC 3 机 9 节点系统情形 1 中 COI 坐标下故障 1 后的各发电机转角曲线

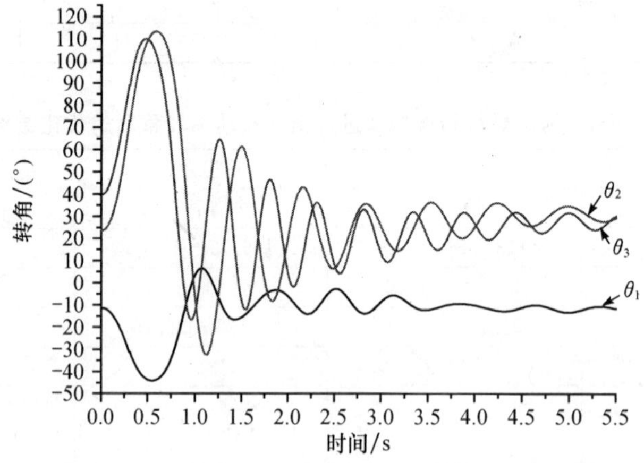

图 10-15　WSCC 3 机 9 节点系统情形 2 中 COI 坐标下故障 2 后的各发电机转角曲线

2. New England 10 机 39 节点系统

通过扫描所有可能的单线故障,找出两个有冲突的故障如下:

故障 1:$t=0.02$s 时,在靠近节点 26 处发生三相接地故障,$t=0.13$s 时,通过切除线路 26～27 排除故障。故障后,系统将失去暂态稳定性。最领先机为发电机 9,最落后机为发电机 10。

故障 2:$t=0.02$s 时,在靠近节点 16 处发生三相接地故障,$t=0.138$s 时,通过切除线路 16～17 排除故障。故障后,系统将失去暂态稳定性。最领先机为发电机 5,最落后机为发电机 10。

情形 0:不考虑任何暂态稳定约束。

情形 1:考虑满足故障 1 的暂态稳定约束。

情形 2:考虑满足故障 2 的暂态稳定约束。

情形 3:考虑同时满足故障 1 和 2 的暂态稳定约束,即系统若运行在满足该约束的 OPF 点时,无论是故障 1 或故障 2 发生后,系统均能保持暂态稳定。

利用本章方法求解计入 TSCOPF 问题的结果与利用遗传算法求解同样 TSCOPF 问题的计算结果进行对比,所采用的 New England 10 机 39 节点系统的发电机费用函数、发电机有功功率和无功功率输出上下限、节点电压限制等数据如表 10-7 所示。

表 10-7　New England 10 机 39 节点系统发电机数据及相关约束

发电机编号	发电机有功功率输出上限/MW	发电机有功功率输出下限/MW	发电机无功功率输出上限/Mvar	发电机无功功率输出下限/Mvar	费用函数/($/h)
1	350	100	211	−141	$0.2P^2+30P+100$
2	1145	600	691	−461	$0.2P^2+30P+100$
3	750	250	452	−301	$0.2P^2+30P+100$
4	732	250	441	−294	$0.2P^2+30P+100$
5	608	250	367	−245	$0.2P^2+30P+100$
6	750	250	452	−301	$0.2P^2+30P+100$
7	660	250	398	−265	$0.2P^2+30P+100$
8	640	250	386	−257	$0.2P^2+30P+100$
9	930	250	561	−374	$0.2P^2+30P+60$
10	1100	600	663	−442	$0.2P^2+30P+60$

电压限制/(p. u.)

V_{gmin}	V_{gmax}	$V_{laodmin}$	$V_{loadmax}$
0.95	1.05	0.95	1.05

按照 10.5 节中的计算流程,首先求取基于轨迹灵敏度的原始有功转移功率,并进行功率转移。表 10-8 给出了利用原始有功功率转移后各种情形的优化结果和转移功率大小。可以验证,情形 1、2、3 利用原始有功转移功率进行第一次功率转移之后,均可重获暂态稳定性。在求得原始有功转移功率的基础上,用 10.5.3 节中提出的迭代算法求取最优转移功率。表 10-9 列出了利用最优转移功率进行发电机有功功率再分配后的计算结果。

表 10-8　用原始有功转移功率进行第一次功率转移后的优化结果

发电机编号	利用原始有功转移功率进行第一次功率转移后			
	情形 0	情形 1	情形 2	情形 3
1	350+j69.6	350+j60.4	350+j70	350+ j66.8
2	600+j231.2	600+j225.8	600+j228.8	600+ j230.6

续表

发电机编号	利用原始有功转移功率进行第一次功率转移后			
	情形 0	情形 1	情形 2	情形 3
3	572.7+j209.3	574.1+j208.3	585.6+j212.6	721.1+j233.4
4	561.3+j76.9	564.1+j135.1	580.5+j117	561.1+j97.9
5	560.9+j192.3	563.8+j99.4	332.3+j115.9	358.8+j135.5
6	565.4+j152.7	568.4+j158.7	580.6+j160.8	561.7+j150.9
7	562.3+j111	565.2+j114.6	577.3+j116.9	558.6+j109.6
8	551.9+j38.6	558.3+j40.2	564.5+j43.8	640+j47.5
9	901.9+j58.2	742.6+j18.7	922+j67.8	735.8+j17.5
10	968.3+j110.7	1 100+j100.5	1 100+j102.7	1 100+j103.7
$T_{12\sim11}$/(p. u.)	1	1.03	0.97	0.99
$T_{12\sim13}$/(p. u.)	0.99	1.05	0.99	1.01
$T_{19\sim20}$/(p. u.)	1.04	0.99	1	1.01
费用函数/($/h)	36171.3	36451.3	36837.7	37197.4
转移功率/MW		$P_{9\sim10}$=159.2	$P_{5\sim10}$=228.6	$P_{9\sim10}$=166 $P_{5\sim10}$=202
迭代次数	0	1	1	2

表 10-9　用最优转移功率进行第一次功率转移后的优化结果

发电机编号	迭代之后		
	情形 1	情形 2	情形 3
1	349.9+j200.6	350−j51.1	349.8+j9.8
2	608.3+j238	605.2+j226.3	641.7+j282.2
3	619.2+j190.8	599.6+j357.6	623+j172.8
4	560.3+j100.7	549.5+j31.6	612.5+j115
5	575.7+j129	467.9+j145	493.6+j239
6	578.2+j236.6	563.3+j245.5	587.2+j194.4
7	591.6+j63.9	526.7+j158	458+j74.7
8	580.5+j86.7	600.9+j99	572+j72.2
9	755.2+j76.8	922.1+j117	766.8+j117.9
10	975.3+j85.3	1014.8+j128.7	1086.5+j101.7
$T_{12\sim11}$/(p. u.)	1.03	0.97	0.99
$T_{12\sim13}$/(p. u.)	1.05	0.99	1.01
$T_{19\sim20}$/(p. u.)	0.99	1	1.01
费用函数/($/h)	36205.8	36269	36333.5
转移功率/MW	$P_{9\sim10}$=52.2	$P_{5\sim10}$=76.8	$P_{9\sim10}$=54.5 $P_{5\sim10}$=67.9
迭代次数	7	8	15
运行时间/s	79	95.4	169.7

从表 10-8 和表 10-9 可以看出，在 New England 10 机 39 节点系统中，计算结果的变化规律与 WSCC 3 机 9 节点系统的一致。利用最优转移功率进行发电机有功功率再分配后重新计算得到的最优潮流解优化程度比基于原始转移功率得到的 OPF 解的优化程度高。前者的发电机运行费用较后者有较为明显的下降。用最优转移功率进行有功分配后，重新求解最优潮流问题，并在求得的新的运行条件下再次进行暂态稳定仿真，图 10-16 和图 10-17 则分别给出了情形 1 和情形 2 的相应故障后惯性中心坐标下的发电机转子角曲线。可以看出利用最优有功转移功率进行功率转移后，系统将能保持暂态稳定，即按照最优转移功率进行功率转移后得到的 OPF 解能够满足暂态稳定约束的要求。从而证明了利用迭代法来搜索最优有功转移功率有利于提高系统运行的经济性，且同时保证满足安全性要求是一种简

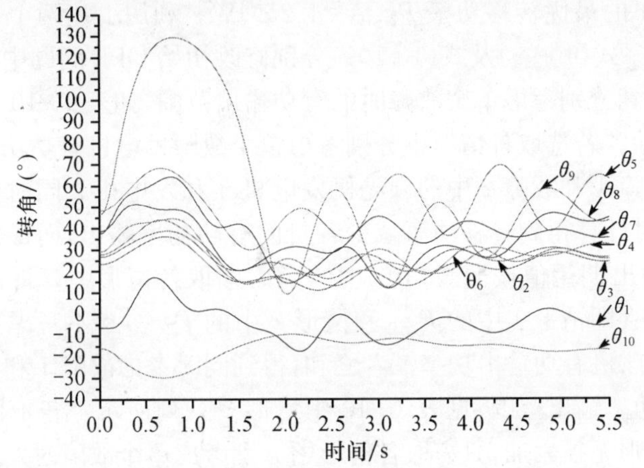

图 10-16　情形 1 中 COI 坐标下故障 1 后的各发电机转角曲线

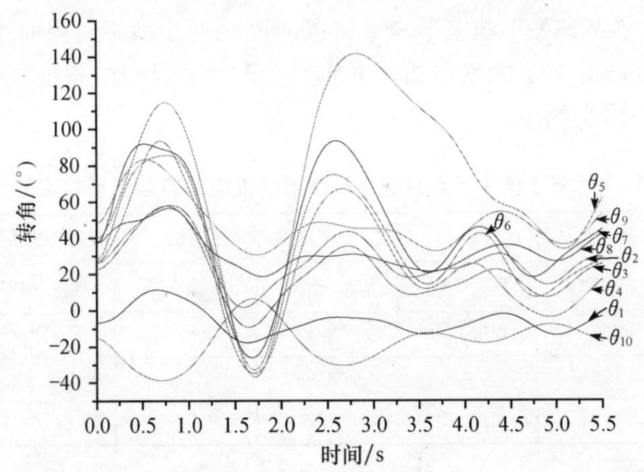

图 10-17　情形 2 中 COI 坐标下故障 2 后的各发电机转角曲线

单可行的办法。

3. 多预想故障暂态稳定约束的计入

下面将说明如何计入多预想故障的暂态稳定约束，即对两个系统中的情形 3 如何进行功转移，使得功率转移后新的最优潮流问题解能同时满足相互冲突的故障 1 和故障 2 两个故障的暂态稳定约束要求。

首先按照 10.5 节提出的方法，分别考虑满足单个故障约束的情况，即分别求解满足故障 1 和故障 2 暂态稳定约束的最优转移功率。从上文可以知道，WSCC 3 机 9 节点系统中对于故障 1，需要从最领先机发电机 3 转移到最落后机发电机 1 的最优转移功率 $P_{3\sim10}=8.19$MW；对于故障 2，需要从最领先机发电机 2 转移到最落后机发电机 1 的最优转移功率 $P_{2\sim10}=4.25$MW。利用上述两个最优转移功率根据式(10-97)～式(10-99)及式(10-101)分别修改初始 OPF 问题中的发电机有功输出上下限，得到分别考虑单个故障时的有功输出范围，如表 10-10 中的情形 1 和情形 2 两列所示。若选取各情形中分别考虑单个故障发电机有功功率输出范围的公共部分，即故障 1 和故障 2 中的领先机发电机 3 和发电机 2 同时按照分别考虑单个故障约束时计算得到转移功率减少各自的有功功率输出，而最落后机发电机 1 的有功功率输出期望值按照式(10-101)计算，即取各情形中算得需要转移到该机上的有功功率(即情形 1 中的 $P_{3\sim1}$ 和情形 2 中的 $P_{2\sim1}$)和不考虑暂态稳定约束时 OPF 问题中该机有功输出功率三者之和，得到同时考虑故障 1 和故障 2 多故障约束时的有功功率输出范围，见表 10-10 中情形 3 一列所示。若不同故障中的最落后机不相同，则无须累加，只需取各情形中分别考虑单个故障时发电机有功功率输出范围的交集即可；对于两个以上的多故障亦可做同样处理。表 10-10 中列出了同时考虑故障 1 和故障 2 约束的 OPF 解中各发电机的有功输出；图 10-18 和图 10-19 分别给出了 WSCC 3 机 9 节点系统同时考虑两个故障约束时求得的 OPF 运行点在故障 1 和故障 2 下的发电机转角曲线，证明了得到的解能同时满足故障 1 和故障 2 的暂态稳定约束。

表 10-10　WCSS 3 机 9 节点系统三种情况的发电机有功输出功率的上下限

发电机编号	只考虑故障 1(情形 1)		只考虑故障 2(情形 2)		同时考虑故障 1 和 2(情形 3)	
	P_{max}/MW	P_{min}/MW	P_{max}/MW	P_{min}/MW	P_{max}/MW	P_{min}/MW
1	200	149.1598	200	109.7251	200	153.415
2	150	0	108.84	0	108.84	0
3	55.64	0	100	0	55.64	0

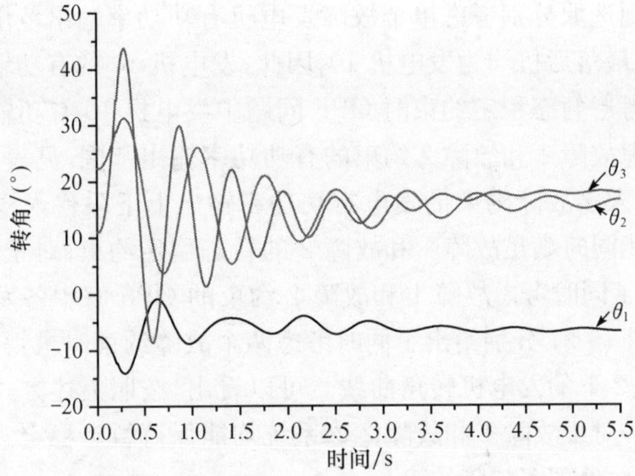

图 10-18　WSCC 3 机 9 节点系统情形 3 中 COI 坐标下故障 1 后的各发电机转角曲线

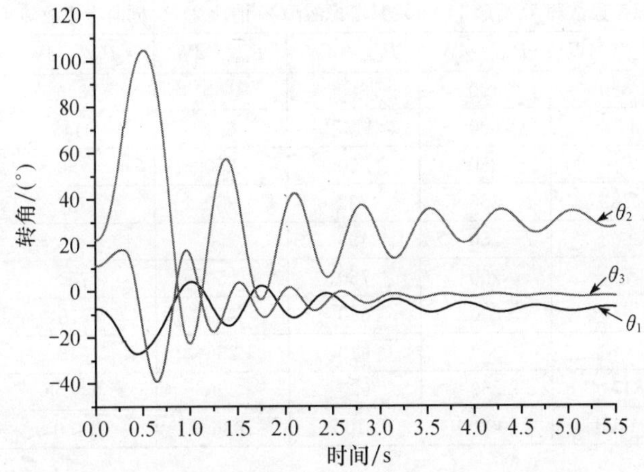

图 10-19　WSCC 3 机 9 节点系统情形 3 中 COI 坐标下故障 2 后的各发电机转角曲线

从图 10-18 和图 10-19 中可以看出，按照上述方式考虑多故障约束，进行发电机有功功率再分配后，系统在故障 1 和故障 2 后均能保持暂态稳定。证明了上述方法能够有效地处理多故障约束。

对 New England 10 机 39 节点采用同样的方法计入多故障约束。对于故障 1，需要从最领先机发电机 9 转移到最落后机发电机 10 的最优转移功率 $P_{9\sim10}=54.5\text{MW}$；对于故障 2，需要从最领先机发电机 5 转移到最落后机发电机 10 的最优转移功率 $P_{5\sim10}=67.9\text{MW}$。用上述两个最优转移功率根据式(10-90)和式(10-91)分别修改初始最优潮流问题中的发电机有功输出上限，得到分别考虑单个故障时的有功输出范围，如表 10-11 中情形 1 和情形 2 两列所示。若要同时考虑故障 1 和故障 2 的约束，则选取分别考虑单个故障发电机有功功率输出范围的交集。由于这两个故障中的最落后机均为发电机 10，因此，发电机 10 的有功输出下限值应取 $P_{9\sim10}$、$P_{5\sim10}$、不考虑暂态稳定约束时 OPF 问题中发电机 10 有功输出功率三者之和，得到同时考虑故障 1 和故障 2 约束的有功功率输出范围，见表 10-11 中情形 3 一列所示。将计入多故障约束的发电有功功率输出上下限代入求解最优潮流问题，得到的解将能同时满足故障 1 和故障 2 的暂态稳定约束；对于多个故障亦然。表 10-11 中列出了同时考虑故障 1 和故障 2 约束的 OPF 解中各发电机的有功输出；图 10-20 和图 10-21 分别给出了同时考虑两个故障约束时求得的 OPF 运行点在故障 1 和故障 2 下的发电机转角曲线。可以看出，按照上述方式进行发电机有功功率再分配后，对于故障 1 和故障 2 该系统均能保持暂态稳定。再次证明了上述方法能够有效地处理多故障约束。

表 10-11　New England 10 机 39 节点系统三种情况的发电机有功输出功率的上下限

发电机编号	只考虑故障 1(情形 1)		只考虑故障 2(情形 2)		同时考虑故障 1 和故障 2(情形 3)	
	P_{max}/(MW)	P_{min}/MW	P_{max}/MW	P_{min}/MW	P_{max}/MW	P_{min}/MW
1	350	100	350	100	350	100
2	1145	600	1145	600	1145	600
3	750	250	750	250	750	250
4	732	250	732	250	732	250
5	608	250	493	250	493	250
6	750	250	750	250	750	250
7	660	250	660	250	660	250
8	640	250	640	250	640	250
9	847.4	250	930	250	847.4	250
10	1100	1022.1	1100	1036.2	1100	1090.6

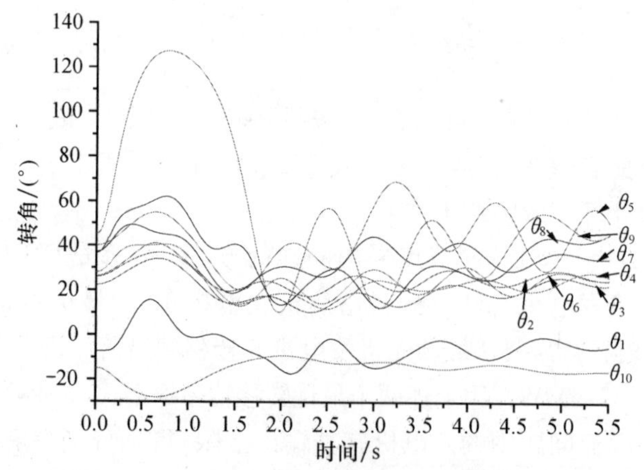

图 10-20　情形 3 中 COI 坐标下故障 1 后的各发电机转角曲线

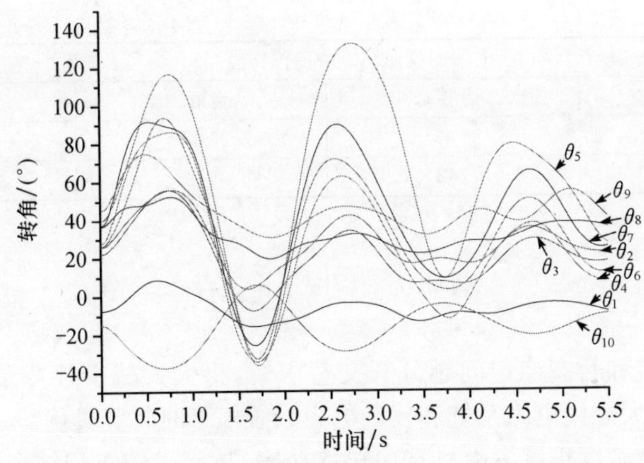

图 10-21 情形 3 中 COI 坐标下故障 2 后的各发电机转角曲线

可以通过仿真验证，利用原始有功转移功率进行发电机有功出力再分配时，本节中的多故障暂态稳定约束的处理方法仍然有效。WSCC 3 机 9 节点系统和 New England 10 机 39 节点系统利用原始有功转移功率来考虑多故障约束时的计算结果见表 10-5 和表 10-8 所示。

4. 与利用遗传算法求解结果的对比分析

文献[13]采用了遗传算法求解 New England 10 机 39 节点系统中具有多故障约束的暂态稳定问题，其预期的故障约束与本章中采用的故障约束相同，即情形 1、情形 2 和情形 3 所列出的故障 1 和故障 2 单一故障约束及同时考虑故障 1 和故障 2 的多故障约束。从表 10-12 可以看到，与利用 GA 算法求解 TSCOPF 的计算结果相比，基于轨迹灵敏度来交替求解具有同样约束的最优潮流问题的计算速度有了很大的提高。这是由于将暂态稳定问题和最优潮流问题分开计算，利用轨迹灵敏度作为桥梁进行交替求解，能大大减轻计算负担，从而减少了寻优时间、提高了计算速度。同时可以看出，利用本章的方法间接计入暂态稳定约束，TSCOPF 问题的最终优化程度并未降低。而 New England 10 机 39 节点系统各种故障下的发电机转子角曲线图，即图 10-16、图 10-17、图 10-20、图 10-21，证明了本章方法能较好地控制系统的最优潮流解，满足暂态稳定单一或多故障安全约束的要求。

表 10-12 计算结果对比

本章方法			
	情形 1	情形 2	情形 3
费用函数/($/h)	36205.8	36269	36333.5
运行时间/s	79	95.4	169.7

续表

文献[13]中遗传算法			
	情形 1	情形 2	情形 3
费用函数/($/h)	36 466	36 370	36 685
运行时间/s	762	749	1485

10.8　小　　结

把最优潮流和暂态稳定问题分开交替求解，将大大减少计算量，降低求解难度；在用于求解大规模电力系统和复杂电力系统模型时将更具优势。

引入轨迹灵敏度求解发电机有功转移功率，与最优潮流相结合进行发电机有功输出功率的再分配，可以有效地实现暂态稳定预防控制，使求得的最优解能很好地满足暂态稳定安全约束的要求。通过对不同模型的算例分析，证明了文中方法对电力系统简单模型和复杂模型均具有较好的适应性。当同步发电机采用经典二阶模型时，利用轨迹灵敏度变量的修正初值代入计算可修正模型简单所带来的误差，弥补了利用轨迹灵敏度变量的零初值代入计算时求得的转移功率易偏大而造成功率转移后系统仍会不稳定的不足，同时还进一步提高了计算结果的优化程度。

利用迭代算法来搜索最优转移功率，能进一步提高结果的优化程度，同时可充分保证系统运行的安全性；且计算简单，并能方便地引入并行计算，通信协议十分简单，便于编程实现，具有较好的实用化前景。

本章提出 COI 坐标下发电机临界程度的判断准则，能更加可靠地识别领先机和最落后机，以避免领先机的错误判断带来施加控制后系统仍不稳定的情况；提出了多预想故障的有效处理方法，并证明了文中方法对多故障暂态稳定约束具有较好的适应性。

参 考 文 献

[1]　Ian A Hiskens, Pai M A. Trajectory sensitivity analysis of hybrid systems. IEEE Transactions on Circuits and Systems I: Fundamental Theory and Applications, 2000, 47(2): 204～220

[2]　Shubhanga K N, Kulkarni A M. Determination of effectiveness of transient stability controls using reduced number of trajectory sensitivity computations. IEEE Transactions on Power Systems, 2004, 19(1): 477～482

[3]　刘明波，李妍红，陈家荣. 基于轨迹灵敏度的暂态稳定约束最优潮流计算. 电力系统及其自动化学报，2007，19(6)：24～29

[4]　IEEE Committee Report. Excitation system models for power system stability studies. IEEE Transactions on Power Apparatus and Systems, 1981, 100(2): 494～509

[5] Laufenberg M J, Pai M A. A new approach to dynamic security assessment using trajectory sensitivities. IEEE Transactions on Power Systems, 1998, 13(3): 953～1058

[6] Tony B Nguyen, Pai M A. Dynamic security-constrained rescheduling of power systems using trajectory sensitivities. IEEE Transactions on Power Systems, 2003, 18(2): 848～854

[7] Fang D Z, Yang X D, Sun J Q, et al, An optimal generation rescheduling approach for transient stability enhancement. IEEE Transactions on Power Systems, 2007, 22(1): 386～394

[8] 孙景强，房大中，钟德成. 暂态稳定约束下的最优潮流. 中国工程电机学报，2005，25(12)：12～19

[9] 周鲲鹏，陈允平. 运用轨迹灵敏度的电力系统动态安全控制. 电网技术，2003，27(12)：47～50

[10] 孙景强，房大中，周葆荣. 基于轨迹灵敏度的电力系统动态安全预防控制算法研究. 电网技术，2004，28(21)：27～30

[11] Zimmeraman R, Gan D. MATPOWER: a Matlab power system simulation package. http://www.pserc.cornell.edu/matpower

[12] Graham R, Joe C. Power system transients: a Matlab power system simulation package. http://www.eagle.ca/～cherry/pst.htm

[13] Mo N, Pong G T Y, Chan K W, et al. Multi-contingency transient stability constrained optimal power flow by genetic algorithm. //International Conference on Advances in Power System Control, Operation and Management, Hong Kong, 2006

第十一章　基于轨迹灵敏度法的暂态稳定约束最优潮流

目前基于轨迹灵敏度[1]的暂态稳定预防控制过程普遍只涉及特定发电机有功出力调整，且多数为调整有功出力上下限的间接控制，对发电机无功功率的影响考虑甚少[2~5]。事实上，通过轨迹灵敏度所反映出来的这种发电有功与无功功率的协调影响恰恰是 TSCOPF 问题所必须考虑的，也是难点所在。

在上一章仅以发电机有功出力为控制变量的基础上，本章将全面考虑系统所有发电机出力（包括有功功率和无功功率）对系统稳定性的影响，以完整解决 TSCOPF 问题中有功功率与无功功率协调问题。通过将 TSCOPF 问题分解为潮流、暂态稳定及轨迹灵敏度、降阶二次规划最优潮流三个子问题进行求解，同时考虑系统所有发电机有功和无功出力对于电力系统暂态过程的影响，本章将提出一种同时针对发电机有功和无功功率进行直接控制的 TSCOPF 模型，并进一步提出不受故障类型和模式影响的多故障处理方法[6]。

本章所采用的电力系统系统机电暂态模型及其他相关概念详见第十章，本章不再赘述。

11.1　轨迹灵敏度分析

如 10.3 节所述，利用式(10-43)、式(10-44)和式(10-45)，采用数值积分方法进行时域积分求解，便可得到仿真时段内各时刻的轨迹灵敏度数值。本章选取发电机有功出力和无功出力作为控制量 $\boldsymbol{\lambda}$，推导考虑同步发电机 d、q 轴瞬变过程的四阶模型时的轨迹灵敏度初值及时域积分计算式。

11.1.1　初值计算

根据负荷用恒阻抗表示的假设，将系统负荷合并到系统节点导纳矩阵，并记该系统节点导纳矩阵为 $\boldsymbol{Y}'$。因此，除发电机节点以外的全部节点的注入电流为零，用矩阵运算能够消去发电机节点以外的全部节点，并得到收缩后系统导纳矩阵 $\bar{\boldsymbol{Y}}$。假设将发电机节点全部集中编为前 n 号，n 为系统发电机数，由节点电压方程可得：

$$\boldsymbol{I} = \boldsymbol{Y}'\boldsymbol{V} \tag{11-1}$$

式中，$\boldsymbol{I}=\begin{bmatrix}\boldsymbol{I}_n \\ \boldsymbol{0}\end{bmatrix}$。

现在将矩阵 $\boldsymbol{Y}'$ 及 $\boldsymbol{V}$ 作适当的分割，可得：

$$\begin{bmatrix}\boldsymbol{I}_n\\ \boldsymbol{0}\end{bmatrix}=\begin{bmatrix}\boldsymbol{Y}_{nn} & \boldsymbol{Y}_{nr}\\ \boldsymbol{Y}_{rn} & \boldsymbol{Y}_{rr}\end{bmatrix}\begin{bmatrix}\boldsymbol{V}_n\\ \boldsymbol{V}_r\end{bmatrix} \tag{11-2}$$

式中，下标 n 表示发电机节点，下标 r 表示其余节点。

展开上式，可得：

$$\begin{cases}\boldsymbol{I}_n=\boldsymbol{Y}_{nn}\boldsymbol{V}_n+\boldsymbol{Y}_{nr}\boldsymbol{V}_r\\ \boldsymbol{0}=\boldsymbol{Y}_{rn}\boldsymbol{V}_n+\boldsymbol{Y}_{rr}\boldsymbol{V}_r\end{cases} \tag{11-3}$$

求解上式，消去其余节点电压 $\boldsymbol{V}_r$，得：

$$\boldsymbol{I}_n=(\boldsymbol{Y}_{nn}-\boldsymbol{Y}_{nr}\boldsymbol{Y}_{rr}^{-1}\boldsymbol{Y}_{rn})\boldsymbol{V}_n \tag{11-4}$$

令 $\bar{\boldsymbol{Y}}=\boldsymbol{Y}_{nn}-\boldsymbol{Y}_{nr}\boldsymbol{Y}_{rr}^{-1}\boldsymbol{Y}_{rn}$，则得到仅包含发电机节点的系统收缩导纳矩阵，记 $\bar{\boldsymbol{Y}}=\boldsymbol{G}+\mathrm{j}\boldsymbol{B}$。

下面介绍直接得到灵敏度系数的线性化模型建立方法。假设系统已经经过上述收缩处理，整个系统仅保留 n 个发电机节点。对于该 n 节点系统可对应列出 n 个节点极坐标表示的潮流方程，记为 $\boldsymbol{0}=\boldsymbol{g}(\boldsymbol{y},\boldsymbol{\lambda})$，式中受控量为 $\boldsymbol{y}=[\boldsymbol{V}^{\mathrm{T}}\quad \boldsymbol{\theta}^{\mathrm{T}}]^{\mathrm{T}}$；控制量为 $\boldsymbol{\lambda}=[\boldsymbol{P}^{\mathrm{T}}\quad \boldsymbol{Q}^{\mathrm{T}}]^{\mathrm{T}}$。但实际最优潮流计算时，总需要设定某一节点（一般为平衡节点）电压相角为零以确定其余节点电压相角，也就是说，按上述公式选择时，$\boldsymbol{y}$ 为 $2n$ 维列向量但 $\theta_1=0$，这将导致 $\boldsymbol{g}_{\boldsymbol{y}}(\boldsymbol{y}_0,\boldsymbol{\lambda})$ 不可逆。

修改控制量和受控量的选择，记 $\boldsymbol{y}=[V_1,V_2,\cdots,V_n,Q_1,Q_2,\cdots,Q_n]^{\mathrm{T}}$，$\boldsymbol{\lambda}=[P_1,P_2,\cdots,P_n,Q_2,Q_3,\cdots,Q_n]^{\mathrm{T}}$，即在原相角列向量 $\boldsymbol{\theta}$ 中减去平衡节点相角 θ_1，然后补充平衡节点无功出力 Q_1 作为受控量，这样 $\boldsymbol{g}_{\boldsymbol{y}}(\boldsymbol{y}_0,\boldsymbol{\lambda})$ 则可逆。对于节点 i 的网络方程（负荷已合并入收缩导纳阵）在初始时刻 t_0 进行线性化，省略下标 t_0，可得：

$$\begin{aligned}\Delta g_{Pi}&=\Delta V_i\sum_{j=1}^{n}V_j(G_{ij}\cos\theta_{ij}+B_{ij}\sin\theta_{ij})+V_i\sum_{j=1}^{n}\Delta V_j(G_{ij}\cos\theta_{ij}+B_{ij}\sin\theta_{ij})\\&\quad+V_i\sum_{j=1}^{n}V_j(-G_{ij}\sin\theta_{ij}+B_{ij}\cos\theta_{ij})\Delta\theta_{ij}-\Delta P_{gi}=0\end{aligned} \tag{11-5}$$

$$\begin{aligned}\Delta g_{Qi}&=\Delta V_i\sum_{j=1}^{n}V_j(G_{ij}\sin\theta_{ij}-B_{ij}\cos\theta_{ij})+V_i\sum_{j=1}^{n}\Delta V_j(G_{ij}\sin\theta_{ij}-B_{ij}\cos\theta_{ij})\\&\quad+V_i\sum_{j=1}^{n}V_j(G_{ij}\cos\theta_{ij}+B_{ij}\sin\theta_{ij})\Delta\theta_{ij}-\Delta Q_{gi}=0\end{aligned} \tag{11-6}$$

式中，与代数量增量相乘的表达式即为该代数量在 $\boldsymbol{y}_{\lambda0}$ 阵对应灵敏度值，以下相同。修改 $\boldsymbol{y}_{\lambda0}$ 阵，以平衡节点相角 θ_1 对于控制量的灵敏度（为零向量）代替 Q_1 所对应的行。至此，电压幅值和相角 $\boldsymbol{y}$ 对于控制量 $\boldsymbol{\lambda}$ 的灵敏度初值 $\boldsymbol{y}_{\lambda0}$ 计算便推导完成。

下面根据机网接口方程推导其余代数量及状态量的灵敏度初值。

根据网络节点电压方程在初始时刻 t_0 进行线性化，并省略下标 t_0，可得：

$$\begin{cases}\Delta U_{xi} = \cos\theta_i \Delta V_i - V_i \sin\theta_i \Delta\theta_i \\ \Delta U_{yi} = \sin\theta_i \Delta V_i + V_i \cos\theta_i \Delta\theta_i \\ \Delta \boldsymbol{I}_x = \boldsymbol{G}\Delta \boldsymbol{U}_x - \boldsymbol{B}\Delta \boldsymbol{U}_y \\ \Delta \boldsymbol{I}_y = \boldsymbol{G}\Delta \boldsymbol{U}_y + \boldsymbol{B}\Delta \boldsymbol{U}_x \end{cases} \tag{11-7}$$

计算功角对于控制量的灵敏度初值，展开式(10-13)并写成矩阵计算形式，可得：

$$\begin{cases} E_{qdi}\cos\delta_i = U_{xi} + r_{ai} I_{xi} - x_{qi} I_{yi} \\ E_{qdi}\sin\delta_i = U_{yi} + r_{ai} I_{yi} + x_{qi} I_{xi} \end{cases} \tag{11-8}$$

将式(11-8)在初始时刻 t_0 进行线性化，并省略下标 t_0，得到功角对于控制量的灵敏度初值 $\left.\dfrac{\Delta\delta_i}{\Delta\boldsymbol{\lambda}}\right|_{t_0}$ 计算式：

$$\left.\begin{bmatrix}\Delta E_{qdi} \\ \Delta\delta_i\end{bmatrix}\right|_{t_0} = \begin{bmatrix}\cos\delta_i & -E_{qdi}\sin\delta_i \\ \sin\delta_i & E_{qdi}\cos\delta_i\end{bmatrix}^{-1} \begin{bmatrix}\Delta U_{xi} + r_{ai}\Delta I_{xi} - x_{qi}\Delta I_{yi} \\ \Delta U_{yi} + r_{ai}\Delta I_{yi} + x_{qi}\Delta I_{xi}\end{bmatrix} \tag{11-9}$$

利用功角对于控制量的灵敏度初值 $\left.\dfrac{\Delta\delta_i}{\Delta\boldsymbol{\lambda}}\right|_{t_0}$，对机网接口坐标变换方程式(10-28)～式(10-31)进行线性化，可得：

$$\begin{cases}\Delta u_{di} = (\cos\delta_i \cdot U_{xi} + \sin\delta_i \cdot U_{yi})\Delta\delta_i + \sin\delta_i \Delta U_{xi} - \cos\delta_i \Delta U_{yi} \\ \Delta u_{qi} = (\cos\delta_i \cdot U_{yi} - \sin\delta_i \cdot U_{xi})\Delta\delta_i + \cos\delta_i \Delta U_{xi} + \sin\delta_i \Delta U_{yi} \\ \Delta i_{di} = (\cos\delta_i \cdot I_{xi} + \sin\delta_i \cdot I_{yi})\Delta\delta_i + \sin\delta_i \Delta I_{xi} - \cos\delta_i \Delta I_{yi} \\ \Delta i_{qi} = (\cos\delta_i \cdot I_{yi} - \sin\delta_i \cdot I_{xi})\Delta\delta_i + \cos\delta_i \Delta I_{xi} + \sin\delta_i \Delta I_{yi}\end{cases} \tag{11-10}$$

对 dq 坐标下发电机机端电压方程式(10-11)～式(10-12)进行线性化并将式(11-10)代入其中，可得到 d 轴暂态电势 E_d'、q 轴暂态电势 E_q' 对于控制量的灵敏度初值 $\left.\dfrac{\Delta E_{di}'}{\Delta\boldsymbol{\lambda}}\right|_{t_0}$ 和 $\left.\dfrac{\Delta E_{qi}'}{\Delta\boldsymbol{\lambda}}\right|_{t_0}$ 计算式：

$$\begin{cases}\Delta E_{di}' = [(U_{xi} - x_{qi}' I_{yi} + r_{ai} I_{xi})\cos\delta_i - (U_{yi} + x_{qi}' I_{xi} + r_{ai} I_{yi})\cos\delta_i]\Delta\delta_i \\ \qquad + \sin\delta_i \Delta U_{xi} - \cos\delta_i \Delta U_{yi} + (r_{ai}\sin\delta_i - x_{qi}'\cos\delta_i)\Delta I_{xi} \\ \qquad - (x_{qi}'\sin\delta_i + r_{ai}\cos\delta_i)\Delta I_{yi} \\ \Delta E_{qi}' = -[(U_{xi} - x_{di}' I_{yi} + r_{ai} I_{xi})\sin\delta_i - (U_{yi} + x_{di}' I_{xi} + r_{ai} I_{yi})\cos\delta_i]\Delta\delta_i \\ \qquad + \cos\delta_i \Delta U_{xi} + \sin\delta_i \Delta U_{yi} + (r_{ai}\cos\delta_i + x_{di}'\sin\delta_i)\Delta I_{xi} \\ \qquad - (x_{di}'\cos\delta_i - r_{ai}\sin\delta_i)\Delta I_{yi}\end{cases} \tag{11-11}$$

由于发电机在故障前处于额定运行状态，角速度为额定值，即其标幺值并不由于初始条件的变化而改变，$\omega=1$(p. u.)。即：

$$\left.\frac{\Delta\boldsymbol{\omega}}{\Delta\boldsymbol{\lambda}}\right|_{t_0} = \boldsymbol{0}_{n\times(2n-1)} \tag{11-12}$$

至此,与发电机相关的状态量初值都已经求解完成。

根据励磁系统初值计算式(10-17),进行线性化可得:

$$\Delta V_{Ri} = (K_{Ei} + S_{Ei})\Delta E_{fi} \tag{11-13}$$

$$\Delta V_{\mathrm{REF},i} = \Delta U_i \tag{11-14}$$

$$\Delta U_i = \frac{1}{\sqrt{u_{di}^2 + u_{qi}^2}}(u_{di}\Delta u_{di} + u_{qi}\Delta u_{qi}) \tag{11-15}$$

$$\Delta \mathrm{err}_i = 0 \tag{11-16}$$

$$\Delta U_{\mathrm{FB},i} = 0 \tag{11-17}$$

$$\Delta E_{fi} = \Delta u_{qi} + x_{di}\Delta i_{di} \tag{11-18}$$

至此,轨迹灵敏度计算所需要的所有状态量与代数量对于控制量的初值计算公式全部推导全部完成。

11.1.2　时域计算

轨迹灵敏度方程事实上是动态系统轨迹对于所选控制量在时域的响应方程,轨迹灵敏度系统本身可视为一个依赖于原轨迹系统的动态系统,其构成是伴随原轨迹系统的一组微分-代数方程组。这种对原轨迹系统的依赖性体现在轨迹灵敏度方程的所有系数都为时变系数,且与原轨迹系统对应相关。由于轨迹灵敏度系统存在对原轨迹系统的这种依赖性,轨迹灵敏度方程的求解必须在轨迹方程求解完成的前提下才可进行。求解轨迹灵敏度系统包含的微分-代数方程组可采用各种成熟的数值积分方法,其中,若采用隐式梯形法和牛顿-拉夫逊法求解轨迹系统和轨迹灵敏度系统,则轨迹系统的雅可比矩阵恰好是轨迹灵敏度系统的系数矩阵,利用这一特点可减少每一时步下重新求解轨迹灵敏度系统系数矩阵的计算,较大程度上减轻计算负担。以下采用数值积分方法求解该微分-代数方程组。

对发电机 i 微分方程式(10-7)~式(10-10)进行线性化,可得:

$$T'_{d0i}\frac{\mathrm{d}\Delta E'_{qi}}{\mathrm{d}t} = \Delta E_{fi} - \Delta E'_{qi} - (x_{di} - x'_{di})\Delta i_{di} \tag{11-19}$$

$$T'_{q0i}\frac{\mathrm{d}\Delta E'_{di}}{\mathrm{d}t} = -\Delta E'_{di} + (x_{qi} - x'_{qi})\Delta i_{qi} \tag{11-20}$$

$$\begin{aligned} M_i\frac{\mathrm{d}\Delta\omega_i}{\mathrm{d}t} = \Delta P_{mi} - [&(\Delta u_{qi} i_{qi} + u_{qi}\Delta i_{qi} + \Delta u_{di} i_{di} + u_{di}\Delta i_{di}) \\ &+ 2r_{ai}(\Delta i_{qi} + \Delta i_{di})] - D_i\Delta\omega_i \end{aligned} \tag{11-21}$$

$$\frac{\mathrm{d}\Delta\delta_i}{\mathrm{d}t} = \Delta\omega_i \tag{11-22}$$

式(11-19)~式(11-22)为发电机轨迹灵敏度微分方程组,该微分方程组与发电机摇摆方程组本质上的不同在于,该组方程含时变系数 u_{di}、u_{qi}、i_{di} 和 i_{qi}。所以当采用时域积分方法求解上述方程组时，必须事先得到方程时变系数在该对应时刻的具体数值。

根据图 10-2 IEEE Ⅰ型直流励磁系统框图，忽略 T_R、T_B 和 T_C，对 i 号励磁系统微分方程式(10-18)～式(10-23)进行线性化，可得：

$$T_{Ai}\frac{\mathrm{d}\Delta V_{Ri}}{\mathrm{d}t}=-\Delta V_{Ri}+K_{Ai}(\Delta V_{\mathrm{REF},i}-\Delta V_i-\Delta V_{\mathrm{FB},i}) \tag{11-23}$$

$$T_{Ei}\frac{\mathrm{d}\Delta E_{fi}}{\mathrm{d}t}=-(K_{Ei}+S_{Ei})\Delta E_{fi}+\Delta V_{Ri} \tag{11-24}$$

$$T_{Fi}\frac{\mathrm{d}\Delta V_{\mathrm{FB},i}}{\mathrm{d}t}=-\Delta V_{\mathrm{FB},i}+\frac{K_{Fi}}{T_{Ei}}[\Delta V_{Ri}-(K_{Ei}+S_{Ei})\Delta E_{fi}] \tag{11-25}$$

式(11-23)～式(11-25)为励磁系统轨迹灵敏度微分方程组。至此，系统所有微分方程都已转化成为轨迹灵敏度方程组，结合网络潮流方程和机网接口方程的微分形式则可形成描述轨迹灵敏度系统的微分-代数方程组。下面介绍采用迭代解法的求解方法。

对式(10-34)进行线性化，可得：

$$\begin{bmatrix}\Delta I_x\\ \Delta I_y\end{bmatrix}=\begin{bmatrix}\Delta I_{x1}\\ \Delta I_{y1}\end{bmatrix}-\begin{bmatrix}G & -B\\ B & G\end{bmatrix}\begin{bmatrix}\Delta U_x\\ \Delta U_y\end{bmatrix}+\begin{bmatrix}\Delta I_{x2}\\ \Delta I_{y2}\end{bmatrix} \tag{11-26}$$

式中，

$$G=\frac{r_a}{r_a^2+X'_dX'_q},\quad B=-\frac{x'_d+x'_q}{2(r_a^2+x'_dx'_q)}$$

$$\Delta E'_x=\Delta E'_d\sin\delta+\Delta E'_q\cos\delta+(E'_d\cos\delta-E'_q\sin\delta)\Delta\delta$$

$$\Delta E'_y=-\Delta E'_d\cos\delta+\Delta E'_q\sin\delta+(E'_d\sin\delta+E'_q\cos\delta)\Delta\delta$$

$$\begin{bmatrix}\Delta I_{x1}\\ \Delta I_{y1}\end{bmatrix}=\begin{bmatrix}G & -B\\ B & G\end{bmatrix}\begin{bmatrix}\Delta E'_x\\ \Delta E'_y\end{bmatrix}$$

$$\begin{aligned}\begin{bmatrix}\Delta I_{x2}\\ \Delta I_{y2}\end{bmatrix}=\frac{x'_d-x'_q}{2(r_a^2+x'_dx'_q)}&\left(\begin{bmatrix}2\cos2\delta & -2\sin2\delta\\ 2\sin2\delta & 2\cos2\delta\end{bmatrix}\begin{bmatrix}E'_x-U_x\\ E'_y-U_y\end{bmatrix}\Delta\delta\right.\\ &\left.+\begin{bmatrix}\sin2\delta & \cos2\delta\\ -\cos2\delta & \sin2\delta\end{bmatrix}\begin{bmatrix}\Delta E'_x-\Delta U_x\\ \Delta E'_y-\Delta U_y\end{bmatrix}\right)\end{aligned}$$

以复数形式表示，令 $\Delta\dot{\boldsymbol{I}}_1=\Delta I_{x1}+\mathrm{j}\Delta I_{y1}$，$\Delta\dot{\boldsymbol{I}}_2=\Delta I_{x2}+\mathrm{j}\Delta I_{y2}$，将 $\Delta\dot{\boldsymbol{I}}_1$ 和 $\Delta\dot{\boldsymbol{I}}_2$ 分别作为独立电流源，可以得到形如图 10-6 所示发电机等值电路。由于非定常电流源 $\Delta\dot{I}_2$ 中含电压微分分量，所以必须通过迭代求解该方程。利用上述轨迹灵敏度系统微分方程和机网接口方程，基于改进欧拉法和迭代解法的时域计算方法，则可求解出各时刻对应的轨迹灵敏度数值。图 11-1 给出了基于改进欧拉法和迭代法的轨迹灵敏度时域计算的主要流程。

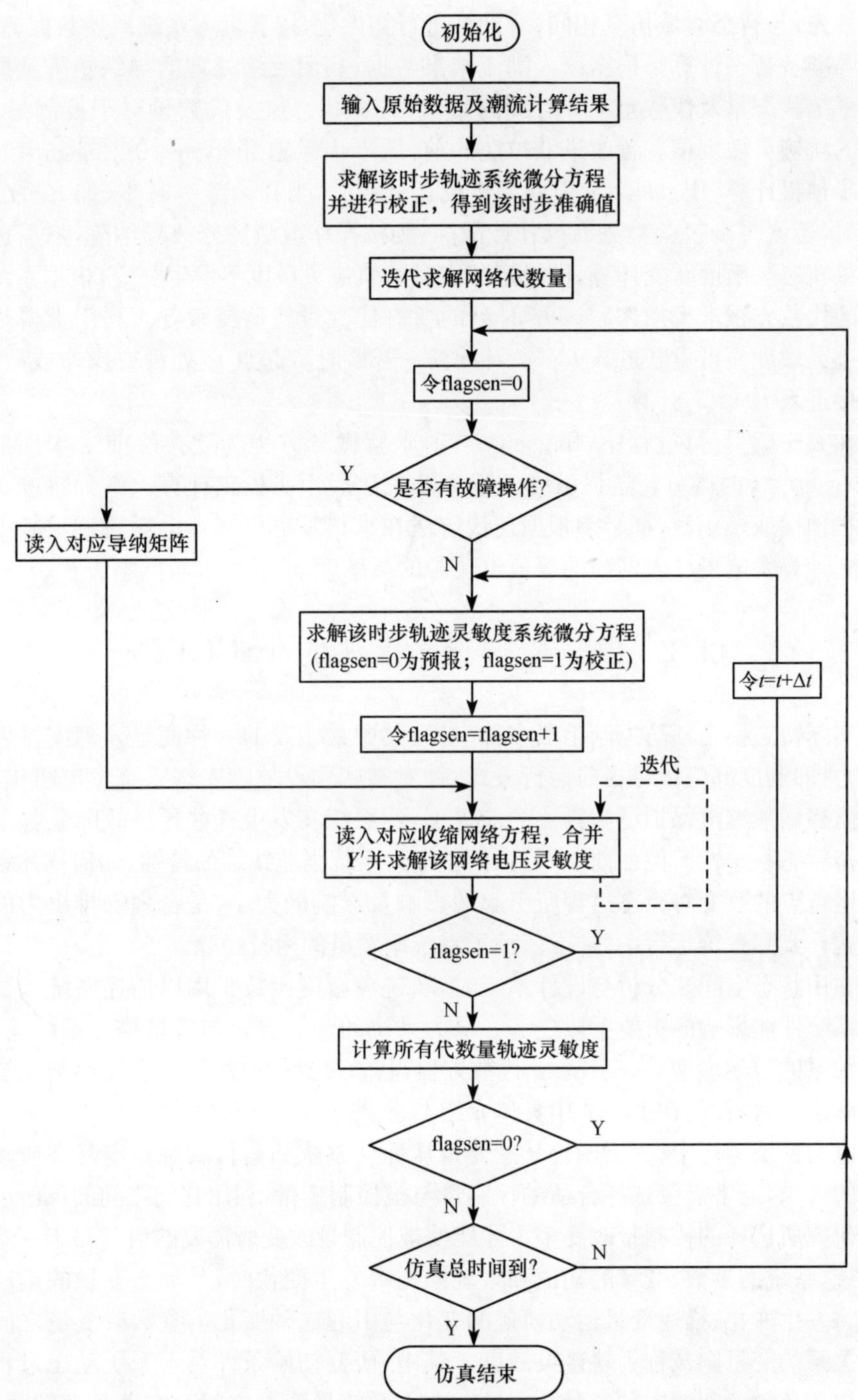

图 11-1　采用改进欧拉法和迭代法的轨迹灵敏度时域计算流程图

首先，与暂态时域仿真相同，对计算进行初始化，接着读入系统原始数据、潮流数据等准备暂态计算。根据读入潮流结果数据，利用收缩处理的导纳矩阵及同步电机系统状态量及代数量在 t 时刻的数值，计算状态量及代数量对于控制量在 t 时刻的轨迹灵敏度值。置改进欧拉法的前、后半步标志 flagsen=0(flagsen=0 为前半步预报计算；flagsen=1 为后半步校正计算)。当开始某一时步(如 $t_n \sim t_{n+1}$)计算时，若该时步起点 t_n 处有操作或故障，则按操作或故障修改导纳阵，然后进行代数量轨迹灵敏度跃变计算，即设定状态量的轨迹灵敏度不发生突变，根据系统操作后的代数方程求解操作后该 t_n 时刻的所有代数量轨迹灵敏度。利用求得代数量轨迹灵敏度便可重新进入 $t_n^+ \sim t_{n+1}$ 计算。若该时步起点 t_n 处没有操作或故障，则直接进入 $t_n \sim t_{n+1}$ 计算。

在 $t_n \sim t_{n+1}$ 计算过程中，flagsen=0 时求解微分方程为欧拉法前半步预报计算；flagsen=1 时微分轨迹灵敏度方程为欧拉法后半步校正计算。微分轨迹灵敏度方程预报或校正后，都必须根据迭代解法在求得发电机节点电压轨迹灵敏度的基础上计算发电机注入网络的等值电流源的灵敏度，然后再求解网络方程。

11.2 基于轨迹灵敏度法的 TSCOPF

实际暂态稳定预防控制手段多种多样，其中最主要的一种便是合理安排发电机出力，即调度部门针对当前运行方式，针对某些预设故障安排系统发电机出力，在不需要增加继电保护设施投资的前提下，使系统在发生这些预设故障条件下仍能保持暂态稳定性。但如前文所述，由于电力系统强非线性的特性，如何描述系统初始运行点的改变对暂态过程所引起的影响及影响的大小，是合理安排出力的一大难题。实际系统运行中，常常依赖于系统调度员的运行经验。

在用状态空间法分析与设计系统时，轨迹灵敏度函数是用以描述系统参数变异对系统性能影响的重要手段之一。电力系统的动态方程与直接描写系统输入-输出关系的数学模型是一组微分-代数方程，其轨迹灵敏度的计算方法也与系统的时域解法一致，并已在上一节中具体介绍。

电力系统运行中，为了调整某些变量从而使系统的运行满足一定静态或动态安全的要求，通常需要选择合适的控制量与被控制变量，利用它们之间的灵敏度系数来研究所选择的控制量改变多少才能使被控制量改变所需要的值。对于一个动态系统，系统的参数、变量的初值和系统结构等发生变化时，其动态变量的运动轨迹也将发生变化，描述变量运动轨迹的变化与引起这种变化的参数改变量之间的线性关系的变量则被称为轨迹灵敏度。其中，研究初始条件对于系统动态过程的影响属于灵敏度问题中的 β 参数问题。电力系统各变量之间存在着复杂的联系，当初始参数发生变化时，其暂态过程也相应发生变化。利用描述初始参数与状态变量间紧密关系的轨迹灵敏度，将复杂系统进行线性近似，然后将这种近似关系作为暂态稳定控制的依据，对系统初始条件实施适当的调整和控制，这样，原本在预设故障条件下出现暂态失稳的电力系统便可能在该故障条件下重新获得暂态稳定性。这就是基于轨迹灵敏度法的暂态稳定控制方法的本质。

在传统的暂态稳定控制方法中，一般认为发电机的有功功率输入是影响其功角稳定的最主要原因，通过调节发电机的有功出力进行发电机有功功率再分配，减少领先机群的有功输出，相应减少部分由落后机群承担，可使暂态不稳定系统重新获得暂态稳定性。所以，传统基于轨迹灵敏度法的暂态稳定控制方法集中于求取发电机摇摆曲线对于有功出力的轨迹灵敏度，并利用其对暂态稳定问题进行线性近似，从而得到最领先机和最落后机之间转移功率的大小[2~5]。事实证明，只考虑发电机有功出力对功角稳定的影响可以满足暂态稳定要求，但综合经济性要求而言，调整发电机有功出力并不是首选措施。发电机的发电费用与其有功出力息息相关，调整发电机有功出力使系统满足暂态稳定要求必将导致发电机费用上升。而实际上，系统运行点无功出力的变化同样有可能影响功角稳定。当发电机无功出力发生改变，系统节点电压幅值与相角都将发生变化，这种变化将影响系统微分-代数方程组，进而影响系统暂态过程。由于系统潮流方程的约束，系统有功出力和无功出力的任何调整都相互影响，并不存在单独调整其中一种出力的方法。综上所述，暂态稳定约束最优潮流的轨迹灵敏度法必须求取发电机摇摆曲线对于发电机有功和无功出力的轨迹灵敏度，进而利用其实现对系统出力的合理安排，使系统在预设故障集条件下重新获得暂态稳定性。下面介绍暂态稳定约束最优潮流的轨迹灵敏度法的具体实现方法及模型。

11.2.1　TSCOPF 二次规划模型及求解

非线性暂态稳定约束最优潮流模型可描述为如下形式：

$$\min F(\boldsymbol{\lambda}) = \sum_{i=1}^{n} a_i + b_i\lambda_{gi} + c_i\lambda_{gi}^2 \tag{11-27}$$

$$\text{s.t.}\begin{cases}\mathbf{0} = \boldsymbol{g}(\boldsymbol{y}_0, \boldsymbol{\lambda}) \\ \boldsymbol{y}_{\min} \leqslant \boldsymbol{y}_0 \leqslant \boldsymbol{y}_{\max} \\ \boldsymbol{\lambda}_{\min} \leqslant \boldsymbol{\lambda} \leqslant \boldsymbol{\lambda}_{\max}\end{cases} \tag{11-28}$$

$$\boldsymbol{\Phi}(\boldsymbol{x}(t_f, \boldsymbol{\lambda})) \leqslant \mathbf{0} \tag{11-29}$$

式中，a_i、b_i、c_i 分别为第 i 台发电机的费用系数；n 为可调发电机数；t_f 为失稳时刻；式(11-28)部分为静态约束。因为该最优结果是用于初始运行状态优化调整，所以 $\mathbf{0}=\boldsymbol{g}(\boldsymbol{y}_0, \boldsymbol{\lambda})$ 为故障前网络方程。$\boldsymbol{y}_{\min} \leqslant \boldsymbol{y}_0 \leqslant \boldsymbol{y}_{\max}$ 为初始运行状态下，所有代数量的上下限约束，其中可以包括如电压相角幅值、相角等的不等式约束。$\boldsymbol{\lambda}_{\min} \leqslant \boldsymbol{\lambda} \leqslant \boldsymbol{\lambda}_{\max}$，在本章中为发电机有功和无功出力的上下限约束。

式(11-29)为暂态约束条件,该约束条件将使电力系统在仿真时间内不出现暂态失稳现象。暂态稳定约束条件有多种表达形式,可以为任意两台发电机功角差约束、任意发电机功角与惯性中心角度差约束等。实际仿真证明,采用绝对坐标系,可能出现判断失误的情况。在绝对坐标系下,计算任意两部发电机功角差实质为计算某时刻某台发电机与该时刻的最落后机之间相对功角,若其超过预设门槛值 ε,则该台发电机被判为最领先失稳机,系统发生暂态失稳现象。但实际上,继续仿真将发现其相对转角仍可能减小,真正失稳的为另一台机。因此,这种采用绝对坐标系计算任意两台发电机功角差的方法并不能找出真正对应的系统失稳时刻 t_f,对优化精度存在一定的影响。且在大型电力系统中,由于发电机数目增加而直接导致这种两两比较的约束条件剧增,不利于最优问题求解。采用任意发电机功角与惯性中心角度差约束的方法即可避免这一情况。系统惯性中心角度 $\delta_{\text{COI}}(t,\boldsymbol{\lambda})$为:

$$\delta_{\text{COI}}(t,\boldsymbol{\lambda}) = \frac{\sum_{i=1}^{n} M_i \delta_i(t,\boldsymbol{\lambda})}{\sum_{i=1}^{n} M_i} \tag{11-30}$$

式中,$\delta_{\text{COI}}(t,\boldsymbol{\lambda})$为 t 时刻对应系统惯性中心的等值功角,即各发电机功角的加权平均值;M_i 为第 i 台发电机的转子运动惯性时间常数。

利用计算所得的轨迹灵敏度,可以对电力系统的暂态过程进行合理的调整,其在计算结果上的表现为,对仿真时间内整段轨迹进行调整。这样,如果对于设定时步为 0.01s,仿真时间为 3s 的 3 机电力系统,严格地应用轨迹灵敏度进行暂态稳定控制,式(11-29)可分解为具体的 900 个约束方程。这种约束方程的个数将随着系统发电机数的增加成倍数增长,这对于大型电力系统暂态稳定求解而言无疑是灾难性的。并且,由于只采用一阶轨迹灵敏度进行优化计算,第 $k+1$ 次仿真得到的轨迹实际调整与第 k 次利用轨迹灵敏度的轨迹预测调整必然存在一定的误差,约束方程的大量增加容易使解的范围严重缩小,出现模型无解。所以,根据仿真实践结果,提出只针对失稳时刻 t_f 进行暂稳控制的方法,即在式(11-29)中只考虑系统轨迹在失稳时刻 t_f 所对应点的暂态稳定性调整,并认为该时刻系统的稳定性得到恢复后,该时刻及之前对应的暂态稳定性都得到恢复,系统在 $0\sim t_f$ 时段内重新获得暂态稳定性。这样,无论电力系统有多么庞大,式(11-29)所包含的方程个数总是和系统发电机数相等,极大程度上简化了优化计算负担。

根据上述推导,式(11-29)表示的暂态稳定约束如下:

$$\boldsymbol{\Phi}(\boldsymbol{x}(t_f,\boldsymbol{\lambda})) = [\boldsymbol{\delta}(t_f,\boldsymbol{\lambda}) - \delta_{\text{COI}}(t_f,\boldsymbol{\lambda})]^2 - \varepsilon^2 \tag{11-31}$$

式中,$\varepsilon\in[120°,180°]$,失稳时刻 t_f 对应惯性中心角度 $\delta_{\text{COI}}(t_f,\boldsymbol{\lambda})$为:

$$\delta_{\mathrm{COI}}(t_f,\boldsymbol{\lambda}) = \frac{\sum_{i=1}^{n} M_i \delta_i(t_f,\boldsymbol{\lambda})}{\sum_{i=1}^{n} M_i} \tag{11-32}$$

据轨迹灵敏度定义，可将式(11-27)～式(11-29)所述的非线性 TSCOPF 问题线性化，则原非线性 TSCOPF 模型可以由下面降阶二次规划模型迭代近似求解：

$$\min F(\boldsymbol{\lambda}^k + \Delta\boldsymbol{\lambda}^{k+1}) = \sum_{i=1}^{n} a_i + b_i(\lambda_{gi}^k + \Delta\lambda_{gi}^{k+1}) + c_i(\lambda_{gi}^k + \Delta\lambda_{gi}^{k+1})^2 \tag{11-33}$$

$$\text{s. t.} \begin{cases} \boldsymbol{y}_{\min} \leqslant \boldsymbol{y}(t_0,\boldsymbol{\lambda}^k) + \boldsymbol{y}_\lambda(t_0,\boldsymbol{\lambda}^k)\Delta\boldsymbol{\lambda}^{k+1} \leqslant \boldsymbol{y}_{\max} \\ \boldsymbol{\lambda}_{\min} \leqslant \boldsymbol{\lambda}^k + \Delta\boldsymbol{\lambda}^{k+1} \leqslant \boldsymbol{\lambda}_{\max} \end{cases} \tag{11-34}$$

$$\boldsymbol{\Phi}^k(\boldsymbol{x}(t_f,\boldsymbol{\lambda}^k)) + \Delta\boldsymbol{\Phi}^{k+1} \leqslant \boldsymbol{0} \tag{11-35}$$

式中，k 表示迭代次数；$\boldsymbol{y}_\lambda(t_0,\boldsymbol{\lambda}^k)$ 为第 k 次迭代后代数量在 t_0 时刻的灵敏度。

根据灵敏度理论，第 $k+1$ 次迭代后代数变量在零时刻的值为：

$$\boldsymbol{y}(t_0,\boldsymbol{\lambda}^{k+1}) = \boldsymbol{y}(t_0,\boldsymbol{\lambda}^k) + \boldsymbol{y}_\lambda(t_0,\boldsymbol{\lambda}^k)\Delta\boldsymbol{\lambda}^{k+1} \tag{11-36}$$

由式(11-34)可知，在该优化模型下，第 $k+1$ 次迭代后代数量在零时刻的值将受到其运行状态上下限的约束，从而使优化结果合乎该运行状态的不等式约束。

$\boldsymbol{\Phi}^k(\boldsymbol{x}(t_f,\boldsymbol{\lambda}^k)) + \Delta\boldsymbol{\Phi}^{k+1}$ 为线性化后的暂态稳定约束，$\boldsymbol{\Phi}^k(\boldsymbol{x}(t_f,\boldsymbol{\lambda}^k))$ 和 $\Delta\boldsymbol{\Phi}^{k+1}$ 表示为：

$$\begin{cases} \boldsymbol{\Phi}(\boldsymbol{x}(t_f,\lambda^k)) = [\boldsymbol{\delta}(t_f,\boldsymbol{\lambda}^k) - \delta_{\mathrm{COI}}(t_f,\boldsymbol{\lambda}^k)]^2 - \varepsilon^2 \\ \Delta\boldsymbol{\Phi}^{k+1} = 2\{[\boldsymbol{\delta}(t_f,\boldsymbol{\lambda}^k) - \delta_{\mathrm{COI}}(t_f,\boldsymbol{\lambda}^k)][\Delta\delta(t_f,\boldsymbol{\lambda}^k) - \Delta\delta_{\mathrm{COI}}(t_f,\boldsymbol{\lambda}^k)]\} \end{cases} \tag{11-37}$$

$$\begin{cases} \Delta\boldsymbol{\delta}(t_f,\boldsymbol{\lambda}^k) = \delta_\lambda(t_f,\boldsymbol{\lambda}^k)\Delta\boldsymbol{\lambda}^{k+1} \\ \Delta\delta_{\mathrm{COI}}(t_f,\boldsymbol{\lambda}^k) = \sum_{i=1}^{n} M_i \Delta\delta_i(t_f,\boldsymbol{\lambda}^k) \Big/ \sum_{i=1}^{n} M_i \end{cases}$$

式中，$\Delta\delta_{\mathrm{COI}}(t_f,\boldsymbol{\lambda}^k)$ 为系统失稳时刻的惯性中心角增量；$\boldsymbol{\delta}(t_f,\boldsymbol{\lambda}^k)$ 为第 k 次迭代后失稳时刻对应发电机功角；$\boldsymbol{\delta}_\lambda(t_f,\boldsymbol{\lambda}^k)$ 为第 k 次迭代后失稳时刻发电机功角轨迹灵敏度；$\Delta\boldsymbol{\lambda}^{k+1}$ 为第 k 次迭代后有功和无功功率的变化量；$\boldsymbol{\Phi}^k(\boldsymbol{x}(t_f,\boldsymbol{\lambda}^k))$ 为第 k 次迭代失稳时刻对应暂态约束函数值；$\Delta\boldsymbol{\Phi}^{k+1}$ 为第 k 次迭代后暂态约束函数变化量；M_i 为 i 号发电机惯性时间常数。

由于用时域积分求解轨迹灵敏度的计算量远大于时域暂态稳定仿真的计算量，而且建立降阶二次规划最优潮流模型只需计算发电机转角在失稳时刻的轨迹灵敏度 $\boldsymbol{\delta}_\lambda(t_f,\boldsymbol{\lambda}^k)$ 和节点电压幅值在 t_0 时刻的轨迹灵敏度 $\boldsymbol{y}_\lambda(t_0,\boldsymbol{\lambda}^k)$，所以将时域暂态稳定仿真与轨迹灵敏度计算分开进行，即先判断系统稳定性，再利用暂态稳定过程产生的各个变量数值解进一步求解失稳点的发电机转角轨迹灵敏度，这样可以减少大量不必要的计算。TSCOPF 降阶二次规划模型迭代近似求解步骤如下：

① 初始化。清空工作空间，置循环次数 $k=0$ 等。

② 首先形成原始导纳矩阵，从预想故障集中选定故障，形成故障中和故障后的系统导纳矩阵。

③ 求解潮流子问题，采用 Matpower 3.0[7] 进行潮流计算，获得系统运行点；根据求解得到的系统运行状态，计算负荷的等效阻抗，并计入原始导纳矩阵及给定故障下的故障中和故障后的系统导纳矩阵中；形成收缩到发电机内节点的故障前、故障中和故障后导纳矩阵。

④ 根据第③步中求得的潮流解，按照 10.1 节中给出的不同发电机模型下系统各变量初值的计算公式求解暂态稳定仿真中所需要的系统状态量和代数量的初值；并令设置初始仿真时间 $t=0$。

⑤ 进行暂态稳定仿真，暂态稳定仿真程序结合 PST 1.2 完成[8]：联立发电机方程、励磁系统动态方程、接口方程、网络代数方程及第三步算得的变量初值计算 $t\sim t+\Delta t$ 时步内系统运动轨迹。在 COI 坐标下，判断各发电机的功角数值是否符合式(11-29)的暂态稳定要求，即发电机功角与惯性中心角度偏差超过门槛值时，认为系统失稳，则转入第⑥步计算；否则，认为系统保持暂态稳定，必须判断是否达到仿真结束时间，如仿真时间未到，则重复第④步计算，若仿真时间到，则结束暂态稳定部分计算，转入第⑧步判断。

⑥ 基于第⑤步中所存储的仿真结果，求解系统在仿真初始时刻至失稳时刻这一时间段内每时步的轨迹灵敏度。需要强调的是，在每时步的计算中轨迹灵敏度方程中的时变系数需利用该时步的暂态稳定仿真结果进行更新，所以每一时步的轨迹灵敏度计算都必须对应读入该时步暂态稳定仿真的状态量和代数量计算结果。

⑦ 根据初始时刻 t_0 对应轨迹灵敏度和代数量、失稳时刻 t_f 对应轨迹灵敏度和状态量，利用 Matlab 程序 fmincon 工具求解式(11-33)～式(11-35)所示降阶二次规划模型，得到发电机出力修正量。按潮流计算要求将发电机节点分为 PQ、PV 和平衡节点，对于 PQ 节点发电机则直接根据修正量调整其有功和无功出力，对于 PV 节点发电机则利用初始时刻代数量灵敏度，将发电机出力修正量转化为有功和电压幅值修正量调整其有功和电压幅值，对于平衡节点则利用初始时刻代数量灵敏度，将发电机出力修正量转化为电压幅值修正量调整其电压幅值。置迭代次数 $k=k+1$，并按修正后的潮流数据重新进行第③步计算。

⑧ 比较前后两次迭代所得系统发电总费用，判断两者之差是否符合收敛要求，当其差值 $\Delta F\leqslant\xi$ 时停止计算，否则转至第⑦步计算。

TSCOPF 降阶二次规划计算流程如图 11-2 所示。

11.2.2 多故障 TSCOPF 二次规划模型及求解

在最优潮流模型中计入多预想故障的暂态稳定约束后求解最优潮流解，即就

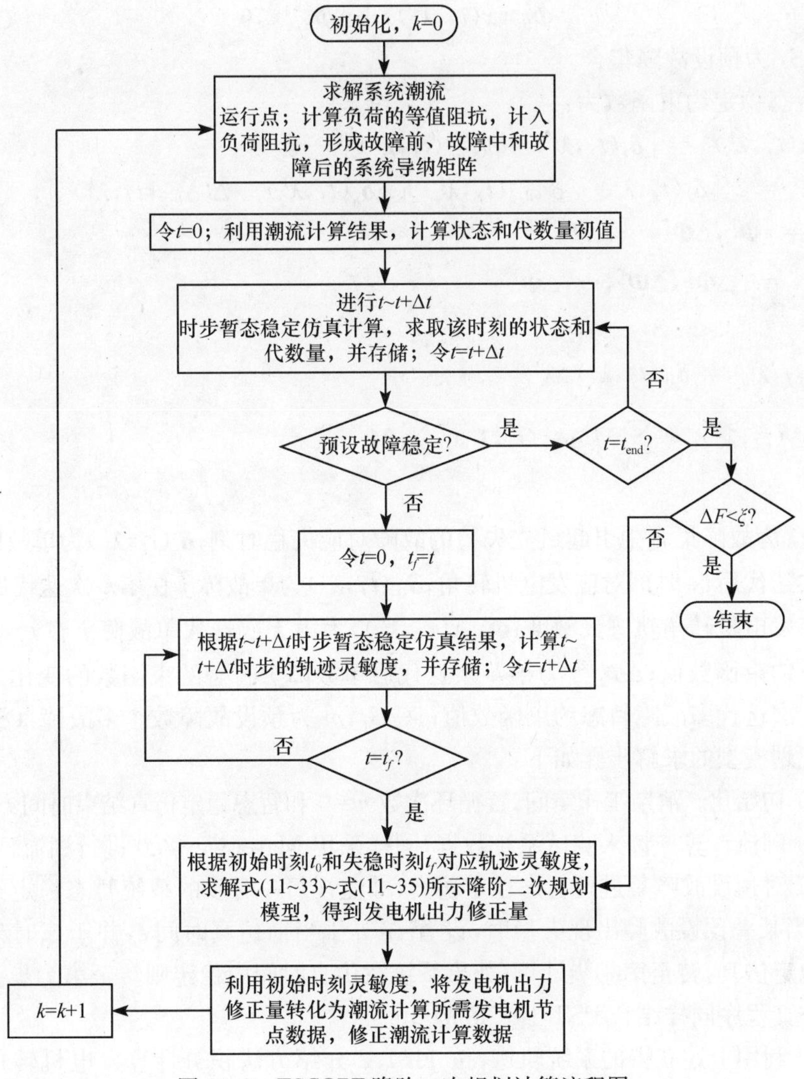

图 11-2　TSCOPF 降阶二次规划计算流程图

是在该 OPF 运行条件下，对于预想故障集中任意一个故障发生后，通过合理控制使系统均能保持暂态稳定，即能满足多故障的暂态稳定安全约束。利用 11.2.1 节所推导 TSCOPF 二次规划模型，可以得到以下多故障 TSCOPF 二次规划模型：

$$\min F(\boldsymbol{\lambda}^k+\Delta\boldsymbol{\lambda}^{k+1})=\sum_{i=1}^{n}a_i+b_i(\lambda_{gi}^k+\Delta\lambda_{gi}^{k+1})+c_i(\lambda_{gi}^k+\Delta\lambda_{gi}^{k+1})^2 \tag{11-38}$$

$$\text{s.t.}\begin{cases}\boldsymbol{y}_{\min}\leqslant\boldsymbol{y}(t_0,\boldsymbol{\lambda}^k)+\boldsymbol{y}_{\lambda}(t_0,\boldsymbol{\lambda}^k)\Delta\boldsymbol{\lambda}^{k+1}\leqslant\boldsymbol{y}_{\max}\\ \boldsymbol{\lambda}_{\min}\leqslant\boldsymbol{\lambda}^{k+1}\leqslant\boldsymbol{\lambda}_{\max}\end{cases} \tag{11-39}$$

$$\boldsymbol{\Phi}_{S_f}^k(\boldsymbol{x}(t_f,\boldsymbol{\lambda}^k))+\Delta\boldsymbol{\Phi}_{S_f}^{k+1}\leqslant\mathbf{0} \tag{11-40}$$

式中，S_f 为预设故障集合。

暂态稳定约束函数为：

$$\begin{cases}\boldsymbol{\Phi}_j^k(\boldsymbol{x}(t_f,\boldsymbol{\lambda}^k))=[\boldsymbol{\delta}_j(t_f,\boldsymbol{\lambda}^k)-\delta_{\mathrm{COI},j}(t_f,\boldsymbol{\lambda}^k)]^2-\varepsilon^2\\ \Delta\boldsymbol{\Phi}_j^{k+1}=2\{[\boldsymbol{\delta}_j(t_f,\boldsymbol{\lambda}^k)-\delta_{\mathrm{COI},j}(t_f,\boldsymbol{\lambda}^k)][\Delta\boldsymbol{\delta}_j(t_f,\boldsymbol{\lambda}^k)-\Delta\delta_{\mathrm{COI},j}(t_f,\boldsymbol{\lambda}^k)]\},\quad j\in S_f\\ \boldsymbol{\Phi}_{S_f}^k=[\boldsymbol{\Phi}_1^{\mathrm{T}},\Delta\boldsymbol{\Phi}_2^{T},\cdots,\Delta\boldsymbol{\Phi}_m^{\mathrm{T}}]^{\mathrm{T}}\\ \Delta\boldsymbol{\Phi}_{S_f}^{k+1}=[\Delta\boldsymbol{\Phi}_1^{\mathrm{T}},\Delta\boldsymbol{\Phi}_2^{\mathrm{T}},\cdots,\Delta\boldsymbol{\Phi}_m^{\mathrm{T}}]^{\mathrm{T}}\end{cases} \tag{11-41}$$

$$\begin{cases}\Delta\boldsymbol{\delta}_j(t_f,\boldsymbol{\lambda}^k)=\boldsymbol{\delta}_{\lambda j}(t_f,\boldsymbol{\lambda}^k)\Delta\boldsymbol{\lambda}^{k+1},\quad j\in S_f\\ \Delta\delta_{\mathrm{COI},j}(t_f,\boldsymbol{\lambda}^k)=\sum_{i=1}^{n}M_i\Delta\delta_{ji}(t_f,\boldsymbol{\lambda}^k)\Big/\sum_{i=1}^{n}M_i\end{cases}$$

式中，t_f 为故障集合中引起最先失稳的故障对应失稳时刻；$\boldsymbol{\delta}_j(t_f,\boldsymbol{\lambda}^k)$为单故障 j 在第 k 次迭代后 t_f 时刻对应发电机转角；$\boldsymbol{\delta}_{\lambda j}(t_f,\boldsymbol{\lambda}^k)$为单故障 j 在第 k 次迭代后 t_f 时刻对应发电机转角轨迹灵敏度；$\boldsymbol{\Phi}_j^k(\boldsymbol{x}(t_f,\boldsymbol{\lambda}^k))$为第 k 次迭代单故障 j 在 t_f 时刻对应暂态约束函数值；$\Delta\boldsymbol{\Phi}_j^{k+1}$ 为第 k 次迭代后单故障 j 暂态约束函数的变化量；$\boldsymbol{\Phi}_{S_f}^k$ 为第 k 次迭代多故障暂态约束函数值；$j\in S_f$；m 为预设故障数。多故障 TSCOPF 二次规划模型的求解步骤如下：

① 初始化。清空工作空间，置循环次数 $k=0$ 和暂态稳定仿真结束时间 t_{end}等。

② 潮流计算。读入测试系统数据，同样采用 Matpower 3.0 进行潮流计算。

③ 对预设故障集进行暂态稳定仿真，并监视每一时步的系统暂态稳定约束函数值，当某一预设故障出现失稳时，设置 t_f 等于当前仿真时间 t，并于该时刻停止暂态稳定仿真，转至第④步计算；如果系统在仿真时间内稳定则转至第⑦步。暂态稳定仿真程序同样结合 PST 1.2 完成[8]。

④ 利用上述获得的系统轨迹，按 11.1.2 介绍方法积分计算发电机转角在失稳时刻的轨迹灵敏度 $\boldsymbol{\delta}_\lambda(t_f,\lambda_k)$和节点压幅值在 t_0 时刻的轨迹灵敏度 $\boldsymbol{y}_\lambda(t_0,\lambda_k)$。

⑤ 按式(11-38)～式(11-40)构造多故障 TSCOPF 二次规划模型，求解该模型求出发电机有功和无功功率增量。

⑥ 根据上述优化结果修正发电机有功和无功功率并按潮流数据进行调整，循环次数 $k=k+1$，并转至第②步。

⑦ 计算相邻两次迭代获得的系统总费用，当其差值 $\Delta F\leqslant\xi$ 时停止计算，否则转至第⑤步。

多故障 TSCOPF 二次规划计算流程如图 11-3 所示。

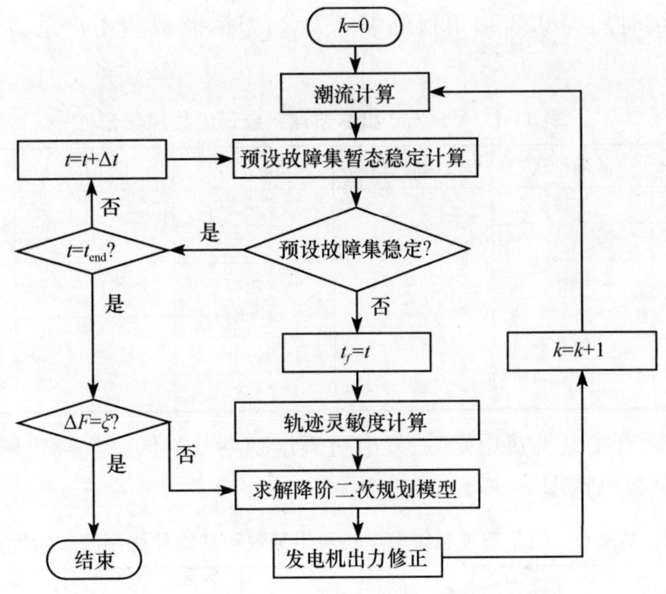

图 11-3　多故障 TSCOPF 二次规划计算流程图

11.3　算例分析

分别以 WSCC 3 机 9 节点系统、New England 10 机 39 节点系统和 UK 20 机 100 节点系统为例，前两个系统的网络接线和系统数据见附录Ⅶ和Ⅷ，后一个系统的网络接线图见附录Ⅸ。同步发电机采用双轴四阶模型，算例 1 和算例 2 计及 IEEE Ⅰ型直流励磁器的影响，算例 3 计及简单励磁器的影响，负荷统一采用恒阻抗模型描述，潮流采用 Matpower 3.0 软件进行计算，暂态仿真计算结合 PST 1.2 工具[8]包完成，并利用 PSD-BPA 程序[9]对优化结果进行验证。

11.3.1　单故障 TSCOPF 算例

本节将针对上述三个测试系统进行单故障 TSCOPF 控制与分析，单故障 TSCOPF 数学模型如 11.2.1 节所示。所谓单故障 TSCOPF，即该 TSCOPF 分析只针对被测电力系统某一特定故障进行，分析结果可使该电力系统在这一特定故障发生后，仍然保持暂态稳定性。限于篇幅，在以下算例中只考虑线路在靠近母线节点上最严重的三相接地故障，接地电阻为零。为方便比较，算例的初始运行条件都设置与最优潮流计算结果相同，失稳判别条件与 11.2.1 节 COI 坐标失稳条件一致。

1. WSCC 3 机 9 节点系统

利用 PST 1.2 工具包，对该系统发电机机端母线节点进行故障测试，设置母线的故障持续时间为 0.35s,可得到多个失稳故障,将其集中记录为表 11-1 预设故障集合。

表 11-1 WSCC 3 机 9 节点系统预设故障集合

故障编号	故障母线	故障时间/s	切除线路	切除时间/s	失稳机组
故障 A	7	0.02	7～5	0.37	发电机 3
故障 B	7		7～8		发电机 2
故障 C	4		4～5		发电机 3
故障 D	4		4～6		发电机 3
故障 E	9		9～6		发电机 3
故障 F	9		9～8		发电机 3

表 11-2 给出发电机费用函数、发电机额定功率及初始最优潮流解中发电机的有功输出功率和总费用。

表 11-2 WSCC 3 机 9 节点系统发电机费用函数和初始最优潮流解的优化结果

发电机编号	额定功率/MW	费用函数/($/h)	优化结果	
			功率/MVA	总费用/($/h)
1	200	$0.0060P^2+2.0P+140$	105.47+j12.18	1131.14
2	150	$0.0075P^2+1.5P+120$	113.10−j1.52	
3	100	$0.0070P^2+1.8P+80$	99.33−j22.74	

按照 11.2.1 节所介绍的计算流程,针对以上 6 个单故障进行暂态稳定最优求解,数学模型描述如式(11-33)～式(11-35)所示,求解结果如表 11-3 所示。

由表 11-3 可知,TSCOPF 二次规划模型对大多数的失稳故障的优化求解从计算速度和精度上都是合乎要求的,迭代次数一般在三次左右,费用增量也十分小,最大的费用增量出现在母线 9 发生三相接地故障的时候,分别为 24.9 $/h 和 28.35 $/h。由暂态仿真过程可发现,在故障 E 和故障 F 情景下,发电机 3 在线路切除之前已经出现失稳现象,所以对其进行暂态稳定控制必然需要较大程度地减少其出力,这种调整体现在表 11-3 中对应出力增量绝对值比其他几种情景要大,而为了系统功率平衡,其他两台发电机出力必然较大地增加,这样,系统调整后发电费用增量也较之其他几种情景要大。由表 11-3 还可以发现,由于电力系统潮流平衡的非线性,所以调整前后,无论有功出力的总和还是无功出力的总和都不可能相等,即系统总出力不变的假设对于电力系统潮流平衡是不成立的,不能用于代替潮流方程简化 TSCOPF 模型。通过基于轨迹灵敏度的二次规划 TSCOPF 计算,原本对于故障失稳的电力系统重新获得稳定性,但调整后的经济性能总比最优潮流结果差,即这种预防控制手段总需要牺牲一定的经济性来换得安全性能的提高。图 11-4 为上述调整后结果对应其故障条件的摇摆曲线。

表 11-3　WSCC 3 机 9 节点系统 TSCOPF 二次规划求解结果

故障编号	TSCOPF 二次规划调整后发电机出力/(MW/Mvar)						调整后发电机出力增量/(MW/Mvar)						调整后费用/($/h)	调整后费用增量/($/h)	迭代次数	花费时间/s
	发电机 1		发电机 2		发电机 3		发电机 1		发电机 2		发电机 3					
	有功功率	无功功率	有功功率	无功功率	有功功率	无功功率	有功功率	无功功率	有功功率	无功功率	有功功率	无功功率				
故障 A	139.0	16.19	92.75	−2.24	86.03	−2.00	33.53	4.01	−20.35	−0.72	−13.30	20.74	1 144.35	13.21	3	31.28
故障 B	133.8	32.60	93.84	−7.89	90.16	−13.10	28.33	20.42	−19.26	−6.37	−9.17	9.64	1 141.15	10.01	3	33.16
故障 C	119.6	40.20	115.00	−12.49	83.49	−16.57	14.13	28.02	1.90	−10.97	−15.84	6.17	1 135.79	4.65	2	28.14
故障 D	118.3	41.37	115.90	−13.19	83.92	−16.78	12.83	29.19	2.80	−11.67	−15.41	5.96	1135.56	4.42	2	26.84
故障 E	129.4	−58.17	129.60	49.88	61.21	36.25	23.93	−70.35	16.50	51.40	−38.12	58.99	1 156.04	24.90	3	33.06
故障 F	131.3	−62.40	130.20	54.95	59.17	41.28	25.83	−74.58	17.10	56.47	−40.16	64.02	1 159.49	28.35	6	55.70

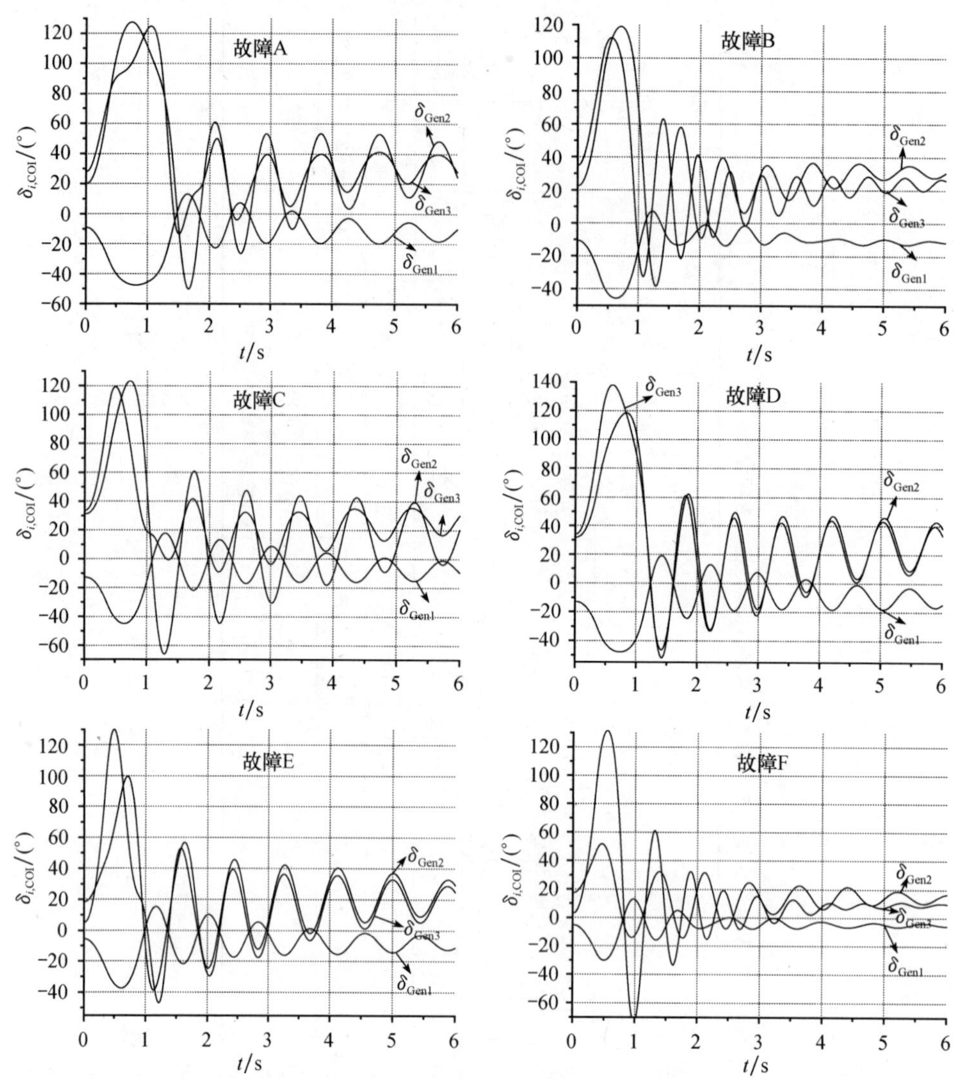

图 11-4 WSCC 3 机 9 节点系统各种故障下根据 TSCOPF 结果暂态稳定仿真获得的相对于惯性中心角的摇摆曲线

上述算例证明，TSCOPF 二次规划模型在精度与速度上适合小型电力系统的要求。按 11.2.1 节所述，上述采用的暂态稳定约束条件仅根据失稳点的轨迹灵敏度，基于该点的数据形成式(11-35)所表示的暂态稳定约束方程组。TSCOPF 二次规划模型的暂态稳定约束条件可以有两种形式，另一种形式则是在每次求解规划模型时考虑初始时刻至失稳时刻之间的轨迹调整，按整段轨迹的数据形成暂态稳定约束方程组。下面针对表 11-1 所示预设故障集，按第二种形式形成暂态稳定约束条件。求解结果如表 11-4 所示。

表 11-4　WSCC 3 机 9 节点系统全轨迹 TSCOPF 二次规划求解结果

故障编号	TSCOPF 二次规划调整后发电机出力/(MW/Mvar)						调整后发电机出力增量/(MW/Mvar)						调整后费用/($/h)	调整后费用增量/($/h)	迭代次数	花费时间/s
	发电机 1		发电机 2		发电机 3		发电机 1		发电机 2		发电机 3					
	有功功率	无功功率	有功功率	无功功率	有功功率	无功功率	有功功率	无功功率	有功功率	无功功率	有功功率	无功功率				
故障 A	139.0	13.59	92.33	−1.28	86.52	−0.65	33.53	1.41	−20.77	0.24	−12.81	22.09	1 144.39	13.25	3	35.28
故障 B	133.7	32.62	93.53	−7.82	90.56	−13.30	28.23	20.44	−19.57	−6.30	−8.77	9.44	1 141.15	10.01	3	34.84
故障 C	119.7	40.24	114.70	−12.50	83.68	−16.65	14.23	28.06	1.60	−10.98	−15.65	6.09	1 135.76	4.62	2	28.74
故障 D	120.3	38.13	116.50	−12.40	81.22	−14.64	14.83	25.95	3.40	−10.88	−18.11	8.10	1 136.51	5.37	2	28.44
故障 E	128.6	−57.45	130.80	49.13	60.77	35.44	23.13	−69.63	17.70	50.65	−38.56	58.18	1 156.11	24.97	3	39.09
故障 F	130.0	−34.76	130.70	12.49	58.61	45.85	24.53	−46.94	17.60	14.01	−40.72	68.59	1 155.12	23.98	4	45.66

由表 11-4 可知，前五个故障中，全轨迹调整 TSCOPF 二次规划的求解结果相比于仅考虑失稳点的结果偏保守。这主要是因为在计算过程中采用一阶轨迹灵敏度线性化暂态稳定约束方程的方法存在固有的误差，这样，全轨迹调整的迭代求解结果虽然能保证经过每一次迭代系统失稳点向后推移，失稳时刻不断增大，但约束条件增多，一阶误差的积累并不利于计算结果的最优性。故障 F 对应求解结果与前五个结果有较大的区别，其中无论调整后费用增量、迭代次数还是花费时间都比表 11-3 的结果要小。这主要是因为，在仅考虑失稳点的 TSCOPF 模型中，我们假设每一次的迭代都可以使失稳点对应的数据满足暂态稳定约束条件，使系统在该点获得稳定性。但实际计算证明，由于一阶轨迹灵敏度误差和线性化潮流方程误差的影响，在某些故障中对失稳点的控制存在一定的误差，这将造成在这些故障的迭代过程中出现"锯齿"现象，前后两次迭代的失稳时刻不但没有增加，反而减小，这对于迭代求解的速度和收敛都将造成一定的影响。

上面算例证明，考虑全轨迹调整的 TSCOPF 二次规划模型求解结果比较保守，但对于每一次迭代都可保证系统失稳时刻的增大，在利于迭代的收敛。但实际上，无论是哪一种降阶二次规划模型都是对原最优问题的简化，这种简化提升了计算速度，但对求解结果的最优性还是存在一定影响。

2. New England 10 机 39 节点系统

利用 PST 1.2 工具包，对该系统发电机机端母线节点进行故障测试，设置 2 号母线和 26 号母线故障且故障持续时间都导致系统发生失稳，将其集中记录为表 11-5 预设故障集合。表 11-6 给出了该系统各发电机组的费用函数。

表 11-5　New England 10 机 39 节点系统预设故障集合

故障编号	故障母线	故障时间/s	切除线路	切除时间/s	失稳机组
故障 A	26	0.02	26～27	0.13	发电机 9
故障 B	2		2～3	0.22	发电机 9

表 11-6　New England 10 机 39 节点系统发电费用函数

发电机编号	发电费用函数/(\$/h)	发电机编号	发电费用函数/(\$/h)
1	$0.2P^2+30P+100$	6	$0.2P^2+30P+100$
2	$0.2P^2+30P+100$	7	$0.2P^2+30P+100$
3	$0.2P^2+30P+100$	8	$0.2P^2+30P+100$
4	$0.2P^2+30P+100$	9	$0.2P^2+30P+60$
5	$0.2P^2+30P+100$	10	$0.2P^2+30P+60$

按照 11.2.1 所介绍的计算流程，针对以上两个单故障进行暂态稳定最优求解，数学模型描述如式(11-33)～式(11-35)所示，求解结果如表 11-7 所示。

表 11-7　New England 10 机 39 节点系统 TSCOPF 二次规划求解结果

发电机编号	最优潮流		暂态稳定约束最优潮流							
			故障 A				故障 B			
	有功功率/MW	无功功率/Mvar	有功功率/MW	无功功率/Mvar	有功增量/MW	无功增量/Mvar	有功功率/MW	无功功率/Mvar	有功增量/MW	无功增量/Mvar
1	350.00	−72.18	349.51	−58.41	−0.49	13.77	348.30	−76.68	−1.70	−4.50
2	577.66	385.09	584.12	384.30	6.46	−0.79	585.77	364.94	8.11	−20.15
3	574.21	173.35	579.04	174.86	4.83	1.51	580.99	170.39	6.78	−2.96
4	562.94	88.98	567.68	87.51	4.74	−1.47	567.89	93.41	4.95	4.43
5	562.66	144.47	567.16	149.08	4.50	4.61	567.73	155.46	5.07	10.99
6	567.28	184.70	572.39	184.09	5.11	−0.61	572.60	185.11	5.32	0.41
7	564.47	51.48	569.46	50.46	4.99	−1.02	569.40	50.39	4.93	−1.09
8	554.44	33.60	557.39	11.85	2.95	−21.75	546.75	36.87	−7.69	3.27
9	909.23	28.09	867.86	16.22	−41.37	−11.87	873.78	19.92	−35.45	−8.17
10	968.43	41.11	975.09	45.50	6.66	4.39	976.54	53.55	8.11	12.44
费用函数/($/h)	36 119.0		36 134.8				36 139.9			
费用提升/($/h)			15.8				20.9			
失稳机组			9				9			
花费时间/s	6.9		45.8				64.3			
循环次数			1				2			

由表 11-7 优化结果及比较可知，对于这种规模不太大的电力系统利用 TSCOPF 二次规划模型求解暂态稳定问题，从精度和速度上都可以满足要求。与传统的控制方案从原则上是相同的，减少失稳机组有功出力，将这些有功的调整量分散地安排到仍有稳定裕度的机组上，以达成系统功率的平衡。不同的是，各发电机调整量的大小在该模型中服从最优原则，使有功的重新分布尽可能地减小费用函数目标值的提升，所以，表 11-7 中有功减小的发电机组并不局限于失稳机组，如故障 A 中发电机 1 的有功出力、故障 B 中发电机 1 和发电机 8 的有功出力，都出现一定的减少。发电机无功出力的变化同样也十分突出，这种无功调整服从于有功功率重新分布引起的潮流变化，也服从于暂态约束方程中对于失稳时刻发电机功角大小的控制。前者反映了无功调整服从最优潮流问题，后者反映了无功调整对暂态问题的影响，而这种静态与动态结合考虑的桥梁正是轨迹灵敏度。图 11-5 为上述调整后结果对应其故障条件的摇摆曲线。

如前文所述，式(11-33)～式(11-35)所描述 TSCOPF 二次规划模型是对式(11-27)～式(11-29)式所描述的非线性 TSCOPF 模型的简化处理，这种线性化对

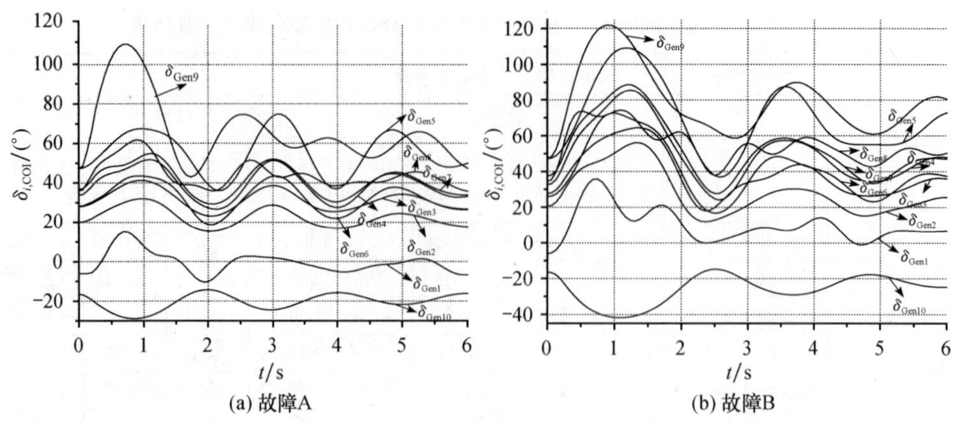

图 11-5　New England 10 机 39 节点系统各种故障下根据 TSCOPF 结果暂态稳定仿真获得的相对于惯性中心角的摇摆曲线

最优问题的求解存在一定的影响,以下我们直接采用非线性 TSCOPF 模型处理如表 11-6 所示故障,并得到求解结果如表 11-8 所示。

表 11-8　New England 10 机 39 节点系统非线性 TSCOPF 求解结果

发电机编号	最优潮流		暂态稳定约束最优潮流							
			故障 A				故障 B			
	有功功率/MW	无功功率/Mvar	有功功率/MW	无功功率/Mvar	有功增量/MW	无功增量/Mvar	有功功率/MW	无功功率/Mvar	有功增量/MW	无功增量/Mvar
1	350.00	−72.18	350.0	39.90	0	112.08	350.0	30.74	0	102.92
2	577.66	385.09	579.8	356.80	2.14	−28.29	580.3	345.80	2.64	−39.29
3	574.21	173.35	576.1	156.60	1.89	−16.75	576.6	158.20	2.39	−15.15
4	562.94	88.98	564.6	95.13	1.66	6.15	564.8	103.60	1.86	14.62
5	562.66	144.47	564.3	130.70	1.64	−13.77	564.5	129.90	1.84	−14.57
6	567.28	184.7	569.3	142.20	2.02	−42.50	569.5	175.80	2.22	−8.90
7	564.47	51.48	566.4	111.70	1.93	60.22	566.5	93.41	2.03	41.93
8	554.44	33.60	556.6	57.16	2.16	23.56	553.8	73.00	−0.64	39.40
9	909.23	28.09	892.3	50.59	−16.93	22.50	892.3	43.13	−16.93	15.04
10	968.43	41.11	972.4	−15.95	3.97	−57.06	973.3	−34.32	4.87	−75.43
费用函数/($/h)	36 119.0		36 134.4				36 133.5			
费用提升/($/h)			15.4				14.5			
花费时间/s	6.9		90.45				98.7			
循环次数			5				5			

从表 11-8 可发现，这种非线性 TSCOPF 模型确实能提高优化精度，这主要是因为，在求解该模型后，即可得到准确的运行点，不需要如二次规划模型那样进行转化并再次求解系统潮流分布。这使得每一次迭代结果准确地服从暂态稳定性和最优性，即出力调整既使失稳时刻向后推移，又能使这种调整服从目标函数最小化。比较表 11-7 和表 11-8 的调整增量，可发现二次规划模型中，平衡机的增量比非线性规划的增量大，这种误差都是式(11-34)线性化潮流方程和重新求解潮流方程时的转化所引起的。但非线性 TSCOPF 模型同样存在一定的缺点。对比表 11-7 和表 11-8 的循环次数和花费时间可知，由于非线性模型在每次迭代中，对失稳点依据最优性和暂态稳定性进行准确控制，所以调整量都偏于保守，相应地增加了程序的迭代次数。对于大型电力系统，非线性问题最优求解过程所花费的时间大大增加，这将直接影响计算速度，所以在大型电力系统优化中，推荐采用二次规划模型进行最优求解。

3. UK 20 机 100 节点系统

较之中小型电力系统，大型电力系统非线性程度更高，这对于本章提出的线性解法挑战性更强，下面以 UK 20 机 100 节点系统为例，验证算法的可行性和优越性。同样利用 PST 1.2 工具包，对该系统发电机机端母线节点进行故障测试，设置 11 号母线和 12 号母线发生故障，且故障持续时间都导致系统发生失稳，将其集中记录为表 11-9 预设故障集合。

表 11-9　UK 20 机 100 节点预设故障集合

故障编号	故障母线	故障时间/s	切除线路	切除时间/s	失稳机组
故障 A	11	0.02	11～82	0.19	发电机 11
故障 B	12		12～70	0.21	发电机 12

按照 11.2.1 节所介绍的计算流程，针对以上两个单故障进行暂态稳定最优求解，数学模型描述如式(11-33)～式(11-35)所示，求解结果如表 11-10 所示。

表 11-10　UK 20 机 100 节点系统 TSCOPF 二次规划求解结果

发电机编号	最优潮流		暂态稳定约束最优潮流							
			故障 A				故障 B			
	有功功率/MW	无功功率/Mvar	有功功率/MW	无功功率/Mvar	有功增量/MW	无功增量/Mvar	有功功率/MW	无功功率/Mvar	有功增量/MW	无功增量/Mvar
1	2000.00	12.36	2000.00	−370.13	0	−382.49	2000.00	70.62	0	58.26
2	444.00	−38.90	444.00	−37.88	0	1.02	444.00	−39.99	0	−1.09

续表

发电机编号	最优潮流		暂态稳定约束最优潮流							
			故障 A				故障 B			
	有功功率/MW	无功功率/Mvar	有功功率/MW	无功功率/Mvar	有功增量/MW	无功增量/Mvar	有功功率/MW	无功功率/Mvar	有功增量/MW	无功增量/Mvar
3	−1500.00	6.42	−1500.00	6.42	0	0	−1500.00	6.42	0	0
4	897.31	232.46	901.69	294.34	4.38	61.88	897.15	306.63	−0.16	74.17
5	991.91	−191.28	996.02	−183.20	4.11	8.08	992.20	−156.92	0.29	34.36
6	859.93	−292.03	863.95	102.93	4.02	394.96	859.34	−238.74	−0.59	53.29
7	857.62	7.53	861.53	−145.65	3.91	−153.18	857.08	8.33	−0.54	0.80
8	−150.00	−6.79	−150.00	−6.79	0	0	−150.00	−6.79	0	0
9	913.26	−72.37	917.69	−63.09	4.43	9.28	911.20	−470.64	−2.06	−398.27
10	372.22	−39.81	375.60	−40.09	3.38	−0.28	373.19	−39.91	0.97	−0.10
11	776.00	−116.84	727.42	−39.39	−48.58	77.45	776.00	−127.49	0	−10.65
12	776.00	−49.76	776.00	−72.87	0	−23.11	775.47	171.59	−0.53	221.35
13	987.82	13.92	991.83	1.39	4.01	−12.53	987.81	1.29	−0.01	−12.63
14	595.49	−260.03	601.47	−265.23	5.98	−5.20	597.47	−254.60	1.98	5.43
15	603.50	−13.26	609.61	−17.62	6.11	−4.36	605.36	−8.48	1.86	4.78
16	482.93	21.90	487.58	22.83	4.65	0.93	484.27	22.03	1.34	0.13
17	923.58	13.53	927.95	34.73	4.37	21.20	923.11	13.25	−0.47	−0.28
18	588.00	2.71	588.00	1.85	0	−0.86	588.00	−9.05	0	−11.76
19	341.20	−189.58	341.20	−184.94	0	4.64	341.20	−168.16	0	21.42
20	744.60	−173.74	744.60	−168.82	0	4.92	744.60	−156.78	0	16.96
费用函数/($/h)	676 045		676 100				676 124			
费用提升/($/h)			55				79			
花费时间/s	64.2		70.1				83.5			
循环次数			1				2			

如表 11-10 故障 A 所示，调整前后有功出力的变化并不十分明显，失稳机组的有功出力在一定程度上减小，减少的部分按最优化原则分配到其他发电机组

上，所以费用提升量并不大。相对地，无功出力变化比较明显，这主要是因为大型电力系统的非线性程度十分强，为了维持有功出力调整后的潮流平衡，无功出力就必须做出较大调整。计算只涉及一次迭代，整个迭代过程所花费的时间并不比求解非线性最优问题多很多。从表 11-10 中故障 B 可见，发电机 12 的有功调整量并不明显，发电机 9 的有功调整量反而在所有机组的调整中最大。这主要是因为对于故障 B 而言，发电机 12 的失稳程度并不严重，有功出力减少量也相应地不需要太大。而由于对发电机 12 有功出力做出了调整，为了目标函数的最优性和潮流方程的平衡，则必须调整其他机组的有功，同时各发电机组的无功出力也必须较大地调整。图 11-6 给出了两种情形下根据 TSCOPF 结果进行暂态稳定仿真获得的所有机组优化后相对于惯性中心角的转角曲线。图 11-6 中的曲线均由 BPA 暂态稳定仿真软件计算获得。

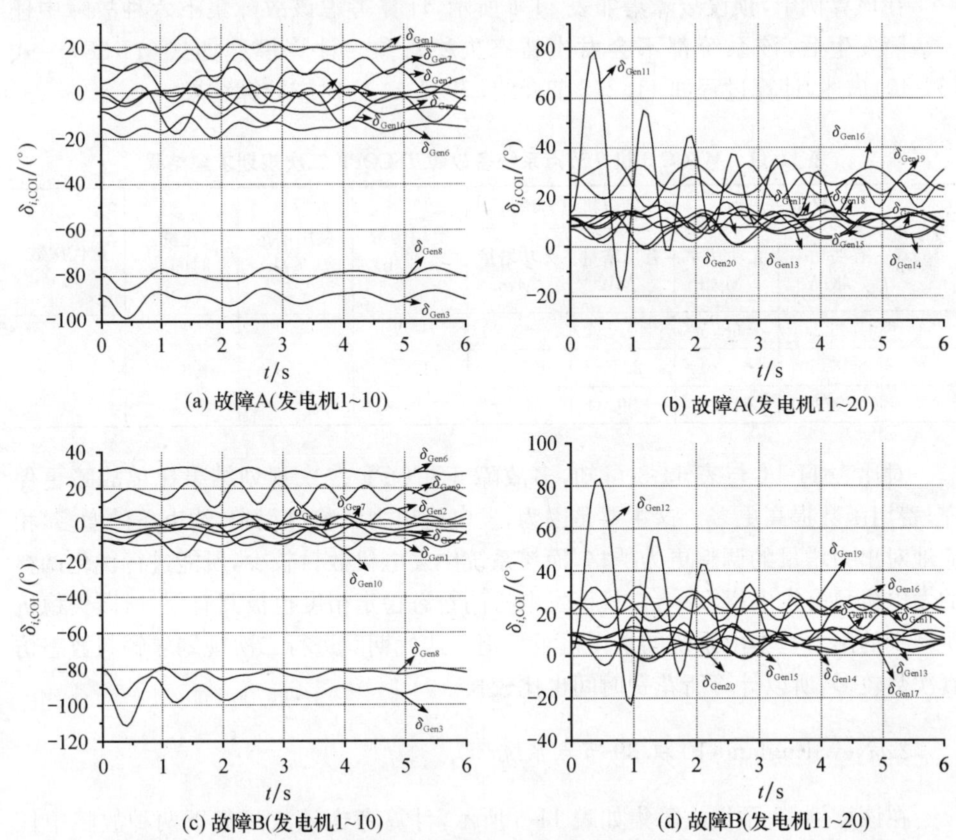

图 11-6　UK 20 机 100 节点系统各种故障下根据 TSCOPF 结果暂态稳定仿真获得的相对于惯性中心角的摇摆曲线

11.3.2 多故障 TSCOPF 算例

本节将针对上述三个测试系统进行多故障 TSCOPF 控制与分析，多故障 TSCOPF 数学模型如 11.2.2 节所示。所谓多故障 TSCOPF，是指 TSCOPF 分析综合考虑预设故障集中的所有故障，分析与计算的结果可适用于控制故障集中的任一故障，即在该 TSCOPF 分析结果的运行点上，无论发生预设故障集中的哪一个故障，电力系统都是暂态稳定的。故障形式同样只考虑线路在靠近母线节点上最严重的三相接地故障，接地电阻为零。算例的初始运行条件都设置与最优潮流计算结果相同，失稳判别条件与 11.2.1 节 COI 坐标失稳条件一致。

1. WSCC 3 机 9 节点系统

在该算例中，预设故障集如表 11-1 所示，计算考虑该故障集下六种故障中任一故障发生后，该系统都不会发生暂态失稳现象。计算模型如式(11-38)～式(11-40)描述，计算过程如 11.2.2 节介绍，表 11-11 为对应计算结果。

表 11-11 WSCC 3 机 9 节点系统多故障 TSCOPF 二次规划求解结果

发电机编号	发电机出力		发电机出力增量		费用函数/($/h)	费用增量/($/h)	花费时间/s	迭代次数
	有功功率/MW	无功功率/Mvar	有功增量/MW	无功增量/Mvar				
1	146.20	−68.58	40.73	−80.76	1167.1	35.9	98.3	5
2	115.50	64.30	2.40	65.82				
3	59.99	51.51	−39.34	74.25				

对比表 11-11 与表 11-3 可知，多故障 TSCOPF 二次规划结果比单故障更保守，费用函数提高更多。这主要是因为，发电机出力调整过程中，约束条件增多，相应地对出力增量的调整更为严格，而该系统中发电机数目较少，所能进行优化调整的发电机只有发电机 2 一台，且该发电机的暂态稳定裕度也极其有限，所以失稳机所减少的出力基本由系统的最慢机组承担。迭代期间进行二次规划求解与暂态仿真次数较多，所以计算所花费时间也比较长。

2. New England 10 机 39 节点系统

在该算例中，预设故障集如表 11-6 所示，计算考虑该故障集下两种故障中任一故障发生后，该系统都不会发生暂态失稳现象。计算模型如式(11-38)～式(11-40)描述，计算过程如 11.2.2 节介绍，表 11-12 为对应计算结果。

表 11-12　New England 10 机 39 节点系统多故障 TSCOPF 二次规划求解结果

发电机编号	有功功率/MW	无功功率/Mvar	有功增量/MW	无功增量/Mvar	费用函数/($/h)	费用增量/($/h)	花费时间/s	迭代次数
1	347.92	−77.47	−2.08	−5.29	36 145.3	26.3	74.3	1
2	587.10	360.20	9.44	−24.89				
3	581.99	170.71	7.78	−2.64				
4	568.39	94.09	5.45	5.11				
5	568.27	156.69	5.61	12.22				
6	573.12	185.49	5.84	0.79				
7	569.86	50.67	5.39	−0.81				
8	544.97	37.75	−9.47	4.15				
9	869.33	19.05	−39.90	−9.04				
10	978.57	55.26	10.14	14.15				

在该算例中，对应于所选取的两个故障，10 台发电机中只有发电机 9 一台发电机发生失稳现象。这种双故障模式实质只需要对其中较严重故障进行合理控制即可满足该模式下的暂态稳定要求。由 11.3.1 节的分析可知，故障 A 为较严重故障，其 TSCOPF 结果同样适用于故障 B 的控制。对比表 11-12 与表 11-7 可发现，多故障二次规划结果比单故障 A 结果更差，费用增量更大。这种误差的发生，主要是因为该二次规划模型是原非线性模型的线性化结果，且一阶轨迹灵敏度本身所存在的误差。如上所述，这种二次规划在牺牲一定最优性的基础上，简化了模型求解的复杂性，从计算速度上满足了较大规模系统的优化求解。图 11-7 为表 11-12 结果对应于表 11-5 预设故障集分别进行暂态仿真的结果，曲线由 PSD-BPA 软件计算得到。

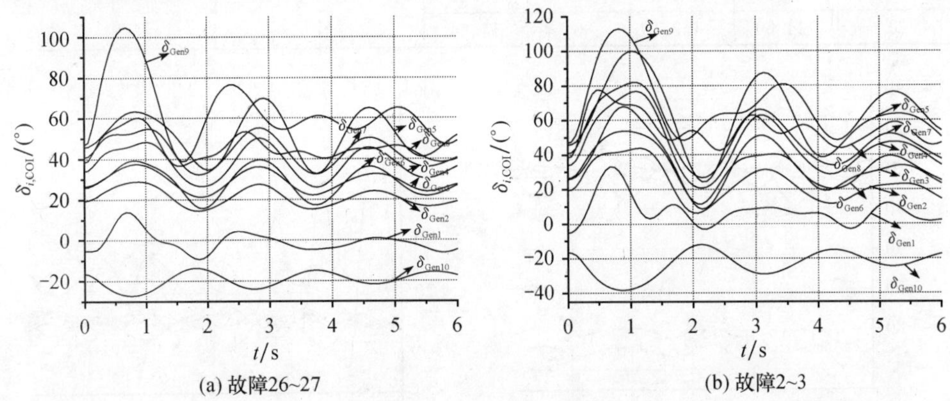

图 11-7　New England 10 机 39 节点系统多故障下根据 TSCOPF 结果暂态稳定仿真获得的相对于惯性中心角的摇摆曲线

3. UK 20 机 100 节点系统

对表 11-9 中预设的双故障按式(11-38)～式(11-40)描述的 TSCOPF 二次规划模型进行优化控制,计算过程如 11.2.2 节介绍,优化结果如表 11-13 所示。图 11-8 为利用 PSD-BPA 暂态仿真所得到的各发电机组摇摆曲线。

表 11-13 UK 20 机 100 节点系统多故障 TSCOPF 二次规划求解结果

发电机编号	有功功率/MW	无功功率/Mvar	有功增量/MW	无功增量/Mvar	费用函数/($/h)	费用增量/($/h)	花费时间/s	迭代次数
1	2000	−127.52	0	−139.88	676 164.0	119	105.2	2
2	444.00	−38.44	0	0.46				
3	−1 500.00	6.42	0	0				
4	900.75	304.04	3.44	71.58				
5	996.26	−126.40	4.35	64.88				
6	862.62	−123.73	2.69	168.30				
7	860.32	−63.73	2.70	−71.26				
8	−150.00	−6.79	0	0				
9	915.16	−412.86	1.90	−340.49				
10	375.74	−40.12	3.52	−0.31				
11	735.04	−35.09	−40.96	81.75				
12	776.00	162.53	0	212.29				
13	991.65	−3.20	3.83	−17.12				
14	601.91	−262.45	6.42	−2.42				
15	609.94	−15.68	6.44	−2.42				
16	487.77	22.74	4.84	0.84				
17	926.84	20.45	3.26	6.92				
18	588.00	−7.38	0	−10.09				
19	341.20	−170.39	0	19.19				
20	744.60	−159.10	0	14.64				

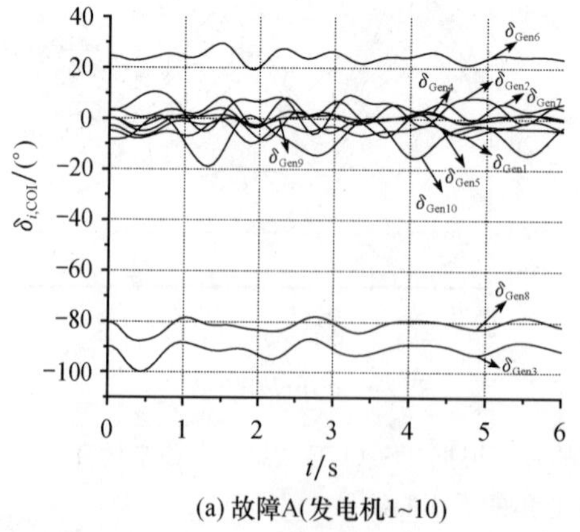

(a) 故障A(发电机1~10)

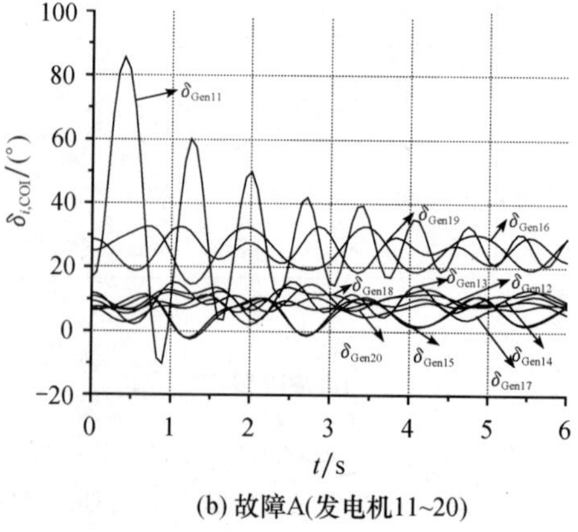

(b) 故障A(发电机11~20)

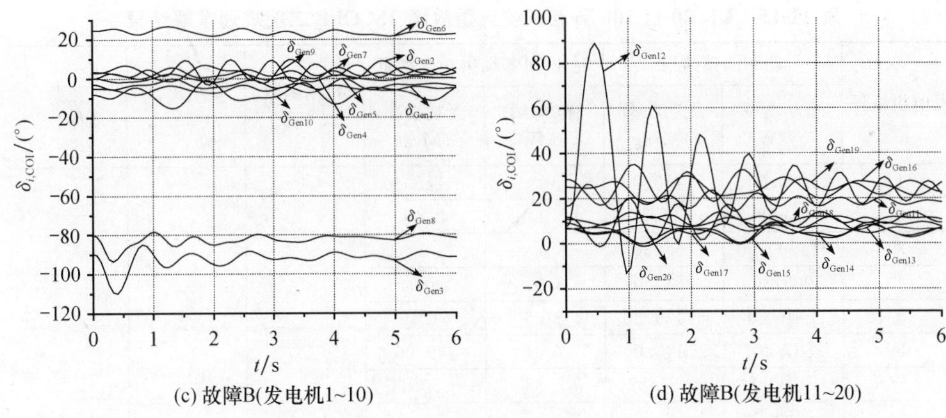

图 11-8　UK 20 机 100 节点系统多故障下根据 TSCOPF 结果暂态稳定仿真获得的相对于惯性中心角的摇摆曲线

在该算例中，在原潮流运行点上，故障 A 与故障 B 所对应的失稳机组分别为发电机 11 和发电机 12，利用软件仿真可知，表 11-10 所对应的单故障优化结果并不能同时满足多故障的要求，即故障 A 和故障 B 为不同失稳模式。从表 11-13 的计算结果和图 11-8 的暂态仿真结果可知，本章提出的多故障 TSCOPF 二次规划模型适用于这一类不同失稳模式的优化控制。计算结果表明，对于不同失稳模式的多故障最优潮流解将导致其费用函数值大于任何一个单故障最优潮流解对应的费用函数值。按照传统的暂态控制方案，对不同失稳模式下的不同失稳机组应分别进行有功调整，即按一定的准则减少其有功出力。观察表 11-13 中的有功增量可知，尽管故障 A 与故障 B 为不同失稳模式，但发电机 12 有功出力并没有发生变化，其有功增量为 0，无功增量变化较大。这表明，TSCOPF 二次规划模型利用轨迹灵敏度对暂态稳定过程进行的调整较好地考虑了其非线性作用，在优化过程利用调整费用较低的发电机组有功出力与无功出力来满足暂态稳定的控制。这种多故障控制方案比传统控制方案优化程度更高。

进一步验证本章提出的 TSCOPF 二次规划模型的优越性，在以下的计算中考虑表 11-14 所示五重预设故障的暂态稳定控制，计算结果如表 11-15 所示。

表 11-14　预设故障集合

故障编号	故障母线	故障时间/s	切除线路	切除时间/s	失稳机组
故障 A	11 号母线	0.02	11～82	0.19	发电机 11
故障 B	11 号母线	0.02	11～80	0.20	发电机 11
故障 C	11 号母线	0.02	11～79	0.21	发电机 11
故障 D	12 号母线	0.02	12～70	0.20	发电机 12
故障 E	12 号母线	0.02	12～83	0.22	发电机 12

表 11-15　UK 20 机 100 节点系统五重故障 TSCOPF 二次规划求解结果

发电机编号	功率调整结果		对比 OPF 结果功率增量		费用函数/($/h)	费用提升/($/h)	花费时间/s
	有功功率/MW	无功功率/Mvar	有功功率/MW	无功功率/Mvar			
1	2000.00	−133.00	0	−145.40	676 227.0	181.7	691.8
2	444.00	−38.50	0	0.40			
3	−1500.00	6.43	0	0			
4	905.30	288.50	8.01	56.04			
5	1001.00	−129.80	8.66	61.49			
6	867.20	−143.00	7.24	149.00			
7	865.00	−57.87	7.38	−65.41			
8	−150.00	−6.79	0	0			
9	919.80	−350.00	6.52	−277.60			
10	378.00	−40.28	5.77	−0.46			
11	688.20	−31.69	−87.76	85.15			
12	776.00	127.10	0	176.90			
13	996.00	−3.49	8.17	−17.42			
14	606.50	−262.20	10.97	−2.15			
15	614.70	−13.73	11.17	−0.46			
16	491.00	23.54	8.07	1.63			
17	931.40	14.43	7.83	0.89			
18	588.00	−3.83	0	−6.55			
19	341.20	−181.30	0	8.33			
20	744.60	−156.40	0	17.30			

11.3.3　与其他方法的比较

文献[2]是轨迹灵敏度应用于求解 TSCOPF 问题的代表性文献。它根据轨迹灵敏度修改领先机组与落后机组的有功出力上下限，最终利用最优潮流计算，间接完成有功功率转移。文献[3]对文献[2]中的方法进行了改进，因此，本章选择将所提方法与文献[3]中的方法在计算精度与速度方面进行比较。从表 11-16 和表 11-17 可以看出，本章提出的根据轨迹灵敏度同时调整发电机有功与无功功率的直接控制方法在计算精度和计算速度上均优于文献[3]中的方法。

表 11-16　由两种方法获得的 New England 10 机 39 节点系统结果对比

优化方法	故障模式	迭代次数	耗时/s	费用函数/($/h)	费用提升/($/h)
本章方法	故障 A	1	45.80	36 134.0	15.8
	故障 B	2	64.30	36 139.0	20.9
文献[3]的方法	故障 A	1	193.92	36 150.0	31.6
	故障 B	8	289.03	36 141.0	22.6

表 11-17　由两种方法获得的 UK 20 机 100 节点系统结果对比

优化方法	故障模式	迭代次数	耗时/s	费用函数/($/h)	费用提升/($/h)
本章方法	故障 A	1	70.1	676 100.0	55.0
	故障 B	2	83.5	676 124.0	79.0
文献[3]的方法	故障 A	10	1 557.3	676 191.0	57.0
	故障 B	10	1 578.7	676 125.0	80.0

11.4　小　　结

本章把 TSCOPF 问题分解为潮流、暂态稳定及轨迹灵敏度、最优潮流三个子问题交替求解，极大程度上减少该问题的计算量，降低求解难度；在用于求解大规模电力系统和复杂电力系统模型时将更具优势。

利用轨迹灵敏度作为桥梁，将最优潮流问题与暂态稳定控制问题结合在一起进行求解，同时考虑系统运行点发电机有功与无功出力对暂态过程的影响，不但可以实现系统暂态稳定预防控制，而且能很好地满足经济性的要求。系统暂态过程受到运行点状态的影响，其中发电机有功与无功出力对其影响极大。而发电机出力作为最优潮流问题的主要控制变量，决定了问题的最优解。暂态稳定约束最优潮流问题的完整解决必须综合考虑发电机有功和无功出力两方面。

TSCOPF 二次规划模型是原非线性模型的简化，在迭代过程中由于线性化和一阶轨迹灵敏度误差的影响，最优解存在一定的积累误差。采用原非线性模型有助于克服这种误差，但对于大型电力系统而言，其最优求解过程将花费较多时间，这种精度与速度上的矛盾是需要进一步深入研究的重点。

本章提出了多预想故障的有效处理方法，并证明了本章方法对多故障暂态稳定约束具有较好的适应性。

参 考 文 献

[1] Ian A Hiskens, Pai M A. Trajectory sensitivity analysis of hybrid systems. IEEE Transactions on Circuits and Systems I: Fundamental Theory and Applications, 2000, 47(2): 204～220

[2] Tony B Nguyen, Pai M A. Dynamic security-constrained rescheduling of power systems using trajectory sensitivities. IEEE Transactions on Power Systems, 2003, 18(2): 848～854

[3] 刘明波，李妍红，陈家荣. 基于轨迹灵敏度的暂态稳定约束最优潮流计算. 电力系统及其自动化学报，2007，19(6)：24～29

[4] Fang D Z, Yang X D, Sun J Q, et al. An optimal generation rescheduling approach for transient stability enhancement. IEEE Transactions on Power Systems, 2007, 22(1): 386～394

[5] Nguyen T T, Karimishad A. Fast and accurate method for dynamic security-constrained

economic dispatch via sensitivity analysis. IEEE PES General Meeting, Tampa, Florida, USA, 2007

[6] 李贻凯,刘明波. 多故障暂态稳定约束最优潮流的轨迹灵敏度法. 中国电机工程学报, 2009,29(16):42～48

[7] Zimmeraman R, Gan D. MATPOWER: A Matlab power system simulation package. http://www.pserc.cornell.edu/matpower

[8] Graham R, Joe C. Power system transients: A matlab power system simulation package. http://www.eagle.ca/～cherry /pst.htm

[9] 中国电力科学研究院系统所. PSD-BPA 电力系统分析软件工具. 中国电力科学研究院, 2007

第十二章　静态电压稳定裕度约束无功优化计算

在现代电网中，电压稳定主要伴随着弱系统和长线路，由于负荷的加重，电网的传输容量越来越接近其极限，使得电压稳定问题比较突出[1,2]。简言之，电压稳定性是指电力系统在额定运行条件下和遭受扰动之后系统中所有母线都持续地保持可接受的电压的能力。研究表明，造成电压稳定问题的原因是多方面的：负荷增加、发电机或线路故障、系统无功不足、有载调压变压器动作以及各种控制和保护之间缺乏协调等。但是负荷缺少足够的无功支持是引起电压不稳定问题的主要因素。因此，有必要从电网维持在合理的电压水平和确保电压稳定性两个方面来研究无功优化问题，即通过调节系统的控制变量，在有效地提高系统静态电压稳定性和电压质量的同时获得较小的网损。

本章提出了两种含有电压稳定裕度约束的无功优化模型，并将非线性原对偶内点算法应用于两模型，一种模型基于电压稳定指标作为电压稳定性的量度来进行优化分析，另一种则以常规非线性无功优化内点法和静态电压稳定的连续潮流算法作为基本算法，提出了计及静态电压稳定裕度的无功优化新方法，该方法利用电压稳定裕度对各个控制变量的灵敏度信息，确定控制策略，通过调节控制变量，能真正提高系统的静态电压稳定裕度，并能直接给出运行点离电压崩溃点的真实距离。

12.1　*PV* 曲线和电压崩溃点类型

我们知道，当负荷增大时，系统的运行点接近于临界点，如果系统运行在临界点上，则此时电网的传输功率达到最大；负荷继续增加，将会发生电压失稳。下面以简单两节点系统为例来说明问题，如图 12-1 所示。

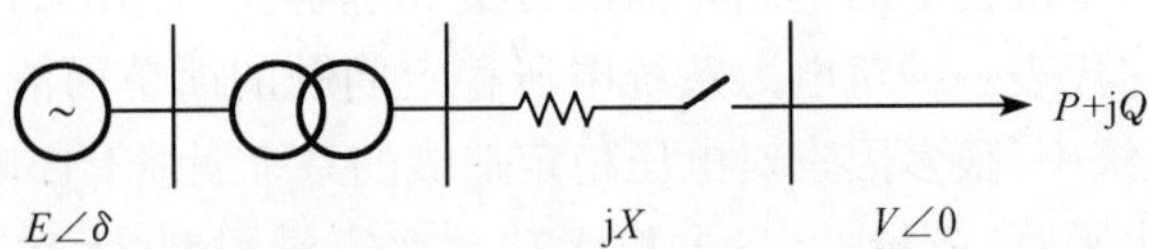

图 12-1　单电源向负荷供电系统

负荷侧的视在功率为：

$$S_r = \dot{V}\overset{*}{\dot{I}} = V\left(\frac{\dot{E}-\dot{V}}{\mathrm{j}X}\right)^* = V\left(\frac{E\cos\delta + \mathrm{j}E\sin\delta - V}{\mathrm{j}X}\right)^* \tag{12-1}$$

分解得：

$$P_r = EV\sin\delta / X \tag{12-2}$$

$$Q_r = (EV\cos\delta - V^2)/X \tag{12-3}$$

同理，发电机侧的有功和无功功率为：

$$P_s = EV\sin\delta / X \tag{12-4}$$

$$Q_s = (E^2 - EV\cos\delta)/X = E(E - V\cos\delta)/X \tag{12-5}$$

由式(12-2)和式(12-3)得：

$$P_r^2 + \left(Q_r + \frac{V^2}{X}\right)^2 = \left(\frac{EV}{X}\right)^2 \tag{12-6}$$

假定 $\cos\varphi$ 为常数，则 $Q_r = P_r\tan\varphi$。所以有：

$$P_r^2 + \left(P_r\tan\varphi + \frac{V^2}{X}\right)^2 = \left(\frac{EV}{X}\right)^2 \tag{12-7}$$

取基准值 $V_B = E$，$S_B = E^2/X$，把式(12-7)化为标幺值的形式，得：

$$p_r^2 + (p_r\tan\varphi + v^2)^2 = v^2 \tag{12-8}$$

特别地，当 $\tan\varphi$ 为 0 时，可得到：

$$p_r^2 = v^2 - v^4 \tag{12-9}$$

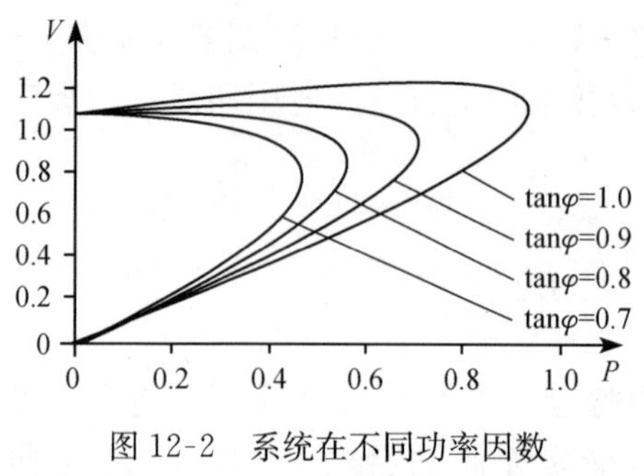

图 12-2　系统在不同功率因数下的 PV 曲线

依据式(12-8)可作出 PV 曲线，如图 12-2所示[1,2]。

由以上分析可以看出，负荷的功率因数对系统的功率-电压特性有相当大的影响。由于输电线的电压降既是传输的有功功率的函数，也是传输的无功功率的函数，因此上述结论是可以预期的。实际上电压稳定取决于 P、Q 和 V 之间的关系。

上文所叙述的电压稳定现象是基本的，有助于对电力系统稳定的不同方面的分类和理解。所作出的分析限于辐射状系统，这是因为它代表一种对电力系统电压稳定问题的简单而清晰的图景。在复杂的实际电力系统中，很多因素对电压稳定造成的系统崩溃有影响，如输电系统的强度、功率传输水平、负荷特性、发电机无功功率容量限制、无功补偿设备的特性等。在某些情况下，问题是由未经协调的各种控制作用和保护系统综合的结果。

电压崩溃点有两种类型，其特征不同导致计算方法有很大区别。在判定两种类型崩溃点时也存在一些困难，现介绍一下这些崩溃点的类型[3~9]：鞍结型分岔(saddle node bifurcation，SNB)和极限诱导型分岔(limit induced bifurcation，LIB)。

(1) 鞍结型分岔

鞍结型分岔已被广泛地分析和研究。鞍结型电压崩溃点对应于系统雅可比矩阵奇异,具有一个零特征根的临界运行点。它满足决定性系统方程:

$$\begin{cases} \boldsymbol{f}(\boldsymbol{x}) + \lambda \boldsymbol{b} = \boldsymbol{0} \\ \boldsymbol{f}_x \boldsymbol{w} = \boldsymbol{0} \\ \boldsymbol{w}^{\mathrm{T}} \boldsymbol{w} = 1 \end{cases} \tag{12-10}$$

式中,$\boldsymbol{f}(\boldsymbol{x})=\boldsymbol{0}$ 为常规的潮流方程式;$\boldsymbol{b}$ 为系统中各节点的负荷增长方式;λ 为负荷增长参数;$\boldsymbol{x}\subset(\boldsymbol{V},\lambda)$,为系统的状态变量,可以是待求的节点电压幅值、相角或负荷增长参数;$\boldsymbol{w}$ 为对应于 $\boldsymbol{f}_x$ 的零特征根的右特征向量。其中,$\boldsymbol{V}$ 为向量,代表了电压幅值和电压相角。

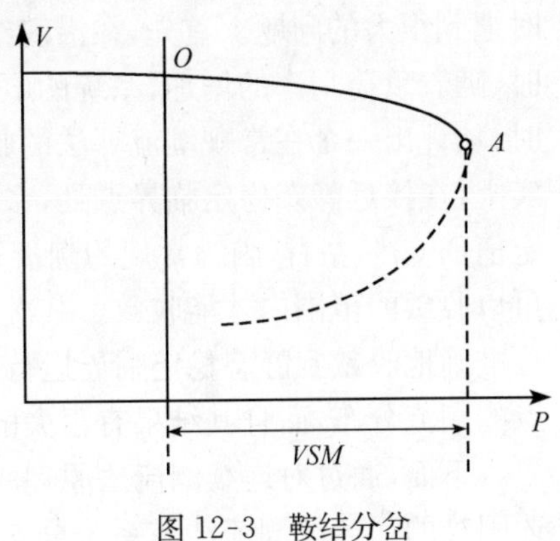

图 12-3　鞍结分岔

图 12-3 所示的是常见的 PV 曲线,O 点为初始运行点,A 点为鞍结分岔点。曲线的上半部为稳定运行区,下半部为不稳定运行区。

(2) 极限诱导型分岔

另一种电压稳定崩溃点是极限诱导崩溃点。当某台发电机的无功输出达到上限时,该节点不再具有电压调节能力,即不能维持机端电压恒定,由 PV 节点转变为 PQ 节点,系统雅可比矩阵的维数相应增加 1。此时,系统 PV 曲线就发生一次所谓的分支转换(branch switching)现象,使得曲线不光滑。如果运行点从一条曲线的上半支转到另一条曲线的上半支时(如图 12-4 所示),则系统仍稳定运行,电压崩溃点还是鞍结型分岔点;如果运行点从一条曲线的上半分支转到另一条曲线的下半分支时(如图 12-5 所示),系统运行在该发电机 PV 曲线下半部的不稳定运行区而立即产生电压崩溃现象,这一转折点就是所谓的极限诱导分岔点。

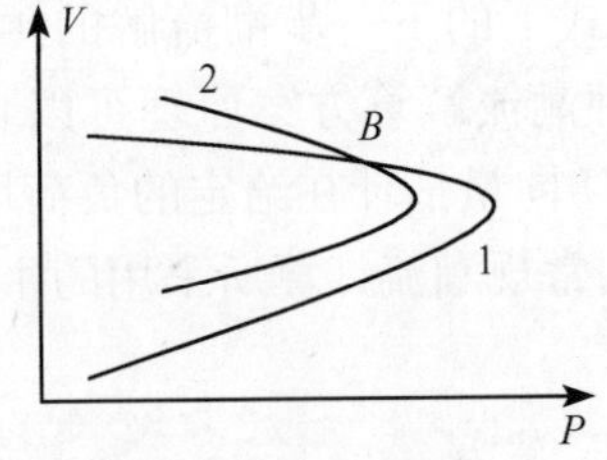

图 12-4　存在分支转换的鞍结分岔

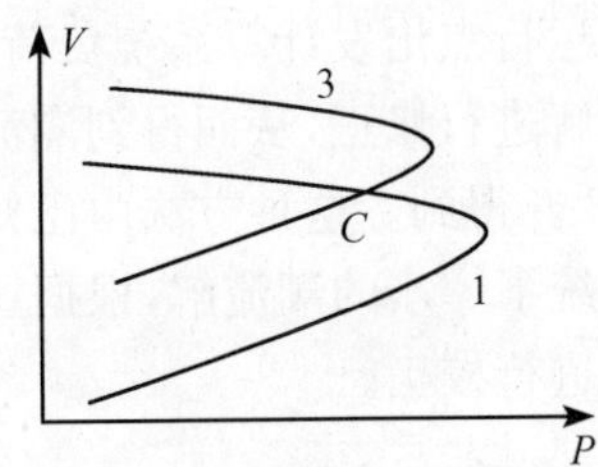

图 12-5　极限诱导分岔

12.2 用连续潮流法计算静态电压稳定极限

12.2.1 基本原理

在一般的潮流算法中只要不断地增加负荷，逐渐逼近电压崩溃点，那么就有可能找到崩溃点附近，但是基于常规潮流算法的迭代法在求解系统静态稳定临界点时遇到很大的问题。首先，在沿着给定的节点注入功率增长方向计算静稳临界点时，随着负荷功率的增加，系统的电压水平下降。当系统电压水平下降到一定程度时，估计出一个在常规潮流算法的收敛区以内的迭代初值并不是一件容易的事，事实上，在接近静态稳定临界点处，系统中部分节点的电压水平可能已跌落到只有额定值的 60%左右，因为常规的潮流算法的收敛性对起始初值比较敏感，必须在其可以收敛的范围内才能收敛。其次，由于常规潮流算法固有的缺陷，使其根本上无法准确地收敛到静态稳定临界运行点，最多只能得到静稳临界点附近的一些运行点的潮流分布，而且其结果有很大的不确定性。

下面，通过对连续潮流法原理的讨论，我们可以看到连续潮流法是如何克服上述困难的。连续潮流法在系统静态 PV 曲线的每一点均反复迭代，计算出准确的潮流[10~13]。其基本方程可描述为：

$$\boldsymbol{f}(\boldsymbol{x}) + \lambda \boldsymbol{b} = 0 \tag{12-11}$$

式中，λ 为负荷参数变量，表示系统的负荷水平；$\boldsymbol{x}$ 为 q 维状态向量；$\boldsymbol{f}$ 为 r 维函数向量；$\boldsymbol{b}$ 为 r 维常数向量，表示负荷增长方式，且 $\|\boldsymbol{b}\|=1$。

现有的连续潮流法均在式(12-11)的连续潮流基本方程基础上增加一个方程，同时将 λ 当作变量，从而使常规雅可比矩阵在右下方增加一行一列，扩展后的雅可比矩阵即使在临界点处仍然是良态的，从而使扩展后的潮流方程在临界点处也能收敛。不同的连续化方法其差别主要表现在所增加的方程上，根据增加的方程不同，现有的常用的连续潮流方法一般有弧长连续法、同伦连续法和局部参数连续法，本章下面的工作是围绕局部参数连续法计算系统的静态临界点。

局部参数连续法的原理相对较简单，对于扩展后的潮流方程式(12-11)，首先由原始运行点出发计算系统负荷在给定的增长方式下的下一步潮流解的预解，然后对预解进行修正，从而得到潮流的准确解。这种潮流解算方案原理可以直观地由图 12-6 得到。这种方法由已知的潮流解，利用切向量估计在给定的负荷增长方式下系统下一步的潮流解，根据这个估计值再利用常规潮流计算所采用的牛顿-拉夫逊法进行校正。

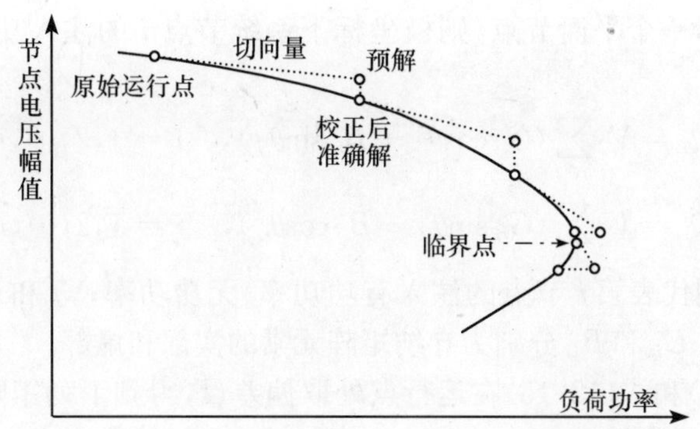

图 12-6　局部参数连续潮流算法原理图

为阐明连续潮流法的计算原理,我们需要明确连续潮流法与常规潮流计算之间的本质区别,常规潮流计算的目的是确定在给定节点负荷功率的条件下系统的功率分布。连续潮流法的目的是在给定系统中的负荷增长方式的条件下,计算出一条潮流解的路径,并非某种特定的潮流分布方式。在简单系统中,这条解的路径就是负荷节点的 PV 特性曲线。用这种方法不但可以计算到静态稳定的临界点,还可以计算到解的路径的静态不稳定部分。由连续潮流法计算得到的潮流解的路径只与系统原始运行点和负荷增长方式有关,对于给定的系统原始运行点,系统中的负荷增长方式不同,得到的潮流解的路径也不同,从而导致静态稳定临界点和静态稳定裕度都不尽相同,上述结论称为潮流解的路径的存在唯一性。因此在连续潮流法中,负荷参数 λ 不是一个自由变量,而同节点电压幅值和相角一样,是算法中的状态变量。

12.2.2　修正方程式

如式(12-11)所示,为了应用局部参数化连续化方法解算系统潮流问题,必须在潮流方程中计及负荷参数。在负荷线性增长假设下,这个算法的思路并不复杂。首先设 λ 表示负荷参数,使得:$0\leqslant\lambda\leqslant\lambda_c$,其中 λ_c 为系统在临界点时的负荷增长系数。这里 $\lambda=0$ 对应于原始运行点的负荷水平,$\lambda=\lambda_c$ 对应于在给定的负荷增长方式下静态稳定临界点的负荷水平。我们知道,每个负荷节点的功率平衡方程为:

$$0=P_{Li}-P_i,\quad 0=Q_{Li}-Q_i \tag{12-12}$$

同样可以写出发电机节点的功率平衡方程:

$$0=P_{Gi}-P_i,\quad 0=Q_{Gi}-Q_i \tag{12-13}$$

式中,P_{Li}、P_{Gi} 和 Q_{Li}、Q_{Gi} 代表负荷、发电机对节点 i 注入的有功和无功功率。P_i、Q_i 代表网络对节点的注入功率,仅取决于系统特征,其数学模型是我们在牛顿-拉夫逊法潮流计算中已经非常熟悉的偏差化方程。设所研究系统节点总数为 n,其中

PV 节点数为 n_v，一个平衡节点，则极坐标下系统节点 i 的注入功率方程，即网络的传输特性为：

$$P_i = V_i \sum_{j \in i} (G_{ij} \cos\theta_{ij} + B_{ij} \sin\theta_{ij}), \quad i = 1,2,\cdots,n \tag{12-14}$$

$$Q_i = V_i \sum_{j \in i} (G_{ij} \sin\theta_{ij} - B_{ij} \cos\theta_{ij}), \quad i = 1,2,\cdots,n \tag{12-15}$$

式中，P_i、Q_i 分别代表第 i 节点的注入有功功率、无功功率；V_i 和 θ_i 是相应节点的电压幅值与角度；G_{ij} 和 B_{ij} 分别为导纳矩阵元素的实部和虚部。

对式(12-14)和式(12-15)在运行点处取偏差量，得到下列矩阵形式的变量增量之间的线性关系：

$$\begin{bmatrix} \Delta \boldsymbol{P} \\ \Delta \boldsymbol{Q} \end{bmatrix} = \begin{bmatrix} \boldsymbol{J}_{P\theta} & \boldsymbol{J}_{PV} \\ \boldsymbol{J}_{Q\theta} & \boldsymbol{J}_{QV} \end{bmatrix} \begin{bmatrix} \Delta \boldsymbol{\theta} \\ \Delta \boldsymbol{V} \end{bmatrix} \tag{12-16}$$

式中：$\Delta \boldsymbol{P} \in \mathbf{R}^{n-1}$ 为节点有功注入变化列向量；$\Delta \boldsymbol{Q} \in \mathbf{R}^{n-n_v-1}$ 为节点无功注入变化列向量；$\Delta \boldsymbol{\theta} \in \mathbf{R}^{n-1}$ 为节点电压相角变化列向量；$\Delta \boldsymbol{V} \in \mathbf{R}^{n-n_v-1}$ 为节点电压幅值变化列向量。

其系数矩阵为雅可比矩阵，记为 $\boldsymbol{J}$，对于此模型，有下面两点值得关注：

① 上述分析中，没有计及系统中 PV 节点的无功功率方程，其隐含的物理意义是表示无论该节点的无功负荷变化多大，该节点均能维持电压恒定，这意味着该节点有非常充足的无功储备和电压控制能力。对于 PV 节点上的无功电源，以发电机为例，当其发出的无功功率达到最大允许值时(受转子励磁电流的限制)，该节点就失去了电压控制能力，转化为 PQ 节点，此时相应的无功功率方程应以偏差方程形式计入模型，否则由此得到的静稳结果过于乐观。

② 当系统运行点位于静态稳定曲面边界时，由前面的内容可知，雅可比矩阵是奇异的。

为计及负荷参数，从而在潮流方程中模拟负荷的变化，必须对式(12-12)中的 P_{Li}、Q_{Li} 和式(12-13)中的 P_{Gi} 进行修正。我们可以将节点 i 的负荷有功和无功注入功率分解为两个部分，其中一部分代表原始负荷水平 P_{Li0}、Q_{Li0}，另一部分对应于由负荷参数 λ 表示的负荷变化。从而：

$$0 = P_{Li0} + \lambda b_{Li}^{P} - P_i, \quad 0 = Q_{Li0} + \lambda b_{Li}^{Q} - Q_i \tag{12-17}$$

即为计及负荷变化的潮流方程式。

同理，将节点 i 的发电机注入功率分解为两个部分，一部分代表发电机原始出力 P_{Gi}；另一部分对应于由发电机参数 λ 表示的出力变化。从而 $P_{Gi} = P_{Gi0} + \lambda b_{Gi}^{P}$，其中 b_{Gi}^{P} 代表节点 i 的发电机出力的变化方式，也是式(12-11)中向量 $\boldsymbol{b}$ 的元素。将修正后的发电机节点注入功率表达式代入式(12-13)，得到修正后的发电机节点功率平衡方程式：

$$0 = P_{Gi0} + \lambda b_{Gi}^{P} - P_i, \quad 0 = Q_{Gi} - Q_i \tag{12-18}$$

这里之所以没有列写出发电机的无功出力变化的表达式，是因为在电力系统稳态问题分析中如果将发电机节点作为 PQ 节点处理，则说明发电机节点已经失去了充裕的无功储备，一般不可能再为其指定无功出力计划了。如果发电机节点仍然有无功储备，它亦只能作为 PV 节点处理，因为系统所有发电机的无功出力都是完全取决于系统的潮流分布的，我们无法人为地指定其具体的增长方式和运行模式的变化。

为便于将发电机节点与负荷节点统一处理，下面将发电机参数也统称为负荷参数，这样做是不会带来任何问题的，因为式(12-11)中列向量 $\boldsymbol{b}$ 对应于发电机与负荷节点的元素符号相反，从而区别了系统外部向节点注入功率的方向。

从而，将计及负荷变化的潮流方程式(12-17)与式(12-18)统一表示为：

$$F(\boldsymbol{\theta},\boldsymbol{V},\lambda)=[\boldsymbol{0}],\quad 0\leqslant\lambda\leqslant\lambda c \tag{12-19}$$

式中，$\boldsymbol{\theta}$ 和 $\boldsymbol{V}$ 分别表示节点电压幅值和相角列向量，称列向量$[\boldsymbol{\theta},\boldsymbol{V},\lambda]$为扩展状态向量，这个方程的基础解 $\boldsymbol{\theta}_0$、$\boldsymbol{V}_0$ 和 λ_0 可以由常规潮流算法得到。

12.2.3 修正方程式的预解

对修正后的潮流方程，局部参数连续法沿方程的切向量方向寻找其预解，事实上，是对预解进行线性化估计，首先对式(12-19)求偏导数，得到线性化的增量方程 $\mathrm{d}\boldsymbol{F}(\boldsymbol{\theta},\boldsymbol{V},\lambda)=\boldsymbol{F}_\theta\mathrm{d}\theta+\boldsymbol{F}_V\mathrm{d}\boldsymbol{V}+\boldsymbol{F}_\lambda\mathrm{d}\lambda=0$，写成向量的形式：

$$\begin{bmatrix}\boldsymbol{F}_\theta & \boldsymbol{F}_V & \boldsymbol{F}_\lambda\end{bmatrix}\begin{bmatrix}\mathrm{d}\boldsymbol{\theta}\\ \mathrm{d}\boldsymbol{V}\\ \mathrm{d}\lambda\end{bmatrix}=\boldsymbol{0} \tag{12-20}$$

同常规潮流计算类似，修正后的潮流方程的预解式是偏微分系数矩阵乘状态向量的增量的形式，称$[\boldsymbol{F}_\theta\,\boldsymbol{F}_V\,\boldsymbol{F}_\lambda]$为扩展雅可比矩阵，记为 $\boldsymbol{J}_e$，$[\mathrm{d}\boldsymbol{\theta}\ \mathrm{d}\boldsymbol{V}\ \mathrm{d}\lambda]$是扩展状态向量的切向量。分析一下扩展雅可比矩阵 $\boldsymbol{J}_e$ 的结构可知，扩展雅可比矩阵 $\boldsymbol{J}_e$ 是由常规潮流计算的雅可比矩阵 $\boldsymbol{J}$ 与一个列向量 $\boldsymbol{F}_\lambda$ 构成的，即 $\boldsymbol{J}_e=[\boldsymbol{J}\ \boldsymbol{F}_\lambda]$。又由式(12-11)和式(12-19)可得，列向量 $\boldsymbol{F}_\lambda=\boldsymbol{b}$，所以，$\boldsymbol{J}_e=[\boldsymbol{J}\ \boldsymbol{b}]$。已知扩展雅可比矩阵的结构，要求解修正后的潮流方程的预解，需要在式(12-20)的基础上再增加一个方程。用局部连续参数法解扩展潮流方程时，按下面的方式解决这个问题。

在扩展状态向量的切向量 $\boldsymbol{t}=[\mathrm{d}\boldsymbol{\theta}\ \mathrm{d}\boldsymbol{V}\ \mathrm{d}\lambda]$中，选取一个分量作为单位分量，即选取第 k 分量，使得 $t_k=\pm1$。这种做法隐含着，切向量中的其他分量事实上是相应地由其与 t_k 的比值代替，即 $t_i=t_i/t_k,i=1,2,\cdots,k-1,k+1,\cdots,m,m=2n-n_v-2$。

这样得到的切向量成为规范化的切向量，仍记为 $\boldsymbol{t}$。从而我们得到矩阵形式的扩展潮流方程的预解方程：

$$\begin{bmatrix} \boldsymbol{F}_\theta & \boldsymbol{F}_V & \boldsymbol{F}_\lambda \\ & \boldsymbol{e}_k & \end{bmatrix} \boldsymbol{t} = \begin{bmatrix} [\boldsymbol{0}] \\ \pm \boldsymbol{1} \end{bmatrix} \tag{12-21}$$

式中，$\boldsymbol{e}_k$ 是 m 维行向量，其中只有第 k 个元素为 1，其余元素均为 0。选作单位分量的切向量的分量 t_k 对应的系统的扩展状态变量称为连续参数。可见，在静态稳定的临界点，虽然常规潮流方程是奇异的，但扩展潮流方程的预解方程是非奇异的，从而保证了在静态稳定临界点处的潮流可解性。在切向量中选定连续参数 t_k 后，连续参数的数值为 1 或 −1，取决于当负荷按给定方式变化时，沿着潮流解的变化路径，连续参数是增加还是减小。若沿着潮流解的变化路径连续参数增加，则取 $t_k=1$，若否，则取 $t_k=-1$。例如，当负荷增加时，沿潮流解的路径，负荷参数 λ 是增加的，但节点电压幅值是减小的，因此，如果将 λ 选为连续参数，则 $t_k=1$；如果将节点电压幅值选为连续参数，则 $t_k=-1$。连续参数的选择是局部参数连续潮流计算中的重要问题，其选取方法的原则将在后面讨论。

通过式(12-21)得到扩展状态向量的切向量，那么，扩展潮流方程的预解即可表示为：

$$\begin{bmatrix} \boldsymbol{\theta}_* \\ \boldsymbol{V}_* \\ \lambda_* \end{bmatrix} = \begin{bmatrix} \boldsymbol{\theta} \\ \boldsymbol{V} \\ \lambda \end{bmatrix} + \sigma \begin{bmatrix} \mathrm{d}\boldsymbol{\theta} \\ \mathrm{d}\boldsymbol{V} \\ \mathrm{d}\lambda \end{bmatrix} \tag{12-22}$$

这个等式的意义是，$[\boldsymbol{\theta}_* \ \boldsymbol{V}_* \ \lambda_*]$表示由解的路径上的已知的扩展状态变量$[\boldsymbol{\theta}\ \boldsymbol{V}\ \lambda]$沿着解的路径的切向量方向$[\mathrm{d}\boldsymbol{\theta}\ \mathrm{d}\boldsymbol{V}\ \mathrm{d}\lambda]$得到的下一步扩展状态向量的预解。式中的 σ 是确定沿潮流解的路径计算到下一个运行点的预解的步长，对于计算静稳临界点的目的而言，步长的选择要求满足由式(12-22)得到的预解在下一步中用常规潮流计算求解其修正值的算法的收敛域内。目前步长的选择主要是依据程序设计者的经验，如果步长选得过小，虽然能保证迭代计算可靠地收敛，但对计算机资源会造成浪费，尤其是在系统的在线分析中要求提高计算速度的场合下；反之，若步长选得过大，可能会导致预解超出了校正计算的收敛区，从而迭代计算不收敛。特别是计算到静稳临界点附近时，节点注入功率的微小变化都可能造成状态变量的比较大的摄动，即状态变化比较剧烈时，对步长的选择尤其要十分地精细。

12.2.4 扩展状态变量修正值的计算

我们知道，连续潮流法的目的是按给定的负荷增长方向，从系统的原始运行点出发，计算出潮流解的路径。如果我们假设在这条解的路径的某一点上，扩展状态变量的某一分量已知，那么，由解的路径的存在唯一性可知，在解的路径的同一点上扩展状态变量的其余分量也是唯一确定的。

在选定连续潮流计算的连续参数以后，我们可以解得扩展状态变量的预解，设预解中的连续参数为 $t_k=\rho$，则由前面分析，对应于 $t_k=\rho$ 在潮流解的路径上存在确定的一点。在此基础上计算扩展状态变量修正值的算法如下：

$$\begin{bmatrix} \boldsymbol{F}(\boldsymbol{\theta},\boldsymbol{V},\boldsymbol{\lambda}) \\ t_k-\boldsymbol{\rho} \end{bmatrix}=[\boldsymbol{0}] \tag{12-23}$$

式中，t_k 是被选定的连续参数，ρ 是 t_k 的预解值。式(12-23)可以采用我们在计算电力系统常规潮流分布时所采用的牛顿-拉夫逊迭代算法，其计算的初始值为扩展状态变量的预解值$[\boldsymbol{\theta}_* \ \boldsymbol{V}_* \ \lambda_*]$。

12.2.5　连续参数的选择

连续参数的选择在整个连续潮流算法中是比较重要的问题，恰当地选取连续参数可以保证连续潮流法可靠地收敛，否则，若连续潮流参数的选取不合适可能会导致算法发散。在数学上，一般是选择切向量$[\mathrm{d}\boldsymbol{\theta} \ \mathrm{d}\boldsymbol{V} \ \mathrm{d}\lambda]$中的最大分量作为连续参数。事实上，这样选择的状态变量对应于在潮流解的路径上的具有最大变化率的状态分量。当系统的负荷水平较轻，或维持在正常水平以内时，一般可选负荷参数 λ 作为连续参数，这是因为，当系统的负荷水平维持在正常水平以内时，系统有较强的电压支撑能力，因此即便是负荷参数 λ 变化较大，从而系统的负荷水平有较大的变化，系统中节点电压的幅值和相角的变化仍相对比较小。反之，当系统的运行点接近静态稳定的临界点时，即使系统中的负荷水平有轻微变化，都会导致系统中节点的电压幅值和相角的剧烈波动，这时若仍将负荷参数 λ 选作连续参数，则可能造成算法的发散。因此，在利用连续潮流法计算静稳临界点的过程中的每一步，都需要重新选择连续参数。所谓的连续参数在整个算法中具有局部的特性，这也正是该方法称之为局部连续参数法的原因。所以，若在某一步计算中，连续参数已选定，并且算法已收敛，那么，在下一步计算中的连续参数通常可以如下选取：

$$|t_k|=\max\{|t_1|,|t_2|,\cdots,|t_m|\} \tag{12-24}$$

式中，$t_1,\cdots,t_m$ 是切向量$[\mathrm{d}\boldsymbol{\theta} \ \mathrm{d}\boldsymbol{V} \ \mathrm{d}\lambda]$的对应分量。

根据图 12-6 所示的局部参数连续潮流算法原理，我们不难从保证算法收敛性的角度理解上述连续参数的选取原则。在由系统原始运行点出发计算下一步系统的潮流分布时，选择负荷参数作为连续参数，此时连续潮流法可以理解为一种给出迭代初值的迭代法计算系统静态稳定临界运行点。如果节点注入功率进一步变化，迭代计算到静稳临界点附近时，由状态向量的切向量得到下一步潮流解的预解，其中预解的负荷功率可能超过系统极限传输能力，则仍选取负荷参数作为连续参数必然导致迭代计算的发散，而选取节点电压作为连续参数可以确保迭代收敛。

此外，也可以用计算预解式得到的切向量$[\mathrm{d}\boldsymbol{\theta} \ \mathrm{d}\boldsymbol{V} \ \mathrm{d}\lambda]$中负荷参数分量 $\mathrm{d}\lambda$ 的符

号作为计算到临界点的判据。在 PV 特性的上半支，负荷沿一定方式不断增长，因此负荷参数分量 $d\lambda$ 在数值上大于 0；连续潮流算法计算到 PV 特性曲线下半支时，负荷参数分量 $d\lambda$ 小于 0；在理想情况下，我们可以准确地计算到系统静态稳定运行临界点的潮流分布，对应于负荷参数分量 $d\lambda$ 等于 0。

12.3 静态电压稳定裕度对变量的灵敏度计算

针对两种极限分岔点，分别阐述电压稳定裕度对变量的灵敏度的求解方法[14]。连续潮流方程可以描述为：

$$\boldsymbol{F}(\boldsymbol{x},\lambda,p)=\begin{bmatrix}\boldsymbol{f}(\boldsymbol{x},\lambda,p)\\ \boldsymbol{e}(\boldsymbol{x},\lambda,p)\end{bmatrix}=\boldsymbol{0} \tag{12-25}$$

式中，$\boldsymbol{f}(\boldsymbol{x},\lambda,p)$是 n 维的潮流方程，$\boldsymbol{e}(\boldsymbol{x},\lambda,p)$是一个一维的参数化方程，可以确保扩展雅可比矩阵在鞍结型分岔点非奇异。$\boldsymbol{x}$ 是指潮流方程中的各种状态变量，λ 是指电压稳定裕度，p 是指各种控制变量。

可以根据 PV 曲线的上下支中 $\partial\lambda/\partial p$ 的符号不同及 $\partial\lambda/\partial p$ 趋于 0 可以得到鞍结型分岔点。如果 $\partial\lambda/\partial p$ 不趋于 0 而前后两点的 PV 节点数目不同，则可以得到一个极限诱导型分岔点。

12.3.1 鞍结型分岔情形下的计算

如果分岔点($\boldsymbol{x}_*,\lambda_*,p_*$)是鞍结型分岔点，则由定义可知，原始的雅可比矩阵 $\boldsymbol{f}_x$ 奇异，必定存在一个零特征根的非零左特征向量 $\boldsymbol{w}$(行向量)，使得：

$$\boldsymbol{w}\boldsymbol{f}_x\,|_*=\boldsymbol{0} \tag{12-26}$$

将 n 维向量 $\boldsymbol{w}$ 扩展为 $n+1$ 维非零向量 $\boldsymbol{w}'=(\boldsymbol{w},0)$，并存在下式：

$$\boldsymbol{w}'\boldsymbol{F}_x\,|_*=\boldsymbol{0} \tag{12-27}$$

并且，由于扩展潮流方程在分岔点的雅可比矩阵是非奇异的，有下面式子成立：

$$\boldsymbol{w}'(\boldsymbol{F}_x,\boldsymbol{F}_\lambda)\,|_*\neq\boldsymbol{0} \tag{12-28}$$

将扩展的潮流方程在分岔点($\boldsymbol{x}_*,\lambda_*,p_*$)线性化：

$$\boldsymbol{F}_x\,|_*\Delta\boldsymbol{x}+\boldsymbol{F}_\lambda\,|_*\Delta\lambda+\boldsymbol{F}_p\,|_*\Delta p=0 \tag{12-29}$$

式中，$\boldsymbol{F}_\lambda$ 是扩展的潮流方程左函数 $\boldsymbol{F}$ 对参数 λ 的导数；$\boldsymbol{F}_p$ 是 $\boldsymbol{F}$ 对控制变量 p 的导数；“$|_*$”是指在分岔点的取值。用特征向量 $\boldsymbol{w}'$ 左乘上式，得到：

$$\boldsymbol{w}'\boldsymbol{F}_x\,|_*\Delta\boldsymbol{x}+\boldsymbol{w}'\boldsymbol{F}_\lambda\,|_*\Delta\lambda+\boldsymbol{w}'\boldsymbol{F}_p\,|_*\Delta p=0 \tag{12-30}$$

则得到负荷裕度对控制变量的灵敏度：

$$\lambda_p\,|_*=\frac{\Delta\lambda}{\Delta p}=\frac{-\boldsymbol{w}'\boldsymbol{F}_p\,|_*}{\boldsymbol{w}'\boldsymbol{F}_\lambda\,|_*}$$

在崩溃点的一个邻域内，如果已知灵敏度，则可以根据下式来估计负荷裕度 λ 的变化量：

$$\Delta\lambda = \lambda_p \mid_* \Delta p \tag{12-31}$$

灵敏度计算关键在于扩展非零左特征向量 $\boldsymbol{w}'$ 的计算。一旦求出 $\boldsymbol{w}'$，所有的负荷裕度对控制变量的灵敏度容易求得。下面给出 $\boldsymbol{w}'$ 的计算公式，由于扩展的雅克比矩阵在分岔点是非奇异的，那么：

$$\begin{bmatrix} \boldsymbol{f}_x \boldsymbol{f}_\lambda \\ \boldsymbol{e}_x \boldsymbol{e}_\lambda \end{bmatrix}^{\mathrm{T}} \begin{bmatrix} \boldsymbol{w}^{\mathrm{T}} \\ 0 \end{bmatrix} = \begin{bmatrix} \boldsymbol{f}_x^{\mathrm{T}} \ \boldsymbol{e}_x^{\mathrm{T}} \\ \boldsymbol{f}_\lambda^{\mathrm{T}} \ \boldsymbol{e}_\lambda^{\mathrm{T}} \end{bmatrix} \begin{bmatrix} \boldsymbol{w}^{\mathrm{T}} \\ 0 \end{bmatrix} = \begin{bmatrix} \boldsymbol{f}_x^{\mathrm{T}} \boldsymbol{w}^{\mathrm{T}} \\ \boldsymbol{f}_\lambda^{\mathrm{T}} \boldsymbol{w}^{\mathrm{T}} \end{bmatrix} \begin{bmatrix} 0 \\ \boldsymbol{f}_\lambda^{\mathrm{T}} \boldsymbol{w}^{\mathrm{T}} \end{bmatrix} \neq \begin{bmatrix} 0 \\ 0 \end{bmatrix} \tag{12-32}$$

因此，$\boldsymbol{f}_\lambda^{\mathrm{T}} \boldsymbol{w}^{\mathrm{T}} = a \neq 0$。又因为如果 $\boldsymbol{w}$ 是左特征向量，则 $\boldsymbol{w}/a$ 也一定是它的一个特征向量。因此，可以用公式来求扩展的左特征向量 $\boldsymbol{w}'$：

$$\boldsymbol{w}'^{\mathrm{T}} = \left\{ \begin{bmatrix} \boldsymbol{f}_x^{\mathrm{T}} \boldsymbol{e}_x^{\mathrm{T}} \\ \boldsymbol{f}_\lambda^{\mathrm{T}} \boldsymbol{e}_\lambda \end{bmatrix} \Bigg|_* \right\}^{-1} \begin{bmatrix} 0 \\ 1 \end{bmatrix} \tag{12-33}$$

特征向量 $\boldsymbol{w}$ 的计算就是形成转置的扩展雅克比矩阵及其因子化，加上一次前代和回代的计算量。

12.3.2　极限诱导型分岔情形下的计算

如果分岔点$(\boldsymbol{x}_*, \lambda_*, p_*)$是一个极限诱导型分岔点，则潮流扩展方程中 $\boldsymbol{e}(\boldsymbol{x}_*, \lambda_*, p_*)$不再是参数方程，而应该变成反映起约束作用的方程，扩展后的潮流方程变为：

$$\boldsymbol{F}(\boldsymbol{x}, \lambda, p) = \begin{bmatrix} \boldsymbol{f}(\boldsymbol{x}, \lambda, p) \\ V_k - V_{k.set} \end{bmatrix} = \boldsymbol{0} \tag{12-34}$$

式中，V_k 是节点的电压幅值；$V_{k.set}$ 是节点电压的约束值。

$\boldsymbol{F}_x \mid_*$ 的维数是$(n+1)\times n$，其秩为 n。因此，必然存在一个 $n+1$ 维的非零行向量 $\boldsymbol{w}'$，使得 $\boldsymbol{w}'\boldsymbol{F}_x \mid_* = \boldsymbol{0}$，但是扩展潮流方程的雅克比矩阵$(\boldsymbol{F}_x, \boldsymbol{F}_\lambda)\mid_*$是非奇异的，其秩为 $n+1$，即 $\boldsymbol{w}'(\boldsymbol{F}_x, \boldsymbol{F}_\lambda)\mid_* \neq \boldsymbol{0}$ 成立，同样，可以推得，极限诱导型分岔点的灵敏度公式与鞍结型分岔点的完全一样。只是其中的意义有所不同，应注意以下几点：

① 在极限诱导型分岔点，不是 $\boldsymbol{f}_x$ 奇异，而是 $\boldsymbol{F}_x$ 奇异。在连续潮流法求解过程中，不是用上面的 $e(\boldsymbol{x}, \lambda, p) = V_k - V_{k.set}$ 来扩展方程的，只是在辨识到分岔点类型后，用来求解左特征向量而已。

② 两种分岔点的灵敏度公式形式一样，但 $\boldsymbol{F}$ 和 $\boldsymbol{w}'$ 的意义不同。

下面给出左特征向量的计算方法。将 $\boldsymbol{w}'$ 分解为 $\boldsymbol{w}' = (\boldsymbol{w}, w_1)$，其中 $\boldsymbol{w}$ 是 n 维，w_1 是一维。由式 $\boldsymbol{w}'\boldsymbol{F}_x \mid_* = \boldsymbol{0}$ 可知，$\boldsymbol{w}\boldsymbol{F}_x \mid_* = -w_1 \boldsymbol{e}_x \mid_*$。

如果 $\boldsymbol{w} = \boldsymbol{0}$，则 $w_1 = 0$；反之亦然。这样，不妨设 $w_1 = 1$，并使得 $\boldsymbol{f}_x^{\mathrm{T}} \mid_* \boldsymbol{w}^{\mathrm{T}} = -\boldsymbol{e}_x^{\mathrm{T}} \mid_*$，则有 $\boldsymbol{w}^{\mathrm{T}} = -(\boldsymbol{f}_x^{\mathrm{T}} \mid_*)^{-1} \boldsymbol{e}_x^{\mathrm{T}} \mid_*$。

12.4 考虑电压稳定裕度约束的无功优化计算

12.4.1 计算原理

选择在临界点(电压崩溃点)运行状态下负荷有功功率与正常运行状态下负荷有功功率之差作为静态电压稳定裕度的定义。图 12-7 给出了某负荷节点电压与负荷有功功率的变化关系 λV 曲线,A 点为正常工作点,B 点为电压崩溃点。将系统正常工作点 A 与临界点 B 之间的距离定义为电压稳定裕度 α_{VSM}。通常,利用连续潮流法求静态电压稳定裕度时,所有负荷参数 λ 都是同一个变量,因此电压稳定裕度可以写成:

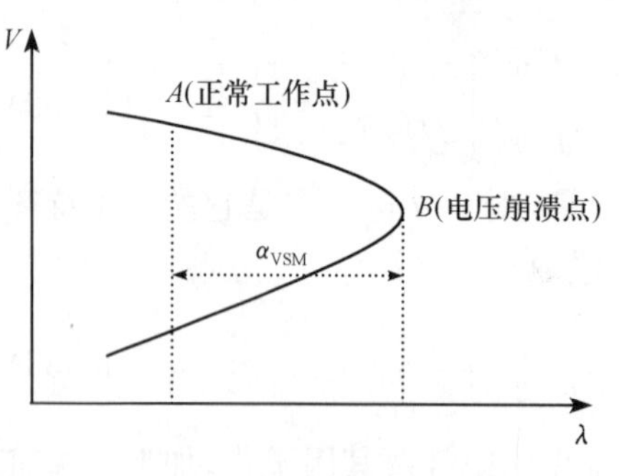

图 12-7 电压稳定裕度图示

$$\alpha_{\text{VSM}} = [(\lambda_* + 1)P_{l0} - P_{l0}]/P_{l0} = \lambda_* \tag{12-35}$$

式中,P_{l0} 为基本负荷;λ_* 为临界点的负荷参数。

无功优化在数学上表现为典型的非线性规划问题,其数学模型可描述为:

$$\min f(\boldsymbol{x},\boldsymbol{u}) \tag{12-36}$$

$$\text{s.t.}\ \boldsymbol{g}(\boldsymbol{x},\boldsymbol{u}) = \boldsymbol{0} \tag{12-37}$$

$$\underline{\boldsymbol{h}} \leqslant \boldsymbol{h}(\boldsymbol{x},\boldsymbol{u}) \leqslant \bar{\boldsymbol{h}} \tag{12-38}$$

$$\alpha_{\text{VSM}} \geqslant \alpha_{\min} \tag{12-39}$$

式中,$f(\cdot)$为系统有功损耗;式(12-37)为节点功率平衡方程;式(12-38)代表节点电压上下限、控制变量的上下限和支路潮流不等式约束等;式(12-39)代表静态电压稳定裕度约束;$\boldsymbol{u}=[\boldsymbol{Q}_G^{\text{T}},\boldsymbol{Q}_C^{\text{T}},\boldsymbol{T}_B^{\text{T}}]^{\text{T}}$ 为控制变量列向量,$\boldsymbol{Q}_G$ 为发电机的无功出力列向量,$\boldsymbol{Q}_C$ 为无功补偿设备的无功出力列向量,$\boldsymbol{T}_B$ 为可调变压器的变比列向量;$\bar{\boldsymbol{h}}$,$\underline{\boldsymbol{h}}$ 分别为相应变量上下限;设节点 n 为平衡节点,$\boldsymbol{x}=[P_{Gn},V_1,V_2,\cdots,V_n,\theta_1,\theta_2,\cdots,\theta_{n-1}]^{\text{T}}$,由平衡机的有功出力、节点电压和除平衡节点外的其他节点电压相角构成。

当不考虑静态电压稳定约束时,即忽略式(12-39),式(12-36)～式(12-38)就是常规的无功优化模型,通常采用原对偶内点法求解。

求解式(12-36)～式(12-39)组成的含有电压稳定裕度约束的无功优化模型大致可以分为两种方法:第一种方法,联立求解,即直接求解式(12-36)～式(12-39)构成的非线性优化问题[15~21];第二种方法,交替求解,即将式(12-36)～式(12-39)构成的模型分为常规无功优化问题和电压稳定裕度控制两个子问题,交替求解,即本章提出的解决方案[22]。

采用第一种联立求解方法存在以下困难：

① α_{VSM}不能写成 $\boldsymbol{x},\boldsymbol{u}$ 的函数形式(无论是显式还是隐式)，因此其模型本身就很难于建立。有文献以各种静态电压稳定指标作为稳定裕度 α_{VSM}的代表，但指标并不是真正的静态电压稳定裕度，两者数量上没有确切关系，因此这些方法有缺陷。

② 也有文献通过虚拟一个临界点，求取使系统有某个特定的电压稳定裕度工作状态。但这种方法随着系统规模的增大，其求解的复杂性也翻倍，使其应用受到很大的限制。

鉴于此，本章采用第二种方法，通过两个子问题交替求解有以下优点：

① 能够很好地解决静态电压稳定裕度计算问题，通过连续潮流法能够较精确地求出系统的真正稳定裕度。并且无论电压崩溃类型是极限诱导分岔点还是鞍结分岔点，都能方便地求出电压稳定裕度对各个控制变量的灵敏度。

② 无功优化计算和电压稳定裕度控制分开，交替求解，不会因系统规模增大而产生求解困难的问题。其基本思路是：先进行无功优化子问题求解，然后计算优化后系统的静态电压稳定裕度，判断是否满足要求。如果不满足要求，则求出电压稳定裕度对各控制变量的灵敏度，根据灵敏度信息确定控制策略，修正下一次无功优化子问题约束条件的上下限，使系统向着增大电压稳定裕度的方向变化，再进行新的无功优化计算。如此循环往复，一直到系统的电压稳定裕度增大到满足要求为止。该方法可用图 12-8 表示。需要注意的是，由于在连续潮流法中，发电机的

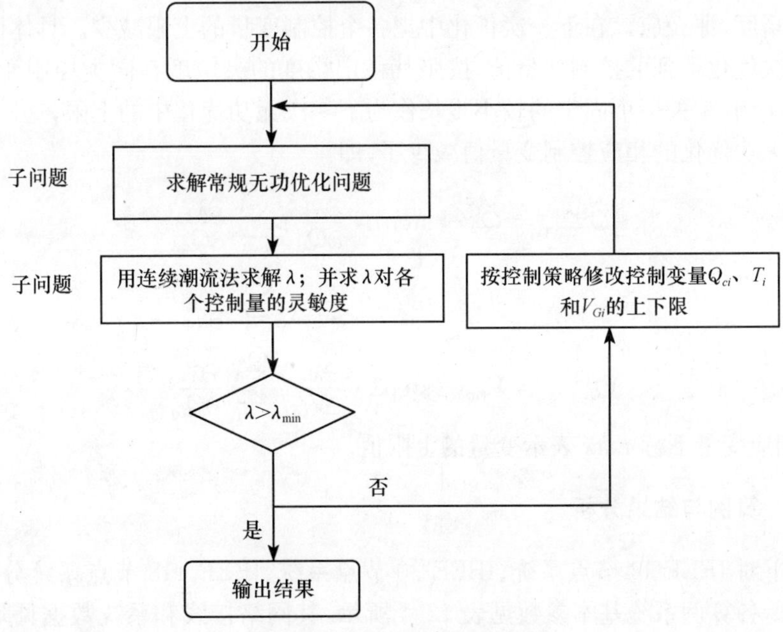

图 12-8　算法模块和流程图

无功出力是一个自由量，其对电压稳定裕度的灵敏度难于计算，因此，改用发电机机端电压作为控制变量，可以克服这个问题。但两者本质上是一样的。

在求解灵敏度的过程中，分别计算静态电压稳定裕度对无功补偿设备的出力、变压器变比和发电机端电压的灵敏度。若 $\partial\lambda_*/\partial Q_{ci}>0$，$\partial\lambda_*/\partial T_i>0$，$\partial\lambda_*/\partial V_{Gi}>0$，说明增大 Q_{ci}、T_i、V_{Gi} 有利于稳定裕度的增加，则应该在下一次无功优化中增大相应的无功补偿出力、变压器变比和发电机机端电压。具体做法是把上一次优化得到的 Q_{ci}、T_i、V_{Gi} 的最优值，按照其灵敏度在同类控制变量灵敏度中的比例，加上一个固定的较小步长作为下一次无功优化中相应变量的下限，这样在下一次无功优化中就能够增大 Q_{ci}、T_i、V_{Gi} 值，从而实现增大稳定裕度的目的，即：

$$Q_{ci\_\min}^{k+1}=Q_{ci}^{k}+\text{step1}\cdot\frac{\partial\lambda_*}{\partial Q_{ci}}\Bigg/\sum_{j=1}^{m\_Q_C}\frac{\partial\lambda_*}{\partial Q_{cj}} \tag{12-40}$$

$$T_{i\_\min}^{k+1}=T_{i}^{k}+\text{step2}\cdot\frac{\partial\lambda_*}{\partial T_{i}}\Bigg/\sum_{j=1}^{m\_\text{Tran}}\frac{\partial\lambda_*}{\partial T_{j}} \tag{12-41}$$

$$V_{Gi\_\min}^{k+1}=V_{Gi}^{k}+\text{step3}\cdot\frac{\partial\lambda_*}{\partial V_{Gi}}\Bigg/\sum_{j=1}^{m\_Q_G}\frac{\partial\lambda_*}{\partial Q_{Gj}} \tag{12-42}$$

式中，m_Q_C，m_Tran，m_Q_G 分别表示无功补偿设备、变压器和发电机的数目；step1、step2、step3 分别是对无功补偿出力、变压器变比和发电机电压设定的较小步长；相应变量下标 min 表示变量的下限值；k 代表交替求解的次数。

若 $\partial\lambda_*/\partial Q_{ci}<0$，$\partial\lambda_*/\partial T_i<0$，$\partial\lambda_*/\partial V_{Gi}<0$，则说明减少 Q_{ci}、T_i、V_{Gi} 有利于增大稳定裕度，那么应该在下一次优化中把各个控制变量的上限减少。具体做法是：把上一次优化得到的控制变量值，按照其稳定裕度的灵敏度在同类控制变量灵敏度中的比例，减去一个固定的较小步长作为下一次无功优化中的上限，这样就能把下一次无功优化的相应控制变量值减少了，即：

$$Q_{ci\_\max}^{k+1}=Q_{ci}^{k}-\text{step1}\cdot\frac{\partial\lambda_*}{\partial Q_{ci}}\Bigg/\sum_{j=1}^{m\_Q_C}\frac{\partial\lambda_*}{\partial Q_{cj}} \tag{12-43}$$

$$T_{i\_\max}^{k+1}=T_{i}^{k}-\text{step2}\cdot\frac{\partial\lambda_*}{\partial T_{i}}\Bigg/\sum_{j=1}^{m\_\text{Tran}}\frac{\partial\lambda_*}{\partial T_{j}} \tag{12-44}$$

$$V_{Gi\_\max}^{k+1}=V_{Gi}^{k}-\text{step3}\cdot\frac{\partial\lambda_*}{\partial V_{Gi}}\Bigg/\sum_{j=1}^{m\_Q_G}\frac{\partial\lambda_*}{\partial Q_{Gj}} \tag{12-45}$$

式中，相应变量下标 max 表示变量的上限值。

12.4.2 算例与结果分析

以下对 IEEE 14 节点系统、IEEE 30 节点系统、IEEE 118 节点系统分别进行了计算。各算例系统基本参数见表 12-1 所示，其网络接线和系统数据见附录Ⅱ、Ⅲ和Ⅳ。内点法的收敛精度为：补偿间隙 gap$<10^{-6}$且最大潮流偏差$<10^{-3}$。阻

尼因子 $\sigma=0.1$。所用的优化计算程序用 C 语言编写，在 Visual C++6.0 环境编译。所用计算机为 Pentium Ⅲ1.80G，内存 256M。

表 12-1　三个试验系统的基本数据

系统名称	节点数	支路数	可调变压器数	无功补偿设备数	发电机数
IEEE 14 节点系统	14	20	3	3	2
IEEE 30 节点系统	30	40	4	9	6
IEEE 118 节点系统	118	179	8	10	36

1. IEEE 30 节点系统

IEEE 30 节点系统在 12、15、18、19、21、24、26、28、30 号节点设置无功补偿装置，其系统接线图及基本参数详见附录Ⅲ。

通过调节系统的控制变量，能真正有效地提高系统的静态电压稳定裕度，同时取得较小的网损。该方法将电压稳定裕度约束无功优化问题分解为非线性无功优化和电压稳定裕度及其对控制变量灵敏度分析两个子问题，通过两者的交替求解实现寻优。前者采用非线性原对偶内点法求解，后者则是以连续潮流计算为基础。该方法计算速度快，对系统规模大小不敏感。并发现一个系统在特定的负荷增长方式下，由于无功潮流的改变其分岔类型可能会在极限诱导分岔(LIB)和鞍结分岔(SNB)之间转换。

设定系统要求的最小裕度 $\lambda_{min}=1$，采用本章方法优化结果如表 12-2 所示，本章方法和常规的无功优化电压变化的对比如表 12-3 所示。

表 12-2　优化结果

<table>
<tr><th></th><th>控制变量</th><th>下　限</th><th>上　限</th><th>常规无功优化方法</th><th>本章方法</th></tr>
<tr><td rowspan="6">发电机无功功率/(p.u.)</td><td>Q_{G_1}</td><td>−0.16</td><td>2.60</td><td>−0.0616</td><td>−0.0338</td></tr>
<tr><td>Q_{G_2}</td><td>−0.40</td><td>0.50</td><td>−0.0757</td><td>0.1944</td></tr>
<tr><td>Q_{G_5}</td><td>−0.40</td><td>0.40</td><td>0.0231</td><td>0.0302</td></tr>
<tr><td>Q_{G_8}</td><td>−0.14</td><td>0.40</td><td>−0.0089</td><td>−0.1308</td></tr>
<tr><td>$Q_{G_{11}}$</td><td>−0.06</td><td>0.24</td><td>0.0312</td><td>−0.0600</td></tr>
<tr><td>$Q_{G_{13}}$</td><td>−0.06</td><td>0.24</td><td>0.2078</td><td>0.0351</td></tr>
<tr><td>发电机无功之和/(p.u.)</td><td></td><td></td><td></td><td>0.1159</td><td>0.0351</td></tr>
<tr><td rowspan="4">变压器变比/(p.u.)</td><td>Tran-9-6</td><td>0.9</td><td>1.1</td><td>1.0000</td><td>0.9004</td></tr>
<tr><td>Tran-6-10</td><td>0.9</td><td>1.1</td><td>0.9858</td><td>0.9087</td></tr>
<tr><td>Tran-12-4</td><td>0.9</td><td>1.1</td><td>1.0093</td><td>0.9130</td></tr>
<tr><td>Tran-28-27</td><td>0.9</td><td>1.1</td><td>0.9958</td><td>0.9192</td></tr>
</table>

续表

	控制变量	下　限	上　限	常规无功优化方法	本章方法
无功补偿设备出力/(p. u.)	$Q_{C_{12}}$	−1.35	0	−0.0576	−0.0085
	$Q_{C_{15}}$	0	0.5	0.0508	0.0646
	$Q_{C_{18}}$	−1.35	0	0	−0.0141
	$Q_{C_{19}}$	0	0.5	0.0320	0.0486
	$Q_{C_{21}}$	0	0.5	0.0372	0.0596
	$Q_{C_{24}}$	0	0.5	0.0340	0.0502
	$Q_{C_{26}}$	0	0.5	0.0249	0.0382
	$Q_{C_{28}}$	0	0.5	0.0006	0.0152
	$Q_{C_{30}}$	0	0.5	0.0290	0.0403
无功补偿出力之和/(p. u.)				0.1509	0.2941
发电机端电压/(p. u.)	V_{G_1}	0.9	1.1	1.0552	0.9815
	V_{G_2}	0.9	1.1	1.0584	0.9870
	V_{G_5}	0.9	1.1	1.0579	0.9780
	V_{G_8}	0.9	1.1	1.0514	0.9579
	$V_{G_{11}}$	0.9	1.1	1.0526	1.0328
	$V_{G_{13}}$	0.9	1.1	1.0753	1.0475
有功网损/(p. u.)				0.0231	0.0267
无功注入之和/(p. u.)				0.2668	0.3292
λ_*/(p. u.)				0.7423	1.0198

注：表中第二列表示控制变量所在的节点号，变压器表示两端节点号。

表 12-3　本章与常规无功优化前后节点电压对比

节点编号	常规无功优化后的电压幅值/(p. u.)	本章方法优化后的电压幅值/(p. u.)
1	1.05520	0.98153
2	1.05836	0.98698
3	1.05000	0.96512
4	1.04825	0.96118
5	1.05790	0.97797
6	1.04822	0.95897
7	1.04388	0.95758
8	1.05141	0.95794
9	1.05000	1.04852
10	1.04224	1.04254
11	1.05260	1.03279

续表

节点编号	常规无功优化后的电压幅值/(p.u.)	本章方法优化后的电压幅值/(p.u.)
12	1.05000	1.04466
13	1.07529	1.04753
14	1.03969	1.03577
15	1.03806	1.03544
16	1.03880	1.03578
17	1.03566	1.03494
18	1.03025	1.02823
19	1.02885	1.02898
20	1.03138	1.03155
21	1.03364	1.03532
22	1.03454	1.03614
23	1.03201	1.03157
24	1.03241	1.03492
25	1.04125	1.04382
26	1.03320	1.04064
27	1.05000	1.05000
28	1.04654	0.95768
29	1.03554	1.03738
30	1.02970	1.03358

计算结果分析：

① 通过各种控制措施的调配可以使得系统的稳定裕度增大。在传统的无功优化后，系统的电压稳定裕度是 0.7423，网损是 0.0231。而经过本方法考虑了电压稳定约束后，系统的电压稳定裕度增大到 1.0198，提高了 37.466%。但网损从 0.0231 增大到 0.0267，增大了 16.08%。可见，系统网损最小时其电压稳定裕度不是最大。网损最小和电压稳定裕度最大的两个目标是有矛盾的，可以通过各种控制措施使系统的电压稳定裕度增大，但以网损的增大为代价。

② 从结果可以看出，各个控制变量有的变化大，有的变化小，这是由于稳定裕度对各个控制变量的灵敏度大小不同，所以在控制策略中，应按照各个控制变量在同类中灵敏度的大小比例进行控制，以使优化更有效。

③ 在交替求解的过程中，在既定的负荷增长方式下，有时会因无功潮流的改变而导致系统崩溃点类型的改变。这对于研究电压崩溃有重要意义。如表 12-4 所示，在经过第一次无功优化后和第一次交替求解时，系统分岔类型为 SNB，关键节点为 21 号节点，但在第二到第四次交替求解时，崩溃类型变为 LIB，关键节点为 2 号发电机节点。第一次和第二次交替求解时，系统电压崩溃类型由 SNB 转换成 LIB。

表 12-4 分岔类型在迭代过程中的变化情况

交替求解次数	电压稳定裕度/(p. u.)	电压崩溃类型	关键节点
0	0.7423	SNB	21
1	0.8948	SNB	21
2	0.9572	LIB	2
3	0.9881	LIB	2
4	1.0198	LIB	2

注:在崩溃类型为 SNB 时,关键节点是指电压最低的节点,而当是 LIB 时,关键节点是指由于发电机无功越限而导致崩溃的节点。

④ 从发电机的无功出力来看,电压稳定裕度的提高并一定是要提高所有发电机的无功出力,而是要通过优化,有选择地选取某些发电机增加其无功出力。如在 11 号节点的发电机的无功出力是由 0.0312 降到−0.06,8 号节点的发电机的无功出力由−0.0089 减少到−0.1308,同样 13 号节点的发电机无功出力也有减少。而其他节点的发电机无功出力都有不同程度的提高。所以,在实际运行中应该是有选择地调整发电机无功出力。

⑤ 一般意义讲,在某个节点增加其无功补偿出力,其电压幅值一般是升高。但是,有时候由于相邻节点的无功减少能将本节点的电压拉下来,例如 28 号节点的电压由传统优化后的 1.04654 下降到 0.95768,而在该节点的无功补偿出力却由 0.0006 增加到 0.0152,这是由于与 28 号节点相连的 8 号节点发电机的无功出力大幅度减少所致,发电机节点 8 号电压急剧下降,将相邻的 28、6 号节点的电压都大幅下拉,才致出现这种情况。可见,电压稳定性的提高不一定是以节点电压的提升为目标,反而,某些节点电压的下降有时也能有效地提高电力系统的电压稳定性。

⑥ 从无功补偿出力变化来看,在常规无功优化后补偿出力是在网损最小的目标下取得,当既要提高电压稳定裕度同时又要降低网损时,其各个补偿设备出力有的增大有的减少,可见电压稳定性是与无功有密切关系,但并非是提高每个节点的无功补偿来提高电压稳定裕度,而是有选择地进行,有协调配置的需求。但无功补偿装置总的出力是在增加的,发电机的无功出力在减少。

⑦ 本章方法优化后的变压器变比较低,但这并不具有代表性。不能想当然认为变压器变比越低其电压稳定性越高,实际上是电压稳定裕度对变压器变化的灵敏度有正有负,说明有的是要提高变比,有的要降低变比。

⑧ 发电机的无功与电压有明显的关系,在本章中由于发电机的无功是一个自由量,因此选取机端电压作为无功的等效,从算例上看这种方法是有效的,其电压稳定裕度对机端电压的灵敏度有正有负。因此其电压有的要降低,有的要提高。

本例中的机端电压成下降趋势，是由于相邻节点的电压降低导致。

2. IEEE 14 节点与 IEEE 118 节点系统

在 IEEE 14 节点系统中，在 3、6、8 号节点设置无功补偿装置，系统接线图及其基本参数详见附录Ⅱ。设定该系统对稳定裕度的要求为 $\lambda_{\min}=0.8$。在 IEEE 118 节点系统中，设对稳定裕度的要求为 $\lambda_{\min}=1$。

IEEE 14 节点系统和 IEEE 118 节点系统优化结果如表 12-5 所示。在 IEEE 14 节点系统中，常规无功优化后，稳定裕度为 0.7383，网损为 0.1381。经本章考虑电压稳定约束后，稳定裕度增大到 0.8209，提高了 11.19%，网损为 0.1555，增大了 12.62%。

表 12-5　IEEE 14 节点系统和 IEEE 118 节点系统优化结果

测试系统	常规无功优化方法		本章方法	
	网损/(p. u.)	稳定裕度/(p. u.)	网损/(p. u.)	稳定裕度/(p. u.)
IEEE 14 节点系统	0.1381	0.7383	0.1555	0.8209
IEEE 118 节点系统	1.1583	0.9474	1.1779	1.0646

在 IEEE 118 节点系统中，由表 12-5 知，经本章方法计算后，稳定裕度从 0.9474 增大到 1.0646，提高了 12.37%，网损从 1.1583 增大到 1.1779，增大了 1.69%。可见，通过适当改变系统的无功潮流，虽然网损有所增大，但却能有效地增大系统的稳定裕度。表 12-6 则给出了 IEEE 118 节点系统采用常规无功优化方法和本章方法的结果对比。

表 12-6　IEEE 118 节点系统优化结果

	控制变量	常规无功优化方法	本章方法
发电机无功出力/(p. u.)	Q_{G_4}	0.239813	0.219111
	Q_{G_8}	−1.333370	−1.328600
	$Q_{G_{10}}$	−0.850260	−0.645960
	$Q_{G_{12}}$	0.677775	0.597268
	$Q_{G_{24}}$	−0.208810	−0.170900
	$Q_{G_{25}}$	1.399990	1.400000
	$Q_{G_{26}}$	−1.309160	−1.438550
	$Q_{G_{27}}$	0.447721	0.449892
	$Q_{G_{31}}$	0.309984	0.292074
	$Q_{G_{46}}$	−0.099990	−0.388670

续表

	控制变量	常规无功优化方法	本章方法
发电机无功出力/(p. u.)	$Q_{G_{40}}$	0.347379	−0.131870
	$Q_{G_{42}}$	0.339438	0.307589
	$Q_{G_{49}}$	0.482932	0.408561
	$Q_{G_{54}}$	0.672314	0.671517
	$Q_{G_{59}}$	1.138190	0.681694
	$Q_{G_{61}}$	−0.371580	0.471318
	$Q_{G_{65}}$	0.467844	−0.670000
	$Q_{G_{66}}$	−0.669800	0.039311
	$Q_{G_{69}}$	−1.591760	−1.193340
	$Q_{G_{72}}$	−0.040690	−0.041470
	$Q_{G_{73}}$	0.045959	0.041689
	$Q_{G_{80}}$	0.075746	0.171904
	$Q_{G_{87}}$	0.033828	0.037112
	$Q_{G_{89}}$	0.079919	0.086411
	$Q_{G_{90}}$	0.479395	0.478275
	$Q_{G_{91}}$	−0.007070	−0.015490
	$Q_{G_{99}}$	−0.032000	−0.031980
	$Q_{G_{100}}$	0.501606	0.517425
	$Q_{G_{103}}$	0.273054	0.272536
	$Q_{G_{105}}$	0.229999	0.230000
	$Q_{G_{107}}$	0.082558	0.082247
	$Q_{G_{110}}$	0.229999	0.229999
	$Q_{G_{111}}$	0.022138	0.021996
	$Q_{G_{112}}$	0.147212	0.147052
	$Q_{G_{113}}$	−0.158320	−0.253320
	$Q_{G_{116}}$	0.357182	0.316846
发电机无功出力之和/(p. u.)		2.409165	1.861677
补偿装置出力/(p. u.)	$Q_{C_{19}}$	0.222405	0.259019
	$Q_{C_{20}}$	0.007171	0.042722
	$Q_{C_{21}}$	0.089188	0.122646
	$Q_{C_{33}}$	0.048399	0.105260
	$Q_{C_{34}}$	1.63×10^{-5}	0.087950
	$Q_{C_{35}}$	0.072513	0.158901
	$Q_{C_{36}}$	0.025877	0.112839
	$Q_{C_{37}}$	1.24×10^{-5}	0.082029
	$Q_{C_{43}}$	0.006695	0.231083
	$Q_{C_{76}}$	0.532152	0.553274

续表

	控制变量	常规无功优化方法	本章方法
补偿出力之和/(p. u.)		1.004429	1.755723
变压器变比/(p. u.)	Tran-64-61	0.993998	1.012590
	Tran-8-5	0.986747	0.977403
	Tran-81-80	0.976000	0.978260
	Tran-68-69	0.918443	0.932995
	Tran-65-66	0.976272	0.981655
	Tran-63-59	0.977000	0.952703
	Tran-38-37	0.977263	0.976685
	Tran-26-25	1.060210	1.034330
	Tran-30-17	0.982777	0.983713
注入无功之和（发电机＋无功补偿）/(p. u.)		3.413594	2.866106

① 从两算例来看，都可以通过优化措施来提高系统的电压稳定裕度，当网损最小时其电压稳定裕度并非最小。提高系统稳定裕度，其网损会增大。这说明网损最小和电压稳定裕度最大两者在方向上有矛盾的地方。

② IEEE 118 节点系统中，提高系统的稳定裕度并非一定要提高所有发电机的无功出力，而是有选择地提高某些发电机的无功出力，降低某些发电机的无功出力，才能有效地提高电压稳定裕度。节点 59 上的发电机无功出力由 1.13819 降低到 0.681694。而节点 61 发电机无功出力由－0.37158 提高到 0.471318。

③ 补偿设备无功出力和变压器变比变化也是有的增加有的减少，这与电压稳定裕度对各个控制变量的灵敏度有正有负是一样的。说明提高电力系统的电压稳定裕度是要选择地调节控制变量，协调控制才能达到目标。没有简单的一般规律可循。

④ 其他结果同 IEEE 30 节点系统所取得的结论相似，在此不再一一说明。

12.5　基于 FVSI 指标的无功优化计算

12.5.1　快速电压稳定指标 FVSI

随着对电压稳定问题研究的深入，已提出了很多表征电压稳定性的指标，如雅可比矩阵最小奇异值，快速电压稳定指标(fast voltage stability index，FVSI)[23,24]，等等。本节详细介绍 FVSI 指标，并对其表征电压稳定的有效性进行理论说明。如图 12-9所示是一条线路的简单模型。$V_1\angle 0$，$V_2\angle\delta$ 分别是两端的电压，P_2+jQ_2表示支路功率。

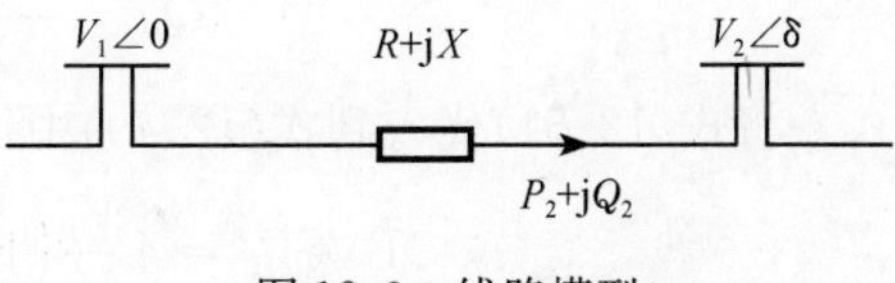

图 12-9　线路模型

则在末端节点 2 的电压 V_2 满足下式：

$$V_2^2-\left(\frac{R}{X}\sin\delta+\cos\delta\right)V_1V_2+\left(X+\frac{R^2}{X}\right)Q_2=0 \tag{12-46}$$

要保证电压 V_2 有解，则需要保证该二次方程的根判别式 $\Delta\geqslant0$，即：

$$\Delta=\left[\left(\frac{R}{X}\sin\delta+\cos\delta\right)V_1\right]^2-4\left(X+\frac{R^2}{X}\right)Q_2\geqslant0 \tag{12-47}$$

通过式(12-47)可以得到：

$$\frac{4Z^2Q_2X}{(V_1)^2\ (R\sin\delta+X\cos\delta)^2}\leqslant1 \tag{12-48}$$

由于在长线路中，δ 非常小，所以 $\delta\approx0$，$R\sin\delta\approx0$，$X\cos\delta\approx X$，因此可以得到快速电压稳定指标：

$$\mathrm{FVSI}_{ij}=\frac{4Z^2Q_j}{V_i^2X} \tag{12-49}$$

式中，Z 是指支路阻抗；Q_j 指末端的支路无功潮流；V_i 指支路首端电压幅值；X 指支路电抗。

FVSI 表示支路电压的可解性，即支路潮流解的存在性，其值必小于 1。但其大小却可以表示该支路的电压稳定性，对于一个简单的二次函数 $y=ax^2+bx+c$，如图 12-10 所示，对于某个特定的 y_0，其解 $x=-\dfrac{b\pm\sqrt{\Delta}}{2a}$，$\Delta=b^2-4a(c-y_0)$，则其对称轴 $x=-b/2a$，而$\sqrt{\Delta}$的大小则表征了两解距离对称轴的远近程度，当 $\Delta=0$ 时此时只有一个解，对应于电力系统电压稳定的 PV 曲线的鼻型尖点，即电压崩溃点。所以 Δ 越大，说明两解距离越远，电力系统的电压运行点距离崩溃点越远。即本节推导的 FVSI 指标越小，则电压解距离崩溃点越远。

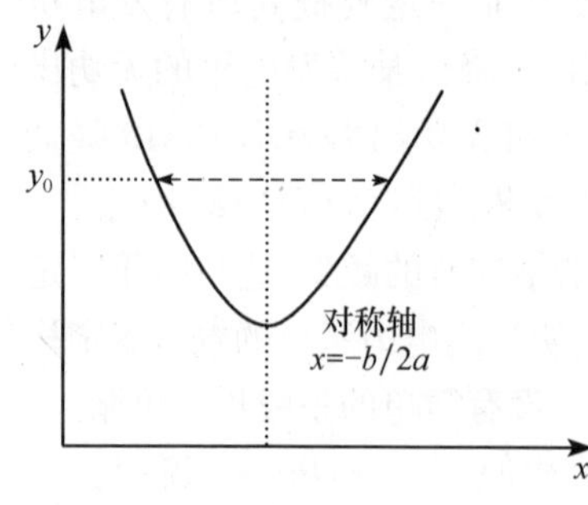

图 12-10　简单二次函数

又根据 $S=\dot{U}\overset{*}{\dot{I}}$ 可知：

$$Q_j=\frac{V_iV_j\sin(\delta+\alpha)}{Z}-\frac{V_j^2\sin\alpha}{Z} \tag{12-50}$$

$\alpha=\arccos\dfrac{R}{Z}$是支路阻抗的角度。又因为 $\delta\approx0$，则

$$Q_j=\frac{V_j\sin\alpha}{Z}(V_i-V_j) \tag{12-51}$$

将式(12-51)代入到式(12-49)中得：

$$\mathrm{FVSI}_{ij}=4\frac{V_j}{V_i}\left(1-\frac{V_j}{V_i}\right)=4\left(\frac{V_j}{V_i}-\frac{V_j^2}{V_i^2}\right) \tag{12-52}$$

即是推导的 FVSI 指标的解析式。同样地，当支路为变压器支路时，其 FVSI 指标的表达式也是相似的。

12.5.2　计算原理

无功优化在数学上表现为典型的非线性规划问题，其数学模型可描述为[25]：

$$\min f(\boldsymbol{x},\boldsymbol{u}) \tag{12-53}$$

$$\text{s.t. } \boldsymbol{g}(\boldsymbol{x},\boldsymbol{u}) = \boldsymbol{0} \tag{12-54}$$

$$\underline{\boldsymbol{h}} \leqslant \boldsymbol{h}(\boldsymbol{x},\boldsymbol{u}) \leqslant \bar{\boldsymbol{h}} \tag{12-55}$$

式中，$f(\cdot)$为系统的目标函数；式(12-54)为节点功率平衡方程；式(12-55)代表节点电压上下限、控制变量的上下限和支路潮流不等式约束等；$\boldsymbol{u}=[\boldsymbol{Q}_G^{\mathrm{T}},\boldsymbol{Q}_C^{\mathrm{T}},\boldsymbol{T}_B^{\mathrm{T}}]^{\mathrm{T}}$为控制变量列向量，$\boldsymbol{Q}_G$ 为发电机的无功出力列向量，$\boldsymbol{Q}_C$ 为无功补偿设备的无功出力列向量，$\boldsymbol{T}_B$ 为可调变压器的变比列向量；$\bar{\boldsymbol{h}}$，$\underline{\boldsymbol{h}}$ 分别为相应变量上下限；设节点 n 为平衡节点，$\boldsymbol{x}=[P_{Gn},V_1,V_2,\cdots,V_n,\theta_1,\theta_2,\cdots,\theta_{n-1}]^{\mathrm{T}}$，由平衡机的有功出力、节点电压和除平衡节点外的其他节点电压相角构成。

本节中，网损以平衡机的有功出力来表示，当系统的负荷和发电机的有功出力已定时，系统的网损最小就等价于平衡机的有功出力最小。采用标幺值表示时，平衡机的有功出力是一个无量纲的量。将 FVSI 指标作为电压稳定性的表征加入到无功优化目标中，使所有的 FVSI 指标和最小作为目标函数，即系统的电压稳定性最强。FVSI 是一个无量纲的量，因此可以直接与平衡机有功出力相加。为了调节系统的网损和电压稳定性两个目标的关系，本节通过引入调节代价 TD 表示两目标的比重程度。即调节代价 TD 表示为增大系统的电压稳定性对网损的影响程度。所以目标函数可以表示为：

$$f(\boldsymbol{x},\boldsymbol{u}) = P_{Gn} + \mathrm{TD}\times\sum_{k=1}^{\mathrm{num\_line}}\mathrm{FVSI}_{ij,k} \tag{12-56}$$

式中，P_{Gn}为平衡机的有功出力；TD 为调节代价；k 为第 k 条支路；num_line 为支路数；$\mathrm{FVSI}_{ij,k}$为第 k 条支路的电压稳定指标，i 为支路的首端，j 为支路的末端。

采用原对偶内点法求解上述模型，详见 1.2.3 小节。

12.5.3　算例与结果分析

以下对 IEEE 14 节点系统和 IEEE 30 节点系统分别进行了计算。内点法的收敛精度为补偿间隙 $\mathrm{gap}<10^{-6}$ 且最大潮流偏差$<10^{-3}$，阻尼因子 $\sigma=0.1$。本节所用的优化计算程序用 C 语言编写，在 Visual C++6.0 环境编译。所用计算机为 Pentium Ⅲ 1.80G，内存 256M。

1. IEEE 14 节点系统

在 IEEE 14 节点系统中，在 3、6、8 号节点设置无功补偿装置，变压器有 3 台，发电机在 1、2 号节点。在优化算法中,发电机的无功出力、变压器变比、补偿设备的出力和电压幅值等约束的设定见表 12-7。

表 12-7 IEEE 14 节点系统结果(一)

	常规无功优化方法	TD=0.0001	TD=0.0005	TD=0.001
迭代次数	9	9	10	9
网损/(p.u.)	0.13601	0.13601	0.13602	0.13606
电压稳定裕度 λ/(p.u.)	1.00817	1.00917	1.01234	1.01411
FVSI 指标和/(p.u.)	0.95079	0.94761	0.93199	0.88847
无功注入之和(发电机+无功补偿)/(p.u.)	0.82271	0.82299	0.82288	0.81445
发电机无功出力之和/(p.u.)	0.08098	0.07694	0.06089	0.04196
补偿出力之和/(p.u.)	0.74173	0.74604	0.76198	0.77249

从表 12-7 可以看出,常规无功优化后,系统的网损为 0.13601,FVSI 指标和为 0.95079,电压稳定裕度为 1.00817,而采用双重目标,通过调节代价调节,当 TD=0.001 时,系统的网损为 0.13606,FVSI 指标和为 0.88847,电压稳定裕度为 1.01411。当增大 TD 时,就是增大系统的电压稳定性,FVSI 指标和在减小,电压稳定裕度增大,网损变化不大。因此,可以根据系统对电压稳定性要求的不同,适当调节 TD 使目标更合理、有效。从表 12-7 中也可以看出,对于 IEEE 14 节点系统,增大系统的裕度有限,原因是该系统规模较小,且负荷不重,其裕度本身很大,很难有较大提高。但是当系统运行在接近容量极限时,其电压稳定裕度较小,则可以较大程度的提高系统的稳定性。

图 12-11 为优化前后的各个支路的电压稳定指标比较,表明本节方法能有效地改善各个支路的电压稳定性。

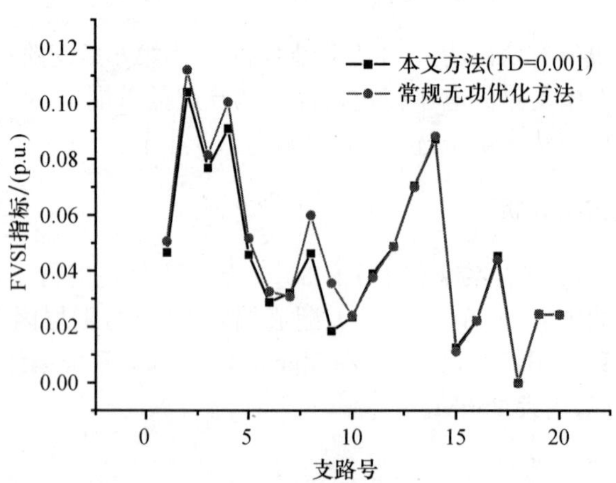

图 12-11 常规无功优化方法和本章方法优化后电压稳定指标比较

根据表 12-7、表 12-8 和表 12-9 的计算结果可知：

① 当电压稳定指标变好时，即认为电压稳定裕度变大时，如果发电机不能提供足够的无功支持，为了能够保持电压稳定，则需要更多的无功补偿设备来提供无功，这样总的无功补偿设备的无功出力就增加。

② 节点 1、2 的电压相对较高，因为节点 1、2 处有发电机与之相连；而节点 3、6、8 虽然离发电机较远，但是由于安装了补偿装置，其电压也处于较高的水平。因此在正常运行时，只要给某些特殊的节点安装补偿设备就能有效地提高全系统的电压。一般而言，距离发电机的电气距离越远，其电压幅值越低，因此补偿设备的安装地点一般选择在距离发电机的电气距离较远的节点。这样，能够有效地提高系统电压水平，降低网损。

③ 从补偿设备的出力来看，增大系统的电压稳定指标，并不一定是提高其补偿出力，就能显著改变其指标。而是有选择地提高某些重要节点的出力，降低某些节点的出力，通过协调配置来达到目标。因此，改善电压稳定问题非常复杂，没有简单的规律可循。但是，提高其稳定裕度，改善电压稳定指标，无功补偿出力的总和增加，发电机出力总和在减少，并且注入系统中的无功总量在呈减小的态势。

④ 变压器在改善电压稳定方面的作用也是没有什么具体的规律可循，其有可能提高变比，也有可能降低变比。

⑤ 通过比较试验结果，发现电压稳定指标变强的时候，其发电机的出力不见得提高，反而有减小的趋势，而补偿设备的无功出力反而增大，这是因为，要提高电力系统的稳定性，就要避免长距离的无功传送，使其尽量达到就地平衡。这对电力系统运行有重要意义。

表 12-8　IEEE 14 节点系统结果(二)　(单位：p. u.)

变　量	设备及运行限制		TD=0.0001	TD=0.0005	TD=0.001
	下限	上限			
P_{G_1}	0.0300	3.7000	2.326010	2.326020	2.326060
P_{G_2}	0.0050	0.5200	0.400000	0.400000	0.400000
Q_{G_1}	−0.5000	1.5000	−0.256546	−0.268755	−0.284453
Q_{G_2}	0.0000	1.0000	0.333488	0.329647	0.326414
V_1	0.9500	1.0500	1.050000	1.050000	1.050000
V_2	0.9500	1.0500	1.036620	1.037050	1.037600
V_3	0.9500	1.0500	1.006920	1.008230	1.009870
V_4	0.9500	1.0500	1.015210	1.016200	1.017250
V_5	0.9500	1.0500	1.023170	1.024230	1.025570
V_6	0.9500	1.0500	1.050000	1.050000	1.049980
V_7	0.9500	1.0500	1.033960	1.034150	1.037700
V_8	0.9500	1.0500	1.049990	1.050000	1.049990

续表

变　量	设备及运行限制		TD=0.0001	TD=0.0005	TD=0.001
	下限	上限			
V_9	0.9500	1.0500	1.043390	1.043320	1.042530
V_{10}	0.9500	1.0500	1.037080	1.037020	1.036360
V_{11}	0.9500	1.0500	1.040010	1.039990	1.039640
V_{12}	0.9500	1.0500	1.037040	1.037040	1.036970
V_{13}	0.9500	1.0500	1.031270	1.031260	1.031130
V_{14}	0.9500	1.0500	1.019850	1.019810	1.019300
Q_{C_3}	0.0000	0.8000	0.265405	0.271421	0.280181
Q_{C_6}	0.0000	0.8400	0.385054	0.396092	0.419042
Q_{C_8}	0.0000	0.8400	0.095585	0.094471	0.073263
$T_{5\sim6}$	0.9000	1.1000	1.015490	1.019110	1.025340
$T_{4\sim7}$	0.9000	1.1000	1.015810	1.015880	1.000860
$T_{4\sim9}$	0.9000	1.1000	0.900074	0.902197	0.922949
网损			0.136014	0.136023	0.136057
平衡机有功功率			2.326010	2.326020	2.326060

表 12-9　IEEE 14 节点系统结果(三)

支路两端节点号	FVSI 指标值 TD=0.0001	FVSI 指标值 TD=0.0005	FVSI 指标值 TD=0.001
1～2	0.0503161	0.0487236	0.0466659
2～3	0.1113210	0.1080720	0.1040390
2～4	0.0809315	0.0787904	0.0769307
1～5	0.0995823	0.0957781	0.0909087
2～5	0.0512157	0.0488546	0.0458606
3～4	0.0323735	0.0311394	0.0287842
4～5	0.0309115	0.0310824	0.0321845
7～8	0.0601556	0.0594646	0.0462744
7～9	0.0358221	0.0348593	0.0184382
9～10	0.0240539	0.0240077	0.0235148
6～11	0.0376837	0.0377784	0.0389860
6～12	0.0487641	0.0487781	0.0489489
6～13	0.0700858	0.0701130	0.0705071
9～14	0.0882045	0.0881191	0.0871528
10～11	0.0112651	0.0113697	0.0125774
12～13	0.0221362	0.0221501	0.0223850
13～14	0.0438002	0.0439256	0.0453878
5～6	0.0000000	9.70055×10^{-313}	9.70075×10^{-313}
4～7	0.0246060	0.0246014	0.0245178
4～9	0.0243850	0.0243865	0.0244049

2. IEEE 30 节点系统

IEEE 30 节点系统在节点 12、15、18、19、21、24、26、28、30 设置无功补偿装置，其详细参数见附录Ⅲ。通过常规无功优化后，从表 12-10 可以看出，系统网损为 0.023069，支路 FVSI 之和为 2.707366，电压稳定裕度为 0.893031。当采用本章方法时(TD=0.001)时，系统网损为 0.023153，支路 FVSI 之和为 2.690751，电压稳定裕度为 0.939794。可见本章方法能够提高系统的电压稳定裕度，并降低支路 FVSI 之和，改善系统的电压稳定性，但是以增大网损为代价的。图 12-12 是用常规优化方法和本章方法计算得到的 FVSI 指标对比。

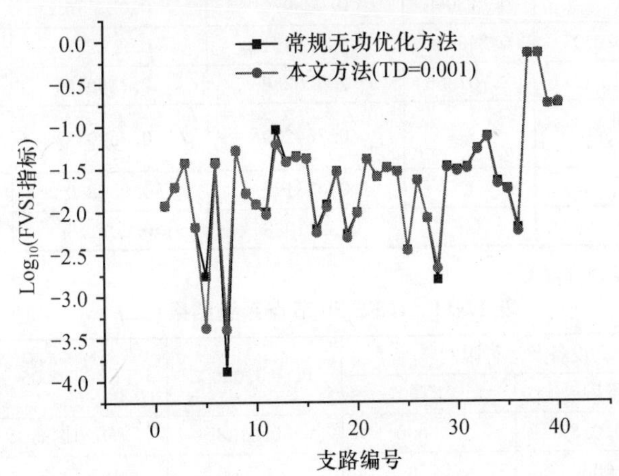

图 12-12　采用常规无功优化方法和本章方法的 FVSI 指标比较

表 12-10、表 12-11 和表 12-12 的计算结果分析如下：

① 从数据结果看，电压稳定指标性能变好时，系统的网损增大。说明网损最小和电压稳定性变强之间存在一定的矛盾。当网损最小的时候，其稳定性并非最好。牺牲一定的代价，通过某种手段，能够提高系统的稳定性。

② 对电压稳定指标和电压稳定裕度进行比较可以看出，电压稳定指标 FVSI 能够表征出电压稳定裕度，在表示电压稳定性上有某种一致性。因此，电压稳定指标能够体现电压稳定性，是值得探讨的可靠指标。

③ 从补偿设备的出力来看，增大系统的电压稳定指标，并不一定是提高其补偿出力，就能显著改善其指标。而是有选择地提高某些重要节点的出力，降低某些节点的出力，通过协调配置来达到目标。因此，电压稳定改善问题非常复杂，没有简单的规律可循。本算例中的无功补偿出力总和在减少，而且发电机的无功出力总和也在减少，注入无功总和在减少，因此，并不能说负荷裕度增大，电压稳定指标变好时其无功补偿出力就一定增加。换言之，盲目地通过增加无功出力来提高系

统的电压稳定裕度是不恰当的。

④ 优化目标采用网损最小和电压稳定指标最好的情况下，其通过减少 FVSI 总和的值，并不一定是每一条支路的 FVSI 指标都变小，而是有些线路的指标值变大，有些指标值变小，但总和是变小的。可见对于总体性电压稳定性的增强，并不是在原有基础上将每一条线路的指标变好，而是有所舍取。

表 12-10 IEEE 30 节点系统结果(一)

	常规无功优化方法	本章方法		
		TD=0.00005	TD=0.0005	TD=0.001
迭代次数	12	12	12	36
网损/(p.u.)	0.023069	0.023070	0.023116	0.023153
电压稳定裕度/(p.u.)	0.893031	0.927461	0.928297	0.939794
支路 FVSI 之和/(p.u.)	2.707366	2.676288	2.715010	2.690751
无功注入之和(发电机+无功补偿)/(p.u.)		0.264220	0.262038	0.026335
发电机无功出力/(p.u.)		0.053192	0.054880	−0.152845
补偿出力之和/(p.u.)		0.211028	0.207158	0.179179

表 12-11 IEEE 30 节点系统结果(二) (单位：p.u.)

变 量	设备及运行限制		TD=0.00005	TD=0.0005	TD=0.001
	下限	上限			
P_{G_1}	−0.0180	1.8000	−0.01385	−0.01385	−0.01385
P_{G_2}	0.0080	0.7500	0.57000	0.57000	0.57000
P_{G_5}	0.0035	0.3500	0.24000	0.24000	0.24000
P_{G_8}	0.0050	0.4600	0.35000	0.35000	0.35000
$P_{G_{11}}$	0.0025	0.2500	0.18000	0.18000	0.18000
$P_{G_{13}}$	0.0025	0.2400	0.17000	0.17000	0.17000
Q_{G_1}	−0.4000	0.7000	−0.06161	−0.06082	−0.05967
Q_{G_2}	0.0000	0.3000	−0.07664	−0.08032	−0.08922
Q_{G_5}	0.0000	0.1300	0.02362	0.03147	0.03645
Q_{G_8}	0.0000	0.1600	−0.00874	0.01350	0.01443
$Q_{G_{11}}$	0.0000	0.1200	0.03045	−0.05371	−0.05484
$Q_{G_{13}}$	0.0000	0.1100	0.14612	0.15590	0.14130
V_1	0.9000	1.1000	1.05520	1.05508	1.05500
V_2	0.9000	1.1000	1.05835	1.05815	1.05799
V_3	0.9500	1.0500	1.05000	1.05000	1.05000
V_4	0.9500	1.0500	1.04825	1.04828	1.04829
V_5	0.9000	1.1000	1.05796	1.05833	1.05885

续表

变　量	设备及运行限制		TD=0.00005	TD=0.0005	TD=0.001
	下限	上限			
V_6	0.9500	1.0500	1.04826	1.04772	1.04798
V_7	0.9500	1.0500	1.04393	1.04376	1.04413
V_8	0.9000	1.1000	1.05146	1.05189	1.0522
V_9	0.9500	1.0500	1.04989	1.03216	1.03219
V_{10}	0.9500	1.0500	1.04233	1.04269	1.04363
V_{11}	0.9000	1.1000	1.05234	1.01747	1.01726
V_{12}	0.9500	1.0500	1.05000	1.05000	1.05000
V_{13}	0.9000	1.1000	1.06739	1.06865	1.06676
V_{14}	0.9500	1.0500	1.03973	1.04008	1.04047
V_{15}	0.9500	1.0500	1.03814	1.03878	1.0395
V_{16}	0.9500	1.0500	1.03884	1.03899	1.03938
V_{17}	0.9500	1.0500	1.03574	1.03603	1.03681
V_{18}	0.9500	1.0500	1.03038	1.03146	1.03268
V_{19}	0.9500	1.0500	1.02900	1.03035	1.03187
V_{20}	0.9500	1.0500	1.03152	1.03262	1.03400
V_{21}	0.9500	1.0500	1.03377	1.03482	1.03602
V_{22}	0.9500	1.0500	1.03466	1.03563	1.0368
V_{23}	0.9500	1.0500	1.03211	1.03292	1.03384
V_{24}	0.9500	1.0500	1.03253	1.03358	1.03474
V_{25}	0.9500	1.0500	1.04131	1.04184	1.04244
V_{26}	0.9500	1.0500	1.03331	1.03426	1.03529
V_{27}	0.9500	1.0500	1.05000	1.05000	1.05000
V_{28}	0.9500	1.0500	1.04664	1.04747	1.04783
V_{29}	0.9500	1.0500	1.03560	1.03616	1.03674
V_{30}	0.9500	1.0500	1.02983	1.03100	1.03223
$Q_{C_{12}}$	0.0000	0.9000	−0.00014	-7.69939×10^{-7}	-1.7794×10^{-6}
$Q_{C_{15}}$	0.0000	0.9000	0.05119	0.05482	0.05889
$Q_{C_{18}}$	0.0000	0.9000	-7.76834×10^{-6}	-1.90765×10^{-7}	-9.38255×10^{-7}
$Q_{C_{19}}$	0.0000	0.9000	0.03249	0.03821	0.04268
$Q_{C_{21}}$	0.0000	0.9000	0.03768	0.05096	0.05606
$Q_{C_{24}}$	0.0000	0.9000	0.03426	0.03703	0.03972
$Q_{C_{26}}$	0.0000	0.9000	0.02500	0.02613	0.02731
$Q_{C_{28}}$	0.0000	0.9000	0.00114	0.02124	0.01674
$Q_{C_{30}}$	0.0000	0.9000	0.02942	0.03281	0.03640
$T_{9\sim6}$	0.9000	1.1000	1.00000	1.00000	1.00000
$T_{6\sim10}$	0.9000	1.1000	0.98604	0.99345	0.99566
$T_{12\sim4}$	0.9000	1.1000	1.00909	1.01314	1.01203
$T_{28\sim27}$	0.9000	1.1000	0.99614	0.99911	1.00174
网损			0.02307	0.02312	0.02315

表 12-12　IEEE 30 节点系统结果(三)　　　　(单位:p. u.)

支路两端节点号	FVSI 指标值 (TD=0.00005)	FVSI 指标值 (TD=0.0005)	FVSI 指标值 (TD=0.001)
1～2	0.011877	0.011583	0.011258
1～3	0.019597	0.019168	0.018865
2～4	0.037788	0.036988	0.036308
3～4	0.006644	0.006554	0.006491
2～5	0.001459	0.000676	0.003258
2～6	0.037767	0.039066	0.037481
4～6	2.11×10^{-5}	0.002138	0.001206
5～7	0.052358	0.054310	0.054820
6～7	0.016460	0.015037	0.014620
6～8	0.012154	0.015825	0.015997
9～11	0.009286	0.056126	0.057009
12～13	0.064095	0.068583	0.061871
12～14	0.038753	0.037449	0.035989
12～15	0.044683	0.042289	0.039596
12～16	0.042063	0.041515	0.040064
14～15	0.006109	0.004980	0.003707
16～17	0.011902	0.011333	0.009860
15～18	0.029681	0.027978	0.026059
18～19	0.005326	0.004307	0.003159
19～20	0.009728	0.008780	0.008221
10～20	0.041086	0.038266	0.036579
10～17	0.025150	0.025384	0.025981
10～21	0.032616	0.029977	0.028942
10～22	0.029232	0.026919	0.026018
21～22	0.003460	0.003122	0.002982
15～23	0.023104	0.022431	0.021679
22～24	0.008210	0.007916	0.007903
23～24	0.001656	0.002531	0.003509
24～25	0.033419	0.031496	0.029297
25～26	0.030499	0.028897	0.027230
25～27	0.032841	0.030827	0.028605
27～29	0.054086	0.052033	0.049868
27～30	0.075361	0.071076	0.066552
29～30	0.022181	0.019822	0.017336
8～28	0.018266	0.016748	0.016556
6～28	0.006168	0.000933	0.000566
6～9	0.705359	0.713821	0.713809
6～10	0.708945	0.708774	0.708328
12～4	0.181405	0.181406	0.181406
28～27	0.185497	0.197946	0.211768

12.6 小 结

通常意义上的网损最小、电压水平最好时，系统的电压稳定裕度不是最大。系统的网损最小与电压稳定裕度最大在方向上是有偏离的，而且预留电压稳定裕度越大，其网损就越大。因此，在电压水平较高时，系统或许已经没有足够的稳定裕度，这对于电力系统运行有重要意义。

本章提出的将 FVSI 电压稳定指标用于表征电压稳定性是有意义的，而且可靠。通过基于连续潮流算法的电压稳定裕度与 FVSI 指标的比较可知，FVSI 指标与电压稳定裕度在表示电压稳定性方向上是一致的，但数量关系不明确，有待于深入研究。

基于连续潮流算法的静态电压稳定裕度不但直观地表示了系统当前运行点过渡到电压崩溃点之间的距离，而且还比较方便地计及了从系统运行点过渡到电压崩溃点过程中的各种因素如约束条件、发电机功率分配、负荷增长方式等。重要的是，通过与无功优化交替求解能够有效地将电压稳定同无功优化结合起来，对电力系统优化有重要意义。

无功对于电压稳定的影响非常复杂，不是简单地提高系统的无功补偿出力就能显著地提高系统的稳定裕度的。需要各种措施的有效配合，包括发电机无功出力、变压器变比、无功补偿出力等等。要有选择地调配其出力和状态，来达到充分提高系统的电压稳定性。

对于一个系统而言，在负荷增长方式一定的情况下，其电压崩溃类型可以在 SNB 和 LIB 之间相互转换。因此，对于 LIB 点的研究应该更加深入，才能更好用于电力系统的预防和校正控制。

鉴于非线性原对偶内点法在电力系统无功优化计算中取得的成功，本章选用该算法，通过计算过程和结果表明该算法用于求解计及电压稳定约束的无功优化问题也是理想的。

在交替算法中，能够较好地解决电压稳定裕度的求解和表达问题。通过连续潮流法能较准确地求出系统真正的静态电压稳定裕度。而且无论系统崩溃类型是极限诱导分岔还是鞍结分岔，都能方便地求出静态电压稳定裕度对各个控制变量的灵敏度。但是，其迭代步长的选取还值得进一步研究。

参 考 文 献

[1] Taylor C W. Power system voltage stability. New York: McGraw-Hill, 1993

[2] 周双喜，等. 电力系统电压稳定性及其控制. 北京：中国电力出版社，2004

[3] Yorino N, Li H Q, Sasaki H. A predictor/ corrector scheme for obtaining Q-limit points for

power flow studies. IEEE Transactions on Power Systems,2005,20(1):130～137

[4] 李华强,刘亚梅,Yorino N. 鞍结分岔与极限诱导分岔的电压稳定性评估. 中国电机工程学报,2005,25(24):56～60

[5] 赵晋泉,江晓东,张伯明. 一种静态电压稳定临界点的识别和计算方法. 电力系统自动化,2004,28(23):28～32

[6] 马冠雄,刘明波,王奇. 一种识别静态电压稳定分岔点的混合方法. 电力系统自动化,2006,30(24):17～20

[7] 王奇,刘明波. 一种识别极限诱导分岔点的改进连续潮流算法. 华南理工大学学报,2008,36(2):133～138

[8] Dobson,Lu L. Voltage collapse precipitated by the immediate change in stability when generator reactive power limits are encountered. IEEE Transactions on Circuits and Systems I: Fundamental Theory and Applications,1992,39(9):762～766

[9] Canizares C A,Mithulananthan N,Berizzi A,et al. On the linear profile of indices for the prediction of saddle-node and limit-induced bifurcation points in power systems. IEEE Transactions on Circuits and Systems I: Fundamental Theory and Applications,2003,50(12):1588～1595

[10] Ajjarapu V,Christy C. The continuation power flow: a tool for steady state voltage stability analysis. IEEE Transactions on Power Systems,1992,7(1):416～423

[11] Chiang H D,Flueck A J,Shah K S,et al. CPFLOW: a practical tool for tracing power system steady-state stationary behavior due to load and generation variations. IEEE Transactions on Power Systems,1995,10(2):623～634

[12] 赵晋泉,张伯明. 连续潮流及其在电力系统静态稳定分析中的应用. 电力系统自动化,2005,29(11):91～97

[13] 赵晋泉,江晓东,张伯明. 潮流计算中节点 PV-PQ 转换逻辑的研究. 中国电机工程学报,2005,25(1):54～59

[14] 江伟,王成山,余贻鑫,等. 直接计算静态电压稳定临界点的新方法. 中国电机工程学报,2006,26(10):1～6

[15] 赵晋泉,江晓东,李华,等. 一种基于连续线性规划的静态稳定预防控制方法. 电力系统自动化,2005,29(14):17～22

[16] 康忠健,陈学允. 电网静态电压稳定控制数学模型的研究. 电力系统自动化,1999,11:21～24

[17] Rosehart W D,Canizares C A,Quintana V H. Effect of detailed power system models in traditional and voltage-stability-constrained optimal power-flow problems. IEEE Transactions on Power Systems,2003,18(1):27～35

[18] Obadina,Berg G. J. Var Planning for power system security. IEEE Transactions on Power Systems,1989,4(2):677～686

[19] Chattopadhyay D,Chakrabarti B B. Reactive power planning incorporating voltage stability. International Journal of Electrical Power and Energy Systems,2002,24:185～200

[20] Chattopadhyay D, Chakrabarti B B. Voltage stability constrained var planning: model simplification using statistical approximation. International Journal of Electrical Power and Systems, 2001, 23: 349～358

[21] 刘明波，杨勇. 计及静态电压稳定约束的无功优化规划. 电力系统自动化，2005，29(5)：21～25

[22] 刘明波，曲绍杰，马冠雄. 含静态电压稳定裕度约束的无功优化计算. 华南理工大学学报，2009，37(2)：107～112

[23] Ismail Musirin, Abdul Rahman T K. Estimating maximum loadability for weak bus identification using FVSI. IEEE Power Engineering Review, 2002: 50～52

[24] Ismail Musirin, Abdul Rahman T K. On-line voltage stability based contingency raking using fast voltage stability index (FVSI). IEEE/PES Transmission and Distribution Conference and Exhibition: Asia Pacific, 6～10 Oct, 2002, 2: 1118～1123

[25] 曲绍杰，高玉领，邹林，等. 基于FVSI指标的电压稳定约束无功优化. 电力系统保护与控制，2009，37(10)：10～14

第十三章　几种典型的分解协调算法

分解协调算法主要是解决高维的修正方程组求解速度较慢的问题，一般从两个角度进行处理：一种就是对系统进行网络分解，针对各子网进行优化计算，然后进行子网直接的协调，得全系统的解。另一种是在优化计算过程中统一形成全系统的高维修正方程，用数学手段对修正矩阵进行分块，从而提高计算速度。有时候两者可以统一起来。电力系统本身具有分层分块的结构特点，加上我国电力公司的运营机制，对大系统进行网络分解的优化算法较为实用。分解协调算法的特点可概括为：

① 各子网独立计算，互不影响，为并行计算创造条件。

② 分解后避免大规模系统的高维修正方程的求解，获取一定的计算效益。

③ 子网之间数据相对保密，只需要交换协调量信息，由于协调级需开销一定的通信时间，协调信息量尽可能少。

在潮流的分解计算中，一般将电力网络的分解方法归纳为如下三类[1]：

① 节点分裂法（又称作节点撕裂法），其物理意义为将边界节点电压作为相邻两个子网之间的协调量。节点分裂法又分做两类：一类认为在两子网间的联络线上插入电压源，电压源电压即为协调量，称作面向支路的节点分裂法；另一类就是把某节点的电压作为两子网间的协调量，它分别归属两个子网，称作面向节点的节点分裂法。节点分裂法在电力系统的分解计算中占据多数。

② 支路切割法，如果将原网络中的某些支路移去，系统分解为几个相互独立的子网，再把这些支路用电流源代替，其电流等于支路上流过的电流，则称这种方法为支路切割法。在电力系统的无功优化计算中，由于支路电流不能直接得到，因此，该类分解方法使用较少。

③ 统一的网络分块法，该类方法为既撕裂了节点也切割了支路，把原网络分解成若干子网，其协调量既有节点电压也有支路电流，因此其协调效果优于前两者。

由于无功优化计算的多变量特点和无功电压分层分区控制实施的特点，再加上我国电力公司的运营管理机制，在电力系统无功优化计算中，多数分解协调计算方法采用基于实际区域地理位置的节点撕裂法，把大规模电网分解成几个相对独立的子区域。但为了弥补区域分解所带来的计算误差，采取了多种协调手段，通常分解协调算法的本质不同之处便体现在协调手段的不同。

几种典型的无功优化分解算法大致有：基于 PQ 分解技术的分解算法、基于拉格朗日松弛技术的分解算法、基于辅助问题原理（auxiliary problem principle,

APP)的分解算法、基于 Benders 分解技术的分解算法、基于智能型算法的并行算法、基于协同进化法(coevolution)的分解算法。以下对这几种典型算法进行简单的综述。

13.1　基于 PQ 分解技术的分解算法

1967 年,Dopaz 首先提出将 PQ 分解法用于解决电力系统问题。随后该方法便得到了广泛的应用。该算法利用了电力系统的弱耦合特性,把电力系统分解成为两个虚构的网络,而非实际存在的电力网络,并且分解开来的两者无需协调。文献[2]～[4]通过计入系统的静态安全约束把 OPF 问题转化为非线性最优化问题,忽略其有功与无功的耦合影响,把系统优化分解为有功优化和无功优化两个优化子问题,再交替迭代求解。其中文献[2]对解耦后的两个优化子问题分别赋予不同的目标函数,使求解过程具有一定的灵活性。文献[4]使用二次规划法对无功优化问题求解,相对而言提高了无功优化子问题的优化效果。文献[5]在用 PQ 解耦技术对有功、无功交替优化的同时,又计及有功与无功的耦合影响,与文献[2]～[4]的方法相比大大减少了迭代次数。

文献[6]结合电力系统网络参数等特性,对海森矩阵进行解耦合常数化处理,采用满足互补线性条件的准线性规划技术处理不等式约束,使海森矩阵元素不受不等式约束影响。这也是所谓的快速解耦牛顿法最优潮流算法的主要特点。它提出的快速解耦牛顿法最优潮流算法是对牛顿法最优潮流算法的一个发展,采用解耦技术,合理常数化方法和稀疏因子表技术,显著地缩短了每次迭代时间。扩展海森矩阵由雅可比矩阵和海森矩阵构成,采用快速解耦技术,雅可比矩阵解耦成两个不随运行工作点变动的常数化子矩阵。此时,海森矩阵也解耦成 $\boldsymbol{H}_{\theta\theta}$ 子矩阵(由增广目标函数对电压相角二阶偏导数构成)和 $\boldsymbol{H}_{vv}$ 子矩阵,再把两个矩阵常数化。因此,快速解耦牛顿法最优潮流称得上是基于 PQ 分解技术的 OPF 分解算法中较为完善的一种方法。

但在电力系统的无功优化计算中,文献[7]试图把非线性内点法与 PQ 分解结合起来,利用 PQ 分解的计算速度和非线性内点法的收敛性,提高无功优化计算速度,从而运用到大规模电网的无功优化计算中,但因非线性内点法中较多的拉格朗日乘子和罚函数处理,影响了整个算法的收敛性,PQ 分解技术在大规模电力系统无功优化计算中的应用有待进一步完善。

13.2　基于 Benders 分解技术的分解算法

1962 年,Benders 首先提出了求解混合整数规划的分解算法,称为 Benders 分解法。该方法较多应用在投资问题的 OPF 和相关规划问题中，该方法从数学角度入手，降低求解方程的阶数，提高计算速度。应用 Benders 分解求解无功优化问题，通常以系统投资费用之类为目标函数，利用该问题中投资变量和运行变量的不同特点及相互关系将其分解为运行子问题和投资子问题（也可称投资子问题为主问题），并迭代求解，按普通的优化问题求解方法（如原对偶内点法）求解运行子问题后，将其解信息通过 Benders 割返回到投资子问题，再对投资子问题求解并判断是否达到最优化。应用问题不同，Benders 的分解形式也不同，其核心就是把一系列子问题的解，通过 Bender 割的形式返回到主问题，从而使子问题和主问题分开求解[8~9]。

文献[10]在建立最优无功规划数学模型时考虑了静态安全约束和非随机不确定性负荷。通过广义的 Benders 分解法把规划问题划分为投资决策问题和运行问题。在投资决策问题中考虑了安装无功补偿的固定费用及容性、感性无功补偿的可变费用。在运行问题中，负荷值的语言描述被转化成模糊分布函数，通过 Dantzig-Wolfe 分解法将运行问题再分解成四个子问题。然后，针对多区域电力系统模型的特点，对每个子问题又一次运用 Dantzig-Wolfe 分解法，缩小问题的规模。为了静态安全分析的需要，在给定范围内，每个区域的电压约束通过把最终解偏置成变量期望值而模糊化。最优解是经济性和安全性的折中。

13.3　基于拉格朗日松弛技术的分解算法

基于拉格朗日松弛技术的分解算法最常见的是拉格朗日松弛法和基于增广拉格朗日函数的松弛法。分解方法实施渠道有多种，较为常用的是按实际电网的物理位置进行分解，其重点是找到区域间合适的耦合约束。文献[11]提出利用虚拟节点（或称复制出一个虚拟节点，也有称作变量复制，该节点在实际中是不存在的）把区域间联络线上边界节点分成两个。通过虚拟节点可以把两区域的变量进行分组，而不改变最初的 OPF 计算模型。如原 OPF 模型为：

$$
\begin{cases}
\sum\limits_{i\in\Omega} \boldsymbol{f}_i(\boldsymbol{X}_i) \\
\text{s. t. } \boldsymbol{h}(\boldsymbol{P},\boldsymbol{Q},\boldsymbol{V},\boldsymbol{\theta}) = \boldsymbol{0} \\
\qquad \boldsymbol{g}(\boldsymbol{P},\boldsymbol{Q},\boldsymbol{V},\boldsymbol{\theta}) \leqslant \boldsymbol{0}
\end{cases}
\tag{13-1}
$$

式中，$\boldsymbol{h}(\cdot)=\boldsymbol{0}$ 为潮流等式约束；$\boldsymbol{g}(\cdot)\leqslant\boldsymbol{0}$ 为各类不等式约束。

假设电网有 A 和 B 两个区域依靠一条联络线相互连接，联络线上 i 为边界节点。通过复制边界节点的方式将网络分成两个子区域，并在两个子区域分界处添加虚拟发电机节点来协调两个子区域之间的有功、无功等电气量的平衡。故 A 区域有边界节点变量 $\boldsymbol{T}^{\mathrm{A}}=[V_i^{\mathrm{A}},\theta_i^{\mathrm{A}},P_{ij}^{\mathrm{A}},Q_{ij}^{\mathrm{A}}]$，同样，B 区域有 $\boldsymbol{T}^{\mathrm{B}}=[V_i^{\mathrm{B}},\theta_i^{\mathrm{B}},P_{ij}^{\mathrm{B}},Q_{ij}^{\mathrm{B}}]$。

$\boldsymbol{T}^{\mathrm{A}}$与$\boldsymbol{T}^{\mathrm{B}}$实际是$i$节点在计算不同区域时的状态变量值。

1. 拉格朗日松弛法[12]

经过上述变量复制，把两个区域耦合条件以如下形式引入到目标函数中：

$$\begin{cases}\sum_{i\in\Omega}\boldsymbol{f}_i(\boldsymbol{X}_i)+\boldsymbol{\lambda}^{\mathrm{T}}(\boldsymbol{T}^{\mathrm{A}}-\boldsymbol{T}^{\mathrm{B}})\\ \textbf{s. t. } \boldsymbol{h}^{\mathrm{A}}(\boldsymbol{P}^{\mathrm{A}},\boldsymbol{Q}^{\mathrm{A}},\boldsymbol{V}^{\mathrm{A}},\boldsymbol{\theta}^{\mathrm{A}})=\boldsymbol{0}\\ \qquad \boldsymbol{h}^{\mathrm{B}}(\boldsymbol{P}^{\mathrm{B}},\boldsymbol{Q}^{\mathrm{B}},\boldsymbol{V}^{\mathrm{B}},\boldsymbol{\theta}^{\mathrm{B}})=\boldsymbol{0}\\ \qquad \boldsymbol{g}^{\mathrm{A}}(\boldsymbol{P}^{\mathrm{A}},\boldsymbol{Q}^{\mathrm{A}},\boldsymbol{V}^{\mathrm{A}},\boldsymbol{\theta}^{\mathrm{A}})\leqslant\boldsymbol{0}\\ \qquad \boldsymbol{g}^{\mathrm{B}}(\boldsymbol{P}^{\mathrm{B}},\boldsymbol{Q}^{\mathrm{B}},\boldsymbol{V}^{\mathrm{B}},\boldsymbol{\theta}^{\mathrm{B}})\leqslant\boldsymbol{0}\end{cases}\tag{13-2}$$

式中，$\boldsymbol{\lambda}$为耦合约束对应的拉格朗日乘子。

至此便可完成松弛拉格朗日算法的分解形式，区域 A 的子问题形式如下：

$$\begin{cases}\sum_{i\in\Omega}\boldsymbol{f}_i(\boldsymbol{X}_i)+\boldsymbol{\lambda}^{\mathrm{T}}\boldsymbol{T}^{\mathrm{A}}\\ \text{s. t. } \boldsymbol{h}^{\mathrm{A}}(\boldsymbol{P}^{\mathrm{A}},\boldsymbol{Q}^{\mathrm{A}},\boldsymbol{V}^{\mathrm{A}},\boldsymbol{\theta}^{\mathrm{A}})=\boldsymbol{0}\\ \qquad \boldsymbol{g}^{\mathrm{A}}(\boldsymbol{P}^{\mathrm{A}},\boldsymbol{Q}^{\mathrm{A}},\boldsymbol{V}^{\mathrm{A}},\boldsymbol{\theta}^{\mathrm{A}})\leqslant\boldsymbol{0}\end{cases}\tag{13-3}$$

通过式(13-2)和式(13-3)的约束，最终可使$\boldsymbol{T}^{\mathrm{A}}=\boldsymbol{T}^{\mathrm{B}}$。其中拉格朗日乘子向量$\boldsymbol{\lambda}$以下列形式更新：

$$\boldsymbol{\lambda}^{k+1}=\boldsymbol{\lambda}^{k}+\alpha(\boldsymbol{T}^{A,k+1}-\boldsymbol{T}^{B,k+1})$$

2. 基于增广拉格朗日函数的松弛法

由上节所述可知，目标函数中$\boldsymbol{\lambda}^{\mathrm{T}}(\boldsymbol{T}^{\mathrm{A}}-\boldsymbol{T}^{\mathrm{B}})$的引入，将对函数的凸性带来影响。为了保证函数的局部凸性，下面引入增广拉格朗日函数，形式如下：

$$\sum_{i\in\Omega}\boldsymbol{f}_i(\boldsymbol{X}_i)+\boldsymbol{\lambda}^{\mathrm{T}}(\boldsymbol{T}^{\mathrm{A}}-\boldsymbol{T}^{\mathrm{B}})+\frac{1}{2}\beta\|\boldsymbol{T}^{\mathrm{A}}-\boldsymbol{T}^{\mathrm{B}}\|^2\tag{13-4}$$

如果β足够大，式(13-4)中二次项便可保证函数的局部凸性。但它给拉格朗日函数的可分性带来了困难。因此，为了对引入增广项的拉格朗日函数进行解耦，随即出现了多种解决方法。根据目的的不同，采取方法也不尽相同。下面介绍的基于辅助问题原理的 OPF 解耦算法从某种角度来看也属于增广拉格朗日松弛法的引申。

式(13-2)和式(13-4)成为可分解形式以后，再加上每个区域的各类约束方程，每一个区域便成为一个优化子问题，即可进行迭代求解。

增广拉格朗日函数具有复制变量一致性约束的二次项，因而收敛速度快，但同时也破坏了系统的可分性，限制了增广拉格朗日函数的应用。

13.4 基于辅助问题原理的分解算法

辅助问题原理为解决增广拉格朗日函数的分解问题提供了依据，其原理起源于分解协调方法[13]，建立了一级、两级的全面构架。1980 年，Cohen 第一次将前人的分解协调法加以归纳、整理，并进一步推广和概括，得到了辅助问题原理[14]。Batut 与 Renaud 于 1992 年首次将辅助问题原理用于解决日发电计划优化问题[15]，首先通过变量复制，分解可行域，建立优化问题的分解协调模型，然后构造增广拉格朗日函数的辅助函数，得到原问题的可分解辅助问题。这种采用辅助问题原理的分解理念，为以后的分布式最优潮流计算奠定了基础。1997 年，Kim 等采用辅助问题原理对分布式最优潮流进行了建模和计算，取得了很好的效果[16~20]。

近年来，较多的专家学者对基于 APP 的无功优化或最优潮流的分解算法作出了大量的研究，均取得了显著的成果[21~30]。尤其山东大学的厉吉文教授、程新功博士等对基于 APP 的无功优化分解协调并行计算做了大量的研究，取得了较大的进展[21~27]，并成功应用到实际电网中，其文献[21]建立了基于辅助问题原理的多目标分布式并行无功优化的数学模型，结合电力系统分区管理的特点，将全网多目标无功优化问题分解为多个区域电网的多目标优化问题，多个区域电网并行计算，相互协调，实现全网无功优化。

13.5 基于智能型优化的并行算法

近年来智能型算法发展较快[31~40]，遗传算法作为一种模拟生物进化过程的新方法，以其对非线性和复杂问题的全局搜索能力及其简单通用、鲁棒性强的显著特点及内在的并行性，引起了不同研究领域人们的广泛注意。不少专家学者集中在基于人工智能方法的并行算法研究，如：遗传算法、粒子群优化算法等，利用其内在并行的特点可将不同迭代步的计算任务在同一时刻在不同处理器上同步进行，必然使算法收敛速度得到提高。

遗传算法用于无功优化就是在电力系统中的一组初始解，受各种约束条件的限制，通过适应值评估函数评价其优劣，适应值低的被抛弃，只有适应值高的才有机会将其特性迭代到下一轮解，最后趋向于最优解。简单遗传算法一般可以以极快的速度达到最优解的 90％左右，但要获得真正的最优解则要花费很长时间，因此将遗传算法与其他算法相结合的混合算法已成为遗传算法发展的趋势。改进遗传算法，Tabu 搜索与遗传算法相结合，模拟退火算法和遗传算法相结合，模糊集理论与遗传算法相结合，线性规划与遗传算法相结合，专家系统与遗传算法相结合，人工神经网络与遗传算法相结合等。这些算法的共同特点是能从原理上保证全局最优解，而不必要求解空间是凸的。而且对于问题的求解信息要求很少，可以建立符合实际情况的数学模型，但它们都有计算时间偏长的缺点，目前还不能应用于在线优化计算。为了加快遗传算法的搜索速度，许多学者利用本质上的并行性和搜索全局最优解的能力提出了多种并行遗传算法。文献[31]提出了一种分布式并行计算的遗传算法，它采用主从方式来组织局域网内的多台机器进行并行计算，由一台主机进行选择和遗传操作，并根据负荷均衡的原则调度多台从机计算潮流以给出个体适应值。为了增加算法的并行度，根据无功优化的特点，就编码方案、基于多目标函数的适应度求解和遗传操作等对遗传算法进行了详尽的设计，算例表明该方法不仅取得了较好的优化效果，而且显著地提高了计算速度。文献[41]提出了一种基于进化过程的求解多目标 Pareto 解的并行算法，在计算过程中，根据目标函数值选择不同的解群，然后将解群分解成多个子群，并分配给多个处理器，每个处理器采用单前遗传算法(single front genetic algorithm，SFGA)处理一个多目标的子群。仿真结果表明，算法收敛速度有了较大的提高，且没有过早收敛的缺点。然而，由于遗传算法本身执行速度较慢，即使采用并行处理方式，仍不能产生质的飞跃。综上所述这类算法也存在着以下几点不足之处：

① 人工智能算法本身执行速度较慢，虽然采用并行处理方式，但仍不能产生质的飞跃，而且伴随着电网规模的增大，这一情况将更为严重。没有结合电力系统本身分布式的特点。电力系统本身是高度分散、分布的，这决定了电力系统的运行优化也是高度分散、分布的。

② 目前的算法如遗传算法虽存在本质上的并行性，但并行计算不应只是简单的计算任务的多机分配，而应结合电力系统的特性，从建立模型出发，实现资源和任务的分布式并行处理。

③ 不符合电网分区运行的特点。电力系统存在着自然分区，各分区只了解自己区内的模型和数据，而对其他分区则没有必要详细了解。目前的并行算法只是计算任务上的简单分配，需要至少有一台主机了解全网的数学模型和详细数据，这在实践上不可行。

13.6　基于协同进化法的分解算法

协同进化算法借鉴自然界中的协同进化机制，是国际上前沿的研究领域，协同进化概念在进化计算中的应用最早可追溯到 Hillis 的宿主和寄生物模型[42]和 Husbands 的车间作业调度的多物种协同进化模型[43]。对比一般的遗传算法，协同算法可对控制变量进行合理的种群划分，对较大规模的系统求解能有效地跳出局部最优点而寻找更好的优化解。将协同进化引入到电力系统已有成功的先例，文献[44]和[45]针对机组组合问题独立地提出了系统进化算法，将系统进化法纳入到协同进化算法的框架取得了较好的研究成果。而电力系统无功优化通常采用可投切电容器、有载调压变压器、发电机等多种控制手段，控制变量的数目较多，非常适合采用协同进化法进行优化求解。文献[46]提出一种用于求解无功优化问题的分布式协同粒子群法，有效地降低求解无功优化问题的复杂度，并采用混合策略在各子系统间进行协同进化。此外，子系统的无功优化采用了一种改进的粒子群优化算法，考虑了更多粒子的信息，能有效地提高算法的收敛精度和计算效率。仿真计算结果表明该文提出的方法能够获得高质量的解，并且计算时间短、效率高，适合求解大规模电力系统的无功优化问题。协同粒子群优化算法考虑到了大规模电力系统集中优化难度较大，采用分层控制中的分解-协调思想将大系统分解成若干子系统。协同进化算法借鉴分解协调的思想，将无功优化问题分解为一系列相互联系的子优化问题，每个子优化问题对应于进化算法的一个种群，各种群通过共同的系统模型相互作用，共同进化，从而使整个系统不断演进，最终达到问题求解的目的。与常规的遗传算法相比，协同进化算法不但能得到更好的优化，并且协同进化方法通过设定种群的划分方法，可方便地实现分层分区的无功优化，便于优化方案的具体实施。

13.7 小　　结

本章对几种典型的分解协调算法进行了介绍，包括基于 PQ 分解技术的分解算法、基于 Benders 分解技术的分解算法、基于拉格朗日松弛技术的分解算法、基于辅助问题原理的分解算法、基于智能型算法的并行算法，以及基于协同进化法的分解算法。

参考文献

[1] 张伯明，陈寿孙. 高等电力网络分析. 北京：清华大学出版社，2007

[2] Shoults R R，Sun D T. Optimal power flow based upon P-Q decomposition. IEEE Transactions on Power Apparatus and Sysyems，1982，101(2)：397～405

[3] Contaxis G C，Papadias B C，Delkis C. Decoupled power system security dispatch. IEEE Transactions on Power Apparatus and Sysyems，1983，102(9)：3049～3056

[4] 傅书逖，于尔铿，张小枫. 采用 P-Q 分解技术和二次规划解法的电力系统最佳潮流的研究. 中国电机工程学报，1986，6(1)：1～11

[5] 胡珠光，傅书逖. 实时在线最优潮流. 中国电机工程学报，1991，11(6)：41～49

[6] 王宪荣，包丽明，柳焯，等. 快速解耦牛顿法最优潮流. 中国电机工程学报，1994，14(4)：26～32

[7] 侯芳，吴政球，王良缘. 基于内点法的快速解耦最优潮流算法. 电力系统及其自动化学报，

2001,13(6):8～12

[8] 王成山,张义. 基于 Benders 分解和内点法的无功优化规划. 电力系统及其自动化学报,2003,15(4):46～50

[9] Alguacil N, Conejo A J. Multi-period optimal power flow using Benders decomposions. IEEE Transactions on Power Systems,2000,15(1):196～201

[10] Abdul-Rahman K H, Shahidehpour S M. Reactive power optimization using fuzzy load representation. IEEE Transactions on Power Systems. 1994 ,9(2):898～905

[11] Wang X, Song Y H. Apply Lagrangian relaxation to multi-zone congestion management. IEE Proceedings—Generation, Transmission and Distribution,2001,148(5):497～503

[12] 王兴,宋永华,卢强. 多区域输电阻塞管理的拉格朗日松弛分解算法. 电力系统自动化,2002,26(13):8～13

[13] Cohen G. Optimization by decomposition and coordination: a unified approach. IEEE Transactions on Automatic Control,1978,23(2):222～232

[14] Cohen G. Auxiliary problem principle and decomposition of optimization problems. Journal of Optimization Theory and Applications,1980,32(3):277～305

[15] Batut J, Renaud A. Daily generation scheduling optimization with transaction mission constraints: a new class of algorithms. IEEE Transactions on Power Systems,1992,7(3):982～989

[16] Kim B H, Baldick R. Coarse-grained distributed optimal power flow. IEEE Transactions on Power Systems,1997,12(2):932～939

[17] Kim B H, Baldick R. A comparison of distributed optimal power flow algorithms. IEEE Transactions on Power Systems,2000,15(2):599～604

[18] Contreras J, Losi A, Russo M, et al. Simulation and evaluation of optimization problem solutions in distributed energy management systems. IEEE Transactions on Power Systems,2002,17(1):57～62

[19] Hur D, Park J K, Kim B H. Evaluation of convergence rate in the auxiliary problem principle for distributed optimal power flow. IEE Proceedings—Generation Transmission and Distribution,2002,149(5):525～532

[20] Hur D, Park J K, Kim B H. On the convergence rate improvement of mathematical decomposition technique on distributed optimal power flow. International Journal of Electrical Power and Energy Systems,2003,25(1):31～39

[21] 程新功,厉吉文,曹立霞,等. 基于电网分区的多目标分布式并行无功优化研究. 中国电机工程学报,2003,23(10):109～113

[22] 程新功,厉吉文,曹立霞,等. 电力系统最优潮流的分布式并行算法. 电力系统自动化,2003,27(24):23～27

[23] 曹立霞,厉吉文,程新功,等. 分布式电压无功优化控制系统的设计与应用. 电力系统自动化,2003,27(23):104～105

[24] 曹立霞,厉吉文,程新功,等. 基于多 Agent 技术的分布式电压无功优化控制系统. 电力系

统自动化,2004,28(7):30～39

[25] 张明军,曹立霞,厉吉文,等. 考虑多分区无功电压优化的多 Agent 系统. 电力系统自动化,2004,28(17):70～74

[26] 程新功. 电力系统分布式无功电压优化控制研究. 山东大学博士学位论文,2003

[27] 曹立霞. 大型互联电力系统分布式并行无功优化研究. 山东大学博士学位论文,2005

[28] 商小乐,李建华,刘锐,等. 基于辅助问题原理及内点法的分区并行最优潮流算法. 西安交通大学学报,2006,40(4):468～472

[29] 朱小军,陈刚,蒋燕. 基于电网分区的并行最优潮流算法实用化研究. 继电器,2007,35(6):25～29

[30] 魏鹏,唐立春. 基于辅助问题和序列二次规划法的电网分区并行最优潮流算法. 长沙电力学院学报(自然科学版),2006,21(4):12～16

[31] 潘哲龙,张伯明,孙宏斌,等. 分布计算的遗传算法在无功优化中的应用. 电力系统自动化,2001,25(12):38～41

[32] 赵波,曹一家. 电力系统无功优化的多智能体粒子群优化算法. 中国电机工程学报,2005,25(5):1～7

[33] 颜 伟,孙渝江,罗春雷,等. 基于专家经验的进化规划方法及其在无功优化中的应用. 中国电机工程学报,2003,23(7):76～80

[34] 黄伟,张建华,张聪,等. 基于细菌群体趋药性算法的电力系统无功优化. 电力系统自动化,2007,31(7):29～33

[35] 郭创新,朱承治,赵波,等. 基于改进遗传算法的电力系统无功优化. 电力系统自动化,2005,29(15):23～29

[36] 康积涛,钱清泉. 电力系统无功优化的二次变异遗传算法. 电力系统自动化设备,2007,2007,27(9):7～11

[37] 沈茂亚,丁晓群,王宽,等. 自适应免疫粒子群算法在动态无功优化中应用. 电力系统自动化设备,2007,27(1):31～35

[38] 颜伟,熊小伏,徐国禹. 基于进化规划方法的新型电压无功优化模型和算法. 电网技术,2002,26(6):14～17

[39] 娄素华,李研,吴耀武. 多目标电网无功优化的量子遗传算法. 高电压技术,2005,31(9):69～83

[40] 刘科研,盛万兴,李运华. 基于改进免疫遗传算法的无功优化,2007,31(13):11～16

[41] Toro F D,Ortega J,Fernandez J,et al. PSFGA:a parallel genetic algorithm for multiobjective optimization//Proceedings of the 10th Euromicro Workshop on Parallel,Distributed and Network-based Processing,2002:384～391

[42] Hillis D W. Co-evolving parasites improve simulated evolution as an optimization procedure. Artificial Life Ⅱ,USA,California,1991:313～314

[43] Husbands P,Mill F. Simulated co-evolution as the mechanism for emergent planning and scheduling//Proceedings of the Fourth International Conference on Genetic Algrithms,USA,California,1991:264～270

[44] Chen H Y, Wang X F. Cooperative co-evolutionary algorithm for unit commitment. IEEE Transactiona on Power Systems, 2002, 17(1): 128～133

[45] 陈皓勇，张靠社，王锡凡. 电力系统机组组合问题的系统进化算法. 中国电机工程学报，1999, 19(12): 9～13

[46] 赵波，郭创新，张鹏翔，等. 基于分布式协同粒子群优化算法的电力系统无功优化. 中国电机工程学报，2005, 25(21): 1～7

第十四章　基于近似牛顿方向的多区域无功优化分解算法

近年来，数学优化理论的发展为解决并行优化问题提供了新的途径。文献[1]提出了一种基于近似牛顿方向的解耦方法，已应用于求解多区域电力系统的最优潮流计算中[2]。与拉格朗日松弛法相比，该算法的主要优点为：以非线性原对偶内点法为基础建立线性修正方程组，并由此简化构造近似牛顿方向；只要满足解耦条件，即可保证算法具有局部线性收敛特性，并且其计算速度较非线性原对偶内点法快。本章进一步探讨了多区域电力系统的无功优化计算方法，提出了基于近似牛顿方向和GMRES(generalized minimal RESidual)算法的无功优化计算框架，使之对弱耦合和强耦合系统无功优化计算与电压控制均具有较好的适应性[3,4]。

14.1　多区域系统无功优化模型

14.1.1　电力系统离散无功优化模型

假设整个系统包括 n 个节点，L 条联络线，m 台发电机，r 个无功补偿节点，q 台可调变压器。则以有功网损为目标的全系统离散无功优化模型可以描述如下：

$$\min f(\boldsymbol{Q}_G,\boldsymbol{Q}_C,\boldsymbol{T}_B,\boldsymbol{V},\boldsymbol{\theta}) \tag{14-1}$$

$$\text{s. t. } P_i(\boldsymbol{Q}_G,\boldsymbol{Q}_C,\boldsymbol{T}_B,\boldsymbol{V},\boldsymbol{\theta},P_{\text{slack}})=0,\quad i=1,\cdots,n \tag{14-2}$$

$$Q_i(\boldsymbol{Q}_G,\boldsymbol{Q}_C,\boldsymbol{T}_B,\boldsymbol{V},\boldsymbol{\theta})=0,\quad i=1,\cdots,n \tag{14-3}$$

$$S_i(\boldsymbol{V},\boldsymbol{\theta})\leqslant S_{i\max},\quad i=1,\cdots,L \tag{14-4}$$

$$Q_{Gi\min}\leqslant Q_{Gi}\leqslant Q_{Gi\max},\quad i=1,\cdots,m \tag{14-5}$$

$$Q_{Ci\min}\leqslant Q_{Ci}\leqslant Q_{Ci\max},\quad i=1,\cdots,r \tag{14-6}$$

$$T_{B_i\min}\leqslant T_{Bi}\leqslant T_{Bi\max},\quad i=1,\cdots,q \tag{14-7}$$

$$V_{i\min}\leqslant V_i\leqslant V_{i\max},\quad i=1,\cdots,n \tag{14-8}$$

式中，$\boldsymbol{Q}_G$、$\boldsymbol{Q}_C$ 和 $\boldsymbol{T}_B$ 分别为发电无功出力、无功补偿装置无功出力及可调变压器变比列向量；P_{slack}为平衡发电机有功出力；式(14-2)和式(14-3)分别为节点 i 的有功和无功平衡方程；式(14-5)～式(14-8)分别为发电机无功出力、无功补偿装置无功出力、可调变压器变比及节点电压约束，$\boldsymbol{Q}_C$ 和 $\boldsymbol{T}_B$ 具有离散性质；式(14-4)表示联络线 $i\sim j$ 的传输视在功率约束，其具体表达式如下：

$$[(V_iV_jY_{ij}\cos(\theta_{ij}-\delta_{ij}))^2+(V_iV_jY_{ij}\sin(\theta_{ij}-\delta_{ij}))^2]^{\frac{1}{2}}\leqslant S_{ij\max}$$

式中，θ_{ij} 为两节点电压相角差；δ_{ij} 为两节点间支路导纳角。

14.1.2　区域分解及边界节点定义

我们用节点分裂法对系统进行分区。简便起见，以两区域系统为例来说明边界节点和区域间联络线的定义，如图 14-1 和图 14-2 所示。图 14-1 为按照实际物理位置进行分区后的示意图，图 14-2 为该优化计算中实际变量分区示意图。图 14-2中，虚线表示区域 1 的边界，节点 j 为边界节点，线路 $i\sim j$ 为两个区域间的联络线，由图可见，节点 j 同时属于两个区域，我们将节点 j 定义为区域 2 中的节点，在对区域 1 进行求解时，其电压幅值和相角作为常数处理。

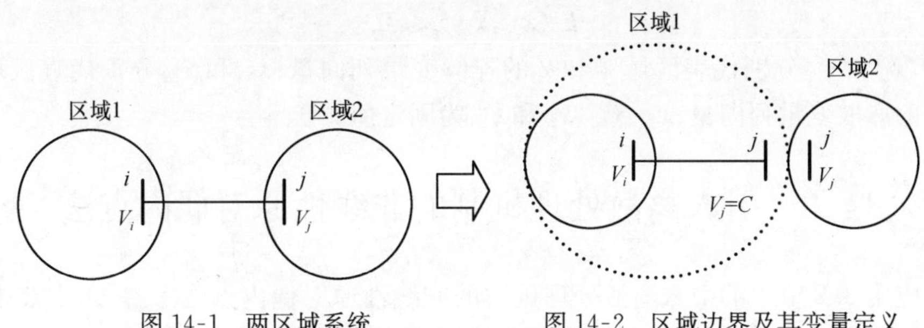

图 14-1　两区域系统　　图 14-2　区域边界及其变量定义

14.1.3　多区域系统无功优化模型

如果将系统划分为 N 个区域，则原问题式(14-1)～式(14-8)可以改写成如下多区域分组形式：

$$\min \sum_{a=1}^{N} f_a(\boldsymbol{x}_1, \boldsymbol{x}_2, \cdots, \boldsymbol{x}_N) \tag{14-9}$$

$$\text{s.t. } \boldsymbol{g}_a(\boldsymbol{x}_1, \boldsymbol{x}_2, \cdots, \boldsymbol{x}_N) \leqslant \boldsymbol{0}, \quad a = 1, \cdots, N \tag{14-10}$$

$$\boldsymbol{h}_a(\boldsymbol{x}_a) \leqslant \boldsymbol{0}, \quad a = 1, \cdots, N \tag{14-11}$$

式中，$\boldsymbol{x}_a$ 为区域 a 的变量列向量，包括发电无功出力、电容器（或电抗器）无功出力、可调变压器变比、节点电压幅值、节点电压相角（对于含平衡节点的区域，它还包括平衡发电机有功出力）；$f_a(\cdot)$ 为区域 a 的有功损耗；式(14-10)包括了式(14-2)～式(14-4)中本区域边界节点或与其他区域边界节点相连节点的功率平衡方程以及区域间联络线传输视在功率约束，它为变量 $\boldsymbol{x}_1, \boldsymbol{x}_2, \cdots, \boldsymbol{x}_N$ 之间的耦合约束，总数目为 l_1；式(14-11)包括了式(14-2)～式(14-4)中本区域内部节点的功率平衡方程，它为仅与变量 $\boldsymbol{x}_a$ 有关的约束，总数目为 l_2。

14.1.4　最优化模型分解

实际计算中，需要将上节中的多区域系统无功优化模型进行分解。当计算某一个区域时，其他区域变量看作常量，以两区域系统为例，则原问题式(14-10)～式(14-11)可转化为如下两个离散优化子问题：

子问题 P1：

$$\begin{cases}\min\ f_1(\boldsymbol{x}_{1c},\boldsymbol{x}_{1d},\bar{\boldsymbol{x}}_{2c},\bar{\boldsymbol{x}}_{2d})\\ \text{s. t. } \boldsymbol{g}_1(\boldsymbol{x}_{1c},\boldsymbol{x}_{1d},\bar{\boldsymbol{x}}_{2c},\bar{\boldsymbol{x}}_{2d})\leqslant \boldsymbol{0}\\ \qquad \boldsymbol{h}_1(\boldsymbol{x}_{1c},\boldsymbol{x}_{1d})\leqslant \boldsymbol{0}\end{cases} \tag{14-12}$$

子问题 P2：

$$\begin{cases}\min\ f_2(\bar{\boldsymbol{x}}_{1c},\bar{\boldsymbol{x}}_{1d},\boldsymbol{x}_{2c},\boldsymbol{x}_{2d})\\ \text{s. t. } \boldsymbol{g}_2(\bar{\boldsymbol{x}}_{1c},\bar{\boldsymbol{x}}_{1d},\boldsymbol{x}_{2c},\boldsymbol{x}_{2d})\leqslant \boldsymbol{0}\\ \qquad \boldsymbol{h}_2(\boldsymbol{x}_{2c},\boldsymbol{x}_{2d})\leqslant \boldsymbol{0}\end{cases} \tag{14-13}$$

式中，$\boldsymbol{x}_{1c}$和$\boldsymbol{x}_{2c}$分别代表区域 1 和 2 的连续变量列向量；$\boldsymbol{x}_{1d}$和$\boldsymbol{x}_{2d}$分别代表区域 1 和 2 的离散变量列向量；$\bar{\boldsymbol{x}}_{1c}$、$\bar{\boldsymbol{x}}_{1d}$、$\bar{\boldsymbol{x}}_{2c}$和$\bar{\boldsymbol{x}}_{2d}$为固定值。

14.2 引入离散处理机制的非线性原对偶内点法

应用 3.2 节中的引入离散处理机制的非线性原对偶内点法求解 14.1 节中子问题 P1。先引入松弛向量将不等式约束变为等式约束，再引入拉格朗日乘子向量将所有等式约束增广到原目标函数中，并在目标函数中引入对数壁垒函数确保松弛变量的非负性。最后引入类似式(3-14)中的二次罚函数处理离散变量。这样便构成了如下增广拉格朗日函数：

$$\begin{aligned}\boldsymbol{L}_1 = &f_1(\boldsymbol{x}_{1c},\boldsymbol{x}_{1d},\bar{\boldsymbol{x}}_{2c},\bar{\boldsymbol{x}}_{2d})-\boldsymbol{y}_{1g}^{\mathrm{T}}[\boldsymbol{g}_1(\boldsymbol{x}_{1c},\boldsymbol{x}_{1d},\bar{\boldsymbol{x}}_{2c},\bar{\boldsymbol{x}}_{2d})+\boldsymbol{s}_{1g}]-\boldsymbol{y}_{1h}^{\mathrm{T}}[\boldsymbol{h}_1(\boldsymbol{x}_{1c},\boldsymbol{x}_{1d})+\boldsymbol{s}_{1h}]\\ &-\mu\sum_{j=1}^{l_1}\ln s_{1gj}-\sum_{j=1}^{l_2}\ln s_{1hj}+\frac{1}{2}\sum_{j}v_j(x_{1dj}-x_{1djb})^2\end{aligned} \tag{14-14}$$

式中，x_{1dj}为$\boldsymbol{x}_{1d}$的第 j 个元素；v_j 为罚因子；x_{1djb}为x_{1dj}的邻域中心。

根据 KKT 最优性条件可得：

$$\begin{aligned}\boldsymbol{L}_{1x_{1c}} =&\nabla \boldsymbol{f}_{1x_{1c}}(\boldsymbol{x}_{1c},\boldsymbol{x}_{1d},\bar{\boldsymbol{x}}_{2c},\bar{\boldsymbol{x}}_{2d})-\nabla \boldsymbol{g}_{1x_{1c}}^{\mathrm{T}}(\boldsymbol{x}_{1c},\boldsymbol{x}_{1d},\bar{\boldsymbol{x}}_{2c},\bar{\boldsymbol{x}}_{2d})\boldsymbol{y}_{1g}\\ &-\nabla \boldsymbol{h}_{1x_{1c}}^{\mathrm{T}}(\boldsymbol{x}_{1c},\boldsymbol{x}_{1d})\boldsymbol{y}_{1h}=\boldsymbol{0}\end{aligned} \tag{14-15}$$

$$\begin{aligned}\boldsymbol{L}_{1\boldsymbol{x}_{1d}} =&\nabla \boldsymbol{f}_{1\boldsymbol{x}_{1d}}(\boldsymbol{x}_{1c},\boldsymbol{x}_{1d},\bar{\boldsymbol{x}}_{2c},\bar{\boldsymbol{x}}_{2d})-\nabla \boldsymbol{g}_{1\boldsymbol{x}_{1d}}^{\mathrm{T}}(\boldsymbol{x}_{1c},\boldsymbol{x}_{1d},\bar{\boldsymbol{x}}_{2c},\bar{\boldsymbol{x}}_{2d})\boldsymbol{y}_{1g}\\ &-\nabla \boldsymbol{h}_{1\boldsymbol{x}_{1d}}^{\mathrm{T}}(\boldsymbol{x}_{1c},\boldsymbol{x}_{1d})\boldsymbol{y}_{1d}+\boldsymbol{v}_B(\boldsymbol{x}_1-\boldsymbol{x}_{1B})=\boldsymbol{0}\end{aligned} \tag{14-16}$$

$$\boldsymbol{L}_{1y_{1g}} =-\boldsymbol{g}_1(\boldsymbol{x}_{1c},\boldsymbol{x}_{1d},\bar{\boldsymbol{x}}_{2c},\bar{\boldsymbol{x}}_{2d})-\boldsymbol{s}_{1g}=\boldsymbol{0} \tag{14-17}$$

$$\boldsymbol{L}_{1y_{1h}} =-\boldsymbol{h}_1(\boldsymbol{x}_{1c},\boldsymbol{x}_{1d},\bar{\boldsymbol{x}}_{2c},\bar{\boldsymbol{x}}_{2d})-\boldsymbol{s}_{1h}=\boldsymbol{0} \tag{14-18}$$

$$\boldsymbol{L}_{1s_{1g}} =\boldsymbol{s}_{1g}\boldsymbol{Y}_{1g}\boldsymbol{e}_1+\mu\boldsymbol{e}_1=\boldsymbol{0} \tag{14-19}$$

$$L_{1s_{1h}} = s_h Y_{1h} e_2 + \mu e_2 = 0 \tag{14-20}$$

式中，$\nabla g_{1x_{1c}}(x_{1c},x_{1d},\bar{x}_{2c},\bar{x}_{2d})$和$\nabla g_{1x_{1d}}(x_{1c},x_{1d},\bar{x}_{2c},\bar{x}_{2d})$分别为$g_1(x_{1c},x_{1d},\bar{x}_{2c},\bar{x}_{2d})$的雅可比矩阵的子矩阵；$\nabla h_{1x_{1c}}(x_{1c},x_{1d})$和$\nabla h_{1x_{1d}}(x_{1c},x_{1d})$分别为$h_1(x_{1c},x_{1d})$的雅可比矩阵的子矩阵；$\nabla f_{1x_{1c}}(x_{1c},x_{1d},\bar{x}_{2c},\bar{x}_{2d})$和$\nabla f_{1x_{1d}}(x_{1c},x_{1d},\bar{x}_{2c},\bar{x}_{2d})$分别为$f_1(x_{1c},x_{1d},\bar{x}_{2c},\bar{x}_{2d})$的雅可比矩阵的子矩阵；$e_1$ 和 e_2 为单位列向量，$e_1 \in \mathbf{R}^{(l_1)}$，$e_2 \in \mathbf{R}^{(l_2)}$；$Y_{1g}$、$Y_{1h}$、$s_{1g}$、$s_{1h}$分别为以 y_{1g}、y_{1h}、s_{1g}、s_{1h}的分量为对角元素的对角阵；v_B是以罚因子各元素为对角元的对角矩阵；x_{1B}为用离散变量的邻域中心构成的列向量。

对式(14-15)～式(14-20)所构成的非线性方程组在初始点附近用泰勒级数展开，然后取一阶项，得到：

$$-L_{1x_{1c}0} = w_{1cc}\Delta x_{1c} + w_{1cd}\Delta x_{1d} - \nabla g^{\mathrm{T}}_{1x_{1c}}(x_{1c},x_{1d},\bar{x}_{2c},\bar{x}_{2d})\Delta y_{1g} - \nabla h^{\mathrm{T}}_{1x_{1c}}(x_{1c},x_{1d})\Delta y_{1h} \tag{14-21}$$

$$-L_{1x_{1d}0} = w_{1dc}\Delta x_{1c} + w_{1dd}\Delta x_{1d} - \nabla g^{\mathrm{T}}_{1x_{1d}}(x_{1c},x_{1d},\bar{x}_{2c},\bar{x}_{2d})\Delta y_{1g} - \nabla h^{\mathrm{T}}_{1x_{1d}}(x_{1c},x_{1d})\Delta y_{1h} \tag{14-22}$$

$$-L_{1y_{1g}0} = -\nabla g_{1x_{1c}}(x_{1c},x_{1d},\bar{x}_{2c},\bar{x}_{2d})\Delta x_{1c} - \nabla g_{1x_{1d}}(x_{1c},x_{1d},\bar{x}_{2c},\bar{x}_{2d})\Delta x_{1d} - \Delta s_{1g} \tag{14-23}$$

$$-L_{1y_{1h}0} = -\nabla h_{1x_{1c}}(x_{1c},x_{1d})\Delta x_{1c} - \nabla h_{1x_{1d}}(x_{1c},x_{1d})\Delta x_{1d} - \Delta s_{1h} \tag{14-24}$$

$$-L_{1s_{1h}0} = s_{1h}\Delta y_{1h} + Y_{1h}\Delta s_{1h} \tag{14-25}$$

$$-L_{1s_{1g}0} = s_{1g}\Delta y_{1g} + Y_{1g}\Delta s_{1g} \tag{14-26}$$

式中，$L_{1x_{1c}0}$、$L_{1x_{1d}0}$、$L_{1y_{1g}0}$、$L_{1y_{1h}0}$、$L_{1s_{1h}0}$、$L_{1s_{1g}0}$分别为$L_{1x_{1c}}$、$L_{1x_{1d}}$、$L_{1y_{1g}}$、$L_{1y_{1h}}$、$L_{1s_{1h}}$、$L_{1s_{1g}}$在初始点的值。

其中：

$$w_{1cc} = \nabla f^2_{1x_{1c}x_{1c}} - \sum_{i=1}^{l_1} y_{1gi}\,\nabla g^2_{1x_{1c}x_{1c}} - \sum_{i=1}^{l_2} h_{1gi}\,\nabla h^2_{1x_{1c}x_{1c}} \tag{14-27}$$

$$w_{1cd} = \nabla f^2_{1x_{1c}x_{1d}} - \sum_{i=1}^{l_1} y_{1gi}\,\nabla g^2_{1x_{1c}x_{1d}} - \sum_{i=1}^{l_2} h_{1gi}\,\nabla h^2_{1x_{1c}x_{1d}} \tag{14-28}$$

$$w_{1dc} = \nabla f^2_{1x_{1d}x_{1c}} - \sum_{i=1}^{l_1} y_{1gi}\,\nabla g^2_{i1x_{1d}x_{1c}} - \sum_{i=1}^{l_2} h_{1gi}\,\nabla h^2_{1ix_{1d}x_{1c}} \tag{14-29}$$

$$w_{1dd} = \nabla f^2_{1x_{1d}x_{1d}} - \sum_{i=1}^{l_1} y_{1gi}\,\nabla g^2_{1ix_{1d}x_{1d}} - \sum_{i=1}^{l_2} h_{1gi}\,\nabla h^2_{1ix_{1d}x_{1d}} + v_B \tag{14-30}$$

且 $w_{1cd} = w_{1dc}$；$\nabla g^2_{1x_{1c}x_{1c}}(x_{1c},x_{1d},\bar{x}_{2c},\bar{x}_{2d})$、$\nabla g^2_{1x_{1c}x_{1d}}(x_{1c},x_{1d},\bar{x}_{2c},\bar{x}_{2d})$、$\nabla g^2_{1x_{1c}x_{1d}}(x_{1c},x_{1d},\bar{x}_{2c},\bar{x}_{2d})$分别为 $g(x_{1c},x_{1d},\bar{x}_{2c},\bar{x}_{2d})$的海森矩阵的子矩阵；$\nabla h^2_{1x_{1c}x_{1c}}(x_{1c},x_{1d})$、

$\nabla \boldsymbol{h}_{1x_{1c}x_{1d}}^{2}(\boldsymbol{x}_{1c},\boldsymbol{x}_{1d})$、$\nabla \boldsymbol{h}_{1x_{1d}x_{1c}}(\boldsymbol{x}_{1c},\boldsymbol{x}_{1d})$、$\nabla \boldsymbol{h}_{1x_{1d}x_{1d}}^{2}(\boldsymbol{x}_{1c},\boldsymbol{x}_{1d})$分别为$\boldsymbol{h}(\boldsymbol{x}_{1c},\boldsymbol{x}_{1d})$的海森矩阵的子矩阵；$\nabla \boldsymbol{f}_{1x_{1c}x_{1c}}^{2}$、$\nabla \boldsymbol{f}_{1x_{1c}x_{1d}}^{2}$、$\nabla \boldsymbol{f}_{1x_{1d}x_{1c}}^{2}$、$\nabla \boldsymbol{f}_{1x_{1d}x_{1d}}^{2}$分别为$f_1(\boldsymbol{x}_{1c},\boldsymbol{x}_{1d},\bar{\boldsymbol{x}}_{2c},\bar{\boldsymbol{x}}_{2d})$的海森矩阵的子矩阵。

由式(14-23)～式(14-24)可求得：

$$\Delta \boldsymbol{s}_{1g}=\boldsymbol{L}_{1y_{1g}0}-\nabla \boldsymbol{g}_{1x_{1c}}(\boldsymbol{x}_{1c},\boldsymbol{x}_{1d},\bar{\boldsymbol{x}}_{2c},\bar{\boldsymbol{x}}_{2d})\Delta \boldsymbol{x}_{1c}-\nabla \boldsymbol{g}_{1x_{1d}}(\boldsymbol{x}_{1c},\boldsymbol{x}_{1d},\bar{\boldsymbol{x}}_{2c},\bar{\boldsymbol{x}}_{2d})\Delta \boldsymbol{x}_{1d} \tag{14-31}$$

$$\Delta \boldsymbol{s}_{1h}=\boldsymbol{L}_{1y_{1h}0}-\nabla \boldsymbol{h}_{1x_{1c}}(\boldsymbol{x}_{1c},\boldsymbol{x}_{1d})\Delta \boldsymbol{x}_{1c}-\nabla \boldsymbol{h}_{1x_{1d}}(\boldsymbol{x}_{1c},\boldsymbol{x}_{1d})\Delta \boldsymbol{x}_{1d} \tag{14-32}$$

将式(14-25)～式(14-26)代入式(14-21)～式(14-22)可得到下列以分块矩阵形式表示的修正方程：

$$\begin{bmatrix} \boldsymbol{w}_{1cc} & \boldsymbol{w}_{1cd} & -(\nabla \boldsymbol{g}_{1x_{1c}})^{\mathrm{T}} & -(\nabla \boldsymbol{h}_{1x_{1c}})^{\mathrm{T}} \\ \boldsymbol{w}_{1dc} & \boldsymbol{w}_{1dd} & -(\nabla \boldsymbol{g}_{1x_{1d}})^{\mathrm{T}} & -(\nabla \boldsymbol{h}_{1x_{1d}})^{\mathrm{T}} \\ -\nabla \boldsymbol{g}_{1x_{1c}} & -\nabla \boldsymbol{g}_{1x_{1d}} & -(\boldsymbol{Y}_{1g})^{-1}\boldsymbol{S}_{1g} & \boldsymbol{0} \\ -\nabla \boldsymbol{h}_{1x_{1c}} & -\nabla \boldsymbol{h}_{1x_{1d}} & \boldsymbol{0} & -(\boldsymbol{Y}_{1h})^{-1}\boldsymbol{S}_{1h} \end{bmatrix} \begin{bmatrix} \Delta \boldsymbol{x}_{1c} \\ \Delta \boldsymbol{x}_{1d} \\ \Delta \boldsymbol{y}_{1g} \\ \Delta \boldsymbol{y}_{1h} \end{bmatrix} = \begin{bmatrix} -\boldsymbol{L}_{1x_{1c}0} \\ -\boldsymbol{L}_{1x_{1d}0} \\ \boldsymbol{A} \\ \boldsymbol{B} \end{bmatrix} \tag{14-33}$$

式中，$\boldsymbol{A}=-\boldsymbol{L}_{1y_{1g}0}-(\boldsymbol{Y}_{1g})^{-1}\cdot\boldsymbol{L}_{1s_{1g}0}$，$\boldsymbol{B}=-\boldsymbol{L}_{1y_{1h}0}-(\boldsymbol{Y}_{1h})^{-1}\cdot\boldsymbol{L}_{1s_{1h}0}$，$\boldsymbol{v}_B$为由离散化罚因子构成的对角矩阵。

式(14-33)可简写为：

$$\boldsymbol{K}_{11}\boldsymbol{\Delta}_1'=\boldsymbol{\psi}_1 \tag{14-34}$$

式中，$\boldsymbol{\Delta}_1'=[\boldsymbol{x}_{1c},\boldsymbol{x}_{1d},\Delta \boldsymbol{y}_{1g},\Delta \boldsymbol{y}_{1h}]^{\mathrm{T}}$。

式(14-34)为区域 1 用引入离散惩罚的非线性原对偶内点法得到的修正方程，对其求解即得到子问题 P1 的牛顿方向。采用类似的过程，由式(14-13)可以得到区域 2 的简化修正方程为：

$$\boldsymbol{K}_{22}\boldsymbol{\Delta}_2'=\boldsymbol{\psi}_2 \tag{14-35}$$

式中，$\boldsymbol{\Delta}_2'=[\Delta \boldsymbol{x}_{2c},\Delta \boldsymbol{x}_{2d},\Delta \boldsymbol{y}_{2g},\Delta \boldsymbol{y}_{2h}]^{\mathrm{T}}$。

将式(14-34)和式(14-35)组合写成：

$$\begin{bmatrix} \boldsymbol{K}_{11} & \boldsymbol{0} \\ \boldsymbol{0} & \boldsymbol{K}_{22} \end{bmatrix} \begin{bmatrix} \boldsymbol{\Delta}_1' \\ \boldsymbol{\Delta}_2' \end{bmatrix} = \begin{bmatrix} \boldsymbol{\psi}_1 \\ \boldsymbol{\psi}_2 \end{bmatrix} \tag{14-36}$$

或：

$$\boldsymbol{K}'\boldsymbol{\Delta}'=\boldsymbol{\psi} \tag{14-37}$$

如果用引入离散惩罚的非线性原对偶内点法直接求解原优化问题式(14-9)～式(14-11)，并以两区域系统为例，对形成修正方程式按照区域顺序编号由小至大排列，则可得到如下简化修正方程组：

$$\begin{bmatrix} \boldsymbol{K}_{11} & \boldsymbol{K}_{12} \\ \boldsymbol{K}_{21} & \boldsymbol{K}_{22} \end{bmatrix} \begin{bmatrix} \boldsymbol{\Delta}_1 \\ \boldsymbol{\Delta}_2 \end{bmatrix} = \begin{bmatrix} \boldsymbol{\psi}_1 \\ \boldsymbol{\psi}_2 \end{bmatrix} \tag{14-38}$$

或：

$$\boldsymbol{K\Delta} = \boldsymbol{\psi} \tag{14-39}$$

式中，$\boldsymbol{K}_{12}=\boldsymbol{K}_{21}^{\mathrm{T}}$。

观察式(14-36)和式(14-38)可知：将式(14-38)中的交叉项(非对角子矩阵)置零，可得式(14-36)。分别通过对子问题 P1 和 P2 运用非线性内点法也可得到式(14-36)。同时容易看出：引入离散惩罚后，对式(14-36)中非对角子矩阵无影响，只增加对角子矩阵的对角元素，因此它并不影响解耦，并对算法数值稳定性产生积极作用。

14.3　近似牛顿方向和纯牛顿方向的定义

求解式(14-38)得到在对全系统运用非线性内点法求解过程中的变量修正量 $\boldsymbol{\Delta}$，我们称之为求解过程中的纯牛顿方向，求解式(14-36)得到在对各个子区域用非线性内点法求解过程中各自的变量修正量 $\boldsymbol{\Delta}'$，我们称之为近似牛顿方向。

在各区域求解过程中，近似牛顿方向与纯牛顿方向足够近似时，即可代替纯牛顿方向进行方程的迭代求解，那么系统也完全被解耦，各子区域可以独立求解，所求解的线性方程的维数大大地减小，计算速度大大地提高。对两者近似程度的判断，下边章节详细介绍。

14.4　解耦的充分条件

14.4.1　解耦理论判据

如果原优化模型能够分解为子问题 P1 和 P2，并用近似牛顿方向替代牛顿方向进行优化计算收敛至最优解，那么系统便得到了完全的解耦，从而降低修正方程的维数，大幅度减小计算量。但是，近似牛顿方向 $\boldsymbol{\Delta}'$ 并不一定能很好地逼近纯牛顿方向 $\boldsymbol{\Delta}$，此时用近似牛顿方向不能保证整个算法的收敛性，这取决于修正方程系数矩阵 $\boldsymbol{K}'$ 与 $\boldsymbol{K}$ 之间的近似程度。文献[1]和[2]给出了解耦的充分条件，即两修正矩阵应该满足：

$$\rho(\boldsymbol{K}\cdot\boldsymbol{K}'^{-1}-\boldsymbol{I})<1 \tag{14-40}$$

式中，$\boldsymbol{I}$ 为单位矩阵；$\rho(\cdot)$ 表示矩阵的谱半径。

式(14-40)表达了 $\boldsymbol{K}\cdot\boldsymbol{K}'^{-1}$ 对单位矩阵 $\boldsymbol{I}$ 的近似程度，反映出区域之间的耦合强度。对于大多数弱耦合互联系统(区域之间仅有少量的联络线)，该条件是可以满足的。如果多区域电力系统满足解耦条件(14-40),则可以保证解耦算法的收敛性,其计算速度要比非线性原对偶内点法快得多。

14.4.2 解耦实用判据

式(14-40)表达了 $\boldsymbol{K}'^{-1}\boldsymbol{K}$ 对单位矩阵 $\boldsymbol{I}$ 的近似程度,反映出区域之间的耦合强度。因其在实际计算中,谱半径的求解工作量较大,我们把谱半径的求解转化另一种近似判据:

$$\| \boldsymbol{K}'^{-1}\boldsymbol{K} - \boldsymbol{I} \|_F / n < \mathrm{Con} \tag{14-41}$$

即通过 $\boldsymbol{K}'^{-1}\boldsymbol{K}$ 对单位阵 $\boldsymbol{I}$ 的逼近程度来判断系统的耦合强弱,通过易于得到的两矩阵差的 Frobenius 范数除以维数 n,来判断系统耦合强弱。该判据既考虑了反映矩阵特性的范数又考虑了矩阵规模(维数)。我们通过大量算例试验统计表明:Con=1 是可行的。

14.5 不满足解耦条件时的计算方法

当系统不能满足解耦条件式(14-40)或者式(14-41)时,不能保证用近似牛顿方向替代纯牛顿方向后整个解耦算法的收敛性,此时要对近似牛顿方向进行修正,也即只能基于纯牛顿方向进行求解,需要求解修正方程式(14-39)。采用与预处理技术结合的广义极小化残余法求解。

14.5.1 GMRES 算法

GMRES 属于 Galerkin 型算法[5],近年来该算法已经得到了很大的完善,已成为当前求解超大型稀疏线性方程组的主要方法。该方法克服了 Arnoldi 算法的中断问题,以及理论上很难分析其收敛性的缺点,而在其基础上发展而来的 Galerkin 型算法,称之为广义极小化残余算法。

设所求方程为:

$$\boldsymbol{A}\boldsymbol{x} = \boldsymbol{b} \tag{14-42}$$

式中,$\boldsymbol{A}$ 为 $n \times n$ 的非奇异大型稀疏矩阵;$\boldsymbol{b} \in \mathbf{R}^n$ 为一给定向量。取 $\boldsymbol{x}_0 \in \mathbf{R}^n$,令 $\boldsymbol{x} = \boldsymbol{x}_0 + \boldsymbol{z}$,$\boldsymbol{r}_0 = \boldsymbol{b} - \boldsymbol{A}\boldsymbol{x}_0$。式(14-42)就可以变为:

$$\boldsymbol{A}\boldsymbol{z} = \boldsymbol{r}_0 \tag{14-43}$$

从理论上讲,如果 $\{\boldsymbol{A}^i\boldsymbol{r}_0\}_{i=0}^{n-1}$ 线性无关,当 $m=n$ 时用 GMRES 算法得出的解应该是方程的准确解。但当 m 的取值很大时,因为要保存所有的向量 $\{\boldsymbol{v}_i\}_{i=1}^m$,对于大型问题,往往占用过多的存储空间,使算法失去实用价值。克服这个困难的办法就是采用循环形式的 GMRES(m)算法,通过迭代过程取适当大小的 m 值进行

GMRES算法的循环计算。具体的计算步骤如下：

① 选择 $\boldsymbol{x}_0\in\mathbf{R}^n$，计算 $\boldsymbol{r}_0=\boldsymbol{b}-\boldsymbol{A}\boldsymbol{x}_0$，$\boldsymbol{v}_1=\boldsymbol{r}_0/\|\boldsymbol{r}_0\|$。

② 选择适当大小的 m，完成 Arnoldi 过程得到 $\{\boldsymbol{v}_i\}_{i=1}^m$ 和 $\overline{\boldsymbol{H}}_m$。

③ 极小化 $\|\beta\boldsymbol{e}_1-\overline{\boldsymbol{H}}_m\boldsymbol{y}\|$ 得到 $\boldsymbol{y}_m$。

④ $\boldsymbol{x}_m=\boldsymbol{x}_0+\boldsymbol{V}_m\boldsymbol{y}_m$。

⑤ 计算 $\|\boldsymbol{r}_m\|=\|\boldsymbol{b}-\boldsymbol{A}\boldsymbol{x}_m\|$，如果满意则停止计算。

⑥ 令 $\boldsymbol{x}_0=\boldsymbol{x}_m$，$\boldsymbol{v}_1=\boldsymbol{r}_m/\|\boldsymbol{r}_m\|$，转到第②步。

当 $m<n$ 时，只要对系数矩阵 $\boldsymbol{A}$ 加上一定的条件，也可以证明当 m 适当大时，GMRES(m)方法一定收敛。因为存在这样的一个数学定理：若存在非奇异矩阵 $\boldsymbol{X}$，使得 $\boldsymbol{A}=\boldsymbol{X}\boldsymbol{\Lambda}\boldsymbol{X}^{-1}$，其中 $\boldsymbol{\Lambda}=\mathrm{diag}(\lambda_1,\cdots,\lambda_n)$，$\{\lambda_i\}_{i=1}^n$ 为 $\boldsymbol{A}$ 的特征值，则对于充分大的 m，GMRES(m)算法收敛。GMRES详尽的计算过程见文献[5]。

14.5.2　预处理技术

GMRES算法经过多年研究已成为求解大型稀疏特点线性方程组的主要工具，并在大型电力系统潮流和最优潮流计算中得到成功应用，尤其结合较好的预处理器，能得到较好的计算效果[6~9]。

尽管有时近似牛顿方向 $\boldsymbol{\Delta}'$ 不满足收敛性条件，但它为GMRES算法提供较好的初始值，且可以用于得到 $\boldsymbol{K}'$ 作为预处理器。其预处理方案为用 $\boldsymbol{K}'^{-1}$ 左乘式(14-39)，即：

$$\boldsymbol{K}'^{-1}\boldsymbol{K}\boldsymbol{\Delta}=\boldsymbol{K}'^{-1}\boldsymbol{\psi} \tag{14-44}$$

或写作：

$$\begin{bmatrix}\boldsymbol{K}_{11}^{-1} & \boldsymbol{0}\\ \boldsymbol{0} & \boldsymbol{K}_{22}^{-1}\end{bmatrix}\begin{bmatrix}\boldsymbol{K}_{11} & \boldsymbol{K}_{12}\\ \boldsymbol{K}_{21} & \boldsymbol{K}_{22}\end{bmatrix}\begin{bmatrix}\boldsymbol{\Delta}_1\\ \boldsymbol{\Delta}_2\end{bmatrix}=\begin{bmatrix}\boldsymbol{I} & \boldsymbol{K}_{11}^{-1}\boldsymbol{K}_{12}\\ \boldsymbol{K}_{22}^{-1}\boldsymbol{K}_{21} & \boldsymbol{I}\end{bmatrix}\begin{bmatrix}\boldsymbol{\Delta}_1\\ \boldsymbol{\Delta}_2\end{bmatrix}=\begin{bmatrix}\boldsymbol{K}_{11}^{-1}\boldsymbol{\psi}_1\\ \boldsymbol{K}_{22}^{-1}\boldsymbol{\psi}_2\end{bmatrix} \tag{14-45}$$

经上式处理后的方程系数矩阵，在各区域的主对角块存在着大量的零元素，利用GMRES算法求解式(14-44)，能得到较好的计算效果，其计算速度较内点法会有明显提高。

14.6　计 算 步 骤

根据上述两区域系统离散无功优化的解耦算法，我们不难将其推广到多区域系统，计算步骤可以概括如下：

① 数据输入，迭代次数 $k=0$，设定算法收敛精度：最大潮流偏差的为 $\xi_1=10^{-3}$，补偿间隙为 $\xi_2=10^{-6}$。

② 对系统进行区域分解，并对各区节点进行优化编号。

③ 计算补偿间隙 gap，最大潮流偏差 mis，判断是否满足 $gap \leqslant \xi_2$ 和 $mis \leqslant \xi_1$，满足则输出结果，结束计算；否则进入下一步。

④ 形成矩阵 $\boldsymbol{K}$，并采用类似第三章的方式实现稀疏存储。

⑤ 判断变压器变比和无功补偿装置出力是否满足引入罚函数时机。

⑥ 忽略 $\boldsymbol{K}$ 的交叉项，形成 $\boldsymbol{K}'$，建立修正方程式(14-36)。

⑦ 采用三角分解法求解式(14-36)，得到近似牛顿方向 $\boldsymbol{\Delta}'$。

⑧ 求 $\boldsymbol{K}'$ 的逆，判断是否满足解耦条件，如果不满足则转下一步；满足转至最后一步。

⑨ 用 $\boldsymbol{K}'^{-1}$ 作为预处理器，左乘方程式(14-38)。

⑩ 用近似牛顿方向 $\boldsymbol{\Delta}'$ 作为初值，采用 GMRES 算法求解方程式(14-44)，得纯牛顿方向 $\boldsymbol{\Delta}$。

⑪ 确定修正步长，并修正原变量和对偶变量，置 $k=k+1$，转第③步。

在采用三角分解法求解方程式(14-36)和式(14-38)时，其系数矩阵的数据结构采用第三章中的结构。计算过程中，用实用化判据解耦条件式(14-41)进行判断。通常情况下，可以认为：如果在潮流偏差达到某设定值之前的迭代中，该条件均满足，那么整个过程为收敛的，在后面的迭代中可以省略该条件的判断，即省去了逆矩阵和范数的求解，可节省计算时间。

14.7　应注意的几个问题

14.7.1　GMRES(m)算法中 m 取值

对 m 的取值采用文献[5]的经验原则：

① 在 GMRES(m)的第一次迭代时，m 取一个较小的值，例如在 538 节点系统的算例中取 $m=500$。首先争取一个较快的计算速度。

② 当在 GMRES(m)迭代过程中发现收敛速度太慢时，逐步增大 m 的取值。例如在 538 节点系统的算例中，如果每次迭代解得的方程误差 ε 和上一次迭代求得的误差 ε_0 之间的差小于 20%，即$(\varepsilon_0-\varepsilon)/\varepsilon_0<20\%$，则 m 增加 550。

③ 如果某一次迭代的误差太大，则取 $m=n$，以保证算法的收敛速度。例如在 538 节点系统算例中，当迭代误差大于 10^7 时，令 $m=n$。

经过实践分析，发现按这样的原则去选择 m 的取值，能相对较好地解决计算量和收敛速度之间的矛盾。当然，对于不同的系统，m 取值的原则也应该有所不同。必须根据实际情况稍作调整，以得到最快的综合计算速度为目的。

14.7.2　罚函数的引入机制

原对偶内点法本质上是拉格朗日函数、牛顿法和对数壁垒函数三者的结合。

当不等式约束条件不满足时，对数壁垒函数将起作用，使其回到可行域内。罚函数的引入，使离散变量惩罚和不等式约束违限惩罚相互协调起作用。大量研究表明，过早或过迟引入罚函数，都会对优化结果产生不良影响。

引入离散二次罚函数的条件是：

① 离散变量(电容器组无功出力和变压器变比值)不越界。

② gap<0.01 并且相邻两次迭代的离散变量变化值小于其调节步长的 1/6。

③ 前面的迭代中已经引入罚函数。首先判断是否满足条件：是则继续判断，否则置罚因子为 0。

在满足条件①的前提下，判断是否满足条件②或③，是则置罚因子的惩罚值 V_{BQc} 和 V_{BTk}；否则置罚因子为 0。

罚因子的功能是迫使离散变量向邻域中心靠拢，取值过大或过小都会影响算法对离散变量的处理效果。罚因子取得太小，将起不到惩罚作用，求得的解必然偏离邻域中心。罚因子取得太大，会影响目标函数的下降，造成求得的解可能不是最优。应该按离散变量调节步长的大小而取不同的值，电容器组无功出力的调节步长比较大，罚因子可取得小一些；而变压器分接头的调节步长比较小，罚因子取得大一些可以使得罚机制灵敏。详尽的讨论见第三章。

罚因子的惩罚值：电容器组无功出力 $V_{BQc}=400$；变压器变比值 $V_{BTk}=500$。

14.7.3 收敛精度的确定

原对偶内点法中，最大潮流偏差和补偿间隙的变化分别反映了优化过程中等式和不等式约束的满足情况。在最优点处，全部原变量和对偶变量满足所有的等式和不等式约束条件，最大潮流偏差和补偿间隙均趋于零。因此，可根据最大潮流偏差和补偿间隙逼近零的程度来判断是否已获得最优解。

大量的计算表明，补偿间隙的收敛精度不宜取得太大，否则很多变量尚未达到最优解，便已收敛。例如当补偿间隙的收敛精度取为 10^{-4} 时，无论罚因子取多大，得到的离散变量值均偏离邻域中心很远。

另外，当迭代过程中达到最大潮流偏差 $<10^{-3}$ 且补偿间隙 $<10^{-5}$ 时，一般再迭代两次左右，便可达到最大潮流偏差 $<10^{-4}$ 且补偿间隙 $<10^{-6}$，说明此时等式约束和不等式约束均得到很好的满足，在此情况下，为了使计算过程中迭代次数不会太多，最大潮流偏差和补偿间隙的收敛精度分别设为 $\varepsilon_1=10^{-3}$ 和 $\varepsilon_2=10^{-6}$。

14.8 算例分析

为了验证算法的可行性和有效性，采用两个算例：一个为用 IEEE 118 节点系统构造的多分区的 1062 节点系统(如图 14-3 所示)，一个为某实际省级电网四分区 538 节点系统。两个系统的参数均采用标幺值表示，基准功率都为 100MVA。算法在 Visual C++环境下实现，计算机的配置为：Pentium(R) IV 2.8GHz，1GB 内存。

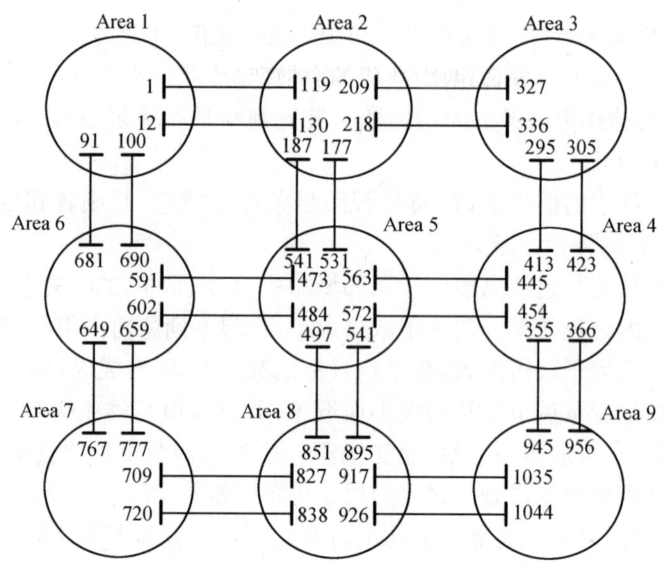

图 14-3　1062 节点系统示意图

14.8.1　1062 节点系统

将 IEEE 118 节点系统（其系统数据见附录Ⅳ）复制 9 次并利用 24 条联络线将其连接构成一个 1062 节点测试系统，构造过程为：设区域号为 n（如图 14-3 所示），则各区域节点 i 对应原 IEEE 118 节点系统的编号为 $i+(n-1)\times 118$。该系统包括 1635 条线路、324 台发电机、90 个无功补偿点和 72 台可调变压器。变压器变比和电容器无功出力为离散变量，其基本数据如表 14-1 所示。各子区域间联络线参数 R 和 X 分别为 0.048p.u. 和 0.196p.u.。该系统的分区方案及各个分区方案的基本数据如表 14-2 和表 14-3 所示。

表 14-1　电容器和变压器的基本数据

	数　量	上限/(p.u.)	下限/(p.u.)	步　长
变压器	72	1.1	0.9	0.025
电容器	90	5	0	0.05

表 14-2　1062 节点系统分区方案

	1	2	3	4	5	6	7	8	9
情况 1	Area 1～9								
情况 2	Area 1～5	Area 6～9							
情况 3	Area 1～3	Area 4～6	Area 7～9						
情况 4	Area 1～3	Area 4～5	Area 6～7	Area 8～9					
情况 5	Area 1～2	Area 3～4	Area 5～6	Area 7～8	Area 9				
情况 6	Area 1～2	Area 3～4	Area 5～6	Area 7	Area 8	Area 9			
情况 7	Area 1～2	Area 3～4	Area 5	Area 6	Area 7	Area 8	Area 9		
情况 8	Area 1～2	Area 3	Area 4	Area 5	Area 6	Area 7	Area 8	Area 9	
情况 9	Area 1	Area 2	Area 3	Area 4	Area 5	Area 6	Area 7	Area 8	Area 9

表 14-3　9 种分区情况的基本数据

	情况 1	情况 2	情况 3	情况 4	情况 5	情况 6	情况 7	情况 8	情况 9
区域数	1	2	3	4	5	6	7	8	9
联络线数	0	6	12	14	16	18	20	22	24

表 14-4 中，算法 1 代表非线性连续原对偶内点法；算法 2 代表引入离散惩罚的非线性原对偶内点法；算法 3 代表引入离散惩罚的近似牛顿方向法；F 范数/n 是指式(14-41)判据值；最终谱半径 $\rho(\boldsymbol{K}\cdot\boldsymbol{K}'^{-1}-\boldsymbol{I})$ 为迭代收敛时的谱半径；以上计算时间不含谱半径计算。1062 节点系统补偿间隙变化和最大潮流偏差变化如图 14-4 和图 14-5 所示。联络线端点电压及传输功率情况如表 14-5 和表 14-6 所示。

表 14-4　1062 节点系统优化结果

	计算方法	解耦程度	迭代次数	有功损耗/(p. u.)	计算时间/s	F 范数/n	最终谱半径
情况 1	算法 1	未解耦	18	10.535	8101.1		
	算法 2	未解耦	27	10.466	12 151.6		
情况 2	算法 3	完全解耦	29	10.464	4844.2	0.166	0.85
情况 3	算法 3	完全解耦	29	10.464	2819.8	0.167	0.86
情况 4	算法 3	完全解耦	30	10.463	3326.1	0.170	0.87
情况 5	算法 3	完全解耦	30	10.463	1912.5	0.172	0.92
情况 6	算法 3	完全解耦	30	10.464	1800.6	0.157	0.88
情况 7	算法 3	完全解耦	31	10.462	1745.9	0.181	0.92
情况 8	算法 3	完全解耦	31	10.462	1620.1	0.177	0.86
情况 9	算法 3	完全解耦	31	10.463	1371.4	0.148	0.85

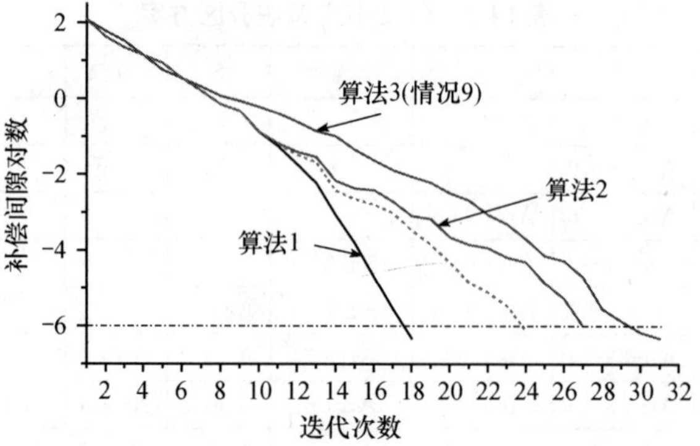

图 14-4　1062 节点系统补偿间隙变化轨迹

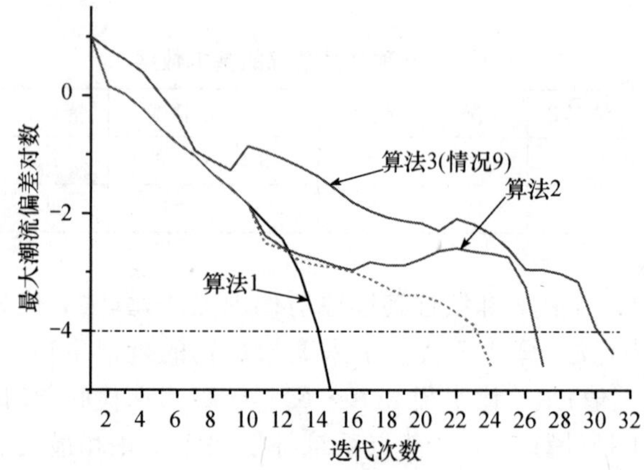

图 14-5　1062 节点系统最大潮流偏差变化轨迹

表 14-5　联络线端点电压幅值及相角

节点编号 i	电压幅值 /(p. u.)	电压相角 /rad	节点编号 j	电压幅值 /(p. u.)	电压相角 /rad	幅值差值 $(i-j)$/(p. u.)	相角差值 $(i-j)$/rad
1	1.03437	0	119	1.03815	−0.00993	−0.00378	0.00993
12	1.03865	−0.28267	130	1.03841	−0.28922	0.00024	0.00655
91	1.04930	0.01585	681	1.04909	0.01630	0.00021	−0.00045
100	1.05620	−0.06066	690	1.05624	−0.05943	−0.00004	−0.00123
159	1.02013	−0.38245	513	1.02013	−0.38621	0	0.00377
177	1.05042	−0.18908	531	1.05026	−0.19445	0.00016	0.00537
209	1.04742	0.02612	327	1.04869	0.02419	−0.00127	0.00192
218	1.05809	−0.04977	336	1.05657	−0.05235	0.00152	0.00258
295	1.05014	−0.19580	413	1.05012	−0.19743	0.00002	0.00164
305	1.00560	−0.32474	423	1.00562	−0.32579	−0.00002	0.00105
355	1.03690	−0.01987	945	1.03687	−0.02104	0.00003	0.00117

续表

节点编号 i	电压幅值/(p. u.)	电压相角/rad	节点编号 j	电压幅值/(p. u.)	电压相角/rad	幅值差值 $(i-j)$/(p. u.)	相角差值 $(i-j)$/rad
366	1.03835	−0.30206	956	1.03836	−0.30292	−0.00001	0.00087
445	1.04906	0.01930	563	1.04903	0.01970	0.00003	−0.00040
454	1.05627	−0.05666	572	1.05628	−0.05597	−0.00001	−0.00069
473	1.03696	−0.01830	591	1.03685	−0.02112	0.00011	0.00283
484	1.03837	−0.30154	602	1.03837	−0.30297	0	0.00144
497	1.08279	−0.05836	851	1.08274	−0.05979	0.00005	0.00143
541	1.00560	−0.32588	895	1.00562	−0.32686	−0.00002	0.00098
649	1.05013	−0.19951	767	1.05013	−0.19991	0	0.00040
659	1.00561	−0.32723	777	1.00562	−0.32764	−0.00001	0.00041
709	1.03688	−0.02191	827	1.03689	−0.02152	−0.00001	−0.00039
838	1.03835	−0.30309	720	1.03836	−0.30366	−0.00001	0.00057
917	1.04906	0.01710	1035	1.04905	0.01719	0.00001	−0.00009
926	1.05627	−0.05875	1044	1.05627	−0.05859	0	−0.00016

表 14-6　联络线传输功率

节点编号 i	节点编号 j	P_{ij}/(p. u.)	Q_{ij}/(p. u.)	节点编号 i	节点编号 j	P_{ij}/(p. u.)	Q_{ij}/(p. u.)
1	119	−0.0514	−0.1237	366	956	−0.0044	0.0006
12	130	−0.0276	−0.0053	473	591	0.0107	−0.0056
91	681	−0.0185	0.0105	484	602	0.0047	0.0091
100	690	−0.0323	0.0046	497	851	−0.0096	0.0003
209	327	−0.0113	0	541	895	−0.0045	0.0001
218	336	−0.019	0.0217	649	767	−0.0134	−0.0009
177	531	−0.0233	0.0155	659	777	−0.0071	−0.0105
295	413	−0.0085	−0.0002	709	827	−0.0049	0.0006
305	423	−0.0061	−0.0099	838	720	0.0017	−0.0072
445	563	0.0041	−0.0002	917	1035	−0.0017	−0.0058
454	572	0.0064	−0.0162	926	1044	−0.0029	0.0081
355	945	−0.0059	−0.0005	159	513	−0.0085	0.0439

14.8.2　538 节点系统

为了验证算法的有效性，取用实际的某省级电网作为算例，对其 1999 年夏大运行方式进行了无功优化计算。该系统包括 538 个节点、593 条线路、48 台发电机、118 台电容器组（包括电抗器组，两者共 98 台参与优化）和 409 个变压器支路（其中 64 台参与优化计算），电容器和变压器的基本数据如表 14-7 所示。该网有 72 个电压监测点，对电压质量要求较高，其概况详见附录Ⅴ。按地域管理上划分为 YD、YZ、YB 和 YX 四个区域，如图 14-6 所示。四个子区域的具体信息如

表 14-8和表 14-9 所示。

表 14-7 电容器和变压器的基本数据

	数 量	上下限/(p. u.)	步 长
电容(抗)器	98	0～0.2＋i·0.05(i=0～15) －1.10～1.2,－1.10～0,－1.35～0,－1.35～1.2	0.05
变压器	64	0.912～1.06;1.045～1.155;0.945～1.155; 1.0505～1.1495;0.9～1.1;0.97125～1.07625	0.025,0.0125, 0.015,0.0225

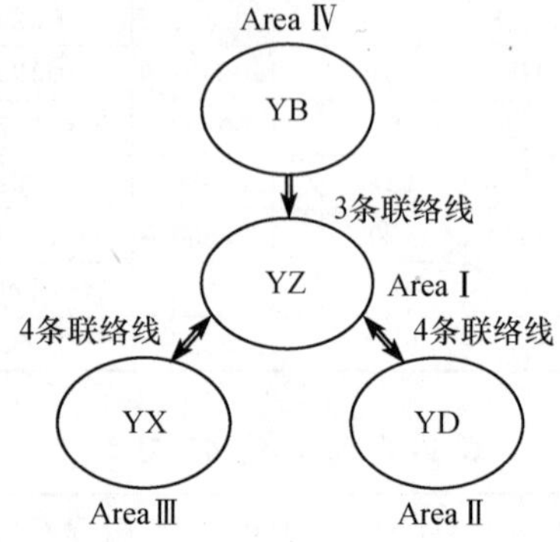

图 14-6 538 节点系统示意图

表 14-8 538 节点系统中各个分区基本信息

	节 点	发电机	电容器	变压器	负 荷	联络线
Area Ⅰ(YZ)	364	32	68	43	91	0
Area Ⅱ(YD)	71	8	13	10	15	3
Area Ⅲ(YX)	64	3	12	5	17	4
Area Ⅳ(YB)	39	5	5	6	10	4

表 14-9 538 节点系统各区域发电机功率、负荷功率及电容器容量

	发电机总有功/(p. u.)	发电机总无功/(p. u.)	负荷总有功/(p. u.)	负荷总无功/(p. u.)	电容器总出力/(p. u.)
Area Ⅰ(YZ)	86.24	8.62	88.25	36.766	212.61
Area Ⅱ(YD)	110.65	1.476	9.75	12.68	1.332
Area Ⅲ(YX)	6.64	0.753	10.45	13.38	10.525
Area Ⅳ(YB)	12.26	0.024	10.65	0.71	0.0747

注:平衡机在子区域 Area Ⅰ(YZ),其出力为 1.93526。

整个电网的规模达到了 538 个节点,162 个离散控制变量,210 个变量约束条件,修正方程高达 2362 阶。优化结果列于表 14-10 中,联络线传输功率情况和端点电压见表 14-11 和表 14-12。优化过程中的补偿间隙和最大潮流偏差变化曲线见图 14-7 和图 14-8。

表 14-10　538 节点系统优化结果

计算方法	解耦程度	迭代次数	有功损耗/(p. u.)	F 范数/n	最终谱半径	计算时间/s
算法 1	未解耦	41	1.494			957
算法 2	未解耦	46	1.496			1089
算法 4	分四区不能解耦	44	1.492	30	26.4	916

注:算法 1 和算法 2 与前面的相同,算法 4 指基于近似牛顿方向的 GMRES 方法。F 范数/n 是指式(14-41)判据值。以上计算时间不含谱半径计算。

表 14-11　联络线传输功率

节点编号 i	节点编号 j	P_{ij}/(p. u.)	Q_{ij}/(p. u.)
536	535	1.6484	−10.6206
60	130	1.0765	0.0229
529	530	−0.2243	−0.7692
464	482	−0.9378	0.0065
460	414	10.1587	0.1171
267	271	−0.0390	−0.0738
508	267	10.2268	−0.1362
362	499	−0.4575	0.0035
460	111	0.7460	−0.0697
200	115	0.4496	−0.0647
431	233	0.0622	0.2916

表 14-12　联络线端点电压幅值及相角

节点编号 i	电压幅值/(p. u.)	电压相角/rad	节点编号 j	电压幅值/(p. u.)	电压相角/rad	幅值差值($i-j$)/(p. u.)	相角差值($i-j$)/rad
529	1.08330	−0.09600	530	1.06970	−0.02800	0.01360	0.00695
464	1.05120	−0.18500	482	1.06470	−0.03530	0.01350	0.07307
414	1.06390	−0.16500	460	1.09080	−0.02220	0.02683	0.09539
271	1.06590	−0.21900	267	1.06520	−0.06994	0.00067	0.00059
499	1.07060	−0.16200	362	1.06920	−0.05488	0.00133	0.00988
536	1.07850	−0.10100	535	1.08440	−0.04778	0.00604	0.04839
508	1.07260	−0.18400	267	1.06520	−0.06994	0.00739	0.03507
130	1.06590	−0.22800	60	1.04120	−0.00976	0.02461	0.19780
111	1.07000	−0.15800	460	1.09080	−0.02220	0.02080	0.08839
115	1.06250	−0.20200	200	1.08110	−0.05020	0.01867	0.04410
233	1.07000	−0.16500	431	1.08760	−0.05288	0.01768	0.00017

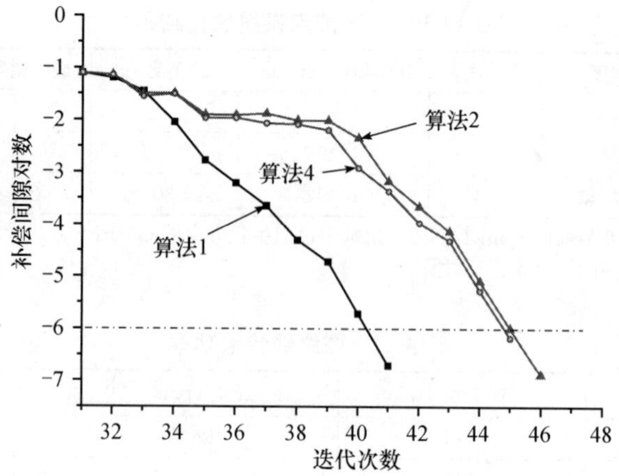

图 14-7 538 节点系统补偿间隙变化轨迹

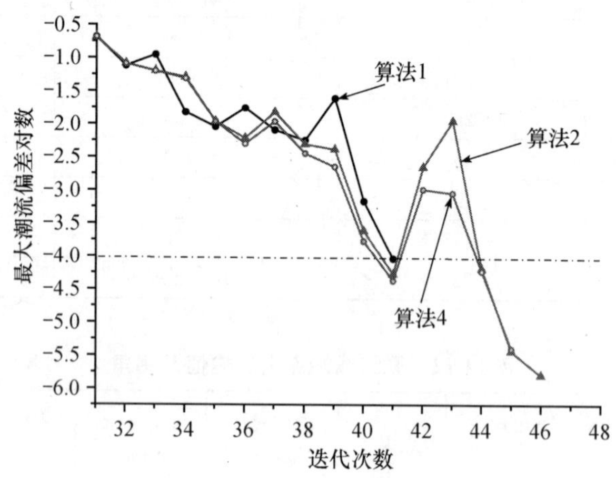

图 14-8 538 节点系统最大潮流偏差变化轨迹

14.8.3 结果分析

1. 1062 节点系统计算结果分析

从表 14-4 可以看出,各种分区情况下的有功网损与不分区情况基本一致。图 14-4 和图 14-5 的纵坐标均取以 10 为底的对数值,其中算法 1 和 2 与表 14-4 中的相同,算法 3(情况 9)则指表 14-4 中的情况 9。表 14-4 中,谱半径作为分析时用,在计算中用判据式(14-41)作为解耦判据。

由表 14-4 中的第四列(迭代次数)、图 14-4 和图 14-5 可以看出四种算法均具有继承非线性内点算法的较好的收敛性,但以算法 1 最好,算法 2 次之。从表 14-4

的第六列(计算时间)来看,算法1、2比算法3慢很多。可以看出计算速度的获益牺牲了少许的算法收敛性,但有收敛判据的保障,算法收敛性没遭到破坏,整体计算效益提高。

对9分区1062节点系统,在采用完全解耦算法(即算法3)的同时,我们也采用了基于近似牛顿方向的GMRES方法,其补偿间隙和最大潮流偏差变化见图14-4和图14-5中的虚线部分,迭代24次至最优解,耗时8471s。可见在本章提出的基于较好的初值和预处理器的前提下,用GMRES求解大型线性方程仍然比直接三角分解法(即算法2)要快。

离散罚函数的引入使迭代次数有一定增加,但仍然具有较好的收敛性和计算速度,电容器出力和变压器变比的离散化均具有较高的精度。每种分区情况,区域之间联络线不多,交换功率不大,耦合较弱,均实现了区域之间的完全解耦,最终谱半径$\rho(\boldsymbol{K}\cdot\boldsymbol{K}'^{-1}-\boldsymbol{I})$均小于1,也满足解耦的充分条件。从表14-4可看出:同样能获得近最优离散解,分解算法速度具有相当优势,其计算时间主要受分区数的影响。在迭代过程中,对各区域修正方程的求解占用较多时间,因此分区数目越多计算越快。但区域数目增多会对收敛性有一定的影响。

从表14-5可知,能实现完全解耦的网络,联络线端点的电压幅值及相角较为接近,幅值最大差为0.00152(p.u.),最小为0,大部分小于0.0001;相角差最大的0.00655(rad),最小的9.2×10^{-5}(rad)。从表14-6可见最大流动有功功率为0.0514(p.u.),最大流动无功功率为0.1237(p.u.)。可见各子区域之间耦合较弱,在计算过程中,对解耦的网络,各个子区域的协调仅通过每次循环更新联络线端点的电压幅值和相角即可完成,无须求解式(14-45)对近似牛顿方向进行修正。可见实现解耦后的网络,其协调手段简洁,系统分解所取得的计算速度效益,是其他方法无可比拟的。

2. 538节点系统计算结果分析

图14-7和图14-8的纵坐标均取以10为底的对数值。算法1、2、4与表14-4中的相同,由于三条曲线在补偿间隙小于0.1之前差别很小,故为了增加清晰度,从补偿间隙小于0.1开始画补偿间隙和最大潮流偏差变化轨迹。

由表14-8可以看出YZ地区网络较大,为发电厂及负荷较为集中的地区。由表14-11可以看出:YD、YX和YB与YZ之间功率交换相对较大,联络线两端点电压幅值和相角差值也相对较大,幅值差值最大达到0.02683,平均差值达0.043。相角差也相对较大,最大的达0.198(rad),平均值达0.055(rad),可见各子区域之间的耦合较强。

由表14-10可以看出:最终谱半径和范数均较大,四个区域不能实现解耦。虽然算法没能实现解耦,但用非线性内点法对大规模系统进行求解时,对其中普通求解大型线性方程组的方法的精度和速度都是严峻考验。因此对大型线性方程的求解，采用较好的预处理器和启动初值的 GMRES 算法较为合适。由式(14-45)可以看出：预处理后形成的矩阵 $\boldsymbol{K}'^{-1}\boldsymbol{K}$ 主对角块为单位阵，仅剩下非对角元素所对应的少部分元素，较大程度地接近单位阵，采用稀疏技术的三角分解法求其初值，再运用 GMRES 方法是非常有效的，尤其区域规模均衡的系统。从表 14-10 计算时间看，GMRES 方法求解方程组速度比直接三角分解法要快，基于近似牛顿方向的 GMRES 方法具有较好的收敛特性和较高的计算精度。另一方面从表 14-10 可以反映出：对 538 节点系统算例，基于近似牛顿方向的 GMRES 方法的优化算法在平均每次迭代的计算时间上并非占优势，其原因在于该算例子区域规模差别较大，较为悬殊，对 YZ 地区的计算，其规模相对其他子区域过大，导致分解后算法的计算效益不明显。

从图 14-7 和图 14-8 来看，由于算法 2 中解线性方程组的方法精度造成的不必要的震荡，在本章所提算法下有所控制，进一步证明了该算法对大型电网不失为较好算法。从以上分析及表 14-10 可以看出，对于强耦合系统，虽然不能实现解耦，但每次对近似牛顿方向稍作修正之后，仍然可快速得到近最优离散解。

14.9 小　　结

本章针对大规模系统无功优化计算，非线性原对偶内点算法所存在的修正矩阵过大的瓶颈问题，提出了利用矩阵分块的基于近似牛顿方向的无功优化分解算法，使高维的修正矩阵得到分解，计算效益得到提高。

在提出该算法的过程中，采用了较为有效的求解大规模线性方程的广义极小化残余法，并提出了与其相适应的有效而易于得到的预处理和启动初值。并利用计算结果对其作了详细的分析。

本章详细介绍了近似牛顿方向和纯牛顿方向的概念，并提出利用范数对整个算法收敛性判断条件作了实用化处理；对强弱耦合系统间的耦合强弱的特点进行了详细的分析。

算法特点介绍如下：

① 在非线性内点法中引入离散惩罚机制处理离散变量，简单有效，且具有较高的精度。

② 对于弱耦合系统，可以实现完全解耦，其计算速度比非线性原对偶内点法快 10.5～8.8 倍，这取决于分区的数目和电网规模的大小，虽然解耦后，牺牲了算法的收敛性，增加了迭代次数，但得到了更高的速度效益。

③ 对于强耦合系统，虽然不能实现解耦，但经过合理的区域分解，以近似牛顿方向为初值和解耦对角阵作为预处理器，采用 GMRES 法求解其经过预处理的修

正方程，使算法具有良好的收敛性和较快的计算速度，仍然比常规非线性原对偶内点法快。

④ 所提算法在根据实际电网结构进行分区以后，只需对原修正方程的交叉项进行简化处理，即可得到预处理矩阵和近似牛顿方向。并对解耦判据做了实用化处理。

参考文献

[1] Conejo A J, Nogales F J, Prieto F J. An approximate procedure based on approximate Newton directions. Mathematical Programming, 2002, 93: 495～515

[2] Nogales F J, Prieto F J. A decomposition methodology applied to the mutil-area optimal power flow problem. Annals of Operations Research, 2003, 120: 99～116

[3] 赵维兴，刘明波. 基于近似牛顿方向的多区域无功优化解耦算法. 中国电机工程学报，2007, 27(25): 18～24

[4] 赵维兴，刘明波，陈灿旭. 大规模电力系统离散无功优化问题的解耦算法. 华南理工大学学报，2009, 37(2): 127～133

[5] 蔡大用，白峰杉. 高等数值分析. 北京：清华大学出版社，1996

[6] 张永平，童小娇，吴复立，等. 基于非线性互补问题函数的半光滑牛顿最优潮流算法. 中国电机工程学报，2004, 24(9): 130～135

[7] 李晓华，厉吉文，张林，等. 潮流计算雅可比矩阵预处理方法的比较研究. 继电器，2005, 33(15): 33～36

[8] Flueck A J, Chiang H D. Solving the nonlinear power flow equations with an inexact Newton method using GMRES. IEEE Transactions on power systems, 1998, 13(2): 267～273

[9] 陈颖，沈沉，梅生伟，等. 基于改进 Jacobian Free Newton-GMRES(*m*)的电力系统分布式潮流计算. 电力系统自动化，2006, 30(9): 5～8

第十五章 基于对角加边模型的多区域无功优化分解算法

1992 年，Torralba 提出电力系统潮流的分块并行算法[1]，其基本思想是通过合理的节点排序策略，将系统的系数矩阵转化为对角加边形式(block bordered diagonal form，BBDF)的矩阵(或称作箭型矩阵)。具有对角加边结构的线性方程，较易实现系数矩阵分解，使求解过程并行实现，提高计算速度。近年来在潮流和动态潮流的计算中对利用 BBDF 特点实现并行计算的算法有了长足发展[2~11]。如文献[4]基于节点迁移优化的电力系统分割能够有效地将电力系统网络分割为支路切割形式，用基于拉普拉斯谱划分的递归二分法将电力网络进行支路切割，然后将支路切割转换为节点撕裂，从而使雅可比矩阵成为 BBDF 形式实现并行计算。在转换过程中使用了一种优化的支路排序策略，通过优化的节点迁移策略，在形成节点撕裂形式时可以减少迁移节点数量，减小边界块，从而减小协调计算时间，提高并行效率。通过计算迁移节点目标函数，减少了分割不平衡度。试验证明了该方法的有效性。文献[5]为了克服基于 BBDF 分块的牛顿潮流的协调量计算过大的瓶颈，通过固定处理边界矩阵，提出了一种固定边界矩阵牛顿潮流并行算法，从而使得协调计算量减少了，通信量也减少，该算法可显著减少每次迭代的协调量，提高并行效率，因雅可比矩阵中非更新部分与协调变量有关，该法效果受网络分割的影响较大，故研究更好的网络分割算法，能进一步加强该方法的效果，充分发挥其性能。文献[6]在基于对角加边矩阵的分块法的基础上对网络方程求解的并行算法进行了研究，着重讨论了如何通过对“种子”节点的选取和系统节点的重新排序，将稀疏矩阵转化为具有固定节点数的块对角加边形式或近似块对角形式，以便于分块并行求解。

基于对角加边矩阵模型[1~11]，本章提出一种新的多区域系统无功优化分解算法[12]。该方法先将系统按照一定的规则进行分区，通过引入虚拟节点构成各区域之间的边界网络，采用内嵌离散惩罚的非线性原对偶内点法(见第三章)求解。最终所形成的线性修正方程组的系数矩阵具有对角加边的结构，因此稀疏线性方程组的计算转换为子系统和协调系统计算两部分，各子系统方程可并行求解。由此提出三种分解方法实现各区域修正方程的独立求解，寻找全系统及各区域的近似最优离散可行解。

15.1 区域分解

首先采用应用较为广泛的节点撕裂法对电力系统进行分区。以两区域系统为例，对系统进行分解及边界节点的定义，如图 15-1 所示。

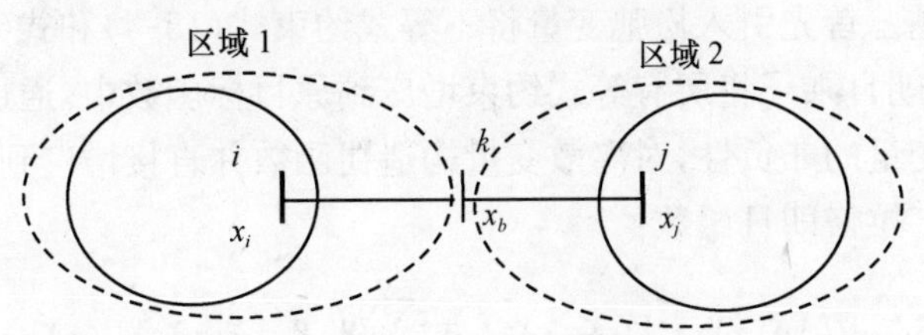

图 15-1　区域分解示意图

如图 15-1 所示，虚线表示区域 1 和区域 2 的边界，在联络线 $i\sim j$ 中间插入虚拟节点 k，并把节点 k 定义为区域 1、2 之间的边界节点，则线路 $i\sim k$ 属于区域 1，线路 $k\sim j$ 属于区域 2，在计算过程中，k 同时属于两个区域。在实际计算过程中，为了避免过多地插入虚拟节点造成不必要的运算，如果有形如上图 i-k-j 形式的支路，可以把这种类型的联络线称之为 i-k-j 型联络线，k 节点在计算中同样作为虚拟节点对待。

15.2 多区域系统离散无功优化模型

如果将系统划分为 N 个区域，则多区域系统的无功优化模型可以写成如下形式：

$$\min \sum_{a=1}^{N} f_a(\boldsymbol{x}_1, \boldsymbol{x}_2, \cdots, \boldsymbol{x}_N, \boldsymbol{x}_b) \tag{15-1}$$

$$\text{s. t. } \boldsymbol{g}_a(\boldsymbol{x}_1, \boldsymbol{x}_2, \cdots, \boldsymbol{x}_N, \boldsymbol{x}_b) = \boldsymbol{0}, \quad a = 1,2,\cdots,N \tag{15-2}$$

$$\boldsymbol{g}_b(\boldsymbol{x}_1, \boldsymbol{x}_2, \cdots, \boldsymbol{x}_N, \boldsymbol{x}_b) = \boldsymbol{0} \tag{15-3}$$

$$\boldsymbol{x}_{a\min} \leqslant \boldsymbol{x}_a \leqslant \boldsymbol{x}_{a\max}, \quad a = 1,2,\cdots,N \tag{15-4}$$

$$\boldsymbol{x}_{b\min} \leqslant \boldsymbol{x}_b \leqslant \boldsymbol{x}_{b\max} \tag{15-5}$$

式中，$\boldsymbol{x}_a$ 为区域 a 的变量列向量，包括发电无功出力、电容器无功出力、可调变压器变比、节点电压幅值、节点电压相角（对于含平衡节点的区域，它还包括平衡发电机有功出力），其变量数目为 l_a；$\boldsymbol{x}_b$ 表示边界节点的变量列向量，包括节点电压幅值和相角，其变量数目为 N_c。

15.3 多区域分解算法

15.3.1 对角加边结构修正矩阵的形成

采用内嵌离散惩罚的非线性原对偶内点法可方便地求解式(15-1)～式(15-5)描述的优化问题。首先引入松弛变量将不等式约束式(15-4)和式(15-5)变为等式约束,利用拉格朗日乘子将所有等式约束增广到原目标函数中,通过引入对数壁垒函数确保松弛变量的非负性,对离散变量构造罚函数并直接增广到目标函数中,从而构成如下增广拉格朗日函数:

$$
\begin{aligned}
L = & \sum_{a=1}^{N} {}_a f(\boldsymbol{x}_1,\boldsymbol{x}_2,\cdots,\boldsymbol{x}_N,\boldsymbol{x}_b) - \sum_{a=1}^{N} \boldsymbol{y}_{g_a}^{\mathrm{T}} \boldsymbol{g}_a(\boldsymbol{x}_1,\boldsymbol{x}_2,\cdots,\boldsymbol{x}_N,\boldsymbol{x}_b) \\
& - \boldsymbol{y}_{g_b}^{\mathrm{T}} \boldsymbol{g}_b(\boldsymbol{x}_1,\boldsymbol{x}_2,\cdots,\boldsymbol{x}_N,\boldsymbol{x}_b) - \sum_{a=1}^{N} \boldsymbol{y}_{ha}^{\mathrm{T}}(\boldsymbol{x}_a + \boldsymbol{s}_{ha} - \boldsymbol{x}_{a\max}) \\
& - \sum_{a=1}^{N} \boldsymbol{y}_{la}^{\mathrm{T}}(\boldsymbol{x}_a - \boldsymbol{s}_{la} - \boldsymbol{x}_{a\min}) - \boldsymbol{y}_{mb}^{\mathrm{T}}(\boldsymbol{x}_b + \boldsymbol{s}_{mb} - \boldsymbol{x}_{b\max}) \\
& - \boldsymbol{y}_{nb}^{\mathrm{T}}(\boldsymbol{x}_b - \boldsymbol{s}_{nb} - \boldsymbol{x}_{b\min}) - \mu \sum_{a=1}^{N} \sum_{i=1}^{l_a} \ln s_{ha,i} - \mu \sum_{a=1}^{N} \sum_{i=1}^{l_a} \ln s_{la,i} \\
& - \mu \sum_{i=1}^{Nc} \ln s_{mb,i} - \mu \sum_{i=1}^{Nc} \ln s_{nb,i} + \frac{1}{2} \sum_{a=1}^{N} \sum_{j} v_j (x_{ad,j} - x_{ad,jc})^2
\end{aligned}
\tag{15-6}
$$

式中,$x_{ad,j}$表示第a个区域的离散变量;$x_{ad,jc}$表示该离散变量的邻域中心;v_j表示罚因子。

由式(15-6)可知,二次罚函数的引入使得原目标函数中附加了一项由离散变量引起的虚拟费用,可将连续值就近靠拢取其离散值的规则嵌入到求解连续无功优化模型的非线性原对偶内点算法中,在全局优化和虚拟费用的共同作用下,离散变量可向两个相反的方向运动,或者趋向邻域中心,或者趋向远离邻域中心的另一个可能的相邻离散取值上。

根据 KKT 最优性条件可得:

$$
\begin{aligned}
\boldsymbol{L}_{x_1} = & \nabla f_{1x_1}(\boldsymbol{x}_1,\boldsymbol{x}_2,\cdots,\boldsymbol{x}_N,\boldsymbol{x}_b) - \nabla \boldsymbol{g}_{1x_1}^{\mathrm{T}}(\boldsymbol{x}_1,\boldsymbol{x}_2,\cdots,\boldsymbol{x}_N,\boldsymbol{x}_b)\boldsymbol{y}_{g_1} \\
& - \nabla \boldsymbol{g}_{bx_1}^{\mathrm{T}}(\boldsymbol{x}_1,\boldsymbol{x}_2,\cdots,\boldsymbol{x}_N,\boldsymbol{x}_b)\boldsymbol{y}_{g_b} \\
& - \boldsymbol{y}_{h1} - \boldsymbol{y}_{l1} + \boldsymbol{v}_{B1}(\boldsymbol{x}_{1d} - \boldsymbol{x}_{B1}) = \boldsymbol{0}
\end{aligned}
\tag{15-7}
$$

$\cdots$

$$
\begin{aligned}
\boldsymbol{L}_{x_N} = & \nabla f_{Nx_N}(\boldsymbol{x}_1,\boldsymbol{x}_2,\cdots,\boldsymbol{x}_N,\boldsymbol{x}_b) - \nabla \boldsymbol{g}_{Nx_N}^{\mathrm{T}}(\boldsymbol{x}_1,\boldsymbol{x}_2,\cdots,\boldsymbol{x}_N,\boldsymbol{x}_b)\boldsymbol{y}_{gN} \\
& - \nabla \boldsymbol{g}_{bx_N}^{\mathrm{T}}(\boldsymbol{x}_1,\boldsymbol{x}_2,\cdots,\boldsymbol{x}_N,\boldsymbol{x}_b)\boldsymbol{y}_{g_b}
\end{aligned}
$$

$$-\boldsymbol{y}_{hN}-\boldsymbol{y}_{lN}+\boldsymbol{v}_{BN}(\boldsymbol{x}_{Nd}-\boldsymbol{x}_{BN})=\boldsymbol{0} \tag{15-8}$$

$$\boldsymbol{L}_{x_b}=\sum_{a=1}^{N}\nabla f_{ax_b}(\boldsymbol{x}_1,\boldsymbol{x}_2,\cdots,\boldsymbol{x}_N,\boldsymbol{x}_b)-\sum_{a=1}^{N}\nabla \boldsymbol{g}_{ax_b}^{\mathrm{T}}(\boldsymbol{x}_1,\boldsymbol{x}_2,\cdots,\boldsymbol{x}_N,\boldsymbol{x}_b)\boldsymbol{y}_{g_a}$$

$$-\nabla \boldsymbol{g}_{bx_b}^{\mathrm{T}}(\boldsymbol{x}_1,\boldsymbol{x}_2,\cdots,\boldsymbol{x}_N,\boldsymbol{x}_b)\boldsymbol{y}_{g_b}-\boldsymbol{y}_{mb}-\boldsymbol{y}_{nb}=\boldsymbol{0} \tag{15-9}$$

$$\boldsymbol{L}_{\boldsymbol{y}_{g1}}=-\boldsymbol{g}_1(\boldsymbol{x}_1,\boldsymbol{x}_2,\cdots,\boldsymbol{x}_N,\boldsymbol{x}_b)=\boldsymbol{0} \tag{15-10}$$

$$\cdots$$

$$\boldsymbol{L}_{\boldsymbol{y}_{g_N}}=-\boldsymbol{g}_N(\boldsymbol{x}_1,\boldsymbol{x}_2,\cdots,\boldsymbol{x}_N,\boldsymbol{x}_b)=\boldsymbol{0} \tag{15-11}$$

$$\boldsymbol{L}_{\boldsymbol{y}_{g_b}}=-\boldsymbol{g}_b(\boldsymbol{x}_1,\boldsymbol{x}_2,\cdots,\boldsymbol{x}_N,\boldsymbol{x}_b)=\boldsymbol{0} \tag{15-12}$$

$$\boldsymbol{L}_{\boldsymbol{y}_{h1}}=\boldsymbol{x}_1+\boldsymbol{s}_{h1}-\boldsymbol{x}_{1\max}=\boldsymbol{0} \tag{15-13}$$

$$\cdots$$

$$\boldsymbol{L}_{\boldsymbol{y}_{hN}}=\boldsymbol{x}_N+\boldsymbol{s}_{hN}-\boldsymbol{x}_{N\max}=\boldsymbol{0} \tag{15-14}$$

$$\boldsymbol{L}_{\boldsymbol{y}_{mb}}=\boldsymbol{x}_b+\boldsymbol{s}_{mb}-\boldsymbol{x}_{b\max}=\boldsymbol{0} \tag{15-15}$$

$$\boldsymbol{L}_{\boldsymbol{y}_{l1}}=\boldsymbol{x}_1-\boldsymbol{s}_{l1}-\boldsymbol{x}_{1\min}=\boldsymbol{0} \tag{15-16}$$

$$\cdots$$

$$\boldsymbol{L}_{\boldsymbol{y}_{ln}}=\boldsymbol{x}_N-\boldsymbol{s}_{lN}-\boldsymbol{x}_{N\min}=\boldsymbol{0} \tag{15-17}$$

$$\boldsymbol{L}_{\boldsymbol{y}_{nb}}=\boldsymbol{x}_b-\boldsymbol{s}_{nb}-\boldsymbol{x}_{b\min}=\boldsymbol{0} \tag{15-18}$$

$$\boldsymbol{L}_{s_{h1}}=\boldsymbol{S}_{h1}\boldsymbol{Y}_{h1}+\mu\boldsymbol{e}_1=\boldsymbol{0} \tag{15-19}$$

$$\cdots$$

$$\boldsymbol{L}_{s_{hN}}=\boldsymbol{S}_{hN}\boldsymbol{Y}_{hN}+\mu\boldsymbol{e}_N=\boldsymbol{0} \tag{15-20}$$

$$\boldsymbol{L}_{s_{l1}}=\boldsymbol{S}_{l1}\boldsymbol{Y}_{l1}-\mu\boldsymbol{e}_1=\boldsymbol{0} \tag{15-21}$$

$$\cdots$$

$$\boldsymbol{L}_{s_{lN}}=\boldsymbol{S}_{lN}\boldsymbol{Y}_{lN}-\mu\boldsymbol{e}_N=\boldsymbol{0} \tag{15-22}$$

$$\boldsymbol{L}_{s_{nb}}=\boldsymbol{S}_{nb}\boldsymbol{Y}_{nb}-\mu\boldsymbol{e}_b=\boldsymbol{0} \tag{15-23}$$

式中，$\nabla \boldsymbol{g}_{ax_a}(\boldsymbol{x}_1,\boldsymbol{x}_2,\cdots,\boldsymbol{x}_N,\boldsymbol{x}_b)$为$\boldsymbol{g}_a(\boldsymbol{x}_1,\boldsymbol{x}_2,\cdots,\boldsymbol{x}_N,\boldsymbol{x}_b)(a=1,\cdots,N)$的雅可比矩阵的子矩阵，$\nabla \boldsymbol{g}_{bx_a}(\boldsymbol{x}_1,\boldsymbol{x}_2,\cdots,\boldsymbol{x}_N,\boldsymbol{x}_b)$和$\nabla \boldsymbol{g}_{bx_b}(\boldsymbol{x}_1,\boldsymbol{x}_2,\cdots,\boldsymbol{x}_N,\boldsymbol{x}_b)$为$\boldsymbol{g}_b(\boldsymbol{x}_1,\boldsymbol{x}_2,\cdots,\boldsymbol{x}_N,\boldsymbol{x}_b)$的雅可比矩阵的子矩阵；$\nabla f_{ax_a}(\boldsymbol{x}_1,\boldsymbol{x}_2,\cdots,\boldsymbol{x}_N,\boldsymbol{x}_b)$和$\nabla f_{ax_b}(\boldsymbol{x}_1,\boldsymbol{x}_2,\cdots,\boldsymbol{x}_N,\boldsymbol{x}_b)$为$f_a(\boldsymbol{x}_1,\boldsymbol{x}_2,\cdots,\boldsymbol{x}_N,\boldsymbol{x}_b)(a=1,\cdots,N)$的雅可比矩阵的子矩阵；$\boldsymbol{e}_1$和$\boldsymbol{e}_2$为单位列向量；$\boldsymbol{Y}_{la}$、$\boldsymbol{Y}_{ha}$、$\boldsymbol{Y}_{lb}$、$\boldsymbol{Y}_{hb}$、$\boldsymbol{S}_{la}$、$\boldsymbol{S}_{ha}$、$\boldsymbol{S}_{mb}$、$\boldsymbol{S}_{nb}$分别为以$\boldsymbol{y}_{la}$、$\boldsymbol{y}_{ha}$、$\boldsymbol{y}_{lb}$、$\boldsymbol{y}_{hb}$、$\boldsymbol{s}_{la}$、$\boldsymbol{s}_{ha}$、$\boldsymbol{s}_{mb}$、$\boldsymbol{s}_{nb}$的分量为对角元素的对角阵；$\boldsymbol{v}_{Bj}$是以罚因子各元素为对角元的对角矩阵；$\boldsymbol{x}_{Bj}$为用离散变量的邻域中心构成的列向量。

对式(15-7)～式(15-23) 所构成的非线性方程组在初始点附近用泰勒级数展开，然后取一阶项，得到：

$$-L_{x_a0} = W_{aa}\Delta x_a + W_{ab}\Delta x_b - \nabla g_{ax_a}^{T}(x_1, x_2, \cdots, x_N, x_b)\Delta y_{g_a} - \nabla g_{bx_a}^{T}(x_1, x_2, \cdots, x_N, x_b)\Delta y_{g_b} - \Delta y_{ha} - \Delta y_{la} + v_{Ba} \tag{15-24}$$

$$-L_{x_b0} = W_{ba}\Delta x_a + W_{bb}\Delta x_b - \nabla g_{ax_b}^{T}(x_1, x_2, \cdots, x_N, x_b)\Delta y_{g_a} - \nabla g_{bx_b}^{T}(x_1, x_2, \cdots, x_N, x_b)\Delta y_{g_b} - \Delta y_{mb} - \Delta y_{nb} \tag{15-25}$$

$$-L_{y_{g_a}0} = -\nabla g_{ax_a}(x_1, x_2, \cdots, x_N, x_b)\Delta x_a - \nabla g_{ax_b}(x_1, x_2, \cdots, x_N, x_b)\Delta x_b \tag{15-26}$$

$$-L_{y_{g_b}0} = -\nabla g_{bx_a}(x_1, x_2, \cdots, x_N, x_b)\Delta x_a - \nabla g_{bx_b}(x_1, x_2, \cdots, x_N, x_b)\Delta x_b \tag{15-27}$$

$$-L_{y_{ha}0} = \Delta x_a + \Delta s_{ha} \tag{15-28}$$

$$-L_{y_{mb}0} = \Delta x_b + \Delta s_{mb} \tag{15-29}$$

$$-L_{y_{l1}0} = \Delta x_a - \Delta s_{la} \tag{15-30}$$

$$-L_{y_{nb}0} = \Delta x_b - \Delta s_{nb} \tag{15-31}$$

$$-L_{s_{ha0}} = Y_{ha}\Delta s_{ha} + S_{ha}\Delta y_{ha} \tag{15-32}$$

$$-L_{s_{la0}} = Y_{la}\Delta s_{la} + S_{la}\Delta y_{la} \tag{15-33}$$

$$-L_{s_{mb}0} = Y_{mb}\Delta s_{mb} + S_{mb}\Delta y_{mb} \tag{15-34}$$

$$-L_{s_{nb}0} = Y_{nb}\Delta s_{nb} + S_{nb}\Delta y_{nb} \tag{15-35}$$

式中，

$$W_{aa} = \nabla f_{ax_ax_a}^{2}(x_1, x_2, \cdots, x_N, x_b) - y_{g_a}^{T}\ \nabla g_{ax_ax_a}^{2}(x_1, x_2, \cdots, x_N, x_b) - y_{g_b}^{T}\ \nabla g_{bx_ax_a}^{2}(x_1, x_2, \cdots, x_N, x_b)$$

$$W_{ab} = \nabla f_{ax_ax_b}^{2}(x_1, x_2, \cdots, x_N, x_b) - y_{g_a}^{T}\ \nabla g_{ax_ax_b}^{2}(x_1, x_2, \cdots, x_N, x_b) - y_{g_b}^{T}\ \nabla g_{bx_ax_b}^{2}(x_1, x_2, \cdots, x_N, x_b)$$

$$W_{ba} = \nabla f_{ax_bx_a}^{2}(x_1, x_2, \cdots, x_N, x_b) - \nabla g_{ax_bx_a}^{2}(x_1, x_2, \cdots, x_N, x_b) - y_{g_b}^{T}\ \nabla g_{bx_bx_a}^{2}(x_1, x_2, \cdots, x_N, x_b)$$

$$W_{bb} = \sum_{a=1}^{N} \nabla f_{ax_bx_b}^{2}(x_1, x_2, \cdots, x_N, x_b) - \sum_{a=1}^{N} y_{g_a}^{T}\ \nabla g_{ax_bx_b}^{2}(x_1, x_2, \cdots, x_N, x_b) - y_{g_b}^{T}\ \nabla g_{bx_bx_b}^{2}(x_1, x_2, \cdots, x_N, x_b)$$

以上 L_{x_a0}、L_{x_b0}、$L_{y_{g_a}0}$、$L_{y_{g_b}0}$、$L_{y_{ha}0}$、$L_{y_{l1}0}$、$L_{y_{mb}0}$、$L_{y_{nb}0}$、$L_{s_{ha0}}$、$L_{s_{nb}0}$ 为 L_{x_a}、L_{x_b}、$L_{y_{g_a}}$、$L_{y_{g_b}}$、$L_{y_{ha}}$、$L_{y_{la}}$、$L_{y_{mb}}$、$L_{y_{nb}}$、$L_{s_{ha}}$、$L_{s_{nb}}$ 的初值，且 $a=1,\cdots,N$。

按区域对所有节点依次编号或按区域依次形成修正方程，经过排列可得如下简化形式的修正方程组：

$$\begin{bmatrix} \boldsymbol{A}_{(1,1)} & 0 & \cdots & 0 & \boldsymbol{A}_{(1,B)} \\ 0 & \boldsymbol{A}_{(2,2)} & \cdots & 0 & \boldsymbol{A}_{(2,B)} \\ \vdots & \vdots & & \vdots & \vdots \\ 0 & 0 & \cdots & \boldsymbol{A}_{(N,N)} & \boldsymbol{A}_{(N,B)} \\ \boldsymbol{A}_{(B,1)} & \boldsymbol{A}_{(B,2)} & \cdots & \boldsymbol{A}_{(B,N)} & \boldsymbol{A}_{(B,B)} \end{bmatrix} \begin{bmatrix} \Delta\boldsymbol{X}_{(1)} \\ \Delta\boldsymbol{X}_{(2)} \\ \vdots \\ \Delta\boldsymbol{X}_{(N)} \\ \Delta\boldsymbol{X}_{B} \end{bmatrix} = \boldsymbol{A}\Delta\boldsymbol{X} = \boldsymbol{b} = \begin{bmatrix} \boldsymbol{b}_{(1)} \\ \boldsymbol{b}_{(2)} \\ \vdots \\ \boldsymbol{b}_{(N)} \\ \boldsymbol{b}_{(B)} \end{bmatrix} \tag{15-36}$$

式中，$\Delta\boldsymbol{X}_{(i)}=\begin{bmatrix}\Delta\boldsymbol{x}_i\\ \Delta\boldsymbol{y}_{gi}\end{bmatrix}$，$\Delta\boldsymbol{X}_B=\begin{bmatrix}\Delta\boldsymbol{x}_b\\ \Delta\boldsymbol{y}_{g_b}\end{bmatrix}$分别为各子区域及边界网络的变量修正量，包括式(15-1)～式(15-5)中 $\boldsymbol{x}_a$ 及潮流方程对应的拉格朗日乘子的修正量。

$$\boldsymbol{A}_{(i,i)}=\begin{bmatrix}W_{aa} & \boldsymbol{J}_a^{\mathrm{T}}\\ \boldsymbol{J}_a & \boldsymbol{0}\end{bmatrix}=\begin{bmatrix}W_{aa} & -\nabla \boldsymbol{g}_{ax_a}^{\mathrm{T}}(\boldsymbol{x}_1,\boldsymbol{x}_2,\cdots,\boldsymbol{x}_N,\boldsymbol{x}_b)\\ -\nabla \boldsymbol{g}_{ax_a}(\boldsymbol{x}_1,\boldsymbol{x}_2,\cdots,\boldsymbol{x}_N,\boldsymbol{x}_b) & \boldsymbol{0}\end{bmatrix}$$

式中，

$$\boldsymbol{A}_{(B,B)}=\begin{bmatrix}W_{bb} & \boldsymbol{J}_b^{\mathrm{T}}\\ \boldsymbol{J}_a & \boldsymbol{0}\end{bmatrix}=\begin{bmatrix}W_{bb} & -\nabla \boldsymbol{g}_{bX_b}(\boldsymbol{x}_1,\boldsymbol{x}_2,\cdots,\boldsymbol{x}_N,\boldsymbol{x}_b)\\ -\nabla \boldsymbol{g}_{bx_b}^{\mathrm{T}}(\boldsymbol{x}_1,\boldsymbol{x}_2,\cdots,\boldsymbol{x}_N,\boldsymbol{x}_b) & \boldsymbol{0}\end{bmatrix}$$

$$\boldsymbol{A}_{(i,b)}=\begin{bmatrix}W_{bi} & J_{bi}^{\mathrm{T}}\\ J_{bi} & \boldsymbol{0}\end{bmatrix}=\begin{bmatrix}W_{ab} & -\nabla g_{ax_b}^{\mathrm{T}}(\boldsymbol{x}_1,\boldsymbol{x}_2,\cdots,\boldsymbol{x}_N,\boldsymbol{x}_b)\\ -\nabla g_{ax_b}(\boldsymbol{x}_1,\boldsymbol{x}_2,\cdots,\boldsymbol{x}_N,\boldsymbol{x}_b) & \boldsymbol{0}\end{bmatrix}$$

$$\boldsymbol{b}_{(i)}=\begin{bmatrix}-L_{x_a0}-\boldsymbol{S}_{ha0}^{-1}(\boldsymbol{L}_{S_{ha0}}-\boldsymbol{Y}_{ha0}\boldsymbol{L}_{y_{ha}0})-\boldsymbol{S}_{la0}^{-1}(\boldsymbol{L}_{S_{la0}}+\boldsymbol{Y}_{ha0}\boldsymbol{L}_{y_{la}0})\\ -\boldsymbol{L}_{y_{gah}0}\end{bmatrix}$$

$$\boldsymbol{b}_{(B)}=\begin{bmatrix}-\boldsymbol{L}_{x_b0}-\boldsymbol{S}_{mb0}^{-1}(\boldsymbol{L}_{S_{nb}0}-\boldsymbol{Y}_{mb0}\boldsymbol{L}_{y_{nb}0})-\boldsymbol{S}_{nb0}^{-1}(\boldsymbol{L}_{S_{nb}0}+\boldsymbol{Y}_{nb0}\boldsymbol{L}_{y_{nb}0})\\ -\boldsymbol{L}_{y_{gb}0}\end{bmatrix}$$

$$\boldsymbol{A}_{(B,i)}=\boldsymbol{A}_{(i,B)}$$

由式(15-28)～式(15-35)求得：

$$\Delta\boldsymbol{s}_{ha}=-\Delta\boldsymbol{x}_a-\boldsymbol{L}_{\boldsymbol{y}_{ha}0} \tag{15-37}$$

$$\Delta\boldsymbol{s}_{mb}=-\Delta\boldsymbol{x}_b-\boldsymbol{L}_{\boldsymbol{Y}_{mb}0} \tag{15-38}$$

$$\Delta\boldsymbol{s}_{la}=\Delta\boldsymbol{x}_a+L_{\boldsymbol{y}_{l1}0} \tag{15-39}$$

$$\Delta\boldsymbol{s}_{nb}=\Delta\boldsymbol{x}_b+\boldsymbol{L}_{\boldsymbol{y}_{nb}0} \tag{15-40}$$

$$\Delta\boldsymbol{Y}_{ha}=-\boldsymbol{S}_{ha0}^{-1}[\boldsymbol{L}_{S_{ha}0}-\boldsymbol{Y}_{ha0}(\Delta\boldsymbol{x}_a+\boldsymbol{L}_{y_{ha}0})] \tag{15-41}$$

$$\Delta\boldsymbol{Y}_{la}=-\boldsymbol{S}_{la0}^{-1}[\boldsymbol{L}_{S_{la0}}+\boldsymbol{Y}_{ha0}(\Delta\boldsymbol{x}_a+\boldsymbol{L}_{y_{la}0})] \tag{15-42}$$

$$\Delta\boldsymbol{Y}_{mb}=-\boldsymbol{S}_{hmb0}^{-1}[\boldsymbol{L}_{S_{mb}0}-\boldsymbol{Y}_{mb0}(\Delta\boldsymbol{x}_b+\boldsymbol{L}_{y_{mb}0})] \tag{15-43}$$

$$\Delta\boldsymbol{Y}_{nb}=-\boldsymbol{S}_{nb0}^{-1}[\boldsymbol{L}_{\boldsymbol{S}_{nb}0}+\boldsymbol{Y}_{nb0}(\Delta\boldsymbol{x}_b+\boldsymbol{L}_{\boldsymbol{y}_{nb}0})] \tag{15-44}$$

依次求解修正方程式(15-36)和式(15-37)～式(15-44)，即可得原变量和对偶变量的修正方向，循环求解至最优解，即为对整个系统的串行基于内点法的无功优化方法。

观察式(15-36)及其子块矩阵 $\boldsymbol{A}_{(B,i)}$ 或 $\boldsymbol{A}_{(i,B)}$ 等，当区域之间的联络线不包含变压器支路，即全部由送电线路组成，那么 $\boldsymbol{A}_{(B,i)}$ 或 $\boldsymbol{A}_{(i,B)}$ 即为潮流计算中的雅可比子矩阵。

15.3.2 几种分解方案

上节，多区域无功优化计算过程中，线性修正方程式(15-36)的系数矩阵 $\boldsymbol{A}$ 具有特殊的结构，被称为箭型矩阵或者对角加边矩阵。针对具有这种特点的矩阵，提出三种分解计算方法。分解算法的推导过程中，我们将由虚拟节点组成的虚拟网络记为第 $N+1$ 子区域。

1. *分解算法一*

从式(15-36)可以看到，$\boldsymbol{A}$ 矩阵是一个箭形对角矩阵，除对角部分的 $N+1$ 个 $\boldsymbol{A}_{(i,i)}$ 矩阵和最后一行和一列外，其他全部都是零元素，因此，可以充分利用 $\boldsymbol{A}$ 矩阵的高度稀疏特性采用稀疏技术来求解，本文用三角分解法求解修正方程式(15-36)。又针对 $\boldsymbol{A}$ 矩阵的特殊箭形结构，可利用 $\boldsymbol{A}$ 矩阵这种特殊分块结构来求解式(15-36)。$\boldsymbol{A}_{(i,i)}$ 的具体结构为：

$$\boldsymbol{A}_{(i,i)} = \begin{bmatrix} W_{ii} & \boldsymbol{J}_i^{\mathrm{T}} \\ \boldsymbol{J}_i & \boldsymbol{0} \end{bmatrix}, \quad i = 1,2,\cdots,N+1 \tag{15-45}$$

式中，W_{ii} 具有海森矩阵的结构，而 $\boldsymbol{J}_i$ 具有雅可比矩阵的结构。

对于实际电力系统，矩阵 $\boldsymbol{J}_i$ 和 W_{ii} 是稀疏矩阵。为了使 $\boldsymbol{A}_{(i,i)}$ 的三角分解更有效，我们可以采用第三章中的方法，重排变量和方程的顺序，从而改变 $\boldsymbol{A}_{(i,i)}$ 的结构。重排后的 $\boldsymbol{A}_{(i,i)}$ 由 4×4 块子矩阵构成，且具有与导纳矩阵类似的稀疏结构。从而，我们可以将 $\boldsymbol{A}_{(i,i)}$ 分解为：

$$\boldsymbol{A}_{(i,i)} = \boldsymbol{L}_i\boldsymbol{D}_i\boldsymbol{U}_i, \quad i = 1,2,\cdots,N+1 \tag{15-46}$$

因此，矩阵 $\boldsymbol{A}$ 分解为：

$$\boldsymbol{A} = \boldsymbol{L}_A\boldsymbol{D}_A\boldsymbol{U}_A \tag{15-47}$$

式中，

$$\boldsymbol{L}_A = \begin{bmatrix} \boldsymbol{L}_1 & & & & \\ \boldsymbol{0} & \boldsymbol{L}_2 & & & \\ \vdots & \vdots & \ddots & & \\ \boldsymbol{0} & \boldsymbol{0} & \cdots & \boldsymbol{L}_N & \\ \boldsymbol{I}_1 & \boldsymbol{I}_2 & \cdots & \boldsymbol{I}_N & \boldsymbol{L}_{N+1} \end{bmatrix}, \quad \boldsymbol{D}_A = \begin{bmatrix} \boldsymbol{D}_1 & & & & \\ & \boldsymbol{D}_2 & & & \\ & & \ddots & & \\ & & & \boldsymbol{D}_N & \\ & & & & \boldsymbol{D}_{N+1} \end{bmatrix},$$

$$\boldsymbol{U}_A=\begin{bmatrix}\boldsymbol{U}_1 & \boldsymbol{0} & \cdots & \boldsymbol{0} & \boldsymbol{I}_1^{\mathrm{T}}\\ & \boldsymbol{U}_2 & \cdots & \boldsymbol{0} & \boldsymbol{I}_2^{\mathrm{T}}\\ & & \ddots & \vdots & \vdots\\ & & & \boldsymbol{U}_N & \boldsymbol{I}_N^{\mathrm{T}}\\ & & & & \boldsymbol{U}_{N+1}\end{bmatrix}=\boldsymbol{L}_A^{\mathrm{T}}$$

$$\boldsymbol{I}_i=\boldsymbol{A}_{(N,i)}\boldsymbol{U}_i^{-1}\boldsymbol{D}_i^{-1},\quad i=1,2,\cdots,N+1 \tag{15-48}$$

$$\boldsymbol{A}_{(N+1,N+1)}=\boldsymbol{L}_{N+1}\boldsymbol{D}_{N+1}\boldsymbol{U}_{N+1}+\sum_{i=1}^{N}\boldsymbol{I}_i\boldsymbol{D}_i\boldsymbol{I}_i^{\mathrm{T}} \tag{15-49}$$

这样,求解修正方程式(15-36)等价于相继求解下述两个方程:

$$\begin{bmatrix}\boldsymbol{L}_1\boldsymbol{D}_1 & & & & \boldsymbol{0}\\ & \boldsymbol{L}_2\boldsymbol{D}_2 & & & \boldsymbol{0}\\ & & \ddots & & \vdots\\ & & & \boldsymbol{L}_N\boldsymbol{D}_N & \boldsymbol{0}\\ \boldsymbol{I}_1\boldsymbol{D}_1 & \boldsymbol{I}_2\boldsymbol{D}_2 & \cdots & \boldsymbol{I}_N\boldsymbol{D}_N & \boldsymbol{L}_{N+1}\boldsymbol{D}_{N+1}\end{bmatrix}\begin{bmatrix}\boldsymbol{c}_{(1)}\\ \boldsymbol{c}_{(2)}\\ \vdots\\ \boldsymbol{c}_{(N)}\\ \boldsymbol{c}_{N+1}\end{bmatrix}=\begin{bmatrix}\boldsymbol{b}_{(1)}\\ \boldsymbol{b}_{(2)}\\ \vdots\\ \boldsymbol{b}_{(N)}\\ \boldsymbol{b}_{N+1}\end{bmatrix} \tag{15-50}$$

$$\begin{bmatrix}\boldsymbol{U}_1 & \boldsymbol{0} & \cdots & \boldsymbol{0} & \boldsymbol{I}_1^{\mathrm{T}}\\ & \boldsymbol{U}_2 & \cdots & \boldsymbol{0} & \boldsymbol{I}_2^{\mathrm{T}}\\ & & \ddots & \vdots & \vdots\\ & & & \boldsymbol{U}_N & \boldsymbol{I}_N^{\mathrm{T}}\\ & & & & \boldsymbol{U}_{N+1}\end{bmatrix}\begin{bmatrix}\Delta\boldsymbol{z}_{(1)}\\ \Delta\boldsymbol{z}_{(2)}\\ \vdots\\ \Delta\boldsymbol{z}_{(N)}\\ \Delta\boldsymbol{y}_{N+1}\end{bmatrix}=\begin{bmatrix}\boldsymbol{c}_{(1)}\\ \boldsymbol{c}_{(2)}\\ \vdots\\ \boldsymbol{c}_{(N)}\\ \boldsymbol{c}_{N+1}\end{bmatrix} \tag{15-51}$$

求解修正方程的步骤总结如下:

① 对 $N+1$ 个子区域的 $\boldsymbol{A}_{(i,i)}$ 分别进行三角分解,得到 $\boldsymbol{L}_i$、$\boldsymbol{D}_i$ 和 $\boldsymbol{U}_i$。

② 对式(15-50)进行前代运算,得到 $\boldsymbol{c}_{(i)}$。

③ 计算 $\boldsymbol{I}_i$、$\boldsymbol{L}_i$、$\boldsymbol{D}_i$ 和 $\boldsymbol{U}_i$。

④ 由式(15-50)求得 $\boldsymbol{c}_n$。

⑤ 对式(15-51)进行回代运算,得到 $\Delta\boldsymbol{y}_{N+1}$ 和 $\Delta\boldsymbol{z}_{(i)}$。

此算法实际上是将 N 个子区域的大规模电力系统无功优化计算的高维线性方程解耦为 $N+1$ 个子区域(包括一个由虚拟节点构成的网络)所对应的修正方程。显然,这样比直接求解整个系统的高维数线性方程的计算量小很多。

该方法完全是根据修正方程式(15-36)的系数矩阵的箭型特点,利用数学处理减小优化计算量,从多区域电力系统并行计算角度看,并没有实际的物理意义,没有实现所谓的各子区域相对独立优化计算。

2. 分解算法二

对大规模系统而言,式(15-36)为稀疏的高维线性方程组,对其快速求解是整个优化计算的核心。式(15-36)的系数矩阵具有对角加边矩阵结构。类似的形式在牛顿法潮流[4~10]和动态最优潮流[11]计算中应用较广泛。从电力系统并行计算的角度看,对多区域系统,一般实现各个子区域能进行独立优化计算,称之为并行计算。分解算法一虽然计算速度有所提高,但并没实现各个子区域的独立计算,相互之间需要交换分解后的三角阵。我们在利用数学方法对式(15-36)进行处理,推出分解算法二。

将式(15-36)展开,得:

$$\boldsymbol{A}_{(i,i)}\Delta\boldsymbol{X}_{(i)}+\boldsymbol{A}_{(i,B)}\Delta\boldsymbol{X}_B=\boldsymbol{b}_{(i)},\quad i=1,2,\cdots,N \tag{15-52}$$

$$\sum_{i=1}^{N}\boldsymbol{A}_{(B,i)}\Delta\boldsymbol{X}_{(i)}+\boldsymbol{A}_{(B,B)}\Delta\boldsymbol{X}_B=\boldsymbol{b}_{(B)} \tag{15-53}$$

由式(15-52)和(15-53)消去 $\Delta\boldsymbol{X}_{(i)}$,得:

$$\left(\boldsymbol{A}_{(B,B)}-\sum_{i=1}^{N}\boldsymbol{A}_{(B,i)}\boldsymbol{A}_{(i,i)}^{-1}\boldsymbol{A}_{(i,B)}\right)\Delta\boldsymbol{X}_B=\boldsymbol{b}_{(B)}-\sum_{i=1}^{N}\boldsymbol{A}_{(B,i)}\boldsymbol{A}_{(i,i)}^{-1}\boldsymbol{b}_{(i)} \tag{15-54}$$

令:

$$\boldsymbol{K}=\boldsymbol{A}_{(B,B)}-\sum_{i=1}^{N}\boldsymbol{A}_{(B,i)}\boldsymbol{A}_{(i,i)}^{-1}\boldsymbol{A}_{(i,B)} \tag{15-55}$$

$$\boldsymbol{B}=\boldsymbol{b}_{(B)}-\sum_{i=1}^{N}\boldsymbol{A}_{(B,i)}\boldsymbol{A}_{(i,i)}^{-1}\boldsymbol{b}_{(i)} \tag{15-56}$$

则式(15-54)可写成:

$$\boldsymbol{K}\Delta\boldsymbol{X}_B=\boldsymbol{B} \tag{15-57}$$

先根据式(15-57)求解出与边界节点有关的变量 $\Delta\boldsymbol{X}_B$,然后将其代入式(15-52),得:

$$\boldsymbol{A}_{(i,i)}\Delta\boldsymbol{X}_{(i)}=\boldsymbol{b}_{(i)}-\boldsymbol{A}_{(i,B)}\Delta\boldsymbol{X}_B \tag{15-58}$$

根据式(15-58),各区域分别独立进行求解,即得各区域的变量值 $\Delta\boldsymbol{X}_{(i)}$。至此,在整个系统区域分解基础上,实现了各子区域独立求解,能够快速地得到系统全局和子区域的精确解,并不会牺牲算法的收敛性。

每次迭代,首先利用式(15-57)计算边界网络,获得与边界节点有关的变量 $\Delta\boldsymbol{X}_B$,再分布到各区域,各区域即可同时独立求解。计算步骤如下:

① 对系统进行区域分解,在各区域联络线间插入虚拟的边界节点,并进行节点优化编号。

② 根据内嵌离散惩罚的非线性原对偶内点法得到各个区域及边界网络修正方程,如式(15-36)。

③ 利用稀疏技术及因子表分解法计算得 $\boldsymbol{A}_{(i,i)}^{-1}\boldsymbol{A}_{(i,B)}$ 和 $\boldsymbol{A}_{(i,i)}^{-1}\boldsymbol{b}_{(i)}$,并根据式(15-55)和式(15-56)分别求出 $\boldsymbol{K}$ 和 $\boldsymbol{B}$。

④ 利用三角分解法解式(15-57)，求出 $\Delta \boldsymbol{X}_B$。

⑤ 将 $\Delta \boldsymbol{X}_B$ 分布到各个区域，根据式(15-58)，各区域独立求解可得 $\Delta \boldsymbol{X}_{(i)}$。

在以上步骤中：步骤③的计算过程中，补偿间隙达到一定精度时，其后 $\boldsymbol{A}_{(i,i)}^{-1}$ 变化非常微小，此时我们采用固定矩阵 $\boldsymbol{A}_{(i,i)}^{-1}$ 节省计算时间，提高计算效率。

该算法同样根据矩阵的箭型特点，利用数学手段对方程进行分解，且分解后的矩阵各自具有自己的物理意义。从该分解算法的计算步骤看：相当于每次循环计算前，需得到精确的虚拟节点的电气量，作为各个子区域间的协调量并分配给各个子区域，此后各个子区域可以相对独立进行计算，并没有破坏算法收敛性，完全实现了各个子区域的相对并行计算。该分解方法较好地结合了矩阵处理的数学理论和电力系统的物理意义。

3. 分解算法三

分解算法二能够较好地实现系统的区域分解，最终使各个子区域相对独立进行计算，较适合并行计算环境，但该算法引入了对各个子区域修正矩阵的求逆，使分解算法的计算效益有所下降。我们从式(15-53)入手，避免逆矩阵的求解，推出分解算法三，以下对分解算法三进行推导分析。

由式(15-53)得：

$$\Delta \boldsymbol{X}_B = \boldsymbol{A}_{(B,B)}^{-1}\left(\boldsymbol{b}_{(B)} - \sum_{j=1}^{N} \boldsymbol{A}_{(B,j)} \Delta \boldsymbol{X}_{(j)}\right) \tag{15-59}$$

把式(15-59)代入式(15-52)并整理得：

$$\boldsymbol{A}_{(i,i)} \Delta \boldsymbol{X}_{(i)} - \boldsymbol{A}_{(i,B)} \boldsymbol{A}_{(B,B)}^{-1} \sum_{j=1}^{N} \boldsymbol{A}_{(B,j)} \Delta \boldsymbol{X}_{(j)} = \boldsymbol{b}_{(i)} - \boldsymbol{A}_{(i,B)} \boldsymbol{A}_{(B,B)}^{-1} \boldsymbol{b}_{(B)} \tag{15-60}$$

将 $\Delta \boldsymbol{X}_{(j)}\ (j \neq i)$ 移到式(15-60)的右边得到：

$$\begin{aligned}&(\boldsymbol{A}_{(i,i)} - \boldsymbol{A}_{(i,B)} \boldsymbol{A}_{(B,B)}^{-1} \boldsymbol{A}_{(B,i)}) \Delta \boldsymbol{X}_{(i)} \\ &= \boldsymbol{b}_{(i)} - \boldsymbol{A}_{(i,B)} \boldsymbol{A}_{(B,B)}^{-1} \boldsymbol{b}_{(B)} + \boldsymbol{A}_{(i,B)} \boldsymbol{A}_{(B,B)}^{-1} \sum_{\substack{j=1 \\ j \neq i}}^{N} \boldsymbol{A}_{(B,j)} \Delta \boldsymbol{X}_{(j)}\end{aligned} \tag{15-61}$$

即：

$$\widetilde{\boldsymbol{A}}_{(i,i)} \Delta \boldsymbol{X}_{(i)} = \widetilde{\boldsymbol{b}}_i, \quad i = 1,2,\cdots,N \tag{15-62}$$

至此实现各子区域修正方程的分解，各子区域循环求解并实时更新 $\Delta \boldsymbol{X}_{(i)}$，可得各自修正方向。再由式(15-59)可求得 $\Delta \boldsymbol{X}_B$。

与分解方法二相比，该方法以小规模的边界网络的修正矩阵求逆取代了繁重的高维矩阵 $\boldsymbol{A}_{(i,i)}$ 的求逆运算，大大减少了计算量。因式(15-61)中，对本次循环未更新的 $\Delta \boldsymbol{X}_{(j)}\ (j \neq i)$ 取上次迭代值，其收敛性受到一定影响，但仍具有线性收敛速度。分解算法三计算步骤如下：

① 与分解算法二相同。

② 根据内嵌离散惩罚的非线性原对偶内点法得到各个子区域及边界区域的修正如式(15-36)，并利用式(15-61)得式(15-62)中各 $\widetilde{\boldsymbol{A}}_{(i,i)}$ 和 $\widetilde{\boldsymbol{b}}_{(i)}$。

③ 利用稀疏技术及三角分解法循环求解各子区域的方程式(15-62)，并实时更新各区域修正量 $\Delta\boldsymbol{X}_{(i)}$，最终得各子区域的修正方向 $\Delta\boldsymbol{X}_{(i)}$。

④ 再通过式(15-59)求出 $\Delta\boldsymbol{X}_B$。

由于该分解算法涉及其他区域 $\Delta\boldsymbol{X}_j\,(j\neq i)$ 常数化处理的过程，因此需要先采用分解算法二做一次或数次循环后，再采用算法三求解。对于变量离散化处理的具体细节可参见第三章，此处不再作详细介绍。

该算法从避免对高维矩阵的求逆入手，对式(15-36)进行分解，较大程度地提高了计算速度，但涉及了边界节点的修正量的不同步，少许破坏了分解算法的收敛性，详细分析见 15.5 节。

15.4 算例系统

选用 IEEE 118 节点系统和两个实际系统来检验算法的有效性。两实际系统分别为某省级 538 节点系统 1999 夏大运行方式和某省级 1133 节点系统 2006 年丰大计划方式数据。每个系统均取一个平衡节点，三个系统的基准功率为 $S_B=$ 100MVA。算法在 Visual C++环境下实现，计算机的配置为：Pentium(R)IV 2.8GHz，1GB 内存。

15.4.1 IEEE 118 节点系统

将 IEEE 118 节点系统(其系统数据见附录Ⅳ)分为三个子区域，如图 15-2 所示。其分区基本数据如表 15-1 所示。

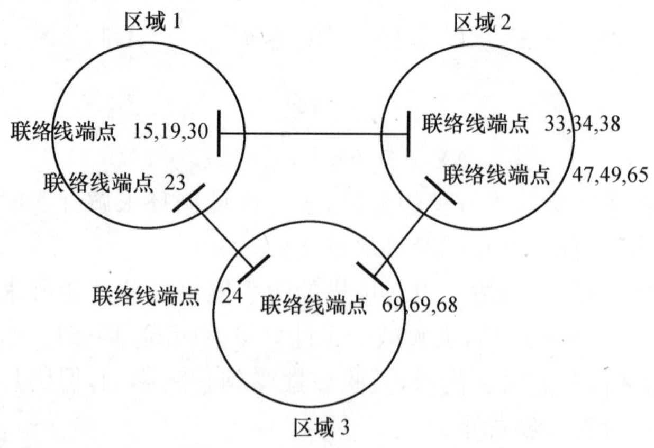

图 15-2　118 节点系统三分区示意图

表 15-1　IEEE 118 节点系统各个分区基本信息

区　域	节点数	发电机数	无功补偿数	变压器数	$A_{(i,i)}$ 维数
区域一	35	9	3	3	155
区域二	35	9	6	4	159
区域三	48	18	1	1	212
区域四(虚拟)	7	0	0	0	28

15.4.2　538 节点系统

该实际系统包括 538 个节点、593 条线路、48 台发电机、98 台电容器组(包括参与优化电抗器组)和 409 台变压器支路(其中 64 台参与优化计算)。按地域管理上划分为 A1、A2、A3 和 A4 以及虚拟边界网络 A5 五个区域,其具体信息如表 15-2 所示,其概况见附录Ⅴ。

表 15-2　538 节点系统各个分区基本信息

区　域	节点数	发电机数	无功补偿数	变压器数	$A_{(i,i)}$ 维数
区域 A1	364	32	68	43	1599
区域 A2	71	8	13	10	315
区域 A3	64	3	12	5	276
区域 A4	39	5	5	6	172
区域 A5(虚拟)	11	0	0	0	44

15.4.3　1133 节点系统

该系统包括 1133 个节点、1341 条线路、117 台发电机、212 台电容器组(包括参与优化的电抗器组)和 872 台变压器支路(其中 98 台参与优化计算)。按地域管理上划分为四个子区域以及虚拟的边界网络即五个区域,各个分区基本信息如表 15-3 所示。该网络结构及位置关系如图 15-3 所示。

表 15-3　1133 节点系统各个分区基本信息

区　域	节点数	发电机数	无功补偿数	变压器数	$A_{(i,i)}$ 维数
区域 A1	642	65	129	68	2830
区域 A2	155	20	25	15	680
区域 A3	205	22	38	9	889
区域 A4	131	10	20	6	560
区域 A5(虚拟)	17	0	0	0	68

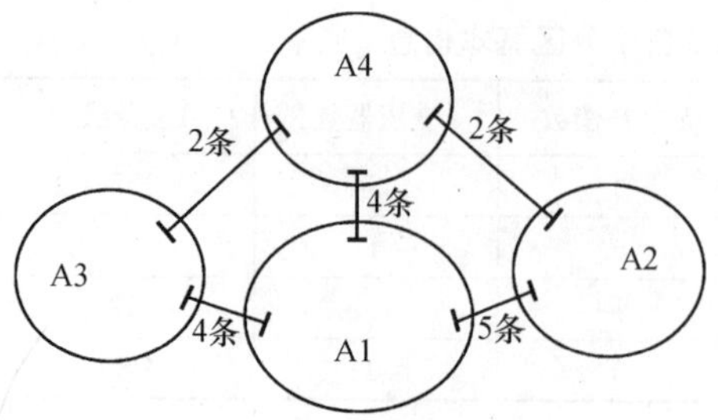

图 15-3　1133 节点系统四分区示意图

1. 该电网主要概况

① 包括 500kV、220kV、110kV、35kV 和 10kV 五个电压等级，各电压等级的基准值分别为 500kV、220kV、110kV、35kV 和 10kV。

② 包括三个与其他省级系统相连的等值节点，以及为方便计算而设的多个虚拟节点；500kV 的节点 56 个，220kV 的节点 302 个。为保证电压的合格率，全网在 500kV 厂站、220kV 枢纽厂站一共设立了 102 个电压监测点。

③ 有 500kV 输电线路 71 条；220kV 输电线路 437 条；110kV 输电线路 416 条。

④ 有 212 个无功补偿点，872 台变压器支路，其中 97 台变压器参与优化计算。

2. 母线电压上下限的设定方案

① 500kV 是目前电网的最高电压等级，500kV 母线的电压变化对全网的电压水平有很大影响，因此其电压波动必须限制在严格的范围内。实际计算中，500kV 母线的电压允许偏移为 1.0～1.1。

② 由于 220kV 母线的电压波动影响地区电压的变化，因此对于 500kV 变电站的 220kV 电压监测点、220kV 电厂的 220kV 电压监测点，其电压允许偏差值为 1.0～1.1；对于 220kV 变电站的 220kV 电压监测点，电压允许偏差值为 0.95～1.1。对于非监测点电压，若电压波动范围限定过小，则很可能得不到优化结果，故我们适当放宽了 220kV 节点的电压上下限；对于发电厂 220kV 母线和变电站 220kV 母线，电压上下限定为 0.90～1.15。

③ 由于 110kV、35kV、10kV 不属于该系统主网电压等级，且其电压的波动可通过有载调压变压器和本地无功补偿装置来调节，所得的优化结果仅具参考意义，因此我们没有对这三个电压等级的电压变化范围做严格的限制，计算中将这些电压的上下限定为 0.90～1.15。

④ 考虑到发电机机端电压对主网电压的影响，我们将其电压上下限值严格限定在 1.0～1.1 之间。

3. 参与优化的变量选取方案

发电机无功出力的调节和无功补偿装置的投切对主网电压影响很大，故目前的 117 台发电机和 212 个无功补偿装置参与优化。由于各降压变均为有载调压变压器，实际运行中可根据电压的变化自动调整分接头，优化的结果仅作为参考，而且全网变压器数目众多，若全部参加优化将大大增加建模和求解时间，因此优化计算中，我们仅选取 69 台升压变压器和 19 台 500kV 枢纽厂站的降压变压器参与优化。选取 500kV 枢纽厂站的降压变压器作为优化变量的原因是实际计算中无法模拟变压器分接头的自动调节过程，而这 19 台降压变分接头的改变对 220kV 及其以下等级的电压影响甚大，若将其分接头固定则很难得到较为理想的优化结果。

综上所述，网络规模达到了 1133 个节点，310 个离散控制变量，3877 个变量约束条件，修正方程式(15-36)高达 5027 阶。

15.5　计算结果分析

三种分解算法收敛精度、初值选取、补偿间隙的获得和壁垒参数选取、离散罚函数的取值与第三章的相同，不再赘述。算法在 Visual C++环境下实现，计算机的配置为：Pentium(R)IV 2.8GHz，1GB 内存。

15.5.1　计算结果

采用内嵌离散惩罚的非线性原对偶内点法求解原始优化问题式(15-1)～式(15-7)，为了方便，我们称这种算法为集中优化算法。依照 15.3 节算法介绍次序，把 15.3.2 小节中三种分解算法依次称作分解算法一、分解算法二、分解算法三。表 15-4、表 15-5 列出了采用三种分解算法和集中优化算法的计算结果比较。

表 15-4　三种分解算法的结果比较

系统名称	网损/(p.u.)	迭代次数	集中优化计算	分解算法一
			计算时间/s	计算时间/s
IEEE 118 节点系统	1.167	16	13.3	4.0
538 节点系统	1.496	46	1263.8	1118.2
1133 节点系统	5.421	43	17 481.5	8592.4

表 15-5　三种分解算法的结果比较

<table>
<tr><th rowspan="3">系统名称</th><th colspan="6">分解算法二</th><th colspan="3">分解算法三</th></tr>
<tr><th rowspan="2">迭代次数</th><th rowspan="2">网损/(p.u.)</th><th colspan="3">计算时间/s</th><th rowspan="2">求逆次数</th><th rowspan="2">迭代次数</th><th rowspan="2">网损/(p.u.)</th><th rowspan="2">计算时间/s</th></tr>
<tr><th>T_1</th><th>T_2</th><th>T</th></tr>
<tr><td>IEEE 118 节点系统</td><td>17</td><td>1.167</td><td>2.3</td><td>1.7</td><td>4.0</td><td>11</td><td>22</td><td>1.167</td><td>2.9</td></tr>
<tr><td>538 节点系统</td><td>42</td><td>1.496</td><td>797.1</td><td>352.8</td><td>1149.9</td><td>24</td><td>50</td><td>1.499</td><td>507.6</td></tr>
<tr><td>1133 节点系统</td><td>43</td><td>5.421</td><td>6849.8</td><td>1742.6</td><td>8592.4</td><td>33</td><td>60</td><td>5.421</td><td>3148.2</td></tr>
</table>

注：T_1、T_2 分别代表计算过程中所有求逆耗时和所有求解修正方程耗时；T 代表 T_1 与 T_2 的总和；求逆次数代表计算过程中需更新逆矩阵的大循环次数。

图 15-4 和图 15-5 中 118-1 代表用集中优化算法和分解算法一解 IEEE 118 节点系统，118-2 代表用分解算法二解 IEEE 118 节点系统。538-1、538-2、1133-1 和 1133-2 的意思类似。

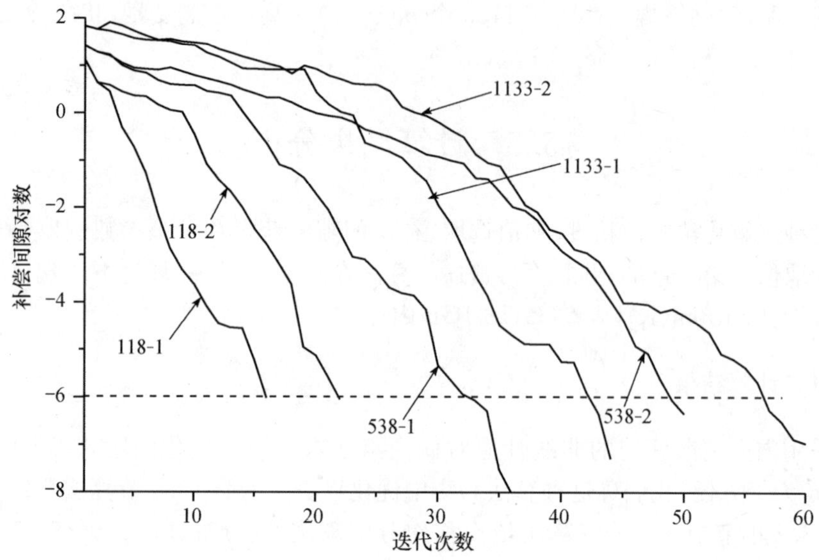

图 15-4 补偿间隙变化轨迹

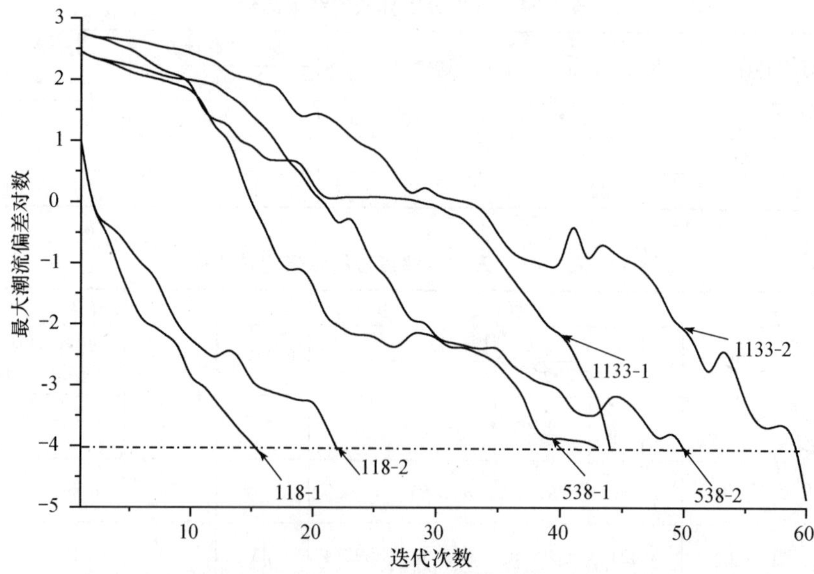

图 15-5 最大潮流偏差变化轨迹

图 15-6 和图 15-7 给出了 IEEE 118 节点系统 1 区和 2 区之间的一条联络线 65～68 端节点 65、68 及其上中间虚拟节点 125，三者的电压幅值和相角的变化曲线，两图中中间曲线为虚拟节点的幅值和相角曲线。

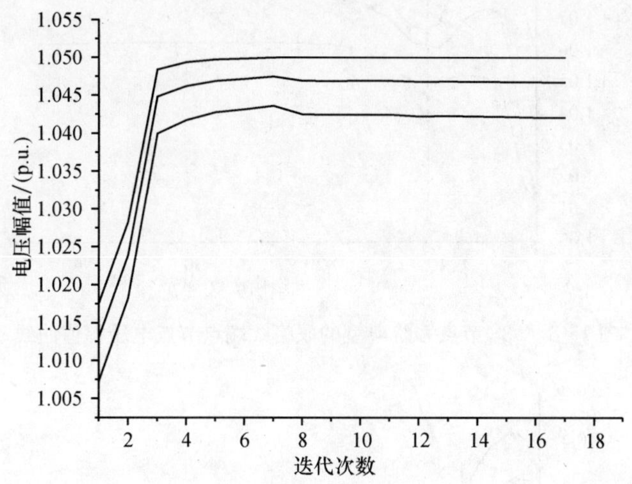

图 15-6　IEEE 118 节点系统典型的联络线端节点电压幅值曲线

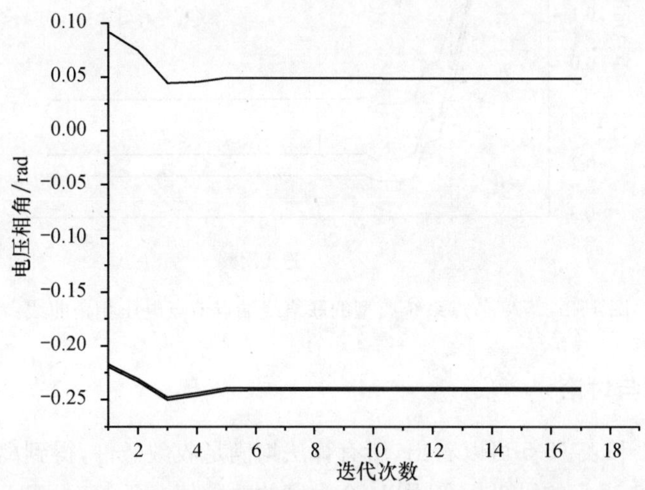

图 15-7　IEEE 118 节点系统典型的联络线端节点电压相角曲线

图 15-8 和图 15-9 给出了 538 节点系统 1 区和 2 区之间的一条联络线 115～200 端节点 115、200 及其上中间虚拟节点 539，三者的电压幅值和相角的变化曲线。

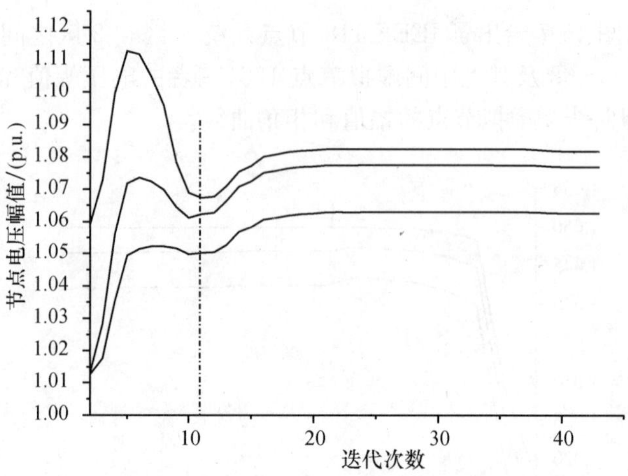

图 15-8　538 节点系统典型的联络线端点节点电压幅值曲线

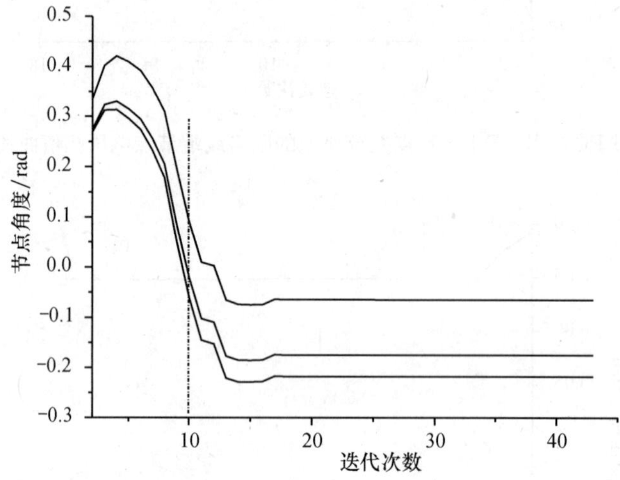

图 15-9　538 节点系统典型的联络线端点节点电压相角曲线

15.5.2　分析与讨论

从表 15-4 和表 15-5 可以看出，所有算法均满足收敛条件，得到离散最优解。

图 15-4 和 15-5 的纵坐标采用以 10 为底的对数值。不管对 IEEE 118 节点标准系统还是两个实际系统，分解算法一、分解算法二的收敛性与非线性内点法基本一致，既实现了算法分解，有效降低了求解方程维数，提高了计算速度，整个计算过程也保持了非线性内点法的收敛速度。

由计算结果可以看出，分解算法一从数学角度利用矩阵的 LDU 分解对具有箭型结构的高维修正矩阵进行分解，减小计算量，但其不具有实际电力系统的物理意义。从计算步骤来看其计算量与分解算法二相当，但实际计算时间比分解算法二少稍快，其矩阵操作单一，大部分为三角矩阵的操作，相对简单。

分解算法二从电力系统的物理意义入手，结合修正方程式(15-36)矩阵的特点，实现了矩阵分解和区域分解的统一，理论上其计算量与分解算法一相当，该分解算法符合电力系统的运行特点，适合用于分布式并行计算环境，进一步提高该方法计算效益。

在分解算法一和分解算法二的计算过程中，当补偿间隙小于 5×10^{-4} 时，视各子系统的逆矩阵 $\boldsymbol{A}_{(i,i)}^{-1}$ 为常数矩阵，不再每次更新逆矩阵，算法以同样速度收敛至最优解，省去部分求逆时间。但逆矩阵的求解仍然占用了较多计算时间，各子区域线性方程组求解占用时间相对较少。高维矩阵的求逆运算会使对系统分解所带来的计算效益有所降低。尤其当各子区域规模相差悬殊时，所耗费时间大部分集中在对较大规模区域的修正矩阵求逆运算，大大降低了分解算法的计算效益。

为了进一步提高分解算法的计算效率，避免对大规模矩阵的求逆运算，分解算法三在有效降低求解方程维数的同时，还采用由低维边界网络修正矩阵求逆代替了高维矩阵的求逆运算的改进方案。由于从式(15-60)到式(15-61)的过程涉及不同区域某些联络线端节点牛顿方向的异步处理，致使潮流偏差出现了一定程度的震荡，一定程度上牺牲了收敛性，但取得了较好的计算速度效益。由表 15-5 中两种分解算法的迭代次数可看出，大规模电网的收敛性所受影响相对较大，取决于各虚拟节点状态变量对相邻分区无功变量变化的灵敏度，但从计算时间来看，大规模电网的计算速度能取得较高效益。因此，按一定的系统分解规则对电网做适当区域划分，使联络线两端点电压相对其他区灵敏度较低，则第三种分解算法更适合大规模电网的计算。

从图 15-6～图 15-9 可以看出(仅列两个典型)，发现联络线端点电压幅值和相角与所插入虚拟节点的电压相角存在着一定的关系，分析式(15-36)的矩阵元素，这种关系取决于无功优化计算中的雅可比矩阵项，当联络线全部由送电线路所组成时，这些雅可比矩阵项完全取决于节点导纳矩阵及端点节点的电压相角和幅值。当整个计算过程趋于稳定时，从两图中可以看出 118 节点系统大致在 5、6 次以后，538 节点系统大致在 10 次以后，节点电压相角和幅值变化量很小，此时三者关系趋于稳定，可以通过雅可比矩阵得到三种确定的数值关系，在以后的计算中，省去 $\Delta\boldsymbol{X}_B$ 的计算，提高计算效益。本节还没有对该方法进行实践。

对于 538 节点系统，其最大子区域修正方程维数(最大子区域的 $\boldsymbol{A}_{(i,i)}$ 维数为 1599)占总修正方程维数(式(15-36)维数为 2406)的 66%，与集中优化算法相比，分解算法二的计算效率并未得到较大程度地提高。而对于 1133 节点系统，其最大子区域的方程维数(为 2826)占总修正方程维数(为 5052)的 56%，与集中优化算法相比，分解算法二的计算效率得到大幅度提高。对比表 15-4 和表 15-5，从集中优化算法和分解算法三的计算时间可以看出：避免高维矩阵求逆运算后，最大子区域规模对分解算法计算速度的影响有所削弱，分解算法的计算效益明显占优，随着系统规模的扩大，优势会更加明显。

由式(15-54)可以看出：子区域数目较少时，比如区域数为1时，可以认为区域间的协调就是节点之间的协调，整个算法谈不上有计算效益，修正矩阵 $\boldsymbol{A}_{(B,B)}$ 维数等于集中优化计算中修正矩阵的维数。当分区数目增加时，边界网络规模随之增大，矩阵 $\boldsymbol{A}_{(B,B)}$ 维数随之增大，$\boldsymbol{A}_{(B,B)}$ 增大到一定程度后，当区域数等于节点数时，边界网络的修正矩阵 $\boldsymbol{A}_{(B,B)}$ 维数同样等于集中优化计算中修正矩阵的维数。可见，区域数目过少，达不到分解算法获取计算效益的目的；区域数目过多，边界网络方程的求解占用较多时间，即分解算法协调级的计算负担加重，分解算法的优势也会降低，子区域数目的多少在整个优化计算中存在最优值。

综上所述：区域分解的数目和子区域规模对计算效率均有直接影响，可以认为分解算法的计算效率为子区域数目和最大子区域方程维数的函数。因此，如何确定子区域数目及子区域规模使计算效率最高，本身也是值得仔细研究的问题。

15.6 小　结

基于对角加边分块法的无功优化并行算法物理意义明确，程序实现简单，适合于在计算结点数较少、分布存储的并行机上实现。但如何有效地将系数矩阵转化为各子系统计算量平衡的对角加边形式是本算法的难点，本章较好地实现了这一点。

采用节点分裂的方法，使整个无功优化计算的修正矩阵具有箭型可分块特点，然后从不同的角度出发提出了三种计算方法，使在应用非线性内点法的过程中，大规模系统产生的高维修正矩阵得到分解，利用稀疏技术和三角分解方法提高计算效益。

从单机模拟实现结果分析：不管是弱耦合还是强耦合系统均可通过求解较低维数的边界网络修正方程后，实现各区域独立计算，其计算速度比集中优化方法的要快。分解算法一的收敛性与集中优化算法的收敛性相同，但其计算效率要高一些。分解算法二在计算过程中以低维矩阵求逆代替高维矩阵求逆运算，节省了大量计算时间。虽然牺牲了算法的收敛性，但计算效益大幅度提高。

三种分解算法的角度不同，计算效益有所不同，因此也各有优缺点。针对从行政区域和电力系统的实际地理位置划分区域的系统，单机模拟实现计算，则采用分解算法一和分解算法二较为合适；从电力系统并行计算入手，集中网络计算机资源考虑，真正在电力系统中实现分布式并行计算，分解算法二较为合适。若人为对电力系统进行分解，来提高系统优化计算的效率，分解算法三优势较为突出，分解算法一也具有一定优势。

从三种分解算法和集中计算结果对比，分析了影响分解算法的因素，计算效益取决于分区的数目和子区域规模。

参考文献

[1] Torralba A, Gomez A. Three methods for the parallel solution of a large, sparse system of linear-equations by multi processors. International Journal of Electrical Power and Energy Systems, 1992, 12(1): 1～5

[2] 吉兴全，王成山. 电力系统并行计算方法比较研究. 电网技术，2003，4(27)：22～26

[3] 薛巍，舒继武，王心丰，等. 电力系统潮流并行算法的研究进展. 清华大学学报，2002，42(9)：1192～1195

[4] 万黎，陈允平，徐箭. 基于节点迁移的电力系统并行计算优化分割策略. 电网技术，2007，31(11)：42～48

[5] 万黎，陈允平. 固定边界矩阵的并行潮流牛顿算法，高电压技术，2007，33(4)：106～109

[6] Vale H M, Falcao D M, Kaszkurewicz E. Electrical power network decomposition for parallel computations // IEEE Proceedings of the IEEE Symposium on Circuits and Systems, NewYork, IEEE, 1992: 2761～2764

[7] 黄彦全，肖建，刘兰，等. 基于支路切割方法的电力系统潮流并行协调算法. 电网技术，2006，30(4)：21～25

[8] 苏新民，毛承雄，陆继明. 对角块加边模型的并行潮流计算. 电力系统技术，2002，26(1)：22～25

[9] 毛承雄，陆继明，樊俊. 并行仿真计算中的新交替迭代解法. 电力系统及其自动化学报，1999，11(3)：18～22

[10] 毛承雄，吴增华. 电力系统并行仿真计算的一种新算法. 电网技术，2000，24(3)：13～15

[11] Xie K, Song Y H. Dynamic optimal power flow by interior point methods. IEE Proceedings—Generation, Transmission and Distribution, 2001, 148(1): 76～84

[12] 赵维兴，刘明波，缪楠林. 基于对角加边模型的多区域无功优化分解算法. 电力系统自动化，2008，32(4)：25～29

第十六章　基于诺顿等值的多区域无功优化分解算法

通常区域电网只对本区域比较关心的部分电网进行分析计算，由于外部网络（或不拟仔细分析的部分网络）存在电气联系，因此外部网络通常作为等值点或等值网络参与本区域电网的计算，而无需外部网络的详细数据。外部网络一般意义上是指电力系统中除本公司控制中心所关心的区域电网以外的部分。内部网与外部网的划分是人为规定的，在电气上它们仍是互相联系。国外的各个地区电网控制中心通常属于不同的电力公司，在电力市场自由竞争的条件下，电力公司不希望公开本公司的电网运行状况信息，因此实现不同控制中心之间的实时数据交换比较困难。而我国的电网管理模式不同于国外，以省级电力公司为例，省级电力公司与各地区供电局之间是上下级关系，彼此不存在竞争，省级调度中心可直接监控全省电网的所有高压电网，而且目前各省的控制中心与各地区调度中心之间已建成高速数据通信网，可使省级调度中心非常方便地将网络等值参数及实时信息下发到各地区电网调度中心，无须烦琐的数据交换协议。由省调集中统一下发实时数据和等值参数是我国电网管理模式的特有优势，因此基于网络等值的电力系统潮流与最优潮流计算是非常有必要的研究内容。

本章探讨基于外网等值模型的电力系统无功优化计算问题，采用节点分裂法将电力系统按照实际地理位置进行区域分解，通过对外部系统进行诺顿等值，实现各个区域无功优化的独立计算，即内层迭代计算，并引入一套简单有效的协调机制修正边界节点的等值注入功率和电压，即外层迭代计算，最终实现大系统无功优化分解与协调计算，显著提高计算效率[1]。该算法强调各区域地位平等，不分主次，各自数据资源相互独立，以各区域电网之间的少量数据交换来实现无功优化协调分布式计算，并且保证各区域在优化过程中均可监视与其他区域之间的联络线潮流功率变化。

16.1　外部网络的静态等值

16.1.1　网络的划分

网络的划分通常将原网络节点集划分为内部系统节点集 I、边界系统节点集 B 和外部系统节点集 E，如图 16-1 所示。外部节点集 E 和内部节点集 I 通常不直接关联，由边界节点集 B 作为中间量，对二者起到协调作用。外部网络拓扑结构及元件参数一般作为已知量给出,需要求解的通常是外部系统的等值网络和等值边界注入电流或者注入功率,使等值后在电力系统内部网络中进行的各种分析计算与未等值时在真实系统所做的分析计算结果相同,或者十分接近。外部网络的静态等值过程实质上也是网络化简过程,在电力系统应用处理的方法也略不相同。

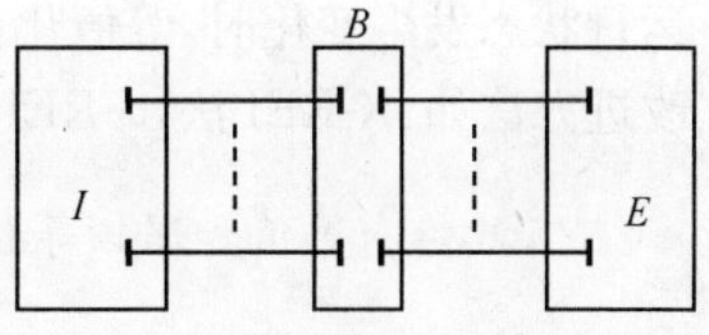

图 16-1　网络的区域划分

可以按照上述划分方式写出三者的网络方程:

$$\begin{bmatrix} \boldsymbol{Y}_{EE} & \boldsymbol{Y}_{EB} & \boldsymbol{0} \\ \boldsymbol{Y}_{BE} & \boldsymbol{Y}_{BB} & \boldsymbol{Y}_{BI} \\ \boldsymbol{0} & \boldsymbol{Y}_{IB} & \boldsymbol{Y}_{II} \end{bmatrix} \begin{bmatrix} \dot{\boldsymbol{U}}_E \\ \dot{\boldsymbol{U}}_B \\ \dot{\boldsymbol{U}}_I \end{bmatrix} = \begin{bmatrix} \dot{\boldsymbol{I}}_E \\ \dot{\boldsymbol{I}}_B \\ \dot{\boldsymbol{I}}_I \end{bmatrix} \tag{16-1}$$

消去外部节点的电压变量 $\dot{\boldsymbol{U}}_E$ 有:

$$\begin{bmatrix} \tilde{\boldsymbol{Y}}_{BB} & \boldsymbol{Y}_{BI} \\ \boldsymbol{Y}_{IB} & \boldsymbol{Y}_{II} \end{bmatrix} \begin{bmatrix} \dot{\boldsymbol{U}}_B \\ \dot{\boldsymbol{U}}_I \end{bmatrix} = \begin{bmatrix} \dot{\tilde{\boldsymbol{I}}}_B \\ \dot{\boldsymbol{I}}_I \end{bmatrix} \tag{16-2}$$

$$\tilde{\boldsymbol{Y}}_{BB} = \boldsymbol{Y}_{BB} - \boldsymbol{Y}_{BE}\boldsymbol{Y}_{EE}^{-1}\boldsymbol{Y}_{EE} \tag{16-3}$$

$$\tilde{\boldsymbol{I}}_B = \boldsymbol{I}_B - \boldsymbol{Y}_{BE}\boldsymbol{Y}_{EE}^{-1}\boldsymbol{I}_E \tag{16-4}$$

式中,$\tilde{\boldsymbol{Y}}_{BB}$ 是等值后的边界节点导纳矩阵,它计及了外部网络的影响,已包含了外部网络化简后产生的等值支路的影响。式(16-4)的最后一项是外部网络节点的注入电流移植到边界节点的等值电流。

16.1.2　外部网络的等值方法

文献[2]和文献[3]指出:目前按照国际上关于外网模型的分类方法,外网建模方式大致可分为三种:外网直接等值模型、缓冲网等值模型和保留详细外网模型的未化简外网模型,加上国内调度部门在实际应用中常用的简单挂等值机模型,共有四种常见的外网等值模型,本章采取外网直接等值模型[4]。进行直接外网等值的方法有如下几种。

1. WARD 等值和 REI 等值

在电力系统潮流计算中,外部网络的等值法主要有 Ward 等值和 REI(radial equivalent independent)等值[5]。由于两者对外部网络扰动的响应能力不足而引起误差,居多的专家学者对两种等值方法的误差做了详细而深刻的研究和分析[6~8],并在此基础上提出一系列的改进措施和方法。主要有:Ward 注入法、Ward PV 法、解耦 Ward 法、扩展 Ward 法、缓冲 Ward 法,其中扩展 Ward 等值方法的应用最广,效果最好[9~13]。

与 Ward 类方法不同,REI 类方法中等值网络的导纳与当时运行状态有关,当运行状态发生变化时,等值化简过程需重新进行。为了弥补这一不足,出现了一些改进方法如:X-REI 法,S-REI 法等[14~17]。

2. 戴维南等值和诺顿等值

从一个网络看另一个网络,把另一网络看作电流源或电压源,也就是我们常讲的诺顿等值法和戴维南等值法,原理上二者与 Ward 等值是相同的,式(16-1)~式(16-4)即为一个多端口诺顿等值过程,消去了外部网络节点,保留了内部网络节点和边界网络节点,得到将外部网络等值后,以边界节点为端口的诺顿等值网。诺顿等值和戴维南等值较多地用在电力系统的状态估计、暂态稳定计算及潮流计算[18~27]中。近年来基于戴维南等值的动态潮流计算方法日趋成熟,一些专家学者对基于戴维南等值动态潮流计算异步迭代法进行了详细深刻的研究,并运用到广东电网和河南电网中,通过广东省电力调度中心,形成了基于 EMS 系统的外网等值自动生成系统,取得了较为丰硕的成果[18~30],该系列方法对多区域电力系统,当某区域发生大的扰动后,经外层迭代的协调,潮流的重新分布使整个系统达到新的稳定状态。该方法具有较强的对区域间潮流变化进行协调的能力,通过多次修正得到较为精确的外网等值模型。

16.2 诺顿等值及分解算法的形成

由于内外网受到扰动或者潮流分布变化造成的误差直接影响等值模型,因此基于等值法的电力系统无功优化计算方面,仅有较少的尝试。文献[12]、[13]在基于 Ward PV 等值的分布式无功优化算法做了详细的研究,取得了一定的成果。本节基于诺顿等值法通过构造外层迭代来计及外部网络潮流变化对内部网络的影响,尽可能地消除边界节点注入量变化的影响,从而实现多区域互联系统的无功优化分解协调算法。

16.2.1 系统的分解及诺顿等值模型

潮流和最优潮流并行计算的基本思想是:按实际的地理位置或物理连接结构,将电力系统分解为多个区域,区域之间采用某种方式进行协调修正。协调的手段主要表现在边界节点集 B 的处理方式和外部网络注入量的计算方式上。主要方法有:

① 节点分裂,相当于在区域之间的联络线上插入电压源,用其电压作为计算中的协调变量。

② 支路切割,相当于在区域之间的联络线上插入电流源以代替各子区域间状态变量的影响,用其电流作为计算中的协调变量。

③ 利用矩阵理论的处理方法，比如对角加边模型，重叠分块牛顿法[31]，加速重叠分块牛顿法[32]等。

④ 外部网络等值法，主要采用 Ward 等值和戴维南等值[10~13]。

以两区域系统为例，说明内部节点、边界节点及外部系统的诺顿等值电路等概念。图 16-2(a)为原系统接线图，该系统由两个区域 A_1 和 A_2 构成，它们通过联络线 L_{im} 和 L_{jn} 相连。我们把联络线的端点 i、j、m 和 n 统称为边界节点，用集合 B 表示。对于区域 A_1 而言，定义节点 m 和 n 为外边界节点，用集合 B_E 表示，其节点电压幅值和相角表示为 $\boldsymbol{x}_{BE}$；定义节点 i 和 j 为内边界节点，用集合 B_I 表示，其节点电压幅值和相角表示为 $\boldsymbol{x}_{BI}$。同理，对于区域 A_2 而言，定义节点 i 和 j 为外边界节点，节点 m 和 n 为内边界节点。用 I 代表区域 A_1 或 A_2 的内部节点集，节点电压幅值和相角、发电机和无功补偿装置的无功出力等变量表示为 $\boldsymbol{x}_I$。

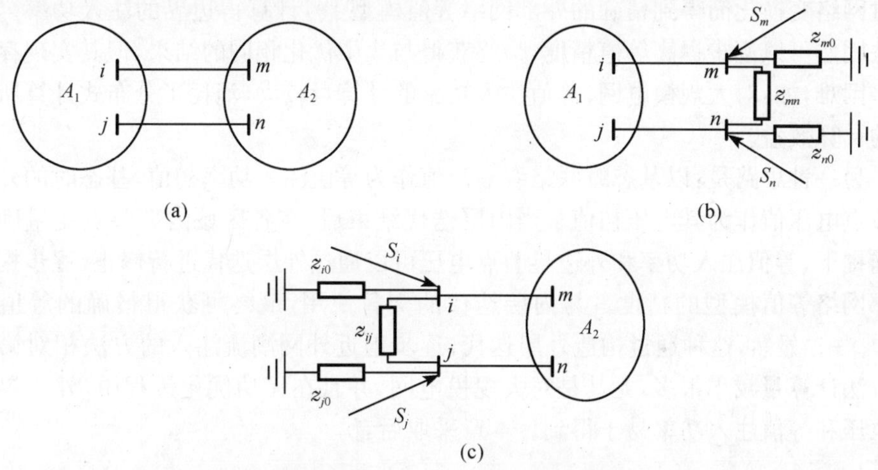

图 16-2　两区域系统分解及其诺顿等值

在对区域 A_1 进行优化计算时，为简化计算，以其外边界节点 m 和 n 及地节点构成多端口，根据诺顿等值原理对区域 A_2 进行外部等值，如图 16-2(b)所示，z_{m0}、z_{n0} 和 z_{mn} 表示外部网络的诺顿等值阻抗，S_m 和 S_n 表示外部网络的等值注入功率。类似地，在对区域 A_2 进行优化计算时，也可根据诺顿等值原理对区域 A_1 进行外部等值，如图 16-2(c)所示，z_{i0}、z_{j0} 和 z_{ij} 表示外部网络的诺顿等值阻抗，S_i 和 S_j 表示外部网络的等值注入功率。值得注意的是，以外边界节点和地节点组成的多端口对外部网络实施诺顿等值，可以保证各区域在优化过程中均可监视与其他区域之间的联络线功率变化。

16.2.2　分解算法中的几个关键问题

本算法是通过内外两层迭代交替进行实现分解和协调计算的。各区域在外部网络等值模型确定的前提下通过内层迭代独立达到最优解。外层迭代用于协调各区域的功率平衡,逐步修正外部网络等值模型,从而消除分解计算带来的误差。内外层迭代计算涉及许多关键技术问题,如诺顿等值模型参数的求取,在内层迭代中如何选取参考节点及有功、无功功率平衡,内层迭代计算模型,外层迭代的协调机制等。

1. 诺顿等值参数的求取

外部网络的诺顿等值模型参数包括端口的等值注入功率、节点阻抗矩阵和外边界节点的电压,如图 16-2(b)中的 S_m、S_n、z_{m0}、z_{n0}、z_{mn}、$\dot{V}_m$ 和 $\dot{V}_n$。如式(16-1)～式(16-4)过程,通过高斯消去法对外部网络进行网络简化可得到等值模型导纳矩阵,对其求逆,即可得到端口节点阻抗矩阵。

等值注入功率和外边界节点的电压可由两条途径获得,一种常规思路是:每次通过网络变换化简得到精确的外部网络等值模型[13],计算得边界的注入功率。此方法固然可以逐步提高等值精度,最终获得与集中优化相同的结果,但其实现存在诸多困难,如:对大规模电网,等值注入功率的计算量较大,消耗了分布式计算所获得的计算效益。

另一种思路是:以基态时联络线潮流值作为等值注入功率初值,基态时的外边界节点电压值作为其电压初值。当内层迭代结束后,在各区域内部节点变量确定的前提下,等值注入功率和外边界节点电压可以通过外层迭代进行修正,逐步提高外部网络等值模型的精度。与内层迭代的交替使用,最终可获得精确的等值参数[28～30]。显然,这种通过构造外层迭代,逐步逼近外网潮流注入的方法相对第一种方法计算量减小很多,尤其是对大规模电网,并且在无功优化过程中,外边界节点电压和等值注入功率易于得到。本章采取后者。

2. 各区域功率平衡原则

在集中优化计算中,通常取一个平衡节点,既作为整个电网有功功率平衡点,也作为全网节点电压相角的参考点。为了与集中优化结果保持一致,在分布式计算中,原平衡节点仍作为其所在区域的平衡节点,对于不含原平衡节点的其他区域,在计算过程中功率无法平衡时,其缺额从外边界节点注入。通常,无功本着就地平衡的原则,较易实现平衡;边界注入功率对有功平衡影响较大,通常有功功率是从原始平衡节点所在区域流向其他区域,根据边界节点的数目进行有功功率的分摊,各节点分摊量与阻抗矩阵的对角元素幅值成正比。

3. 参考节点选取及电压相角修正

为实现各个区域无功优化的独立计算,不同区域应该取不同的参考节点。原平衡节点仍作为其所在区域的参考节点,对于不含原平衡节点的其他区域,取其某一个外边界节点为参考节点。在各区域的优化计算完成后，再对其他区域的节点电压相角进行修正，折算到统一的参考节点(原平衡节点)上来。

如图 16-2 所示，区域 A_1 与 A_2 的相同边界节点为 i、j、m 和 n，共 M 个(此处 $M=4$)，用集合 B_{12} 表示。假设平衡节点在区域 A_1 内。在第 p 次内层迭代中，以区域 A_1 和 A_2 中的参考节点为参考值计算出来的边界节点相角为 $\boldsymbol{\theta}_{q(1)}^{(\mathrm{p})}$ 和 $\boldsymbol{\theta}_{q(2)}^{(\mathrm{p})}$ ($q\in B_{12}$)，则 $\boldsymbol{\theta}_{q(1)}^{(\mathrm{p})}-\boldsymbol{\theta}_{q(2)}^{(\mathrm{p})}$ ($q\in B_{12}$)近似等于一个恒定的角度 $\boldsymbol{\alpha}_{12}^{(\mathrm{p})}$。在实际计算中，$\boldsymbol{\alpha}_{12}^{(\mathrm{p})}$ 可以根据下式取平均值：

$$\boldsymbol{\alpha}_{12}^{(\mathrm{p})}=\frac{1}{M}\sum_{q\in B_{12}}(\boldsymbol{\theta}_{q(1)}^{(\mathrm{p})}-\boldsymbol{\theta}_{q(2)}^{(\mathrm{p})}) \tag{16-5}$$

然后，用 $\boldsymbol{\alpha}_{12}^{(\mathrm{p})}$ 对由区域 A_2 计算出来的边界节点电压相角 $\boldsymbol{\theta}_{q(2)}^{(\mathrm{p})}$ 进行修正，即：

$$\boldsymbol{\theta}'^{(\mathrm{p})}_{q(2)}=\boldsymbol{\theta}_{q(2)}^{(\mathrm{p})}+\boldsymbol{\alpha}_{12}^{(\mathrm{p})},\quad q\in B_{12} \tag{16-6}$$

修正后的 $\boldsymbol{\theta}'^{(\mathrm{p})}_{q(2)}$ 可直接用于外部网络的诺顿等值模型参数计算和收敛条件的判断。在最终得到最优解时，区域 A_2 中所有电压相角按照式(16-6)修正后，即为相对统一参考节点的相角。

4. *内层迭代计算*

对一个多区域系统，经过对外部网络进行诺顿等值后，区域 k 的本地无功优化模型可描述为：

$$\min\ f_k(\boldsymbol{x}_{\mathrm{I1}(k)},\boldsymbol{x}_{\mathrm{I2}(k)},\boldsymbol{x}_{\mathrm{BI1}(k)},\boldsymbol{x}_{\mathrm{BI2}(k)},\boldsymbol{x}_{\mathrm{BE1}(k)},\boldsymbol{x}_{\mathrm{BE2}(k)}) \tag{16-7}$$

$$\text{s.t.}\ \boldsymbol{g}_{1(k)}(\boldsymbol{x}_{\mathrm{I1}(k)},\boldsymbol{x}_{\mathrm{I2}(k)},\boldsymbol{x}_{\mathrm{BI1}(k)},\boldsymbol{x}_{\mathrm{BI2}(k)})=\boldsymbol{0} \tag{16-8}$$

$$\boldsymbol{g}_{2(k)}(\boldsymbol{x}_{\mathrm{I1}(k)},\boldsymbol{x}_{\mathrm{I2}(k)},\boldsymbol{x}_{\mathrm{BI1}(k)},\boldsymbol{x}_{\mathrm{BI2}(k)},\boldsymbol{x}_{\mathrm{BE1}(k)},\boldsymbol{x}_{\mathrm{BE2}(k)})=\boldsymbol{0} \tag{16-9}$$

$$\boldsymbol{g}_{3(k)}(\boldsymbol{x}_{\mathrm{BI1}(k)},\boldsymbol{x}_{\mathrm{BI2}(k)},\boldsymbol{x}_{\mathrm{BE1}(k)},\boldsymbol{x}_{\mathrm{BE2}(k)})=\boldsymbol{0} \tag{16-10}$$

$$\boldsymbol{x}_{\mathrm{I1min}(k)}\leqslant\boldsymbol{x}_{\mathrm{I1}(k)}\leqslant\boldsymbol{x}_{\mathrm{I1max}(k)} \tag{16-11}$$

$$\boldsymbol{x}_{\mathrm{BI1min}(k)}\leqslant\boldsymbol{x}_{\mathrm{BI1}(k)}\leqslant\boldsymbol{x}_{\mathrm{BI1max}(k)} \tag{16-12}$$

$$\boldsymbol{x}_{\mathrm{BE1min}(k)}\leqslant\boldsymbol{x}_{\mathrm{BE1}(k)}\leqslant\boldsymbol{x}_{\mathrm{BE1max}(k)} \tag{16-13}$$

式中，$f_k(\cdot)$为区域 k 的有功损耗；$\boldsymbol{x}_{\mathrm{I1}(k)}$、$\boldsymbol{x}_{\mathrm{BI1}(k)}$ 和 $\boldsymbol{x}_{\mathrm{BE1}(k)}$ 分别表示该区域内部节点、内边界节点和外边界节点变量列向量，这些变量包含节点电压幅值、发电机无功出力、无功补偿装置出力；$\boldsymbol{x}_{\mathrm{I2}(k)}$、$\boldsymbol{x}_{\mathrm{BI2}(k)}$ 和 $\boldsymbol{x}_{\mathrm{BE2}(k)}$ 分别表示该区域内部节点、内边界节点和外边界节点电压相角列向量，对于含有原平衡节点的区域则还包括平衡机的有功出力。式(16-8)～式(16-10)分别表示区域 k 的内部节点、内边界节点、外边界节点的潮流方程。

对区域 $k(k=1,2,\cdots,N)$，可以独立采用非线性原对偶内点法进行无功优化计算，我们称之内层迭代计算。

对无功优化问题(16-7)～(16-13)，应用非线性原对偶内点法构成内层迭代过程，详尽介绍见 1.2.3 小节。

整个内层迭代为子区域的非线性内点法的优化计算过程。由于前些次的迭代中，有可能存在功率缺额，潮流偏差精度要求适当放宽，随着接近最优值，潮流偏差精度要求增高。

5. 外层迭代计算

在第一次内层迭代计算结束后，相同边界节点电压在不同区域中优化计算所得结果不会相等，这是由于外部网络诺顿等值模型精度存在误差所致。因此，需要引入一个循环修正过程，即外层迭代计算[28~30]，使外边界节点电压和等值注入功率能够精确反映外部网络潮流变化影响。该修正过程实质上也是一个协调过程，即协调各个区域的优化计算，最终达到全系统的最优。

以图 16-2(a)中的边界节点 i 为例，由区域 A_1 计算得到节点 i 的电压为 $\dot{\boldsymbol{V}}_{i(1)}=V_{i(1)}\angle\theta_{i(1)}$，由区域 A_2 计算得到节点 i 的电压为 $\dot{\boldsymbol{V}}_{i(2)}=V_{i(2)}\angle\theta_{i(2)}$。假设 $\dot{\boldsymbol{V}}_{i(1)}\neq\dot{\boldsymbol{V}}_{i(2)}$，则采用下式对其进行初步修正：

$$V_i = \xi_1 V_{i(1)} + \xi_2 V_{i(2)} \tag{16-14}$$

$$\theta_i = \tau_1\theta_{i(1)} + \tau_2\theta_{i(2)} \tag{16-15}$$

式中，$\xi_1+\xi_2=1$，$\tau_1+\tau_2=1$，此处取 $\xi_1=\tau_1=0.5$。

将两区域边界节点电压幅值和相角记为 $\boldsymbol{x}_B=[\boldsymbol{x}_{B(1)}^{\mathrm{T}},\boldsymbol{x}_{B(2)}^{\mathrm{T}}]^{\mathrm{T}}$，经式(16-14)和式(16-15)修正后记为 $\tilde{\boldsymbol{x}}_B=[\tilde{\boldsymbol{x}}_{B(1)}^{\mathrm{T}},\tilde{\boldsymbol{x}}_{B(2)}^{\mathrm{T}}]^{\mathrm{T}}$。从理论上讲，$\tilde{\boldsymbol{x}}_B$ 应该比 $\boldsymbol{x}_B$ 更接近真值。式(16-14)和式(16-15)中的这种加权修正模式计算简单，但仍存在误差。

在两个区域计算条件确定的情况下，由各区域边界节点的潮流方程(式(16-9)～式(16-10))可知：对 k 个区域来讲，内部节点变量 $\boldsymbol{x}_{I(k)}$ 和边界节点变量 $\boldsymbol{x}_{B(k)}$ 为外边界注入功率 $\boldsymbol{S}_{eq(k)}$ 的函数，可表示为：

$$[\boldsymbol{x}_{I(k)}^{\mathrm{T}},\boldsymbol{x}_{B(k)}^{\mathrm{T}}]^{\mathrm{T}} = \varphi_k(\boldsymbol{S}_{eq(k)}) \tag{16-16}$$

或

$$\boldsymbol{S}_{eq(k)} = \varphi_k^{-1}(\boldsymbol{x}_{I(k)},\boldsymbol{x}_{B(k)}) = \psi_k(\boldsymbol{x}_{I(k)},\boldsymbol{x}_{B(k)}) \tag{16-17}$$

把 $\boldsymbol{x}_{I(k)}$ 和 $\tilde{\boldsymbol{x}}_{B(k)}$ 代入式(16-17)中，重新计算可得区域等值注入功率 $\boldsymbol{S}_{eq(k)}$。再将 $\boldsymbol{S}_{eq(k)}$ 代入式(16-16)得到新的边界变量值 $\tilde{\boldsymbol{x}}_{B(k)}$。若还不满足收敛条件，就再代入式(16-14)和式(16-15)中继续修正。因此，边界量 $\boldsymbol{x}_B$ 的修正可综合写成以下迭代格式：

$$\begin{cases}\boldsymbol{x}_B^{(r)} = \lambda_1\boldsymbol{x}_{B(1)}^{(r)} + \lambda_2\boldsymbol{x}_{B(2)}^{(r)}\\ \boldsymbol{S}_{eq(k)}^{(r)} = \psi_k(\boldsymbol{x}_{I(k)}^{(r)},\boldsymbol{x}_{B(k)}^{(r)}), \quad k=1,2\\ \boldsymbol{x}_{B(k)}^{(r+1)} = \varphi_k(\boldsymbol{S}_{eq(k)}^{(r)}), \quad k=1,2\\ \boldsymbol{x}_B^{(r+1)} = \lambda_1\boldsymbol{x}_{B(1)}^{(r+1)} + \lambda_2\boldsymbol{x}_{B(2)}^{(r+1)}\end{cases} \tag{16-18}$$

式中，$\lambda_1=\lambda_2=0.5$。

通过外层迭代得到的边界变量值为考虑了外部网络潮流变化后的值，但此时内部变量仍为外部网络潮流变化前的值，因此，还需进行下一次内层迭代，各变量值则作为下次内层迭代的初值。

16.3　计算误差分析

基于诺顿等值的无功优化分解算法与对整个系统的集中式无功优化计算在某些情况下会存在一定的误差，误差的出现是多种因素综合的结果，仅从潮流分布所造成的影响考虑，由于无功优化计算中，各电源点有功出力固定不变，造成误差的原因主要在于无功功率的流通路径的变化所引起。下边对分区后，因无功分布状态变化可能导致的误差进行详细的分析。

16.3.1　无功优化最优解的几种状态

从无功优化计算过程的机理和无功优化最优解的几种状态的角度出发，文献[33]提出无功优化计算的最优解存在三种状态：理想状态、中间状态、临界状态。其定义和物理意义分别为：

① 在理想状态下，由于无功优化结果中各节点电压均未达到下限，各节点电压约束的下限不起作用，因此系统中无功功率的分布不受节点电压约束限值的制约，优化结果最接近电流的经济分布（如果电压水平均达到上限而未有无功源制约发生，就是理想的经济分布，换句话说就是完全达到了无功的就地平衡）。在相同的运行方式、负荷和电压水平下，此时的系统网损最小。

② 在中间状态下，部分节点的电压达到了约束范围的下限，与相应的理想状态相比，为保持各节点电压在约束范围内，系统中无功功率的分布将发生强制性变化，即对与这些电压最低点相连的各条线路或无功传输路径（从电源点到负荷点）中的无功功率进行重新分配，以使这些节点的电压升高以满足电压约束条件。作为校正这些越限电压的代价，网损必然增大。

③ 在临界状态下，无功功率的调整与中间状态类似，但在与电压最低点相连的各条无功传输路径中，无功功率的流动已充分利用了电压约束条件的上下限值所容许的空间，或者与该路径相连的无功电源的输出功率已达到其容量上限。此时若再提高电压约束的下限，无功功率的分布已没有再做调整的余地，从而导致无功优化问题无解，反映在工程实际上此时松弛电压水平限制就是不得已的办法。

由上述分析可知，三种状态视其不同的电压水平要求具有相对性，放松电压最低水平的要求，原本中间、临界状态的就会变成理想状态，由此理想状态的损耗最小也是相对的。同样道理，缩小最高、最低允许电压水平之间的差距，系统就会由理想状态变成中间或临界状态。

在系统进行无功优化计算的过程中存在支撑点和被支撑点。所谓的支撑点一般指具有无功储备的无功源节点。通常所有负荷节点称为被支撑点，但是各负荷节点被支撑的强度不同，其具体表现在节点间无功电压灵敏度值不同。

16.3.2 误差分析

各个电网根据自己的特点不同，因等值造成的误差大小也不同。大致分为两大类：负荷节点的无功支撑点在本区域；负荷节点的无功支撑点在其他区域。两类情况又根据各区域所处的状态不同，误差大小也不同，简单分析如下：

(1) 负荷节点的无功支撑点在本区域

① 当系统进行集中式无功优化计算时，若各个子区域均处于理想状态，则此类情况下，系统分解前后进行无功优化计算的误差最小，可以认为不存在。

② 当系统进行集中式无功优化计算时，若子区域处于临界状态或中间状态，且该区域内负荷节点的无功支撑点主要在本区域。则此类情况下，系统分解前后进行无功优化计算的误差稍小，但大于前者。

(2) 负荷节点的无功支撑点在其他区域

① 当系统进行集中式无功优化计算时，若各子区域处于理想状态或中间状态，该区域内负荷节点的无功支撑点处于其他区域。则此类情况下，系统分解前后进行无功优化计算的误差大。因为集中优化计算时，所有负荷节点的无功支撑点均是与本节点无功耦合较强的无功电源点，或者两节点的无功电压灵敏度系数较大。分解后，子区域的无功优化过程中，除去外网等值模型注入的无功功率外，各区域的负荷节点只在本区域内寻找无功支撑点，与原无功支撑点所提供的无功功率流动路径有所不同。

② 当系统进行集中式无功优化计算时，若各子区域处于临界状态，该区域内负荷节点的无功支撑点处于其他区域。则此类情况下，系统分解前后进行无功优化计算的误差比前者稍小。因为在集中优化计算时，本区域负荷节点无功支持靠其他区域的支援。分解后，本区域的无功电源无法满足本区域的无功负荷，只在其他区域内寻找无功支撑点，与原无功支撑点所提供的无功功率流动方向相同。

综上两点，负荷节点的无功支撑点只在本区域的系统，用等值法分解后进行无功优化计算收敛速度快，误差小；负荷节点的无功支撑点在其他区域的系统，用等值法分解后进行无功优化计算，需经过多次等值模型的修正，导致收敛速度慢，误差稍大。

16.4 计算步骤

综合所述，基于诺顿等值的整个无功优化分解协调计算步骤可以总结如下：

① 预备阶段,对全网进行初始潮流计算;对全网进行分区,并计算各个区域的外部网络等值阻抗。

② 内层迭代计算,求取各区域外部网络诺顿等值模型参数,并应用非线性原对偶内点法,分别独立进行无功优化计算。其收敛判据为:补偿间隙小于 10^{-5},最大潮流偏差小于 10^{-3}。

③ 用式(16-5)和式(16-6)修正各个区域(不含平衡节点)节点电压相角。

④ 检验边界节点电压是否满足收敛条件。如果满足,则整个计算结束;否则,转第⑤步。其收敛判据为相同边界节点电压在不同区域中优化计算所得的值满足:电压幅值之差的绝对值小于 10^{-3},电压相角之差的绝对值小于 0.01。

⑤ 外层迭代计算,根据式(16-18)修正各个区域外部网络的诺顿等值模型参数。其收敛判据为 $|\boldsymbol{x}_{B(k)}^{(r+1)}-\boldsymbol{x}_{B(k)}^{(r)}|\leqslant\varepsilon_E$,对于电压幅值 $\varepsilon_E=10^{-3}$,对于电压相角 $\varepsilon_E=0.01$。

⑥ 计算各区域功率缺额,并采用调整边界节点注入有功功率的方法实施平衡,然后转第②步。

16.5 算例分析

以一个 236 节点系统和某 2212 节点实际区域系统作为算例系统,检验算法的有效性。算法在 Visual C++ 环境下实现,计算机配置为:Pentium(R)IV 2.8GHz,1GB 内存。

16.5.1 236 节点系统

采用 IEEE 118 节点系统(其系统数据见附录Ⅳ)复制的形式,构造 236 节点系统,其节点编号规则为:1 区域节点号不变,2 区域的节点编号为原来的节点编号加 118,平衡节点为 1 区域的平衡节点。该网络结构及位置关系如图 16-3 所示。

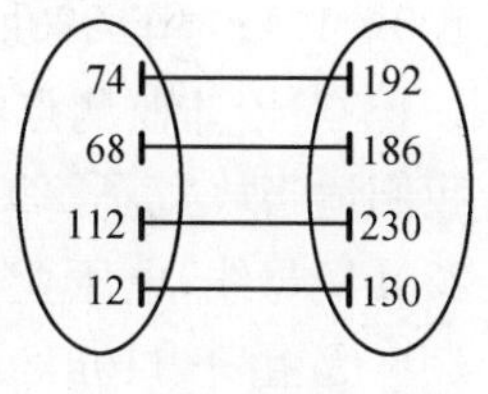

图 16-3　236 节点系统接线图

16.5.2 2212 节点系统

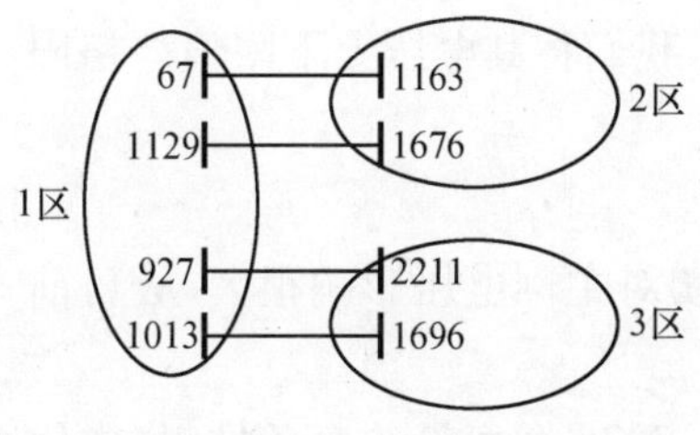

图 16-4　2212 节点系统接线图

该系统包括 2212 个节点、2421 条线路、252 台发电机、350 台电容器组(包括参与优化的电抗器组)和 1563 条变压器支路。按地域管理上划分为三个子区域。该网络结构及位置关系如图 16-4 所示,各分区基本数据见表 16-1。

表 16-1 2212 节点系统基本数据

区 域	节点数	发电机数	无功补偿装置数	负荷数	线路数
1 区	1133	117	210	336	1229
2 区	548	80	77	113	601
3 区	531	55	63	121	591

(1) 该电网主要概况

① 包括 500kV、220kV、110kV、35kV 和 10kV 五个电压等级，各电压等级的基准值分别为 500kV、220kV、110kV、35kV 和 10kV。

② 包括四个等值节点，以及为方便计算而设的多个虚拟节点；500kV 节点 78 个，220kV 节点 728 个。为保证电压的合格率，全网在 500kV 厂站、220kV 枢纽厂站一共设立了 246 个电压监测点。

③ 有 500kV 输电线路 106 条；220kV 输电线路 859 条。

④ 共有 350 个无功补偿点，1563 条变压器支路。

(2) 母线电压上下限的设定方案

① 500kV 是目前电网的最高电压等级，500kV 母线的电压变化对全网的电压水平有很大影响，因此其电压波动必须限制在严格的范围内。实际计算中，500kV 母线的电压允许偏移为 1.0～1.1。

② 由于 220kV 母线的电压波动影响地区电压的变化，因此对于 500kV 变电站的 220kV 电压监测点、220kV 电厂的 220kV 电压监测点，其电压允许偏差值为 1.0～1.1；对于 220kV 变电站的 220kV 电压监测点，电压允许偏差值为 0.95～1.1。对于非监测点电压，若电压波动范围限定过小，则很可能得不到优化结果，故我们适当放宽了 220kV 节点的电压上下限；对于发电厂 220kV 母线和变电站 220kV 母线，电压上下限定为 0.90～1.15。

③ 由于 110kV、35kV、10kV 不属于该系统主网电压等级，且其电压的波动可通过有载调压变压器和本地无功补偿装置来调节，所得的优化结果仅具参考意义，因此我们没有对这三个电压等级的电压变化范围做严格的限制，计算中将这些电压的上下限定为 0.90～1.15。

④ 考虑到发电机机端电压对主网电压的影响，我们将其电压上下限值严格限定在 1.0～1.1 之间。

(3) 参与优化的变量选取方案

发电机无功出力的调节和无功补偿装置的投切对主网电压影响很大，故目前的 252 台发电机和 350 个无功补偿装置参与优化。

综上所述，整电网的规模达到了 2212 个节点，7238 个变量约束条件，集中优化计算修正方程高达 9450 阶。

16.5.3　计算结果分析

根据表 16-2 中集中优化算法(采用非线性原对偶内点法)和分解协调算法得到的结果对比可知:分解协调算法的计算速度明显快于集中优化算法的计算速度;由两种算法获得的网损存在稍许误差,但相差不大。

表 16-2　由集中优化和分解协调两种算法得到的结果比较

算例系统	集中优化算法			分解协调算法	
	网损/(p.u.)	平衡机出力/(p.u.)	计算时间/s	网损/(p.u.)	计算时间/s
236 节点系统	3.165	10.61	35.4	3.182	16.2
2212 节点系统	9.4277	4.66	99 418.6	9.5216	35 013.2

由表 16-3 和图 16-5、图 16-6 可知:在区域分解后,各边界节点功率注入采用基态潮流计算结果,各内层迭代仍能收敛至满足精度要求的最优解。从第二轮主循环开始,内层迭代次数相对第一轮大幅减小,得益于每次内层迭代初值均取自上次迭代结束时所得变量值。随着主循环次数增多,各区域逐步接近全网集中最优解。因为只需对上次循环结果中受外部网络潮流变化影响较大的节点变量做少许修正,因此大大节省了计算时间。尤其是 236 节点系统,两个区域之间的耦合较弱,外层迭代 3 次即可得满足条件的解。

表 16-3　由分解协调算法得到的结果

算例系统	主循环次数	内层/外层迭代最大次数	首次内层迭代最大次数
236 节点系统	4	4/3	14
2212 节点系统	8	7/5	38

注:内层迭代最大次数为除去首次迭代后所有子区域中内层迭代的最大次数。

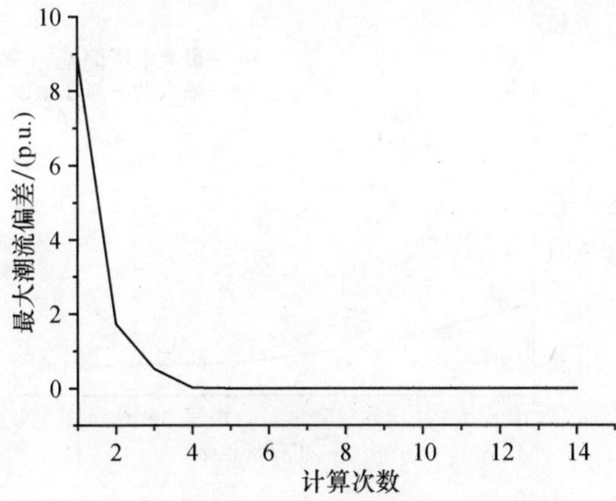

图 16-5　236 节点系统首次内层迭代最大潮流偏差变化轨迹

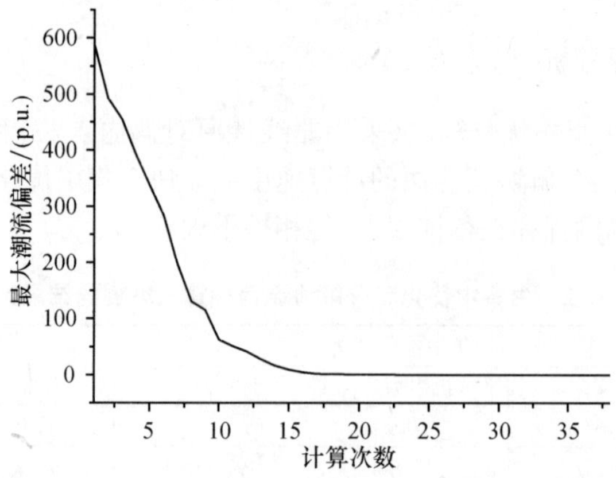

图 16-6　2212 节点系统首次内层迭代最大潮流偏差变化轨迹

图 16-7 和图 16-8 中的最大电压偏差是指每次主循环外层迭代中电压幅值修正量最大值；最大功率修正量指每次主循环中内外层迭代结束后，协调各子区域功率不平衡量的最大值。对于 2212 节点系统，区域 1 的规模最大，其首次内层迭代潮流最大偏差为 587，经过第一轮主循环后，再次进入内层迭代时最大潮流偏差已小于 1。随着主循环次数增加，外部网络等值模型的注入功率修正量也逐渐减小，边界节点最大电压幅值偏差也逐渐减小。直至各区域功率平衡后，外部网络等值模型更为精确，此时计算过程也就满足了收敛判据。从计算过程中观察到：注入功率修正量（如图 16-8）最大值为 0.44，不同区域相同边界节点经过优化计算后电压差最大值为 0.036。可见，由于网络分解所造成的计算误差可以得到较好的协调。

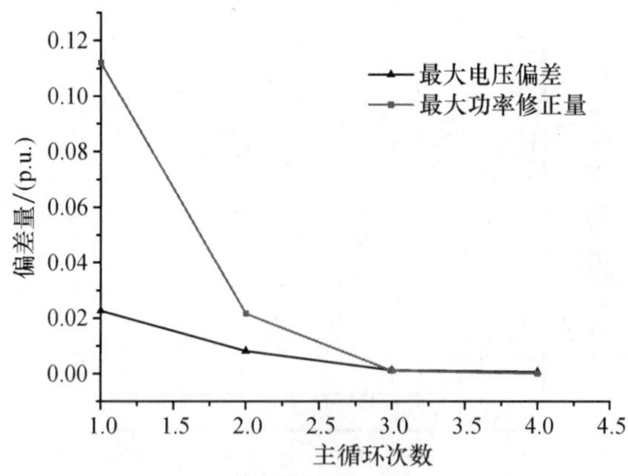

图 16-7　236 节点系统计算过程图

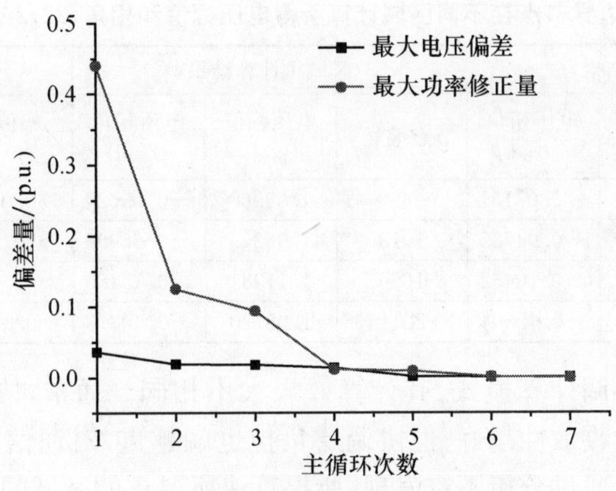

图 16-8　2212 节点系统计算过程图

由表 16-4、表 16-5 和表 16-6 可以看出，边界节点在不同区域内层迭代中的计算结果，注入功率较大的边界节点所得计算结果差别稍大。这些节点担负着各子区域间的协调，把功率的不平衡量对节点电压幅值和相角的影响由对边界节点的影响逐步扩散至整个系统节点计算值的影响，以达到协调计算的目的。

表 16-4　边界节点在不同区域计算所得电压幅值和相角(236 节点系统)

区域 1 计算结果			区域 2 计算结果			差　值	
节点编号 i	电压幅值/(p. u.)	电压相角/rad	节点编号 j	电压幅值/(p. u.)	电压相角/rad	幅值差值 $(i-j)$/(p. u.)	相角差值 $(i-j)$/rad
12	1.036	−0.42300	12	1.043	−0.43845	0.00700	0.01500
68	1.050	−0.11574	68	1.050	−0.09200	0.00000	0.02400
74	0.993	−0.26535	74	0.980	−0.24979	0.01290	0.01600
112	1.012	−0.38466	112	1.025	−0.40583	0.01220	0.02100
130	1.036	−0.46151	130	1.042	−0.47644	0.00680	0.01500
186	1.011	−0.31732	186	1.013	−0.29315	0.00220	0.02400
192	1.006	−0.36552	192	0.984	−0.35678	0.02190	0.00900
230	1.013	−0.40604	230	1.025	−0.42670	0.01210	0.02100

表 16-5　边界节点在不同区域计算所得电压幅值和相角(2212 节点系统)

区域 2 计算结果			区域 1 计算结果			差　值	
节点编号 i	电压幅值/(p. u.)	电压相角/rad	节点编号 j	电压幅值/(p. u.)	电压相角/rad	幅值差值 $(i-j)$/(p. u.)	相角差值 $(i-j)$/rad
67	1.07579	−0.37220	67	1.07580	−0.36002	0.00005	0.01218
1129	1.08569	−0.06156	1129	1.08740	−0.05864	−0.00175	0.00292
1163	1.08573	−0.00916	1163	1.07150	−0.04814	0.01422	0.03898
676	1.07584	−0.01914	676	1.05560	−0.07838	0.02021	0.05924

表 16-6　边界节点在不同区域计算所得电压幅值和相角(2212 节点系统)

区域 2 计算结果			区域 1 计算结果			差 值	
节点编号 i	电压幅值 /(p. u.)	电压相角 /rad	节点编号 j	电压幅值 /(p. u.)	电压相角 /rad	幅值差值 $(i-j)$/(p. u.)	相角差值 $(i-j)$/rad
927	1.10000	−0.07151	927	1.09960	−0.05024	0.00040	0.02127
1013	1.08352	−0.04732	1013	1.08373	−0.06996	−0.00021	0.02264
1696	1.08356	−0.16452	1696	1.11981	−0.15489	−0.03625	0.00963
2211	1.10005	−0.42604	2211	1.08720	−0.40373	0.01285	0.02231

不同的分解协调计算模式,其计算效果大不相同。通常,协调层交换信息越多,越频繁,算法的收敛性越好,但协调层负担也就越重,对通信水平的要求越高,实用性随之降低。通过分析不难发现:所提算法所要求的区域间数据交换量较小,仅限于交换外层迭代信息,便于实施分布式计算。

由表 16-2 可以看出:集中优化计算和分解协调计算前后,线损有稍许的误差。236 节点系统误差较小,2212 节点实际系统分解前后,线损差值相对前者稍大,但也属于较小范围。造成误差的因素较多,主要有两点:

① 区域之间耦合较弱,各自无功电源均可满足自己的无功负荷要求,均处于理想状态,并且分解前后无功功率的流动路径大致不变。

② 在迭代过程中,对不含原平衡节点的区域,将功率缺额人为分配给了外边界节点的等值注入,造成潮流分布与分解前有所不同。

16.6　小　　结

根据电力系统的实际地理位置的区域分解和诺顿等值模型,提出了基于诺顿等值的多区域系统无功优化分解算法,完成了以下几点内容:

① 提出了基于诺顿等值的多区域系统无功优化模型,并应用非线性原对偶内点法求解优化模型。

② 详细介绍了该分解协调算法中内外层迭代的构成及计算步骤。

③ 从潮流分布的角度分析了造成基于外网等值的无功优化计算误差的因素。

④ 以 236 节点和某实际 2212 节点系统为算例,验证了算法的有效性和可行性。

⑤ 本章所提出的基于诺顿等值的大系统无功优化分解协调算法特点如下:对于区域之间具有强耦合或弱耦合的大系统均使用,且各子区域地位平等;所采用的多端口注入功率和阻抗表示的诺顿等值模型参数在优化过程中易于获取,并能实现跟踪修正,达到较好的分解协调效果;用各区域间较小的数据交换量取得了较好的计算效果,并能对区域间的联络线功率变化进行监控。

参考文献

[1] 赵维兴,刘明波,孙斌. 基于诺顿等值的多区域系统无功优化分解协调算法. 电网技术,2009,33(11):44～48

[2] 冷永杰. 电力系统外部网络等值研究. 哈尔滨工业大学硕士学位论文,2006

[3] 张海波,张伯明,王志南,等. 地区电网外网等值自动生成系统的开发与应用. 电网技术,2005,29(24):10～15

[4] Ken K. External network modeling-recent practical experience. IEEE Transactions on Power Systems,1994,9(1):216～228

[5] 张伯明,陈寿孙. 高等电力网络分析. 北京:清华大学出版社,2007

[6] 张海波,张伯明,王俏文,等. 不同外网等值模型对 EMS 应用效果影响的试验研究. 电网技术,2006 30(3):1～6

[7] 孙宏斌,张伯明,相年德. Word 型等值的非线性误差分析与应用. 电力系统自动化,1996,9(20):12～16

[8] 段敦峰. 电力网络静态等值研究. 武汉大学硕士学位论文,2004

[9] Monticelli A,Deckmann S,Garcia A. Real-time external equivalents for static security analysis. IEEE Transactions on Power Apparatus and Systens,1979,98(2):498～508

[10] Deckmann S,Pizzolante A,Monticelli A. Studies on power system load flow equivalencing. IEEE Transactions on Power Apparatus and Systens,1980,99(6):2301～2310

[11] Deckmann S,Pizzolante A,Monticelli A. Numerical testing of power system load flow equivalents. IEEE Transactions on Power Apparatus and Systens,1980,99(6):2292～2300

[12] 颜伟,何宁. 基于 Ward 等值的分布式潮流计算. 重庆大学学报(自然科学版),2006,29(11):36～40

[13] 何宁. 基于 Ward 等值的分布式潮流计算和无功优化算法研究. 重庆大学硕士学位论文,2006

[14] 邵玉槐,李肖伟,程晋生. REI 等值法用于多点配电系统短路计算的研究. 中国电机工程学报,2000,20(4):64～88

[15] Oatts M L,Erwin S R,Hart J L. Application of the REI equivalent for operations planning analysis of interchange schedules. IEEE Transactions on Power Systems,1990,5(2):547～555

[16] Huang G,Abur A. A multilevel REI-based aggregation/disaggregation method for fast parallel power flow computation//Proceedings of the 32nd Midwest Symposium on Circuits and Systems,1989,9(1):16～19

[17] 邓长虹,陈允平,张俊潇. REI 法在动态等值中的应用与改进. 高电压技术,2005,31(7):55～60

[18] 刘峰. EMS 中状态估计模块生产运行及实用化问题分析. 电力自动化设备,2007,27(4):118～126

[19] 刘峰.电力系统外部等值理论及实用化探讨.继电器,2007,35(13):67～71

[20] 张伯明,王刚,孙宏斌.暂态稳定仿真计算的分解协调计算模式.电力系统自动化,2005,29(20):24～28

[21] 李来福,柳进,于继来,等.节点戴维南等值参数在线跟踪简捷算法.中国电机工程学报,2006,26(10):40～44

[22] 王漪,柳焯.基于戴维南等值的系统参数跟踪估计.电网技术,2000,11(24):28～30

[23] 李来福,于继来,柳焯.戴维南等值跟踪的参数漂移问题研究.中国电机工程学报,2005,25(20):1～5

[24] 李兴源,王秀英.基于静态等值和奇异值分解的快速电压稳定性分析方法.中国电机工程学报,2003,23(4):1～4

[25] 于继来,王江,柳焯.电力系统潮流算法的几点改进.中国电机工程学报,2001,21(9):88～93

[26] 王芝茗,王漪,柳焯.关键负荷节点集合电网侧戴维南参数预估.中国电机工程学报,2002,22(2):16～20

[27] 陆进军,黄家裕.一种高效灵活的电力系统多端直流潮流算法.电力系统自动化,2000,24(6):48～53

[28] 张海波,张伯明,孙宏斌.基于异步迭代的多区域互联系统动态潮流分解协调计算.电力系统自动化,2003,27(24):1～9

[29] 张海波,张伯明,孙宏斌.分布式潮流计算异步迭代模式的补充和改进.电力系统自动化,2007,31(2):12～16

[30] 张伯明,张海波.多控制中心之间分解协调计算模式研究.中国电机工程学报,2006,26(22):1～5

[31] 仝辉,陈玉荣,蔡大用.加速重叠分块 Newton 法并行计算潮流问题.清华大学学报(自然科学版),2005,45(3):412～414

[32] 蔡大用,陈玉荣.用重叠分块牛顿法计算潮流问题.电力系统自动化,2001,12(10):1～3

[33] 王明强.无功优化与无功电压支撑机理的研究.山东大学硕士学位论文,2007

第十七章　几种无功优化分解算法比较

在第十四、十五、十六章中，提出了三类分解算法，共六种。用相同算例对各个算法的计算速度、收敛性作出详细的比较与分析，指出有待改进的地方及相应措施。

分解算法中使用的分解协调手段的不同，影响分解算法的收敛性的因素也不尽相同，其主要因素可以认为有两个方面：子区域个数和最大子区域的规模。用 538 节点系统和 708 节点系统分析两种因素对分解算法的影响，为算法的改进指明方向。系统总规模不变的前提下，分别从固定子区域数目、增大最大规模子区域的规模和增多子区域数目两个方面，分析其对分解算法计算速度的影响。

17.1　算 例 系 统

为了便于比较分析和摒除其他因素的影响，我们采用中等规模的电网进行比较，即 708 节点和某 538 节点实际系统，两系统的无功补偿装置出力和变压器变比均作为连续变量处理。算法在 Visual C++环境下实现，计算机配置为：Pentium(R)Ⅳ 2.8GHz，1GB 内存。

17.1.1　538 节点系统

实际 538 节点系统包括 538 个节点、593 条线路、48 台发电机、118 台电容器组(包括电抗器组，两者共 98 台参与优化)和 409 个变压器支路(其中 64 台参与优化计算)。按地域管理上划分为 YD、YZ、YB 和 YX 四个区域，如图 14-6 所示。其电网概况见附录Ⅴ。

17.1.2　708 节点系统

将 IEEE 118 节点系统(其系统数据见附录Ⅳ)复制 6 次，构成一个 708 节点测试系统，其连接关系如图 17-1 所示，每个圆代表一个 IEEE 118 节点系统单元。构造过程为：设区域号为 n(图 17-5)，则各区域节点 i 对应原 IEEE 118 系统的编号为 $i+(n-1)\times118$。该系统包括 1088 条线路、216 台发电机、60 个无功补偿点和 54 台可调变压器，其数据均保持原 IEEE 118 节点系统数据。6 个 IEEE 118 节点系统间联络线支路取相同支路参数，其支路电阻 R、电抗 X、接地电抗 B 的标幺值分别为 0.0488、0.196 和 0.00244，基准值为 $S_B=100\text{MVA}$。分区示意图如图 17-1～图 17-7 所示。

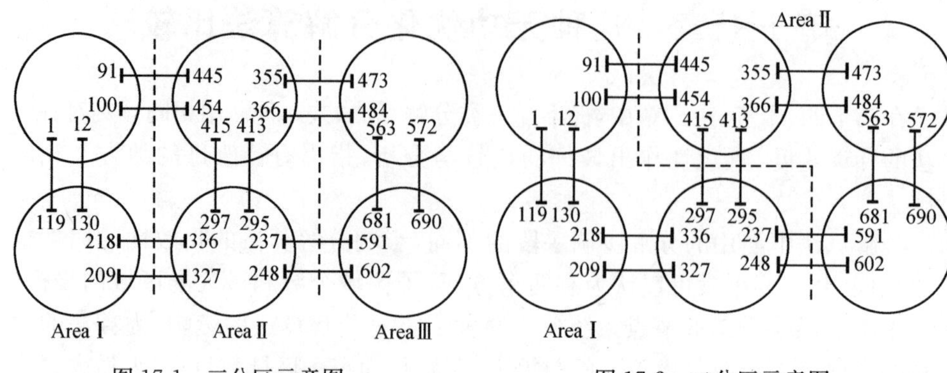

图 17-1　三分区示意图一

图 17-2　二分区示意图一

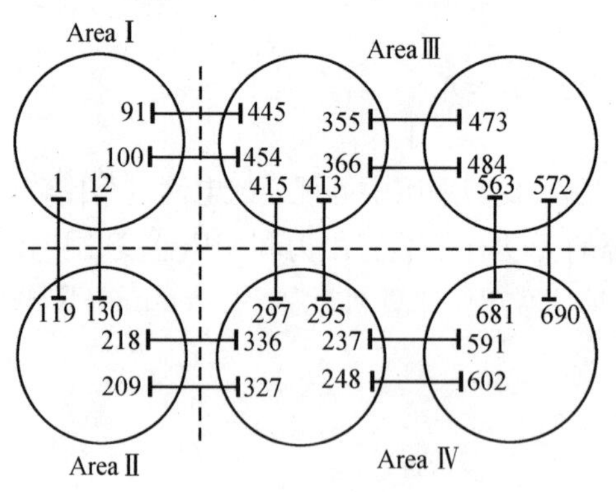

图 17-3　四分区示意图

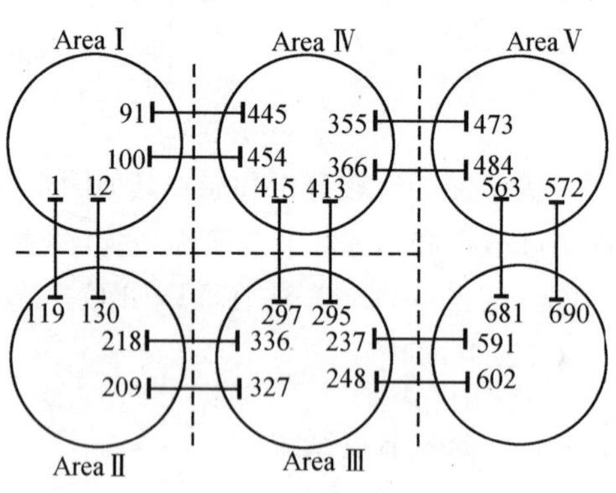

图 17-4　五分区示意图

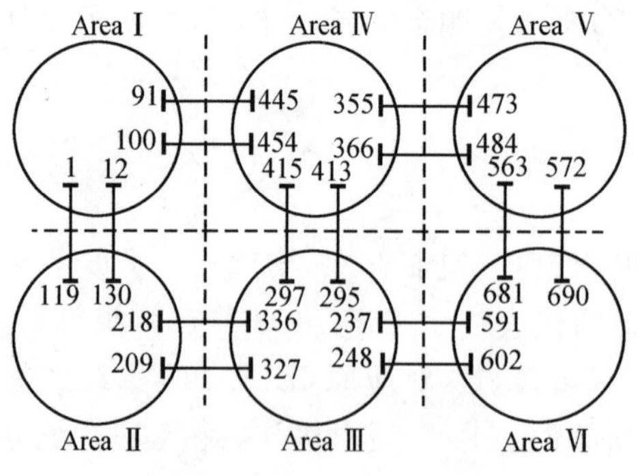

图 17-5　六分区示意图

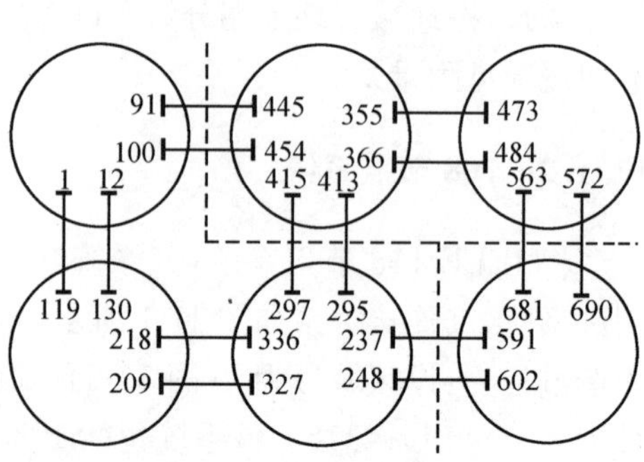

图 17-6　三分区示意图二

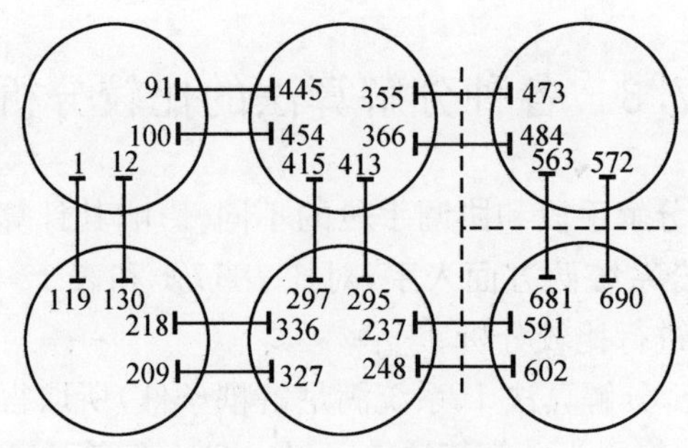

图 17-7　三分区示意图三

17.2　计算结果

在这一节中，分解算法 1 指基于近似牛顿方向的完全解耦的分解算法；分解算法 2 指基于近似牛顿方向的未完全解耦的 GMRES 算法；分解算法 3 指基于 BBDF 模型的分解算法一；分解算法 4 指基于 BBDF 模型的分解算法二；分解算法 5 指基于 BBDF 模型的分解算法三；分解算法 6 指基于诺顿等值法的分解算法。

针对三分区 708 节点系统(图 17-1)和四分区 538 节点系统的计算结果如表 17-1 和表 17-2 所示。

表 17-1　三分区 708 节点系统(图 17-1)计算结果表

	迭代次数	计算时间/s	有功损耗/(p. u.)
集中优化计算	17	1288	7.003
分解算法 1	21	278	6.996
分解算法 3	17	557	7.003
分解算法 4	17	563	7.003
分解算法 5	21	289	7.010
分解算法 6	5/14/4	329	7.020

表 17-2　538 节点系统计算结果表

	迭代次数	计算时间/s	有功损耗/(p. u.)
集中优化计算	38	964	1.494
分解算法 2	38	951	1.492
分解算法 3	38	928	1.494
分解算法 4	38	930	1.494
分解算法 5	47	489	1.497
分解算法 6	7/37/5	516	1.503

17.3 各种分解算法的比较分析

分解算法因各自分解手段和协调手段的不同,影响其计算速度的因素也不尽相同,本节从强弱耦合系统两方面入手,对比表 17-1 和表 17-2 计算结果,对它们的计算速度和收敛性进行比较分析。

① 对弱耦合系统,分解算法 1(系统满足解耦条件)所取得的计算效益是其他分解算法无可比拟的,次之为分解算法 5,再次之为分解算法 6,分解算法 3、4 因引入了矩阵求逆而位居最后。对强耦合系统,分解算法 5 计算速度最快,分解算法 6 较快,分解算法 3、4 次之,分解算法 2 位居最后。

② 相对集中优化而言,分解算法 2、3 和 4 的收敛性未受到分解的影响,分解算法 6 因受外网等值模型精确度影响,其收敛性稍受影响。仅由表 17-1 计算结果对比可知,分解算法 5 收敛性优于分解算法 1。

③ 6 种分解算法各有不同特性,对其收敛性和计算速度定性分析如表 17-3 所示。分解算法 1 计算速度最具优势,但该算法收敛条件要求较高,受子区域间耦合强弱影响较大;分解算法 2、3、4 对任何系统均可收敛,算法收敛性不受子区域间耦合关系的影响,但由于分解算法 2 在在预处理后仍需对一个较大规模的矩阵进行求解,虽然 GMRES 算法具有一定的优势,但仍没有像分解算法 3、4 中仅对几个小规模矩阵求解计算速度快。分解算法 5 计算速度较快,但收敛性受子区域无功电压耦合关系影响较大。分解算法 6 收敛性受区域间耦合小,但其对外部网络变压器变比的处理方法还有待进一步研究。

表 17-3 算法特性对比

分解算法	1	2	3	4	5	6
收敛性条件要求	最高	无	无	无	稍高	一般
计算速度	最快	稍慢	快	快	较快	快

17.4 影响计算效益的因素分析

如前节所述,不同的分解算法具有不同的分解协调手段,制约其计算效益的因素也各不相同。第十四章和第十五章所述算法均从每次修正量 $\boldsymbol{\Delta}$(或称为牛顿方向)入手对分解算法进行协调,制约该类算法计算速度的一般为求解方程的个数和维数,即子区域的数目和最大子区域规模,以及矩阵特性好坏等因素,影响该类算法收敛性的仅仅取决于该系统本身特性,与集中优化算法收敛性差异不大。第十五章所述算法与前两者有所不同,除了受子区域数目和最大子区域规模影响外,该类算法的收敛速度和计算效益受到基态潮流与最优潮流中功率分布的差异大小的影响,或称等值误差的大小。当等值误差大时,主循环次数和外层迭代次数增多也即协调次数增多,直接影响计算速度和收敛性。本节仅仅就子区域数目和最大子区域规模两个因素对分解算法的计算速度的影响进行分析。

17.4.1　子区域数目对计算速度的影响

取 6 个算例对子区域数目对分解算法计算速度的影响进行分析,其连接图分别如图 17-1～图 17-5 所示。整个系统规模不变,6 个算例的子区域数目为 1～6。

表 17-4 中,除了不分区情况外,其余情况均为分解算法 4 的计算结果。

表 17-4　各分区情况计算结果对比

区域数	1(不分区)	2	3	4	5	6
总修正矩阵维数	3162	3186	3194	3202	3210	3218
迭代次数	16	16	16	16	16	16
求逆时间		933	434	324	202	97
解线性方程组时间	1228	268	129	99	62	33
总计算时间	1228	1201	563	423	264	130

通过对求逆时间、解线性方程组的时间和总计算时间随区域数目变化曲线来进行分析,分别如图 17-8 所示。

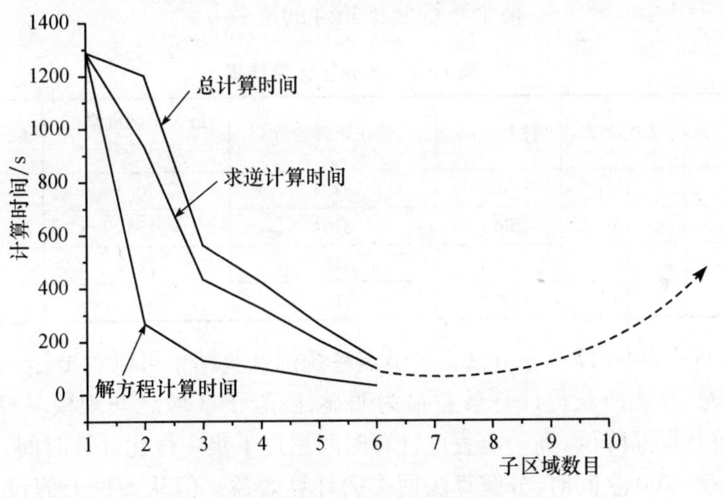

图 17-8　各分区情况计算结果对比

对比表 17-4 和图 17-8,可以看出:

① 分解算法 4 中求逆运算占据计算时间较多,在总的计算时间中占较大比重,因此求逆计算时间和总的计算时间走势较为接近。

② 仅仅考虑求解修正方程的时间，可见求解修正方程的时间随区域数目的增多，子区域规模变小，计算速度提高很快，取得计算效益非常明显，但由于求逆时间大于求解修正矩阵的时间，使整个算法计算效益有所下降。

③ 子区域数目由 1 分解为 2 和 3 时，算法计算速度提高最快，呈非线性趋势下降，随着子区域数目进一步增加，计算效益的提高有所缓和，当区域数目为 2、3 时，由图 17-1 和图 17-2 可以看出：系统被平均分解，各个子区域的规模相同，获得的计算效益非常明显，后半部区域分解不够均衡，降低了一定的计算效益，这涉及最大子区域规模对分解算法计算效益的影响。

④ 当区域数目一直增加时，因协调级任务的加重，必然导致计算效益降低，计算时间又呈上升趋势，如图 17-8 中虚线所示。当子区域数目等于节点数，所耗计算时间必然与子区域数目为 1 时相当。

17.4.2　最大子区域规模对计算速度的影响

取三个算例进行分析最大子区域规模变化的影响，分别如图 17-1、图 17-6、图 17-7，三个算例的区域数目均为 3，最大子区域规模依次增加。

表 17-5 中除了不分区情况外其余情况均为分解算法 4 计算结果；修正矩阵的维数的计算见第十四章；子区域规模比为含 118 节点单元的个数比。表中百分数 k 定义为：

$$k=\frac{\text{最大子区域修正矩阵维数}}{\text{整个系统修正矩阵的维数}}\times 100\%$$

表 17-5　各分区计算结果

子区域规模比	迭代次数	计算时间	总修正矩阵维数 m	最大子区域修正矩阵维数 n	$k=n/m\times 100\%$
2∶2∶2	16	563	3194	1054	33%
3∶2∶1	16	903	3194	1581	50%
4∶1∶1	16	1501	3194	2108	66%
不分区	16	1228	3194	3196	100%

由表 17-5 和图 17-9 三分区 708 节点系统的计算结果可以看出：当子区域规模非常平均时，算法所获得计算效益最为明显；随着子区域之间规模悬殊程度的加大，计算效益逐渐降低，到一定程度计算时间超过了集中优化计算时间。比如此系统为 k 在 55～60 之间时，分解算法便失去计算效益。但从理论上假设：当最大子区域规模等于整个系统时（即表 17-5 中 $k=100$），此时没计算效益可言；当每个子区域的节点数均为 1（认为 $k\to 0$），也没有计算效益可言，如图 17-9 中虚线的走势。因此，对某个系统而言，计算效益为 k 的函数，适当的 k 值使得计算效益取得最大值。

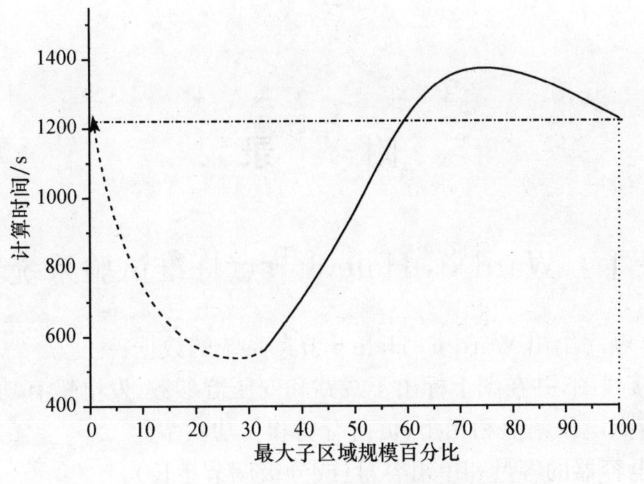

图 17-9　各分区情况计算结果对比

需要说明的是:对不同的计算方法而言,制约其计算效益的因素也不相同。比如:分解算法 1 和分解算法 4,前者不用对矩阵进行求逆运算,评价算法所取得的计算效益时,仅需考虑求解各子区域的修正方程所需时间差异即可,如图 17-8 中解方程的计算时间。不同的系统收敛特性也不相同,比如对某子系统的修正矩阵进行 LDU 分解时,是否出现对角元为 0 的情况,此类情况均会影响算法的收敛速度。此处仅定性地从有限的角度对算法进行了比较分析。

17.5　小　　结

利用统一的算例对第十四、十五、十六章所提分解算法进行了比较分析,从收敛性和计算速度两方面做了详细的分析。通过相同算例取得的不同结果对制约分解算法计算效益的因素进行了定性的比较和分析。

参考文献

[1]　赵维兴,孙斌,刘明波. 多区域互联系统几种无功优化分解协调算法的比较. 电网技术,2009,33(14):36～41

附　　录

附录Ⅰ　Ward & Hale 6 节点标准试验系统数据

按照如下顺序给出 Ward & Hale 6 节点系统的数据：

① 网络接线图，并在图上标出了线路和变压器参数、发电机有功和无功功率、平衡发电机节点电压幅值和相角、负荷有功和无功功率。

② 并联电容器的容量和单组容量（或分级调节步长）。

③ 变压器参数。

④ 发电机无功功率和节点电压的上下限。

所有数据均为标幺值(p. u.)，基准功率 $S_B=100\text{MVA}$。

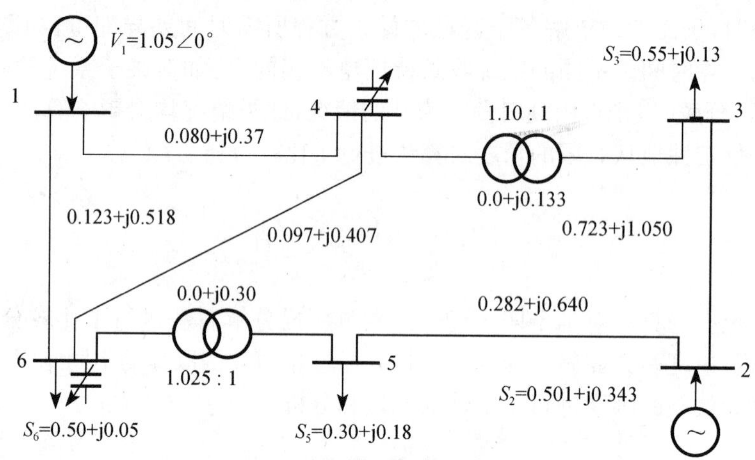

图 A1-1　Ward & Hale 6 节点系统接线图及基本参数

表 A1-1　并联电容器的容量和分级调节步长

节点编号	容　量	分级调节步长
4	0.050	0.0250
6	0.055	0.0275

表 A1-2　变压器参数

首端节点编号	末端节点编号	电　阻	电　抗	变比（初始值）	变比所在侧	上　限	下　限	分级调节步长
6	5	0	0.300	1.025	6	1.10	0.90	0.025
4	3	0	0.133	1.100	4	1.10	0.90	0.025

表 A1-3　发电机无功功率和节点电压的上下限

	下　限	上　限
Q_{G_1}	−0.20	1.00
Q_{G_2}	−0.20	1.00
V_{G_1}	1.00	1.10
V_{G_2}	1.10	1.15
其他节点电压	0.90	1.10

附录Ⅱ　IEEE 14 节点标准试验系统数据

按照如下顺序给出 IEEE 14 节点系统的数据：

① 网络接线图。

② 发电机有功和无功功率、电压幅值。

③ 负荷有功和无功功率。

④ 线路参数。

⑤ 变压器参数。

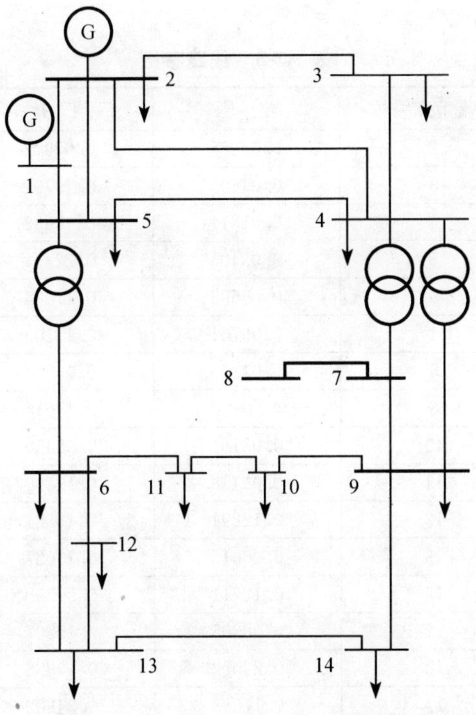

图 A2-1　IEEE 14 节点系统接线图

⑥ 无功补偿装置容量上下限和分级调节步长。

⑦ 发电机无功功率和节点电压的上下限。

所有数据均为标幺值，基准功率 $S_B=100$MVA。

表 A2-1　发电机有功和无功功率、电压幅值

节点编号	节点类型	有功功率	无功功率	电压幅值
1	平衡节点			1.0
2	PV 节点	0.4		1.0

表 A2-2　负荷有功和无功功率

节点编号	有功功率	无功功率	节点编号	有功功率	无功功率
2	0.217	0.127	10	0.090	0.058
3	0.942	0.190	11	0.035	0.018
4	0.478	−0.039	12	0.061	0.016
5	0.076	0.016	13	0.135	0.058
6	0.112	0.075	14	0.149	0.050
9	0.295	0.166			

表 A2-3　线路参数

首端节点编号	末端节点编号	电　阻	电　抗	充电电容电纳/2
1	2	0.01938	0.05917	0.0264
2	3	0.04699	0.19797	0.0219
2	4	0.05811	0.17632	0.0187
1	5	0.05403	0.22304	0.0246
2	5	0.05695	0.17388	0.0170
3	4	0.06701	0.17103	0.0173
4	5	0.01335	0.04211	0.0064
7	8	0	0.17615	0
9	10	0.03181	0.08450	0
6	11	0.09498	0.19890	0
6	12	0.12291	0.15581	0
6	13	0.06615	0.13027	0
9	14	0.12711	0.27038	0
10	11	0.08205	0.19207	0
12	13	0.22092	0.19988	0
13	14	0.17093	0.34802	0
9	9	0	−5.26316	0

表 A2-4　变压器参数

首端节点编号	末端节点编号	电　阻	电　抗	变比（初始值）	变比所在侧	上　限	下　限	分级调节步长
5	6	0	0.25202	0.932	5	1.1	0.9	0.0125
4	7	0	0.20912	0.978	4	1.1	0.9	0.0125
4	9	0	0.55618	0.969	4	1.1	0.9	0.0125

表 A2-5　无功补偿装置容量上下限和分级调节步长

节点编号	上　限	下　限	分级调节步长
3	0.40	0	0.05
6	0.24	−0.06	0.05
8	0.24	−0.06	0.05

表 A2-6　发电机无功功率和节点电压的上下限

	下　限	上　限
Q_{G_1}	−0.50	1.50
Q_{G_2}	−0.50	1.00
节点电压	0.95	1.05

附录Ⅲ　IEEE 30 节点标准试验系统数据

按照如下顺序给出 IEEE 14 节点系统的数据：

① 网络接线图。

② 发电机有功和无功功率、电压幅值。

③ 负荷有功和无功功率。

④ 线路参数。

⑤ 变压器参数。

⑥ 并联电容器容量和分级调节步长。

⑦ 发电机无功功率和节点电压的上下限。

所有数据均为标幺值，基准功率 $S_B=100$MVA。

表 A3-1　发电机有功和无功功率、电压幅值

节点编号	节点类型	有功功率	无功功率	电压幅值
1	平衡节点			1.0
2	PV 节点	0.5756		1.0
5	PV 节点	0.2456		1.0

续表

节点编号	节点类型	有功功率	无功功率	电压幅值
8	PV 节点	0.3500		1.0
11	PV 节点	0.1793		1.0
13	PV 节点	0.1691		1.0

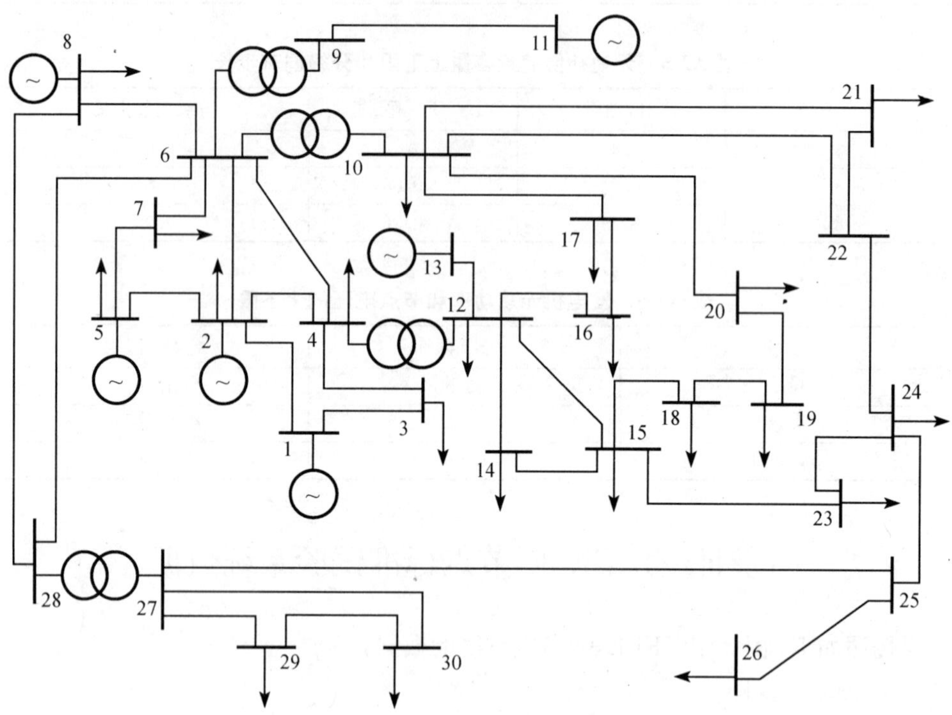

图 A3-1　IEEE 30 节点系统接线图

表 A3-2　负荷有功和无功功率

节点编号	有功功率	无功功率	节点编号	有功功率	无功功率
2	0.217	0.127	17	0.090	0.058
5	0.942	0.190	18	0.032	0.009
8	0.300	0.300	19	0.095	0.034
3	0.024	0.012	20	0.022	0.007
4	0.076	0.016	21	0.175	0.112
7	0.228	0.109	23	0.032	0.016
10	0.058	0.020	24	0.087	0.067
12	0.112	0.075	26	0.035	0.023
14	0.062	0.016	29	0.024	0.009
15	0.082	0.025	30	0.106	0.019
16	0.035	0.018			

表 A3-3　线路参数

首端节点编号	末端节点编号	电　阻	电　抗	充电电容电纳/2
2	1	0.0192	0.0575	0.0264
1	3	0.0452	0.1852	0.0204
2	4	0.0570	0.1737	0.0184
4	3	0.0132	0.0379	0.0042
5	2	0.0472	0.1983	0.0209
6	2	0.0581	0.1763	0.0187
6	4	0.0119	0.0414	0.0045
5	7	0.0460	0.1160	0.0102
6	7	0.0267	0.0820	0.0085
8	6	0.0120	0.0420	0.0045
9	11	0	0.2080	0
13	12	0	0.1400	0
12	14	0.1231	0.2559	0
12	15	0.0662	0.1304	0
12	16	0.0945	0.1987	0
14	15	0.2210	0.1997	0
17	16	0.0824	0.1932	0
15	18	0.1070	0.2185	0
18	19	0.0639	0.1292	0
20	19	0.0340	0.0680	0
10	20	0.0936	0.2090	0
10	17	0.0324	0.0845	0
10	21	0.0348	0.0749	0
10	22	0.0727	0.1499	0
21	22	0.0116	0.0236	0
15	23	0.1000	0.2020	0
22	24	0.1150	0.1790	0
23	24	0.1320	0.2700	0
24	25	0.1885	0.3292	0
25	26	0.2554	0.3800	0
27	25	0.1093	0.2087	0
27	29	0.2198	0.4132	0
27	30	0.3202	0.6027	0
29	30	0.2399	0.4533	0
8	28	0.0636	0.2000	0.0214
6	28	0.0169	0.0599	0.0065
10	10	0	−5.2632	0
24	24	0	−25	0

表 A3-4　变压器参数

首端节点编号	末端节点编号	电　阻	电　抗	变比（初始值）	变比所在侧	上　限	下　限	分级调节步长
6	9	0	0.208	1.025	9	1.1	0.9	0.0125
6	10	0	0.556	0.975	6	1.1	0.9	0.0125
4	12	0	0.256	1.000	12	1.1	0.9	0.0125
28	27	0	0.396	0.950	28	1.1	0.9	0.0125

表 A3-5　并联电容器容量和分级调节步长

节点编号	容　量	分级调节步长
12	0.54	0.06
15	0.54	0.06
18	0.54	0.06
19	0.50	0.05
21	0.50	0.05
24	0.50	0.05
26	0.51	0.03
28	0.51	0.03
30	0.51	0.03

表 A3-6　发电机无功功率和节点电压的上下限

	下　限	上　限
Q_{G_1}	−0.20	0.60
Q_{G_2}	−0.20	0.60
Q_{G_5}	−0.15	0.63
Q_{G_8}	−0.15	0.50
$Q_{G_{11}}$	−0.10	0.40
$Q_{G_{13}}$	−0.15	0.45
发电机节点电压	1.10	0.95
其他节点电压	1.05	0.95

附录Ⅳ　IEEE 118 节点标准试验系统数据

按照如下顺序给出 IEEE 118 节点系统的数据：

① 发电机有功和无功功率、电压幅值。

② 负荷有功和无功功率。

③ 线路参数。

④ 变压器参数。

⑤ 并联电容器容量和分级调节步长。

⑥ 发电机无功功率和节点电压的上下限。

所有数据均为标幺值，基准功率 $S_B=100$MVA。

表 A4-1　发电机有功和无功功率、电压幅值

节点编号	节点类型	有功功率	无功功率	电压幅值
4	PV 节点	−0.09		0.998
8	PQ 节点	−0.28	1.582	
10	PV 节点	4.50		1.050
12	PV 节点	0.85		0.990
24	PQ 节点	−0.13	−0.042	
25	PV 节点	2.20		1.050
26	PV 节点	3.14		1.015
27	PV 节点	−0.09		0.968
31	PV 节点	0.07		0.967
40	PV 节点	−0.46		0.970
42	PV 节点	−0.59		0.985
46	PQ 节点	0.19	0.017	
49	PV 节点	2.04		1.025
54	PQ 节点	0.48	0.120	
59	PV 节点	1.55		0.985
61	PV 节点	1.60		0.995
65	PV 节点	3.91		1.005
66	PV 节点	3.92		1.050
69	平衡节点			1.100
72	PQ 节点	−0.12	−0.087	
73	PQ 节点	−0.06	0.106	
80	PV 节点	4.77		1.040
87	PQ 节点	0	0.137	1.000
89	PV 节点	6.07		1.005
90	PV 节点	−0.85		0.985
91	PQ 节点	−0.10	−0.120	
99	PQ 节点	−0.42	−0.156	
100	PV 节点	2.52		1.017
103	PV 节点	0.40		0.999
105	PV 节点	0		0.965
107	PV 节点	−0.22		0.952
110	PV 节点	0		0.973

续表

节点编号	节点类型	有功功率	无功功率	电压幅值
111	PV 节点	0.36		0.980
112	PV 节点	−0.43		0.975
113	PV 节点	−0.06		0.993
116	PQ 节点	−1.84	0.91	

表 A4-2　负荷有功和无功功率

节点编号	有功功率	无功功率	节点编号	有功功率	无功功率
4	0.30	0.12	18	0.60	0.005
12	0.47	0.10	19	0.45	0.33
27	0.62	0.13	20	0.18	0.03
31	0.43	0.27	21	0.14	0.08
40	0.20	0.23	22	0.10	0.05
42	0.37	0.23	23	0.07	0.03
46	0.28	0.10	28	0.17	0.07
49	0.87	0.30	29	0.24	0.04
54	1.13	0.32	32	0.59	0.316
59	2.77	1.13	33	0.23	0.09
66	0.39	0.18	34	0.59	0.174
80	1.30	0.26	35	0.33	0.09
90	0.78	0.42	36	0.31	0.051
100	0.37	0.18	39	0.27	0.11
103	0.23	0.16	41	0.37	0.1
105	0.31	0.26	43	0.18	0.07
107	0.28	0.12	44	0.16	0.08
110	0.39	0.30	45	0.53	0.22
112	0.25	0.13	47	0.34	0
1	0.51	0.277	48	0.20	0.11
2	0.20	0.09	50	0.17	0.04
3	0.39	0.10	51	0.17	0.08
6	0.52	0.05	52	0.18	0.05
7	0.19	0.02	53	0.23	0.11
11	0.70	0.23	55	0.63	0.156
13	0.34	0.16	56	0.84	0.135
14	0.14	0.01	57	0.12	0.03
15	0.90	0.103	58	0.12	0.03
16	0.25	0.10	60	0.78	0.03
17	0.11	0.03	62	0.77	0.09

续表

节点编号	有功功率	无功功率	节点编号	有功功率	无功功率
67	0.28	0.07	94	0.30	0.16
70	0.66	0.03	95	0.42	0.31
74	0.68	0.29	96	0.38	0.15
75	0.47	0.11	97	0.15	0.09
76	0.68	0.283	98	0.34	0.08
77	0.61	0.023	101	0.22	0.15
78	0.71	0.26	102	0.05	0.03
79	0.39	0.32	104	0.38	0.14
82	0.54	0.27	106	0.43	0.16
83	0.20	0.10	108	0.02	0.01
84	0.11	0.07	109	0.08	0.03
85	0.24	0.11	114	0.08	0.03
86	0.21	0.10	115	0.22	0.07
88	0.48	0.10	117	0.21	0.08
92	0.65	0.13	118	0.33	0.15
93	0.12	0.07			

表 A4-3　线路参数

首端节点编号	末端节点编号	电　阻	电　抗	充电电容电纳/2
1	2	0.0303	0.0999	0.00635
1	3	0.0129	0.0424	0.00270
2	12	0.0187	0.0616	0.00390
3	5	0.0241	0.1080	0.00710
3	12	0.0484	0.1600	0.01015
4	11	0.0209	0.0688	0.00435
4	5	0.0018	0.0080	0.00050
5	11	0.0203	0.0682	0.00435
5	6	0.0119	0.0540	0.00355
6	7	0.0045	0.0208	0.00135
7	12	0.0086	0.0340	0.00215
8	30	0.0043	0.0504	0.12850
8	9	0.0024	0.0305	0.29050
9	10	0.0026	0.0322	0.30750
11	12	0.0059	0.0196	0.00125
11	13	0.0222	0.0731	0.00470
12	16	0.0212	0.0834	0.00535
12	117	0.0329	0.1400	0.00895

续表

首端节点编号	末端节点编号	电　阻	电　抗	充电电容电纳/2
12	14	0.0215	0.0707	0.00455
13	15	0.0744	0.2444	0.01565
14	15	0.0595	0.1950	0.01255
15	17	0.0132	0.0437	0.01110
15	19	0.0120	0.0394	0.00250
15	33	0.0380	0.1244	0.00800
16	17	0.0454	0.1801	0.01165
17	113	0.0091	0.0301	0.00190
17	18	0.0123	0.0505	0.00320
17	31	0.0474	0.1563	0.01000
18	19	0.0111	0.0493	0.00285
19	20	0.0252	0.1170	0.00745
19	34	0.0752	0.2470	0.01580
20	21	0.0183	0.0849	0.00540
21	22	0.0209	0.0970	0.00615
22	23	0.0342	0.1590	0.01010
23	32	0.0317	0.1153	0.02930
23	24	0.0135	0.0492	0.01245
23	25	0.0156	0.0800	0.02160
24	70	0.1022	0.4115	0.02550
24	72	0.0488	0.1960	0.01220
25	27	0.0318	0.1630	0.04410
26	30	0.0079	0.0860	0.22700
27	32	0.0229	0.0755	0.00480
27	115	0.0164	0.0741	0.00495
27	28	0.0191	0.0855	0.00540
28	29	0.0237	0.0943	0.00595
29	31	0.0108	0.0331	0.00205
30	38	0.0046	0.0540	0.10550
31	32	0.0298	0.0985	0.00625
32	113	0.0615	0.2030	0.01295
32	114	0.0135	0.0612	0.00405
33	37	0.0415	0.1420	0.00915
34	36	0.0087	0.0268	0.00140
34	37	0.0026	0.0094	0.00245
34	43	0.0413	0.1681	0.01055
35	36	0.0022	0.0102	0.00065

续表

首端节点编号	末端节点编号	电　阻	电　抗	充电电容电纳/2
35	37	0.011	0.0497	0.00330
37	39	0.0321	0.1060	0.00675
37	40	0.0593	0.1680	0.01050
38	65	0.0090	0.0986	0.26150
39	40	0.0184	0.0605	0.00385
40	41	0.0145	0.0487	0.00305
40	42	0.0555	0.1830	0.01165
41	42	0.0410	0.1350	0.00860
42	49	0.0358	0.1610	0.04300
43	44	0.0608	0.2454	0.01515
44	45	0.0224	0.0901	0.00560
45	46	0.0400	0.1356	0.00830
45	49	0.0684	0.1860	0.01110
46	47	0.0380	0.1270	0.00790
46	48	0.0601	0.1890	0.01180
47	49	0.0191	0.0625	0.00400
47	69	0.0844	0.2778	0.01775
48	49	0.0179	0.0505	0.00315
49	50	0.0267	0.0752	0.00465
49	51	0.0486	0.1370	0.00855
49	66	0.0090	0.0459	0.01240
49	69	0.0985	0.3240	0.02070
49	54	0.0398	0.1450	0.03670
50	57	0.0474	0.1340	0.00830
51	52	0.0203	0.0588	0.00350
51	58	0.0255	0.0719	0.00445
52	53	0.0405	0.1635	0.01010
53	54	0.0263	0.1220	0.00775
54	55	0.0169	0.0707	0.00505
54	56	0.0027	0.0095	0.00180
54	59	0.0503	0.2293	0.01495
55	56	0.0048	0.0151	0.00095
55	59	0.0473	0.2158	0.01410
56	57	0.0343	0.0966	0.00605
56	58	0.0343	0.0966	0.00605
56	59	0.0407	0.1200	0.02760
59	60	0.0317	0.1450	0.00940

续表

首端节点编号	末端节点编号	电　阻	电　抗	充电电容电纳/2
59	61	0.0328	0.1500	0.00970
60	61	0.0026	0.0135	0.00365
60	62	0.0123	0.0561	0.00365
61	62	0.0082	0.0376	0.00245
62	66	0.0482	0.2180	0.01445
62	67	0.0258	0.1170	0.00775
63	64	0.0017	0.0200	0.05400
64	65	0.0027	0.0302	0.09500
65	68	0.0014	0.0160	0.15950
66	67	0.0224	0.1015	0.00670
68	116	0.0003	0.0040	0.04100
68	81	0.0017	0.0202	0.20200
69	75	0.0405	0.1220	0.03100
69	77	0.0309	0.1010	0.02595
69	70	0.0300	0.1270	0.03050
70	71	0.0088	0.0355	0.00215
70	74	0.0401	0.1323	0.00840
70	75	0.0428	0.1410	0.00900
71	72	0.0446	0.1800	0.01110
71	73	0.0087	0.0454	0.00295
74	75	0.0123	0.0406	0.00255
75	118	0.0145	0.0481	0.00295
75	77	0.0601	0.1999	0.01245
76	118	0.0164	0.0544	0.00340
76	77	0.0444	0.1480	0.00920
77	78	0.0037	0.0124	0.00315
77	80	0.0108	0.0331	0.01750
77	82	0.0298	0.0853	0.02045
78	79	0.0054	0.0244	0.00160
79	80	0.0156	0.0704	0.00465
80	96	0.0356	0.1820	0.01235
80	97	0.0183	0.0934	0.00635
80	98	0.0238	0.1080	0.00715
80	99	0.0454	0.2060	0.01365
82	96	0.0162	0.0530	0.01360
82	83	0.0112	0.0366	0.00950
83	84	0.0625	0.1320	0.00645

续表

首端节点编号	末端节点编号	电　阻	电　抗	充电电容电纳/2
83	85	0.0430	0.1480	0.00850
84	85	0.0302	0.0641	0.00305
85	86	0.0350	0.1230	0.00690
85	88	0.0200	0.1020	0.00690
85	89	0.0239	0.1730	0.01175
86	87	0.0282	0.2074	0.01110
88	89	0.0139	0.0712	0.00480
89	90	0.0158	0.0653	0.03970
89	92	0.0079	0.0380	0.02405
90	91	0.0254	0.0836	0.00535
91	92	0.0387	0.1272	0.00815
92	93	0.0258	0.0848	0.00545
92	94	0.0481	0.1580	0.01015
92	100	0.0648	0.2950	0.01930
92	102	0.0123	0.0559	0.00365
93	94	0.0223	0.0732	0.00470
94	95	0.0132	0.0434	0.00275
94	96	0.0269	0.0869	0.00575
94	100	0.0178	0.0580	0.01510
95	96	0.0171	0.0547	0.00370
96	97	0.0173	0.0885	0.00600
98	100	0.0397	0.1790	0.01190
99	100	0.0180	0.0813	0.00540
100	101	0.0277	0.1262	0.00820
100	103	0.0160	0.0525	0.01340
100	104	0.0451	0.2040	0.01350
100	106	0.0605	0.2290	0.01550
101	102	0.0246	0.1120	0.00735
103	110	0.0391	0.1813	0.01150
103	104	0.0466	0.1584	0.01015
103	105	0.0535	0.1625	0.01020
104	105	0.0099	0.0378	0.00245
105	106	0.0140	0.0547	0.00360
105	107	0.0530	0.1830	0.01180
105	108	0.0261	0.0703	0.00460
106	107	0.0530	0.1830	0.01180
108	109	0.0105	0.0288	0.00190

续表

首端节点编号	末端节点编号	电　阻	电　抗	充电电容电纳/2
109	110	0.0278	0.0762	0.00505
110	111	0.0220	0.0755	0.00500
110	112	0.0247	0.0640	0.01550
114	115	0.0023	0.0104	0.00070
5	5	0	−2.5	0
34	34	0	−7.14286	0
37	37	0	4	0
44	44	0	−10	0
45	45	0	−10	0
46	46	0	−10	0
48	48	0	−6.66667	0
74	74	0	−8.33333	0
79	79	0	−5	0
82	82	0	−5	0
83	83	0	−10	0
105	105	0	−5	0
107	107	0	−16.6667	0
110	110	0	−16.6667	0

表 A4-4　变压器参数

首端节点编号	末端节点编号	电　阻	电　抗	变比（初始值）	变比所在侧	上　限	下　限	分级调节步长
5	8	0	0.0267	0.985	5	1.1	0.9	0.025
17	30	0	0.0388	0.960	17	1.1	0.9	0.025
25	26	0	0.0382	0.960	25	1.1	0.9	0.025
37	38	0	0.0375	0.938	37	1.1	0.9	0.025
59	63	0	0.0386	0.960	59	1.1	0.9	0.025
61	64	0	0.0268	0.985	61	1.1	0.9	0.025
65	66	0	0.0370	0.935	66	1.1	0.9	0.025
68	69	0	0.0370	0.935	69	1.1	0.9	0.025
80	81	0	0.0370	0.935	80	1.1	0.9	0.025

注:68～69 支路上的变压器在本书中不参与优化。

表 A4-5　并联电容器容量和分级调节步长

节点编号	容　量	分级调节步长
19,20,21,33,34,35,36,37,43,76	5.0	0.05

表 A4-6　发电机无功功率和节点电压的上下限

	下　限	上　限
发电机无功功率	－0.50	1.30
发电机节点电压	0.90	1.10
其他节点电压	0.95	1.05

附录Ⅴ　某 538 节点实际系统概况

(1) 该系统概况

① 500kV、220kV、110kV、35kV 和 10kV 五个电压等级，各电压等级的基准值分别为 500kV、220kV、110kV、35kV 和 10kV；基准功率为 100MVA。

② 538 个节点，其中包括三个与邻电网相连的等值节点以及为方便电网计算而设的多个虚拟节点；有 16 个 500kV 节点，包括 10 个 500kV 厂站的高压母线和相应的虚拟节点。为保证运行电压的合格率，全网在 500kV 厂站、220kV 枢纽厂站一共设立 72 个电压监测点。

③ 500kV 输电线路 19 条，220kV 输电线路 211 条。

④ 变压器支路 409 条，其中降压变均为有载调压变压器，发电厂升压变分接头则是手动调节的。

⑤ 48 台发电机，其中可进相运行的发电机 13 台。

⑥ 118 个并联电容器补偿点。

(2) 母线电压上下限的设定方案

① 500kV 是该电网的最高电压等级，500kV 母线的电压变化对全网的电压水平有很大影响，因此其电压波动必须限制在严格的范围内。实际计算中，500kV 母线的电压变化范围定为 500～550kV，即电压允许偏差值为额定电压的 0～10%。

② 由于 220kV 母线的电压波动影响地区电压变化，则对于 500kV 变电站的 220kV 电压监测点、220kV 电厂的 220kV 电压监测点，其电压允许偏差值为额定电压的 0～10%；对于 220kV 变电站的 220kV 电压监测点，电压允许偏差值为额定电压的－3%～7%。对于非监测点电压，若电压波动范围限定过小，则很可能得不到优化结果，故可适当放宽 220kV 节点的电压上下限；对于发电厂 220kV 母线，电压变化范围定为 0.95～1.15，对于变电站 220kV 母线，电压变化范围限定为 0.92～1.12。

③ 由于 110kV、35kV、10kV 不属于该电网的主网电压等级，且其电压的波动可通过有载调压变压器和本地无功补偿装置来调节，所得的优化结果仅具参考意义，因此没有对这三个电压等级的电压变化范围做严格的限制，计算中将电压的变化范围定为 0.9～1.15。

④ 考虑到发电机机端电压对主网电压的影响，将其电压变化范围严格限定在1～1.1之间。

(3) 参与优化的变量选取方案

发电机无功出力和并联电容器组的投切对主网电压影响很大，故目前48台发电机和98个电容器组参与优化，有20个电容器组不参与优化。由于各降压变均为有载调压变压器，实际运行中可根据电压的变化自动调整分接头，优化结果仅作为参考，而且全网变压器数目众多，若全部参加优化将大大增加了系统规模和建模求解时间，因此优化计算中仅选取51台升压变压器和13台500kV枢纽厂站的降压变压器参与优化。选取500kV枢纽厂站的降压变压器作为优化变量的原因是由于实际计算中无法模拟变压器分接头的自动调节过程，而这13台降压变分接头的改变对220kV及其以下等级的电压影响甚大，若将其分接头固定则很难得到较为理想的优化结果。

并联电容器组的分级调节步长为0.05；变压器分接头分级调节步长包括四种：0.0225、0.025、0.0125和0.015。

附录Ⅵ　广州鹿鸣电网14节点系统数据

(1) 鹿鸣电网的基本情况

① 3个电压等级，基准值分别为：220kV、110kV和10kV，基准功率为100MVA。

② 14节点，2个220kV节点，5个110kV节点，6个10kV节点，1个三绕组变压器的虚拟等效节点，其电压等级设为1kV。除了虚拟等效节点的母线电压范围设为0.9～1.1之外，其他母线电压范围均限定为1.00～1.07。

③ 1台虚拟发电机，装设在220kV母线端，其无功上限设为3，下限设为0，防止无功倒送。

④ 1条220kV输电线路，4条110kV输电线路。

⑤ 8条变压器支路，包括2条三绕组变压器的等效支路，这2条支路变比侧分别在110kV和10kV侧，其变比值固定为1.1，不参与优化。

⑥ 6台可投切电容器组。

(2) 按照如下顺序给出广州鹿鸣电网14节点系统的数据

① 网络接线图。

② 变压器参数。

③ 输电线路参数。

④ 电容器组配置情况。

⑤ 全天负荷有功功率。

⑥ 全天负荷无功功率。

⑦ 全网总负荷有功和无功功率变化曲线。

其中,变压器参数、输电线路参数和电容器组容量均为标幺值。

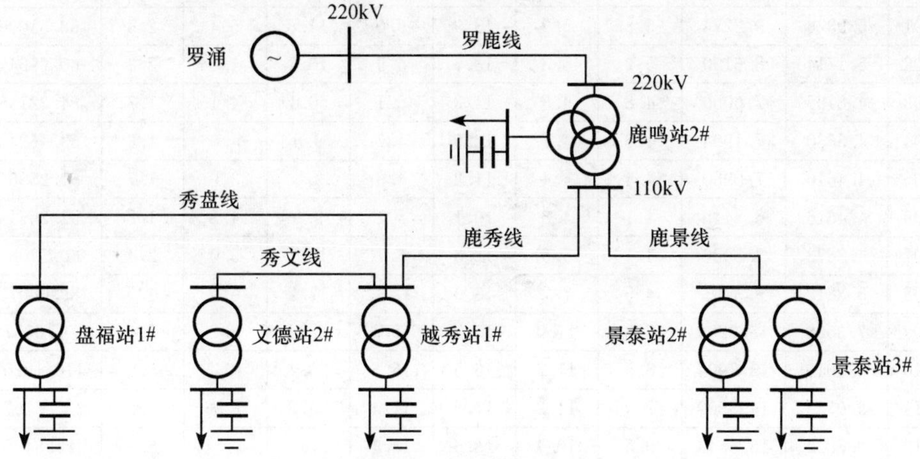

图 A6-1　鹿鸣电网 14 节点系统接线图

表 A6-1　变压器参数

	电　阻	电　抗	变压器档位范围
鹿鸣站 2#高	0.0015	0.0892	1.03±8×0.015
鹿鸣站 2#中	0.0007	−0.0070	
鹿鸣站 2#低	0.0013	0.0550	
景泰站 2#	0.0120	0.2620	1±8×0.015
景泰站 3#	0.0101	0.2580	
越秀站 1#	0.0109	0.2540	
盘福站 1#	0.0102	0.2650	
文德站 2#	0.0108	0.2590	

表 A6-2　输电线路参数

	电　阻	电　抗	充电电容电纳/2
罗鹿线	0.0008	0.0028	0.09744
鹿景线	0.0018	0.0047	0.00912
鹿秀线	0.0013	0.0033	0.00638
秀盘线	0.0010	0.0026	0.00524
秀文线	0.0010	0.0026	0.00524

表 A6-3　电容器组配置情况

所在母线	鹿鸣站 2#低	景泰站 2#	景泰站 3#	越秀站 1#	盘福站 1#	文德站 2#
组数	4	2	2	1	1	2
每组容量	0.04008	0.03	0.03	0.048	0.033	0.02016

表 A6-4　全天负荷有功功率(取自 2001 年 9 月 10 日)　(单位:MW)

时段	鹿鸣站2#低A	鹿鸣站2#低B	景泰站2#A	景泰站2#B	景泰站3#	越秀站1#	盘福站1#	文德站2#A	文德站2#B	合　计
00	6.9966	10.4442	6.6	6.8	15.5	6.9	12.8	6.5	2.7	75.2408
01	5.9826	9.2274	5.8	5.9	13.9	6.0	11.8	5.4	2.5	66.5100
02	5.1714	8.6190	5.2	5.3	13.5	5.5	10.4	4.8	2.3	60.7904
03	4.8165	7.6050	4.8	4.8	11.3	5.1	10.1	4.1	1.7	54.3215
04	4.5630	7.1994	4.6	4.7	12.5	4.7	9.6	4.0	1.6	53.4624
05	4.4616	7.0980	4.4	4.4	11.2	4.8	9.3	3.9	1.7	51.2596
06	4.4616	6.8445	4.1	4.8	10.1	5.1	9.9	4.2	1.8	51.3061
07	4.8672	7.5036	4.1	5.6	12.3	6.7	12.1	5.0	2.4	60.5708
08	5.8812	9.3795	4.5	7.7	13.6	12.2	17.2	6.9	4.7	82.0607
09	7.3008	13.0299	8.3	11.0	15.7	15.5	22.4	8.8	5.6	107.6307
10	8.1016	13.7904	8.5	11.7	16.5	16.5	25.1	10.1	5.9	116.1920
11	9.0753	14.5509	9.1	11.9	17.8	17.4	25.8	10.6	6.6	122.8262
12	9.6837	15.5649	9.5	10.4	18.6	18.4	27.5	11.4	6.8	127.8486
13	9.5832	14.9058	8.9	10.1	19.8	17.3	25.6	10.9	6.2	123.2890
14	8.7711	14.3481	8.7	10.1	18.8	16.6	24.9	10.5	6.2	118.9192
15	8.3655	14.2467	9.1	10.4	17.6	16.9	25.8	10.5	6.2	119.1122
16	8.5683	14.0946	8.9	10.9	18.4	16.7	25.4	10.6	5.8	119.3629
17	9.1260	13.9425	8.5	10.2	18.4	16.0	25.3	10.5	5.7	117.6685
18	9.5823	14.2467	9.2	9.9	19.4	12.7	23.7	9.6	4.3	112.6290
19	9.6837	13.7904	10.0	10.0	19.7	11.9	20.8	8.6	3.8	108.2741
20	9.7344	13.7904	9.6	9.8	19.4	11.3	18.8	8.5	3.7	104.6248
21	9.4809	13.5876	9.9	9.6	19.4	10.7	18.1	8.5	3.5	102.7685
22	9.1767	13.4862	9.8	9.5	18.9	9.5	16.6	8.0	2.9	97.8629
23	8.3148	12.5736	8.4	8.8	19.7	8.2	15.4	7.5	2.7	91.5884

表 A6-5　全天负荷无功功率(取自 2001 年 9 月 10 日)　(单位:Mvar)

时段	鹿鸣站2#低A	鹿鸣站2#低B	景泰站2#A	景泰站2#B	景泰站3#	越秀站1#	盘福站1#	文德站2#A	文德站2#B	合　计
00	4.0107	5.0754	3	2.6	8.0	3.2	5.8	3.200	1.100	35.9861
01	3.8079	4.5684	2.8	2.3	7.7	2.9	5.5	2.800	0.900	33.2763
02	1.7745	4.4163	2.6	2.0	7.8	2.6	4.6	2.500	0.900	29.1908
03	1.6731	4.0107	2.6	2.0	6.2	2.5	4.6	2.400	0.600	26.5838
04	1.5717	3.8586	2.5	2.0	6.9	2.3	4.3	2.200	0.500	26.1303
05	1.6224	3.8079	2.3	2.0	6.3	2.4	4.2	2.300	0.600	25.5303

续表

时段	鹿鸣站 2#低A	鹿鸣站 2#低B	景泰站 2#A	景泰站 2#B	景泰站 3#	越秀站 1#	盘福站 1#	文德站 2#A	文德站 2#B	合　计
06	1.7238	3.7572	2.3	2.0	5.9	2.6	4.5	2.300	0.700	25.7810
07	2.0787	4.7712	2.3	2.4	7.2	3.6	5.6	2.800	1.000	31.7499
08	4.2642	5.8359	3.0	4.1	8.5	6.2	10.2	4.316	2.516	48.9321
09	5.0247	7.5597	4.2	4.9	9.7	7.9	13.1	5.416	3.016	60.8164
10	5.2275	7.8132	4.3	5.5	10.0	8.4	14.1	6.016	3.216	64.5727
11	5.4303	8.0667	4.5	5.2	10.6	8.6	14.5	6.216	3.616	66.7290
12	5.3289	8.3709	4.8	5.0	11.3	9.7	15.9	6.716	3.816	70.9318
13	5.481	8.0160	4.4	4.6	11.7	8.7	14.4	6.316	3.216	66.8290
14	5.0754	7.8132	4.2	4.7	11.0	7.9	13.7	5.816	3.216	63.4206
15	5.0768	7.7118	4.5	5.0	10.5	8.3	14.4	5.916	3.316	64.7206
16	5.0768	7.6611	4.3	5.3	10.9	8.3	14.2	5.916	3.116	64.7699
17	5.3796	7.7625	4.3	5.1	11.1	8.0	14.4	5.616	3.116	64.7741
18	5.1768	7.5090	5.2	5.3	12.0	6.0	14.7	5.616	2.416	63.9178
19	5.4303	7.3569	5.3	4.9	11.1	5.3	12.3	4.616	2.016	58.3192
20	5.4303	7.3569	5.3	4.8	11.1	5.1	11.3	4.616	2.016	57.0192
21	5.2782	7.1034	5.4	4.8	10.7	4.7	11.1	4.816	2.016	55.9136
22	4.6698	6.5964	4.6	3.8	9.5	3.7	7.8	4.116	1.116	45.8982
23	4.2642	6.0387	3.8	3.4	9.6	3.7	7.0	3.600	0.900	42.3029

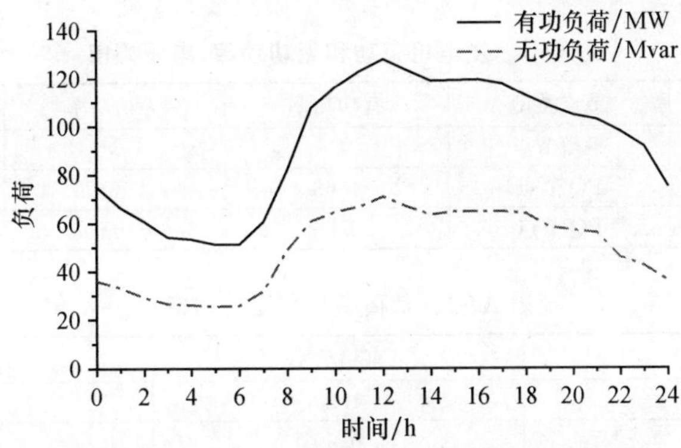

图 A6-2　全网总负荷有功和无功功率变化曲线

附录Ⅶ　WSCC 3 机 9 节点标准试验系统数据

按照如下顺序给出 WSCC 3 机 9 节点系统的数据：

① 网络接线图。

② 发电机有功和无功功率、电压幅值。

③ 负荷有功和无功功率。

④ 线路参数。

⑤ 发电机功率上下限。

⑥ 节点电压的上下限。

⑦ 发电机参数。

⑧ IEEE Ⅰ型直流励磁系统框图及参数。

除标明单位的数据外其余均为标幺值，基准功率 S_B=100MVA。

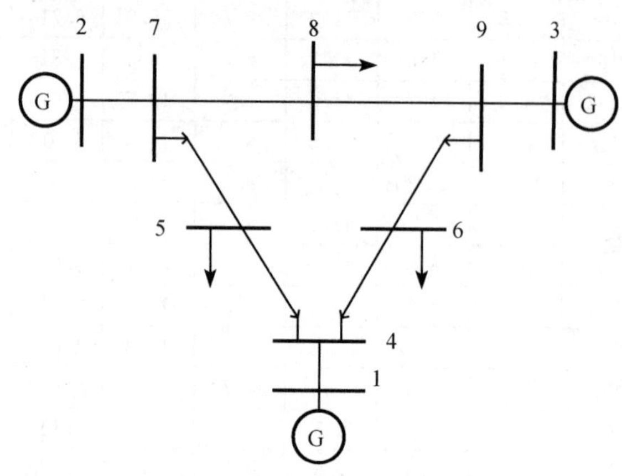

图 A7-1 WSCC 3 机 9 节点系统接线图

表 A7-1 发电机有功和无功功率、电压幅值

节点编号	节点类型	有功功率	无功功率	电压幅值
1	平衡节点			1.04
2	PQ 节点	1.63	0.067	
3	PQ 节点	0.85	−0.109	

表 A7-2 负荷有功和无功功率

节点编号	有功功率	无功功率
5	1.25	0.50
6	0.90	0.30
8	1.00	0.35

表 A7-3 线路参数

首端节点编号	末端节点编号	电　阻	电　抗	充电电容电纳/2
4	1	0	0.0576	0
7	2	0	0.0625	0
9	3	0	0.0586	0

续表

首端节点编号	末端节点编号	电　阻	电　抗	充电电容电纳/2
8	7	0.0085	0.0720	0.149
9	8	0.0119	0.1008	0.209
5	7	0.0320	0.1610	0.306
6	9	0.0390	0.1700	0.358
5	4	0.0100	0.0850	0.176
6	4	0.0170	0.0920	0.158

表 A7-4　发电机功率上下限

节点编号	有功功率上限	有功功率下限	无功功率上限	无功功率下限
1	2.475	0.3	2.0	−2.0
2	1.920	0.3	1.9	−1.9
3	1.280	0.3	1.2	−1.2

表 A7-5　节点电压的上下限

发电机节点电压	1.0	1.1
其他节点电压	0.9	1.1

表 A7-6　发电机参数

发电机编号	基准值	x_l	r_a	x_d	x'_d	T'_{d0}/s	x_q	x'_q	T'_{q0}/s	H/s
1	100	0	0	0.1460	0.0608	8.96	0.0969	0.0969	0.310	23.64
2	100	0	0	0.8958	0.1198	6.00	0.8645	0.1969	0.535	6.40
3	100	0	0	1.3125	0.1813	5.89	1.2578	0.2500	0.600	3.01

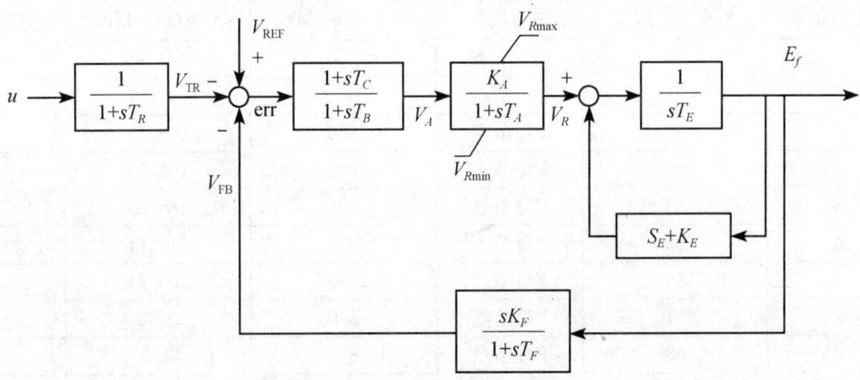

图 A7-2　IEEE Ⅰ型直流励磁系统框图

表 A7-7　IEEE Ⅰ型直流励磁系统参数

发电机编号	T_R/s	K_A	T_A/s	T_B/s	T_C/s	$V_{R\max}$	$V_{R\min}$	K_E
1	0	20	0.2	0	0	5	−5	1
2	0	20	0.2	0	0	5	−5	1
3	0	20	0.2	0	0	5	−5	1
发电机编号	T_E/s	E_1	S_{E1}	E_2	S_{E2}	K_F	T_F/s	
1	0.314	3	0.414	4	1.9605	0.063	0.35	
2	0.314	3	0.414	4	1.9605	0.063	0.35	
3	0.314	3	0.414	4	1.9605	0.063	0.35	

附录Ⅷ　New England 10 机 39 节点标准试验系统数据

按照如下顺序给出 New England 10 机 39 节点系统的数据：

① 网络接线图。

② 发电机有功和无功功率、电压幅值。

③ 负荷有功和无功功率。

④ 线路参数。

⑤ 发电机功率上下限。

⑥ 节点电压的上下限。

⑦ 发电机参数。

⑧ IEEE Ⅰ型直流励磁系统框图及参数。

除标明单位的数据外其余均为标幺值，基准功率 S_B＝100MVA。

表 A8-1　发电机有功和无功功率、电压幅值

发电机编号	所在节点编号	节点类型	有功功率/MW	无功功率/Mvar	电压幅值
1	30	PQ 节点	250	144.92	
2	31	PQ 节点	572.84	207.04	
3	32	PQ 节点	650	205.73	
4	33	PQ 节点	632	108.94	
5	34	PQ 节点	508	166.99	
6	35	PQ 节点	650	211.11	
7	36	PQ 节点	560	100.44	
8	37	PQ 节点	540	0.65	
9	38	PQ 节点	830	22.66	
10	39	平衡节点	1000	87.88	

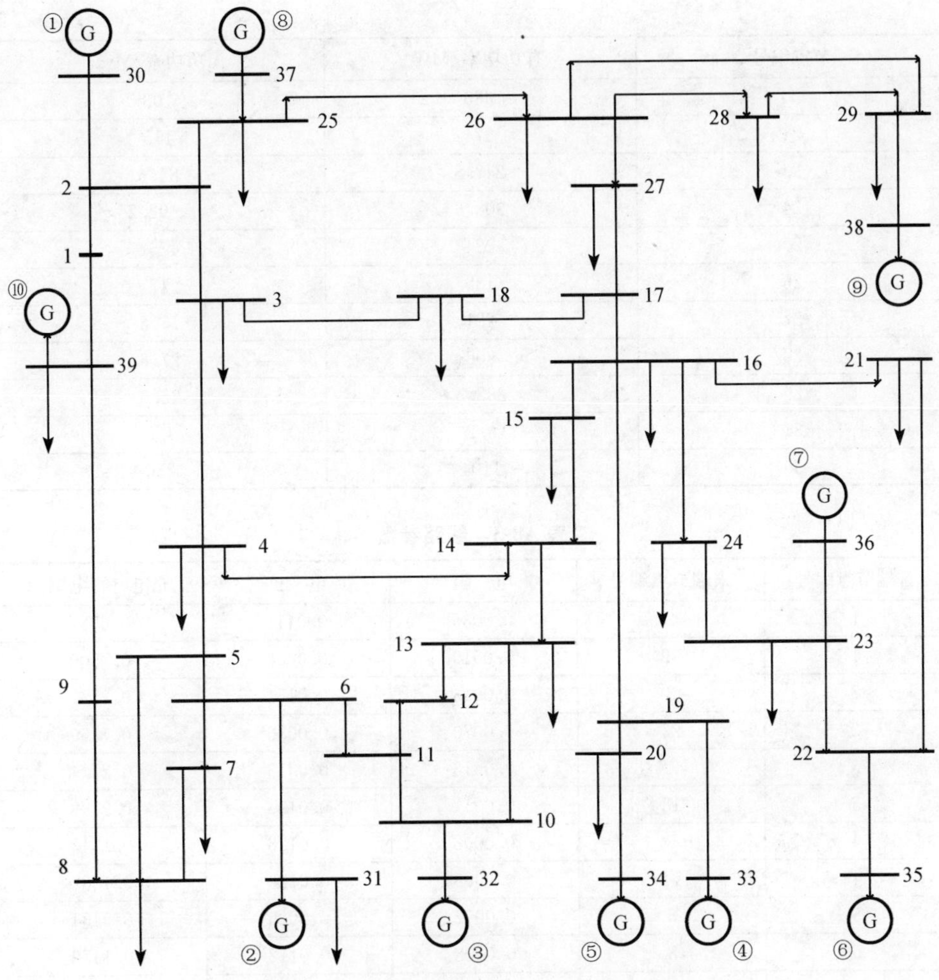

图 A8-1　New England 10 机 39 节点系统接线图

表 A8-2　负荷有功和无功功率

节点编号	有功功率/MW	无功功率/Mvar
3	322	2.4
4	500	184
7	233.8	84
8	522	176.6
12	8.5	88
15	320	153
16	329.4	32.3
18	158	30

续表

节点编号	有功功率/MW	无功功率/Mvar
20	680	103
21	274	115
23	247.5	84.6
24	308.6	−92.2
25	224	47.2
26	139	17
27	281	75.5
28	206	27.6
29	283.5	26.9
31	9.2	4.6
39	1104	250

表 A8-3 线路参数

首端节点编号	末端节点编号	电　阻	电　抗	充电电容电纳/2
1	2	0.0035	0.0411	0.6987
1	39	0.0010	0.0250	0.7500
2	3	0.0013	0.0151	0.2572
2	25	0.0070	0.0086	0.1460
3	4	0.0013	0.0213	0.2214
3	18	0.0011	0.0133	0.2138
4	5	0.0008	0.0128	0.1342
4	14	0.0008	0.0129	0.1382
5	6	0.0002	0.0026	0.0434
5	8	0.0008	0.0112	0.1476
6	7	0.0006	0.0092	0.1130
6	11	0.0007	0.0082	0.1389
7	8	0.0004	0.0046	0.0780
8	9	0.0023	0.0363	0.3804
9	39	0.0010	0.0250	1.2000
10	11	0.0004	0.0043	0.0729
10	13	0.0004	0.0043	0.0729
13	14	0.0009	0.0101	0.1723
14	15	0.0018	0.0217	0.3660
15	16	0.0009	0.0094	0.1710
16	17	0.0007	0.0089	0.1342
16	19	0.0016	0.0195	0.3040
16	21	0.0008	0.0135	0.2548

续表

首端节点编号	末端节点编号	电　阻	电　抗	充电电容电纳/2
16	24	0.0003	0.0059	0.0680
17	18	0.0007	0.0082	0.1319
17	27	0.0013	0.0173	0.3216
21	22	0.0008	0.0140	0.2565
22	23	0.0006	0.0096	0.1846
23	24	0.0022	0.0350	0.3610
25	26	0.0032	0.0323	0.5130
26	27	0.0014	0.0147	0.2396
26	28	0.0043	0.0474	0.7802
26	29	0.0057	0.0625	1.0290
28	29	0.0014	0.0151	0.2490

表 A8-4　发电机功率上下限

发电机编号	所在节点编号	有功功率上限/MW	有功功率下限/Mvar	无功功率上限/MW	无功功率下限/Mvar
1	30	350	100	211	−141
2	31	1145	600	691	−461
3	32	750	250	452	−301
4	33	732	250	441	−294
5	34	608	250	367	−245
6	35	750	250	452	−301
7	36	660	250	398	−265
8	37	640	250	386	−257
9	38	930	250	561	−374
10	39	1100	600	663	−442

表 A8-5　节点电压的上下限

发电机节点电压	1.0	1.1
其他节点电压	0.9	1.1

表 A8-6　发电机参数

发电机编号	基准值	x_l	r_a	x_d	x'_d	T'_{d0}/s	x_q	x'_q	T'_{q0}/s	H/s
1	1 000	0.125	0.00140	1.000	0.310	10.20	0.69	0.310	1.50	4.2
2	1 000	0.350	0.02700	2.950	0.697	6.56	2.82	0.697	1.50	3.0
3	1 000	0.304	0.00386	2.495	0.531	5.70	2.37	0.531	1.50	3.6

续表

发电机编号	基准值	x_l	r_a	x_d	x_d'	T_{d0}'/s	x_q	x_q'	T_{q0}'/s	H/s
4	1 000	0.295	0.00222	2.620	0.436	5.69	2.58	0.436	1.50	2.9
5	1 000	0.540	0.00140	6.700	1.320	5.40	6.20	1.320	0.44	2.6
6	1 000	0.224	0.06150	2.540	0.50	7.30	2.41	0.500	0.40	3.5
7	1 000	0.322	0.00268	2.950	0.49	5.66	2.92	0.490	1.50	2.6
8	1 000	0.280	0.00686	2.900	0.57	6.70	2.80	0.570	0.41	2.4
9	1 000	0.298	0.00300	2.106	0.570	4.79	2.05	0.570	1.96	3.5
10	1 000	0.030	0.00100	0.200	0.06	7.00	0.19	0.060	0.70	50.0

表 A8-7 IEEE Ⅰ型直流励磁系统参数

发电机编号	T_R/s	K_A	T_A/s	T_B/s	T_C/s	$V_{R\max}$	$V_{R\min}$	K_E
1	0	6.2	0.05	0	0	5.0	−5.0	0.63
2	0	5.0	0.06	0	0	5.0	−5.0	−0.05
3	0	5.0	0.06	0	0	5.0	−5.0	−0.02
4	0	5.0	0.06	0	0	5.0	−5.0	−0.05
5	0	40.0	0.02	0	0	10.0	−10.0	−0.04
6	0	5.0	0.02	0	0	5.0	−5.0	1.00
7	0	40.0	0.02	0	0	6.5	−6.5	1.00
8	0	5.0	0.02	0	0	5.0	−5.0	−0.05
9	0	5.0	0.02	0	0	10.5	−10.5	1.00
10	0	5.0	0.02	0	0	10.5	−10.5	1.00
发电机编号	T_E/s	E_1	S_{E1}	E_2	S_{E2}	K_F	T_F/s	
1	0.410	3.0	0.66	4	0.88	0	0.06	
2	0.250	1.7	0.50	3	2.00	0	0.04	
3	0.500	3.0	0.13	4	0.34	0	0.08	
4	0.500	3.0	0.08	4	0.31	0	0.08	
5	0.785	3.0	0.03	4	0.91	0	0.03	
6	0.471	3.0	0.08	4	0.25	0	0.08	
7	0.730	3.0	0.03	4	0.74	0	0.03	
8	0.528	3.0	0.09	4	0.28	0	0.09	
9	1.400	3.0	0.03	4	0.85	0	0.03	
10	1.400	3.0	0.03	4	0.85	0	0.03	

附录IX　UK 20 机 100 节点试验系统接线图

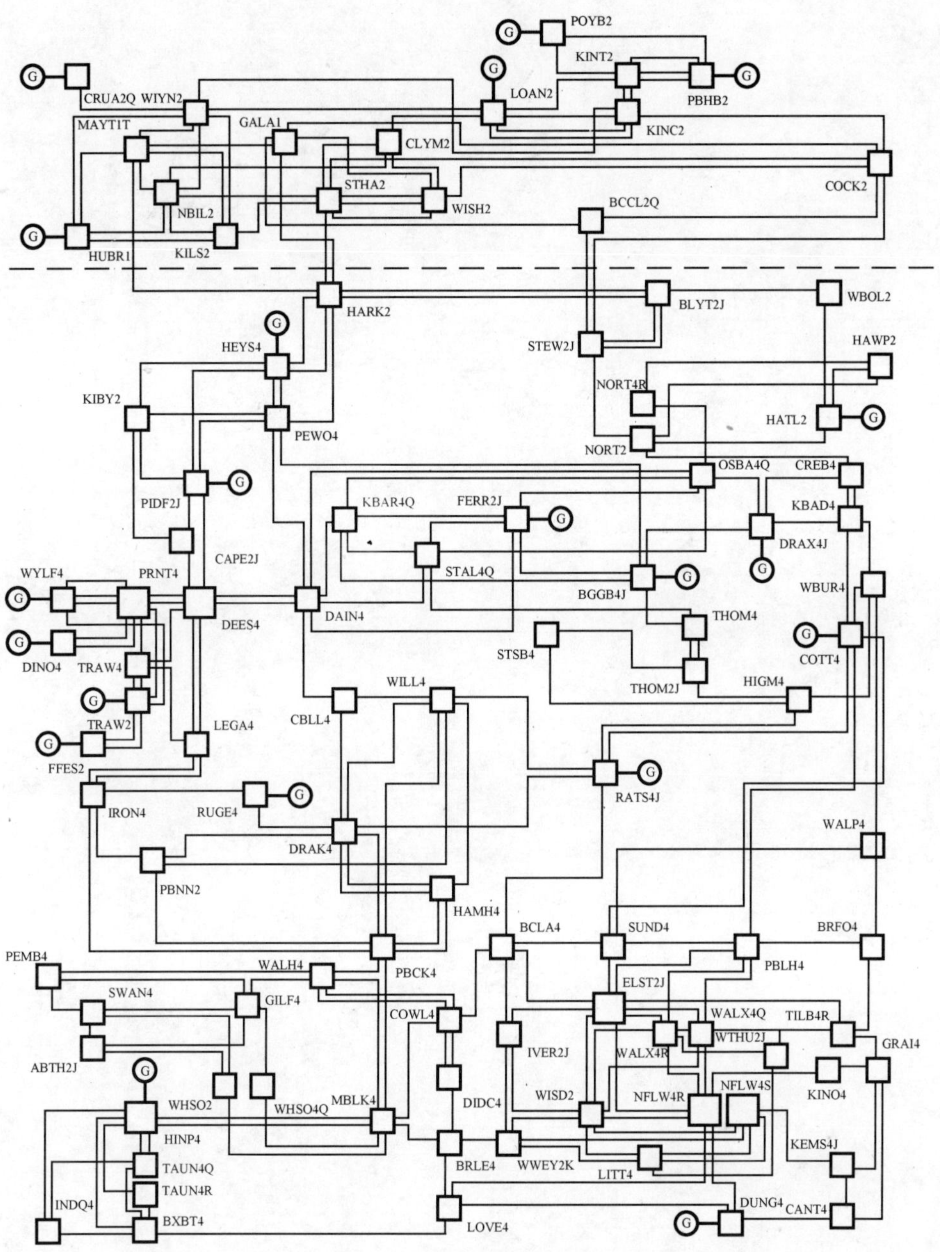

图 A9-1　UK 20 机 100 节点系统接线图